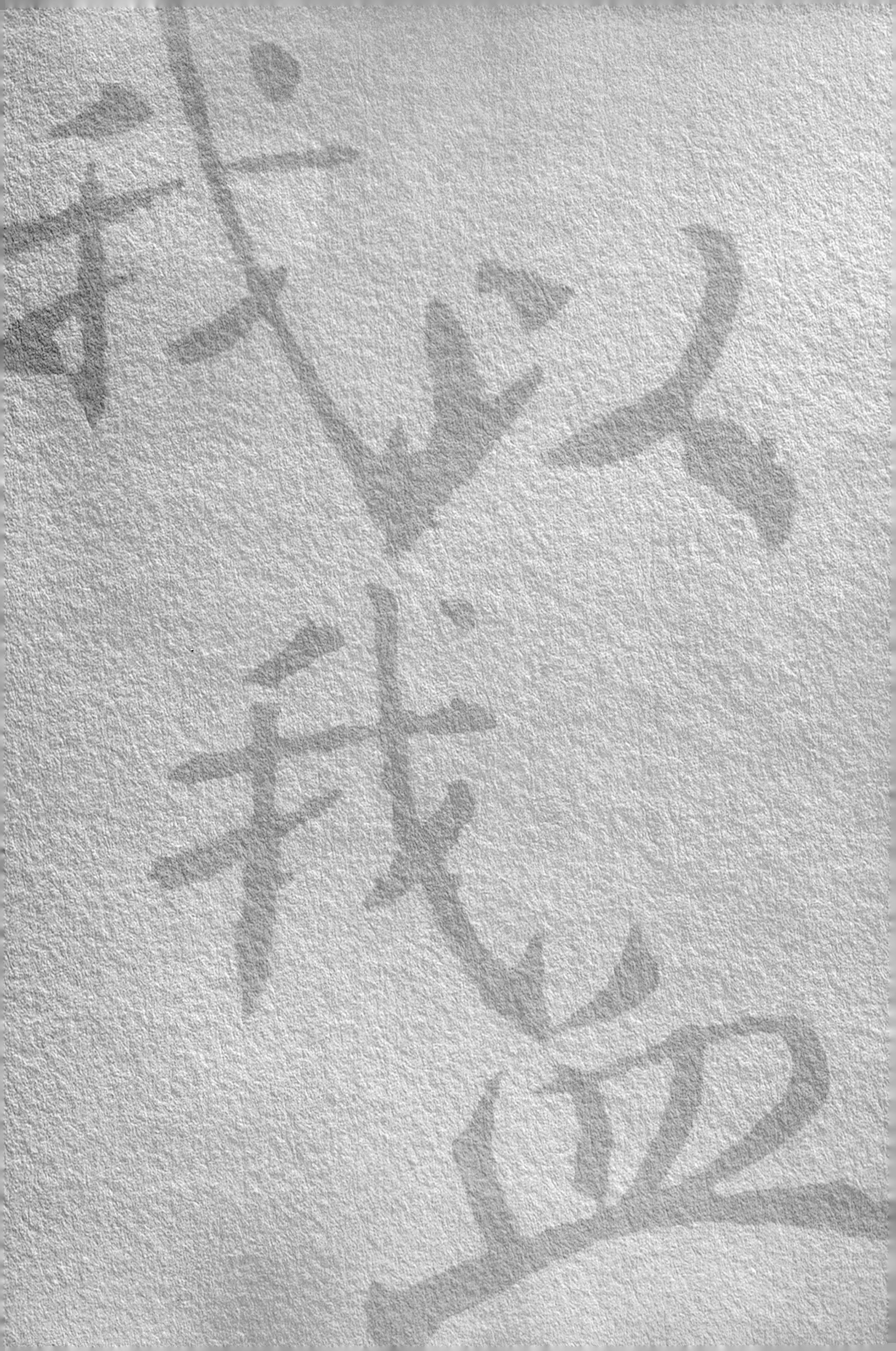

湘九的历程 贰

我以我血

张廷竹 著

山西出版集团 山西人民出版社

图书在版编目（CIP）数据

我以我血 / 张廷竹著．—太原：山西人民出版社，2010.12
ISBN 978-7-203-07006-1

Ⅰ.①我… Ⅱ.①张… Ⅲ.①长篇小说—中国—当代
Ⅳ.①I 247.5

中国版本图书馆 CIP 数据核字（2010）第 216267 号

我以我血（湘九的历程 贰）

著　　者：张廷竹
责任编辑：张文颖
助理编辑：高　雷
装帧设计：清晨阳光（谢成）工作室

出 版 者：山西出版集团·山西人民出版社
地　　址：太原市建设南路 21 号
邮　　编：030012
发行营销：0351-4922220　4955996　4956039
0351-4922127（传真）　4956038（邮购）
E-mail：sxskcb@163.com　发行部
sxskcb@126.com　总编室
网　　址：www.sxskcb.com

经 销 者：山西出版集团·山西人民出版社
承 印 者：山西出版集团·山西新华印业有限公司

开　　本：787mm×1092mm　1/16
印　　张：25.25
字　　数：400 千字
版　　次：2010 年 12 月第 1 版
印　　次：2010 年 12 月第 1 次印刷
书　　号：ISBN 978-7-203-07006-1
定　　价：48.00 元

目 录

青年篇

中年篇

壮 年 篇

青年篇

QINGNIAN PIAN

一

古运河畔的造船厂·卫生学校·南京和天津

新来的学徒们站在劳资科门口，一个一个被叫进去谈话。湘九看到那位厂长的儿子小姜，他比湘九小两三岁，一副胸有成竹的样子。果然，他很快就出来了，分配到轮机车间当钳工。湘九是最后一个被叫进去的。劳资科科长说，这是你的师傅阿才，你跟他去吧。湘九没想到对付他的只有这样一句话，连什么工种都不说。

湘九跟阿才师傅互相打量着。阿才四十多岁，个子比他高，穿着一套破破烂烂的帆布工作服，头上歪戴一顶帽檐被火烧焦的蓝布帽，轮廓分明的脸膛黑里透红，鼻尖上有一撮煤烟。眼光扫到湘九脚上的皮鞋时，阿才皱起了眉头，那是一双高腰军用皮鞋，湘九平时舍不得穿，今天第一天上班，擦得锃亮。

你像一个高干子弟。阿才说。

一九四九年以前的，湘九说，现在叫狗崽子。

阿才眼里闪过一丝惊讶，他撇了撇嘴，难怪，他说，你会被分配到锻工车间来。

湘九跟在师傅身后走出办公楼，站在车间门口茫然四顾，他看到船台和立式吊车，到处有电焊的弧光。冬日的阳光下阿才师傅显得虎背熊腰，散发出雄赳赳的无产阶级气息。他拍一下湘九的肩，说，给师傅点烟呀，湘九这才注意到他唇边横咬着一支香烟。湘九摸出打火机给他点上烟，师徒俩脸上都露出了笑容。

这个师傅还算对湘九的脾气。进了车间，湘九给每位师傅敬一支烟。阿才把他叫进工具间，下不为例，他对徒弟说，你才挣几个工资？养成习惯就麻烦了！

湘九瞧着这个简陋的锻工车间，好像回到了山头的铁匠铺。唯一可以称作机械化的设备是一台夹板锤，两只滚轮中间夹着一块长长厚厚的木板，木板下是笨重的锤头，当阿才启动哐啷啷摇晃的夹板锤，锤出洪宝师傅操作的锻件时，整条运河发出了痛苦的呻吟声，堤岸都仿佛要坍塌了。

锻工车间只有五个师傅三个学徒。因为手工操作居多，洪宝认为自己技术最好。这个瘦小的扬州人，十三岁就进了张小泉剪刀店做学徒，不到二十岁，他从张小泉辞职，租了一间门面，从吴山路旧货商店哼哧哼哧抬回一只锈迹斑驳的铁墩头，自己开起铁匠铺。这是一位精于计算的小生产者，但是缺少一点政治头脑，开店不到三个月，公私合营的热潮就席卷了中国，他的老板梦也就结束了。

洪宝的遭遇可以写一部长篇小说，惨淡经营艰苦创业的历史却过于短暂。打铁总是要两个人才能打的，他因此而收了一个徒儿。徒儿天天晚上跑去看大字报，很自然地接受了打退资产阶级猖狂进攻的号召。洪宝说，徒儿啊，还是早点休息，早点起来赚钞票要紧，将来你也好自己开爿店。徒儿说，我是光荣的无产阶级，开什么店？哪像你，资本家，只晓得残酷剥削工人，连电灯费都斤斤计较。

洪宝很生气。老子一天做到晚，老婆拉风箱捡煤渣，女儿连一条新的开裆裤都舍不得给她们穿，老子算什么资本家？真正的资本家黄包车坐坐、工商联礼堂茶话会开开呢！他手里拿着一把小钳子，随手就朝徒弟脖颈上戳了一下，滚你的蛋，没有老子教你技术，你只好卷铺盖回乡下种地去！

大祸便这样酿成，徒弟的脖颈上戳破了一点皮，有一点血慢慢地渗出来。徒弟跑到门外，大喊大叫：快来看啊，工农兵弟兄同志们！看资产阶级的猖狂进攻！老板打学徒，用烧红的铁钳打啊！

洪宝被愤怒的群众扭送到了派出所，受到的处罚是劳教两年。看守洪宝的士兵中有一位仁兄一只眼睛大一只眼睛小，洪宝恭敬地称呼其“教官”。洪宝是罗圈腿，站队总是站不端正，教官总要踢他一脚，他妈的，给老子立正！

“大跃进”的高潮过去了，困难年接踵而来，洪宝劳教回来进入船厂。于是，人们发现在卖鱼桥到船厂的运河堤岸上，每天早晚都有一个人穿着劳保皮鞋在长跑。

坐电车要八分钱，洪宝吃不消。无论春夏秋冬，只见他头戴白帆布的披风帽，鼻梁上架一副黄乎乎的近视眼镜，破皮鞋呱唧呱唧地响着，活像一个日本俘虏兵在逃命似的奔跑。马路两边的人家习惯了每天早上准时有这样一个人跑过自家门前，孩子们根据他的跑过与否来判断上学会不会迟到，大人等着他跑过以后才会出门去乘车上班。老人则会摇头叹息，说：倒运呀，这家伙！你们看看，当年他打的这把剪刀还锋快着呢，可人啊，连一点钢火都没得了！

教官复员来到船厂，将洪宝吓了一跳。心有余悸的他，脸上堆起讨好的笑容，点头哈腰，好像一只敬畏饲养员的大猩猩。他说：您好您好，教官同志，您是老革命，多指教，多指教。

阿才师傅扑哧一声笑了，笑得洪宝和教官都心头发紧。阿才对教官说，厂里训练民兵时，你当教官，做铁匠活儿你却要多向洪宝学习！洪宝，你也别得意，造船厂比不得剪刀店啊，要会看图纸，做模具，钳工电焊工都要懂一点的！

洪宝说，是的，是的，我们大家都要虚心学习。三百六十行，行行都有学问。打铁摇船磨豆腐，最苦的行当喽，没得牛皮好吹的！我文化低，图纸不大会看，钳工的锉刀也只摸过几把，不过么，开店时打的也不光是刀剪，有些产品工艺也蛮复杂的。

洪宝的不服气显而易见。阿才是豆腐店倌出身，后来做过锻工、钳工、电焊工，读过速成中学，自以为是个见过世面的人物。洪宝却不甘落后，总是要跟他“别苗头”，用个好听的词儿叫做“开展技术竞赛”。

于是，湘九站在一旁认真地看。

洪宝的基本功炉火纯青，锻打小件，铁钩、车刀、锤子、轴承座之类，往往略胜一筹，打得线条流畅，卷光跌滑，车工师傅见了都要惊讶。但是遇上复杂的锻件，要放精确加工余量的，要改造模具的，阿才就显出本事来了。他拿出算盘算好材料，再改模具，然后落料试做。试验成功了，他将钳子一甩，端起茶杯坐到一旁去，点一支烟朝洪宝看。这会儿教官就会按他落好的材料，套进他做好的模具去干活，一点脑筋无须动的，只只合乎规格。而洪宝呢，照例是拿着一个钢卷尺，对阿才的模具上量下量、左算右算，然后默默地坐到铁平板上面去，闭上眼睛揣摩。

阿才轻蔑地笑笑。怎么样，洪宝师傅？船厂的活儿比不得打剪刀轻快单纯吧？各种各样的东西都要做的。

洪宝倏地睁开眼睛说，还可以把模具做得更精确些，让精加工提高效率！

阿才吃惊了，眼一瞪，乌珠差一点爆出眼眶。当然了，你天天偷我的拳头，图纸也会看一点了，料也会算了，用的是瞎子爬山法，死记硬背！

洪宝说你承认还可以算得更精确些了？

阿才招招手，湘九摸出一支烟给他点上，他的烟，原则上只有师傅才可以随时享受了。

更精确些只有我做才能保证质量，阿才悠悠地喷出一口烟说，你也勉强可以算上一个吧；但是教官或者湘九做坏了怎么办呢，我是否要重做一个模具？损耗该不该计算进去?！

湘九看着撅起嘴在心中表示抗议的洪宝和教官，觉得他们既有些可笑又有些可怜。

他遥望远处的码头。古运河四通八达，从塘栖、平望、南浔、吴江，天天有各式各样的驳船、拖轮、水泥船和木筏子来来往往，撑船的乡下人将农副产品运进城来，又将城里的肥料垃圾运回去种田。星期天，湘九遇到过洪宝。洪宝已经有了四个女儿，穷得吃了上顿愁下顿。他戴着一顶压到眉间的破草帽，挑着一担从乡下人那里弄来的新鲜稻草，大街小巷挨家挨户换鸡窝。

那时候，杭州城里谈不上什么市容管理，养家禽和猫狗的人家比比皆是。洪宝将人家家里的鸡窝搞干净，铺上稻草，又将鸡屎鸭屎放进箩筐，挑回来卖到乡下人收肥料的船上去，以此挣几个钱贴补家用。

世上有许多事情巧得很。洪宝不知道湘九住在延定巷，来到这条巷里。

湘九正在井边洗母亲的尿布，听到一个江北佬叫“换鸡窝哦换鸡窝！”湘九并不在意，他家没有鸡窝。外面一个大块头妇人却跟洪宝吵了起来，说他给的稻草太少，要他将鸡屎鸭屎还给她。

推搡之下，洪宝的一箩筐胜利果实都倒翻在地。洪宝气得哇哇地叫，你这个大块头老太婆，真是不讲道理！

湘九听到叫骂声跑出去看时，他的眼珠子都不会转动了。

他看到洪宝脸上汗涔涔地，一双塑料凉鞋上打了红红绿绿的十来块补丁，短裤下露出两条被艳阳和炉火烤成酱紫色的腿。洪宝将扁担戳着地上散乱的鸡屎，涨红着脸说，城里人不要欺侮我们乡下人！

湘九喊他一声。

洪宝比他更为吃惊。

乖乖，是你？洪宝手忙脚乱地挑起箩筐，肩后的箩筐晃悠悠地在半空中画了个弧度，碰到大块头妇人的鼻尖上，一筐子烂塘鸡屎发出令人作呕的臭气，使湘九的胃壁紧缩起来。他啼笑皆非地看着那妇人一边呕吐一边追赶洪宝。湘九挡住妇人对洪宝说，你赶紧走吧。

好多天，下班铃声响过两遍了，湘九仍然站在码头上发愣。忧伤缭绕在他的心头，这就是他向往的工人阶级吗，他对新生活的幻想将在这里实现？

幻想好像正在破灭，他感到说不出的迷茫。

这家古运河畔的造船厂，与湘九心目中的现代化企业相距太远。师傅们大多是小生产者出身，厂里好几位领导，从前不是拉大板车就是踏三轮车的。革委会主任老陈在台上作报告，将乌干达读作“鸟干达”，将赤道几内亚读作“赤道儿内亚”，有一回秘书的稿子上将步骤的“骤”字分得比较开，他居然读成了“伟大的战略步马聚”。当台下笑成一片时，书记老渠拍起了讲台，不许笑！他卷起衣袖，撩开衣襟说：大老粗出身是我们的光荣，说明我们根正苗红！老子南下时什么也不懂，只晓得向反动派发起冲锋，到了杭州不也很快成了领导干部吗？而且领导得不错！我住的是市委宿舍，楼上是市公安局的政治部主任，楼下是一家大厂的党委书记！

湘九想不明白，他家楼上楼下住的什么人跟他、跟开会有什么关系？看他唾沫横飞的样子，湘九觉得很可笑。

什么“向反动派发起冲锋”，身旁一位老供销员嘟哝说，南下时他不过是个抬担架的民工，连枪都没有摸过！

这句话被一个唇边有一撮黑毛的年轻人听到了，朝老供销员狠狠瞪一眼。这个唇边有一撮黑毛的人姓氏中有一个马一个各，姑且称之为马各。马各是一以贯之的造反派，曾经挎枪南下参加温州武斗，湘九进船厂时他担任革委会委员、青年团书记。后来还出席过全国团代会。

一般人不会说这种话，说这种话的人必须具备一般人没有的资格。老供销员有这个资格。抗战时期艰难的一九三九年，担任鄂东特委书记的方毅率领上千人的队伍从鄂东进入安徽，被任命为新四军五支队政治部主任，老供销员便是这支队伍中的一员，职务是方毅的警卫员。

老供销员无疑是个命运多舛的人。新中国成立之后，方毅相继担任了山东省政府副主席、福建省政府副主席、上海市副市长；一九五三年九月，方毅被调往北京，担任中央财政部副部长。十一个月后，他突然被调往越南，出任中国驻越南经济代表处代表，一驻就是七年。这里使用的“突然”这个词，乃是老供销员的感受，那时候他在驻笕桥机场某部担任营级干部，忽然与老首长联系不上了。

农民出身的老供销员，戎马半生之后，很想赚点钞票，买间房子讨个老婆。他写的不是转业报告而是复员申请，因此而得到一笔数额可观的复员费。正是夏天，他将这笔复员金买了一个船队的西瓜，浩浩荡荡地长途贩运去上海。船到乍浦港，台风提前来了，连降大雨数日，西瓜统统烂了，连猪都不吃，只好倒入大海。

老供销员是船厂组建时的第一代元勋，物资紧缺时期，只有他才能解决。各个厅局都有他的老战友老部下，门卫挡不住这个吊儿郎当的干瘪老头儿，只见他摇着一把破的蒲扇对他们说，快去报告你们局长啊，他的老班长大驾光临了。

马各走路有点小问题，据说得过小儿麻痹症。湘九看到他就会想起紫金观巷小学一年级那位同学。令人觳觫的是，人们将马各也称作“小跷拐儿”。湘九本能地警告老供销员，你闯祸了，少说几句吧，当心有人告密。

散会后半个小时，供销科传来雷霆般的咆哮声，有人在拍桌子，有人发生肢体碰撞。湘九跑到门外，听见老渠的一口湖北腔如唱京剧般慷慨激昂。你算什么东西？你资格再老不还是我手下的一个供销员吗！湘九瞪大眼睛倾听着，整个身体颤抖得很厉害，他忍受不了对一位老人的欺凌，走过去推供销科的门。阿才过来了，拉住他的手说，你掺和什么，这是你能掺和的事吗？湘九咬着牙说，那你出面去拉一把，别让他们做得太过分了！

阿才的脸沉了下来，他说，这里没有你说话的份，你还是个学徒工呢。阿才推门进去了，听到老渠恶狠狠地说了一句很经典的话：资格老有屁用？井冈山的毛驴资格够老了吧，照样只能拉磨！

这句话后来传遍全厂全城。省、市造反派的领袖们开大会作报告时也指着老干部们说，井冈山的毛驴只能拉磨！老供销员被老渠骂得整个人都蔫了，以至于任何人都可以向他吹胡子瞪眼睛。有一天电工班的班长一言不合，竟把老人拖出供销科，还朝他那瘦骨嶙峋的屁股上踢了两脚。那时候阿才再也拉不住湘九了，他冲上去，猛地推开这个仗势欺人的班长，他说，你算什么东西，要打架跟年轻人打！

湘九就这样一步一步成了老渠和马各们的眼中钉。

不过当时他还年轻，还有幻想，他错误地幻想只要努力工作总会赢得领导的好感。他写过入团申请，团小组长小秋经常找他谈心。湘九后来闭门思过，他想如果他的修养好一些，不那么疾恶如仇，一切还可能会是另外一种状态。但是他随即否决了这个观点，除了他做不到，还有悲剧的另一个起因是他是阿才的徒弟，阿才也是这些人的眼中钉。

因为他是阿才而不是马各之流的徒弟，命运早就决定了他在船厂不可能有什么光明前程。

船厂离众安桥延定巷很远，湘九每天都早出晚归，回家后他还要烧菜做饭，还要洗尿布。有时候他把脏衣服或尿布放在木盆里用水泡着，临睡前却忘了去洗。早晨起得太早，骑在自行车上他都打瞌睡。团小组长却叫他写黑板报，而且总是放在下班时写。小秋说，这是组织上对你的考验，你不要辜负了组织的期望。

暮色渐降，湘九站在黑板前奋笔疾书，写完了板书又画报花。他喜欢画铁锚，画海鸥，还有波浪和救生圈，以示船厂的特点。政工处的干事小五看他一刻不停地又写又画，叫他休息一下，他说，我得抓紧干完了回家。

你住厂集体宿舍多好，小五说，我也可以多向你请教一些。

湘九看她一眼，看得她红了脸。湘九的心在叹息，明白这姑娘对他有一点点意思。

他告诫自己，这种意思其实很没有意思。小五的父亲是省里内卫部队的首长，母亲也是政法干部。小五去过内蒙古兵团，是组织上的培养对象，他俩的处境多么泾渭分明。

湘九懒洋洋地说，我卖八小时的力气挣一天工资，若是住在厂里，不是二十四小时都卖给它了吗？

小五惊讶地看着他，仿佛不敢相信自己的耳朵。她眼睛里的光亮在黯淡下去，慢慢地扭转了身子。这是表明她鄙视他的一种肢体语言，他太令人失望了。一个看上去既洒脱又有点学问的年轻人，怎么如此庸俗呢？

她不能不远离了湘九。

同样的情景发生在小秋与湘九之间。黄昏时凉风习习，他俩坐在船台上。小秋说，听说你家庭出身不好，你要跟父母划清界限。湘九说，你的出身是什么？小秋说她父亲是另一家船厂的党委书记，因为出身贫农而投身革命。湘九伸了个懒腰，打着哈欠说，那时候恐怕是为了活命吧，后来才知道革命这个词儿，于是就把当时的动机也说成了革命？

小秋比小五耐心一点，对湘九谆谆教导，出身不由已道路可选择等等，说了一大堆报纸上的话。湘九点了一支烟，默默地望着暮色中的船舶、桥梁。他在沉思。一片轻盈的暮霭在远处漂浮，小秋以为他被自己的话打动了。小秋说，你在想什么？

我在想，你找我谈心总是谈这些话，多没意思。湘九站起身一本正经地说，要是谈恋爱还好一些。

他的话简直惊世骇俗，使小秋不知所措。晚霞照红了她的脸，她的脸色红里发青。那时候她的双脚发软，想站也站不起来，于是，一个站在那里，一个坐在船台上，像电影片子忽然断了那样呈现出一段空白。下班后的工厂非常安静，河风吹动着他们的头发和衣裙。小秋将手托在腮下，呆呆地看着湘九，看得他不好意思离去。

我要找一个军人。小秋喃喃地说，既好像说给他听，又好像是说给自己听。我一直想当女兵，没有当成，所以我要嫁一个男兵，一个英武潇洒的军官。

湘九耸耸肩，像电影里的外国人那样耸耸肩。

湘九满师那年，船厂开始修理军用登陆艇。小秋如愿以偿，嫁给了一位天津籍的艇长。湘九不知道艇长是多大的官，那时早已没有军衔，士兵和军官的区别是两只或四只口袋，艇长穿着四只口袋的灰色呢军装。小秋把六颗喜糖送到湘九手里，湘九不动声色地说恭喜你，小秋低下头去，像蚊子一样轻声说，谢谢。

湘九始终不去正眼看那个海军军官，他摆脱不了一种替小秋惋惜的感觉，小秋的婚姻似乎建立在一种幻觉上，她爱上的是这身军装而不是这个穿军装的男人。小秋丈夫比她大好几岁，穿着一双笨拙的大头皮鞋，跟在小秋身后跟人们打招呼，小秋让他喊师傅他就喊师傅，让他点烟他就点烟。湘九觉得他既不潇洒也不英武，他身上甚至缺少一种军人的气质。

若干年过去了，湘九参军后第一次回船厂去看望工友，下班了，他和昔日的工友们一起乘厂车回城，坐下时发现身边是小秋。她带着一个女孩子，她的女儿。她让女儿喊湘九叔叔，湘九摸着孩子的脑袋说，你爸爸还在东海舰队吗？

小女孩忧郁地耷拉下眼皮说，我爸爸在铁路上工作，我很久没有看见他了。

湘九以为她父亲复员当了火车司机。他抬首对小秋说，你看看，当时我说你跟我谈恋爱多好，你偏要找个军官。现在他脱下军装开火车去了，我却正儿八经地成了一名军官，看来，女人的目光总是太短浅啊。

有人捅他一下，叫他坐过去，湘九这才有所醒悟。他看到小秋苍白的脸上有一缕凄凉的苦笑，整个身形都比从前瘦了一圈，一双大眼睛眨了几下，无言可对。湘九坐到后排去，与小秋同在电工间的美云轻声说，你别刺激她了。

艇长娶了小秋可以落户杭州，他因此而在婚后不久就申请复员进杭。原来艇长只是一个小小的排级干部，即便通过岳父的社会关系进了铁路系统也只能当个修理工。小秋的军嫂梦做得太短暂，夫妻间由互不理解走向三天一小吵五天一大闹。艇长果然缺少军人气质，据说他常常在岳父岳母面前伤心垂泪，每哭诉一次却只能增加一分小秋的反感，到了湘九向孩子问起她爸爸这一天，一切已无可挽回。

到站了，湘九下车，小秋抱着孩子也从车上下来。对不起，湘九对她说。他看到她的脸有些浮肿，皮肤的褶皱里有湿润的泪痕。他感到自己的玩笑确实开过头了。

小秋迟疑了一会儿，说出一句令人感慨万千的话。

那时候跟你交朋友要有极大的勇气，她说，我们都没有这个勇气。

她说的是真话，那时候，确实谁也没有这个勇气。那时候马各把湘九的家庭出身社会关系统统公布在厂门口的大墙上，各种罪名触目惊心。起因只是湘九在食堂贴了一张不点名的大字报，要求厂里对工人们一视同仁，少开些后门，不要拉帮结派，不要乱抛档案。生产科有位工程师姓吴，马各看他不顺眼，居然指使喽啰们在大字报上说他是“吴三桂的孙子”，他叔叔是淞沪抗战时英勇牺牲的中国飞行员，马各却说他是“国民党反动军官死有余辜”。

为国捐躯而死有余辜？湘九目眦欲裂。他不仅是替吴工打抱不平，虽然他问过马各：历史上的吴三桂早已被满门抄斩，与今日之吴工相差数百年，何来其孙子一说？他也是为自己而抗争。山雨欲来风满楼，湘九有一种兔死狐悲之感，不想成为第二个吴工而忍气吞声。

现在的小跷拐儿已非皮市巷新开弄的小跷拐儿可比。早在湘九进厂之前，马各参与批斗航运公司一位老红军，刑讯逼供，将其打成重伤。湘九因此而想起宁海的长征老人刘家贵，他不能不对这种人义愤填膺。

反抗的后果自然很严重。

墙上贴满了打倒湘九的标语口号，他的名字被倒写，打上一个大大的红钩，如同囚徒被法院判处死刑立即执行的布告。湘九站在墙前看着，抽着烟。一个新进厂的女工问另一个女工，湘九是谁呀，在哪个车间？湘九玩世不恭地说，是我呀，真的，这个坏人就是我。两位女工惊慌地掩住嘴，好像看到了一个妖怪。

湘九因此而快乐地大笑。

他的笑容很难看。他的心里其实很孤独。除了阿才洪宝，几乎没人再敢理睬他。

反对马各乃至老渠的人当然也不少，慢慢地聚集在一起，只是希望有一个名义，他们选择了挂靠“城市民兵”。

湘九被请去帮忙，抄写大字报。他被吸收进这个组织的时间正好一个月。这一个月里，他还跟着师傅戴上安全头盔乘着大卡车去街上逛了一圈，值了两个夜班，抓到一个小偷。一个月后，船厂的“城市民兵”就将湘九除了名，原因仍然是他的家庭背景太成问题，有损于该组织的声誉。

其实，船厂的这批“反对派”，对社会上的活动并不感兴趣。他被除名两个月后，这群乌合之众也作了鸟兽散。

湘九拿着饭碗走进食堂，默默地排在队伍后面，没有人跟他打招呼，身前身后的人都跟他保持一米距离，好像筑了一道无形的隔离墙。偶尔有人朝他看一眼或者笑一笑，湘九的眼眶都为之潮湿。油漆工老杜每次都朝他笑笑，有一次甚至托他带二两饭，湘九从此便记住了老杜。老杜的岳父是位受尽冤屈的起义军人，湘九入伍后多次帮助他申诉，终于洗净其身上的诬陷不实之词。老人家逝世时，湘九在第一时间赶去，虔诚地向遗体三鞠躬，送上了一副挽联、一只大花圈。

人心都是肉做的。人们心里其实都有一杆秤。

很久之后，湘九深刻地体会到这一点。很多人其实在默默地关注他，没有勇气跟他接近不等于歧视他。

二十年后的某个深夜，湘九在军营宿舍接到一个电话。我是小五，船厂的老同事小五，你还记得吗？湘九从迷茫中蓦然惊醒。他看看表，小五你出什么事了？

湘九在寂寥无人的街上拦了一辆出租车，赶到小五电话中所说的某幢公寓楼。这是一幢七八十年代建造的简易楼房，楼道里黑灯瞎火，只有一扇虚掩的门漏出灯光。湘九吃惊地看到人到中年的小五，看到她肿起的脸，唇际的血迹尚未揩净。湘九说，你被人打了？不是你打人而是你被人打了？简直不可思议！

小五抹着泪，径直往卧室走，湘九跟在后面说，你弟弟不是内卫部队的少校吗？还有你父母，手下有多少士兵和警察呀，怎么不叫他们带几个过来？小五坐在床沿上，痛苦地说，我不想告诉他们，父母年迈多病，弟弟血气方刚，我将所有的熟人想了一遍，想来想去还是你最可能出手相助。

房间凌乱不堪，地板上有女人挨打时淌下的斑斑血迹。湘九坐在一张摇摇晃晃的椅子上，听她讲一个凄凉的故事。小五的前夫跟她门当户对，本人曾经有一份颇令人羡慕的工作，后来因为执法犯法而被判刑入狱。小五等了他五年，等到他重返社会后才跟他分手。法院判决离婚时，对这套住房没有进行明确分割，小五带着儿子住在这里。破罐子破摔的前夫经常上门骚扰，大打出手也并非第一次了。

湘九想起往事，想起书记老渠的接班人阿仿。有一段时间传闻阿仿跟小五谈起了恋爱，湘九不以为然地说，小五怎么可能嫁给他呢？阿仿是肉店倌的儿子，找个豆腐店倌的女儿恐怕更合适。湘九说，你们等着瞧吧，他们不会有什么结果，阿仿只是一厢情愿罢了。

为了这番话湘九吃尽苦头。阿仿从保卫科科长当到书记，这个过程中几乎每个月批斗湘九一次，事实愈证明着湘九的预言，批斗便愈是升级。小五被推荐去当某所大学的工农兵学员了，远远地躲开了阿仿同志，无比失落的阿仿同志一遍又一遍痛斥湘九是“刘少奇邓小平的社会基础”。后来又将他变成了“四人帮”的社会基础。

湘九在夜深人静时分面对曾经风光无限而今变得痛苦不堪的小五苦笑。

他很想告诉她，白天他去钱塘江对面某个预备役团检查工作，摆渡时遇见了阿仿。阿仿在码头上当经济民警，看到湘九乘坐的军用吉普时敬了个礼，指挥拥堵在前面的车辆让出一条道来。湘九想避也避不开，只好跳下车去向他表示感谢。阿仿张口结舌地跟他握手，湘九拍拍他的肩说：老领导，麻烦你了。

湘九不是牧师，在这样的夜晚也说不出什么安慰的话。他给一位律师朋友打电话，请他马上赶到小五家。放下电话后湘九说，你儿子呢，儿子住在外婆家吗？小五啜泣着点点头，我怕他受到伤害，他是个很老实的孩子。湘九沉默了一会儿说，对不起，现在是法制社会了，我只能请律师帮助你解决这个问题。

律师很快赶到了现场，湘九告辞而去。已是凌晨时分了，街上一个人影也没有，小五却似乎有了一种安全感，她握着湘九的手说，谢谢你，你比我想象中成熟多了。湘九的脸上终于忍不住有了一点笑意，他说，你给我打电话时怎么想的，让我明天带几个兵去揍他一顿吗？小五捂着红肿的脸说，这倒未必。她迟疑了一会儿说，整你那会儿，你将别人，比如你师傅的事揽到自己身上，我就有一种感觉，你这个人，看上去有些玩世不恭，其实很仗义。

你骨子里有股江湖义气。她说。

这个词儿不大好听，湘九一本正经地回答她：是否改用“侠骨柔肠”这个词儿？我有一副侠骨柔肠。

小五终于在昏暗的路灯下笑了，笑容改变了她脸上的悲凉，使她重新显得年轻。她在一家四星级宾馆任部门经理，上班时穿着西式套裙，高跟鞋，薄施粉黛，指挥一帮主管和服务员小姐忙东忙西。造孽啊，湘九在心里叹息，一个很在乎仪表的女人，却被搞成了这般模样。

小五的父亲还是知道了这件事，几天后，湘九应其父亲邀请去她娘家做了一回客，这位在最高层身边担任警卫多年的老人，握着他的手久久无语。客厅里一张大幅照片令湘九沉思良久：毛泽东和这位老警卫干部于六十年代的合影。湘九不无感伤地想，历史改变人的命运真是太快了。

让你看笑话了，这是那天凌晨小五最后说的一句话。

湘九耸耸肩。我在某本书上看到过这样一句话，他说，人生一世无非是别人笑话笑话你，你再笑话笑话别人罢了。

熔炉里的火焰发出金色的光芒，被湿漉漉的汗水沾着的头发也被这金光映得发亮。湘九举起小榔头，让洪宝做他的下手打一批车刀。洪宝被火焰烤焦的额上显出一道道铁打的皱纹，眼睛火炭似的从发黄的玻璃镜片后面凸出来。湘九觉得自己的双手就是钢钳，钢钳成了他身体的一部分，成了活的、有生命的物体。烧红的锻件在铁砧上翻身，快得使人眼花缭乱。左，右，重打，好！……他发出一叠声命令，短促而有力。洪宝气喘吁吁地按照他的命令挥舞大锤，两个人的汗水都从裤脚管里不断地淌出来，一会儿就在地上湿了一大片。

这样的基本功，阿才不屑于帮他陪练，锻工车间有位洪宝师傅是湘九的福气。

车工们围着他俩看，湘九的喊声逐渐地变得沙哑。当锻件需要最后光一下时，他就让洪宝停下来休息，独自用小锤锻打。他仍在喊着号子，左，右，上，下，喊得十分起劲、十分有力，好像下了闸刀后的机器因为惯性而停不下来。“嗤”的一声，他将锻件扔进水桶去淬火了，人们发出惊叹声，这小子进步真快。

车刨铣磨，多半是女工，女工们喜欢湘九打的刀件。她们看到他将打好的刀件整整齐齐码在铁板上，然后拿出一只搪瓷缸子搁在上面，缸子里是他从家里带来的冷菜冷饭，不一会儿就冒出了热气。女工们说，湘九师傅，我们也要热一热饭菜！湘九从炉子里钳出几块烧红的铁板，默默地放到大铁板上。我还没有满师呢，他说，不要叫我师傅。

中午，女工们看湘九在锻工车间的墙上画画。他画了一个雷锋的像，戴着剪绒帽，扛着冲锋枪。女工们惊讶地看着他手里的画笔，看着那个久已泯灭的士兵从他笔下一点一点显现在墙上。雷锋的像占了半面墙壁，毛泽东“向雷锋同志学习”的题词又占了半面墙壁，人们确实很惊讶。一九七四年，全中国都在“批林批孔”，古运河畔一家船厂的车间里，有一个学徒工却在墙上画了一张雷锋的像。

这个以助人为乐而闻名于世的士兵的画像历经沧桑始终保留在墙上，直到船厂改制后锻工车间被拆成废墟。二十多年的时间里没有人去涂抹掉，马各也不敢动它。也许马各之流从来不屑于朝它看一眼，心里却十分清楚，许多人喜欢这幅画像。在那些乱哄哄你方唱罢我登场的岁月里，这幅画像给他们带来某种温馨的记忆，经历了太久太久的动荡，人们怀念曾经有过的安宁和谐的日子。

第一艘登陆艇进厂大修时，阿才提出了改造设备的建议，他说没有汽锤难以完成大修中需要更换的配件。阿才跟湘九商量，我们有没有信心和决心自己动手装配一台汽锤？湘九迟疑片刻说，就我和你两个人吗？阿才说是的，师徒两人。

湘九咬咬牙说有信心有决心。他想一辈子只有一门铁匠手艺总不是办法。一个部件一个部件地造出一台汽锤，满师时就不仅是个学徒出身的锻工，同时也成了合格的钳工和装配工。

阿才说我俩要各尽其才各显神通，湘九想了想说，我大姐在天津铸锻件厂，二哥在红旗自行车厂。

天津铸锻件厂无疑是一处重要资源，厂里生产的汽锤部件在业内很有名。阿才跟湘九打算以最小的代价取得成功。于是，湘九给大姐写信，要求帮助购买一台半成品或略有瑕疵的机身，以成本价解决配套轴承。

离别十五年后重返津门，湘九再温童年旧梦。他又看到了半殖民地时期的车站，看到套着粪兜拉车的骡马。丁字沽的筒子楼前，挂着红小兵臂章的孩子在踢足球。春末夏初的清晨，老人们把鸟笼挂在树上，一只鹩哥在歌唱。

从“牛棚”出来后的柳南有些破罐子破摔的模样，带着他们去见厂里能做主的头儿。她说我这是第一次求人，不是替我小弟开后门，而是为了支援军工建设，价格要便宜些，质量必须保证。头儿摊开双手说，第一次求人你就给我出了道难题，又要马儿跑得快又要马儿不吃草！头儿将他们带进车间，指着一台外表疙里疙瘩的浇铸件说，就这台吧，半成品按废品处理了！阿才跟湘九蹲下身去细细地瞧，脸上渐渐露出笑容。也许是浇铸时外模有裂缝，淌出的钢水形成了几块凹凸不平的疙瘩，内在质量却毫无损伤。阿才说，多打磨几次，油漆上得厚实些没有问题。湘九递烟给头儿说，谢谢您了。

铸锻件厂不生产轴承，湘九跟姐夫商量，姐夫说瓦房店轴承厂有，不太好搞。阿才说我们打着军工生产的牌子去，人家或许买账。姐夫淡然一笑。你以为人家不会查军工厂的名单啊，一家大集体性质的造船厂怎么排得上号?

湘九觉得姐夫变化很大，整天蔫儿了吧唧地不说话，偶尔说一句，让人心里堵得慌。家里乱糟糟的，柳南不会当家。小南吵着要跟小舅回杭州去看外婆。湘九扔给姐夫一条烟，柳南瞪大眼睛看他。柳南说，小弟弟你派头好大呀，你想气死我吗？湘九说，大姐，得饶人处且饶人吧，男人么，抽棵烟解解闷而已，又不是抽鸦片。

我得过肺结核病，柳南说，终有一天，我要死在这个烟鬼手里。

大姐夫答应通过铸锻件厂供销处替他们代购轴承。第二天，柳南拿走了湘九给的烟，只剩一盒给她丈夫。大姐夫说，把烟拿走这事儿我就办不成了，我得送给供销处的人。柳南说，你别跟我耍花枪了，我今天去问了仓库保管员，这批轴承厂里就有！说着，她从包里掏出一张入库登记的单子扔到他面前。

幸亏阿才不在场，他去逛劝业场了。湘九啼笑皆非地走出去，站在马路边上望着从自己嘴里喷出的烟圈圈儿凝神沉思。

究竟是什么改变了他们？是无休无止的运动吗，还是鸡零狗碎的生活？他想不通。说起来，两个人都是知识分子，患难夫妻，黯淡的政治和生活前景无情地销蚀了他们。

一个女兵走过他身边，好奇地朝他看一眼，湘九的心里一动，他在大姐家看到过这个女兵的照片。这是个相貌平常的姑娘。一身戎装衬托了她。湘九记得照片背后有句伟人的诗："待到山花烂漫时，她在丛中笑。"这使湘九想起咪咪寄给他的信，信封上的语录。湘九不由自主地跟在她身后走去。女兵走进楼里去了，湘九既感到惊讶又觉得在情理之中：她是大姐家的邻居。

湘九到过二哥的宿舍。一间小屋既简陋又孤单。一张小床一张小桌，小床四周用细竹竿撑着一顶破旧的蚊帐。如果桌上有一张姑娘的照片，一个梦境就会拉得很长很长。湘九觉得这个梦境很尴尬，二哥找不到合适的女朋友。人家挑剔他，他挑剔人家。

他站在楼道里，看到一扇窗子上映出女兵的身影。她正在跟家人谈论擦身而过的湘九。真是柳姐的小弟啊？她说，比她二弟强壮多了。女兵的额头高高的，鼻子却有些扁平，嘴唇很丰满，轮廓饱满而不乏曲线。她为什么提到他二哥，莫非对他有一点意思？

这是不可能的，二哥告诉湘九。说这话时二哥自然不会想到不久将要发生的变化。二哥像通常先替别人考虑那样告诉他，这女兵或许对他是有一点意思，但是政治地位悬殊，他不会考虑这个问题。

兄弟俩因此而相对无言。风在林梢鸟在叫，他们的交流不用语言。小南在外屋叫阿姨，他俩抬头，看到女兵提着一只黄挎包，笑眯眯地站在门口，从包里拎出一盒天津大麻花和一袋水果。大麻花让你小舅带去给你外婆，水果给他路上吃，女兵对小南说。看到他俩出来，她的脸一下红了。湘九说怎么好意思让您破费呢？女兵迅速地朝二哥看一眼。远亲不如近邻，她说，客气就见外了。

返程那天早晨二哥在上班，大姐将湘九和阿才送到楼下。湘九看见一只黑色的小燕子从屋檐的泥巢里飞出来，在低空中盘旋。女兵跟在燕子后面下了楼，她抬起手说，小弟你慢走。湘九朝她挥挥手，眼睛却看着大姐，大姐微微摇头，笑得有些苦涩。

夏天的时候湘九又去了一趟天津。这一回阿才没去，汽锤装配得差不多了，只剩最后一套轴承。湘九带了一点礼物想回赠女兵，一把王星记扇子，一块丝绸围巾。柳南说两三个月没见到女兵了，也许调防了吧，也许调到北京去了。

一种异样的感觉像阴云一样浮上心头，湘九说你陪我去一下她家吧。

原来这里是女兵的姐姐家，女兵到这里来，如同二哥到大姐家。女兵的姐姐很客气，推让了半天才收下湘九的礼物。大姐始终不好意思向主人打听她妹妹的近况，湘九鼓起勇气问了一下。主人的眼睛刹那间红了，妹妹病了，她说，她躲在传染病医院的病房里，谁也不见。

二哥听说此事后怔了许久，末了叹一口气，红斑狼疮，他说，这女孩子的命真苦！他的叹息老气横秋。

他们看着大姐拎着一袋水果走下楼，跟着女兵的姐姐去传染病医院了，他们的心里空落落的。女兵的姐姐跟柳南说，她们也见不到她的，只能将东西托护士转交给她。

女兵的形象好像一束光，短暂地闪耀一下，然后就消失了。

三年后二哥终于结婚。新娘是二姐的同事，那一年也二十七八岁了。婚宴前，二哥换上一套新的卡其布中山装，母亲叫他梳理一下蓬乱的头发。母亲说，你的头发掉得好厉害呀。

是吗，我也不明白怎么回事。二哥站在镜前茫然失神，手中的木梳停留在半空中。他看着镜中的自己，额前的头发已经十分稀疏，挡不住额上的皱纹了，他再看看手中的木梳，梳齿间缠绕着缕缕枯涩的发丝，他的表情十分惶惑。

湘九抱着出世刚三个月的女儿坐在母亲床前，女儿不安地动了一下，他低下头去，看到婴儿脸上有几颗亮晶晶的泪珠。显然，这不是婴儿的眼泪，而是他的眼泪。我哭什么，我为什么要哭？今天是二哥大喜的日子呀。他问自己。

婴儿的柔嫩的脸上，却又落下了几颗硕大的泪珠。

湘九从天津回杭州时路过南京，强强在火车站接他。他们乘公交车到大行宫去，路过水天一色灰亮的玄武湖。强强在后勤礼堂放电影。他说有几位朋友也看了湘九的《希望》，他们觉得作者充满忧患意识愤世嫉俗。他们想象作者是个精瘦的患肺结核的中年男子，住在古堡一般幽暗的小阁楼上，终日不停地笔耕，要做中国的高尔基、托尔斯泰。

湘九说这是初稿，现在没有时间和精力，将来改好了再拿出去吧。强强说我有数了，不会再给别人看了。

那天晚上，湘九住在强强宿舍，吃饭时强强介绍了一位金干事。个子高高的金干事是位摄影家，性格豪爽待人热情。强强说，他从新兵连出来不久，金干事下部队发现了他，将他推荐到南京。

金干事和强强陪他去了中山陵，一个伟人的灵柩安置在高高的山顶。强劲的江风徐徐吹送哀思，从山响起林涛哗哗的乐声。古城引人沉吟。几代皇帝的陵寝早已为年代久远的风雨剥蚀，石人石马又在近年遭受打砸而臂断肢残。

昔日的总统府冷清凋零，游人怯而止步。

湘九要去忠岚里，他们感到惊讶。金干事说，那里是军区总医院宿舍，你在总院有熟人吗？湘九摇摇头说，没有熟人。

站在忠岚里的旧式洋楼前，湘九的脸色在阳光下显得苍白而肃穆。他眺望往事，仿佛看到母亲倚在窗前，看着父亲在楼下钻进一辆美式吉普。两名卫士站在吉普车踏板上，父亲向母亲挥挥手，吉普车绝尘而去。

昔日的豪华和威风如玄武湖上吹过的凉风一样不可靠，而今母亲坐在延定巷五十四号的马桶上度日如年。

物是人非，湘九想进去看看却不得其门而入。

这里住着院长和政委，金干事说。

湘九回想母亲和哥哥姐姐说过的情景。进得门去是间厅堂，天花板上镶着石膏花饰，四壁有挂镜钱；地上铺着长条地毯，地毯上带有印度式样的花纹，还压着磨得很光滑的铜条。邻居们喜欢与这样的人家交往，一家照相馆的老板说，张夫人，我儿子叫您干娘可好？母亲说好啊，干娘给儿子压岁钱。

湘九久久地站在那里。别人都面朝街对面的梅园新村，唯有他面对忠岚里。他看不到行人，听不见汽车的喇叭声，他的世界一片死寂。一九七四年，忠岚里在古老的金陵城里还算得上有些气势，闹中取静，水门汀擦得干干净净。然而，湘九心里很明白，这里的一切早已与他、与他的家人毫无相干，他在凭吊一片废墟。

他慢慢地走着，走过中山路、汉府街。他想象哥哥姐姐们上学放学从这里走过，他们站在达官贵人的花园前，扶着铸铁栏杆向里面张望。黄埔路，蒋某人的官邸。傅厚岗，李宗仁官邸。父亲有过多少回从这里进进出出？一九四九年一月，司徒雷登先生对于蒋先生迟迟不肯下野十分愤慨，他对李宗仁说，我已明确告诉蒋，美国政府认为，为了能促进国共和谈，给南京政府造成一个喘息的机会，他还是急流勇退为好。当晚，李宗仁就把司徒雷登的话告诉了父亲等几位部下。

母亲说，你阿爸很快就去了长沙，拜会程潜和一兵团司令陈明仁将军。那段时间他一会儿到东一会儿到西，湖南可能和平起义的消息提前半年他就悄悄告诉我了。

湘九站在这些高墙前面，想象当年的高墙背面是一片神秘莫测，寒风肃杀，中华民族的历史与命运瞬息万变。

所有这一切对湘九而言都显得陌生而亲切。他进入了一种物我两忘的境界，站在街头恍若入梦。他对强强说，你要在南京站住脚，要争取早日提干。湘九说，我会常来南京的，南京啊真是一个好地方。

这一套轴承，湘九随身带着，从天津带到南京，又从南京带回杭州。一上班，他和阿才就没日没夜地干，把锻工车间变成了装配间。金工车间的女工们有求必应，帮他们加工和修改各种配件。

终于有一天，阿才一按电钮，汽锤“嚓空嚓空”地响起来，湘九将脚踩在操作杠上，锤头飞快地猛击锻件。汗水流在他的嘴唇上，吸进鼻子里，他心荡神移。洪宝和教官痴痴地看着这台体积不大效率倍增的新设备，简直不敢相信这样的机器是两个铁匠自己造出来的。

意识像一条白色的鱼，在炽热的火光里游动。充满煤烟和油臭的空气里，新下水登陆艇的汽笛发出颤抖的吼叫。铁板被冷作工锤击的叮当声，落地行车的轧轧声，锯齿拉扯的叽嘎声，一时都停了下来。人们都涌进锻工车间来，看他们操作新机器。

太阳落山了，血红的余晖在船台上疲倦地闪烁着，湘九放下铁钳，欣赏着自己用机械完成的产品，第一次，他感到自己成了一名真正的产业工人。

在向完成这台汽锤发起冲刺的这段日子里，没有人找他们的麻烦，挨批斗的任务暂时地落在洪宝身上。利用休息天换鸡窝走资本主义道路的罪行终于被人揭发了，马各台上台下地指着他鼻子臭骂。洪宝挨斗的黄昏，运河堤岸上许多人家延误了做晚饭，因为主妇们等呀等，一直没有等到那个戴披风帽穿破皮鞋的人从门前跑过。到了晚上八九点钟，他才重新出现，扛着一个长条凳子，上面有一台小小的手摇砂轮，他身上散发出磨刀砖、破布头、塑料盆里的浊水的霉臭味，一户人家一户人家地问：需要磨剪刀戗厨刀吗？

十年后的一天，湘九的女儿又佳写了一篇作文：《爸爸的手》。“我爸爸有一双胖乎乎的手，一双神奇的手，不光会写小说，会打枪，还会磨剪刀戗厨刀。”天长小学一年级的杨老师将她的作文作为范文，在课堂上读得声情并茂。“我家里的厨刀和剪刀都是爸爸亲手打的。还有一把不锈钢做的锅铲。其实，爸爸一共做了两把，另外一把被头儿没收了。”

确实是这样的。一把锅铲被一个绰号叫“西湖牌”的革委会委员没收了。湘九说，我是利用中午休息时间做的，材料也不是单位的，船厂没有不锈钢么！“西湖牌”说，业余时间干私活也不行，材料用外单位的同样是犯错误，外单位也是公家。“西湖牌”将这把不锈钢锅铲没收到自己家的厨房去了。

洪宝将这些手艺教给了湘九，湘九则教他看图纸算材料开模具。虽然只有“小学本科”文凭，自学成才的湘九在锻工车间也算得上是个知识分子了，到了三年满师的时候，六级工的考题，都是他根据参考书出的。

劳动给湘九带来愉悦，前途的暗淡却给他带来沮丧。他骑着自行车去卫生学校，看到咪咪坐在教室里晚自修。同学们普遍比咪咪年龄小，他们以好奇的眼光打量湘九，窃窃私语。“四只轮子一把刀，白衣战士红旗飘”。四只轮子是驾驶员，一把刀是肉店倌，白衣战士是医护人员，红旗飘是军人。这些是当时最吃香的职业，湘九却是一个铁匠。

卫校的男生不多，个个以未来的大夫自居。湘九只跟一位大个子男生能够聊上几句。大个子跟人比赛喝粥，一顿喝了十三大碗，他想再吃时，食堂的粥卖完了，湘九说其实你比我更适合当铁匠。

如同风行一时的打鸡血针扎针灸一样，社会上悄悄出现了一股算命热。猫儿桥有个瞎子被传得神乎其神，各色人等趋之若鹜，要预约要排队还要熟人引见。平平对湘九说，上仓桥有个汪瞎儿，水平不比猫儿桥的低，我们也去算一算吧。

平平进了街道办的无线电元件厂，厂里一位师兄鬼鬼祟祟地将他们引进汪瞎儿家。那是一间阴冷潮湿的小屋，长凳上坐着几个等待算命的人。汪瞎儿坐在供桌前的一张椅子上，戴着一副深不可测的墨镜，不动声色掐着指头算人的八字。孔子曰：不知命无以为君子。他轻声慢语地提醒排队等待的人们，仿佛看到了各人脸上的惶惑之色。

善恶有报，如影随形，他的话像从深井里提上来似的，在屋子里发出权威的嗡嗡回声。

湘九心不在焉地环顾左右，眼光落到正在算命的一个年轻人身上。这个瘦弱的男子看上去比他大不了几岁，面色晦暗，愣怔怔地瞧着汪瞎儿。他显然不太听得懂瞎子的话，汪瞎儿不得不用大白话明确地告诉他：

你命中有难，我算到你三十六岁，再也算不下去了。

怎么可能？小伙子脸色变白了，现出大吃一惊的表情。我没有什么大病，他颤抖着身子说，难道我只能活到三十六岁吗？

我没说你能活多久，汪瞎儿面无表情地说，我说的是算命只能算到你三十六岁。

所有人都变了脸色，排在湘九前面的一位妇人悄悄地站起身，蹑手蹑脚往门口移动。小伙子哆嗦着，从口袋里摸出两元钱放到汪瞎儿面前。汪瞎儿摆摆手，好像看到了这张钞票似的。我不收你的钱了，他的语气依然很平淡，却令人不寒而栗：我送你一命。

湘九看妇人，妇人使劲朝他摆手，她被吓坏了，不想算自己的命了。湘九摸出打火机，给汪瞎儿点燃一支烟，他大大咧咧地走到汪瞎儿跟前坐下说，给我算吧。

生辰八字？汪瞎儿问他。

一九五〇年六月十四日，农历四月二十九，早晨八点。这是必须告诉他的，湘九想，其余的我一点风也不漏，看你胡说些什么吧。

庚寅年，属虎。汪瞎儿念念有词。甲戌并牛羊，乙己鼠猴乡，丙丁猪鸡位，壬癸兔蛇藏，庚辛逢虎马。他的声音越来越轻，嘟嘟哝哝，湘九不知其所云。

母在父不在，汪瞎儿突然抬高嗓门迸出一句话：对吗，你母在父不在了？

湘九瞪大眼睛看着这个老瞎子，心中的惊骇难以形容。屋子里骤然静寂之至，平平，平平的师兄，倚在门边的妇人，都凝眸看着他俩。湘九把手伸进口袋，摸着袋里的一张五元大钞。他想，就冲你这句话，这张钞票属于你老人家了。

为什么，湘九说，为什么我是母在父不在了？

汪瞎儿淡然一笑。你命里与父亲犯冲，他说。

湘九仿佛没有听见，或者是听见了不想回答。他瞧着汪瞎儿蠕动的嘴唇若有所思。老人又在掐着手指念念有词了。他脸上的表情极为丰富，眉眼之际云卷云舒。

汪瞎儿突然站起身，朝湘九作揖。湘九惊讶得赶紧跟着站起身来。

天乙贵人遇生旺，则形貌轩昂，性灵颖悟，理义分明，不喜杂术，纯粹大器，身蕴道德，众人钦爱。绝则执拗自是，喜游近贵；与劫煞并则貌有威，多谋足计；与官符并，则文翰飘逸，高谈雄辩；与建禄并，则文翰纯实，济惠广游，君子人也。

我算命几十载，第一次遇到天乙贵人之命！汪瞎儿背书般地说完这一大段话，一屁股跌回到椅子上去了，他提高嗓音又激动地说道，再次作揖。先生，汪某人谢谢您了！

湘九笑了，平平和他师兄也笑了，门口的妇人走回来了，屋子里氤氲一股祥和之气。湘九摸出五元钞票交到汪瞎儿手里。汪瞎儿说，且慢，让我过过给您算命的瘾吧，一段一段算给您听，算错了请您当场指正，算对了自是您吉人天相。

湘九有一种腾云驾雾之感。他确实难以相信，老人算得神乎其神。五岁至十岁时有一小难，须出远门避之。十五岁至二十岁，也须出门，且为时持久。二十岁至二十五岁期间可回家了，却是波涛汹涌不息然而皆有惊无险。湘九大笑着回答他说，我今年虚岁二十五了，以前的大致不错，以后的却只能姑妄听之矣。

汪瞎儿一本正经地说，三十三岁至三十八岁时您命中将遇贵人，贵人相助，逢凶化吉，遇难呈祥；同时则有一木正材。

湘九问，何谓“一木正材”？

汪瞎儿说，到时自会知晓。

送您一句乾卦中的话吧，将来做官了用得着的，汪瞎儿很严肃很认真地告诉他，在上位而不骄，在下位而不忧，故乾乾因其时而惕，虽危而不咎也。

湘九想了足足有一分钟。

这好像是《易经》中的话吧？他说。

汪瞎儿点点头。一般人算到六十八岁，我算您算到七十三岁，如果记住这番话，七十三岁之后还有我没有算到的命。他说：还有一句话：人若抗命，必遭天谴，望好自为之。

记住了。湘九不能不收敛了笑容，认真地向他鞠个躬。天行健，君子自强不息。他停顿了一会儿，说，我当好自为之。

汪瞎儿应当是后天瞎的，年轻时想必读过不少书。从根本上说，湘九是个唯物主义者，然而，从小看到母亲烧香拜佛，头上三尺有神明，不能不对他心理上有所影响。

平平的命被汪瞎儿算得比较平常，湘九只记得“倒背钱筒”什么的，意思是：他手里聚不了财。湘九不敢想象贵人相助，波涛汹涌不息然而皆有惊无险，这句话足矣。

汪瞎儿的箴言在湘九心中留下了难以磨灭的印象。在上位而不骄，在下位而不忧，他的心境由此而坦然。

“贵人之说”还是缠绕在他的心头，令他将信将疑，即便有一天，天上掉下馅饼，又如何会落到他的头上？

那一天是星期天，湘九推着自行车出了门。咪咪的母亲从桐庐回来了。一位元帅坠机蒙古温都尔汗之后，战备医院逐步走向式微，终于撤销。咪咪说，学校分给两间平房，她打扫了一下，迎接母亲归来。她请湘九去帮忙干点搬行李之类的活儿。

他跨上自行车，向巷里的街坊们点头打招呼。大伯大妈们向他微笑，他们不知道他在船厂是个“牛鬼蛇神”，只晓得他是一个孝子。不管什么朝代，孝子总是让人喜欢的。

他骑到巷口，看到剃头老王的儿子。老王的儿子当了两年兵，第一次回家探亲。儿子让父亲歇一会儿，自己替他给顾客剃头。湘九跳下车，老王儿子说，湘九，你快满师了吧？

湘九说还有一年多呢，说着就欲走进店里去，很久没有给人剃头了，他有些技痒，想替一下老王儿子。有人喊他一声，剃头店里的人们都抬起了头，看他身后的人。那是兰，延定巷的街坊很久没有看见她了。她手里拎着一个灰蒙蒙的旅行箱，穿着一身厚厚的棉袄棉裤，站在巷口似乎很生疏地看着他们。

湘九看着风尘仆仆的兰，兰看着弟弟，两个人的嘴唇都在哆嗦。一个小小的脑袋从兰的背上伸了出来，好奇地看着他。这是谁？孩子问妈妈。兰解开胸前的布带，把孩子放下来。华华，快叫小舅舅！兰对孩子说。

湘九一把抱过华华，奔回延定巷五十四号去，华华在他怀里哭了，他的哭声像放号炮一样，一炮响过一炮。

母亲坐在床上，快，快把孩子抱过来给我看！兰叫了声姆妈，一串泪珠滚落下来。湘九说，华华，叫外婆！华华依然抽噎。湘九恼火地说，你光知道哭吗？再哭我要打你屁股了！孩子不哭了，狠狠地瞪着他。叫外婆，湘九命令他。孩子不听他的命令。你是个坏蛋，坏舅舅！孩子突然蹦出一句话。

湘九想找个玩具哄他，家里却什么玩具也没有。他记得自己有过一把木头手枪，龙骧跟二姐谈恋爱时给他买的，五角钱，他一直玩到下乡插队。这支枪早就不知道扔到哪里去了。湘九跳舞给华华看，“我爱北京天安门，天安门上太阳升”，他一个大劈叉，坐倒在地上。华华不笑。湘九再跳一个舞，“雪山升起红太阳，拉萨城内闪金光”。华华仍然撅着嘴想哭。湘九爬到桌子上去，作出上房揭瓦的姿势。舅舅上房喽，兰用宁夏话说。华华终于扑哧一声笑出来了，舅舅上房喽，他说，舅舅给华华上房喽！

至少有半年，“舅舅上房”成了湘九让华华高兴的保留节目。只要他想起来了，就会命令舅舅上房，不上他就大哭。湘九不得不爬到桌上、床上、梯子上去，像跳大神似的手舞足蹈给他看，他拍着手哈哈大笑。还有就是骑在小舅舅的肩上逛街。湘九扛着他去卫生学校，扛着他跟咪咪去逛西湖。有时候，孩子半夜里醒来，也要舅舅上房，也要骑在他肩上荡来荡去。所有人都说，他把这孩子宠坏了。

湘九不以为然，他喜欢孩子，他的天性中有一种可以称之为怜悯的东西。华华这么小就离开了父母，湘九觉得他的童年比自己更凄凉。湘九看着他楚楚可怜的瘦小模样，常常在不知不觉中眼眶潮润，不由自主地饱含了泪水。

兰姐带来宁夏的照片。黄河边的平原，矮小的平房，门前的黄土路上走过马车。李建中被招工离开了宁夏，照片上他的背景是矗立于荒荒大漠中的油田井架。这个瘦小的男人有了一些豪迈之气，他的造型接近铁人王进喜。

人不可貌相，李建中本质上是一条男子汉。多年之后，他将自己的一个肾割给了儿子，湘九对他肃然起敬。

李建中被招到甘肃庆阳油田当了石油工人，兰姐在宁夏当了公社中学的数学老师，两口子谁也没有精力带孩子，只好把孩子送回杭州来。

湘九上班去了，母亲带不了孩子。湘九把华华送到湖滨街道幼儿园去，送去和接回都是一场心力交瘁的斗争。走过一趟去幼儿园的路后，第二天刚拐过平海街，孩子就哭喊起来，我不要去幼儿园，小舅舅，你不要把我扔在那里呀！湘九觉得这简直就像生离死别。孩子从保育员怀里伸出双手扑向他的姿势，如同一个定格的电影镜头，让他在车间里一整天心绪不宁。

华华去湖滨幼儿园不到一个月，湘九跟他一起受罪二十几天。有一天他下班迟了一点，赶到幼儿园时，看到大多数孩子都回家了，只有几个全托的孩子脏兮兮地在角落里玩。偌大的房间中央，放着一张凳面朝下的骨排凳，华华站在中间。房间里没有一个大人，凳子倒下了，压在孩子身上也没人扶一下。湘九在门口站了几秒钟，华华孤苦无助的模样使他心头一阵阵疼痛，他走进去，华华抬头看到了他。舅舅！华华小嘴一瘪，骨排凳摔倒了，他在地上挣扎着扑向湘九。湘九抱起他，两个人的泪水流在了一起。湘九说，不来了，华华，舅舅再也不会把你送到这里来了！

任何人都劝说不了湘九，他再也不肯将华华送到幼儿园去了。他觉得这个孱弱的孩子实在太可怜了。他身上穿着寒酸的旧衣裳，讲的是西北农村土话；他的小脸蛋消瘦、苍白，由于经常哭泣的缘故，眼睛深深地隐在一层阴影里，一双小手长满冻疮。湘九说，我带他到船厂的幼儿园去，我不骑自行车了，我带着他乘电车上下班。

这个想法不现实。船厂离家有二十多里地，还要摆渡。母亲叫来二姐，二姐说把孩子交给我吧，我调到长生路小学了，学校有附属幼儿园。乐乐中学毕业去建德农村插队了，一平、一凡已经到了可以帮助照顾小表弟的年龄。

二姐提了一个要求：湘九不能经常去看华华。二姐说，他去一趟，华华就会哭一场，好像吃奶的孩子见了娘似的，要下决心给他断奶就不能再见小舅舅！

漫长的冬夜，湘九辗转反侧，梦里听着华华的哭声，醒来却是一片空白。犹如窗外的雪，一半真实地飘落，一半虚幻地融化。在此之前之后，湘九喜欢许多孩子，包括自己的女儿又佳，都没有如此牵肠挂肚。直到华华大学毕业参加招工体检，查出他先天只有一个发育尚算正常的肾，湘九才明白了自己为什么格外怜爱这个小外甥。

这个孩子确实太可惜。大学毕业，他自己找工作，中关村一家著名的 IT 公司，一位难得来上班的名教授遇见了他。教授听到人力资源部的人用英语对这个男生说，我们招的是北大清华的研究生。华华同样用英语不卑不亢地回答说，我不是名校毕业，我是本科生，但是我能够胜任你们招聘的岗位，希望给我一个机会证明我的能力。教授走过去，朝人力资源部的人摆摆手，亲自对这位小个子男生进行面试。面试的结果是，这位后来担任了国家领导人的教授，向华华说了一句话：我由衷地欢迎你加入我们的事业。

你要注意身体，你一定要特别注意保重身体。这是后来的岁月里湘九每次见到华华必说之语。说这话时，他的眼前总是叠印出这孩子童年时的一个个镜头，他的心便隐隐作痛。自古贫贱出英才，纨绔子弟少伟男。这孩子成了一个工作狂，他那个正常的肾也开始变得不正常了，他还在拼命地忘我地工作。

湘九说他，你是不是走进了一个总想出人头地的误区？

湘九说，小舅舅更喜欢童年时的华华。

二

半山汽轮机厂·交通机械修配厂·南京雨花台·船厂黄色的办公楼

咪咪被分配到位于半山的汽轮机厂卫生所，湘九陪她骑车二十多里路去报到。船厂在杭州城的西北角，汽轮机厂在东北角，两人的单位与家正好形成一个三角形。

两个风尘仆仆的人拎着铺盖和网线袋进了厂，向一位师傅打听人事科。这位个子颀长的师傅叼着一支烟，抱着双臂打量又小巧又腼腆的咪咪。你是新来的医生？他似乎不太相信。

咪咪拿出分配通知单，他仔细地看一遍。跟我走吧，他说。

我叫胡水根。将他们带到人事科门前了，师傅才弯下腰来，介绍自己。湘九递支烟给他，说，请胡师傅多关照。胡水根点点头，露出了笑容，当然，谁让你们第一个见到我呢！

人事科的人将咪咪带到卫生所。咪咪换上了白大褂，齐耳的短发用一条蓝色的缎带箍住，圆脸下套一副听诊器。她的座位靠窗。在秋日的阳光下咪咪的身影显得单薄纤细，面对患者有些紧张。她抬起胳膊擦着脸上的汗。胡水根恰到好处地再次出现了，带来一位女工。这是我老婆小朱，正好有点不舒服，他压低嗓音，朝咪咪眨眨细眼睛，你看她是否应该休息半天？

湘九回城里去了，咪咪送他到厂门口。开病假条要慎重些，湘九关照她说，开多了其他医生会有看法。咪咪点点头说，路太远，你乘十二路公交车回去吧。湘九摇着头说，把自行车放在这里，我明天上班怎么办呢？他跨上车向她挥挥手。

湘九有一种奇怪的感觉，一种如释重负之感。现在，咪咪跟他的地位完全平等了，不，比他高了许多。她成了全民所有制工厂的厂医，他却是一个大集体工厂的工人。他觉得，自己再也无须为当初心中对她的承诺负责了。

离开汽轮机厂一段路了，四顾无人，他抬起头，向着高高的天空大喊一声：我自由了！

这种感受，如同一九四九年十月一日上午站在天安门广场上的人们。

蓝天白云下，一个快乐的单身汉优哉游哉。

这样的感觉维持一年多。湘九白天上班，晚上看书，路隔得远，跟咪咪只是偶尔通通电话。难得有一天休息，他跟平平国华他们去西湖边喝茶，聊天吹牛，享受着从前那种无拘无束的生活。

直到有一天，咪咪找到他，对他说，厂里分给她一间用作结婚的小房间，如果不结婚的话，今后分房的机会将遥遥无期。

那时候湘九有一种特别沮丧的感觉，他半天说不出话，回答不了咪咪。母亲因此而很生气，她老人家将他叫到床前说，幺儿呀，你不要身在福中不知福。

病久的母亲早已接受了咪咪，她很难想象还能有其他人可以取代这个姑娘成为她的儿媳妇。这个赤脚医生出身的姑娘来自西北农村，从宁夏回来时身上带有虱子；她不嫌老人身上的气味，侍候她打针吃药。习惯成为自然，母亲认为湘九已经不再有任何选择的余地。

第一次，母亲将阿才师傅请到了家中。母亲说，师傅我拜托您了，请您替我教训他。儿大不由娘，但这件事，由不得他！

阿才师傅大包大揽地说，您放心吧，这件事就交给我处理了！

阿才采用的方法直截了当。他将湘九叫到锻工车间的雷锋像前，让他面壁思过。阿才看他的神情，令湘九心惊肉跳。阿才对他说，你想多找几位姑娘再谈几次恋爱对吗？你的花花肠子作为过来人我一清二楚！告诉你，过了这个村就没有这个店了，你将来会后悔莫及！

湘九结结巴巴地说，我怕连累她，我的政治地位和经济地位都不如她，我天天挨批斗，再说，她……她母亲也反对啊。

虚伪，知识分子的虚伪！阿才恶狠狠地对他冷嘲热讽。狼要吃羊，总是能找到借口的。什么叫做道貌岸然的伪君子，老子今天终于见识到了！

湘九气得吃不下饭。咪咪来看他时，他板着脸，半天不说一个字。咪咪说，你总得说句话呀，成还是不成，我也好跟厂里回话。

你先跟我母亲说了，再来跟我说，湘九气呼呼地说，我还有什么可说的？农村包围城市，你真是太了解我的弱点了。

咪咪惊讶地看着他，看得他不得不低下头去。

咪咪伤心地哭了。原因很简单，所有人都知道他俩风风雨雨的好些年了，她的户口也是他帮助搞回来的，如果分手，闲言碎语的目标首先是她而不是湘九。咪咪说，你想再过几年考虑这个问题我也没意见，但是，房子就要靠你来解决了，我没有办法了。

咪咪端了一盆水在延定巷五十四号的后天井洗湘九母亲的衣服，洗得很委屈。并非所有人都赞同她跟湘九的交往。一个老同学对她说，你找湘九太吃亏。咪咪说，那我该找谁呢？老同学说，找不到大学毕业生，至少找个中专生吧，或者军官。咪咪说这也是你给自己定的条件吗？老同学说当然，我的最低条件是复员军人、车间主任。

冬日的阳光照耀着天井里的晾干竹，湘九将母亲的尿布晾起了，回转身去拿咪咪洗好的衣服。他不敢看她的脸，心里明白自己早已是四面楚歌走投无路。回忆、向往、愧疚和恐慌，组成了一座座迷宫，他迷失其中失而复得、得而复失。母亲一步一步地挪到厨房门口，瞪他一眼。好了好了，都是我的错，湘九站在尿布下举起双手投降，我去打扫房间，我去置办家具，我明年就让你抱孙子好吗？

连森、孝仔和阿成都病退回城了。阿成在学木匠，他打的第一张床算错了尺寸，不符合规格。湘九以四十元的价钱买下这张床，又以三十元买下一对木制小沙发。咪咪的母亲沉着脸对女儿说，给你陪嫁一只五斗橱。平平说，我哥哥买了一张小方桌、四只骨排凳，一时用不着，算我送给你们的贺礼吧。

一九七六年正月初三，婚礼终于在二姐家举行。母亲拿出二十元钱对湘九说，委屈你们了，娘只有这点能力。湘九想推辞，又怕伤母亲的心，叹了口气收下。

除了兄弟姐妹，湘九只请了几位老同学老朋友。他们的礼钱从四元到八元不等，最大方的肖露送了二十元。龙骧在厨房掌勺，两桌酒席算得上色香味俱全。新婚照片是在慧光照相馆照的，湘九穿着一件灰色的海军呢大衣，面容由于连日操劳而显得憔悴。咪咪穿着一件黑色麦尔登呢大衣，湘九在估衣店买的二手货，二十八元，这是她最体面的一件衣服了。

岳母大人来了，虽然很不情愿，她的礼数还是很周到，先是询问亲家母的身体情况，然后向亲朋们一一招呼。

朋友们在二姐家有些拘束，直到婚宴结束送新郎新娘去新房时才热闹起来。

星光照耀着一群蹬着自行车的年轻人，公路上响起嘻嘻哈哈的笑声。郊外的河水冲刷着岸边的石子，树影婆娑。他们唱歌。《莫斯科郊外的晚上》《喀秋莎》。“河里青蛙从哪里来，是从那水田向河里游来；甜蜜爱情从哪里来，是从那眼睛里到心怀。”国华说停一停停一停，听我唱《知青之歌》！“蓝蓝的天上白云在飞翔，美丽的南京古城是我可爱的家乡！”大家都听他唱，河流模糊地闪着光，他们的眼睛也闪着盈盈的光。

脚下的路好像没有起点也没有终点，他们在夜风中蹬车蹬得摇摇晃晃。

新房设在厂区里面的一幢宿舍楼里，十二平方米一小间，没有厨房，湘九用一只电炉烧茶。隔壁有两户人家。一户是军转干部，夫人也在卫生所。另一户是在厂里建造工程项目的建筑公司副经理老罗，有两个儿子，一个七岁，一个九岁。

朋友们闹腾到天亮才离去。军转干部一家人脸色不大好看。咪咪送喜糖过去，那位女医生打个哈欠说，一晚上没睡好觉。咪咪红着脸说，对不起，以后我们多注意。女医生说，以后有了孩子，我们就更睡不安生了。

她的话不幸而言中。十个月后又佳出生了，天天夜里要湘九抱在怀里才能入睡，明明看她睡着了，轻轻地放下去，身子刚一沾床她就哭着醒来。抱在手里不动也不行，非要踱来踱去把湘九当成活的摇篮才睡得安稳。从怀孕到孩子出世，咪咪疲累之至，最大的愿望就是睡觉，睡不好脾气就暴躁。她在床上翻一个身，迷迷糊糊地说，湘九，求求你了，你把她抱走吧。湘九不得不抱着又佳在楼道上走过来走过去。他满怀歉意地瞧着邻居开亮了灯，听到他们的牢骚声，他对又佳说，求求你，小祖宗，求求你快睡着吧，爸爸明天还要上班，爸爸走投无路了，在大街小巷贴了一百多张告示：天皇皇地皇皇，我家有个小儿郎，过路君子读一遍，一觉睡到大天亮。

四川籍的老罗是位起义军官，或许因为经历坎坷，这家人特别有教养。两个孩子都喜欢又佳，半夜醒来，七岁的罗林总会溜到走廊上，叔叔，让我抱抱又佳好吗？他的一双大眼睛闪烁着祈求的光亮。湘九把又佳小心翼翼地放到他细细的小胳膊上，又佳睁开眼睛，哭声戛然而止。又佳，叫我小舅舅，罗林求她。他抱不动她了，坐倒在竹躺椅上。那时候湘九赶紧回房睡一会儿，醒来又赶紧回到走廊上。老罗夫妇把手放在唇上，朝孩子努努嘴。又佳躺在罗林怀里，罗林躺在竹椅上，晨曦照射在两个孩子身上，像一幅无比恬静的画。

其实整个怀孕和孩子出世的过程都是苦不堪言。船厂从修理军用登陆艇进入了试制登陆艇，天天下班后再义务劳动两个小时。穿越漫长的郊区公路回到家时，咪咪已经躺在床上，强烈的妊娠反应使她连说话都懒得说了。湘九在船厂吃了晚饭回家，到家后去水房里匆匆冲个凉，夜便深了。

婚后的生活没有花前月下，没有促膝谈心，只有日复一日的疲惫和辛劳。星期天回城，替母亲收拾屋子，又有做不完的家务活。

无人照料的日子母亲又是如何捱过来的？这似乎也是一个奇迹。

小汽锤难以制造大型锻件，有一段时间湘九跟着阿才去交通机械修配厂借用那里的设备锻大件。相对船厂而言，交机厂的环境比较轻松，湘九跟那里的师傅们相处很融洽。

交机厂对面是铝制品厂，从金华乡下回城的肖露在那里当电工。湘九有时过去跟肖露共进午餐聊一会儿天。肖露谈对象时请湘九参考：女方双亲早逝，叔叔姑姑都是旅日华侨。湘九说，管他什么海外关系呢，本人贤惠第一。肖露接受了他的意见。若干年后，湘九初访东京，肖露的夫人见到他如见亲人，喜泪交加。

船厂的领导为什么怀疑新婚不久的湘九偷偷去过一趟北京是一个谜，这件事或许跟汽轮机厂的李某人有关，或许另有隐情。李某是干部子弟，其父乃人民医院院长。湘九并非不跟干部子弟打交道，但他确实跟李某人素无交往。

跟干部子弟们最初的交往来自强强，强强把湘九写的文章给了几位朋友传看。后勤礼堂经常放映一些内部电影，这些片子当然是放给有一定级别的首长看的。首长的家属为了多看几部进口的片子而跟强强这个小兵套近乎，渐渐地就有几位成了朋友。这些朋友虽然都穿着军装，在地方上却各有各的门路。船厂供销科遇到一时采购不到的材料时，湘九替他们去南京找路子。有一回，强强说漏了嘴，告诉一位手抄本《希望》的忠实读者：作者来了。

强强已当了排职干部，发下两双军官皮鞋，送给湘九一双。两个人将皮鞋擦得锃亮，去这位读者家里喝茶聊天。与曹治有过交往的湘九坐在将军家的客厅里，并没有太多的不自在。一群青年军官向他提出文学或非文学的问题，他有口无心地一一回答。他的阅历使这些同龄人讶异，信手拈来的实例与思考在他们看来似乎都是真知灼见。南京空军医院的一位女药剂师说，我有个表哥名叫王靖，跟你一样，总在写一些发表不了的文章，说一些奇谈怪论，我将你介绍给他吧。

湘九跟王靖没有太多往来，通过几封信，收到过他寄来的几份信息资料而已。湘九没把这些交往放在心上，那时候王靖一点也不出名。王靖出名是在两三年之后，中国出现了一个名词叫做“拨乱反正”。当西单的一面墙上贴满各种文字时，一个电影剧本引起了轰动。这个剧本叫做“在社会的档案里”。其实到了那时，湘九也没有想到，剧本的作者王靖就是药剂师的表哥王靖。

汽轮机厂的李某人也跟北京南京的一些干部子女交往，从他们那里了解到一些大人物的处境和想法。毫无疑问，这是一个有责任感的年轻人，位卑未敢忘忧国，这一点倒是跟湘九有些相通之处。但是，湘九的胆量、魄力远不如他。李某人策划于密室，炮制出一篇惊天动地的文章叫做“总理遗言”。湘九事先没有听到过半点风声，事后反省自己：如果知道的话敢不敢参与？回答也是不敢。

古老庄严的紫禁城的红墙黄瓦和汉白玉台阶显示的威风，在悲愤的人们眼里成了一种虚张声势的艺术夸张。他们在寒风中默默地看着周恩来的灵车缓缓驶出了三〇一医院，驶过长安街，驶向八宝山。湘九是在新闻中看到这些画面的，当然，也有王靖他们寄来的照片，后者比前者的内容更广泛更真切。湘九觉得全北京的人都拥上了街头，他的心因此而激动。那时候他在交机厂的锻工炉前站着，望着燃烧的炉火出神。

他的臂上佩着黑纱。他觉得亿万人的心中跟炉中一样燃烧着即将喷薄而出的火焰。

空军医院的女药师给他打来一个长途电话，颤抖着嗓音向他传递北京和南京的信息。十五年后，一位名叫王铁成的演员因为扮演那个时期的总理而名声大振。湘九在制作者的名单中看到药剂师的姓名，报上说，她和她姐姐在三天之内借调了一百多辆大红旗轿车。

湘九去的却是南京而并非北京。

春寒料峭，枯叶翻飞在湖堤之下，叶蕾在柳树枝头绽开，他望着阳光艰难地从云层里钻出来照着那些沉默的乡野田庄，感到胸口很闷，产生强烈的哭的欲望。他看到列车上刷的大幅标语，“警惕赫鲁晓夫式的人物上台”“揪出《文汇报》的黑后台”。他知道这些标语直指一个曾经用笔名“狄克”写文章的人，这个人想当总理。当上面传来指示，以继续“批邓”和“反击右倾翻案风”的名义，不准人们到天安门广场献花圈贴祭诗时，南京的雨花台陵园，队伍排出了园外两三公里之远。

湘九跟着队伍缓缓地走进陵园，他的胸前佩着白花，臂上缠着黑纱。紫金山烟雨蒙蒙，一股潮湿压抑的气味蔓延在他们的身边。

湘九只是《总理遗言》之类的小道消息的传播者之一，这样的传播者成万上亿。他从南京回来后到过杭州少年宫广场，那里也是与北京南京遥相呼应的祭台之一。于无声处听惊雷，他强烈地意识到某种重大的转折即将到来，这种转折于其个人有何利害关联他并不清楚，只是跟着感觉默默地汇入洪流。

说到底，湘九不是英雄好汉，身边多了一个怀孕的妻子，使他变得比之从前更加胆小谨慎了。

他有一种预感，当局决不会听任人们尽情宣泄十年来的窒息苦闷。他总是听见四下里有磨刀霍霍的声音。

他的预感很快得到证实。全体中国人终于听到了令人毛骨悚然的广播声，天安门广场成为镇压的中心。

夜深了，汽轮机厂的宿舍楼一片寂静，猛烈的风从钱塘江、从西子湖上空吹来，像要驱逐天边的黑云。湘九抱住脑袋，阵阵惊惶和痛苦的抽搐散布在他脸上的每一根筋络上，他发不出一声叹息。想象中，北京城里满天满地都是花圈的残骸，白色的纸片和花朵犹如落雪一般飘扬。

他不知道王靖等人的消息。他在暗夜里吟哦一个叫老武的朋友传来的诗：哦，民族，苦难的亲娘！为你那五千年的高龄，已经屈死了无数的英烈；为你那亿万年的伟业，还要捐弃多少忠良？

上面的机器开动了，下面的反应出奇的迅速。广播后的次日早晨，一辆卡车开到交机厂，直奔锻工车间。那时候锻工炉刚开始生火，湘九坐在一只工具箱上面抽烟。他的神情忧郁，觉得自己宛如一块风化的岩石在剥裂。

湘九呢，他没有来上班吗？站在车间门口的阿才愣了愣，不明白这是什么意思。卡车是送钢材来的，送料的人却用这种方式直奔主题。阿才说，湘九何时不来上班了？他天天准时上班下班！

船厂来的人似乎不相信阿才的话，跑进车间去眼见为实。他们走到湘九跟前时，湘九茫然抬首。你这么快就从北京回来了？他们问湘九。湘九的脸却比他们预想的要平静得多。我什么时候去北京了？湘九把烟头掐灭了反问：我去南京也是上个月的事了，供销科让我去的。

阿才把一位师傅拉到角落去，悄悄问他出什么事了。那位师傅确实是送料来的，我也不知道怎么回事，他说，陈主任关照我们查一下湘九的近日行踪。

阿才想陈某人只是前台的演员而已，背后的导演起码是老渠和马各。

查实了湘九行踪的人临走时说：这是最后一批外加工材料，你们明天就回船厂去吧。

湘九的心情因此而变得很沉重。事情不会这样简单地过去，他相信自己的直觉。种种不祥的猜测出现在他的脑际，他开始回忆近期的言论和活动情况。

果然，一回到船厂，保卫科小李就来找他了，要他将每一天的情况都详细地交代清楚。

上班，吃饭，再上班，再吃饭，回家，洗澡，睡觉。湘九在一张白纸上写道，睡醒了，吃饭，上班，再吃饭，再上班，再吃饭，回家，洗澡，睡觉。

一九七六年五月五日。湘九很迟才回到家。他的眼睛里满是血丝，几天没刮的胡须扭曲在浮着苦笑的嘴唇上面。咪咪发现他手上缠着纱布，愕然问他怎么了。湘九说，白天，保卫科要他将出差南京的情况说清楚，跟哪些人有过交往，有没有乘机去过北京等等。他假痴假呆地装糊涂说，为了给公家节省点差旅费，我住的是浴室，哪怕听到一点传闻也没法交代对方是谁。大家都光着身子躺在那里，天晓得旁边的人是什么身份！

由于心不在焉，做模具时，湘九将小榔头砸在了左手上。洗澡时打湿了绷带，咪咪让他去卫生所重新包扎一下。

这晚上轮到咪咪值班，肚子已经挺出来的她不知何故有些胆怯，她说，你陪我一起值夜吧。

卫生所的值班室有一张小床，一床公用被子散发出来苏水的气味。除了这张床，周围都是药橱，一扇小窗上装着铁栅栏。天气有些热了，蚊子嗡嗡地叫，咪咪要点蚊香湘九不让她点，他说熏坏了肚皮里的婴儿怎么办?

他们打了一会儿蚊子，打完蚊子刚睡下去，新的蚊子又出现了。折腾半天，两人才迷迷糊糊地睡着。突然响起一阵急促的敲门声。咪咪猛推湘九，湘九从床上惊起。什么人？湘九问。咪咪套上外衣说，可能有急诊病人。

湘九打开门。他的脑子嗡的一声炸开。两个穿便衣的人站在他面前，一支冰冷的铁家伙抵住了他的胸膛。湘九本能地向后退了一步，挡住身后的咪咪。一只手伸过来抓住了他的肩，他挣扎一下，将手扶住门框，保持一个正常的站姿。你们找错人了吧？他强作镇定地说。你是李……对方一边说着，一边扭住他的胳膊。

一切都在瞬间发生，昏暗的楼道灯照耀着这个荒诞的画面。湘九在挣扎，咪咪紧张得说不出话。他……他不是……她抱住湘九，感到阵阵晕眩。突然，楼梯上闪出又一个便衣的身影，在这里！他嘶哑地喊了一声。面前的铁家伙消失了，两位便衣迅速地窜上楼去，楼上是青工宿舍。

湘九抱着咪咪，咪咪无力地依在他怀里。他们看着小李被押下楼来。几乎没有惊动其他人，门外停着的一辆吉普车砰的一声关上了车门。湘九关上值班室的门，把咪咪拉回床边，咪咪好像还没有反应过来似的，浑身哆嗦着。

湘九和咪咪一夜无寐。天亮时分，李某人被捕的消息传遍了汽轮机厂。湘九跟咪咪洗脸刷牙时，许多人来到卫生所，打听昨夜的过程。他俩却什么也不想说，脸色青得很难看。后来，湘九对咪咪说，你请一天病假吧，我上班去了。

从汽轮机厂到船厂有一段崎岖不平的小路，心事重重的湘九从自行车上摔下来，掉到了路边的沟渠里。湿润的微风吹拂着他身上的汗水尘土。

上班铃声响了，他随着铃声冲进厂区。太阳躲进了云层，他觉得自己像一个罪人将在太阳出来的时候接受上帝的审判。他还不晓得，一大早，船厂已经有一批带着安全头盔挂着红臂章的人出发，乘坐大卡车奔向延定巷五十四号和卫生学校。当他被保卫干事叫到保卫科时，他们包围了他的家和岳母的宿舍，逼她们交出他来。他们为什么要这样做？

书记老渠亲自审讯他。

湘九坐在一张孤零零的椅子上，屋子四周的角落里，站着四个阴沉着脸的汉子，老渠坐在正对着湘九的审讯桌后。

湘九感到好累好累。老渠一本正经地、用浓重的湖北腔向他宣布，船厂革委会即日起对他进行审查，要他坦白交代“一切反动罪行”。老渠说，给你五分钟时间考虑，五分钟后不老实坦白，立即报请上级执行逮捕。为了证明所言非虚，老渠拿起电话：市局政保处吗？我们正在审讯他。对，对，请你们准备出发，将他从这里带走！

湘九在一个似梦非梦的世界里遨游。他没有眼泪，甚至没有愤怒。老渠在看一份文件，墙上的钟一分一秒过去。湘九想这一切是真的吗，在没有任何证据的情况下，市局政保处就会同意将他逮捕？

五分钟过去了，老渠犹豫了一下，依然埋头看他的文件。湘九捕捉到了他犹豫的神情，一颗剧跳的心突然平静下来。

他抬起头，咳嗽一声，老渠将文件从脸上挪开了。

准备记录！老渠说，他终于开始交代罪行了。

我只是提醒你，五分钟早已过去了，湘九指着腕上的手表对他说，你们该逮捕我了！

老渠在几秒钟里从惊愕而暴跳如雷，他拍桌子把手都拍肿了。湘九像一个完全无辜的人那样，用一种天真的好奇的神情看着他。老渠说你是个无赖，他点点头，觉得自己是有点无赖。老渠说你自取灭亡，他摇摇头，我不想自取灭亡是你们想让我灭亡。老渠唾味飞溅地骂了他足足二十分钟，他始终天真地好奇地看着老渠。

包围延定巷五十四号墙门的人受到了差不多的接待。

从埭溪乡下来的姆娘正端着一碗粥走到她妹子床前，房门被人猛的一下推开。姆娘特地来杭州服侍几天湘九母亲，顺便到口腔医院镶一副全口牙。她的牙齿全部拔光了，瘪着嘴，惊讶地看着几个戴头盔的人闯进来。干什么？姆娘用含混不清的声音说道，你们走错地方了，这里不是建筑工地。为首的人说，我们知道这里不是建筑工地，这里是湘九家，我们带他去厂里交代问题。姆娘把粥碗放下，看着妹子，妹子不吭声。姆娘沉下脸说，湘九结婚了，有他自己的家了，你们还跑到这里来找他，你们什么意思？特地来吓唬两个老太婆吗?!

曾经亲眼目睹湘九被"红色台风"刮到埭溪镇上，第二天若无其事回到西羊山的姆娘早已视一切波澜不惊。六十年代初，饿得不成人样的大表哥从留场就业的青海跑回家时，姆娘叫儿子们在屋后挖了一个地窖，将他整整藏了五年。偶尔出来放一下风，兄弟们怕得不得了，姆娘却说怕什么呢，他早已刑满释放了，无非是不想饿死，在家里找一口活命的苦饭吃，这种日子终有一天会过去的。果然，五年后，青海农场干脆把大表哥除名，把他的户粮关系寄到了埭溪乡下。

姆娘对船厂的人说，我是湘九的姆娘，我跟我妹妹都是工人阶级出身，我的二儿子是生产队队长，复员军人。你们有话跟我说吧，我妹子重病在床，吓坏了她你们谁负责任?

左邻右舍都在围观。满头白发的姆娘，张着没有一颗牙齿的嘴巴，干瘪的脸上荡着鄙视的神情。她说，你们还赖在这里干啥？打算给我们这两个老太婆送终吗，两口棺材准备好没有?!

捉拿湘九的人们虽然达到了在他家附近造成影响的目的，却没有一点成就感。这个没有一颗牙齿的老太婆，仿佛全身仅由骨头和神经构成的瘦骨嶙峋的老太婆，气势汹汹地将他们赶了出来。其实，这本来就是一个馊主意。街坊们谁不知道他家是黑五类黑六类，在一张黑纸上再涂上一层黑颜色还有什么意思?!

卡车开到卫生学校门口被挡住，卫生学校的门卫不怕戴头盔的人。省革委会副主任张永生就住在咪咪母亲楼下，他老婆留校任教前是她的学生。咪咪母亲接到电话走出来，看到卡车上下来的人就皱紧了眉头。找湘九怎么找到这里来了，她说，这里不是你们造反的地方！她挥挥手，好像面对一群没有教育好的学生。她说：我女婿怎么会有这样一伙同事？一点政策都不懂。

看热闹的人群中，有一位年轻的女教师臊红了脸，她就是张永生的妻子。张永生是美院学生，“省联总”头头，在外面名声显赫，在邻居中则比较低调。咪咪母亲的话，在张永生妻子听来简直就是指桑骂槐。她朝卡车上的人们撇撇嘴，回首对咪咪母亲说，是呀，我家永生也说他们要努力改造自身素质，提高政策水平。

岳母的气势镇住了马各之流，一场闹剧终于不得不暗淡地收了场。

老渠骂不动湘九了，马各上场，马各骂累了，再换一位喽啰。湘九始终默默地听着，脸上的表情像一个白痴。

骂到傍晚，他终于被放了出来，责令他半天拉煤、生火、打铁，半天写交代材料。

后来有人悄悄告诉湘九：关于他究竟有没有去过北京，有没有到过天安门广场，有没有参与或者组织传播过《总理遗言》的问题，始终是个疑问。

终于有一天，一辆吉普车带走了咪咪。

快到秋天了，南山路上的树叶黄了，省军区司令部旁边的林荫道上人迹稀少，咪咪抱着大肚子坐在吉普车的后座上。汽轮机厂保卫处的两个人，一个坐在她身边，一个从副驾驶座上回过头来，对她加以诱导。他们说得唇干舌焦。咪咪却哭丧着脸说，他真的没有去过北京啊，这辈子，他去的最远的地方是天津而不是北京。他跟李某人没有往来，连说话都从来没有跟他说过一句。他只参加了一个月的民兵组织，就被除了名，从此他对参与任何组织活动都不感兴趣。不相信你们去问张永生好了，他住在我家楼下，走进走出，湘九最多跟他点点头，连个招呼都从来不打的。

这么说，你丈夫是个很清高的人了？讯问的人说。

咪咪点点头。他是蛮清高的，所以他容易得罪人，不知不觉中得罪了人，人家就整他了。

讯问她的人，汗都说出来了，咪咪还是这几句话。看着这位疲倦地瘫坐在车座上的孕妇，他们没辙了。

总不见得他们也像老渠一样，拿起电话说五分钟后就逮捕她吧？

一九七六年九月八日晚上，平平阿维等人来到汽轮机厂。夜空中阴云密布，风很大，窗外的景致模糊不清，半轮斜挂着的下弦月勉强钻出云层，有气无力地向人间散布一片枯涩暗淡的光。湘九有一种奇异的压迫感，聊着聊着说出一段大逆不道的话。

主席很久没有露面了，他说，不会是重病缠身了吧，甚至回天无力了？那样的话就麻烦了，整个中国成了一艘没有舵手的船，天晓得风浪会把它推向哪一种未卜的命运。

夜色阴沉，人们不由自主地打了个寒噤，思绪如黑暗中的飞蛾，心突如其来地颤动。别瞎说了，咪咪抱着臃肿的肚皮警告湘九，让人听见还了得！阿维打开门，朝走廊上看一眼，又迅速关上门。平平说，北京的朋友有什么信息给你吗？湘九摇摇头。

过了好一会儿，他才沉重地叹口气说，说不出什么原因，我有一种忐忑不安的感觉。

风从半山吹来，带着林涛的呼啸，听起来像精怪在摇撼树木，像遇难的人们在呼救。十二平方的小房间，氛围变得十分沉闷。

平平说，我仿佛到了汪瞎儿那里，湘九，你什么时候也学会算命了？

他的话并没有使气氛活跃起来，湘九依旧一副心事重重的样子。夜深了，朋友们告别回城。湘九送他们下楼，大约是零点几分，一阵风袭来，湘九打了个冷战，跟阿维相握的手僵持在半空中。阿维说，你穿得少，赶紧回屋吧。湘九脸色苍白地说，我的胸口发闷，可能预激征候群犯了。

第二天是厂休日，湘九进城去看母亲。平平也是这一天厂休，跑来延定巷与他继续聊天。下午，母亲睡着了，他俩出门去逛街。大约四点一刻，他俩走到延龄路，看到二姐抹着泪从长生路走出来。湘九诧异地叫一声二姐，二姐站住了，满脸泪痕。

你怎么了？湘九站在一路电车站旁问二姐，出什么事了？

他身上沁出一阵冷汗。

主席他……他老人家去……去世了。二姐站在大街上，发出沙哑而浑浊的喉音。她让他们倾听从延龄路背后菩提寺路广播电台传来的广播声，那声音与电车的刹车声，与嘈杂的街声搅在一起。二姐扶着车站旁的电线杆，透过迷茫的泪水看着他们。

湘九不知说什么好。好像也应该哭一场吧，但是，他没有眼泪。平平用一种怪异的神情看着他。他说，湘九，我真觉得太可怕了。

湘九紧攥着他的手，不让他把下面的话说出来。他知道平平说的太可怕是什么意思，不是指主席逝世的消息，而是他昨夜的预感。湘九同样心悸，难道这只是一种巧合？

回家的路变得很长很长。

广场上空降下了半旗，城镇乡村连续几天哀乐低徊。湘九戴着黑纱上班下班，不管人们谈论什么，包括刚发生过不久的唐山大地震，他只是听着，一言不发。非常时期，咪咪也不敢请一天病假，挺着怀孕八个多月的大肚子忙碌不停。他们祈盼不要有任何节外生枝的事情发生，每一天都过得小心翼翼。

灾难却还是不期而至地降临了。

九月十八日，首都百万军民在天安门广场召开悼念大会。古运河上，千舟停航，笛声齐鸣。船厂的六七百名员工排着队进入会场，站在那里倾听现场直播。湘九站在最后一排。

南方人听北方话不太听得明白，广播里又有杂音，许是站久了吧，湘九前面有两位青工开起了小会。湘九拍拍电焊工小王的肩，安静些，严肃些，他提醒他们。小王吐了吐舌头，安静下来。几分钟后，他俩又忍不住交头接耳起来，湘九再次伸出手去拍小王的肩，轻声说道，不要影响会场秩序。

一只手突然揪住了湘九的衣领。脖子被紧紧地卡住了，他发不出声音。他的脑袋蓦地失血、缺氧，脸色苍白如纸。他的耳膜被老渠的吼声震得嗡嗡响。把破坏悼念大会秩序的现反分子揪上台去！老渠掐着他的脖颈，从身后推着他往前走。惊呆了的人群刷的一下让出一条路来，湘九踉踉跄跄地被推向讲台，到了台前，老渠攥着他的衣领猛地一甩，他旋转了一下，腰部撞在讲台的台沿上，疼得溢出了泪花。

湘九扶住台沿，缓缓地站直身子。一股股血液涌到他的脸上，他的鼻翼一动一动，嘴唇直哆嗦。

大家都看到了，他先动的手，我不能不反击了！……他喊道。

他看到老渠简直不敢相信似的看着他，看到保卫科和办公室的几个人向他围过来。他看了一眼自己的右手，一条深深的横掌纹贯通手掌，俗话说通关手一个巴掌能打死人。他的双手都是通关手。

他抬起手掌，在即将抵达老渠的面颊时犹豫了一下，改成一个横拳，一拳打在他的下颌上。

老渠趺趺撞撞地向后倒去，被人扶住了。

一群人围了上来，刹那间乱拳飞舞，人们骚动起来，胆小的女工蒙住了眼睛。湘九闭上了眼睛，任凭拳打脚踢。马各狂叫，押下去，把他押到保卫科去！

湘九坐在保卫科冰凉的水泥地上，他感到奇怪，到了这一步，他反而变得很平静。他抹抹嘴角，撕破的一层皮掉落下来，渗出鲜血。他从撕破挂落的工作服口袋里摸出一支皱巴巴的新安江香烟，点燃后猛吸一口。

没有什么可交代的，他对拍桌子审讯他的人们说，去问电焊工小王吧，我对他们说了什么话。

感谢电焊工小王，感谢当时站在他身旁的工友们，他们被一个一个叫进隔壁办公室，时间或长或短，神色或紧张或镇静，却都没有向湘九栽赃说瞎话。最后一个证人离去了，老渠脸色铁青地坐在那里一支接一支抽烟，显然，他找错了机会。看着窗外离去的工友们，湘九想起经典作家在《哥达纲领批判》一书中写的最后一句话：

“我已经说了，我已经拯救了自己的灵魂。”

今天对他拳打脚踢的这些人，何年何月，才会想到拯救自己的灵魂？

许久之后湘九仍是不甚明白，为什么当天夜里把他放了，并没有抓住这件事将他关押起来，或者报请市局予以收审？

说到底，老渠跟马各之流有所区别，毕竟从抬担架南下到今天，他当了多年干部，经历过太多的运动了。一场庄严肃穆的悼念会被搞成这副样子，捅到上面去的话他有不可推卸的责任。明明是湘九在劝说别人遵守会场秩序，却被他指鹿为马，而且在众目睽睽之下先动手，宣扬开去无疑有损他的领导干部形象。

老渠是一个要面子的人，这是一个方面；另一个方面是，当时的局势变幻莫测，以什么方式收拾湘九更合适，他要看形势变化再作决定。横竖湘九这一块槽头肉，早已放在了案板上。

后来回忆往事，湘九觉得他和老渠正是在这一天做了个了断，打出这一拳，他不再感到委屈，老渠却威风扫地了。从船厂创建以来，哪有人敢跟一把手动手的？这一拳称得上惊世骇俗。许多人看老渠的眼光有了变化，原来你也不是神圣不可侵犯的。

事实上老渠从彼时始有了一种身不由己的改变，也许别人并没有这样看他只是他自己的感觉吧，从那以后他再也没有作出什么大动作了。

湘九脸上身上的淤肿还没有消退，墙头上出现了“打倒王张江姚”的标语。清晨，他骑车经过长征路，抬头看到这条标语，差一点跌倒在电车车轮下。他看看天，一缕白云，像轻纱一样，被晨风徐徐吹送着，跟昨天、前天、去年、前年一样的天空，显得明澄了许多。

人们在厂区内外窃窃私议，不敢相信这个颠覆性、爆炸性的新闻。这四个人的职位太高了，与刚刚去世的领袖关系太密切。即便大幅标语贴在面前，谁也没有勇气大声读出来。湘九连窃窃私议的勇气都没有，他站在锻工车间门口古怪地微笑着。这种微笑里面混杂着希望，混杂着痛楚和衰弱，是一种憔悴的、上年纪的人的微笑。后来他趴在装着铁栅栏的车间窗子上，看着船厂后面保温材料厂的职工们举着红旗标语上街游行去了。

一九七六年十月三十一日，农历九月初九，重阳节。将近中午，船厂保卫科的小李走到锻工车间门口。被太阳晒热的铁锈和机油、乙炔的气味压抑着车间旁开完了花的野紫罗兰淡淡的香味。阿才和洪宝刚干完活准备洗手吃饭。小李说，湘九呢？阿才朝他身后努努嘴。小李转过身去，看到这个“牛鬼蛇神”穿着一身破烂肮脏的劳保服，推着一辆翻斗车正向他走来。

翻斗车上装满了煤块，湘九的脸上身上也沾满了煤灰。小李向后退了一步说，汽轮机厂打来电话，你老婆正在妇女保健医院抢救。

湘九茫然地看了他几秒钟。

几秒钟后，他猛地放下车把，冲进锻工车间，一边跑一边脱去劳保服，只穿着一件衬衫就跨上了自行车。太阳躲进云层去了，远处的码头上有一群装卸工在卸料，晃晃悠悠的跳板在他们的脚下颤动。湘九在运河堤岸上拼命地蹬着车轮，风儿吹过来驳船上的劳动号子，犹如鬼哭狼嚎。

一辆吉普车迎面驶来，司机扑出半个身子喊他。湘九一愣，回首看到吉普车在十米外刹住。湘九认出这是汽轮机厂的吉普车，他将自行车向堤岸上一扔，飞快地跑过去。

车厢里弥漫着一股甜丝丝的血腥味，后座上有一摊黏稠的血迹，一直流到车厢的地板上、踏级上。司机告诉他，咪咪在给新工人做体检时，前置胎盘大出血，卫生所赶紧请示厂领导，女厂长梁某一边安排车子送往医院抢救，一边让厂办主任给船厂打电话。当船厂方面推三阻四不肯通知湘九时，梁厂长向汽轮机厂的书记作了汇报，身兼市经委副主任的书记从厂办主任手里一把抢过电话说，我代表汽轮机厂党委警告你们，如果有意拖延家属到场签字，不能及时抢救，你们要承担一切后果！

师傅，湘九带着哭音恳求司机，快一点！开得快一点!!

别担心，司机说，梁厂长已经代表家属签了字。

湘九很想给梁厂长磕个头，但没有见到她。这个从学徒开始一步一步当到厂长的女人，剪一头短发，风风火火，她果断地承担风险，为咪咪母女赢得了抢救时机，接着便转身返回半山去组织输血队伍了。

星期天，血库供应不足，不过，当湘九终于赶到妇女保健医院时，已经用不着这支队伍了。

妇女保健医院就在岳王路旁，汽轮机厂的输血队伍乘着一辆大客车到达时，胡水根们看到医院血库门前的走道上，簇拥着一群湘九童年时的伙伴。强强的兄弟姐妹们来了，阿维的母亲也带着儿女赶来了，人们乱哄哄地嚷嚷着对护士们说，还要不要血了，抽我的，抽我的血吧。

剖宫产的婴儿发出第一声啼哭时，湘九正好跑到抢救室门口。湘九捂住胸口，他的心好像要跳出来了。门开了，二姐抱着只有四斤半重的婴儿走出来。咪咪的同事们在通知他的同时也通知了他的二姐，二姐的学校离妇女保健医院很近。看看，看看你的爸爸！二姐向婴儿说。湘九惊讶地看到，婴儿睁大了骨碌碌转动的眼睛，专注地落在他脸上。这是一双很黑很亮的眼睛，对这个新奇的世界充满了期待。

在湘九的印象中，刚出世的婴儿总是皱巴巴的，蜷缩着如同睡不醒的小猫似的。不，这个婴儿完全不是那样的，她一出世就环顾四周，脸上的皮肤光滑，线条富有表现力，嫩弱的四肢具有天然的灵活动作，仿佛努力要挣脱襁褓的束缚，扑进他的怀中。

湘九抱着他的女儿，百感交集。咪咪被护士推出来了，推到病房里去。她闭着眼睛，虚弱到了极点。岳母来了，拿走婴儿的出生证，去派出所报户口。湘九曾经说过，生下男孩跟他的姓，女孩就跟咪咪的姓。岳母当仁不让地将婴儿报上了她们的姓氏籍贯。

岳母问他给孩子取什么名字，湘九说又佳。

为什么，岳母说，为什么取这个名字？

又跟佳合在一起是个难字，孩子长大了不要忘记她是难产，母亲为了生她而吃尽苦头。

湘九心里至少还有两层意思没有说出来。一是他们处在艰难时世；二是他的内心深处，一九七六年十月出现的历史性转折应当是个佳音，孩子出世又是一个佳音。

咪咪躺在病房里，又佳躺在婴儿室，湘九站在走廊上洗尿布。那一年冬天来得早，尿布浸在冰冷的水中，湘九的手上裂开一道道口子。咪咪说，叫护工洗吧，用不了几个钱的。湘九乐呵呵地说，能省则省，老母亲的尿布都要洗，女儿的尿布更不在话下了。

出院那天结账时他才知道，洗尿布的工钱是必须付给医院的，自己洗和护工洗没有区别。

一间病房八张床，六位产妇生的是儿子，除了又佳，还有一个女婴是来自德清的一位农妇所生。农妇的丈夫是苏北人，当过兵，入赘到女方。这个女婴随母姓李，婴儿的父亲指着医院门外一张电影海报说：《鲜花盛开的村庄》，这个名字多好听啊，我女儿就叫李鲜花！

湘九怕护士将又佳跟李鲜花搞错，每次进出婴儿室都要认真地检查一遍。婴儿脚脖子上吊着一块编了号码的小牌子，湘九恳求护士给她俩洗澡时千万不要摘下。一个胖乎乎的护士长不耐烦地训斥他：怎么可能调包呢？你女儿生下来只有四斤半，人家生下来有六斤八两，你以为我们弱智啊？

病房里的人都笑了，湘九也只好傻乎乎地笑。邻床一个虎头虎脑的男婴的父亲在省政府交际处开小车，出院那天对湘九说，我送你们回家吧。

咪咪躺在后座上，湘九抱着又佳坐在司机旁边。他忽然想起这是自己第二次乘小轿车。母亲对他说过，他从香港宝恤医院出来时坐的是奥斯汀还是林肯轿车，那时他在襁褓里，没有一点感觉，现在有感觉了，沾的却是女儿的光。

他打量着这辆一九七六年春天出厂的崭新的上海牌轿车。有人说婴儿出世后乘的第一辆车很重要，预示着这孩子将来的福气，他默默地祈祷又佳将来比他有福气。

杭州人印象中西湖是不会结冰的，那一年西湖却结了冰。

穿着灰色海军呢大衣的湘九跟穿着绿色陆军舰船士兵呢大衣的小伟在冰上走。小伟是驻杭某部船运大队的班长，跟强强在新兵连吃过同一口大锅饭。他们的船泊在船厂码头，检修时常找湘九聊天。又佳满月时，小伟给她买了一件婴儿斗篷。船队的供应很丰富，小伟一出手就是两公斤猪肉票，送给咪咪坐月子。

除了小伟班长，还有拱宸桥肉店的小张，下班时湘九路过被他喊住，从柜台下拿出几斤猪爪。小张是阿维的初中同学，瘦小的个子戴一副近视眼镜。这个儒雅的肉店倌卖完了肉就靠在柜台上读英语，后来考进了杭州大学外语系。

空中飘着干燥的雪花，岸边的柳树变成臃肿银条。孩子们在冰湖上小心翼翼地走，父母们在湖岸上提心吊胆地大声喊着“当心”。空气清快寒冷，搔痒他们的鼻子，像针一样刺痛他们的双颊。小伟班长欲言又止，湘九放慢脚步，冰碴在脚下吱吱作响。

说吧，湘九望着远处的雷峰塔遗址说，是不是有人找你谈话了？

指导员说，船厂反映你是“四人帮”的社会基础，让我少跟你交往。

欲加之罪，何患无辞？湘九走向湖心，他恨不得掉入水中去，让自己一了百了。昨天还是刘少奇、邓小平的社会基础，今天就成了“四人帮”的社会基础。

小伟拉住他往岸上走。雪停了，白茫茫的雪景中，小伟的红帽徽红领章分外鲜艳。小伟说，我告诉指导员，他们才是真正的造反派，是“四人帮”的小爬虫呢！

他们上了岸。湘九说，谢谢你，不要再来找我了，你要争取入党、提干，如果影响了你的前程，我于心何安？

雪后的城市一半白一半黑，是非却混淆不清。湘九想，阳光难道永远照不到我的身上？

他们在结冰的湖面上照了许多照片。船队出发了，回来时小伟才把照片洗印出来。他拿着这些照片去找湘九。洪宝说，湘九坐班房去了。大吃一惊的小伟班长问班房在哪里？洪宝鬼鬼祟祟地领他走到食堂旁边，指着一幢黄色的办公楼说，湘九被关押在三楼，跟吴三桂的孙子关在同一间牢房里。

小伟班长往三楼走，看到楼梯旁一间屋子里几位看守正在打扑克牌，听到脚步声他们就站了起来，喝令他站住。景宁师傅，你不认识我啦？小伟问一位装配工。景宁的鼻尖上贴着两张白纸条，说话时那纸条作响。对不起，班长同志，他说，你不能来看湘九，谁也不能跟他接触。

他被隔离审查了？

不叫隔离审查，叫住读学习班，保卫科小李说，性质差不多。

湘九站在窗前，看到了小伟怏怏离去的身影。湘九的双手紧紧攥住铁窗栅栏，想喊又不能喊。百般无奈的湘九轻轻地哼起了《国际歌》，同关一屋的吴工说，你不要命啦，你怎么能唱这种歌曲？

吴工的态度跟湘九形成截然不同的反差，受审时一声不吭，最大的动作也就是摘下近视眼镜，擦拭一番，然后重新戴上，依然正襟危坐。湘九则是有问必答。

老实交代，你是不是“四人帮？”

湘九摇摇头。不是，我不是“四人帮”。

那你是什么？

“四人帮”只有王张江姚四个人，湘九一本正经地回答，如果再加上一个我，不就成“五人帮”了？

前两天夜里，关押他的人们给他“下马威”。囚室里点了两盏百瓦以上的大灯泡，通宵不灭。湘九站在灯泡下，被那耀眼的强光折磨得痛苦不堪。到了后半夜，他抱着头疼欲裂的脑袋，感到双目都在灼烧。他扑通一声倒下去。站起来！看守们冲进来将他拖起，湘九又坐倒在地上。你存心装死啊！不许闭眼，不许睡觉！湘九赖在地上，靠着墙壁，眯缝起红肿的眼睛。我真的快死了，他说，我看你们的感觉，好像看到黑无常白无常了。

再次受审时，他依然赖在地上，耷拉着脑袋。他身上穿着一件肮脏的棉大衣，胡子长得很长。他像一个俘虏兵，像一个流浪汉。

一个进厂时间不长的年轻人拍着桌子问他：你当过城市民兵对吧？

是的，当过一个月。

你有没有打过人？

湘九勉强睁开肿成一条缝的眼睛，很诚恳地看着他说：打过的。

年轻人摊开记录本，抬高了嗓门，好让隔壁的马各听得更清楚些。

打过谁？他兴奋得都有些颤抖了。

女儿，湘九说，我打过我的女儿。

沉默了两秒钟，年轻人冲过去，抓起他的衣领，扼住他的喉咙。湘九咧开嘴笑了，脑袋在年轻人的紧扼下不停地摇晃。走廊上响起了咳嗽声，马各阴沉着脸走过来。年轻人松开手。你这个无赖，他气喘吁吁地叫喊着，你这个死不改悔的阶级敌人！

湘九坐在地上问自己：我是阶级敌人吗？哪一个阶级的敌人？他找不到答案。从十四岁下乡以来，他一直依靠自己的双手养活自己，没有剥削压迫过任何人。我不是无产阶级难道是资产阶级？湘九怎么也想不出正确的答案。他害怕自己会精神错乱。事实上，当他被押送到厕所，一个人站在便池旁时，泪水已经从他坚硬的颧骨上掉落下来了而他却毫无知觉。

他弯下腰，用冰凉的自来水冲洗头脑，然后摇晃着湿漉漉的脑袋被重新押回囚室去。

他的眼泪不会被别人看到。

走过隔壁囚室，他放慢脚步，笑眯眯地跟人打招呼。那间囚室关着一个名叫东生的技术员，上海交大的工农兵学员。这是一个脾气比湘九更倔的小伙子，后来成了省纪律检查委员会的干部。

东生，你要老实交代罪行哦！湘九推开虚掩的门对他说。

东生笑了。你先反戈一击吧，他操着一口淳安普通话说。他的家乡有过一任县令名叫海瑞，他大概在想象自己有一天也能成为像海瑞那样刚正不阿的清官。你揭发我吧，这样你就能回家过年了。

景宁呵斥他们，不许互相串联，不许交谈！他推湘九一把：快回自己房间去！

我跟他串联有什么用吗？湘九坐在床上问景宁。我还当过一个月民兵，值过两天班抓过一个小偷，他却连一天民兵也没当过啊！

景宁无言可对。他知道，湘九跟东生毫无相干，所以才把他们关在一墙之隔。湘九说，他犯了什么罪呢，是不是因为他背后骂过小跷拐儿？

景宁已经吃足湘九的苦头。夜里，他睡在湘九屋里，规定上厕所必须由他押送。他刚睡着，湘九就要上厕所了，他迷迷糊糊地起来押着他走一趟，回到床上刚一打呼噜，湘九又喊他了，又要上厕所。一夜折腾七八次，景宁说，你存心搞死我是不是？湘九拎着裤子说，我太紧张了，太害怕了，我憋不住。

景宁要他写交代材料，湘九说写什么呢，写来写去就是那一个月的民兵生活。景宁说你就往自己头上扣帽子吧，扣的帽子越多、越大，证明你认罪态度越好，认识越深刻。

湘九说伙食不好，我写不出来。

景宁痛苦不堪地替他去食堂打饭菜，一角三分一盘的红烧猪肺，一角六分一块的扎肉，一角五分一盘的肉饼蒸蛋，湘九百吃不厌。吃完了，认认真真地写交代，把别人的事都写到自己头上。景宁说不对啊，那几天你正在侍候老婆坐月子，你怎么会出现在厂里呢？湘九说没关系，不就是"说错话办错事"吗，上不了刑场的事情，替别人减轻一点罪过也好。

湘九的交代妙笔生花，基本内容不变，形容词每天都有所创新。他向景宁要烟抽，要求他每天替自己买一盒西湖牌香烟，不够抽时要求去会议室捡烟头。景宁看着他满纸隶行草楷的硬笔书法，哭笑不得地说，你啊你，真的把这里当成学习班了！

咪咪抱着又佳走到船厂码头时，又佳睡着了。在整个咪咪与看押者交涉的过程中，包括终于见了一面湘九时，又佳都睡得很熟，仿佛不想让董超薛霸们玷污了自己童真的双眼。接待她俩的人物中，还真有一位与押送豹子头林冲发配沧州时的某个衙役同名同姓。他说，有什么东西你就交给我吧，我们会转交给你丈夫的。

咪咪说，我凭什么相信你？我给他带来一缸子霉干菜焐肉，万一你拿去自己吃了怎么办?!

后来咪咪去船厂的主管部门市交通局上访，居然又遇到了他。他的身边还有一位中年人，是船厂工会的宋主席。当这个与衙役同名同姓的人对咪咪恶言相侵时，宋主席阻止了他。军人出身的宋对咪咪说，放心吧，事情会搞清楚的，如果对湘九同志整得太过分，群众也不会答应的。

其实咪咪并不忧心忡忡。她看到船厂那幢黄色办公楼里至少关押了二三十人。汽轮机厂比船厂大几倍，进入“住读学习班”的也没有这么多人。咪咪对马各和小李说，我们厂里参加过民兵、比湘九时间长得多、当过班长排长连长的人多的是呢，都像你们那样关起来，早就停工停产了。

马各和小李对她难产时汽轮机厂书记打来的电话记忆犹新。咪咪说坐牢也允许探监，我为什么不能见他？他们不得不把湘九从楼上带下来，让他们见了十分钟。咪咪当着他们的面对湘九说，你在这里安心住着吧，前段时间天天加班太辛苦，休息一段时间也好。

这种态度符合她的个性，怎么说也是插队宁夏八年，贺兰山下经过风霜的人。当年来往于江南西北之间，世面也算见过不少了。湘九因此而放心。

湘九只是笑笑。他把又佳抱在怀里，亲亲她的小脸，她依然在睡梦中。湘九说，有空去看看我妈。咪咪点点头。放心吧，她说，二姐和梅姐轮换着天天晚上去看她，家里没事。

两口子在马各阴沉的注视下告别，湘九捧着一缸子霉干菜焐肉回到了囚室。老吴，吃吧。他对吴工说。吴工的眼镜后面闪烁着晶莹泪光。那时候咪咪刚走出船厂大门，又佳突然睁开了眼睛，风从运河上吹来，孩子伸出双手，仿佛要拥抱河流、岸边的柳树和水上的船只。

咪咪去上访时看到许多人也在上访。事实上大多数被关押者的家属都在上访，比方阿才的妻子，不仅找上级还找老渠，他们说你不要整错了对象包庇真正的造反派。说情的批评的方式各种各样，老渠不胜其烦，他的血压升高还犯了哮喘病。对马各的举报信连篇累牍，其他家属都比咪咪更了解他的发迹史。湘九获释回家时，咪咪所能告诉他的，只有工会宋主席说过的话。

湘九被关了一个月，这一个月永远烙在他的记忆中。重获自由那天开了一个大会，首先让吴工上台“说清楚”，吴工将一页稿子读得飞快，人们的感觉如同机关枪，嗒嗒嗒，一梭子一梭子扫过运河波浪起伏的水面。湘九的交代已经重复过无数遍，景宁说他好像在说大书，实质性的内容空泛之至。最后上台的是老渠，老渠有气无力地宣布了对他们的审查“暂告结束”，让他们“听候处理”。

湘九从台上下来，第一个报到的地方是厂理发室。

那天下午的阳光还算灿烂，湘九离开船厂后直奔卫生学校。星期天，他看到又佳躺在岳母家门前的摇篮里，旁边坐着汽轮机厂幼儿园的金阿姨。金阿姨即将退休了，咪咪将又佳托给她带。奇迹在那一刻发生。当湘九俯下身去看女儿时，女儿忽然睁开眼睛，爸爸！她喊了一声。

湘九恍若入梦。一个月前孩子连妈妈都不会叫，一个月后居然对他喊出了爸爸！湘九一把抱起女儿，将她的小脸贴在自己刮得干干净净的脸上，刹那间泪如泉涌。

咪咪告诉他一个噩耗：连森去世了。

湘九说，不可能，我进去时他还活得好好的，他马上就要结婚了，他怎么可能去世?!

他跨上车又掉下来，摇晃着身子，一路铃铛乱响地驶进大王庙巷。他看到花圈挽联，看到墙上挂着他的插队伙伴的带黑框框的遗像。连森胖胖的脸庞上笑容憨厚，一杯经年的很苦很苦的苦酒的气味弥散在低矮平房门前的天井里。

连森是在刷完了新做家具的最后一道油漆后离开人世的，这是他准备结婚用的家具。刷完这道油漆后他陪半个月后要做新娘的未婚妻去看电影，看完电影又送她回家。连森的大哥说，他回家躺在床上十分钟后便呼哧呼哧地喘气，双手抓着胸口像是珠穆朗玛峰上找不到氧气瓶的登山队员。浙一医院就在大王庙巷巷口，但送到急诊室时他的心脏已经停止跳动。疲劳过度，心肌梗塞，湘九捧着他的病情诊断书怔住了。他想到那些该死的麻黄素。

想到松岙水库工地。想到胡陈港水库的工地。

过去的画面和现在的结局重叠在一起，湘九在昔日的弟兄面前长跪不起。

邮政局的领导人在追悼会上宣布：追认连森同志为正式职工。这宣告似一阕清婉凄切的安慰辞，连森在他离开了和人在一起的日子后，终于达成了他在人世间梦寐以求的心愿。

湘九站在人民电影院对面的水果店门口，看着连森的未婚妻那张惶惑的脸。这个纤弱的水果店的营业员，苍白的脸上飞起了两朵红云，五官挤成一团。孝仔爱年们猜测，半个月后就要结婚的她，腹腔里是否有一颗连森的种子已在生根发芽？他们要求湘九去试探一下，说服她把这颗种子保留下来，将来成为插队伙伴们共同的孩子。

姑娘在两秒钟内认出了湘九，她见过他的照片，听连森讲过遥远的三门湾的故事。她的泪水如潺潺小溪，哭得好伤心好伤心。湘九的心被她的眼泪融化，既没有问她身体内是否有一颗连森的种子在发芽，也没有假仁假义地安慰她，问她有什么需要帮忙解决的问题。他们能帮她什么忙呢？她的道路还很长，一个梦境结束了，新的梦境会向她招手。

湘九什么也没有说，什么也说不出来。就这样，他告别了这个本来只差半个月就会成为新娘的姑娘，对于他们，连森是一个刻骨铭心的人生苦旅的同道者，而她不是。他们有什么权利要求她这样做？

连森知道了，会在九泉之下臭骂他们。

三

华丰村·仁和路·建德路

一九七八年十二月，北京召开了一个划时代的重要会议，确立了解放思想、开动脑筋、实事求是、团结一致向前看的指导方针。会议作出把工作重点转移到现代化建设上来的战略决策，审查和解决了历史上一批重大冤假错案和一些领导人的功过是非问题。

史称十一届三中全会。

这个会议闭幕不久，湘九的小表哥悄然回了一趟大陆。

事先，秋生来杭州看姨母，将他弟弟即将回来的消息告诉老人家。心有余悸的母亲思虑再三，没有将这个信息透露给儿女们。小表哥住在杭州华侨饭店，将湖州埭溪乡下的母亲和兄弟接来。见面时的感受难以形容，他们像陌生人一样缺少表情，直到走进房间，一家人才抱头痛哭。他们分别了二十多年，无数苦涩的语言却不敢在宾馆里说。

西风卷起落叶飘飞，他们在西子湖畔默默地走。三潭印月、苏堤和远处湖岸，依然似有无限心事，微波不兴，舟人绝迹。

如果去半山看他妹妹一家，环境宽松氛围自由的话，小表哥会去延定巷五十四号探望姨母。那样的话，即使湘九见不到他，住得不远的二姐或梅姐也会及时赶去畅叙别情。然而，小表哥的半山之行颇为压抑，自始至终，钢铁厂保卫处如影相随。在寥廓的天宇和冷漠的高炉塔架之间，兄妹亲人间的谈话因此而分外小心翼翼，小表哥目之所及，尽是深沉的哀伤和掩饰不住窘迫的苦笑。

家人的贫困令小表哥讶异，杭州给他的感觉一如尼克松第一次访华：“美丽的西湖，破烂的城市。”告别时，小表哥把带来的所有财物都留给了他们，包括身上的衣服鞋子，天那么冷，他穿着一件衬衫返回香港，脚下是一双拖鞋。

那天早晨湘九进城去看母亲。母亲坐在床上，脸色疲惫，眼睛旁有一圈黑晕。湘九说，姆妈你又失眠了？母亲盯着他几秒钟不说话，湘九打了个冷战。

母亲似乎在下一个艰难的决心，她犹豫了好久才说，你马上去一趟钢铁厂宿舍，还来得及，今天你小表哥去那里，你能遇见他！

湘九一路猛踩自行车，思绪万千。他不像亲戚们那样噤若寒蝉。年前，汽轮机厂那位杜撰《总理遗言》的仁兄突然重新出现了，许多人敬而远之时湘九上前跟他寒暄。湘九说，十八个月了，你被关了十八个月，我差一点也被你牵连！小李同志认真地看他半天，低下头说，我的亲属朋友被牵连一大批，我真是对不起他们；但是怎么会牵连到你呢？我跟你素无交往呀。湘九说，谁知道你在里面怎么说的？

看到小李同志摇摇头，一脸窘色，湘九大笑起来。开玩笑开玩笑，他说，祝贺你重获自由，大难不死必有后福，你的好日子还在后头呢！

当他奔向半山钢铁厂表姐家的宿舍时，小李同志已当选汽轮机厂团委副书记。湘九由此而得出一个结论：一切都会改变的，无非是过程的长短而已。

下午一点钟，湘九终于到达厂区里一排低矮的平房前。一列火车从他身后轰隆隆地驶过。表姐和表姐夫从平房里走出来，惶惑地看着他。表姐夫从前是蹬三轮车的，“大跃进”后进了钢铁厂，当了食堂的炊事员。

保卫处的人刚走，表姐说，你跟他们前脚后步。

小表哥呢，他来过没有？湘九迫不及待地问。

没吃午饭就走了，表姐抬起袖套擦眼睛，泪水从她脸上不断地淌下来。他来了不到两个钟头就走了。

湘九觉得自己仿佛是一只篮球，一次又一次地被投进没有底的球筐，落下来就瘪了气。他不想坐在那间四面透风的平房里，那里面的阴暗潮湿使人觉得比外面更冷。他和表姐沿着厂区铁路慢慢溜达，他说，我父亲的情况他提到没有？

他提到唐副官，表姐说，他在香港见到唐文斌，他开了一家纺织品进出口公司，娶的老婆是潮汕人。

湘九对潮汕人不潮汕人没有兴趣。他说，他肯定我父亲五十年代已去世了？

唐文斌告诉他，当初被送进去的可能不是荣民总院而是另外一家医院，但人肯定去世了。他还说，在台北，有人以遗属的名义领取了“国大代表遗属”的抚恤金。

什么意思？湘九说，那边的人不知道我们都在大陆吗？

若是非婚生子女，也可算遗属的吧？表姐不无困惑地说。

湘九脸色阴沉地离开了钢铁厂。他和咪咪已经搬出汽轮机厂，搬到厂区后面约五百米的华丰村，那里有几幢家属宿舍。湘九骑不动车子了，他走到十二路车站，登上一辆公交车，到了艮山门终点站，他再换乘市区的公交车。

他在湖滨下车，默默地漫步于西子湖畔。

他坐在湖边的长椅上抽烟，凝视着一尊志愿军的雕像。所有北伐将士抗战将士的纪念碑都被捣毁了，只剩下这尊志愿军铜像。就是这尊铜像，脸上和身上也积了厚厚的一层灰尘。

天色阴霾，他心中郁闷得透不过气来。

他坐了很久，抽了几支烟。他终于站起身时，看到铜像后面有一幢红色的小楼。

小楼门前挂着省委统战部的牌子，这块牌子曾经消失十年，现在又挂了出来。他漫无目的地踱到那里，不由自主地跨进门去。一个姑娘迎面走来，姑娘看上去比他年轻一点，大眼睛，白皙而丰腴，面色和善。姑娘说，你是来上访的吗？

湘九发现自己已无退路，他犹豫地点了点头，跟着她走进信访室。屋子里的陈设很简单，写字桌前放着几把椅子。姑娘给他倒了一杯水，我姓蔡，她说，你就叫我小蔡吧。

小蔡从抽屉里拿出几张纸，双肘撑在桌上，她的样子很像一个老练的公职人员，其实，她才刚踏上这个岗位不久。湘九有一种强烈的倾诉的欲望，他豁出去了。

我出生在香港，他介绍自己，家父是前国军中将。

他看着小蔡。小蔡的脸色很平静，她点点头，鼓励他往下说。

湘九把她当成了牧师，他开始忏悔，把内心所有的疑虑、痛苦伴着他将近三十年的经历低声倾诉出来。

我申请去一趟香港，将父亲的生死状况彻底搞清楚，他说，还有那些将领眷属们入股大新银行的股金下落，如果能够查到的话，将有助于中国的现代化建设。

每当他停顿片刻，姑娘便抬起头看他，投以一抹亲切和鼓励的眼神。接着讲。她说。

于是，湘九竭力平静地讲下去，内心却感到一种深沉的痛苦，仿佛有一只熟练的手在挤出他心灵伤口里的脓液。

讲完了吗？她说。完了。湘九说。小蔡放下双手，把手叠起来摊在他面前的桌子上。他看了看她腕上的表，五点半了，别人都下班了。谢谢你的倾听。他叹了口气，小蔡也叹了口气。请替我向高维庆一家问候，她的话把湘九吓了一跳，我不知道他们还有这么多悲惨的遭遇。

湘九的反应还算敏捷。他想起高维庆有个姑父姓蔡，是省内著名的医生、教授，担任过政协副主席。他好像还听说过，这位教授的孙女也去宁夏插队了，他说，你是从宁夏回来的吗？

小蔡点点头，送他到门外。一辆汽车开过去，售票员在到站时敲打着车厢外的铁皮。一个弹吉他的男孩在公园里唱着《拉兹之歌》，空中飘散着春天花草的香气。我会给你一个结果的，小蔡握着他的手说，我将尽力而为。

因为高维庆，他们的关系一下拉近了。湘九好像看到一只小鸟又飞过来了，一只希望的小鸟。小鸟在远处的树荫中时隐时现，湘九由衷地说谢谢。他瞧着小蔡的眼睛虔诚地说，不管结果如何，我都将十分地感谢您。

湘九没有把上访之事告诉母亲，他怕母亲担心，以为家里又出了一个仲君。华丰村的宿舍相对宽敞一些，底层，一室一厅，还有一间小小的厨房，湘九想把母亲接来住一段日子，慢慢地跟她商量。

傍晚，他和咪咪抱着又佳，沿着公路散步，汽轮机厂对面是轴承厂，湘九对咪咪说，我有个舅舅在这家厂。

咪咪说，你小娘舅不是退休住到埭溪乡下去了吗，在杭州，你还有其他舅舅？

湘九问轴承厂的门卫：祝厂长在吗？门卫指着办公楼一个亮灯的窗口说，这段时间祝厂长住在厂里，天天加班。

湘九带着咪咪往办公楼走去，湘九说，他是我妈的堂弟，正宗工人阶级出身，多年不来往了。

湘九喊宝兴娘舅，一个瘦瘦的中年男子抬起头来。湘九自报家门，祝宝兴厂长摇晃了一下，他摘下老花镜，走到湘九跟前。你母亲、我珊姐姐的身体还好吗？湘九的眼眶有了一点潮润，结婚前，母亲的名字叫珊珊，少女时代，比她辈分大的都叫她阿珊，平辈的叫她珊姐或者珊妹。这个早已划清界限的堂弟总算还记得他的珊姐姐啊。

马马虎虎，湘九说，这些年，我们一家人过得还算是马马虎虎。

祝宝兴的办公桌上堆满了文件图纸，有些资料是外文版。湘九说，我是无事不登三宝殿，想给你推荐一个人才。祝宝兴的眼睛亮了亮，什么人才？他急切地问，有没有外语学院毕业的？

不一定非要外语学院毕业吧，有真才实学就行。湘九认真地告诉他，董鸿图的小姐姐微漪从黑龙江回来后，就在轴承厂做冲床工。

一个自学成才的女工，湘九说，就在你的眼皮底下，她不仅能翻译英语资料，口语也很棒。

明天就叫人对她进行面试！祝宝兴搓着青筋暴突的双手说。一个外语人才，却让她在冲床上冲孔，每天机械地重复同一个动作，我们也太官僚主义了。他有些自责地说。

湘九很想再推荐一下自己。但是，他算什么人才呢？什么也算不上。所以他只好不说。祝宝兴询问他家的情况，他简要地说了一下。无数辛酸往事一笔带过，祝宝兴叹息不止。我会去看珊姐的，这个星期天我就去。他一再重复这句话。

他忐忑不安地说，珊姐会不会不认我这个小弟弟了？

湘九知道母亲决不会不认他，甚至不会指责他一句话，但是，湘九不想安慰这个母亲当年最喜欢的小堂弟。人啊，总该为自己曾经的怯懦付出一点什么吧？

祝家的人本质上都是厚道人，即使当了多年官的祝宝兴也还是如此。夜风清冽，他送他们一直到厂门外。又佳睡着了，宝兴娘舅说，真不好意思，我这个做舅公爷爷的，一点表示都没有。他握着湘九的手说，明天上班，如果那个小董通过面试和笔试，我就调她去轴承研究所工作。

一个人的命运就在须臾之间改变了。祝宝兴告诉湘九，作为杭州市对外开放的第一批项目之一，轴承研究所很可能成为联合国开发署的一个合作项目。

这天晚上，湘九辗转反侧无法入眠。

夜深了，湘九披衣而起，他不知道自己该如何改变命运。他的三姐夫子安已经成为省市博物馆、图书馆争相调入的对象，梅姐回家时的兴奋神情溢于言表。相比之下，湘九的基础实在太浅。他拿起咪咪的英语课本，轻声读了几句，读不下去。他又拿起几张毛边纸，饱蘸浓墨，写起大字来。子安送给他几本颜、柳字帖，他照猫画虎，桌上桌下，飞快地垒起几堆凌乱的废书。

咪咪从床上起来，惊讶地看着他奋笔疾书。咪咪说，这把年纪了，你还想将自己速成为一名书法家？天都快亮了，你不去上班打铁了？湘九焦躁地扔下笔，摊开沾满墨迹的双手说，那我该怎么办呢？你已经上了电大，我却连参加考试的资格都没有啊！

又佳托给了退休的金阿姨，金阿姨把她带到自己家里。她家就在卫生学校附近的东园新村，又佳随时可以看到外婆。咪咪对湘九说，你想靠写大字成名成家，无异于痴人说梦。湘九呆坐了半天，终于彻底灰心，他找出《希望》的初稿，动笔重写。

《希望》写在薄薄的信纸上，湘九不知道写文章要用方格稿纸。他写得很用心，凡有修改之处便重新誊写一页。强强说，读过这部小说的人都很感动，因为它写出了这个时代普通人的悲欢离合喜怒哀乐，不仅如此，这部作品还给人以从苦难中走出去的力量。强强的话给了他信心。他心里有一种悄悄的祈盼，也许，有一天这部书不用在地下偷偷传抄，能够堂而皇之地发表。

那天上班，阿才说，传达室里有你一封信，湘九跑去拿信，好多人用讶异的眼光看他。信封上印着省委统战部字样，拆开信封，信笺上还盖着一枚鲜红的公章。人们说，怎么回事，这么大的单位给你发公函来？湘九挤出人群，跑到工具间。信的内容很简单：部里研究了你的请求，你可以去公安部门申请办理赴港手续。

湘九确实由衷地感激小蔡。小蔡跟他说过，他出去是投亲靠友，为了对他负责，要了解一下小表哥的情况。现在看来，小表哥显然没有任何问题，是位清清白白的港澳同胞。小蔡没有把便函发到厂部而是直接寄给他本人，也使他感到心里暖烘烘的。

休息天他拿着这封便函到了区公安局。一名干警坐在接待室。申请出境的人很多，有个妇人拎着一台四喇叭录放机，等待接见的人都围着她看稀罕。“不知道为了什么，忧愁它围绕着我……”一个老头儿说，这不是靡靡之音吗？妇人撇撇嘴说，思想解放一点好不好！邓丽君你知道吗，广东那边都在听她的歌，公安局都不管轮得到你来管吗？

“一样的月光，一样地照着新店溪；一样的冬天，一样地下着冰冷的雨；一样的尘埃，一样地在风中堆积。一样的笑容，一样的泪水，一样的日子，一样的我和你，什么时候蛙鸣蝉声都成了记忆？什么时候家乡变得如此的拥挤？……”

年轻的警察走到妇人身边，欲叫她把录放机关掉，但是他也被这歌声吸引了，站在那里倾听着，直至一曲终了。

终于轮到湘九了，警察拿着便函翻来覆去地看。这位姓周的警察让他填了几张表格后说，要征求一下你所在单位的意见。

湘九心里像是被什么钝器割了一下，又一次裂开创口。老渠已经调离船厂了，马各却还在掌权。走出分局时他的双腿重新变得沉重，跨了几下才跨上自行车。如果公安局去船厂函调，天晓得他们会把他描画成何种模样！

考虑再三，湘九终于将去过统战部和公安局的事一五一十告诉母亲。母亲坐在阳光里，她的头皮因为掉了太多的头发而裸露着。湘九感觉到母亲枯黄的目光透过灰蒙蒙的阳光又一次沉重地刺透了他的心。母亲说，你真的想去香港吗，不打算回来了？湘九慌乱地摆摆手，我会回来的，搞清了父亲下落我就回来。

你不一定去找小表哥，母亲说，你有个堂姐廷璧，她丈夫在你父亲麾下当过少将，他们比你小表哥更能打听到你父亲的下落。

湘九接过母亲交给他的信，感到十分惊讶，这位堂姐是父亲族兄的女儿，一九四九年后跟着丈夫离开了大陆。当父亲在台北身陷绝境时，他们又匆匆离开那里到了香港。母亲说，她让秋生转告小表哥去寻找一下廷璧，居然找到了。

廷璧的来信泪迹斑斑，她对母亲说，婶婶，我们终于找到您了。

湘九又去了一趟统战部，将廷璧夫妇的来信给小蔡看。小蔡记下了廷璧的地址，让他把原件拿给公安局看。小蔡说，单位的意见只是参考，如果你一心想去，公安局会考虑的。

我真的一心想去香港吗？湘九扪心自问。

咪咪在厂休日将又佳带回家来，孩子缠着爸爸讲故事。这段时间金阿姨生病，又佳住在外婆家。外婆是个节俭的人，湘九和咪咪又没有什么孝敬她，又佳有些营养不良，脑袋大而四肢孱弱，像电影里的“小萝卜头”。湘九带她去吃馄饨和小笼包，她吃完了小笼包，又吃馄饨，喝完汤，再将一碟子醋喝下去。许久没有流过泪的湘九，那一刻泪流满面。

他想，如果我去了香港回不来了，或者不想回家了，我怎么对得起我这可怜的女儿？

中午，一群人围坐在锻工车间门口听湘九吹牛。老渠曾经在台上说过，有些党员团员，不听领导的话，却喜欢听张某人的！同志们要好好分析一下，他的话里究竟是什么意思？

其实湘九不敢胡说八道，无非讲一点市井新闻，分析些经济发展趋向而已。这时候马各之类正在午休，运河与船坞上都弥漫着一片懒洋洋的气息，包括生产科和供销科的人，都或远或近地站着坐着听着。湘九的语言像水一样幽幽地漫进车间内外，谁也无法忽略这个家伙不屈不挠的存在。

一个穿着摘去领章帽徽的海军军装的人被湘九的言论打动，远远地倾听着。湘九说，围绕军用登陆艇搞生产是对的，但是人员因此而增加了将近一倍，任务却有限，多余的人力物力不能坐吃山空。我们毕竟是大集体，不是单纯的兵工厂，何况兵工厂也在制造民用品了。我看，他自以为是地说，我们迟早要从市场出发，开发新的产品。

上班铃声响了，人群散去，那个穿海军军装的中年人走进锻工车间。你是湘九同志吧？湘九愣了愣，说，我是湘九，但不能称“同志”，我在“听候处理”，属于敌我矛盾还是人民内部矛盾还没有定论。你现在倒有些自知之明了，中年人笑笑说，我叫张楚清，新来的生产厂长，转业前是海军舰艇工程师。

湘九瞧着这位工程师，有些手足无措。张楚清走进工具间，湘九跟进去。坐吧，工程师坐在一只脏兮兮的工具箱上招呼他，湘九迟疑不决地坐到他对面。你刚才的想法不错，张楚清说，还有些什么见解，都说给我听听。

那天下午没活，工具间里的光线渐渐转至幽暗。张楚清站起身来找开关，湘九赶紧把灯打亮了。他们谈了整整一下午，谈到可以开发的产品，从五金电器到自行车缝纫机，湘九说船厂有冷作工电焊工油漆工木工铜工，车钳刨铣磨俱全，什么民用品生产不出来呢。张楚清拍一下他的肩说，好呀，我们共同努力，将军品民品一起搞上去！

湘九几乎忘掉了申请去香港的事情，连续几个月的接待日都没再去区公安局。张楚清又来找他聊过几次。有一回问他，跟仪表厂熟吗？湘九想起了园园，湘九说，张厂长，你想生产仪表元件吗？张厂长说，你先摸摸行情再说。

走进仪表厂时湘九有些憷头，想起了园园要他老实交代问题的陈年旧事。门卫说，园园已经当了供销科科长。他推开门，喊声园园，园园愕然地打量他。湘九，老战友！终于，园园夸张地伸出半个身子，隔着办公桌与他的手相握了。湘九说，我向老领导交代当年的问题来了。园园挥挥手说，你瞎说什么呀，当年，当年我们都是赤脚挨蚂蟥咬的落难弟兄！

园园对“大队革委会副主任”这样的官衔提都不愿提，湘九赶紧识相地闭了嘴。他提出参观车间，园园带他穿上白大褂，楼上楼下，一条一条流水线地看。看完了车间又进样品陈列室，园园不无炫耀地将各种仪表介绍给他，还告诉他材料与配件来源、市场分布情况。那时候不仅园园，全中国的人恐怕都没有知识产权与商业秘密这种概念。湘九觉得自己像一名中情局特工，在一座不设防的城市里随心所欲地获取情报。

孝仔比园园更甚。作为星火电机厂供销科科长，孝仔大包大揽地说，我这里的一切都对兄弟你敞开门户，只要能帮助你改变处境，仓库里的材料你打个欠条尽管拿去！当然，孝仔告诫湘九，我只认你，船厂其他人来我一概不接待，这样才能建立和巩固你在船厂的地位。

湘九放下了手头的《希望》，撰写生产仪表和电器设备的可行性研究报告。没有任何可以参考的文本，他完全跟着感觉走。园园和孝仔大方到了要什么资料就提供什么资料的程度，当然，园园没想到船厂也会生产仪表，他以为湘九是在考虑帮助宣传推广他们的产品呢。

张楚清厂长看他的可行性报告看了一夜，嘴上因为抽烟太多而满是燎泡。他说一声好，湘九紧张亢奋的身体骤然松弛下来，他突然觉得自己所承受过的一切委屈都得到了某种回报。也许他要离开船厂了总该最后作点什么贡献吧？他想去公安局又不敢去。

如果批准了怎么办，他真的就此挥袖而去？如果不批准又怎么办，他还将继续忍受这种被打入另册的命运吗？

这真是一段充满矛盾的岁月，因为一个神秘客人的到来使他更加忧郁不安。汽轮机厂又在调整职工宿舍了，将咪咪调整到了一间仁和路上的小屋。小屋只有九点六平方米，简陋如一座凉亭，虽然地段很好，距离西湖只有一百多米。这是一位职工上交的旧房。

厂里要求他们搬离华丰村，不搬的话要罚几倍的房租。湘九一个月一个月地往后拖，只要还能付得起房租，他就不搬。咪咪承受的责难不是来自厂领导而是来自卫生所。有那么一两位同事，使用的语言仍是“文革”语言，一开会，就批判她对“组织决定”有抵触情绪。咪咪觉得她们心眼太小，看到她在上电大，她的丈夫似乎不会再被关押起来了，就产生了一种愤愤不平的妒忌心理，她们总是希望别人过得远远不如自己。

那一天是湘九休息日，有人将电话打到了汽轮机厂卫生所，咪咪拿起电话，对方说找湘九。湘九赶到电话机旁，铃声再次响起，对方说我是王靖。

湘九的心猛地一沉。

仁和路上那间小屋的钥匙已拿到手，湘九在里面放了一床一桌。他跟王靖约好在那里见面，一路上湘九不停地告诉自己：完了，我将彻底地倒霉了。

他听说西单附近墙上的文章受到了严厉批评，他猜想王靖因此而选择了逃亡之路。他的第一反应是帮助王靖远走高飞；第二反应是王靖迟早会被抓住的，会牵连出他的知情不报和助其逃跑。

但是他别无选择，如果他不帮这个落难公子的忙，甚至出卖他的话，他就不是张某人了。仗义是做人最重要的品格之一，这一点深入湘九的骨髓。也许，这跟他的基因有关，一九八九年春天他去洞庭湖故土，一位名叫唐顺银的老劳模见到他的第一句话就是：你父亲是个讲义气的人。

王靖却比他想象的要镇静得多。这个瘦弱儒雅的年轻人戴着一副白框眼镜，穿着一套洗得发白的黄军装。王靖先是从容地打量他一番，然后才跟他握手，随他走进小屋。湘九将带来的被褥铺在床上，又拿出一台半导体收音机放到桌上。你先在这里住下，听听新闻，也可以了解各方面动态。接着，湘九摸出五十斤全国粮票、二百元钱递到他手里，王靖愣了愣，这是干什么，他操着一口纯正的京片子说，我身上有钱。

湘九单刀直入地说，这里恐非久留之地，下一步往哪里去，需要我做些什么，请你直言。

王靖点了一支烟，有些意外地看着他，慢慢地，脸上浮起既苦涩又揶揄的笑容。你想得太严重了吧，他说，我只是出来散散心而已，还不至于到你想象的那一步。

湘九觉得他在宽慰他，也宽慰自己。湘九说，你累了吧，要不先休息一下，晚饭时我再过来陪你，王靖想了想，说，好吧，我躺一会儿。

湘九去了延定巷，替母亲干家务。母亲问他公安局有回话没有？湘九说听说厂里有意见过去，可能通不过。母亲说，我给廷璧写了信，请她去香港政府生死注册处查一下你的出生纸底案。你在那里是有户籍的人，自己不想去是一回事，不准你去又是一回事。

湘九感到母亲在生气。当年走过罗湖桥，母亲特意从桥下的铁丝网将他塞过来，总要起点什么作用吧？母亲并不很想放他走，但她确实受不了这种气。母子俩一时间相对无言。

天黑下来了，湘九到众安桥卤味店买了一包猪头肉、一包油炸小鱼，又去买了半斤馒头一瓶绍兴糟烧，回到仁和路。他轻轻地叩门，门吱呀一声开了，王靖说，我还真有些饿了。

月华如水，两人浅酌深谈。原来王靖是笔名，他随母亲姓彭，出生于沂蒙山老根据地，父母都是职业革命家。一九五七年，母亲被戴上“右派”帽子，跟父亲离了婚，已经懂事的王靖离开当高官的父亲，死活要跟着母亲走。他跟着母亲饱尝人间辛酸，后来在母亲一位老战友的帮助下，进了济南装甲兵部队当兵。复员了，他待业家中读书写文章，一切听凭命运安排。

他的身世，仿佛都在湘九意料之中，面酣耳热之际，他们的言语中已经视往昔如行云流水。

男人间的友谊其实不用语言，他们对生活的感悟是一致的。王靖的信息量比湘九大，眼光也看得远。王靖说，观念的转变需要过程，这个过程不会很久了。

几天过去了，深感沉闷的王靖终于忍不住提出去西湖边走走。他对湘九说，放心吧，谁也不会想到我住在你这里，我在杭州碰到熟人的概率小到可以忽略不计。

细雨打着他们的脸，昏暗的夜云低低地压着大地，湖畔的大树阴郁地站着，褐色的苔藓掩不住身上重重叠叠的伤痕与皱纹。他们从湖滨慢慢地走到了北山街。保俶山山脚有幢八角楼，亮着灯光。王靖默默地看着这幢小洋楼，思考良久，他对湘九说，这里住着我父母的一位老战友。

湘九伸出手去阻止时，他已经步上石阶。湘九抓住他的胳膊，他俩对视了一会儿。放心吧，王靖对湘九说，这户人家绝对可靠。湘九叹一口气，终于把手松开了，他似乎没有理由怀疑王靖的话，怀疑那种从战火中走过来的老人对战友孩子的情感。

湘九永远忘不了那天夜里的遭遇，忘不了这幢西子湖畔的八角楼。

他第一次听到家人以外的人说起他父亲的早年，而且是一个老革命家。如果说湘九对父亲走过的道路开始有新的发现，这位老人是第一个向导。抗战时期，这位老人在浙东创建了一块根据地，是全国十九块抗日根据地之一。那位先后投降过日本人和国民党的军人在济南战役起义后，担任过那支部队的军政委，他们的士兵将旗帜插到了南京总统府的楼顶上。人们按抗战时期的习惯将他称为司令。老司令两眼炯炯有神地坐在书房里，像审讯俘虏一样地把他俩单独叫进去问话。

审讯王靖的时间不太长，他出来后，跟老司令的孩子们聊天去了。

湘九的局促不安也没有延续太长时间，他是本地人，既隐瞒不了，也没有隐瞒的必要。他想自己只是陪着王靖来到这里的一个路人，无所谓印象好坏，出了这个门他就可能永不会再回来了。老人问他的家庭情况时他跷起了二郎腿。他说，我父亲是你们的手下败将，跑到海外去了，留下我这个儿子替他赎罪。

老人显然对他的态度不满意，或者说很不舒服，老人皱着眉头说，你父亲叫什么名字？

湘九说出父亲的姓名、籍贯。

老人露出惊讶的神情。他的久经风霜的脸上既有些激动又若有所思。难怪我觉得在哪里见过你似的，他操着一口川音说，原来你是他的儿子！

湘九却没有太多的激动，两军对垒，见到过他父亲也完全可能。老人似乎很欣赏他的平静。那时你父亲比你现在还年轻得多，也是一条很沉得住气的汉子。他说。

湘九终于沉不住气了，如果他们相识在青年时代，有可能，当时,他们还不是对手。

湘九说，你们相识于何时何地？

那时候我在刘文辉属下当教导队队长，经常在司令部见到令尊大人，老人陷入了年代久远的回忆之中，他从藤椅上站了起来，踱到窗口去，窗外是一片夜幕下的湖光山色，水天寥廓如一个逝去的梦。我一直有种奇怪的感觉，老人背对着湘九，似乎在跟他说，又似乎在自言自语。你父亲出身贫苦，思想进步，是一位具有民族正义感的爱国军人，坦率说吧，他的几位朋友也就是我当时的朋友，他怎么会一直站在另一边呢？

听我母亲说，他当兵时是在熊克武的部队，湘九疑惑地说，没听说过他跟刘文辉有什么关系啊？

老人终于笑了。他转过身来。这时候湘九看到的是一个慈祥的老头儿，每条皱纹里都带着温和的笑容，他刚才的威严完全消失了。傻瓜，刘文辉就是熊克武的嫡系部下，他说，你要好好研究一下父辈的历史！

湘九怀着一种震惊和湿润的情感注视着这位曾经叱咤风云威震敌胆的老司令。他不敢相信这些话是真的。他跟着老人笑了。机械地笑。他跟我父亲有过几位共同的朋友？他不由自主地迸出一句话：您当年一定是地下党对吧，谁介绍您入党的？

老人愣了愣。查起我的户口来了，他说。他皱起眉头看着他。说出来吓你一跳，车耀先，这个名字你总该听说过吧？

湘九想我没听说过这个名字我就是白痴了。

王靖和老人的孩子们在客厅里等久了，他们忐忑不安地望着书房那扇关着的门。听到两个人的笑声，他们面面相觑。门开了，老人和湘九一起走出来。看到两人脸上平静的微笑，他们才放下心来。王靖把湘九拉到客厅门边，悄声问他，老爷子训斥你没有？他说，我忘了关照你，对他的刨根问底，你可以回答得含糊一些。

湘九摇摇头，他跟我聊革命历史，教育我。

老人似乎听到了他们的对话，他微笑着，对湘九的回答表示认可。他对湘九父亲的了解仅止于这一段历史，难以给予他什么具体的帮助。老人的孩子们可能有一点奇怪，后来湘九成了他们家的常客，老爷子对这个年轻人似乎特别宽容，湘九的任何奇谈怪论，包括他发表文章受批判那段日子，老人都没有批评过他一句。今天加两个好菜，老司令站在院子里瞧着进门的湘九对夫人或女儿说，我们要喝一盅！

老司令的一位女婿韩军跟王靖是好朋友。这位在集体户中最后一个离开山东沂蒙老区的老知青，此时正在北方交通大学读书。韩军对湘九说，我在老爷子面前很拘谨，没想到你却如此洒脱自如。

韩军的父亲是北京一位顶尖大人物的老部下老战友，韩军却在相当漫长的岁月里作为一名“狗崽子”不能入党、上学、参军、提干。这位大人物不得志时常与韩军小老弟“扪虱而谈天下”，为了让他能取得考大学的资格还曾专门给山东省团省委书记写过一封信。韩军大学毕业前夕在他面前抨击时政，言辞激烈。大人物叹息着，严肃地提醒他多了解社情民情再发表见解。大学毕业，韩军被分配到杭州南星桥火车站当工人。

湘九对“扪虱而谈天下”这句话印象很深刻，因为这是大人物给韩军的信中所说。韩军当了三年工人后，大人物视察浙江时，了解到他的工作情况。到了此时，韩军总算是学会了一点收敛，不久，被调入了省里某个政策研究部门。

一九八〇年清明节。下午，湘九在省中医院看病，因为劳累过度，GPT很高，肝区隐隐作痛，医生开给他一张病休单。晚饭后他离开延定巷返回华丰村，路过城河边遇到几个歹徒正在抢劫围殴一对情侣。湘九大喝一声冲进人群，歹徒们往四下逃散。湘九跨上自行车猛追为首者，追上后将车一横，歹徒被撞倒在地，刀从手落。湘九押着他往机床厂门卫室走，有两个歹徒又转身回来。湘九说，我是公安局的，谁敢袭警严惩不贷！一些群众围了上来，湘九将为首的歹徒推进机床厂门卫室。咔嚓一声锁上门，他对门卫说，请帮我看住他。湘九拿起门卫室的电话要公安局刑侦大队。歹徒气得哇哇大叫，原来你不是公安局的，老子他妈的上当了!!

一辆吉普车两辆三轮摩托车呼啸而至。湘九迎上去说，请你们赶紧送受害者去医院抢救！那对情侣，女的还能说话，男的已奄奄一息，浑身血肉模糊。姑娘要给他下跪，湘九一把扶起她说，快走吧，救人要紧。歹徒被铐上了，围观群众给押送的三轮摩托车让出一条路。刑侦大队长递一支烟给湘九说，把你的名字和单位告诉我。

为什么？湘九说，我的事情已经完了。

本案证人你总是逃不掉的吧？刑侦大队长把自己的工作证递给湘九看。兄弟，爽气一点。

湘九不得不把船厂的工作证掏出来。

夜风吹在身上，湘九发现衣衫已被冷汗湿透。他的身子轻飘飘的，浑身乏力，回家的路程变得十分漫长。二十几里路，他骑到华丰村已是深夜。咪咪打开门吓了一跳，他的衣衫撕破挂落，脸上手上都有伤痕。咪咪担惊受怕地说，你肝脏不好，如此拼命要出大问题的啊！

咪咪要他在家病休。湘九说中医院的病休单要经过厂医务室审核才能生效。湘九坚持上班去。别人可以迟到他不可以，迟到了马各又要开他的批判会。他到了厂门口，看到墙上贴着部分职工上调工资的大红名单，说是部分，其实绝大部分职工都调了，虽然只有几元钱。

似乎是一种理所当然，榜上没有湘九的名字。

这一切其实是在意料之中，他的心却仍然隐隐作痛。二级工，三十八元工资，上有病中老娘下有孱弱小女，还要给插队时的房东大娘寄点钱，他每个月都捉襟见肘。他妈的！湘九愠怒地朝红榜吐了一口唾沫，咬牙切齿地走向车间。

站住，跟我去一趟保卫科！有人喊他。

湘九站住，转身瞪着小李，他的脸上还挂着伤痕，样子很难看。小李耸耸肩，像看一个怪物似的看着他，好像不认识他了似的。公安局的人找你，小李说，你没看到那辆吉普车吗？

黄色的办公楼前，一辆挂着白色公安牌照的吉普车分外显眼。湘九缓缓转过身，平静地迎着它走去。他心里有数别人不清楚，许多工友以惋惜和同情的眼光目送他走过去。油漆工老杜悄悄地去通知阿才了。

当湘九走进办公楼时，各种议论和谣言在船厂已经迅速地泛滥成了又一条运河。

刑侦大队长阴沉着脸，扔给他一支烟。湘九师傅，我们又见面了。

原来，他们一大早就到了船厂，先找分管政工的领导。马各听到湘九的名字，刷地从座位上站起，搓着双手笑出声来，好啊，公安局来人了，这小子，终于有了这一天！刑侦大队长愣住了。我们是来为他请功的，他帮助我们破获了一起刑事大案。马各脸上的笑容凝滞了，他的神经和肌肉都变得十分僵硬。你们有没有搞错？他说，你们肯定搞错人了！

当两位公安干警指着档案上的照片，肯定地说他们没有搞错人时，马各气呼呼地挥了挥手，去保卫科吧，他不耐烦地说，这种事，你们找保卫科去谈就行了！他的无礼让刑侦大队长愤懑，他们走进保卫科，开门见山地说，湘九的事迹要见报，市局领导认为这是见义勇为的典型。

保卫科说，湘九，这份稿子由我们写吧，再请厂领导把把关。

讲述你们如何挽救一个失足青年的故事吗？湘九喷出一口烟说，我拒绝。

他们僵持在那里。按照彼时报纸发稿的要求，厂里必须盖章；湘九不配合，他们就不盖这个章。公安局两位同志抽了一支又一支烟，终于无可奈何地站起身说，好吧，我们回去向领导汇报一下再说。

人们惊讶地看到警察没有把湘九铐走，相反，他们亲密地拉着手，谈笑风生地走到了厂门口，然后才依依不舍地上车离去。传达室的人听到了湘九对刑侦大队长说的最后一句话。湘九说，别看了，那红榜上没有我的名字。

刑侦大队长的回答只有一个字，他说：操！

一个月后，《浙江日报》发了一个专版，通栏标题是“杭州人民与刑事犯罪分子斗争的事迹”。湘九的事迹被放在显著位置，对他的报道有三千多字，还配了一幅图：见义勇为的青年工人正在智擒歹徒。这桩案子牵连出另外的刑事案。

这天的省报震惊了整个交通系统。从局机关到各单位，人们议论着湘九，从他的出身到经历，各种似是而非、真真假假的故事充满传奇。有的说他是被挽救过来的失足青年；有的说他身怀绝技，从小练就一身武功；甚至有人联想到了悼念会上那一幕，对于老渠后来的不予追究豁然醒悟。

这篇报道既没有让厂里盖章也没有让船厂的主管部门盖章。阿维的一个同学在省府大院工作，同学说，这篇报道首先出现在一份内刊上。恰在此时，全国人大的主要领导人来到杭州视察调研。百废待兴，加强法制，建设良好的社会环境，对于增强全国人民的凝聚力向心力十分重要。委员长亲自听取省、市政法部门汇报。湘九的事迹和单位对他的背景介绍与压制态度引起了与会者的郑重思考。这位负有重建国家法律体系重任的国家领导人说，为什么不能报道？此人此事应当尽快见报宣传！

湘九想病休也休不成了。

张楚清厂长抓住了这个机会，他让生产科的林某人出来组建一家分厂，给他配的助手就是湘九。林某人号称“林大师”，车钳刨铣磨都有一手，因为出生于资方家庭而压抑多年。林大师跟湘九说，他考虑的产品也是电表电器，还有缝纫机，船小调头快，可以根据市场需求安排生产项目。

湘九却对张楚清说，我不能一下子就当林大师的助手，那样不但对我有压力，对你的压力也不会小。

湘九猜想张楚清与马各之流早已发生过明里暗里的斗争，虽然他的脸上永远是一片风平浪静。张楚清听了他的话，沉吟半响，说，好的，你先当个工段长吧。

湘九只当了三个月工段长，在车间里指导一群青年女工装配电表。即便在这三个月中，林大师也时常叫他去仪表厂电器厂搞资料搞材料搞外协作。至少有一半时间，湘九在外面四处奔走。

三个月后，湘九被任命为供销科科长，林大师说，科里的人你自己挑，看中谁，我向张楚清去提。

湘九提出的第一个人，居然是关押他时的看守景宁。

如赓是董鸿图的朋友，那个夏天，他在省文联办的一家杂志社帮忙。董鸿图说起过湘九写的小说，如赓约他见面聊聊。

湘九如约到了位于杭州建德路的杂志社，看到瘦高个子的如赓坐在堆得高高的稿件中间，清癯的脸上满是倦色。一篇《伤痕》轰动全国，千军万马走上文学这座独木桥。如赓说，稿子堆积如山，写得好的却是少之又少，湘九，你的手抄本该露出水面来了。

湘九拿起他们的杂志翻了翻，说，我那篇小说太长了，在你们的月刊上发表恐怕不大合适。

如赓动员他将小说先拿来看看。这时一个中年人走了进来，如赓喊他秘书长，湘九站起身。秘书长说，什么小说太长啊，我们正要办一个大型文学丛刊呢，六七万字的中篇小说正好。

湘九只好实话实说。他把《希望》重写了一遍，改动的幅度很大，增添了主人公在新时期到来时生存环境和思想的变化。湘九说，我不知道你们要办大型丛刊，我只晓得上海有家刊物《收获》，我将稿子寄给它了。

《收获》有回音吗？秘书长关切地问。

湘九犹豫了一会儿，拿出一封编辑部的来信。他平时只看报不看杂志，确实不知道中国除了《收获》还有什么文学刊物。把稿子寄给《收获》纯粹是姑妄一试，没想到编辑还真是认真地看了。

秘书长很激动，他站在那里，一条空荡荡的袖管被穿窗而入的夏风吹拂着。这个转业老兵黝黑的脸上漾起果断的神色。已经通过二审了，正在报请终审！他抖着《收获》的来信说，你把它拿回来吧，我们发在“创刊号”上。

后来的日子里，湘九总是有一种后悔：不该把稿子从《收获》拿回来。那样的话，发表了也不会有太多的争议，本省文坛及其主管部门不会把注意力集中到上海的刊物上去。但是，当时的他哪会想到这些问题呢？他看到秘书长坐下来，用左手拿起一支毛笔，龙飞凤舞地写了一封信：“本省青年作者的中篇处女作，请《收获》割爱支持我们一下。”他把写给《收获》的信交到湘九手上说，他们一定会支持的。

如赓羡慕地看着他。如赓说湘九你这是中了头彩啊！有多少作者，都是被退稿了无数次后才得以发表作品的，你却一下子走了捷径！湘九有些茫然地说，谢谢，谢谢你们对拙作的错爱。他心里却在想，万一拿回来后你们看了不满意呢，我不就两头脱空了?!

当了供销科长，湘九比之从前有了很大的自由空间，公私兼顾地去一趟上海毫无问题。但是，湘九没有去，他不好意思面对认真看了他作品的《收获》编辑。他把秘书长的信扔进邮筒，继续忙他的本职工作去了。

没想到，事情的发展是并不按照他的个人意愿进行的。

当他拿着《收获》寄回的稿件再次来到建德路时，秘书长瞧着这堆信笺大发感慨。你把这稿子密密麻麻地写在信笺上就寄出去了？他挥舞着那只空袖管说，你真是初生牛犊不怕虎啊。幸亏，你碰上了一位好编辑！

湘九只好苦笑。他不知道《收获》那位编辑姓甚名谁，是男是女，《收获》的回信上只盖着公章。

秘书长叫他三天后再去一趟省文联，他点点头就回去了。

三天后，秘书长给他一句话：把文章誊写到方格稿纸上。

湘九说三天太紧张，给我十天时间吧。要不，一个星期？

那一段时间湘九真的忙得不可开交。林大师管理严格，厂里五点半下班，供销员在城里办事哪怕到了四点半，也要赶回去汇报完了才能下班。开发的产品不光有电表，电动螺丝刀，还上了缝纫机。上海有个历史悠久的品牌：飞人牌缝纫机，林大师傍大牌，将他们的产品取名为“飞轮牌”。湘九回到了曾经穿乡走村给人理过发的宁波地区，将配件业务交给当地的乡办村办企业。他忙着考察生产缝纫机头毛坯的铸件厂和仪表螺丝厂。乡长村长们顿顿大鱼大肉招待他和景宁，口口声声地称他们科长厂长。当年四处漂泊的湘九故地重游，虚荣心得到了极大的满足。

为了提高湘九的积极性，林大师对莺莺燕燕们帮助湘九誊写稿件睁一只眼闭一只眼。

管调度的美云，财务科的惠莉，仪表车间的肖音，工作时间趴在桌上往方格稿纸上一个字一个字誊写这部中篇小说，形成了一道奇特的风景线。张楚清皱眉蹙首地走进来又走出去，正想批评一番时，湘九和景宁风尘仆仆地回来了，肩上扛着沉重的浇铸件样品。张楚清立马换了笑脸。林大师给他们沏一杯茶，连声说：辛苦了，两位弟兄辛苦了！

《希望》发排了。文联党组书记兼任这家大型丛刊主编。秘书长是副主编。湘九见到了各位编委编辑。他将他们统统称作老师。瘦骨嶙峋的编委李老师说，今天要去乔司农场接陈老师，湘九你年轻力壮，一起去帮忙吧。

乔司是劳改农场。见到了陈老师，湘九才知道历史上的“胡风集团”大致上是怎么一回事。陈老师是抗战时期国统区“七月诗派”的代表人物之一，他和绿原、阿垅、鲁藜等人在胡风主编的《七月》杂志上发表那些敏感而悲壮的诗歌，张扬抗战、民主与解放。他们的身影后来却在一片雾霭中伴随着一段文化苦旅而消失了。湘九依稀记得，童年时看到的铺天盖地的漫画上，胡风是个秃头，额上贴一块膏药，手里拿着一把屠刀，身后跟着一群明火执仗的反动分子。而现在，他看到在他们当年合影的照片上，一个个却是那样的英俊、年轻和洒脱。

照片上的陈老师一去不返。站在湘九面前的是一位身穿警蓝棉大衣的白发老人。湘九奇怪老人怎么成了一名狱警？老人说，他获释后无处可去就被安置在监狱财务科当了出纳，成为一名最低级别的警察。

老人在回到文联后没日没夜地创作一部新的长篇小说。湘九说您年纪大了，悠着点儿吧。老人看着他，如同当年透过囚窗看着大墙外的阳光，半晌，他幽幽地说，湘九你是来日方长啊，我却是去日无多了。

还有一位老师，见到陌生人进门就会起身立正。湘九看见他就会想起大哥，这是长期生活在劳改农场而形成的条件反射。

湘九很难想象这位老师曾经是一名“红小鬼”，当过地下党中心县委书记、游击队政委。他的第一任妻子在胜利前夕被自己人怀疑是敌人而误遭处决。妻子被杀十年后，他又被打成叛徒、特务送往劳改。留场就业时他生了重病，拉着板车送他去医院的是一位留场就业的女工，曾经当过上饶集中营的女看守，劳改场的领导想必也是好心人，撮合他俩生活在了一起，互相安慰互相照顾。

湘九目睹了这位老师与这一任妻子分手时的情景：上面有人提出，平反后的他与昔日的女看守已经不适合再生活在一起，希望他们离婚。判决他们离婚的法官也曾在劳改场呆过，生病时同样受到过从前的女看守的悉心照料。法官拖了很长时间不予判决。有一天，这位老师喝醉了酒，他老泪纵横地对湘九说，我这一辈子怎么过的？为什么，为什么要我过这样的日子?!

湘九对独臂副主编说，难怪我的作品发表了就会挨批，你们这家丛刊，真的是“既有内伤又有外伤”啊。

说这话时副主编和李老师正在找他谈话，想借调他到编辑部工作。湘九说借调有什么意思？除非将我正式调到文联。

李老师说我们正在尽力而为。湘九看着他又是一阵辛酸。

李老师绝对是个好人，即使观点完全不同的人，对他的人品亦从无诟言。他是浙江大学著名烈士于子三的战友，曾经走在“反饥饿反迫害”斗争的前沿。他成了“右派”去工厂改造时，经常帮助一位生活艰难的单身女工，为了不让流言飞语伤害到孤女寡妇，这个被打入另册的年轻的老革命，以结婚的方式挑起了这户凄风苦雨中的家庭的重担。别的编辑坐在办公室高谈阔论时，李老师骑一辆破自行车，风尘仆仆地在印刷厂、书店和邮局之间来回奔波。瘦骨嶙峋的他，鼻梁上架一副高度近视眼镜，跑湘九的调动把他的双腿跑得更细了。

马各们坚决不同意湘九调离船厂，理由是他的问题还没有搞清楚，还在“听候处理”。张楚清和林大师则很矛盾，他们既希望湘九有个好前途，又不愿意厂里的工作受到影响。从夏天到冬天，李老师的协商毫无进展。

后来，张楚清看到李老师就躲了出去，让林大师接待他。林大师对湘九说，我也不好意思再接待李老师了，这样吧，你半天在厂里上班，半天去编辑部如何？

大型文学丛刊创刊号正式问世的前一天下午，一位报社记者给湘九留下了深刻印象。这个老记者走进编辑部满脸忧虑地说，样本出来后就引起了有关方面的不同看法，正在组织对作品的批判。他的话引起编委们一阵紧张，湘九的心也为之一沉。

批判会以讨论会的名义，在“红太阳展览馆”举行。猛烈的炮火集中在湘九和杭大一位研究生身上。后者的小说发表在外省一家丛刊上，对他的批判因此而相对和缓一些。大多数人想必不清楚湘九早已是“运动健将”了，一边尖锐地批评他，一边流露出同情和不忍。

湘九埋着头，认真地作记录。文联和作协的主席黄老说，支持和反对的意见你都要听，都有利于你的成长和进步。黄老还说，你不要太紧张，不是冲着你个人来的，如果你的作品不是发在头条，批判的或许就是另外一部作品了。

湘九觉得有些观念已经形成固定模式。一部现实主义作品，不可能不揭露特殊年代给人带来的灾难。权力跟金钱，信仰与背叛，斗争和命运，交织成特殊时期错综复杂的社会形态。有人批判说，不能把它写成“西子湖畔的一场噩梦”，湘九想“文革”不是一场噩梦又是什么呢？又有人说，要害是“希望在台湾”。湘九报以苦笑，这顶帽子委实太大了。

已经习惯于被批判的湘九其实并不很紧张，他觉得长期以来形成的思维方式不可能很快改变，在他看来，多数批评他的人无非是观念不同而已，动机还是诚恳的。后来的岁月中湘九常常反思这个问题。当所谓的文艺批评已经成了炒作，吹捧和谩骂都围绕着市场进行时，湘九反而怀念起自己被批判的日子来，至少，当初支持他、帮助他和批判他的各位前辈，都是在忠实地捍卫自己的立场乃至信仰。

令湘九伤感的倒是那位老记者。他的发言令他和编辑部的人大为吃惊。不但给湘九扣了几顶大帽子，还把自己的孩子搬出来跟湘九进行对比，说他有个孩子也是作家，他经常教导她如何为党为人民写作，因此她才有了今天的成就，如此等等。昨天他走出编辑部，今天他走进会场，一出一进竟是两张截然不同的面孔。

散会了，老记者走到陈老师跟前欲与之握手，陈老师却瞪他一眼，拂袖而去。湘九倒是想跟他握手来着，然而，人们从他们身边鱼贯而出，刚才严词批判过湘九的老记者，如何会跟他握手呢？

湘九不无同情地看着这位老记者尴尬地站在会场门口的台阶上，孤零零地，瘦小的身躯在风中瑟瑟发抖。

批判归批判，拿到的第一笔稿费依然令湘九激动万分。六百五十元，湘九捧着这一叠巨款双手微微颤抖。

他跑进百货大楼，给又佳买了一套小海军装。又佳人小，海军装穿在身上晃晃荡荡。但是湘九和女儿都很快乐。童年时自己无法实现的愿望终于在孩子身上实现了。

张楚清和林大师力排众议的过程他不清楚。他只知道，当报上正在连篇累牍地对他的作品进行批判时，他却被任命为厂长助理了。厂里生产的第一批电表和电动螺丝刀参加了省市举办的工业新产品展销会。湘九将摊位放在园园的摊位旁。园园到这时才明白了湘九跟他保持热线联系的别有用心。他说，湘九你是一个骗子。

省委工业书记在一群人簇拥下走到湘九跟前时，湘九卖力地拿起电动螺丝刀演示给他看。螺丝刀一摁，一个螺帽刹那间拧紧。摊位上放着湘九的名片，工业书记饶有兴趣地拿起一张名片看。湘九同志，书记惊讶地说，你就是把我省文坛搅得争论不休的那个青年工人作者啊？湘九点点头，脸红了，低下头去不敢朝他看。

我儿子让我跟你谈谈呢，书记笑着拍他的肩，你把作品拿来给我看看！

园园羡慕地看着他们，书记离开他们的摊位了，园园也不骂湘九骗子了，他说好啊，你小子一下子成名成家了！园园说，湘九，你把书记请到我们厂去视察一番吧，我们厂也就出名了。那样的话，厂里也不会追究你到我们厂来偷技术的问题了。

湘九不能不帮他这个忙。虽然他的承诺过了两年才兑现。两年后，省委工业书记将他推荐给杭州市新一届领导班子，市委张副书记跟湘九说，我们交个朋友。湘九把这个朋友带到了仪表厂去。小小的仪表厂因此而名声大振。不久，园园当上了仪表厂副厂长。

当省委工业书记派秘书来接湘九去他家时，湘九才知道书记的儿子就是王靖和韩军的朋友老武。老武在“四五”运动后受到审查，而今却成了中央一个重要部门的处长。劫后余生的朋友们凑到一起时说起某某交代过什么问题，某某乱咬一气；湘九呢，寄给他的信件材料，他好像始终守口如瓶！于是，正在接受新一轮批判的湘九成了他们关注的对象。老武对父亲说，您看看他的作品，再找他谈谈吧，你们先不忙对他下结论。

湘九记得新星饭店那一顿午餐，省委工业书记请来了省报的总编辑。工业书记又兼省委副书记，他将湘九作为座上宾介绍给总编辑，总编辑感到突兀和惊讶。

省委副书记说，湘九向我汇报了他们企业的改革情况，从生产军品到生产民品，从吃大锅饭到实行责任承包制，他们确实干得不错。一个青年业余作者，发表第一部作品，不足之处在所难免，可以总结教训帮助提高么，“自由化”之类的批判，能否适可而止了？

总编辑在吃饭的过程中始终笑容可掬。他既没有说适可而止，也没有说不适可而止。他问湘九是否在写新的作品。湘九说正在酝酿之中。他说新作品出来了一定让我先睹为快好吗？湘九说，当然，一定请您批评指正。

午餐在这略为沉闷的、微妙的交谈中结束，总编辑站起身，说，书记您休息吧，我有车，我送湘九同志回去。

车轮沙沙响，驶过枝繁叶茂的北山街，窗外是春的西湖，柳枝儿正在抽芽。车厢内继续着沉闷的、微妙的气氛，总编辑和湘九都不知说什么好。快把湘九送到家了，总编辑说，湘九同志，你跟书记早就熟悉吗？湘九说，我跟他的大公子熟悉。总编辑“哦”了一声，说，我们有机会再谈谈吧。

湘九回到了厂里，林大师忧心忡忡地指着报上的批评文章对他说，求求你，你安耽一点吧，好好当你的厂长助理，千万别再写什么小说了！

湘九坐在办公桌前发了一会儿呆，看见张楚清走了进来。湘九站起身，张楚清坐到他对面，说，省里有关部门来了电话，要你先去文联上班，工资和管理费由他们支付给厂里。林大师说，你们松口了，你们怎么能松口呢？张楚清说，这个部门比省文联还大，我们顶得住吗？再说，又不是正式调走，说不定他还会回来的。

林大师关上了办公室的门。他们商量中层干部人选。湘九推荐提拔景宁担任供销科科长。湘九说景宁年轻，头脑灵活，现在担任门市部经理，干得不错。林大师说，他关押你时也蛮认真负责的。湘九大笑起来，说，在其位谋其政么，那也不是他的错。张楚清咳嗽了一声，阻止他们继续讨论这个问题。他说，我们提议让景宁同志先代理一下科长吧。

文学丛刊创刊号印了十万册，李老师说有一部分要我们自己搞发行，湘九你动动脑筋。这是一九八一年春天，湘九想啊想，想出一个点子：请火车上的列车员帮助推销杂志。

他兴冲冲地跑到杭州列车段。段领导听说卖一本杂志一元钱，段里能拿三角，卖不掉的可以退还，立时来了热情。他们一下子拿了三千册。

首战告捷，编辑部各位老师都很兴奋。领导层开了一个会，决定派湘九出门去推销刊物。湘九回工厂一说，张楚清和林大师也叫好，让他将工厂生产的样品一起带去推销。湘九说，奖金呢，差旅费都由编辑部承担了，你们总不能一毛不拔吧？林大师气急败坏地说，让你出门去就是一种奖励了，你懂不懂？不要忘记，你是一个“牛鬼蛇神”，你还在“听候处理”阶段！

湘九瞧着张楚清厂长，张厂长耸耸肩，现出无奈的神情，那模样，一如湘九自己。

火车呜呜地开动了，湘九跟一位诗人同行。到达北京之前，他俩一起推销杂志，到了北京之后诗人的任务是组稿，湘九则继续北上争取更多的订户。

南京、合肥、蚌埠。诗人有很多诗友。每到一地，湘九跟着他“以诗会友”。诗人们喝着大杯的啤酒，高谈阔论。湘九没有那么多浪漫主义情调，常常听了一半，就溜出去跑业务。

各地的列车段对于代销杂志改善职工福利的做法都很感兴趣。每个单位多少都订一些。湘九签一份合同，打一个电话回去，请求编辑部马上发货。

李老师高兴极了，湘九听到电话那头他对主编说，我们把湘九引进来不错吧，毕竟是供销科科长出身，与纯粹的文化人不一样啊。

湘九在南京与强强重逢，强强已经买了十几本创刊号分送给从前读过他手抄本的朋友。或许借了受批判的光吧，这本创刊号已经产生了不小的影响。对于他的挨批，那些出生于高干家庭的朋友们表示不解和同情。他们好像已经提前走进了一个价值多元化的年代。湘九坐在那里，冷静地听着，脸上浮起懒洋洋的微笑，仿佛饱经沧桑的牛虻刚刚回到琼玛的客厅。

强强带他去见一位女作家。女作家住在一幢军营的宿舍楼里。强强说，女作家的作品最近很热门呢，不久就要调去当部队专业作家了。

见面那一刻，湘九走神了，他好像遇见了童年的阿苹，好像回到了少年时代的保尔·柯察金与冬尼娅相遇的时节。女作家比湘九大两岁，个子跟他差不多高，穿着一身合体的绿军装，红帽徽红领章衬着她的浓眉大眼，飒爽英姿。她专注地看着湘九，倾听他的童年和少年时代，倾听他写作《希望》的过程。女作家说，她注意到了对他的批判，没什么太了不起的问题。

强强先告辞了，屋子里剩下他们两人。窗外春雨潇潇，窗内的谈话因此有一种湿润的感觉，湘九的眼前有一片涟漪，在她的追问下，描述过去的苦难仿佛已经不是耻辱，而是成了他的财富与骄傲。天光暗淡，倾听的过程中，女人的脸色因此而显得苍白。她摘下军帽，一头微微曲卷的短发在轻轻抖动，分明是一种心脏的猛烈跳动所引起的。

你的生活经历真是太丰富了，她羡慕地说，你有多少写作的素材啊！

如果可以选择，我宁愿不要这些素材，湘九说，我宁可过一种平平常常的，但是有尊严的生活。

女人叹了一口气，叹得那样深沉绵长，使他感到迷茫。

女作家说她的少女时代也在杭州度过，那时她生活在军队大院。童年时，她是一个无忧无虑的女孩，她从来没有想到过，在同一座城市里，还有湘九那样的孩子。说这番话时，她瞧着他额头上那两条伤疤，使他感到那疤痕在隐隐作痛。

当初读你的手抄本，我觉得你是一个忧郁的少年，渴望理解，渴望爱情，渴望公正，女作家的普通话像播音员在朗诵诗歌。她看着他，似乎要极力地用诗意的语言鼓动他。现在见到的你，却是一条经历过凄风苦雨磨炼的汉子了，只要你继续奋斗下去，你会成功的。

天色完全暗淡下来了，他们的谈话还在继续。湘九听见自己的灵魂在一口深井里，在很深的地层下翻腾着，仿佛遇到一股暖流，化冻了。他不仅听见了，而且感觉到对方很愿意把这股暖流不断地输送给他，温暖和提升他的整个身心。湘九说，谢谢你如此理解和鼓励我。

你会成功的，女作家重复她的鼓励，作为一名工人，你已经很成功了。

快九点钟了，湘九不得不起身告辞。女作家送他到楼下，天冷，她披着一件军大衣，她的身影亭亭玉立。湘九说，我请你吃夜宵吧。女作家露出了笑靥，哪能让你请呢，她说，我请你去绿柳居吃小笼包。

绿柳居的小笼包有些甜，店里没几个人，窗外细雨霏霏，感伤成了一种情调。湘九问她在写什么，她说采写一位老革命家的传奇经历。女作家似乎漫不经心地说起她的见闻，都是一些大人物大事件，相比之下，湘九不仅孤陋寡闻，而且显得层次很低。

矛盾的心理其实在他们交往的初期已经存在，他们真的反差太大了，既互相吸引又互相排斥，他们的人生背景和生活感受如同一张泛黄的黑白分明的照片。

女作家和湘九交往几年，主要是通过几十封信，谈创作谈人生谈感情谈家庭琐事谈各自的变化，直到无话可谈。

大约是相识五年后的冬天，他俩在北京一个会议上相遇，会上讨论了两位当红的军旅作家的作品，也讨论了湘九的作品。

当湘九身穿校官服出现在会场时，知道他过去历史的人们议论纷纷。女作家走到他跟前，上下打量着他，使他感到很不自在。她的身边簇拥着一群青年军官，他们使用一种柔软、冷漠而拖长的语调向他问话。他当兵的资历如此之短，他的军阶却超过了他们，而且他的眼神并不畏怯，都令他们产生着不愉快的感觉。一位卷头发的年轻人说，你就是那个造船厂铁匠出身的湘九吗？你真是鸟枪换炮了！

你的父辈大概也不是生来就当官的吧，湘九举起一只手来捂住自己的胸膛，默默地召唤自己的自制力。他用他平常的声音回答他们。你们已经比我提前鸟枪换炮了，你还有什么不高兴的呢？

女作家没有像她的同伴们那样当众奚落他，他们的对话发生在只有两个人的时候。会间休息时，湘九落在后面，一个人，默默地走向寝室。女作家放慢了脚步，等他。本以为她会向他说出另外一番话的湘九，结果却变得更加落寞和伤感。

女作家对湘九说，这才几年时间啊，你不仅穿上了军装，而且还是校官服！你终于遇到你命中的贵人了，对吧？

那时候湘九还没有多少不良感觉，只是一时无言可对。

看来贵人真的是很重要的，他使你大大地成功了，简直就是彻底翻了个身！

湘九知道她说的贵人是谁，是他的军区首长浩将军，湘九不否认这一点。滴水之恩当涌泉相报，他永远不会忘记。但是，她的话听来不入味。一个人的进步或者翻身有诸多因素，国家和民族、时代与社会发生了巨大变革，他们却自以为是地用固有的眼光看别人。

在她和她的同道们眼里，湘九是靠着贵人才翻了身的。也许她自己还没有认识到这一点，也许她的语气并不轻视，但是，湘九感到了她从骨子里散发出来的这种轻视。

对于从底层奋斗上来的小人物，她跟她的同道们一样，天生地不情愿承认其才华乃至勤奋。从小养成的优越感总是在提醒她们：这是不可能的。

湘九回避了关于贵人的话题。他只说：是的，首长对我很好。但是我还谈不上“成功”二字，更谈不上“大大地成功”。

女作家用一种惊讶的表情掩饰内心的想法，她说，看来，我真还是小看你了，你还想怎么样啊?

她指着几位与她出身背景相仿的军官说，我们混了多少年才混到今天这个地位，你呢?!

湘九不得不加快脚步，从人群中侧身而过，顾自回到寝室去了。

这个会议结束后，湘九将女作家寄给他的所有信件装进一个大信封，寄还给她。人生有许多遭遇只可意会而难以言传，此乃其中之一。

湘九再一次深深地体会到，自己在某些自我感觉血统高贵的人眼中，说到底是个“边缘人”。地位相差甚远时，他们可以帮助他鼓励他，居高临下地体现一种人文关怀；而当他接近甚至可能要超越他们时，他就成了一匹闯进羊群的狼。

他的选择只能是回避。

一段人生插曲随风而逝，其中微妙的变化只有当事人自己心中感受。彼时的湘九，确实已成了一条汉子。在江南长大的他，欣赏“杏花春雨”，古老的吴越文化既浪漫又淡雅的艺术精神给他以深刻的影响；而黄河之滨的军营生涯，那北方苍凉的自然氛围和粗犷的人文环境则让他体会到热情、豪放、坚毅与刚烈。

他从前线下来，生死都已比常人看得淡漠，何况，这些本来就不该属于他的你长我短呢。

四

北京·芳草地、车公庄和小西天·沈阳·长春·哈尔滨

有一个人，是当年“七月派”中作品最多、成就最高的作家，他的《财主底儿女们》和《饥饿的郭素娥》被权威评论家认为是“在中国的新现实主义文学中放射出一道鲜明的光彩”。到了五十年代，《洼地上的“战役”》更是闻名遐迩。同行的诗人说，陈老师给了一个地址，我们去看看他吧。

这个人名叫路翎。

春末夏初，北京的风沙很大，街上的女人都蒙着面纱。朝阳门外芳草地，一排排的平房破败不堪，道路泥泞难行。他们慢慢地走过去，看到一个佝偻的老人正在努力地点燃一只煤饼炉子。

老人戴着一顶褴褛的布帽，低着头，被烟熏得不停地咳嗽着。湘九走到他跟前，说，请问这里是路翎先生的家吗？老人仿佛没有听见，弯着腰，继续用一把破扇子扇煤炉。一个妇人从屋里出来了，妇人说，路翎，怎么不回答这位同志的问话啊！妇人回首招呼他们，我是余明英，二位从哪里来？

湘九的鼻子发酸。余明英是路翎的夫人，在街道麻袋厂干活，星期天，刚帮路翎扫街归来。扫街的活儿是路翎目前维持生计的唯一来源。

余明英露出一点笑容说，老陈还好吗，难为这些老朋友了，始终惦记着我们。

他们进了屋，看到正面是一张大床，旁边是一张小床，小床的一半伸进一张小方桌下面。路翎是睡小床的人，夜里得把双腿伸到桌子下面去。屋里没有衣柜，没有凳

子，也没有箱子，只横着几根铁丝，挂满了各种缝补过的旧衣服。湘九和诗人只能坐在床沿上，他俩进了这间小屋，好像把屋子都塞得透不过气来了。

路翎终于点燃炉子进来了。余明英给他摘下帽子，露出一头花发，如枯草一般。他沉默着，面颊因了七零八落的牙齿而深深凹陷，当他从床上拿起一个装旱烟的柳条筐，撕一小张纸卷烟抽时，湘九赶紧递上自己的烟，给他点燃。

余明英用两只粗瓷饭碗给他们倒水喝，她抱歉地说，家里多年没有茶杯了。路翎抽着烟，仿佛一切与他不相干，他沉浸在一个没有文学、没有书、也没有以往朋友的世界里。湘九问他，这些年除了扫街还干过什么？他迟疑了一会儿，终于开口说道，做鞋，做布……布鞋。

他的口吃非常明显，说明他二十来年始终处于沉默状态之中。做鞋的手艺是在监狱中学会的，他比画给他们看。一双枯干的老手在他们面前晃动，湘九无言。他听说路翎年轻时是个讲故事的能手，语言生动而幽默。湘九深深地体会到什么叫作绝望。

诗人说，我们请二老吃餐饭吧。

余明英从铁丝上拿下一件干净的蓝布中山装，给路翎先生换上，湘九咬着牙说，你还是有精神的，你还能写文章，路翎呵呵地笑。他们走出这间破陋的平房，夕阳照得路翎眯缝了眼睛。那双年轻时很有魅力的大眼睛，如同两个干涸的泉眼，一滴水都没有了。

芳草地附近有一条小街，街上有个照相馆。四个人走进了照相馆，准备照一张合影。湘九请路翎及其夫人坐在凳子上，他自己和诗人站在他们身后。摄影师要他们笑一笑，他们张开嘴又闭上了，谁也笑不出来。

镁光灯一闪，湘九觉得一段历史定了格。他像算命瞎子似的对余明英说，一切都会改变的，很快会改变的！等我下次再来看你们时，你们会搬出这间小屋，路翎老师也会渐渐地清醒过来。

为我们苦难的祖国，为祖国的苦难的儿子路翎，干杯！

湘九在小饭馆里站直了身子，端起一杯啤酒，大声提议。他似乎从来没有说过这种慷慨激昂的话，这一刻，这样的言语却脱口而出。他想起了朝鲜战场上的路翎，那时候，一个身穿志愿军军装的年轻人站在高地上遥望祖国，何等忧国忧民，何等意气风发。而今，面前却是一座死寂多年的火山。

那火山曾经沸腾过怎样灼人的岩浆啊，湘九想，我们永远也不能忘记。

离开路翎后，他们又拜访了牛汉和绿原。

在朝外大街人民文学出版社拥挤的编辑室里，他们欷歔逝去的年华，翻阅湘九带去的杂志，像陈老师一样，鼓励这位“文坛新人”。如果没有那么漫长的一段人生苦旅，牛汉和绿原，该是多么响亮的名字？湘九想到了俄罗斯的叶赛宁，想到在通往西伯利亚的风雪道路上，也曾有过一个个孤独的灵魂，弥漫在历史的幽囚中。一如中国西北的“夹边沟”，二十世纪六十年代寒冬中的饿殍仍然睁着空洞的双眼，永远地拷问着世人的心灵。

遗憾的是，湘九没有见到胡风。胡风和夫人梅志出狱后到了成都，又从成都赴京，虽然自由了，身体和精神却都尚未调整到可以畅谈以往的程度。

湘九在车公庄一幢公寓里与王靖重逢。

一场风波已经过去了，王靖进入全总文工团工作。同样在长安街那面墙上发表过的文章及其作者，有关方面的对待却显然是有所区别的，他们的重逢因此而显得轻松。

王靖说，你终于来北京了，长城去不去？故宫去不去？湘九摇摇头，安排太紧，下回再说吧。他说，到达首都的第一天傍晚，我和诗人就去了天安门广场。

老武住在小西天志强园。他的夫人小董热情坦诚，朴实得像小巷中的邻家嫂子。但是湘九知道，小董的父亲就是家喻户晓的白求恩大夫的翻译。抗日战争最艰难的岁月，董翻译跟着在枪炮声中给伤员们动手术的白求恩给战士包扎伤口，这样的画面通过照片和电影早已深入人们脑海。中华人民共和国成立后，一九三七年从北大外语系毕业的董翻译担任过驻瑞典大使和外交部部长助理。这样一位知识分子出身的劳苦功高的新中国第一任外交官，却在“文革”中离开了人世。

湘九在厨房里帮小董洗碗，老武说，湘九是朋友，不是什么大客人，你把结婚时的全套餐具都拿了出来，你烦不烦？

老武关注湘九的工作和写作。跟他谈拨乱反正，谈工业管理体制改革，谈干部革命化年轻化知识化专业化，谈文艺作品的社会效果。湘九放下筷子，看着窗外树枝上暗蓝色的夜空陷入沉思。

老武说，你发什么呆？湘九回过神来。他若有所思地说，我的作品曾经浸透着个人生存的艰辛和个人意志的表达，属于一种“自由”写作状态，我现在要逐步上升到“自觉”写了。

努力发掘生活深层的思想底蕴，表现对时代的发现和对未来的思考，开始成为湘九对自己的内在要求。他看到了从前他所难以了解的人物与历史。他不能不继续地往上走，才能看得更远一些、更深一点。

他跟诗人在北京分手了。小董将他带到娘家去，见到了她的母亲和兄弟姐妹们。董家的人，个个都像这位嫂子一样，待他如一位远道而来的兄弟。小董说，给公家省点差旅费吧，你就住在我家。

北风穿窗而入，湘九披衣而起，他在寒夜中谛听着夜籁的寂静，仿佛还能闻到某个窗台上董家伯伯离别这个世界时残存的死亡气息。将自己家庭的历史遭遇与他们一家经受过的现实苦难相比，湘九有了新的领悟。

第一次北京之行，开阔和提升了他的视野。湘九不再是走街串巷剃头卖洗衣粉的湘九，不再是打铁和做电动螺丝刀的湘九，“小学本科”毕业的他终于开始像一个知识分子那样地思考了。

思考更为宏大的历史叙事。

列车驶出了山海关，地平线上高耸的烟囱冒出缕缕黑烟，红色的天空渐渐变紫变暗。车厢里有一群军人，快乐地拉起了手风琴。来段山东快书吧！一名女军人对一名男军人说。男军人不好意思地摇摇手。当兵都三个多月啦，你还这么放不开！看到女军人批评男军人，湘九产生了强烈的好奇心，他怎么看这位男军人也有三十来岁了，如何会当兵才三个月呢？

湘九和他们攀谈起来，很快谈得热络。湘九送他们一本杂志，杂志上有他的照片和简历，使他们对他产生信任感。湘九第一次听说“特招入伍”这个词儿。原来，女军人是声乐演员，男军人是曲艺演员，都是刚从地方剧团特招入伍的。

当列车到达沈阳时，他们已经成为朋友。军人们尽地主之谊，用吉普车将他送到了市府招待所。下午，湘九去了沈阳列车段，代销杂志的业务谈得很顺利。傍晚，刚回到招待所，那位女军人和那位男军人又一起来了，邀请他去他们的驻地共进晚餐。

沈阳市的郊外，有一座军营，吉普车驶进去，到了空军某部宣传队的宿舍。湘九在暮色中再次倾听悠扬的手风琴声。《喀秋莎》《小路》《三套车》，湘九有一种难以言说的感动。

军人们将大碗的东北菜端上饭桌，一杯杯啤酒冒着雪白的泡沫。曲艺演员拿出自己写的相声段子给湘九看，湘九帮他们改了几段台词，使之变得更诙谐一点，含意更深刻一些。演员们读了十分欣赏，几个人同时给他出主意说，你也来当兵吧，就来我们宣传队！性急的女演员甚至跑去找队长了。

湘九醉了，但是他竭力保持脸色平静。他瞧着这些同龄人，心里涌起一番酸甜苦辣。他又想起了十八岁那年去报名参军，公社武装部部长对他说，你当兵的可能性只有万分之一。

湘九忘不了在沈阳度过的第一个夜晚。他喝得醉醺醺地被军人们送回招待所。夜风把窗外的小树林吹得飒飒地响，月光照着当年的大帅府，飘扬过太阳旗的关东军司令部，飘扬过镰刀斧头旗的苏军兵营。童年的向往随夜风润进他的肺叶深处发出低歌，他站在窗前喃喃自语。我能有这万分之一的可能吗？我能像他们一样被特招入伍吗？

毫无疑问，这是湘九第一次产生对这种可能性的慎重思考。在一条深长的河谷面前，他好像看到了隐隐约约的桥梁，也许还不是桥梁，只是一条绳索。然而，只要有一根绳索，他就有了攀爬过去的可能性啊。

事实上这样的向往一直藏在他的心底，并没有被十八岁那年的训斥和嘲笑消灭，只是像一块沉重的石头被看似平静的水面覆盖了而已。与军人们相聚后的第三天，湘九去长春的一家杂志社造访，在那里，他心中的石头再次露出水面。

东北有两家名叫“春风”的杂志社，一家是月刊一家是季刊。湘九去拜访那家季刊的编辑。当他拿出一部中篇小说请他们指正时，他仿佛第一次发现，自己写的小说的题目居然叫做“阿西从军记”。

为什么写这样一部小说？编辑问他。他茫然。一时无言。

湘九在这个夜晚迷茫而困倦地面对北国星空。是的，从懵懂的童年时代起，他的心底深处就有着一种军人情节。父亲是军人。五岁时从疾驰的车轮下将他救出的也是军人。父亲给了他第一次生命，那个青年军人给了他第二次生命。天下男儿谁不想建功立业？此生不能穿破几套军装，岂不是一辈子的遗憾?!

《春风》月刊发表过湘九的一个短篇小说，湘九去拜访责任编辑。说起湘九那晚参加的聚会，编辑老刘感慨万千。原来，老刘正是从这支部队转业的。

老刘说，我平生最后悔的一件事，就是脱军装转业。

那是在老刘家里。筒子楼。黑黝黝的走廊。糊着旧报纸的窗户。中午，桌上摆的是黄瓜拌凉皮、油炸花生米、韭菜炒鸡蛋、啤酒和大馒头。老刘的话让湘九感到酸涩。这是一个中年人发自内心的后悔。他的脸，如同秋天的一片黄叶，缅怀着花开花落的时光。

严格说来，老刘是湘九作品的第一位责编，他编的湘九的短篇小说《归来》比《希望》发表还早一个月。正如人们不会忘记自己的启蒙老师那样，作家也不会忘记自己遇到的第一位责编。胖胖的老刘从一大堆自然来稿中发现了他，第一次与他见面就将他带到自家简陋的小屋去吃饭。他们像多次见面的老朋友那样畅谈各自经历，叙说人生感悟。

令湘九后来想起便感到伤感的是，这是他们的第一次见面也是最后一次见面，这位于默默无闻中披沙拣金的编辑，竟因积劳成疾而在几年后英年早逝了。

此行的最后一站是哈尔滨。

走出车站，湘九望着颇有异国风味的城市街景发呆。他看到远处的东正教教堂，听到小贩们把面包称作“列巴”，将汽水喊成“格瓦斯”。一列火车正在进站，广播员的声音混杂在大教堂的钟声里。他走到一个既售书报也卖香烟的亭子前说，同志，《小说林》杂志有吗？

售货员把哈尔滨市的月刊《小说林》拿给他时，他被另外两本杂志吸引住了。这正是他们的文学丛刊，不仅有创刊号，第二期也出来了！

他伸出手去拿起丛刊，售货员说，你买这本创刊号吧，上面的头条小说正在接受批判呢，我昨天进了二十本，今天就剩下这一本了。

啼笑皆非的湘九坐下来，递一支西湖牌香烟给售货员。这篇小说好在哪里？他问小伙子，就因为它正在受批判吗？小伙子摇摇头，喷出一口浓烟。这篇小说写了一个受尽苦难的资本家儿子，落实政策了，重新有了钱，他却要去做个体户。做个体户咋的了？湘九不解地说。大胆啊，小伙子说，这个作家贼大胆！我天天看小说，尽是些伤痕文学，都是春天终于来了，主人公重新拿起了书本，考上了大学之类。这个作者别出心裁。你看看，小伙子啰唆着打开杂志。他说：这种资本家，和爸爸已经完全不同了……况且，我不能够设想，人民还会允许历史的悲剧再一次重演！

湘九跟这个卖报刊卖香烟的小伙子聊了整整一个小时。小伙子说，他刚从农村插队回来，找工作难，他租了这个亭子，收入不多，但是心里踏实，如果政策允许，他将来想开一家个体书店。小伙子说，俺初中未毕业就下乡了，哪能说考就考上大学呢？所以，他读湘九的这部小说时感到真实、朴素。湘九点着头，听着，脸上的表情跟听编辑和评论家评说他的作品时完全不同。售货亭对面有个公厕，洗手盆上的镜子映出他脸上的神情，湘九认识到那是一种由衷的敬意，他不能不敬重这些从贫穷中走来的朴实的奋斗者。

他从《小说林》杂志上找到了编辑部地址，见到一位名叫巴彦布的蒙族编辑。巴彦布对湘九跑到遥远的东北来搞发行，既惊讶又钦佩。他把湘九带到驻军一家招待所住下，又打电话，请来了一家文艺出版社的编辑小刘。

湘九比他们更感到惊讶，他好像迅速地成了一个小有名气的作家。他们都向他约稿，请他吃饭，还要带他去见他们的领导。对于后者，湘九赶紧谢绝了，他最害怕的就是见领导。

湘九对下榻的招待所很满意，那里不但价钱便宜，而且天天有会议。那些外地来开会的人大吃大喝，常常剩下许多菜肴离去。他们离开餐厅后，湘九会迅速从会餐桌上拿过来一盆基本没有动过的黑木耳炒肉片之类，如同当年在宁波汤团店，吃得痛快淋漓。

小刘陪他去松花江，去太阳岛，去儿童公园乘童年时在电影上看到过的小火车。

太阳岛一片荒凉，湘九放声高歌一曲“明媚的夏日里天空多么明亮”，唱完后对小刘说，我上当了，全国人民都上了这首歌的当了！

小刘是从上海到黑龙江建设兵团的知青，上大学后留在了东北。小刘的妻子跟北京的小董一样贤惠，热情地将湘九请到家去一起包饺子吃。小刘说，湘九我给你出第一本小说集吧。湘九感动得一餐吃了四十个饺子。

小刘没有食言，不到两年，湘九的第一本中篇小说集由他担任责编，在那家文艺出版社出版了。小刘为他写了一篇文采飞扬的序。湘九忘不了小刘来到杭州与他谈稿子的那个冬夜，一封急电突然而至。丈夫出差了，贤惠的妻子白天上班，晚上搬运过冬的大白菜，累得晕倒在地，被人发现后送往医院抢救，终因脑出血而至不治。

君子之交淡如水，湘九参军后，他们的联系渐渐减少。

十几年过去了，湘九北上南下戎马倥偬，几次发信而石沉大海。直至转业后的某一天，遇到一位来自北方的朋友，才听说已经成为老刘的小刘在那几年中连遭不幸。妻子离世不久，他遭小人诬陷。一个举目无亲的南方书生，只因“提拔太快”而使个别人眼红，编造了一些莫须有的罪状欲置之于死地。真相大白时，诬陷他的小人仓皇出逃不知所终，身心俱疲的老刘终于登上回老家的列车，离开了松花江畔那块伤心地。

那一天，已到一座海滨城市担任副市长的湘九马上拿起电话，寻找上海的所有熟人。几经辗转，终于找到了老刘的家人。湘九说，请你们举家迁到我这里来吧，我替他找工作，找房子，找孩子读书的学校！湘九说，他三十多岁就当了出版社总编辑，可以按照我市引进人才政策安置，我马上去找有关部门。

湘九跑去找组织部部长陈情时，手机响了。老刘在电话那头说，谢谢，谢谢你湘九，此事宜从长计议！湘九说，你现在在哪里打工？什么从长计议，你赶紧买张车票过来吧！老刘迟疑了一会儿，说，我也是作为人才引进回到上海的，现在在一家出版社当负责人。

湘九坐倒在市委办公楼的楼梯上。一连串冷汗淌遍他的全身。他点燃一根烟，疲惫地坐在那里，刚才的焦灼、猜想、愤怒和悔恨，无数过去的画面和现在的画面重叠在一起，然后渐渐地模糊、消失，跟着嘴里吐出的烟雾在随风飘散。他怔怔地看着楼道，看着窗外。

秘书们从办公室出来，惊讶地看着这位副市长，看到他开始像一头苦恼的熊，茫然地微笑着，过了一会儿，终于笑得舒展了一些，笑容从他的嘴角荡漾开来，然后，波及了整张面孔。

好，好。他自言自语地说，原来，他早已重新站起来了！

他说，我真是……真是太杞人忧天了。

五

从仁和路到养和里·从建德路回到拱宸桥 以及钱塘江畔的武警连队

湘九在东北出差时，延定巷五十四号来了两位海外客人。头发花白的廷璧走在前面，身后的姑娘是她的大女儿。

母亲正在吃午饭，桌上放着一小碟酱瓜、一块腐乳、半条鲫鱼和小半碗稀饭。廷璧喊婶娘，母亲一惊，手中的筷子跌落在地。廷璧去捡筷子，被母亲轻轻地推开，她说，你是廷璧吗，你真的是廷璧？我印象中廷璧是个剪短发系宽皮带的女兵呀，你把我脑子里你年轻时英姿飒爽的形象彻底破坏了！

廷璧抱着她呜呜地哭。廷璧说，婶娘你那时烫着长波浪穿着旗袍，你多么年轻、多么漂亮、多么精神！廷璧摸着母亲稀疏枯干的白发，眼泪如山涧一般不歇地流淌，你也彻底破坏了我心中美丽婶娘的形象，婶娘！

廷璧是抗战初期投身军旅的女兵，她和她的丈夫曾经跟随湘九父亲转战南北。回想往事她们又哭又笑。母亲曾经送她旗袍首饰，但是，当年的她扎着绑腿，穿着长及膝盖的二尺五军装，风里雨里行军跋涉，连一张穿旗袍戴首饰的照片都没有拍成。

母亲说，你们在香港过得还好吗，孩子们都长大成人了？廷璧说，终于把他们都拉扯大了，除了身边这个女儿，其他孩子都去了纽约。

他们已经准备全家移居纽约。然而，湘九想去香港，他们就不能只顾自己走了。廷璧说，小弟弟的出境手续怎么总是办不下来呢？她叫女儿打开皮包，拿出一个信封。她说，这是我们从生死注册处给他补办的出生纸，还有香港政府给他办理永久身份证的相关材料。

湘九去北方出差的时间太长，等他回到杭州时，廷璧母女已经返回香港。

她们来到杭州探亲旅行的时间，距离小表哥到来不过两三年，两三年时间大陆的形势发生了很大变化。虽然二姐带着她们去派出所签了个到，有关人士如影相随的情况却不再出现了。亲友团聚、谈话，已不怕隔墙有耳。遗憾的是，她们对离开湘九父亲之后的他的情况，并不比唐文斌和小表哥知道的更多一些。廷璧说，叔叔去世前后的情况很神秘，没有任何报道。她们只听说他的骨柩存放在六张犁，彼时，那是一个令人不寒而栗的地名。

除了保证替湘九安顿好回香港的生活、学习和工作之外，廷璧说你们还有什么要求尽管提出来。二姐的儿子乐乐正在医学院读书，廷璧说，他想去美国留学的话，从担保到食宿我们都会安排。说这番话时，咪咪带着又佳坐在她们身边。廷璧的大女儿逗又佳说，我的亏吃大了，我比你爸爸还大两岁，却要叫你小妹妹，小妹妹，你将来去美国留学，一切由我负责！廷璧看她一眼说，又佳爸爸去了香港，又佳和她妈妈自然也会去香港的，又佳将来在香港还是英国、美国读书，一切都难说呢。

湘九回家当天，母亲就将他的出生纸等材料交给了他。湘九看到父亲一九五〇年的化名叫张金生，这个俗不可耐的名字，与他填写的商人身份倒很般配。

湘九陷入了展开在他面前的矛盾之中。现在，重返出生地的道路上已经没有任何障碍，只要他愿意，他就是一名与生俱来的英属殖民地的公民。湘九趴在桌上，将双手揪住自己的头发，久久地不置一词。

至少要去一趟统战部和公安局吧，母亲说，让他们看看这些材料。

湘九不得不又去了一趟区公安局。

姓周的警察好一会儿才认出他来。老周说，你们厂里不同意，你就不再来了，哪里有第一次就能办成事的呀！湘九将出生纸等证明放到他面前，心头的委屈使他红了双眼，说话也变得很冲。造反派头头还在掌权，他说，他们说我是香港派来的小特务你们也相信吗?！老周笑了，从档案袋里拿出一张剪报。杭州人民与刑事犯罪分子作斗争的典型人物，他说，你当我们是白痴啊，出生一个月就能当特务了，难道你是特工天才?！

母亲召开了一次家庭会议，让湘九陈述他不去香港的理由。除了回家才两年多的仲君，二哥和姐姐、姐夫们都尊重他自己的选择。

仲君说，报上批判你这么长时间，我天天担心你会重蹈我的覆辙，没想到给你一个堂而皇之走的机会，你却不走了，你真是不见棺材不掉眼泪！湘九说，正是因为在批判我，我才更不能走。我走了，那些支持过帮助过我的前辈、领导和老师们怎么办？不是让他们难堪吗!我重蹈你的什么覆辙？你是堂而皇之地走不了偷偷摸摸地走，我是可以正大光明地走而自愿放弃，你跟我没有任何可比性！

湘九说起一位浙师大的梁同学，说得一家人动情。梁和另一位同学合写了一篇为湘九申辩的文章投寄报社，报上登出来了，在一片批判声中显得很另类。本来可以留校任教的优等毕业生梁同学，结果回到了他的宁波老家。

母亲看着天井里那棵无花果树，树上结了果子，一半青一半红的果子悬挂于枝头，在风中摇摇欲坠。母亲叹了口气说，你的话有道理，不能叫领导、老师和朋友们难堪。

母亲语重心长地说，幺儿，你既然下决心不走了，从此就要无怨无悔，要忍辱负重，因为这是你自己的选择。幺儿，你要为这块土地，也为你自己做点事业。你从小书读得太少，今后还要多学点真本领啊。

母亲的话，沉甸甸地落在湘九的心坎里。

位于杭州建德路的编辑部里，坐在湘九旁边的是老骆，坐在他对面的是一位女士。老骆是评论家，读大学时专攻艾青的诗，艾青成了“右派”，他也成了“右派”。湘九对老骆很恭敬，常向他请教，他跟湘九的关系亦师亦友。

女士是写了个电影剧本一举成名后调入编辑部的。湘九说，我现在才发现，搞影视原来不需要文字修养，会编故事就行了。湘九的话有一点道理，女士给作者回信，常要湘九替她修改润饰。老骆因此而大摇其头。

人们提起这家文学丛刊，总说它多灾多难，一直没有消停过。不少人以为这些事都和湘九有关，他们错了。除了创刊号，湘九再也没有给它制造过任何麻烦。后来的受批评乃至被整顿是因为发表了一篇描写内战时一名女俘虏的小说，那个作者在江苏，而且，那时湘九已经回厂上班，跟他一点关系也没有。

湘九在编辑部的主要工作其实是搞发行。年轻人少，他当仁不让；另一个原因只可意会不可言传：他的学历和资历太浅。湘九心里明白表现却是乐此不疲，对于能否正式调入省文联工作，他其实并不看重。

搞发行的还有两个临时工，湘九和他们一起蹬三轮车送杂志去车站邮局，一起坐在树荫下休息抽烟。湘九的形象也像一个临时工。独臂副主编有一天批评他说，你穿着一双拖鞋就上班来了，你哪像一个编辑！湘九涎皮赖脸地笑。穿拖鞋蹬三轮车凉快，他说。

蹬三轮车的临时工也各有各的造化。比方有一个孩子人称小马，高考时名落孙山，到了这家丛刊，天天打包送杂志去车站邮局。第一年高考，他数学考了一分，第二年又考，考了十七分。问他第三年还考不考了，他说，北大清华是没指望了，杭师院之类的学校总还能考上的吧！这一年他的数学居然考了八十七分，果然进了杭师院。

二十年后，这个数学考试曾经得一分的临时工成为美国福布斯排行榜封面人物，命运给了他一盏神灯：阿里巴巴。

一九八一年九月，时值鲁迅先生诞辰一百周年，北京举行隆重的纪念大会，浙江省文坛的泰斗级人物黄老，是被邀请的唯一在鲁迅身边工作与学习过的尚健在的贵宾。黄老赴京前对湘九说，你加入省作协的申请通过了。

湘九知道通过他入会颇有些麻烦，第一次讨论没有通过，黄老提议副秘书长老张看看他的其他作品，再向党组作一次汇报。老张很认真地看了，向党组提出说，湘九入不了会，哪个青年作者能入会？黄老批评他这样说话容易伤人。你说话的方式不对，老人家说，内容我却是完全赞成的。老张笑了，黄老也笑了。

黄老到京，一些政界和文化界人物或登门探望或相邀畅谈，其中有一位叶将军，时任全国人大副委员长。

黄老与叶将军交往很深。鲁迅先生逝世后，黄老随邹韬奋与一批上海的左翼文化人士转移到苏北抗日根据地，由此而与将军相识，并结下了深厚的友谊。一九四七年九月，黄老随叶将军指挥的华野一、四纵队外线出击，攻占河南尉氏县时，在县图书馆捡到一本鲁迅的《阿Q正传》，拿给将军。叶将军与黄老共读到精彩处，开怀大笑。此后，黄老常向将军讲述一些鲁迅的故事，包括鲁迅的思想、人品和才气，使叶将军对鲁迅由尊敬而仰慕，由好奇而钟情。

鲁迅成了彼时不过三十来岁的将军心中的一个偶像。黄老也因此而成为将军的挚友。

因为年龄和身体关系，黄老平时很少去北京，与叶将军的交往以书信为主。为此，将军要请黄老吃饭，安排在钓鱼台。

湘九在两年后才知道有过这么一场酒宴。席间，黄老居然向叶将军谈起了他这个小人物。身为副委员长的将军年轻时是个华侨，听黄老介绍江南文坛有这么一位青年工人作者，不免感兴趣。黄老说，其人之个性脾气，颇有些像年轻时的阁下。将军说，是吗，有机会我倒要见见他。黄老说，没有大匠材难用。将军说，机会总会有的。

黄老从北京回来后并没有向湘九、向任何人谈起这场宴请。从秋天到冬天，湘九的日子依然过得幽暗沉闷，写作成为他忘却烦恼和委屈的唯一寄托。当然，也得到了在他看来是十分丰厚的物质回报。别人说千字稿酬只有六七元，湘九说，我一个月工资才三十八元呢。星期天，湘九带着咪咪去逛商场，咪咪说逛了半天你又不买什么。湘九说，我体验一种心境你懂不懂，过去是没钱逛商场遭营业员白眼，如今我带着钱逛商场，就是不买！

湘九向母亲发牢骚，我给你的钱呢，为什么不多买些营养品，为什么不去医院配些好药？他说，你把钱存起来给仲君，给他干什么？母亲说，他拉板车一天才挣几个钱你知道吗，他转眼就快五十岁了，拉不动板车了以后怎么生活？湘九说街道不是安排他去五金电料商行工作吗，他怎么不去？母亲说，去那里当营业员，收入更低。

仲君后来还是去了五金商行，而且从营业员当到经理。上级以为一个大学生当这么个小经理是大材小用了，其实对他而言是小材大用。他看不懂财务账册，不了解市场行情，最后只好给人腾位置，当了个仓库保管员。接任的经理很瞧不起他，常常给他小鞋穿。到了后来，下岗对他来说反而成了一种解脱。

这一年年底，湘九和老骆等人在郊区一家驻军招待所办一个创作学习班，帮助和指导丛刊的作者改稿子。创作班结束那天晚上聚餐，有人带来一个消息，湘九的调动搁浅，让他明天回厂上班。原先有些无所谓的湘九，事到临头，却好像挨了一记闷棍。

下雪了，喝得醺醺然的老骆和湘九在屋外走来走去，跺着脚，哈出的热气变成一股股淡蓝色的烟。不公平，这对你太不公平！老骆的话令湘九落下了泪，雪花飘在他脸上，融化在泪水中。

有一位女作者小杨，乃是兰州军区的创作员，她默默地走到湘九跟前叫了声老师。老师，东方不亮西方亮，您干脆离开这块是非之地吧，我回去向首长汇报一下，看看能否将您特招入伍！

一条暗红色的细沙小路向前延伸，两边的树枝在路的上空衔接起来，形成幽深的灰褐色甬道。这是湘九从东北回来后，又一次听到特招入伍这个词儿，他觉得对他而言犹如梦呓。我出身不好，社会关系复杂，再加上作品受批判，他对这位好心的女作者说，小杨，我怎么可能被特招入伍呢？

那天夜里湘九提前离开了创作学习班，回到仁和路上不到十个平方米的小屋。华丰村的宿舍交回汽轮机厂后，咪咪住到了娘家去，那里离艮山门十二路车站近一些。夜风萧瑟，糊窗的报纸发出痛苦的簌簌声。孤单单的湘九在冰冷的小屋中辗转难眠。夏天，小屋的左边右边都是厨房。有一天《收获》一位女编辑来，看到湘九打着赤膊在写作，浑身汗水如注。女编辑说，我感觉你和张贤亮笔下的“牧马人”一模一样。到了冬天，小屋又像冰窟似的，把人的身子、人的心都冻僵了。

难啊，湘九在雪夜里悄无声响地对母亲说，要忍辱负重，要无怨无悔地为这块土地做点事业，我真的是太难了！

他把头埋在枕头里，不一会儿，泪水把枕头都湿透了。

林大师要求，除了景宁外，湘九必须再带出一两个徒弟。他说，我们这口塘太小，养不了你这条大鱼，你迟早总会离开的。他把管五金仓库的忆平推荐给湘九，要求将她带成一个能够负责材料供应和市场开拓的干部。

这是湘九在厂里带过的第一个徒弟也是最后一个徒弟。这个徒弟比湘九还大两三岁，长得人高马大的，白白胖胖，是两个女儿的母亲。她的丈夫在省军区工程队当会计。

第一次出差去上海，湘九说，我看你整天穿一身劳保服，有损我这师傅的形象啊，明天穿得好一点！

第二天早晨在火车站见面，湘九吓了一跳，忆平穿着呢裙子高跟鞋，脖子上还挂了一串项链。湘九说，你这是跟我出差去呢还是去旅行结婚？忆平羞得满脸通红，低下头说，师傅，你小声点，人们都在朝我俩看了。

其实忆平是个很率真的人。生母去世得早，她走上社会也早，挑过土方做过小工，是个吃苦耐劳的贤妻良母。上了火车，湘九帮她把大包小包的行装和礼物放妥帖，坐下来一问，才知道她娘家就在上海。

湘九以为忆平是穷人家出身，她的家在苏州河边的棚户区。湘九错了。忆平的娘家在上海复兴公园旁边，住的是老式小洋房，忆平的父亲穿着中式棉袄，棉的确良罩衫，戴一顶细绒线织成的罗宋帽。七十多岁的老人精神矍铄，天天早晨到复兴公园吊嗓子唱京戏，忆平的后母也是一位清清爽爽的老太太，很精干也很有分寸。

老头子惊讶女儿的师傅比女儿还年轻，热情地招待他。邻居们说，陈先生，乡下的女儿女婿来啦？老头子说，搅七念三，杭州是乡下吗？伊勿是阿拉女婿，伊是阿拉小囡的厂长！邻居们瞪大了眼珠子，乖乖，年纪介轻就当上厂长了！湘九赶紧说，助理，我是厂长助理。

湘九叫老人伯伯伯母。老头子说，侬是阿拉小囡的师傅，跟我一个辈分，阿拉叫侬小兄弟，侬叫阿拉老大哥好了。湘九说岂敢岂敢，我还是叫您陈伯伯吧。老头子很高兴，说，难怪侬年纪介轻就当上了厂长助理，知书达理，一看就是好人家出身！侬勿要住旅馆，住阿拉屋里厢，陪阿拉吃吃老酒。

盛情难却，湘九只好住在他家。白天带着忆平走访业务单位，晚上陪陈伯伯吃老酒聊天。湘九没有猜错，老头子在职时是高级白领，文化不低，讲起经济管理一套又一套。再婚家庭，后母那一头也有孩子，忆平的礼数很周到，大家客客气气。

湘九把上海南京的所有业务资源都介绍给忆平。他告诉她，哪几位仁兄喜欢小恩小惠，上门要带点茶叶丝绸；哪几位同志一本正经，交往时要多谈些军工生产改革意义。计划经济的影响在大城市根深蒂固，湘九说，送回扣之类害人害己的千万不能做，多讲些拜年的话就行了。

湘九想一想又说，你是女人，长得又漂亮，人家单独请你吃饭喝酒，千万不要去。

忆平红着脸说，你这个师傅其他都好，就是说话油腔滑调。我跟他们都是工作交往，跟漂亮不漂亮、跟男人或女人有什么关系？湘九沉下脸说，不听老人言，吃亏在眼前，万一上当你哭都来不及了！

老头子听到他们的对话，向女儿说是呀，侬师傅的话很在理，侬要听伊咯，伊一点都不油腔滑调！忆平跺着脚说，阿爸侬勿晓得伊，讲伊油腔滑调是言重了些，花言巧语是勿会错咯。侬看伊多么会哄人呀，口口声声伯父伯母，伊一向喜欢胡说八道的！

老人们哈哈大笑。

北上南下，上海是必经之地。常州有一座直升机厂仓库，电表上的材料常常要去那里取货。湘九身上背一捆沉重的铜丝，手里提一捆同样沉重的铝丝，坐在车厢连接处，连上厕所都不敢去。忆平坐在车厢里很不安，走过来对他说：可以托运回去的么，省这几个托运费也太累人了。

不光是省几个钱，生产线上的及时供应更重要。湘九说，当然，你一个人出来就不要随身带货了，女人么，力气小，也不安全。

这一对师徒相处的时间并不很长，却给湘九心里留下了永远的痛。

当兵以后，回家探亲时偶尔见上一面，他们的关系既是师徒又像姐弟。到了二十世纪九十年代初，湘九调回驻浙江部队了，给忆平打了个电话，忆平高兴地说，我明天就去看你！那时候，船厂已经式微，她调到了自行车厂招待所当所长。那天早晨，她本该直接上湘九家去的，却要骑车去所里转一下，把放在办公室里的礼物带上。结果，湘九在家里左等右等，等来了一个噩耗。

电话是她丈夫打来的，他说，师傅，忆平出了车祸！

男人在电话里泣不成声。他说，我俩昨夜商量好的，她从单位回来，我俩再一起去……去看您。湘九说叫你女儿说，先说她的伤情如何！忆平的大女儿抽噎着说：叔叔，我妈妈就倒在离单位不过百十米之处，送到医院，已经来……来不及抢救了！……

湘九在街上拦了一辆出租车，心急火燎地赶往大关桥旁霞湾巷工程队宿舍。他的眼前如电影一般出现快乐的忆平的镜头。少女忆平在艰难地挑土方。少妇忆平在五金仓库仔细地整理材料。她穿着一身蓝布工装，跟每一位走过门前的工友打招呼。她的嘴唇有点上翻，放声大笑时露出两排洁白整齐的牙齿。她的笑声很响亮，银铃般回荡在半空中。

笑声突然消失了，湘九再也想不起她的容貌，只看见一只只花圈和挽幛挽联。纸钱飞舞，不断地在他眼前晃动。

南山公墓的墓碑千篇一律，忆平那一块碑上却刻着湘九书写的一副挽联。逝者的女儿指着碑上的字告诉她们的孩子，很久很久以前，外婆有个比她年轻的小师傅，那一天，他跟我们一样伤心。

一九八二年将在平静中过去，湘九整个身心都扑在工厂的生产管理上，日子过得轻盈而充实。马各在无声无息中离开了船厂，先到另一家规模较小的区属船厂当头儿，后来调到了一个只有百十号人的起重装卸队。厂里当然还有一些思想上转不过来的人，但已没有多少新怨旧仇。

休息时，湘九坐下来看着报纸，人道主义，异化问题，湘九对这些理论问题不是很懂，也不感兴趣。他以为这一切已与他无关。

这时，发生了一段看上去有些令人匪夷所思的插曲。

小娘舅退休后孑然一身无处栖身，起先住在延定巷五十四号，湘九结婚后将原先的小竹榻让给了他。仲君回来了，一张小竹榻躺不下两个人，小娘舅去埭溪投靠他的姐姐。姆娘跟他都已风烛残年，湘九常去看望他们。

那一天，湘九在埭溪长途汽车站候车，遇到一位消防警察。他手里拿着一本《小说月报》，封面上有湘九的照片。他们由此而聊起来，一见如故。消防警察说，你笔下的军人不太像军人，你对军营不了解。湘九惭愧地说，我很想去体验一下军营生活，不得其门而入。

他们在武林门车站分手，互相留下了地址。湘九以为他只是一名区公安分局消防科的小科长，说过也就算了，没想到一星期后他打来电话，让湘九去武警一支队三连体验生活。

湘九真的是将信将疑。他犹豫了一会儿，问他是否开玩笑。对方很肯定地说，他有战友在武警总队，战友也是湘九的忠实读者。这件事无须惊动上面，做了也就做了！

总之，这是一段瞒天过海的插曲，两个其实级别很低的警官，自说自话地给他打开了一扇后门。

湘九抱着姑妄一试的想法，骑车到了钱塘江边的三连驻地。操场上有一队新兵在操练，指导员和连长迎着他走来。欢迎你，作家同志！看着连长指导员向他敬礼，湘九恍若入梦。连长喊司务长，小徐，你给作家找身军装！小徐跑步来到他们跟前。小徐对湘九说，我也很喜欢你的作品。

武警部队刚组建，穿的还是老式军装，湘九看到镜子里出现自己头顶五星帽徽，领子上镶着两面红旗的模样，在小徐胳膊上狠狠拧了一把，小徐“哎哟”一声喊疼，湘九说，看来，我真的不是在做梦啊！

小徐将他交给排长，排长将他带到班里。排长说，这是你的铺位。湘九抚摸着这张简陋的小木床，一时说不出话。床沿上刻着一行字：蔡永祥烈士生前睡的床。床上放着一床叠得四四方方的军用棉被，湘九又一次犹豫不决地说，这不会是蔡永祥烈士生前盖过的被子吧？

湘九就这样进入了这个连队。

在老兵的指导下，他跟新兵们一起整理内务，走方队，练刺杀，一遍又一遍立正稍息，一遍又一遍猛喊“突刺，刺！”月华如水，江水潮起潮落，四斤重的小棉被很单薄。蔡永祥烈士的床正对着房门，下哨上哨的战士走过他身边，湘九拉住班长的腿说，我跟你一起站哨。

半夜两点钟，湘九端着一支五九式半自动步枪站在大桥下一个哨位上。浪潮冲击着堤岸，发出哗哗的响声。江风掀起军大衣下摆，远处的塔影朦胧地矗立在深不可测的夜空中。人生如梦，湘九痴痴地想，我怎么会一夜之间成了一名士兵？

两天没有上班，林大师到处找他。湘九不敢白天穿着军装去厂里，他在第三天夜里悄悄跋到了登云路林大师的家。林师母打开门吓了一跳，湘九也吓一跳，厂里好几位同事都在他家。看到穿着一身新军装的湘九突然出现，他们霍地一下全站了起来。

体验生活，湘九摇着双手说，对不起，短期去军营体验生活，各位请不要大惊小怪。

多长时间？林大师端起酒杯，很苦闷地问他，你总是让我们发现新大陆，让我们提心吊胆。

两个月行吗？湘九拿出香烟递给大家，要不，一个月也行。

好吧，两个月后不回来，你干脆正式当兵去算了！

湘九掏出钱对景宁说，买点卤味，再买瓶好酒来，谢谢领导和同志们的关照。

后来，到了他正式参军那一天，全厂轰动，唯有这几位同事波澜不惊。他们已经习惯了湘九的跌宕起伏。

他们认为，在这个小子身上，什么人间奇迹好像都可能随时发生。

冬夜的寒风呼啸，湘九跟着排长班长在江边巡逻。他挎着一支五四式手枪，走到闸口车站的扳道房，提醒值夜的工人注意安全。清晨，他随连队跑步出操，跑到六和塔已是气喘吁吁，永远地落在最后一名。营长连长带他去打靶，他趴在地上，瞄得很准，枪响后，靶上却不见一个洞。打手枪时他双手握枪，十发子弹后才上了靶。当湘九兴奋地跑过去时，看靶的战士却困惑莫解地嚷出声来：乖乖，你瞄的是这个靶，子弹却打到那个靶上去了！

湘九因此而觉得自已很没用，愧对这些军人，也愧对曾经南征北战的父亲。

他很想为三连作出一点什么贡献。

他把连队的黑板报办得很漂亮。他跟小徐说，连队太穷了。要动脑筋搞点钱。小徐说怎么搞啊，搞歪门邪道要犯错误的！于是湘九向连领导建议，抽调了四名战士，就在营房里卖江边的黄沙。

一辆辆建筑公司的卡车开进来，一车车黄沙运出去，有的单位要报销凭证，湘九就去船厂劳动服务公司，拿来了一本盖好章的收据。等到连领导怕事情搞大了挨批评而决定停手不干时，连队俱乐部有了一台大彩电。

春节快到了，在湘九的鼓动下，连队跟水上派出所、铁路等有关部门协商，悄悄地捕了一次鱼。大桥下数百米水域是禁渔区，但是在保证安全的前提下，偶尔捕一次也未尝不可。那天夜里灯火辉煌，湘九和战士们脱掉棉袄绒衣，一个个水鸡儿似的，快活地在甲板上跑来跑去，高唱着劳动号子。一网网大鱼打上来了，在船上岸上活蹦乱跳。

连队哪里全吃得了啊，一车车送去给上下左右的关系单位。

星期六下午，湘九有意穿着军装去幼儿园接又佳。

幼儿园在机床厂附近，幼儿园的滑梯、秋千都是机床厂做的，其他捐助想必也不少。又佳在幼儿园里什么也不是，如果跟机床厂的小朋友发生矛盾，永远是她的错。湘九就是想不通，幼儿园的阿姨个个年轻、漂亮，学历还都比他高，为什么在她们眼里，其他孩子是祖国的花朵，又佳却是一株狗尾巴草？湘九走进幼儿园，坐在台下看孩子们跳舞，看到又佳脏兮兮地坐在台边，羡慕地看着台上的小朋友时，湘九真想破口大骂那些势利眼的大人。

解放军同志，请问您是哪位小朋友的家长？

湘九瞟一眼这位幼儿园教师，二十多岁，呢裙子，高跟鞋，看上去像一名窈窕淑女，湘九冷冷地说，我女儿名叫又佳。

又佳被带到他跟前，怯怯地，瞧着他的红帽徽红领章不敢相认。湘九将她一把抱进怀里，又佳才确信他是爸爸。老师和其他家长们窃窃私议，又佳的爸爸原来是个军人？

那天傍晚还有一个小插曲，湘九在武林门与老渠相遇。湘九喊他一声，两人同时跳下了自行车。老渠惊讶地看着他，一张老脸涨得通红。湘九同志，老渠说，我们分手快两年了吧，唉，都是极左路线害的，害得我们之间有不少误会！湘九没想到他会这么说，自己脸上倒有些挂不住了。你身体还好吧？湘九问他。老渠尴尬地笑了笑，哮喘，心脏也不大好，都是老毛病了。

他们握手告别，双方都松了口气。湘九想起鲁迅的诗句：相逢一笑泯恩仇。分开了，一切往事就像一阵风那样过去了，十来年的人生苦旅，挥手间翻云覆雨。湘九因此而引颈长啸，路人纷纷侧目。

除夕那天，湘九带着咪咪和又佳到军营，哨兵向他们敬礼，又佳手忙脚乱地回了个礼，惹得战士们捧腹大笑。一个战士把一支冲锋枪套在又佳脖子上，又佳扛不住弯下了腰。在这母女俩眼里，军营的一切都那样新奇。战士们表演捕俘拳，擒拿格斗，列队唱歌进饭堂。这一年的除夕有十几个菜，是历年来最丰盛的了。战士们纷纷向咪咪嫂子敬酒，将糖果塞满又佳口袋。

两个多月的连队生活成为湘九人生履历中的重要一页。

来自景德镇的班长和沂蒙山区的副班长，来自安徽江苏上海的战士们，分别时都拉着他的手依依不舍。湘九学会了叠军被，学会了基本的步兵操典，懂得了不少军事术语，交上了许多质朴的士兵朋友。司务长小徐是马鞍山人，为人诚恳，勤奋好学，湘九和他的交往几十年如一日。一九九九年，又佳从北京大学国际政治系毕业，报考海关，笔试成绩名列前茅，却在面试后莫名其妙地落榜，取而代之的是一名三流院校的毕业生。此时已任浙江公安边防总队副总队长的小徐将湘九父女请到了总队部，徐副总队长对政治部主任和干部科科长说，北大的高才生，咱们这里还没有吧？我从来没有推荐过大学生入伍，今天就推荐这孩子了。

为了报考海关，又佳北上南下，往返京沪杭三趟，湘九点头哈腰托熟人说好话，笔试成绩出来后，一家人欢天喜地，以为已成定局。风云突变，心力交瘁的又佳返京时昏倒在列车的厕所里。这是小姑娘走入社会的第一步，受到的打击刻骨铭心。又佳从此对进入体制内心灰意冷。

徐叔叔的好意我心领了，那一天，又佳对爸爸说，但是我要自己去求职，我就不信，天下之大，没有我的一只饭碗！

第二天，又佳接到了北京大学传播学硕士研究生的录取通知书。

这确实是一段传奇和传奇引出的故事，湘九后来想起来便回味无穷。它给他的平淡而郁闷的生活带来色彩，它成了一年多之后湘九正式入伍的前奏曲。

一九八三年对中国的思想界文化界来说，是很不平静的一年，是非利害错综复杂。上层的事，离湘九似乎还远一些，而眼前的麻烦却接踵而至。

首先是湖南的一家丛刊，发表了一部堪称他早期代表作的中篇小说。这部被人们简称为“墙门”的小说，发表后即被《中篇小说选刊》转载。上海《社会科学》一位也曾历尽磨难的女编辑，约请著名老报人冯英子先生写了一篇评论，对此书的评价甚高。

因为湘九以自己家庭的历史变迁为素材，这部作品在海外华人圈也引起了不小的反响。人们纷纷了解作者的家庭背景，关注同类型人物在中国内地的生存状态。当年给湘九取名为“香九”的那位少女圆圆，此时已成为一名著名歌星和影视明星的母亲，听说这部作品出现后，想方设法找来阅读。越读越惊心。她通过各种关系辗转打听，终于联系上了柳南。

有一位在人民大学读书时成为大“右派”的女士，后来在金华一家工厂隐姓改名数十年。“文革”结束后蒙最高层领导批准，赴海外探亲定居。她给金华文联的朋友发信，希望作者能去巴黎参加《墙门》的研讨会。湘九对此付之一笑。他明白自己有几斤几两。充其量，自己只是个业余的小说作者，对于自己无法了解的人和事，他有一种从小养成的畏惧感。

当明星的母亲圆圆从柳南那里证实了《墙门》的作者果然是她们的小弟弟“香九”时，兴奋得当即决定要到内地去看望他们一家。她和她的丈夫，两位民国元老的公子千金，第一站到达北京，受到有关部门和高层人物的热情接待。第二站他们就到了天津。

当他们带着一台彩电和两块瑞士手表走进丁字沽那座筒子楼时，所有的期盼、尴尬、惊疑、惶惑，所有的眼泪与欢笑混沌一片。历史和现实既变得无比地虚幻，又显得如此地伤感和真实。

湘九后悔自己写得过于贴近生活，无意中似乎伤害了个别不该伤害的人。海外归来的人说，他的小说中写到母亲在贫困和寂寞的岁月中对当年的“干女儿”们的思念，使她们感到深深的愧疚。有一位姓贾的女士，尤其为之不安。母亲指着报上贾女士将其父亲骨柩送回祖国安葬受到邓大姐亲切接见的报道，批评湘九，你怎么能如此写实呢，我们还好意思见面啊？

然而，当有一个自认为“受到严重伤害”的人向编辑部和湘九提出“强烈抗议”时，湘九震怒了。

《墙门》中有一段不到二百字的话，点到了“红三司”的头儿蒯大富，也点到了这位提出强烈抗议的“红一司”头头的姓名。小说借书中人物张尚忠之口说出当年的感受：“他蹲在茅坑里把他们的讲话作了仔细的分析和研究，得出的结论是这批狂妄的小子与他当年在学校里一样，浅薄无知，愚蠢可笑。他们的野心超过他们的知识千万倍，而他们对中国之情的了解又远远逊于他们对权欲和享受的理解。张尚忠甚至还从这些乱世英雄的讲演稿当中发现了希特勒《我的奋斗》和畅销小说《飘》里面女主人公赫思嘉的影子。”

提出抗议的“老红卫兵”说，这是严重侵犯公民权利的违宪行为。考虑到作者当年的年幼无知，他可以不向法院起诉，但要求编辑部和湘九在报刊上“作真诚的自我批评”，公开赔礼道歉，为他恢复名誉。

橘子洲头的那家大型丛刊说，湘九没想到这位“老红卫兵”现在的身份，他们也没有想到：蒯大富们入狱了，他却进了军队，此时已是武警某部的领导干部。他在抗议信上说道，早在一九七八年五月，《人民日报》就发表了他的一篇文章，已经为他“平反”。因此，这家丛刊编辑部在收到抗议信的第二天就给湘九发函：“希望你认真对待。我们编辑部的意见是：请你写一封信给他，态度诚恳点，道歉。这封信抄一份寄给我们，我们在刊物上照登。另外，我们编辑部也会写封信给他道歉。”

湘九跑到市图书馆，查到了那一天的《人民日报》。

这个“老红卫兵”确实写了一篇回忆性的文章，对“老子英雄儿好汉，老子反动儿混蛋——基本如此”这副对联的由来作了辩白，在一次辩论会上，我引用了这副对联，这是错误的。

他说，对联出现后，江青、陈伯达进行煽动和支持，将事态引入了歧途。后来又借批他为名，迫害干部子弟和他们的父母。

湘九陷入深深的沉思。

图书馆很安静，湘九却听到了排山倒海的欢呼声和口号声。他看到自己站在众安桥报馆门口，瞧着墙上令人心惊胆战的各种“阴阳头”的式样发呆。他看到二姐头上缠着绷带，老师们在这副对联下排着队请罪，被皮带抽打着，喝痰盂里的水。母亲和儿子一起游街，儿子在前面敲一下锣，喊一声“我是牛鬼蛇神”，母亲在后面战战兢兢地走。

湘九的心，在滚烫的泪水中间煮着。

如果说“血统论”是长期以来的一种客观存在，那么，何时成了这般登峰造极?!

湘九低下头，坐在图书馆里奋笔疾书。

他给丛刊编辑部回信，他说：“我与这位‘老红卫兵’从无个人交往，更不了解他今天的地位和身份。但是，对于‘文化大革命’初期的那一纸‘讲话’，我相信有许多同志记忆犹新，历历在目。‘讲话’与‘对联’是一个客观存在的历史事实，我写的也就是这一个历史事实。”“因为这篇小说并没有涉及这位‘老红卫兵’个人的问题，作者本人也与他没有个人恩怨，我以为本人不存在向他个人赔礼道歉，‘作真诚的自我批评’的必要。他当年的演讲稿是否正确，是否不能‘攻击’——我愿意倾听群众的意见，接受历史的评判。”

湘九还说，是的，看到他的“讲话”那年，我只有十六岁，但是，年幼不等于无知。在这个讲话、这副对联的蛊惑煽动下，多少家庭妻离子散，多少群众颠沛流离?即便在这位“老红卫兵”自己的回忆文章中，也曾提到“周总理尖锐地指出我这种‘自来红’思想应当批判”，总理让他回到群众运动中去认识错误。从一九七八年的文章看，他当时对自己的错误是有所认识的，而从今天的“抗议信”来看，却反而对此缺乏反省了。

当湘九把这家编辑部的来信和自己的回信拿给朋友们看时，一个叫晓明的文友拍案而起，说，写得好！我帮你打印出来，寄给各家媒体！

晓明的支持令湘九甚为感动。因为他是新四军老干部子弟，其父在“文革”前担任省计经委主任。“文革”初期，他是北大东语系的学生，背景和经历都跟这位“老红卫兵”极其相似。身为省政府某局党委秘书的晓明，将湘九这封回信的打字、油印和邮寄一手包了下来。湘九说，你为什么要站在我这一边?晓明说，都什么年代了，还要替当年的错误辩解，还说别人的批评是“严重侵犯公民权利的违宪行为”，我感到羞耻。

将近二十封信，分别寄给了北京、上海等大城市的主要媒体和文艺报刊。此事影响非同小可。湖南的那家大型丛刊接二连三地来信了，表示赔礼道歉一说只是部分同志的想法，并没有形成组织意见云云。

不到一星期，许多媒体给湘九来电来信，有的表示支持，有的提出采访。当然也有打圆场的人，比方韩军，他一而再、再而三地劝说湘九，你跟他的年龄、背景和经历不同，缺少沟通，所以产生了误会，双方到此为止了行吗？

湘九的犟脾气上来了。韩军你不要和稀泥！他瞪着这位天天夜里从南星桥火车站下了中班来他家小坐的好朋友说，我跟他的矛盾不是个人恩怨，我代表的是受尽劫难的中国人民！

此事的结果注定不了了之。遇罗克刚平反，又出现这种事，群情激奋的后果难以预料。据说主管舆论的一位大人物听取了有关部门汇报，发话说，这位“老红卫兵”闹翻案不对，湘九同志也不该再纠缠历史旧账了。

一句话，各打了五十大板。

听到这个消息，湘九坐在从哈尔滨道里沙发街上花五十元钱买下、又花了五元钱托运到杭州的一张人造革长沙发上，疲惫地闭上了眼睛，他的脸上有一层雨积云般乌黑的阴郁。点烟时，他的手抖动得那么厉害，好久，才点燃一支烟。

韩军给他倒了杯水，韩军说，这个结果挺好，大家都要向前看么。

这天傍晚有雷阵雨，雨水泼打着延安路养和里朝向大街的二楼阳台。这是湘九的新居。仁和路上的小屋拆迁，盖起的新房后来成了肯德基和清真饭店。按照户口簿上一家三口的拆迁安置标准，他们要搬到文二路新公房去。这时的文二路还是郊区，新楼矗立在一片农田中间。他家分到一个中套，有五十平方米。房子虽好，离市区远，不在重点小学学区。

湘九的要求是天长小学学区，他要让又佳从小受到最好的教育。他像所有从小在城里长大的人一样，留恋老城区的街坊里弄。上海人宁要浦西一张床不要浦东一间房，杭州人要住在南宋首都的城墙里面。

湘九跑到房管局的换房中心，遇到第一个有意向的人就摊开自己的条件。这个小伙子在杭师院音乐系工作，他对象的要求是新房而且有独立的厨卫设施。他俩一拍即合，但对方犹豫了片刻又说，你的新房路还是远了些。

湘九毫不犹豫地掏出三百元人民币，你去买一辆最好的自行车吧，他说，这是我给你的补偿。

朋友们都说湘九是个傻瓜，杭师院离文二路不到两公里路。养和里这套旧房只有三十二平方米，一室一厅一个小厨房，公用厕所。湘九说，我哪有时间和精力天天去换房中心泡着？只要女儿能上天长小学，多给他三百元钱算得了什么？

雨停了，楼下有人对着阳台喊他。湘九叹口气，放下手里的笔。身居闹市也烦恼，亲朋友好逛街累了就想到了他家，随时有人上楼来歇一歇，喝口水，上一趟厕所。

湘九跑到楼下，看到两个陌生的中年男子，其中一位说，我是市委宣传部文艺处的，姓张，陪同杨部长来看望你。湘九愣了几秒钟说，谢谢，欢迎光临寒舍。

湘九要面子，心想幸亏搬到了养和里，有了一室一厅，比之仁和里的小屋不知好了几倍，否则如何接待市里来的部长。新居的客厅有十二平方米，地上的红漆是阿维帮忙漆的，还用墨水打了格子，看上去像铺了地板似的。但是客厅也不是真正待客的地方，又佳的小床就搭在这里，客人来了，她只好坐在床上发呆。

杨部长原是杭州大学历史系的副教授，很有学者风度。他坐下了，招呼湘九也坐下。他说新一届市委刚建立，很关心本市各个行业的人才，省委副书记向我们推荐你，我特意来看望一下，听听你对市里搞好文化工作的建议。

湘九一时无言。

咪咪听说市里的部长来访，手忙脚乱地给他们沏茶，叫又佳送到部长面前。又佳手小，茶杯又太烫，颤颤悠悠送到沙发前时，手一松，茶杯掉在地上碎了。那时候真的好尴尬。湘九觉得一家人好像范进中举。幸亏没有烫坏部长处长，又佳吓得哭出声来。

其实，此时的湘九，包括咪咪，已经见过一些世面。那时有台大名鼎鼎的话剧《丹心谱》，其编剧苏叔阳，还有一本家喻户晓的电影《天云山传奇》，其主演石维坚，都已到过湘九家。请苏叔阳在家吃饭时，湘九让二哥作陪，绍兴加饭喝得大编剧醉醺醺。但是，刚出了《墙门》这场风波，加之有关高层对自由化，乃至更进一步的各种传闻虚虚实实，使他们在这位素昧平生的部长面前确实不知说什么才好。

杨部长说，有什么想法直说无妨，你是市属企业的干部么，我代表市委真心诚意来听取意见。

湘九不得不整理一下思绪，提出自己的看法。应当先抓队伍建设，他说，杭州市区和郊县有几位搞创作的青年人才，是否先把他们调入市文联，解决他们的一些困难，让他们安心创作？

杨部长说，你举一下例子，什么人？有什么作品？是否有更深的潜力？目前的工作和生活有什么困难？

湘九说了几个人，有的在集体所有制企业，有的在县以下单位，有的没有文凭，有的政治上还拖着尾巴。杨部长对老张说，张处长，你把他说的都记下来。

湘九提到的这几位青年人才，不久都得到了环境的改善和岗位调整。杨部长果然不是代表他自己来访的，在后来的岁月里，湘九因此而对这一届市里的领导班子颇有好感。

他自己倒并不急于改变什么，他觉得跟一批文人天天相处，其实乏味得很。作家不应当脱离实际生活，不应当坐在书斋里，这是他作为一名非学院派作者一以贯之的想法。从根本上说，他是一个农民和工人，将近二十年的工农生涯在他身上刻下了深深的烙印。知识分子往往瞧不起工人农民大老粗，工人农民呢，在心底深处也可能对所谓的文化人有所保留。

又佳七岁了，快上学了，有了养和里这套三十二平方米的房子，一家人终于再次团聚在一起。然而，又佳的体弱多病成了湘九心头一个新的、沉重的阴影。

天长小学门口贴了一张报名告示，时间只有三天。湘九出差去了，回来看到这张告示时，报名时间已过去两天。他带着又佳去报名，教务处说你们明年再来吧。湘九气冲冲地带着又佳闯进校长办公室，湘九说，新中国儿童难道连小学都不给读吗？

校长耐心地向他解释，国有国法校有校规，没有按时报名是你作为家长对孩子上学不够重视的表现，不是学校的错。湘九说，学校工作没有做到位，为什么不到居民区去多贴几张告示，为什么不对学区适龄儿童事先做一点调查，发个通知？

又佳哭着回家。湘九安慰孩子，放心吧，学校会让你报名的，我们属于它的学区，不上这学校上哪里去读书？咪咪说如果真要我们明年才能上学怎么办？湘九说，那就跟他们打官司，请律师，上法院！

两位老师找上门来了。一位叫杨明明，另一位叫杨志华。杨明明老师说，你就是湘九，要告我们不给新中国儿童读书的家长湘九吗？湘九不好意思地笑了。我说的只是一时的气话而已，他向两位杨老师道歉，我确实不够重视，工作太忙，出差前忘了去学校门口转一下。

杨明明是省、市作协会员，业余从事儿童文学创作。湘九对又佳说，这位是教你语文的杨老师，这位呢，想必是教你数学的杨老师了。又佳怯生生地说两位杨老师好。杨明明跟杨志华面面相觑。她们说，你怎么知道我们收下又佳这个学生了，又怎么知道我们是她的语文数学老师？湘九得意地笑。他说，不想要这个学生，你们找上门来干什么？

又佳就这样上了一年级。上学放学，别的孩子都有家长接送，又佳一个人慢吞吞地走。一个星期后，杨明明老师又来家访了，她脸色沉重地说，这孩子恐怕不能继续坚持上学啊。

湘九一凛，身上的汗毛都竖了起来。杨老师说，又佳体质太弱，坐不了几分钟就趴在了课桌上。下课时，同学们欢蹦乱跳跑到操场上去，杨老师说，又佳，你怎么一个人坐在教室里啊？出去活动一下！又佳走到教室门口，又蹲在了地上，一动也不想动。

杨老师走了，湘九把又佳抱在怀里。又佳像一只疲惫的小猫，乖乖地躺着，感觉到爸爸抱着她的身体在微微颤抖。她好像连说话的力气都没有。

难过之至的湘九一夜无寐，天亮时写了一纸创作计划直奔省作协。

请一年创作假？写两部中篇小说？作协秘书长说，你知道最近的动向吗？知道十二届二中全会，知道整党和清除精神污染吗？

湘九说，我不是党员，整党跟我没关系吧？“清污”恐怕也没什么相干。两年多前发表的那篇头条小说，已经批倒批臭了，后来的作品似乎没有什么问题啊。

他想得太简单。北京开会时，一位著名的理论家和意识形态管理专家，在一次小组讨论会上点了不少文艺家的名，湘九居然也被带上了一句：听说他的作品是“黑色幽默”，要认真研究。

消息传回来，变成一件了不起的大事。湘九还被蒙在鼓中，有些单位已是山雨欲来风满楼。秘书长欲言又止，李老师进来了。他把湘九叫到一边，倾听他的困难和打算。李老师说，我去给你跑一跑吧。

李老师费尽周折帮助他的过程湘九不清楚，他不会告诉湘九。林大师无可奈何地说，去吧，必须由你出面解决的问题，你要随时叫得应。湘九千恩万谢地回到家，开始执行他的计划。

每天早晨，他第一个起床，早餐很重要，馒头、豆浆或牛奶、鸡蛋，吃完后咪咪上班去，他送又佳去学校。中午，两荤一素，又佳喜欢吃的炒猪肝、白切鸡、猪舌头或大排，轮着给她做。下午写作到四点，上龙翔桥菜场去，这个时间段的菜最便宜。每天一只三两重左右的小甲鱼，是又佳最重要的晚餐。那时的甲鱼一元钱一斤。

湘九和咪咪都无权吃又佳的甲鱼，偶尔可以喝点汤。咪咪喜欢吃鱼，湘九常常给她做一条红烧鲫鱼。湘九琢磨出一套做甲鱼的办法，其中的冰糖红烧甲鱼，又佳二十多年百吃不厌。

当外界传说湘九又在倒霉了的各种信息时，他们的小家庭却呈现出一派祥和气氛。咪咪下班回到家，湘九打开房门喊道：挣钞票的人回家啦！又佳赶紧坐到饭桌旁。孩子放学时爸爸已经站在了校门口。如果提前放学了，她会自己走回家，经过菩提寺路上的小商品市场，一个摊位一个摊位地逛过去。湘九总是在那里找到她。

这段时间的延定巷五十四号，母亲的病情处于稳定期。母亲也喜欢吃他做的菜，湘九隔三差五买一只甲鱼或两条黄鳝，让老人补补身子，增加些抵抗力。

那时没有养殖甲鱼，又佳吃的全是野生甲鱼。一个月后，她不再趴在课桌上听课；两个月后，下课时她主动走出了教室；三个月后，她和同学们在操场上快乐地游戏。咪咪指着她作业本上的一个个红五星说，一只甲鱼，两只甲鱼，三只甲鱼，你的红五星都是用甲鱼换出来的！

若干年后，湘九去下辖县视察，见到“中华鳖精”的老板。湘九说，你早点认识我多好，就不用花大价钱买什么“马家军”的秘方了，甲鱼的烹调和功效，我比他们了解得早多了！

养和里的邻居中有一位周阿姨，在市委信访办工作。整个二楼只有一间男女共用的厕所，厕所里只有一个蹲坑，而二楼有五户人家。周阿姨经常看到湘九在疏通堵塞的蹲坑和粪管。周阿姨说难为你了。湘九说，没关系，我是男人，又是工人，这种事该我做。周阿姨说，你又要写作，又要干家务带孩子，不是长久之计啊。湘九直起身子，揩一把溅到脸上的脏水说，没办法，老婆在半山工作，每天起早落晏。

周阿姨听说市公费医疗管理办公室要人，她跑去向卫生局人事处处长推荐咪咪。处长说，我知道这个人，她母亲是卫校的老教师。周阿姨说了一番湘九夫妇的好话，处长说，我们了解一下吧。

当又佳逐渐变得健康起来时，咪咪调到了市公费医疗办公室。办公室离家只有几百米，就在天长小学斜对面。湘九终于得到了解脱。中午，一家人就在卫生局食堂吃饭，家务活大大减少。那段时间，湘九沉下心来读了不少书。厂里工作忙，林大师经常找他，湘九的一年创作假，实际上只是断断续续地休了不到半年。

六届二次人大常委会开过了，重点讨论依法从重从快打击刑事犯罪问题。现在正在召开六届三次会议，讨论加强社会主义精神文明建设，争取社会风气根本好转。总书记访问日本去了，下面的传闻很多。有人提出要对“清污”立法，湘九听之暗暗吃惊，用法律手段解决意识形态问题？

十一月，自然界开始萎谢，西湖边潮湿的树林缄默无声，水寒荷败人憔悴，湘九的心情没来由地一阵阵抽紧。

《墙门》引起一系列不同的反映，老武将它推荐给他的一位领导看了，这位当过伟人秘书的领导干部，据说“几度废书打坐，竟至无言”。独臂副主编悄悄问湘九，你怎么认识他的？湘九摇摇头，我不认识他。他给省里有关领导打电话，过问你的工作安排，还问你是否生活比较困难。副主编说。

这当然是一件好事。但并非所有人都这样看。“学而优则仕”的有杭州市的杨部长，也有职位比他更高的某部长。某部长在一次会议上脱口而出：湘九是有后台的。

湘九不能不表示自己的态度。外省有记者将《墙门》的反响和作者简况写了内参，一位被所有人尊称为大姐的革命老人因此而戴上老花镜，耐心地读这部小说。湘九一家人的遭遇，既有她不了解的现状，也有她熟悉的过去。“年轻人，历经坎坷而不甘沉沦，难能可贵。”这句评价包含着多少感慨？其复杂的心境只有当事人才能体会啊。

湘九把她的话告诉母亲，母亲半晌无语，盈盈泪水缓缓地溢出她衰老的眼眶。母亲说，她读了你的书，知道了我们的情况就好，你不要怕，一切都会好起来的。

如此境遇下，湘九却听见母亲说你不要怕，他简直不敢相信自己的耳朵。从小到大，母亲总是要求他小心谨慎，千万不能惹祸，我家不能跟别人家相比等等。“忍气吞声”四个字永远是他们的座右铭。母亲的“你不要怕”四个字石破天惊。

母亲皱眉蹙首对湘九说，这位部长怎么可以这样说话？

于是，湘九说，什么叫做“有后台”？说得客气一点，这是没有保持一致，说得不客气一点，你侮辱了这位老大姐！

湘九说，不要认为作家的历史就是部长写的，你错了。你不一定写得了我的历史，我将来却可能写你的历史。我会写我接触过哪些书记、哪些部长，实事求是地把经历过的一切写出来。

这是激愤之词。湘九把一切都豁出去了。其实，某部长也是一介书生，更适合当教授。历史把这些教授送入官场，多少有些仓促。当时的风云变幻，令他处于一种两难境地，不得罪湘九，他也要得罪湘七湘八。

两年后湘九从边防前线胜利凯旋，某部长登门看望，尽释前嫌，证明了他本质上还是一名诚恳待人礼贤下士的读书人。九十年代初，他卸职回到大学，风雨之晨，湘九陪同七十多岁的中国邮票设计大师孙传哲先生，撑着一把雨伞，浑身湿淋淋地去敲他家的门。湘九握着他的手说，回学校就回学校罢，你不是贪污受贿，也不是腐化堕落，该怎么过日子还怎么过日子吗！早晨去黄龙洞打打太极拳，傍晚到校园里散散步，几天过去，谁也不会对你另眼相看了。

那一天，湘九却躺在床上生闷气。什么叫“黑色幽默”？写过一个叫“阿西”的小人物，有点愤世嫉俗而已。人物的个性来自其生存的社会背景，大理论家知道黑色幽默，我本人还不太明白这个词儿什么意思呢。

有人敲门，湘九懒洋洋地从床上起来开门，门外站着一位海军女军官。女军官说，我给您带来一筐苹果，我拿不动，寄存在火车站。

湘九好一会儿才反应过来，他跑到楼下，推出自行车，跟她去车站，夏天，湘九应舟山文联之邀，去普陀山参加过一个星期的创作学习班。这位海军女军官是班上的学员之一，湘九指导她改过一篇小说。

一筐苹果足足有七八十斤。湘九说，这也太累人了，从舟山乘轮船到宁波，再从宁波乘火车到杭州，你怎么想得出来！海军女军官红着脸说，我们那边都传说您出事了。这是我代表大家带的一点心意。

他们坐在湖滨休息一会儿。湘九突然觉得，自己的心儿恬静得像一只正在炉灶旁打盹的猫儿似的。他听见音乐声、孩子们的笑声和少女们的歌声，在遥远的海岛城市，港湾的水面像霓虹似的闪着光芒，渔船的白帆像海鸥似的时隐时现。

你……你们不怕受牵连吗？湘九说。

我们喜欢您的作品，女军官其实是海军医院的一名护士，她像对待一个病人那样平静地对湘九说，我们不想看到你沮丧。再艰难的日子都过去了，我们相信，眼下对您的责难和打击也只是暂时的。

一切都是瞬息，一切都将过去，普希金的诗句在他心底吟哦。灯塔，老人，迷人的海，回想夏日如同一本海明威的小说。“他说风雨中这点痛算什么，擦干泪不要怕至少我们还有梦！”一曲《水手》在耳边回响，湘九在歌声中惭愧地低下头。为了防止以法律手段对待意识形态问题，他把一千多封读者的来信全烧毁了，免得连累这些无辜的人。

然而，他们说，他们不怕被连累。

总书记访日归来时，六届三次人大会议还在举行中。十二月八日，会议公报指出，精神污染的问题主要是思想问题，不能用粗暴压制的办法，要从团结愿望出发，与人为善，充分说理，允许答辩。

报道说，全国人大常委会最后作出的决定是对“清污”问题不立法。

市文联的评论家老高对湘九说，这一下，你可以松口气了。

湘九说，我从来没有搞过精神污染，老高啊你要为我辩护！

老高是上海人，精明与厚道奇特地集于一身。老高一直追踪湘九的创作，他的评论对湘九帮助很大。老高说，我一直都在替你辩护呢，你总得回报一下吧？

老高的要求是配一副缝纫机铁架，他家里有一台上海产飞人牌缝纫机，机头很好，架子断裂了没处可配。

湘九想了半天说，厂里不卖半成品，我只好给你偷一副了。

许多年过去，老高忘不了湘九的仗义之举，经常提起他为朋友甘愿做贼的往事。其实铁架是外加工产品，入库后根本不可能再拿出来，仓库仍然由忆平管着，师傅怎么可能偷徒弟保管的东西？

湘九拿的是一副样品，样品不入库，也无须退回外加工企业，产品定型前总有些小修改，样品退回去只能当废铁重新回炉了。

湘九不告诉老高真相，只是为了防止其他朋友也向他提出类似要求。偷，自然只能偷一次，谁也不会让他去当惯偷吧？样品就放在湘九的办公桌旁。湘九让老高等在厂门外的码头上。他将样品用几层报纸包妥了，跟传达室打声招呼，走出厂门送到了他的手上。

上海人老高感动之余，决定请湘九吃餐饭。老高夫人亲自下厨，有一盘白切鸡。后来老高总说湘九把一盘鸡一扫而光，湘九耸耸鼻子说，你总是让我想起你的籍贯。

一九八四年二月，市里召开第二次文代会。这是“文革”结束后本市文化界人士的第一次盛会。老高愤愤然跑来告诉湘九，湘九的代表资格在审查时没有获得通过。

湘九有些茫然。市里的张副书记不久前还找过他，说了些鼓励的话。批评你好像给孩子洗澡，洗净了把脏水倒掉，可不能把孩子也一起倒出去了，等等。言犹在耳，湘九怎么想得通。他给市作协薛主席打电话，说，不管见仁见智，我也算一个代表人物吧，凭什么排挤我？

薛主席宽宏大量，不计较他的态度。薛主席有口难言，他是无党派人士，有些问题不便表态。我们正在向市领导反映，我个人认为这确实没有道理。事情或许可以弥补，薛主席安慰湘九。

湘九想到了老武。他跑到电信局，给老武发一个电报。我到底犯了什么错误？他请老武帮他问一下地方领导。

湘九没想到，这件事引起了公愤。上午开幕式，一些代表提出他的资格问题，为他打抱不平，搅得会议开不下去了。中午，张副书记杨部长亲自听取主席团汇报。张副书记说，究竟哪个环节出的问题，查清楚没有？

问题竟然出在厂里。接任马各的一位厂领导，居然不给湘九的代表政审表格盖章，理由是他对湘九不熟悉不了解。湘九愕然。这位领导与湘九同一天进船厂，进厂后的第一个休息日，一起去平湖秋月喝过茶。思想文化界有争论，他怯于表态湘九能够理解，但他怎么能说不熟悉不了解自己呢？

老武是否找过张副书记，湘九不清楚。湘九只听说张副书记发了火。他说，一家工厂的书记，居然对共事多年的同事不熟悉不了解，他还当什么书记？这个章不用他盖了，请船厂的主管部门，请市交通局盖。张副书记说，马上派车去把湘九同志接到会议上来！

湘九穿着一身劳保服，正在船厂码头上帮仓库卸货，林大师急匆匆向他跑来。去，赶快开会去！湘九摘下劳保手套，拍拍身上的尘土说，开什么会啊？

林大师尴尬地瞧一眼不远处停着的小汽车，突然发起火来。摆什么架子啊，你这个臭老九？你不要忘记，你还是一个“牛鬼蛇神”！

湘九只好摆出一张委屈的脸孔钻进了汽车。

他穿着一身劳保服进了会场。全体代表起立鼓掌使他热泪盈眶。后来的岁月中他多次作报告作演讲，所有的掌声鲜花都不如这一次令他感动。他跟市里文艺界人士其实接触很少，百分之九十的人他都叫不出名字。湘九明白，人们欢迎的并不仅仅是他这个人，而是欢迎一种民主的到来。这里集中了一座城市的文化精英，这些精英都曾经受过浩劫，遭遇过万马齐喑的痛苦；现在，他们为终于争取到了自己的发言权而热烈鼓掌！

六

烟台·开封·北京·杭州·黄河边的军营

一九八四年夏天，湘九在一个名叫蓝村的火车站换车。他去烟台参加群众出版社召开的一个笔会，顺便推销飞轮牌缝纫机。

这是湘九第一次来到山东。风高月黑，车站的小饭店令他想起母夜叉孙二娘开的黑店。饥肠辘辘，使他不得不走过去，走到了灯光下。老板娘说，来点什么？湘九很想摆出行者武松或者豹子头林冲的气势，说一句诸如好酒一坛牛肉两斤的狠话。但是，犹豫半晌，舌头在口腔里打了个滚，他还是摆不出梁山好汉的架势。

半斤水饺三两烧酒，他操着一口南方普通话说。这是他的极限了。

小店的灯光暗淡，角落里有人在抽烟，烟头的红光一明一暗，使湘九更有了一种不安全之感。他把旅行袋一会儿放到脚旁，一会儿拿到身边的凳子上。其实，他的旅行袋里并没有什么值钱的东西。

一个三十岁左右的男子进来了，上身穿一件白衬衫，下身穿一条绿色军裤。直觉告诉他，这是一名军人。湘九端起酒盅说，朋友，坐这儿吧。

军人愣了愣，坐到了他对面。他只要了三两水饺。

湘九的心安定下来了，向老板娘再要一只酒盅，他站起身，敬对方一盅酒。您是南方人吧？湘九跟这位面容清癯文质彬彬的青年军人套近乎：您也在这里换车吗？

青年军人的回答令湘九欣慰。果然，他是苏南人，目的地也是烟台。

当有意结伴同行的湘九就用了这三两烧酒跟他拉近距离时，命运的变化已经不知不觉产生。

这种命运的变化，湘九当时没有丝毫感觉，青年军人更是不会想到。他们的相遇如此偶然，他们之间后来也没有更多的交往，然而，这偶然却好像是从脚底下长长的历史道路上渗透进来似的，不久的将来，就会成为一种必然。

你去参加笔会，青年军人喝下两盅烧酒后，脸上有了一层红晕。你是作家吗？

我是跑供销的，业余对文学比较爱好，湘九掏出一张印着厂长助理头衔的名片递给他。请您多指教。

三两酒，湘九只喝了三分之一。喝上了头的青年军人变得豪爽起来。

我是营副教导员，写过一些作品。他说，我去烟台帮忙搞一部传记文学，大首长的传记。

你真了不起，湘九一脸虔诚地表示敬佩。我只是写了几篇影响不大的小说而已，有机会请您批评指正。

没问题，副教导员说，你把文章拿给我看，我会给你提意见的。

夜里十点多，他俩才登上了一趟去烟台的列车。那是一趟逢站必停的慢车，车厢里挤得像沙丁鱼罐头。汗水不断地从他们脸上淌下，湿透全身。两个人被挤得快要窒息了，周围人的嘴里喷出浑浊的大蒜气味，醺得他们昏昏沉沉。湘九说，我们下车吧，否则会闷死的。

列车喘着粗气停靠在一个名叫莱西的小站上，两人迫不及待地跳下车，一屁股坐倒在站台上大口大口喘气。湘九摸出烟，军人说不会抽，湘九说抽一支吧，解解闷气。

他们向车站旁的小旅馆走去。湘九敲门。门开了，湘九点头哈腰地对服务员说，开一个房间，我们只休息两个小时，行吗？

服务员说至少要算半天房钱，湘九大方地说半天就半天吧，别忘了到时间叫我们一声。

他俩光着身子在莲蓬头下冲凉，感觉如同沙漠中的跋涉者遇到了一泓清泉。湘九咕嘟咕嘟地喝自来水，军人说当心拉肚子。湘九说不妨，我是贫下中农出身！军人笑了。你这人实在，他说，咱俩算是交上朋友了！

洗完澡后躺在床上，湘九昏昏欲睡时，副教导员说，起来吧，下一趟列车快进站了。

这趟列车空一点，半途中他俩还有了座位。湘九很想问一下副教导员的姓名，但是对方始终没说。

终于抵达烟台已是早晨八点。分手时，湘九告诉他，笔会在华侨宾馆召开。副教导员挥挥手说，有空的话，我会去看你的。

这是湘九第一次参加笔会，许多文坛名流聚集一堂。湘九觉得每一位的大名都如雷贯耳。没想到，有人却认出了他，一个皮肤黝黑胖乎乎的中年人说，您就是湘九吧，走，我带您去房间，我们是湖南老乡！

湘九傻乎乎地说，我很有名吗？我怎么一点感觉不到。他打量着对方。您是谁，是会议的工作人员么？

胖子憨厚地笑了。我叫古华，他说，也是来开会的，我在《小说月报》上看到过您的照片。

惊讶之至的湘九一把夺回自己的旅行袋。他手忙脚乱地说，饶了我吧，古华老师，您就别让我出洋相了！

古华，这位以《芙蓉镇》而一举成名的湖南老乡，跟湘九一见如故。后来的日子，他俩虽然见面不多，彼此却常常念叨。当古华终于离开北京去国外定居时，他将厚厚的一叠卡片留给了湘九，卡片是他自己做的，上面用中文写着“早上好（古得毛银）”“公共汽车（巴士）”和“猪（匹克）”。

古华带他进了房间，湘九的同屋是以报告文学《将军决战岂止在战场》而名噪一时的黄济人。两人互相介绍后，黄济人愣了愣，说，我俩同屋，莫非是他们有意安排的？

湘九明白他的意思。黄济人的父亲是一位在淮海战役中起义的国军将领，一九四九年以后担任过南京军事学院教官，死于“文革”之中。黄济人与许多此类将领相交甚厚，不然写不出这样的作品。当他跟湘九坦诚相谈时，有一种惺惺相惜之感在屋子里弥散开来。

古华跟黄济人也是朋友，三个当过“牛鬼蛇神”的家伙越谈越热乎起来。听说湘九的父亲曾是桂系湘籍将领，古华说，我应聂华苓所邀，不久要去爱荷华大学国际写作中心，我给你捎封信给白先勇，如何？

白先勇，白崇禧将军的公子，著名作家。他写的《玉卿嫂》与《永远的尹雪艳》等，给湘九带来过难以言说的历史兴衰与人生沧桑感。母亲说过的无数往事涌上了脑际。湘九迟疑片刻，伏案书写一封问候信，交给了古华。

等到白先勇的回信寄达杭州时，已是一年之后，湘九早已到了中原兵营。白先勇介绍自己正在加利福尼亚州立大学任教，童年时常常见到湘九父亲等等。白先勇说，你的经历和才华令我甚感钦佩，我邀请你来加州大学一聚。

一个上午在聊天中很快地过去了。下午，湘九与黄济人躺在床上继续聊天。有人敲门了，黄济人去开门。湘九老师在吗？上午才分手的副教导员探身进来，他的称呼令湘九发愣。

当湘九下床走到门口时，惊讶更是令他张大了嘴一时发不出声。他看到了持着拐杖的黄老，还有杭州市作协的老主席毛伯伯，他俩站在走廊上，笑眯眯地看着他。他俩的身后，还跟着一位瘦高个子的军人，人们称他“老范”。

原来，黄老和毛伯伯都是全国人大叶副委员长的老战友老部下，叶副委员长在烟台疗养，邀请他俩一起避暑，帮他回忆新四军时期的一些史实。副教导员讲的大首长传记，就是叶副委员长的传记。主要执笔人是老范，人手不够，老范让副教导员从中原驻地赶来帮助抄稿誊写。

副教导员跟他们共进午餐时，说起一路上的辛苦，顺口带出了湘九。副教导员说，这个文学青年真好笑，还真把我当成了文学家呢，一再请我多多批评指教！毛伯伯接过他拿出的名片，惊奇地告诉黄老，是湘九来了！黄老愣了愣，放下饭碗，兴奋地站起身说，真的吗，我们这就过去看他！

那一刻副教导员的尴尬，按照其后来的说法，实在是无地自容。老范那样狠狠地盯着他，使他涨红了脸不敢抬头。老范说，你真是饭店门口摆粥摊，你牛啊。

又惊又喜的湘九将他们请进房间，一位一位介绍给黄济人，黄济人也愣住了。在参加笔会的作家中，湘九只是一个叨陪末座的工人业余作者，而黄老的大名谁不知道呢！隔壁的顾工、蒋子龙来了，天津的一位女作家来了，小弟弟雁宁也来了。黄老笑呵呵地坐在沙发上跟他们聊天。毛伯伯拉着湘九跟老范走到走廊上去，老范说，湘九同志，毛老推荐你特招入伍，你意下如何？

湘九看着毛老，老范不知道他的家庭情况，毛老知道。毛老说，湘九，你先别有那么多顾虑，部队驻地在河南，焦裕禄种泡桐树的苦地方，你下得了这个决心吗？家中的老人和妻儿是否能同意？

湘九很激动。别人按作协的职务叫他主席，湘九一向叫毛伯伯。毛老喜欢他这么叫，免得与一位伟人混淆。毛老给总政文化部的老战友、给老范所在的某野战军杨军长写信，向他们推荐过湘九，他也知道。湘九却一直以为这是根本不可能实现的事情。

他曾经跟毛老说过：谢谢你，敬爱的毛伯伯，等太阳从西边出来的时候，我一定会向你立正，致以崇高的军礼！

太阳莫非真的从西边出来了？

仿佛有一个决定性的时刻突然来到了他的面前，他为此而十分恍惚。有几秒钟的时间，湘九傻傻地站在那里，不知道如何回答。毛老皱起了眉头，拍他一下，他才回过神来，他语无伦次地说：

听你的，焦裕禄听你的，我们一家人都听你的！

什么乱七八糟的话！毛老气得跺脚。焦裕禄怎么会听我的？你一家人又如何都听我的呢?！湘九，我警告你，这可不是开玩笑的事情，这是我和黄老的一片诚意！

湘九的眼睛湿润了，好像有一片潮湿的雾影，遮住了他的眼神，那时候他脸上没有表情。人们看到他的身上有一种神经质的紧张，额头上那两条伤疤也在蠕动。毛老叹了口气，轻轻地唤了声他的名字，他才猛地惊醒过来，重新抬起他的头。

对不起，他讷讷地表示歉意说，我有点辞不达意，我的意思是我听你们的啊。

那天傍晚，一层晚霞装饰着碧蓝的天空。湘九送他们离去，他拉着副教导员的手说，谢谢，我真的很感谢您。副教导员红着脸躲开去，他的性格好像一下子变了，变得腼腆而生疏，使湘九也有点尴尬。

一片红光罩住了远处的大海，唤起人心中模糊的向往与渴望。他们站在一辆大红旗轿车旁，握手道别。湘九再一次向老范表态说，我愿意去河南军营，去焦裕禄种过泡桐树的地方，我会做好家属的思想工作。

送走他们之后，湘九仍像喝醉了似的晕晕乎乎。他坐在那位天津作家大姐的房间里，跟她聊黄老的种种逸事，雁宁靠在床上，听得入了迷。在杭州，湘九很少与人谈及自己与黄老的交往，他怕自己的处境给老人带去影响。到了遥远的渤海之滨，顾虑就少了许多。

黄老多次跟湘九谈起过鲁迅，谈到他与鲁迅先生从初识到熟知的一幕幕场景：一九二七年十月的一天，在劳动大学编译馆工作的青年黄某，第一次见到鲁迅，并为鲁迅讲学作记录。而他与鲁迅接触最密切的时期，是从帮《文学》《译文》办事开始的。自从黄老认识鲁迅以后，他就经常收到鲁迅的赠书。礼尚往来，黄老也想作些回赠。其时，鲁迅正打算翻译《果戈理选集》，一天，黄老看到一部德译本《果戈理选集》，共六本，十八元钱，他就买了下来，并在第一卷本扉页上写下了“鲁迅先生惠存”字样。鲁迅先生欣然接受了赠书，但考虑到黄老的经济情况，无论如何要还给书钱。推却了半天，最后，鲁迅接受签了字的一册，其余五册，还黄老十五元钱。此事，被鲁迅先生记在了日记中。

这样的回忆很多，比方说最后一次见到鲁迅。黄老永远记得是一九三六年十月十四日。那日，黄老前往看望身患重病的鲁迅，并把日本朋友赠送的一尊高尔基雕像转交给鲁迅。五天后的清晨，当许广平托人将鲁迅去世的噩耗告诉黄老时，黄老立即奔往他常去的鲁迅家的二楼卧室，伏在先生的遗体上，痛哭不已。之后，黄老作为治丧办事处成员，日夜为之守灵。出殡时，他亲自送鲁迅的遗体到殡仪馆，以后又紧跟着鲁迅的灵柩来到墓地，与巴金等其余十五位抬棺人一起，亲手扶棺送入墓穴。

湘九曾经一本正经地对黄老说过，你是鲁迅的学生，我是你的学生，我也就是鲁迅的学生了。黄老笑了。大家都是鲁迅的学生，他说，我们更接近一些。

我们是嫡系，湘九不屈不挠地要他表这个态。我们是鲁迅的嫡系部队。

黄老大笑。嫡系就嫡系吧！他说。西子湖畔葛岭山上简朴的白墙黑瓦民舍中，爆发出自从一九五七年以来从未有过的爽朗笑声。湘九却在笑声中体会到历史的苦涩和辛酸：在相当漫长的一段岁月里，北山街派出所的一个小警察，随时可以闯进门来，教育这位学贯中西的老人，要他老老实实，不许乱说乱动！

黄济人鼓励湘九说，有黄老和毛老的推荐，你被特招入伍的可能性很大！

湘九的心，终于被完全地打动了。

这天晚上湘九做了一个梦，梦见十八岁那年自己报名参军。奇怪的是，不是梦见公社武装部部长训斥他，而是那个又干净又漂亮的小姑娘坐在门槛上。小丫头的双手捧着一碗面条。梦中的湘九看到墙上有一幅挂历，这天是八月一日。湘九说今天是你的生日吗，你的生日是建军节？小丫头张开缺了一颗门牙的小嘴笑了。她说是的，今天是我的生日，我的生日是八一建军节。

小丫头说她五岁了，她说的是虚岁，其实她这天四周岁。四岁的小丫头说她是建军节生的，因此她长大后要去参军。湘九感触万千地摸着她的小脑袋，说，你想当士兵还是想当军官啊？小丫头认真地想了一会儿。我要像他们一样！她抬起头，指着挂历画面上持枪保卫国土的海陆空三名战士说。

梦在继续。窗外星光灿烂，潮水拍打着海岸，发出一种像是孩子低笑的声音。屈指算来，当年的小姑娘已经二十出头，她还记得儿时的向往吗？

湘九看到二十岁的姑娘穿着军服，站在海边召唤昔日的“大哥哥”。在一片灰色的导弹驱逐舰和护卫舰组成的混合舰队的背景前，她的模样英姿飒爽。湘九摇摇头，一个小地方的黄毛丫头，参军入伍谈何容易？他走过去，姑娘与童年的小丫头幻成了一体。梦中的他分明也穿着军装，是四只口袋的军官服。

从梦中醒来的湘九抱着双膝，坐在床上出神，一切都会变的，唯有人的命运不会改变。他下了床，走到窗前，向夜空明月祈祷。祈祷命运安排他和那位小丫头都如愿以偿。

这个梦太清晰，二十年后湘九还记得。二十年后他才知道，梦见的竟是真的，小丫头十四岁就考上了军校，二十岁早已成为军官。

这天晚上，在渤海之滨，湘九还见到了另一位老人。

湘九睡得早，黄济人睡得迟。他上楼去了，楼上住着全国政协一个休养团。黄济人走进这位老人的房间，老人正在婉言谢绝媒体采访。黄济人默默地看着记者们怏怏离去。他转身对老人说，我跟湘九同屋，你想不想见他一下？

湘九？老人沉思了一下，说，是《墙门》的作者吗，我为什么要见他？

你可能听说过他的父亲，黄济人说出湘九父亲的名字。他刚满月时，就离开了父亲。

从梦中醒来的湘九正回想着少年往事，电话铃声蓦地响起。湘九先生吗，我是沈沧海，一个老人苍劲的声音说，我们能见面聊聊吗？

湘九有些诧异，他从未听说过这个名字。他走进电梯，瞧着闪烁着楼层的红色数字猜测，猜不出老人是谁。走出电梯，到了房门前，他按电铃，门开了，一位身穿深蓝色西服，风度典雅温文有礼的老人持杖而立，他打量着湘九说，像，真像你父亲……

湘九恍然醒悟了。《我这三十年》《魔窟生涯》《战犯改造所见闻》，湘九看过这几本书，看到过书上的照片。

沈伯伯，湘九微微弯腰，您见过我父亲吗？

岂止见过！沈沧海老人——他的另一个名字叫沈醉，向后退了一步，低下头，深深地向湘九鞠了一躬。惭愧得很，我曾经监视、跟踪令尊大人多年……

空气凝滞了，一屋肃然。湘九有些不解，父亲是一九三一年被戴笠密捕的，关押于南京鸡鹅巷六号戴公馆地下室，一九三七年七七事变后从中央陆军监狱释放。在湘九的印象中，沈醉是军统云南站少将站长，与父亲的经历似乎并不相干。

沈醉的解释给湘九带来又一阵隐痛。原来，获释之后的父亲仍然是军统黑名单上的监视对象，当他为打通东南亚战场的生命线滇缅公路而殚精竭虑，担任与盟军的联络官，冒着生命危险一次又一次飞越喜马拉雅山时，军统的鹰犬却一直盯着他。从重庆到昆明，有人始终认为他是一名重要的异党嫌疑人，湘九一家与人交往，一举一动皆列入监控范围。

令尊气宇轩昂，相貌堂堂，在昆明大校场阅兵时，他总是站在仪仗车上，后面是蒋中正的车，沈醉沉浸于往事的回忆中，好比叶挺，则是中共将领中的美男子……

令尊长得比你高大。沈醉说。

我十四岁下乡种田，湘九说，挑担子将人压矮了。

令尊大人曾在狱中遭受酷刑而坚贞不屈，吾深感钦佩。

湘九淡然一笑，心头却一阵阵抽搐。

但是，湘九对眼前的这位老人却已经恨不起来了。

他知道，这位老人已经出水火而登衽席。十年“文革”中，有人要他作假证：王光美是“叛徒、特务”，他宁可一条腿被打瘸，坚决不肯签字画押。“华子良”的原型韩子栋，“文革”中被诬陷是沈醉写条子放走的，他也坚决不承认。刚当上全国政协委员，沈醉交上的第一份提案就是为张露萍、张蔚林等打入军统的七烈士平反昭雪。闻义能徙，知善能改，历劫知变，洗心革面，湘九想，如何能再跟这位曾经沧海的老人计较父辈的恩怨悖反呢？

有过四明山根据地老司令员对父亲年轻时对民族大义追求的描述，湘九对沈醉先生的话已经不感到吃惊。反倒是沈醉，对他们一家的遭际深感讶异和不安。我能为你们做些什么吗？沈醉问他。湘九摇摇头。他说，一九四九年年底，您在昆明签署了起义通电时，家父已出走海外，您能证明什么呢？

氛围既是压抑的又是欣慰的，老人握着他的手，荣辱穷达，似乎尽在不语中了。

桌上有文房四宝，沈醉铺开宣纸，饱蘸浓墨，赠给“湘九贤侄”八个大字：松柏气节山水心怀。

前面四个字是献给父亲的。后面四个字赠予湘九。

无限感慨，无穷惆怅，尽付于这遒劲有力的八个大字之中了。老人的眼眶潮润了，又一次跟湘九紧紧握手。他的历尽沧桑的老手劲力十足。这是一双握过手枪匕首，也被捆绑和戴过镣铐的、伤痕累累的老家伙的手。

第二天早晨，老范又来了。

老范接湘九去他们的住处，那里风光绮丽，涨潮的海水哗啦啦一浪推一浪，一幢幢别墅，掩映在红花绿叶之中。老范是某野战军政治部宣传处副团职干事，处长带兵去云南边防参战了，老范代理处长工作。老范说，首长要接见你，首长是我们这支部队的创建者之一。

湘九觉得这一切都不像是真实的，好像是谁在跟他开一个很大的玩笑。通过一道道岗哨，他步上台阶。走过一条长长的甬道，这支部队的历史在他眼前产生着模糊的叠影，使他的血液急遽地涌向脑门，又急遽地回到心脏，产生奇特的眩晕的效果。

从四明山根据地老司令员那里，不，从童年时班主任孔老师的丈夫那里，他就知道这支百战之旅的辉煌历史。从工农红军游击队开始，到主力部队长征后坚持南方三年游击战争；又在抗日战争中北上，夜袭浒墅关、火烧虹桥机场，决战黄桥；再到孟良崮打穿插、转战中原；跨过鸭绿江在长津湖畔痛歼美军陆战第一师，北汉江上粉碎李奇微的闪击战；直至一江山岛战役，可谓百旅之杰。湘九痴痴地想，我真的可能成为这支部队中的一员吗，我真的不是在做梦？

黄老神情严肃地迎上前来。老范没有跟他们一起进屋，老范对湘九说，我在毛老房间等你。

黄老将湘九引见给叶将军，湘九双腿一并，敬了个军礼。

叶将军一怔，双眸炯炯地看着他。

黄老说：这就是三年前我向您提起过的湘九。

叶将军点点头，额上堆起几道深刻的皱纹，露出了笑容。

你了解这支部队的历史吗？他缓慢地，用他的带着华南腔的普通话说道。这可是一支非常重视文化人才的部队哦，拍过多少电影啊，《东进序曲》《南征北战》《沙家浜》《红日》《战上海》《柳堡的故事》……他招呼湘九坐下来，就从黄老算起吧，这支部队涌现出多少著名的文艺家？数都数不过来了。

湘九从沙发上重新站起，说我知道，浙东纵队的老司令员，还有把红旗插上一江山岛主峰的战斗功臣，都给我讲过这支部队的光荣传统。

黄老笑了。他知道湘九跟老司令员的交往，老司令员也是这支部队的创建人之一。黄老将他们的交往讲给副委员长听，副委员长的眉头进一步舒展开来，他又一次招呼湘九坐下。替我问候你的小学老师，谢谢她从小给你们讲述这支部队的历史。

副委员长没有提到湘九参军的问题，黄老也没有提。窗外下起了夏天的阵雨，空气变得十分凉爽。湘九又向将军敬了个礼，退出客厅。他看到崖顶上一股清烟穿过迷蒙的雨丝在天空里轻轻地飘散，哨兵面对蔚蓝的大海持枪而立。他呆呆地站在那里，耽于沉思之中。

老范走过来拍他的肩，他一惊。老范说：黄老说你今天表现得很不错。

比黄老和老范更高兴的是毛老。他对湘九能敬两个标准的军礼很感兴趣。湘九说这是遗传基因，毛老瞪他一眼说，又吹牛了，你爹在你娘坐月子时教你的么？湘九不得不告诉他，自己在蔡永祥生前睡过的床上睡过两个月呢。

于是，当湘九参军后接到上前线的命令，他对政治部王副主任说我连枪都从来没有摸过时，王副主任立刻笑眯眯地揭穿了他的谎话。王副主任说，你在武警部队锻炼过的，我早就知道了。

湘九不敢告诉他，自己打靶时瞄准的是甲靶，子弹却统统射到乙靶上去了。

回到杭州好几天了，湘九依然沉浸在梦幻中。

烟台之行将要彻底改变他的命运，这个信息湘九暂时不敢张扬。他告诉咪咪，咪咪不相信。湘九把又佳叫到身旁，他说，如果爸爸参军去了，你和妈妈能互相照顾吗？又佳怀疑地看着他说，爸爸你又在编故事了。

三个月过去了，没有任何新的动静。湘九去看毛老时问，毛伯伯，老范来过信没有？毛老说，事情不可能办得那么快，那么一帆风顺。毛老说湘九你别以为上面有人点头就行了，关键还在经办人。经办人重视，努力去办的话，事情就可能办成；经办人强调困难，再高的首长说了也没用。

湘九对毛老的话深以为然。他跟政府部门打过交道。处长科长们的权力最大，如果他们欺下瞒上，部长厅长往往形同虚设。后来的湘九很注意这个问题，手下的处长科长们因此而很感不爽。他们往往不会想到这一点：听湘九的话干好工作，父母和老婆丈母娘都会对他放心，这样的处长科长，永远不必担心被纪检监察部门叫去喝茶。

毛老给老范写了一封信。毛老说，老范你既然答应了湘九办成这件事，你就应当尽力而为，有什么难处也要直言相告。老范的回信很快到来，信上说杨军长支持这件事，军党委常委们也基本赞同。但是，主管的一位领导说，我们急于引进的人才应当是搞新闻的，搞创作的用不着。老范说，湘九写新闻也是一把好手，他来了，本部队的好经验好作风一个月上一次《人民日报》《解放军报》完全可能。领导说，这个人究竟多大年龄了？年龄太大了不好安排。老范说大概二十八岁了吧，看上去挺年轻的。

穿上军装后这位领导才知道湘九三十四岁了，领导把老范叫去狠狠地训了一顿。老范在领导面前站得笔直，红着老脸说，我错了，我爱才过于心切，不由自主地犯了错误。二十年后，老范却跟湘九开玩笑说，我的根本错误是没有在档案里把你的年龄改小，如果将一九五〇年出生改成一九六〇年出生，你可以多干十年呢！湘九说，改成一九六〇年太过分了，容易露馅儿，你改成一九五六年多好；只要把“〇”字多出一点点，我当时也就真的成了二十八岁。

老范在信上建议湘九去一趟河南，让军首长们接见一下，同时也对驻地的工作、生活环境有个了解。说到底，这是一个双向选择，开弓没有回头箭。

湘九觉得应该暗示一下林大师和张楚清，否则事情突如其来自己心里也过不去。湘九说，我去中原推销一下厂里的产品，顺便看看朋友。我朋友在那里担任驻军首长，万一他们留住我不放，我就不回来了。林大师不以为然说，去吧，不回来你留在那里干什么？当兵？你吃得惯六谷粉窝头吗?!

张楚清多少有一点警觉。他提醒湘九，哪里的政策都一样，你以为换个地方就不受批判了？北方的思想还没有南方解放呢，你可别到了那时后悔莫及！

张楚清说，湘九，上面已经决定任命你为副厂长了，这是多么不容易的事情啊，你可要安心！

有一位跟景宁同时看守过湘九的同事听到了他们的对话。这位同事嘲笑湘九说，杭州市文联想调你去，你就忘乎所以了不是？你还想参军去？好啊，到时我们给你开欢送会戴大红花！

这样的话，他每天都要对湘九说一遍。如果说湘九当时还有些犹豫不决的话，此人的嘲弄无疑促使他坚定了决心。踏上北去的列车时他想，我一定要向焦裕禄学习，再苦再累，好马也不吃回头草。

事实上中原古城却比想象中要好多了。错落的院落，凌乱的街衢和曲幽的小巷，无一不透示出其深厚的文化积淀。

湘九第一次来到黄河边。脚下黄泥滚滚，面前茫茫无边。骑着小毛驴的新媳妇从堤上走过，吹唢呐的乡民踢着尘土随风摇晃。饭店里服务员喊一声“客官”，古风扑面。城墙下，古槐老干新枝，微风扶摇。市中心，大相国寺绿荫环抱，香火鼎盛。龙亭铁塔，延庆观包公府，肃穆庄重气度恢宏。湘九是杭州人，南宋遗民，对于北宋皇城自然而然地产生着一种亲切感。他看到小巷里的蓬门柴屋，堂前也挂着几张字画，铁画银钩的字，即便清贫也透出一个雅字呢。

湘九先是漫无目的走了一圈，然后才带着一种感觉良好的心态，给老范打了电话。

将湘九接往南郊军营的是从杭州入伍的宣传处摄影干事阿伟。阿伟见到老乡分外亲切。他说，老范在开会，一会儿就结束。他俩坐上吉普车进了军营，刚走到操场旁，老范匆匆地迎面走来了。湘九兴高采烈跟他打招呼，老范却说，来了？好。你不看球赛吗？那好，球赛结束后我们再聊。说完，竟自走了。

那一刻湘九的感觉难以形容。他站在操场上一句话也说不出来。他感到后悔与委屈，我风尘仆仆地赶来了，见到了你你却是如此冷漠。湘九想，不当这个兵了，回去，在这样一个领导手下当兵有什么意思？湘九又想，也许因为此事办不成了吧，老范有意躲避我？

阿伟看出了湘九的想法。阿伟说，你误会了，湘九。老范是个球迷。你明白吗？对他来说，篮球诚可贵，排球价更高，若为足球故，两者皆可抛。今天是足球比赛电视直播，已经开始了，他怎么还有心情在这里跟你说些客套话呢？

无奈的湘九到了招待所，胡乱吃一口饭，洗个澡，躺下，满脑子胡思乱想。隔壁房间也有人在看球赛，吵吵嚷嚷。湘九气得坐在床上抽烟，一个多钟头过去后，烟缸里全是烟头。

人声终于安静下来了，球赛终于结束了，有人敲门了，湘九打开门。老范满面笑容地站在门口，与刚才判若两人。对不起，对不起，怠慢你了。老范一叠声道歉，不过，你不看今天的球赛真是太可惜了，中国队赢了，你知道吗？

到了此时，湘九才不得不露出笑容。他想起了一句名言：人无癖不可交。有癖好的人是有血有肉的普通人，跟这样的人共事心里踏实。湘九对老范的认识因此而深入了一层。

在老范的引荐下，湘九受到军首长们的分别接见。杨军长是浙江诸暨人，浙东纵队的老兵，鼻梁上有一道伤疤，说话时这道伤疤在他脸上蠕蠕爬动，令人想起烽火岁月战争年代。李政委是河北人，身材魁梧性格爽朗，写得一手好字。部队处于百万大裁军的关键时刻，上面有没有人说话非常重要。杨军长向湘九透了个底：大军区辖下几个军，总有一个军要撤编。杨军长说，只要本部队不撤编，招收个把特殊人才没有问题，若是本部队撤编，你也就别费这个心了，皮之不存毛将焉附？

湘九自然而然地关心起这个问题。

军部招待所也是一个小道消息集散地，人来人往传闻很多。湘九很快明白了，为什么军里派老范等人那么主动积极地给叶将军写传记，让这位老首长、现任副委员长关心亲手创建的老部队是否继续存在下去乃是主要原因。叶将军在烟台接见过湘九这个事实，无疑对他很有帮助。湘九听说叶将军为了保留这支部队，专门找了军委邓主席。叶副委员长对邓主席说：保留一支老新四军的队伍，乃是大家共同的心愿啊。

成野战军架子保存下来的新四军老部队，主要就是这个军了。这个军已经完成集团军的组建。邓主席听了叶将军的恳切陈情，一锤定音：保留这支部队。

消息传来，湘九和军里的指战员们一样欢欣鼓舞。那天晚上，杨军长设宴招待他。酒过三巡，湘九说起了四明山的老司令。湘九说，杨军长你是新四军一纵三旅的老兵对吗，一纵三旅原是浙东抗日纵队，老司令员跟我说起过你。

满座皆惊。杨军长说，怎么，你还认识我们四明山的老司令员？

湘九拿出几张照片。一九八二年年底，老司令员从北京出席全国政协五届五次全体会议归来，即投入传达贯彻工作，三天后，因劳累过度猝发心脏病，抢救无效而不幸逝世。

照片上有花圈挽联。湘九送的挽联，恰好悬挂在杨军长送的花圈右上方。

湘九还拿出一篇发表在《西湖》杂志上的小说，小说的内容是老司令员与一位贫困残疾青年的交往，那是一个侏儒，湘九目睹了老司令员为他寻找工作而四处奔走的过程。小说的题目就叫“将军与侏儒的故事”。

杨军长拿着照片的手颤抖不止。他说，老范，政治部要把老司令员的遗属，把这些老领导的夫人都请到部队来看一看，看看我们保留的老传统，看看我们的现代化装备和今天的军威、军容。

不要以为湘九的入伍就此有了定论，其实还存在不少变数。特招入伍必须经大军区批准，大军区机关在武汉。老范告诉湘九，军区有关部门首长说，军区创作室有一位作家老白，跟人合作的《苦恋》挨批余波未息，搞得上上下下都很被动，现在你们又要将湘九招来，你们的考虑是否慎重？

你的影响还真不小。老范一本正经告诉他。老范的脸本来就瘦长，这一拉下更显得愁眉苦脸了。如果有什么单位给你担保一下就好了，他考虑了半天说，担保你本人没什么大问题就好。

湘九抓耳挠腮。厂里能出这个证明吗？他吃不准。市里省里呢？他不敢想。弄不好，吃不到羊肉还会惹一身膻。他伸出手，向老范要一支烟。老范说我不抽烟。阿伟赶紧跑去招待所小卖部买来了一盒许昌烟。湘九猛抽一口烟说，有了，请老武所在的那个部门证明我，管不管用？

老武？老范和阿伟莫明其妙。哪个老武？

湘九把老武和他所在的那个部门告诉他俩。

老范和阿伟都显示出不敢置信的神情。真的吗？这个部门居然会了解你，给你证明？老范孩子似的拍起双手说，那就一切问题都迎刃而解了。

军里决定派宣传处陈副处长和阿伟陪湘九去北京找老武，如果老武他们能证明湘九没啥大问题，再去杭州办他的入伍手续。忧心忡忡的老范，告别时还是一脸的苦相，列车启动了，他朝湘九喊：你千万别让我们出洋相啊，湘九！

列车在夜间的京广线上哐当哐当地开着，湘九躺在狭窄的硬卧上彻夜无寐。他对老武他们能否出这个证明，心里其实一点把握没有。如果他们证明不了他没有问题呢？他就只好放弃这个希望了。

列车抵达北京是清晨，阿伟提出先去三总部，他还有点其他公事要办。总部就在北海旁边，经过登记和一道道岗哨的盘问后，湘九跟着阿伟走进一个绿树成荫的大院。半空中有许多黑白相间的鸟在聒噪，湘九的脸色突然变得苍白。阿伟说这是从北海上空飞来的八哥吧。湘九不安地说，是八哥还是乌鸦？要是乌鸦就太触霉头了，我的事估计办不成了。

老武所在的单位坐落于西单，门口没有牌子，他们到了那里，电话打进办公室，老武下楼来迎接他们进去。老武说，你们来得正好，浙江省的有关部门，将湘九这三年来的作品统统看了一遍，刚送来一份材料。

阿伟说，没什么大问题吧？老武看着湘九，说，你自己认为呢？

湘九低下头说，我的作品有没有问题我自己说了不算。

老武显然很满意他的回答。老武说，其实谁说了也不算，要让时代说了算，让历史说了算！不过，省里有关部门和我们的看法还是很一致的：湘九同志拥护十一届三中全会以来的路线、方针，关心国家与民族的前途和命运，关心民生疾苦，没有什么问题。

老武所说的“正好”还有一个原因：浙江省的两位领导，还有杭州市的钟市长，正好在京西宾馆，他们专程赴京向国务院汇报杭州市城市建设总体规划实施情况。汇报已经结束了，他们准备乘傍晚的飞机回去。老武看看表说，我这就陪你们去一趟宾馆吧，当面向他们汇报一下。

湘九第一次走进京西宾馆，这座宾馆因为发生过许多重要的历史事件而让他感到肃穆凝重。他们先到老武的父亲那里，省委副书记看到湘九身后的两位军人先是一愣，听完他们的汇报后点点头，把大拇指往隔壁房间一竖说，向他汇报一下吧，他要有个态度就好办了。

隔壁房间住的是省委的主要领导，这位领导前一年才上任，湘九听说过他却从未见过。

湘九想起了这位领导的家，那时候，他在某地当地委书记，被红卫兵们架在卡车上，戴着高帽子挂着大木牌子游街。他的家在杭州，女儿跟驻军医院那位院长的女儿是好朋友，湘九拎着洗印照片的洗放机去过他家，帮他女儿洗过一次照片。这个姑娘后来成了卫校的学生，跟咪咪同学。

湘九当然不会提这些往事，他坐在这位身材高大的书记面前，低着头一声不吭。我听说过你，书记说，具体情况我却不太清楚。湘九抬起头朝他看了一眼。这位领导干部操着一口山东泰安话继续往下说，湘九同志，你想参军的心情我能理解；但是，如果是因为对你有过一些过火的批评而使你不得不离开，影响就不太好了。

我替这些同志向你道歉好吗？书记诚恳地说。

湘九站了起来，很有点惶恐地摇手。这不是主要原因，他赶紧申明，主要原因还是我愿意去部队锻炼自己！他有些语无伦次了。首长，他说，您以前不在这个位置上，我怎么能接受您的道歉呢！

书记看着他，看得他心里发虚。这时候老武和部队的人都不便插嘴，房间里出现了一种紧张而沉默的气氛。湘九看到书记叹了口气，又过了几秒钟，他终于说道，好吧，你有这份决心，我也就不拦你了，你属于杭州市的企业干部，找你们市领导去好好谈一谈，由他们决定吧。

跟钟市长的谈话简洁明快。湘九只说了一句话：十八岁那年我报名参军，公社武装部长说我当兵的可能性只有万分之一。一九五七年被打入过另册的市长点点头，高度近视的眼镜后面的眼眶便瞬间红了。我回去跟市里其他领导商量一下，他说，你们回去再找我吧。

他们站在京西宾馆门口，目送省、市领导乘坐的轿车远去。老武握着陈副处长和阿伟的手说，这一下你们放心了吧，以后的湘九同志，就交给部队这所大学校去改造了。

一九八四年十一月中旬，湘九回家时听到一个传闻：北京的大理论家、意识形态管理专家说，我是说过，对湘九这位青年作者“要认真研究”，但我并没有说过要批判他么。

告诉他这话的人也曾“认真研究”过他，因此，言语中颇有点情绪。湘九只好反过来劝慰他，这说明你贯彻落实上级指示，态度还是很积极的么！

他说，我不责怪你，谁会责怪你啊?!

阿伟的哥哥老虎在笕桥机场服役，他开着一辆吉普车，载着陈副处长、阿伟和湘九跑各个相关部门。先到省征兵办，再到军分区、人武部，然后去船厂和派出所。

他们在派出所遭到老和同志的坚决抵制。老和说，这么大的事，你们怎么可以带着当事人来办理呢？湘九不得不红着脸回家去了。陈副处长对派出所这位新任指导员说，湘九的档案在船厂，这方面的政审问题与派出所无关，你只要证明他在社会上有无犯罪纪录就得了。老和同志却说，这个章我不能盖！湘九家过去一直是我们的监控对象，他没有犯罪纪录不等于他就可以参军提干上学入党了吧，没有犯罪纪录也不等于他就不想犯罪了！

老和同志对陈副处长说，看上去你也是个老同志了，这些规矩和分寸怎么就搞不懂、不能掌握好呢?!

湘九忐忑不安地在家里等了半天，等来了垂头丧气的陈副处长和阿伟。湘九听完他们受到的阻挠，脑子里一片空白。陈副处长是个作曲家，他创作的许多队列歌曲雄赳赳气昂昂，在军营中长盛不衰。现在他却被一个小小的户籍警难住了，坐在湘九家里长吁短叹。

中午，咪咪和又佳回来了，带着食堂里打来的饭菜，又佳身上还背着一架手风琴，把她的腰都压弯了。陈副处长说，你学手风琴多长时间了，拉一段给我们听听。又佳说，三个月了，我怎么也学不进去，我宁愿去马路上卖报纸。

陈副处长在教又佳拉手风琴，心烦意乱的湘九走到门外的走廊上去。邻居周阿姨看到他，说，湘九，早上我遇见市委张副书记，他问起你呢，他说市文联调你的报告他看到了，向你表示祝贺。

湘九冲进房间，拉起陈副处长说，走，我们找张副书记去。

阿伟说，找他有用吗，他能让派出所老和改变意见？湘九说，死马当活马医吧，他兼市政法委书记，也许能说了算！

浙江大学副教授出身的张副书记，坐在办公桌后皱眉蹙首地听完了陈副处长和阿伟的汇报。张副书记问湘九，这位老和同志是不是阶级斗争的弦一直绷得那么紧啊？湘九想了想，苦笑着说，也不尽然吧，过去，我母亲每次去监狱探望我大哥，他都很爽快地给她开证明，态度也蛮好的。再说，听说他闺女找了个对象是澳门的商人，年纪比姑娘大好多，这至少也说明，他的思想并不怎么僵化吧？

张副书记笑了，陈副处长跟阿伟也笑了，只有湘九笑不出来。湘九说，张书记您给他打个电话吧，让他高抬一下贵手。张副书记说，我给他打电话有用吗？万一这位山东老同志将我也训一顿，这事情又该如何收场？

张副书记拿起电话，拨通了上城区人武部。接电话的是一位李参谋。张副书记说，李参谋，我是市委副书记兼市政法委书记，湘九同志的入伍问题，钟市长已在市委常委会上提出并研究过了，不一定要派出所再盖章了吧？

李参谋说，我向人武部政委汇报一下。

张副书记说，你马上汇报一下，汇报完了给他办理，别让部队来的同志耽搁太久。

湘九千恩万谢地向张副书记告别。张副书记叹口气说，我得赶紧跟杨副书记打个招呼，让他跟宣传部门说一声，别再为调你的事费心了。

湘九这才知道，杨部长也已经当上市委副书记了。湘九说，谢谢市领导对我的关照，我去部队后一定好好干，不给你们丢脸。

他们驱车前往上城区人武部。车刚停下，李参谋就迎了上来。这一回，湘九没有跟着他们下来，只在车上等着。不到五分钟，阿伟拿着一张鲜红的入伍通知书出来了。阿伟兴奋地对陈副处长说，我这就去厂里调他的档案。

事情似乎办得十分顺利，波折却依然存在。张副书记知道船厂某些人对湘九的态度，他给市交通局打电话，对湘九的鉴定，市局要把一下关，要实事求是，不要搞派性。其实厂里的鉴定倒是实事求是，写上了他曾与造反派作过斗争。对于当过一个月的“城市民兵”，也证明他没有参与过什么社会活动，没有造成任何大的影响等。问题是那么厚的一堆档案材料，当阿伟把它送到张副书记面前时，连他也不禁倒吸了一口冷气。

绝大多数材料根本不该进他的档案，张副书记说，中央早已下达了清理这些档案的文件，他们怎么搞的，简直就是置若罔闻么！

阿伟坐在办公室的沙发上，也许是有意的，也许本来就该这样，他表现得有些嗫嗫讷讷，既是请示，又似乎有自己的想法。时间很紧，要船厂再来清理这些材料恐怕会很麻烦，阿伟说，这样的材料是不能带到部队去的，张书记，您看怎么办？

不相干的材料就按中央文件精神清理掉，张副书记说，不该带到部队去的就不要带去。

阿伟的母亲是一位老八路军，铁路分局的人事科长。阿伟母亲对阿伟说，湘九的外公的弟弟的老婆跟前夫生的儿子，湘九的姐姐的丈夫的爷爷去世后被追判的材料，这些都是莫名其妙的东西；还有他离开宁海时有一份鉴定，几年后外调时又写了一份鉴定，同一个人写的鉴定怎么可能评价大不相同呢？他离开宁海好几年了，又没有回去过，后面这一份显然是赝品。放在我们单位，早就清理得干干净净了，这真是太害人了。

湘九坐在阿伟家的客厅里，听着阿伟母亲的絮叨而两眼微微泛红。阿伟的父亲是黄土高坡上的一名孤儿，跟着刘志丹闹革命时连个名字都没有，刘志丹说，小兄弟，我叫刘志丹你就叫刘志高吧，阿伟的父亲从此就叫刘志高了。阿伟母亲说，湘九，你别担心，谁家没有几个说不清楚的亲戚呢？阿伟他父亲，解放后不也打听到了自己原来是姓靳的吗？于是老虎和阿伟就姓了靳。老靳家也有海外关系，谁还能说他父亲因此就不是孤儿不是老红军了?!

清理过这些莫名其妙的档案材料的，就湘九所知，至少有三个人。一个是阿伟，一个是老范，还有一位是军干部处的干事。这里不排除其中有个别人出于同情或义愤把那些过于明显的、显然与湘九毫不相干的东西清理出去，扔进了抽水马桶。但可以肯定的是，军干部处的干事是严格按照上级有关规定办理的。

那是打仗回来后去山东开会的时候，这位干事与湘九同行，干事说，乖乖隆的咚，地方上那些家伙，什么乱七八糟的东西都敢往你档案中塞啊！他说，就那档案，你还能去前线参战吗？我根据有关文件精神，能处理的，统统一把火给处理掉了！

在烟台开笔会时相识的那位女作家大姐，给他来了一封信。信上说，湘九啊，听说你可能参军，祝贺你的同时我也为你担心，你可千万要特别谨慎，要改改你那心直口快的脾气啊，别忘了在一群工农子弟兵中间，唯有你是一名来自敌对营垒的高级将领的后代！

这天晚上，捧着她的信，望着窗外的夜色，湘九的心头无比沉重。经历了一连串阻力的他，虽然终于将参军手续办成了，却已筋疲力尽而心有余悸。他对咪咪说，我已是骑虎难下了，我去当几年兵，只求什么错误也不犯，平安地归来就行了。

武警三连的司务长小徐给湘九送来了一套合体的军装。湘九正在镜前试穿时，市文联的主席带着办公室主任来了，主席手里拿着一纸调干表，湘九，你的调干报告终于批下来了！湘九转过身来，鲜红的领章衬着他的红脸膛，让他们大吃一惊。主席跺着脚说，来迟一步，我们来迟了一步！湘九说，对不起，我复员后再去您麾下效力吧。

湘九穿着军装去向母亲告别，延定巷五十四号炸开了锅。左邻右舍都拥进墙门，好像太阳真的从西边出来了！阳光晃得母亲花了老眼，她颤巍巍地站起身，又无力地坐下，你终于走到了这一步，老人家抹着泪花，以一种早有预感的语气说道，世道在变，你的命运也在改变。

这是一个雨后的早晨，妈妈叫他打开窗子，让一条巷的人们见证这个时刻。这一时刻留下了个人的记忆、集体的记忆，也留下了民族的记忆和历史的记忆。母亲在一些老人嘴里被称作“珊干娘”，一片惊讶和喜气的祝贺声在珊干娘珊干娘的呼唤中喷涌而来。治保主任木匠大妈的到来把这幕戏剧推向了高潮。湘九请她老人家与母亲坐下，恭恭敬敬地向她们鞠了一躬。木匠大妈手里捧着一盒香糕，这一回不是送给母亲，而是让湘九带着上路的。好人终归是有好报的，木匠大妈对母亲说，珊干娘，你终于看到了这一天。

她的话引起人们又一阵感慨。有人说，珊干娘，你儿子过几天就能当上军官了，说不定以后还能当大官呢。

我不求他当什么官，母亲抬起头说，我只希望，他能从此堂堂正正地做一个爱国军人！

她的神情庄重，让湘九心头陡然涌起一腔热血。爱国军人，这不是这个时代人们习惯使用的词，它从母亲嘴里说出来带着一种陈年的历史意味。湘九却体会到其中沉甸甸的分量。

湘九拜托街坊们对母亲多关照。木匠大妈说，延定巷居民区军属不多，你放心吧，居委会一定会尽心尽力做好服务工作。众人纷纷点头附和她的话。

仲君回来了，他穿着一身劳保服，挤过看热闹的人群走到了门边。他用一种不敢置信的眼光看着他的小弟。湘九说，大哥，我走后姆妈就拜托你多照顾了。仲君迟疑地点点头说，你的驻地在何方？

征兵的介绍信是武汉军区开的，对船厂和派出所介绍时也只说武汉军区。因此湘九只能说驻地在武汉。母亲和仲君一愣，随即露出宽慰的神情。武汉是他们熟悉的地方。两江交汇，三镇鼎立，九省通衢。父亲参加过著名的武汉保卫战。白崇禧担任副总长和华中“剿总”司令时，父亲随之携眷同往。长江东湖，白云黄鹤，给他们留下了深刻而美好的印象。母亲说，武汉好啊，富庶之地，军事重镇。仲君说，我在东湖里游过泳，在民众乐园看过戏。

老虎挎着一架尼康相机，不知从何处借来了一辆上海牌轿车，载着他们去船厂参加欢送会。湘九感到自己踩在云里雾里，船厂门口的墙上依然残留着打倒他批判他的大字报，旁边新贴了大幅标语：“热烈欢送湘九同志光荣参军。”这景象好像一部荒诞剧的剧照，别人不理解他自己也觉得不可思议。车刚停下，工友们便纷纷围了上来，阿才说，真的吗？你小子真的鲤鱼跳龙门了？师徒俩站在轿车旁合了个影。工友们说，我们也跟湘九照一张吧，回去当作一桩奇闻说给家里人听！洪宝流出了激动的眼泪，他抬起沾满煤灰的手背擦眼泪的情景使旁观者鼻腔里也酸酸的。

湘九将手轻轻搭在洪宝师傅的肩上，湘九说，不要难过，洪宝师傅，我会回来看你的。

湘九问阿才，师傅，你可有什么话要对我关照？阿才想了想说，部队的棉鞋不错，你给我寄一双来。

欢送会在小范围举行，据说书记不在家，主持者是工会主席老宋。老宋说，在座的都是车间主任以上的干部，都是湘九的老同事，湘九在厂里干了十二年，十二年来的风风雨雨我们都是见证人。那一年他家属去交通局上访，我对她说，放心吧，事情会搞清楚的，如果对湘九同志整得太过分，群众也不会答应的。

秋天的阳光照在老宋脸上，他眯缝着眼睛。他也是一个老兵，常常缅怀军营的生活。那时候说这样的话，我确实也冒了些风险，他说。但是，我不能不说。我对湘九同志始终有自己的看法，他好像一块煤，虽然被埋在地下多年，只要遇到合适的空气和温度，一定能够燃烧的啊。

为老宋的话所感动，湘九站起身，向他，向张楚清厂长鞠了一躬。张楚清来到船厂这几年，船厂发展的速度可谓日新月异。从修理船艇到制造登陆艇巡逻艇，员工已经有一千多名，南京军区军代表室就设在这里。湘九却要在这家工厂最鼎盛的时候离去了。

张楚清即将调离船厂，接任者是个比湘九还迟一两年进厂的人，湘九已经发福，此人的腰围比湘九还大了不止一圈。他问湘九对厂里还有什么要求？湘九对他说，希望今后的船厂在你领导下更加兴旺发达。

运河上的风一阵一阵吹来，船厂隔壁的长征化工厂日夜不停地向河中倾倒废水。十二年前，湘九在运河里捕捞过鱼虾，那时候，河水清凌凌的，岸柳成行，如今的河水已是一片黄浊。湘九走过船台，走进车间，久久地抚摩着他和阿才亲手制造装配的空气锤，抚摩着铁砧和钳工台，熔炉里的火焰孤独地朝他凝望。耳畔还在回响着工友们的庆贺声，一个时代已经悄然地逝去了。

墙上的雷锋在看着他，所有的青春时代的理想都要经受一个痛苦的锤炼过程。

也许又佳的年纪太小，她的感觉中，父亲不过是换了一身军装。她天天晚上跑到邻居家去看电视，邻居不耐烦地说，去去去，我们要看球赛了，你要看阿童木，让你爸爸买一台电视机回自己家去看吧。

又佳扑进父亲怀里，父亲的心那一刻很痛很痛。湘九说，我要给你买一台大彩电，一定给你买，天天晚上可以和妈妈一起看电视。你要看阿童木就看阿童木，要看一休就看一休！咪咪却摇着头说，你太宠孩子了，你走后我要更加严格地管教她，学习和身体第一，看什么电视呢！

又佳问父亲为什么要参军，而且要跑到很远很远的地方去当兵。湘九想了一会儿说，为了改变你的家庭成分。又佳说，什么叫成分？它有那么重要吗？湘九抚摩着她的小脑袋说，你现在还小，大起来就知道它是何等地重要了。一个好成分就好像一座保护神，好像唐僧取经的路上有了一个孙悟空；一个不好的成分呢，就使你成了一个永远受人欺侮的小鬼，人人都害怕跟你接触，人人都会轻而易举地一棍子打死你。

似懂非懂的又佳害怕地依偎在父亲怀中，仿佛看到一个小鬼痛苦地在棍棒下挣扎。她显得如此安静，整整一天，她都没讲什么话。

湘九在天香楼摆了一桌酒，宴请陈副处长、阿伟和老虎，叫上几位老同学作陪。十二年过去了，天香楼的菜价只涨了一点点，当年的一桌酒菜是二十元，如今是二十五元。

天黑下来了，天空中轻轻奏着晚霞的色彩绚丽的音乐，残阳弥漫在远方，已经融成灰绿色。家里很幽静，又佳蜷缩在床上。她看着父亲收拾行装，听到一辆小汽车停在楼下，楼道上传来陈副处长和阿伟的脚步声。孩子的心里有了一种寂寞，她感觉到这一回爸爸不似以往出差，他将走向一个遥远的地方，不知何年何月才能回来。她闭上眼睛，一会儿看到唐僧和孙悟空，一会儿看到一个可怜的小鬼在棍棒和唾骂下痛苦呻吟。

大人们没有注意到又佳的神情变化，他们以为她是一个小孩什么也不懂。轿车在黑夜的街道上行驶。一列火车进站了，广播员柔和的声音在站前广场上空回荡，火车的车轮滚动发出低沉的隆隆声，汽笛鸣叫。湘九打开车门，站在了广场上，他深深地呼吸一下杭州的夜的空气，凝眸回望着这座城市。

突然，从他身后下来的又佳抱住了爸爸的腿。我不要你参军！我不要什么好成分！一阵突如其来的哭泣扭曲了孩子的面庞，泪水从她那痛苦的眼睛里像泉水似的喷涌出来了，她紧紧地抱着湘九，好像手一松，她的父亲就会消失不见了。爸爸，你不要离开家，离开我和妈妈，我们宁可成分不好！……她的话，伴着痛苦的呜咽回响在广场上，一种深深的担忧、害怕和绝望的感情反映在她那苍白的小脸上，使所有的大人为之动容。

湘九蹲下身去，抱住孩子，父亲的泪和女儿的泪汇合在一起。那时候，湘九的内心充满了尖锐的疼痛，嘴上却说着安慰的语言。爸爸会回来的，很快就会回来。他一遍又一遍地重复这句话。咪咪把又佳拉到自己身边，她脸上也蒙着一层灰暗的苍白，对于军营，她一向感觉十分陌生，从来也没想过自己会成为一个军人的妻子。

进站的铃声响了，咪咪说，你走吧，一路平安。

湘九不敢回头，他的耳边回荡着又佳的号啕大哭声，她已经哭得上气不接下气。湘九听见广播员催促旅客上车的声音，但一个字也没听清楚。列车上挤满了人，车窗上蒙着一层白雾。他站在车窗前挥手。

湘九在列车上问自己，什么是生命的意义？人生很短暂，一家人平平安安地在西子湖畔一起过日子多好，自己却偏要跑到遥远的北方去受苦？

我奋斗，我受苦，才能使我所受过的苦，后人不必再受。

他想，这就是我的生命的意义。

车轮动了，美丽的西湖和钱塘江留在了他的身后。护城河在车窗外闪过。童年时湘九在城河里游过泳。他和小伙伴们坐在树下的岸坡上，让双脚荡在那清澈的河水里。水流的清香以及风吹杨柳的旋律，陪伴着这座城市所有的童年幻想。

所有这一切都在唤起他的怀念，那一刻，他感到自己也变成了跟又佳一样的孩子，一样的孤独凄凉。

一九八四年十一月二十四日。

正好是湘九下乡插队二十周年，他再次到达了黄河边的军营。

老范在车站上迎接他们。湘九走到他跟前，立正，敬了一个军礼。老范好像不认识他了似的，慌忙还了个礼。命令下来了，老范晋升为处长。陈副处长和阿伟向他报告：处长，一切手续都办妥了，我们终于完成了将湘九特招入伍的任务。

到了军部，一个胖胖的、笑眯眯的青年军人向他走来，自我介绍说他叫建华，在宣传处管内勤。建华说，俺带你去仓库领服装、被褥吧，凡是一名新兵所该配备的，都给你领了。湘九说，我的身材跟你差不多吧？建华的嘴又咧开了些，说，差不多，俺俩一个号。

建华是本地人，军械学校毕业后分配到坦克某师，因为喜欢舞文弄墨，调到军宣传处。湘九跟这个憨厚善良的同事一见如故。

在湘九面前，建华是个敞开心扉的朋友，到了处长面前，他却是一个拘谨的下级，恭恭敬敬，有问必答。这样的下属在宣传处不止建华一个，他们因此和老范保持着一种有分寸的距离。湘九是奇特的个例，因为他是老范带来的兵，在别人眼里他自然是处长的“亲信”。其实这个因素并不很重要。老范信任两种人：一种是像阿伟、湘九那样直率而讲义气的人，跑到他家有好菜就吃、有好酒就喝的人，他们可以顶撞他，可以跟他争论吵架，因为这恰恰是一种自己人的表现。另一种是经常向他诉苦的人，寻求处长帮助照顾的人，这种人常常使贫下中农出身的老范爱心泛滥，不顾一切地援手相助。

这种人的存在，往往令可敬的范处长在对好人或坏人的认识上显得有些弱智。

仓库保管员小蔡是个文学青年，湘九的到来使他显得很兴奋，甚至有些手忙脚乱。

湘九说，我是一名新兵，应该领两只口袋的战士军装吧？小蔡说，你马上就会成为军官的，哪有这么大年龄的士兵呢？他给湘九从里到外整了一大堆军用品。张老师，你能收下我这个徒弟吗？小蔡将半张脸藏在这堆军用品后面，怯怯地问湘九。湘九迟疑了一会儿。当然，他说，你将作品拿给我看看。

湘九穿上厚厚的军棉衣，穿上三接头皮鞋，在镜子前转来转去。他把一双棉鞋单独放开，星期天上街邮给阿才去。他忘了棉鞋里塞着一副领章帽徽，阿才师傅后来问他，将领章帽徽寄给他是什么意思。

建华对他说，今天澡堂开放，我们陪你去洗个澡，洗去一路风尘再穿新发的军服吧。湘九点点头，跟着他们到了澡堂。澡堂很简陋，使他想起船厂的浴室。他们赤身裸体站在莲蓬头下，小蔡看上去又瘦小又柔弱，真像是一个孩子。湘九说，你是哪里人？小蔡说他的家在湖北随州农村。

放心吧，徒弟。湘九拍着他瘦伶伶的肩膀说，我会帮你发表作品的，我一定争取将你培养成一名军旅作家。

澡堂里热气蒸腾。小蔡看着湘九，脸色红润而闪闪发亮。老师，我一定努力向您学习。

湘九没有食言。他帮助小蔡修改作品，向报刊推荐。后来，湘九从军队的艺术学院毕业时，向系里和院里的领导推荐了小蔡。小蔡成为他的下一届校友。十年后，这个来自湖北农村的战士，转业回老家，当上了当地报社的记者。

湘九的表现悉数传进老范的耳朵，当晚，老范在办公室对湘九进行了他入伍后的第一次训话。

老范不习惯坐在办公椅上一本正经谈话，他站在那里，腰抵着办公桌，胳膊下夹着一卷报纸，整个形象如一名乡村教师正在训斥一名犯错误的学生。老范说，你已经正式成为一名军人了，从今天开始，我希望你跟从社会上带过来的流氓习气一刀两断。

你这是什么话？老范。湘九愕然地瞧着他，气得浑身发抖，我什么时候带来一身流氓习气了？

叫处长，老范严肃地说，到了部队要学会使用规范的语言和称呼。他挥挥手，果断地将湘九的质疑一挥而去。军人嘛，就该有个军人的样子，什么师傅徒弟的，乱七八糟！湘九，我不管你过去犯过什么错误，比方说胡说八道啦、偷鸡摸狗啦，或者作风问题之类，地方上嘛，青年作家有些绯闻不足为奇……但是到了这里，必须遵守三大纪律八项注意！

目瞪口呆的湘九点燃了一支烟，哭笑不得地坐在椅子上，看着将他带到军营的这位引路人。这是一次很令人不安、很使人难受的谈话，关键在于他刚刚来到军营，对这位顶头上司也很不了解，所有的一切都是陌生的，他只有孤零零的一个人。他在苦笑，或者说冷笑。老范说，你笑什么？

我感到后悔，早知道这样的话，湘九喷出一口烟说，我在地方时就抓紧时机多犯些错误了！

老范一怔，随即便笑了。他的双眼眯成了一条细缝，眨巴着，额上的青筋也暴了出来。他笑得很开心。仿佛终于揭露出了隐藏在湘九心底深处的丑陋思想一样，他因此而很得意。他的笑声让湘九又一次愕然，令他进入新的梦境。他因此而继续苦笑着。对不起，老范在笑声中终于说道，也许我言重了一些，自己人么，你是我招来的兵，我不得不把话说得重一些。

老范是有个性的人，他从前的名字叫狂夫，参军后才改了。他当过军报记者，参加过一九七九年那场自卫反击战，他的报道在全军也小有名气。他为人很仗义，常常为了争取部属的利益而不惜得罪同级乃至上级。

相处时间长了，才会深切地体会到这一点，阿伟对湘九说。你别把他的话往心里去。

我明白。湘九对阿伟说，跟就跟狼，不能跟狗。跟着狼，至少有骨头啃，跟着狗连屎都吃不到。

你不愧是个作家，这个比喻很生动。阿伟哈哈大笑说，明天我就告诉处长，我们称赞他是一匹狼！

他俩面对面坐在一张大床上，阿伟跟湘九，两个下级军官，不，湘九还不是军官，他俩暂时住一间宿舍。宿舍里只有一张大床，一张硬硬的木板床。北方的冬夜很冷，宿舍里没有暖气，他俩抵足而眠，身上盖着薄薄的军被，还有大衣和棉袄。

夜深人静，他俩都睡不着。阿伟头上戴着耳机，听着广播电台的英语教材。他想转业，想出国深造，在黄河边简陋的军官宿舍里，他不停地背诵着“英格里希”。

军营跟钱钟书笔下的《围城》一样，有人想进来，有人想出去。在寥廓的夜空下，不同的人总是做着不同时期不同的梦。湘九觉得自己很能够理解阿伟，他进军营时还不到十八岁，在侦察连当战士，天天练习武装泅渡，汗水和泪水不停地流淌。十来年过去了，他想换一种活法了，这很正常。

阿伟说，睡吧，再过几个小时就要吹起床号了，大冷的天，在天还没有亮的时候跑步出操，你得过这一关。

我的脸是不是湿了？我到底是在哪儿？湘九在似梦非梦中问自己。窗外有一片高远的夜空，星光闪烁。充满厚重历史和人间沧桑的古城，中原文化的摇篮，万千浊浪似乎在耳际轰响，茫茫宇宙浑然一片。

风从黄河上空吹来，打得窗子簌簌地响。冷，湘九将身子蜷缩起来，外面已经传来号声。

他看到阿伟从床上一跃而起，他赶紧也起床，当他拿起热水瓶走向脸盆时，阿伟说，来不及了，回来再洗漱吧。于是，他抓起一条冻得坚硬的人造革腰带，一边手忙脚乱地系在腰间，一边跟着阿伟冲下楼去，冲到了昏蒙蒙的、队伍影影绰绰的操场上。

中年篇

ZHONGNIAN PIAN

七

开封·杭州·武汉·昆明·麻栗坡

马克·吐温说过，他成了大作家之后，仍常常梦见自己不得不回到他讨厌的演讲台上去，或者回到密西西比河上去做水手。

穿上军装后的湘九何尝不是如此？

湘九常常做同一个梦。梦里总是在寻找工作，不断地四处求职。十年、二十年过去后，他仍然梦见自己回到了船厂，回到那些使他战战兢兢的日子。没有什么事情会被人真正遗忘，往日的孤独感一直留在他的心底。湘九认为他一生都被这个梦在牵着走。

老范对湘九说：写几篇新闻稿吧，否则我真的不好向政治部领导交代了。

湘九的岗位在军报道组，没有一点成绩确实说不过去。但是他从未干过这一行，又加初来乍到，何处去觅新闻呢？最初的兴奋很快过去了，现在他不仅夜里做梦，白天也恍惚地看到了自己被退回船厂的情景。

老范建议他下连队去熟悉生活，又将几本《新闻报道入门》之类的书送给他。老范说这类书是下面搞报道的战士学习用的，你空时翻翻，也好辅导一下他们。

湘九跟着搞理论教育的贾干事到了驻许昌的某部。贾干事的任务是配合大军区来的牟副部长搞调查研究，湘九则在机关连队随处晃荡。胖乎乎的牟副部长跟他交上了朋友。这是一位典型的军中秀才，敬礼敬得极不标准，走路踏四方步。湘九却很欣赏他那种恬淡的气质、平易近人的作风。

牟副部长说，你应当跟我去大军区，那里有搞专业创作的编制和条件。让你这样的作家在这里没头苍蝇似的到处找新闻，这不是扯淡吗？

湘九不同意他的观点，不想当专业作家是一个原因，另一个原因是他不能对不起老范。但是他也不能拂了部长的一片好意。湘九说，我在这里也是一种基层生活的积累，有助于将来成为一名真正的军旅作家。

他们下到了一支炮兵部队。师里的政委老汤和师后勤部的小汤陪着他们转悠。老汤也算杭州人，说话一口萧山腔。小汤是上海人，从军区话剧团下来的，曾经演过《海港》中的马洪亮。小汤问湘九，到部队后有什么不习惯的吗？湘九说，食堂的菜，油倒是不少放，但都是素菜。

星期天，小汤叫妻子乔燕买来一只猪蹄髈，加上酱油、白糖、茴香、桂皮，放在煤炉上用小火炖了大半天。湘九闻着香味食欲大增。吃饱喝足后，他向乔燕敬个礼说：嫂子，谢谢您了！比他年轻得多的乔燕羞红了脸说，怎么能叫我嫂子呢，我担当不起。湘九说，那就叫你弟妹吧，深切地感谢你，弟妹。

大多数日子，湘九在连队与战士们共餐。操场上抬出两大桶面条，战士们列队听连长训话，风吹起尘土，涨了的面条上浮着一层土灰。士兵们用冻僵的手操纵一五五榴弹炮，填弹手一刻不停地装弹卸弹。休息的哨子一响，他们筋疲力尽地坐在弹药箱上。湘九递烟给战士们，与他们聊天，他们的肚子在咕咕地叫，湘九的肚子也在咕咕地叫。湘九对连长和指导员说，你们的伙食要搞得好一点，要多吃鸡鱼肉蛋。连长和指导员尴尬地朝他苦笑。湘九想起了武警一支队三连，他也苦笑了，这里既没有黄沙可卖，也没有江里的大鱼可捕啊。

很多年过去后，小汤和乔燕回到了上海，每次见到去上海出差的湘九都要提到那只红烧蹄髈。又佳脸上的青春痘久治不愈，小汤帮她联系了华山医院皮肤科。小汤已经成为老汤。老汤说，让乔燕再给你们炖只蹄膀吧。湘九不无遗憾地摇着头说，我的血脂太高了，下次还想到这里来洗血呢，乔燕，你的红烧蹄髈只好忍痛割爱了。

贾干事是河南辉县人，毕业于郑州大学。贾干事说辉县的烩面一流，说得湘九直流口水。星期天，贾干事带他去许昌街上吃烩面，许昌烩面给他留下的印象却并不深刻。于是，湘九对饭馆老板说，你肯定不是辉县人。老板说，俺娘是辉县人呀！那也不行，湘九一本正经地说，你爹你娘都得是辉县人，你才能做出一流的烩面来呢！

贾干事笑得腰都直不起来了。湘九因此而又找到了一个好朋友。

许昌郊外禹县的钧瓷给湘九留下了深刻印象，那些瓷质细腻、釉色蓝中带红或紫的砂纹斑的艺术品使他爱不释手。电影《牧马人》中的美籍华人说“黄金有价钧无价”，湘九说，这个“钧”就指钧瓷。湘九还说，禹县人吴道子早年在这里烧过钧瓷。他说得如此肯定，饱读史书的牟副部长疑惑地说，你说的是真的吗？禹县人听了可是要拿去做广告的。湘九说，我是搞推销的出身，首长，我要利用自己的特长为驻地群众谋幸福啊！

众人捧腹大笑。湘九不笑。他叹了一口气说，在这里活跃过的古人有关羽、曹操、华佗，这是一块风云际会英杰辈出的土地。战争年代，这里的老百姓节衣缩食支援了我们这支队伍。多少年过去了，他们的生活还是这样苦，不搞点商品经济怎么行啊！

他的叹息很沉重，牟副部长收起了笑容，伸出手向他要一支烟抽。他们站在山坡上，心情抑郁地瞧着从窑里挖出的破碎的兵马俑一堆堆消融在山间的夜色中。赶大车的老乡穿着破烂的棉袄，在雪原上呵着冻僵的双手。孩子们站在四面通风的陋屋前，喝着地瓜汤。牟副部长喷出一口烟说，湘九，当初你们军里打报告给军区要求将你特招入伍，我还有点不同看法呢，现在看来他们做得对，你会成为一名优秀的军旅作家的，我相信。

湘九摇摇头。我只是有一点点忧患意识罢了，他说。

下基层一个多月，他还是没写出什么新闻报道，倒在那里写了一部中篇小说《兵趣》。

回到中原古城，湘九尴尬地去见老范。湘九说，我想去兰考，看看焦裕禄奋斗过的地方，或许能写出一篇穆青之后的新的报道。老范苦笑说，那里没有我们的直属部队，你还是先读些新闻专业的书籍吧。

一月，西北风在古城上空呼啸，白天和夜晚都是灰色的，天空是灰色的，建筑物是灰色的，人也是灰色的，仿佛到处蒙着沙土。树木发出折裂声，它们的肢体在树皮下碎裂。冰冻的土地与严寒的空气使湘九蜷缩在宿舍里，满腹心事。

提干定级的命令一直没下来，因为他没有学历也超过了年龄。战士的月津贴只有几元钱。他向财务部门借钱，每个月借八十元，寄回家五十元，孝敬母亲，抚养女儿，剩下三十元抽烟，吃饭。他抽的是本地产的蹩脚烟。

老范拿着一封信来了。老范说，这是杨军长的儿子从云南边境寄来的，他在那里参战。下午，军长在批评机关作风稀拉时谈到这封信，心情很沉重。老范向杨军长借来这封信。老范说，湘九，你读读这封信，看看能不能写点什么？

湘九一目十行地读完这封信，坐在桌前沉思。他第一次真切地感受到，这是一个极好的新闻素材。他浮想联翩，提起笔写出了一个标题："请想一想前方的战友"。部队的整编还在进行中，人心浮动，有些机关人员患得患失，分资产闹矛盾，此时此刻，是否应该"想一想前方的战友"？

阿伟说，这篇报道写得不错，有真情实感，我带你去传真室吧，直接传给军报夜班编辑。

一九八五年一月二十四日，这篇几百字的稿件发表在《解放军报》头版报眼位置。按照阿伟的说法，这个位置在前些年是给"老人家的语录"专门留着的。当晚，中央办公厅主任召集首都各大新闻单位负责人开会，从这篇稿子谈起，谈当时办报的倾向问题。当时的报纸上，讨论最多的话题是"八小时内拼命干，八小时外拼命玩"，湘九跟老范说过，命都玩掉了，还干什么？！

第二天，中办主任亲自打电话到武汉军区和中原军营了解情况。

这些情况，他都是后来才知道的，湘九发出这篇稿子后，杨军长亲自批准，让他回家过年去了。命运在他发出这篇后来连续在报上讨论几个月的稿子后发生了不可逆转的变化，他在当时却毫无知觉。

这一天正好是他参军满两个月，中办主任感到惊讶，参军两个月的一名新兵写出了这样一篇简短凝练含义深刻且充满文采的好报道。这段评语白纸黑字记录在军值班室的电话登记簿上，湘九看到后很有点惭愧。这时，他才想到老范是个老记者，为什么自己不写，却将这份素材送给了他。唯一的解释只能是老范有意成全他。

一九八五年的春节因为湘九的回家而显得其乐融融。楼梯被他的军官皮鞋踩得啪啪作响。楼上，有扇门砰的一下开了，一个孩子跑到过道上愣愣地朝楼梯口看。楼道上炖着萝卜排骨汤，屋里屋外弥漫着肉汁的香味儿。又佳的眼里噙着泪花，因为老是跑到别人家去看电视，妈妈打了她。湘九穿着厚厚的棉军大衣走过来了，他放下旅行袋，张开双手，又佳跌跌撞撞地跑过来。爸爸，她叫道：爸爸你真的回来啦?!

妈妈打我，又佳在他怀中哭泣着告状，她打我好几次了!

湘九亲着她的小脸，一个字也说不出来。他最痛恨打小孩的行为，他得跟咪咪好好谈一谈。夫妻之间的矛盾，往往因为这类小事引起，教育理念的不同或者对孩子前途的理解不同，很可能导致矛盾逐步加深。比方说对学手风琴，湘九就很不以为然，他的女儿将来又不想考文工团，为什么非得辛辛苦苦地去学这种玩意儿？咪咪却是坚决地随大流。既然成百上千的家长都把孩子往这条路上赶，希望从小培养他们成为艺术家或科学家，她怎么可以放纵孩子，做一个不负责任的妈妈呢?

这天是腊月二十九，明天就是年三十了。湘九给老虎打电话，老虎马上赶来了。参军前夕，老虎曾经托湘九办过一件大事：他所在的空军某部要和杭州市合作办一家航空服务公司。湘九把他带到了钟市长和张副书记的办公室，竭力促成了此事。现在，老虎已经成为飞达航空公司的经理。老虎经理说，湘九你要我办什么事尽管吩咐。湘九说，请你帮我买一台彩电吧，明天晚上，春节联欢晚会开播之前必须办妥。

传闻彩电即将涨价，尤其是进口彩电，涨幅很大。老虎却二话不说地接受了这个艰难的任务。杭州城里的进口彩电或者卖光了，或者压在仓库里等着涨价，老虎开着一辆吉普车去了郊县。天上飘起了鹅毛大雪，湘九想象着老虎在雪地里磕磕绊绊地前进。又佳说，真的吗？爸爸，我们明天真的可以看到自家的大彩电了？咪咪不满地坐在沙发上发牢骚，一台彩电将近两千元钱，你现在靠借钱养家，你还如此大手大脚!

除夕下午，暮色将至的时候，老虎在楼下喊他们。湘九飞快地跑下去，又佳紧跟在爸爸身后。他们将一台二十英寸的索尼彩电抱上楼，左邻右舍都跑出来啧啧称奇。一千七百五十元，老虎将发票递给湘九。湘九拿出一条毛巾给他，让他揩一下脸上的雪水汗水。彩电是从余杭一家供销社买到的，那里的购买力比市区低，即使不涨价也少有人买。

到了此时，咪咪也不发牢骚了，何况，年初三报上就登出了消息，这个型号的彩电，一下子涨幅将近一半！

除夕之夜，原先驱赶过又佳的邻居，都拥进他家来看春节联欢晚会节目。湘九把母亲也接了过来。一九八五年中央电视台春节联欢晚会是在北京工人体育馆举行的，演播空间第一次由“茶座式”转而为“场馆式”。马三立的单口相声《大乐、特乐》让人们笑出泪花。吕念祖演唱的歌曲《万里长城永不倒》气势恢宏。香港演员汪明荃演唱一首《问候你，朋友》，绵远流长。湘九记得，唱《十五的月亮》时，母亲朝他看着，突然间，眼眶里就有了盈盈泪光。

你所在的部队不会去参战吧？母亲问他。

哪能呢，湘九说，军长都回家探亲来了。

杨军长确实也回杭州的家中过年来了，年初一下午，楼下响起上海牌轿车的喇叭声，杨军长带着他的女儿来给湘九一家拜年了。军长的女儿小杨在军野战医院当护士，是位亭亭玉立的大姑娘。接过她手里捧着的一大袋水果，湘九夫妇颇有些手脚无措。又佳说，军长爷爷好！军长拍拍她的小脑袋，在沙发上坐下了，接下来，从孩子嘴里说出的话，却让大人们尴尬到了极点。

又佳说：军长爷爷，你的女儿都这么大了，你还是个军长；我爸爸还没生下来时，我爷爷就是将军了！

当着军长父女的面，湘九不便骂又佳，他涨红了脸，眼睛都不敢朝军长看。军长先是惊讶，过后就大笑起来，笑声持续了很长时间。又佳茫然地看着父母扭曲难堪的脸，不知所措。军长说，是啊，我比不上你爷爷，也许还比不上你爸爸呢，说不定他不用到我这个年龄就当上军长了！大冷的天，湘九脸上沁出汗珠。咪咪说，军长您说笑话了，又佳他爷爷是在战争年代呀。是啊，那时候的将军多如牛毛，湘九接着说，大多数将军带的兵员跟今天的集团军军长根本不能相提并论。

初二晚上到延定巷吃团圆饭，又佳的表兄表姐堂妹们都来了，最大的乐乐已经大学毕业，当上了市中医院外科医生。下一代们围着一身戎装的湘九，小舅舅小伯伯地叫，向他要压岁钱。五十四号墙门里响起了此起彼落的鞭炮声，喜气洋洋。表姐妹们要又佳表演手风琴，又佳只能拉几段练习曲。一凡对又佳说，你没有兴趣学乐器，我也没有兴趣学，但是我爸爸从小逼着我学，不肯学就骂我，打我。又佳的眼睛又红了，两姐妹同病相怜。湘九说不学就不学吧，咪咪狠狠地瞪他一眼。

乐乐接过手风琴，他有其父之风，多才多艺。华华坐在小凳子上，羡慕地看着他们。华华读小学四年级了，户口还在宁夏农村，他的父母还在四处托人，还在一个艰难地调动回来的过程中。湘九看着他，心情又沉重起来。四年级的孩子已经有了重重心事。

“十五的月亮，

照在家乡照在边关；

宁静的夜晚，

你也思念我也思念……”

当湘九随着乐乐的手风琴声，唱起刚学会的这支歌时，雪夜沉寂下来。一屋子的人都沉浸在新年团聚的快乐中，唯有母亲若有所思，没有人会想到，红光满面的湘九脸上将要沾满硝烟和污泥，他将在战壕里跌倒爬起，他的眼睛发红，手被撕破，膝盖上会流血。只有母亲想到了，母亲的眼眶里又一次溢满盈盈的泪光。

姆妈，您在想什么呢？二姐问她。

没想什么，母亲说，我是高兴得落泪……

那天晚上，一家人欢聚到深夜。他们踏着积雪回各自的小家。又佳睡着了，湘九把她裹在大衣里，抱着她慢慢地经过法院路回养和里去。路过昔日的吴山堂，那里已经成为市级机关的一片宿舍区。湘九回想起童年，给咪咪讲起一个青年军人从车轮前将他救出的往事。当兵的情结就是从那时产生的，他告诉妻子，成为一名像这位青年军人一样的人，是我童年的第一个理想。

初三上午，全家都起得很迟。电信局的投递员敲门时，湘九还在床上。他披上棉袄跑过去开门，看到投递员愣了愣。加急电报？大过年的，谁会给我发加急电报？他签了字，回到房间。他打开电报，又是一阵茫然。

电报是部队发来的，只有四个字：请速归队。

全身的血液涌向了心脏，他的眼前重现母亲的盈盈泪光。虽然才入伍两个月，从小耳濡目染，使他比别人更敏感于军人的使命。他把电报递给咪咪。不要告诉姆妈，他嘱咐她，也许老范要搞什么调查研究，催我回去一起下部队了。

大概静默了半分钟，咪咪愣怔怔地看着他。她光着脚踩在水泥地上，多少对他的话有些怀疑。湘九将一双拖鞋扔到她脚下，说，有什么大惊小怪的？即使叫我上前线，也是躲在后面写点通讯报道而已，我又不是战斗员。你放心好了。

咪咪点点头。是的，她说，我也想，你不会去第一线的。

送别湘九时，她终于答应，不再强迫又佳去学手风琴了。

中办主任亲自打来的电话在军部和军区都引起了不小的反响，因此，军区宣传部门组织报道人员和作家去前线采访锻炼时，点了湘九的名。

杨军长对老范说，你给军区打电话说明一下，湘九同志刚入伍不久，是否换一位同志去？

老范决定在打这个电话之前，先找湘九谈一谈。老范说，我个人意见，你还是去锻炼一下为好。上了前线，提干定级这些问题，解决起来都要方便得多，你有了这样一番经历，对以后的前途也大有帮助。

老范说，我说这番话，当然也是有顾虑的，万一你回来时少了一条胳膊或者少了一条腿，我不仅对军长政委不好交代，对你的老母亲、对你的家属更不好交代啊。

湘九感到，还有一些话，老范没有说出来。

湘九沉默了几秒钟，抬起头说，谢谢，我感到挺幸运的。

我说的是真心话。他平静地说。

中国有不止成千上万的人，如我一般，曾经遭受怀疑，被打入另册，他们走着曲曲弯弯的道路，背着一个山一样沉重的档案袋；他们一次又一次地奋斗，一次又一次的失望。问号始终像影子一样跟在他们的脚后头，白眼终归离不开他们的后脑勺。做事做得好，是“表现自己，假积极，伪装”；做坏了，则是“故意捣蛋，破坏，有一根反骨”。往往，风雨没有摧垮他们，唾沫却将一片赤诚淹没了……他们想找到这样的一个机会，用血与火的考验来证明自己，然而，又谈何容易呢？

而我却有了这样的机遇，所以，我是幸运的。请你替我谢谢军首长的关照，请他们放心。

夜色深沉，老范拍拍湘九的肩，一时无言。值班的干事来敲门了，军区作战部来电要求湘九准时报到。到了这时，军长嘱咐的电话就更不用打了。老范叹了一口气。记住，他又拍一下湘九的肩，到了战场上，千万不能有任何怕死的表现！他语重心长地说，只要不怕死，勇往直前，其他的一切就都不在话下了。

饯行的酒席摆在王副处长家。王副处长分管文化工作，吹拉弹唱，打球照相，他都有一手，属下有宣传队篮球队一大群男兵女兵。王副处长跟湘九同年，总想把他拉到手下去写剧本编歌词，湘九自然对此一点不感兴趣。但是，他们相处得很好，既有酒肉也是朋友。王副处长端起酒杯说，湘九，还有什么要交代的，请直说好了。

脸上有了红晕的湘九哈哈一笑。如果我在战场上牺牲了，请追认我为党员吧。他说。

他把一杯宋河粮液干了，奇怪地看着老范和王副处长，他们都端着酒杯，严肃地看着他。湘九收敛了笑容，感觉到气氛的沉重。王副处长放下酒杯说，行，把你的这句话写下来！他找到孩子的一本练习簿，撕下一页纸，和一支圆珠笔一起放到湘九面前。湘九看看纸笔，又看看老范。老范垂下眼帘，说，你写。

湘九弯下身子，就站在酒桌旁，龙飞凤舞地一挥而就。王副处长说，写归写，我可不希望它成为事实，不希望追认你。谁也没有接他的话茬，他的笑声像纸片一样单薄，被风吹向窗外。老范让王副处长收起这张纸。老范说，湘九，我从不喝酒的，今天破例敬你一杯。

他们把湘九送到楼下，建华已经带着一辆北京吉普停在那里。湘九把捆得方方正正的铺盖往车上一扔，车子就启动了。建华将他送到长途汽车站，握着他的手说，六点钟，有人在郑州火车站拿着车票等你，时间扣得很紧，千万别耽误了。

从开封到郑州，最多也就是两小时车程。湘九坐上长途汽车时想，怎么可能耽误呢？

天气很好，夹着早春气息的南风吹拂着他。路旁的积雪在融化，燕子啾啾在摇晃的青树枝上。汽车行驶了半个多小时后，抛锚了。

起初有一阵小小的骚动，司机下车检查发动机，一会儿打开后备箱，拿出工具，一会儿又上车启动；发动机呜呜地响了一阵，又熄灭了。骚动加剧了，性急的旅客们纷纷跳下车去，围着司机七嘴八舌。毫无疑问，最着急的旅客就是湘九了，一个小时过去了，瞧着满头大汗的司机，他的脸上也沁出了汗珠。

怎么办？他问司机，有把握修好吗？

司机摊开满是油污的双手。我去打电话吧，让公司再派一辆车来……

湘九冲上车去，把铺盖背包拿下，背在肩上，跑到路旁。他挥着手拦车，不管大车小车、客车货车，他满脸焦灼地向它们招手。但是，一辆接一辆汽车擦身而过，没有人理睬他。

他跑到了路中央。

一辆大客车过来了。一辆崭新的豪华大巴。湘九豁出去了，一动不动地站在路中间，伸开双手，分开双腿，像一个"大"字，阻挡客车的前进。大客车迟疑着，放慢了车速，最后不得不停了下来。湘九看到一车的旅客都站了起来，惊讶地朝他看。司机把身子探出窗外。湘九掏出军人通行证，三脚并作两步跑到他跟前。

司机惊讶地看着这张通行证，不由自主读出声来，目的地：云南边境。

司机一甩头说：上吧。

湘九站在车厢的踏级上，红着脸，向旅客们敬一个军礼，表示歉意。一阵掌声突然响彻了车厢。这是一辆从嵩山少林寺下来的旅游团队客车。这个团队来自香港。

一位头发花白的老人站起身说，长官，您坐我的位置吧。一位年轻的小姐赶紧让出座位，不，先生，请您坐这里吧！

湘九的脸更红了。车上没有空座了，他把背包放在地上，人就打算坐在踏级上了。耽误了大家的时间，我深感抱歉，怎么还好意思请你们让座呢？谢谢各位同胞。他又敬一个礼。

没关系啦，您是去保卫国家的啦……

应该的么，我们都是中国人啦！

一座边境线上不知名的山峰，已经迅速地名扬天下。这里面当然也有湘九的功劳，他那篇报道已为无数家海内外报刊转载。来自香港的游客们很好奇地问长问短，这座山在云南的哪个地区啦，战斗的规模多大啦，等等。湘九很抱歉地告诉他们自己也是第一次向那里出发，难以回答这些问题。

军事秘密，对不对啦？一位胖太太十分理解地说，您不说没关系啦，您的口音不像北方人，老家是哪里？

湘九迟疑了几秒钟，说：

我出生于香港，在杭州长大。我母亲和妻子孩子都在杭州。

车厢里有几秒钟的静穆，人们感到不可思议。他们好像听到了一个天方夜谭，脸上露出恍惚的、怀疑的神情。离湘九最近的胖太太激动之下抓住他的手，声调都变了。您出生在香港？您不是在跟我们开玩笑吧?!

湘九向后缩了缩，躲开她戴着一枚硕大钻戒的胖手。我出生在九龙青山道宝恤医院，那时，我家住在金巴利道。他努力地微笑着说。

后座上的人都站了起来。老人，年轻的小姐，胖太太，全都愣怔怔地看着他，看着这个背着铺盖上前线去的人到中年的军人。穿窗而入的北国之风强劲地吹动着他们的头发和衣裙，他们凝视着他的红领章红帽徽。

湘九坦然地面对他们的注视。

胖太太开始鼓掌，轻轻地、梦幻般地鼓掌，她的掌声带动了全体，掀起一股巨浪。头发花白的老者激动地走过来了，湘九赶紧伸出手去搀扶他。各位！我们这趟旅行大有收获啊，居然遇到了一位香港籍的解放军长官！……老人的脸上落下了泪珠。内地人称呼我们“爱国同胞”，我们不好意思啦……现在，我们真正遇到了这位香港籍的“爱国同胞”了！

祝福在黄昏时分降临。每一位香港游客都向湘九表示虔诚的祝愿，祝愿他从边防前线平安归来。晚霞像火焰一般在天边燃烧。司机接受了同胞们的意见，将车直接开到火车站。晚风一阵一阵吹来，拨动着人的心弦。同胞们说，希望您胜利凯旋，然后回香港去，回您的出生地去看看！湘九点着头，跟他们一一握手道别。他下了车，立正，向车上的同胞们致最后一个军礼。他感到肩上沉甸甸的，仿佛又增添了一份责任。

军后勤部驻郑州办事处的一位助理员匆匆向他跑来，将一张硬座车票交给他。对不起，通知来得太急，卧铺车票买不到了。

他上了火车，手里拎着助理员送给他的一袋食品，有面包、蛋糕和水果。他不饿，什么也不想吃。平原上笼罩着金色的寂静，远处山峦披上了晚霞的彩衣，星星开始在苍茫的天空中闪烁。列车将在天亮时到达武昌。

湘九在到达武昌车站后才发现，他其实完全没必要如此行色匆匆。牟副部长亲自到车站迎接他。本次赴边境担任战地采访的共有六人，两人一组，跟湘九搭档的是一名摄影记者。早在半年前，这名记者就递上了决心书，坚决要求上前线参战。但是，当上级批准了他的请求时，他却以妻子即将分娩为由，退却了。临阵换将，使牟副部长们大感踌躇。湘九因此而在武汉耽搁了三天。

湘九站在武汉长江大桥上，望着滔滔江水。他的身旁站着一名战士小贺。小贺是军宣传处培养的战士报导员，湖北人，特长是左右手能同时开弓，写出两手令人叹服的漂亮的硬笔书法。那时候基本上没有电脑，老范的稿件总是让小贺誊写一遍才传真出去。

湘九曾经对老范说过：有两个缺陷将成为你向将军之路迈进的障碍。一是你的普通话太差，浓重的浙江江山口音让首长们听起来实在是太费劲。二是你的字太烂。

这两项确实是老范的软肋，他无法反驳。他在基层发现了小贺，如获至宝。现在他将小贺送到军区培训，回去后可以提干，调入宣传处。

小贺陪同湘九逛武汉。咪咪的姨妈在汉口，姨父在一家建筑公司工作。湘九去看望他们。姨妈说，我妹妹嫌你成分差、文化低，她的眼光有问题。你这样一位戎马书生，还有什么可挑剔的？她将两个女儿叫回家，跟湘九这个表姐夫共进午餐，湘九感到这个家很亲切。小贺陪湘九登上了黄鹤楼。日暮乡关何处是，烟波江上使人愁。湘九拍着小贺的肩膀说，我俩合个影吧，留个纪念。

民众乐园的舞厅里，一群跳舞的红男绿女目睹了这两位军人的尴尬。蔷薇蔷薇处处开，青春青春处处在，他俩站在门边上看。他俩披着棉军大衣，跟红男绿女们绝对地不协调。一位小姐艳抹浓妆地扭过来了，阿兵哥，你请我喝一杯苏格兰威士忌吧？湘九摇摇头，请不起。小姐撇撇嘴，骂了声晦气。湘九转身走到楼下，擦根火柴，喷出一口烟。

湘九回到军区招待所，发现房间里多了个人。张干事你好！湘九打量向他敬礼的这位战地搭档。湖北省钟祥县人武部的干事小李，业余摄影爱好者。他带来了两台相机，一台 135 的苏式相机，一台凤凰 120 双镜头。

你是组长，我是你的组员。小李向他报告，明天一早出发。

原先那位呢，湘九说，怎么处理？

复员，小李说，让他回家算了。

湘九默然，心里替他犯不着，当了一二十年军人，最后画上这么一个不光彩的句号。湘九问小李：你结婚了吗，有没有孩子？

小李笑了，摸出一张照片。我女儿刚满月，你看长得像不像我？

望着照片上胖嘟嘟的婴儿，心里又是一阵感慨。湘九说，你妻子倒是没拉你的后腿啊？

我没告诉她去的是战区。小李站在床上，眼神黯淡下来。我说来军区学习的。到了万不得已时，再写信告诉她吧。

窗外月华如水，湘九躺在床上，将双手放在脑后，望着对面床上的小李。放心吧，我会尽力的，一定让你完好无损地回来。他对入伍后的第一个部属说。

小李在黑暗中露出了他的牙齿，月光下闪烁着白晃晃的光亮。牟副部长要我保证你的安全，他说，我可是参军十年的老兵了。

翌日早晨，他们登上征程。

云贵高原迎接湘九。他想起童年写的作文《我的志愿》。他哼起当年的歌：是那山谷的风，吹动了我们的旗帜，是那狂暴的雨，洗刷了我们的帐篷。

他们从昆明军区的大院子里出来，看到门诊部门口有个验血的摊子，湘九验自己的血型，O 型。他脱下领章，将这个“O”字写在领章的背面。

军区创作室的老为说，今天是我生日，我请你们吃饭。老为比湘九大两岁，白白净净，很斯文的模样。他请他们吃汽锅鸡和米线。湘九端起啤酒杯说，祝你生日快乐，祝大家平安回家。

创作室主任老崔跟老为一组，他不喝啤酒，喝白酒。他说，三个组，分别去前指三个侦察大队报到，以后就各顾各了。重逢之日，我将在武汉设宴款待诸位。

他们吃得酒足饭饱，蒙眬着双眼看昆明的街景。美丽的春城因为有军车不时驶过而显得紧张又不乏镇定。除了野战吉普，更多的是风尘仆仆的大卡车。这些卡车上披着伪装网，载着弹药箱或其他军用物资，在街上哐啷哐啷地驶过。卡车上下来的士兵，有的缺了一条胳膊，一只空荡荡的衣袖随风飘荡；也有架着双拐的，腰间的子弹袋却依然鼓鼓囊囊。

老崔说他跟老范熟，老范当军报记者时，跟一位具有丰富战地采访经验的资深记者老胡上前线。谁也想不到，战斗打响第一天，老胡就被敌人的炮弹炸掉了手腕。一支部队的随军战地记者后来只剩下老范一人。老崔说，实战中情况千变万化，各位，千万不能麻痹大意啊。

湘九考虑的不是这个问题，他担心自己的战地报道无处发表。军区报社的人不用说了，老崔和老为也是军区《战斗报》的特约记者。唯独他和小李什么也不是。到了侦察大队，人家会说，你们是哪家报社派来的记者？哪家都不是，你们来干什么？

老为看出了他的顾虑，善解人意地安慰他，你去的昆明前指第一侦察大队就是你所在部队派出的，大队政委就是军宣传处原处长。发不发稿子并不很重要，他们不会计较的。

湘九去看昆明的一对作家夫妇，女主人是个美丽的白族姑娘，写过一部电影《苗苗》，男主人豪爽热情，与湘九一见如故。他们看着剃了一个大光头的湘九，眼眶都潮湿了。男主人说，我跟《中国青年报》几位编辑是好朋友，我给他们发电报，尽量采用你的稿件。

湘九很感动，这对夫妇给他留下了十分美好的印象。若干年后，他却听说，男的去了海南岛，女的出国了，他们的婚姻走到了尽头。湘九替他们感到深深的惋惜。

前线战事急，派不出人和车来接他们。湘九去前指打听，有人指着一辆运货的大卡车说，这不是侦察一大队的车吗！

小李说，再过一两天，肯定会有车来接我们的，你不要太性急了。

湘九说，到了那里，心里才能踏实下来；说是来参战的，老吊在路上算什么呢。

老崔和老为送他俩上了这辆大卡车。老崔在车子启动那一刻，动情地对湘九说：胜利回到武汉后，我一定要向上级打报告，请求将你调到军区创作室去！

湘九挥挥手，没有回答。老崔是好人，老为更是好人，他在心里默默祈祷好人一生平安。但是，他对知识分子成堆的地方一向具有某种畏惧感，谁知道那些自视甚高的作家、画家和理论家们会不会都欢迎他去呢。

披着伪装网的辎重车奔驰在云山雾海之间，公路两旁盛开着红色的木棉花，战士紧握着方向盘，远处的村镇飘来纳西族姑娘的歌声。

这幅景象令人浮想联翩。这景象像小说，像电影。青少年时代的梦幻摇晃着湘九，使他不由自主想起插队时老林教他唱过的一首歌，一首保加利亚歌曲。

“在这静静的黄昏吹来一阵风，白色的窗帷发出低微的沙沙声；让你好好安睡，不会做那噩梦，这是边防军人带来的幸福。”

然而，看着全神贯注开车的战士，湘九颇感惆怅。

战士小洪，二十五岁，侦察一大队运输连的班长，湖北省浠水县人。他作战勇敢，技术过硬，已在火线入党。一九八四年夏天，家中年近六旬的父母正忙着给早已超期服役的儿子相亲并张罗结婚时，他奉命参战了。他对父母说：此去生死未卜，我不想拖累哪一个姑娘。

小洪开了四个小时的车，然后把方向盘交给志愿兵小钱。小钱也是湖北人，老家在大悟县。已经二十八岁的小钱从小是个孤儿，去年与武钢的一位女工谈上了恋爱。女方提出要他调到武汉去方能成亲，他做不到。姑娘妥协了，同意不调也行，年底办喜事。然而，当小伙子不仅没有调得近一些，反而走向遥远的西南边疆时，姑娘终于彻底灰了心，给他寄来了一封绝交信。

一片赭色的土地上，流淌着清澈的河水，寒露打湿草地时分，暮霭中姑娘汲水归来，向着骑马的边防军人扬起她们的花头巾。

这是一派质朴无华的景色，人们可以在无数个郊外的田庄看到。湘九不明白，二十多年过去后，它为什么仍然留在他的记忆之中，使他总是产生着一种淡淡的忧郁和惆怅。

或许因为当时的氛围影响吧，当时，他猛地抬头，然后从披着伪装网的辎重车上跳下了来，他的耳畔已经听到远方隆隆的炮声，于是，和平的风景刹那间定格，向他充分表现出了她那令人震颤的美丽？

没有幽悠的幻景，只有惊讶、激动的心情，他静静地站在那里，全身都在颤抖。这是一种发现，对自己的家园，对生我养我的这块土地的崭新的发现。由于这种发现而更加深刻更加强烈地爱她——湘九体会到那一刻的岑寂是何等庄严肃穆，体会到她的全部的感伤与凄清。

亚细亚的春光和亚细亚的硝烟。

湘九想起父亲，四十年前也曾从这里走过。他们跋涉在抗击法西斯的东南亚战场上。父亲和他的士兵们的腿上也打着绑腿，脚下也穿着臭烘烘的胶鞋。他们的战旗同样是千疮百孔，他们的肩上挑着一副民族的重担。千百年忧国伤时的痛苦，在这个美丽的家园景色前使人产生强烈的哭的欲望。

少年时代母亲嘶哑而低沉的歌声在他耳边回响："我们战胜了多少苦难，才得到今天的解放!"他的背包里，有黄老前些天寄给他一封的信。黄老在信上抄写了鲁迅的一首诗：《自题小像》。"灵台无计逃神矢，风雨如磐暗故园。寄意寒星荃不察，我以我血荐轩辕。"黄老说，轩辕，即轩辕黄帝，中华民族的始祖，在这里代指中华民族。"我以我血荐轩辕"的意思，就是我要用我的血来表达对中华民族的深爱。

黄老并不知道他要奔赴战地，但这封信、这首诗，真的令人感触万千。

或许，在遥远的西子湖畔，在母亲的心中，父亲和儿子的双腿，正在涉过同一条河流。他们的身影重叠在一起。

从昆明到战区，湘九一直沉浸在遐想中，直到司机提醒他。

麻栗坡县城到了！小洪猛踩一下刹车，告诉湘九。

湘九跳下车，踩着泥泞的草地向一条小河跑去，只跑几步就站住了。他又一次感到茫然。一座宁静的县城出现在他的眼前，有街道，有商店、医院和图书馆。马在饮水,人在走。一切是那样的从容不迫,那样的安静,他仿佛进入了家园的最幽深的境地。

突然，脚下的土地发生了强烈的震动。许多大炮的发射汇合成一个单独的低沉的轰鸣，随后又分裂成一簇簇各自散开的爆炸。天空崩裂了。一个个光球高高地升上去，一个个银色和红色的圆圈仿佛就在他头顶的上空爆炸开来，风儿在跳动不安的七色霓虹中翻卷着。胸前晃荡着照相机的小李在他身后大喊:卧倒！张干事,卧倒！……

其实，战地离县城还有十几公里。

八

茨竹坝·十八号界碑·马家湾·落水洞和八里河东山

参谋们站在沙盘旁，报务员不断地呼叫，以干电池为能源的电灯在房顶上摇晃。烟雾弥漫。黄政委坐在两个叠在一起的弹药箱上面，敞开着衣襟，阅读湘九带去的介绍信。脚下是颤抖的山地，一片支离破碎、到处开裂的热土，在火光照耀下发出喘息和呻吟声。湘九脸色苍白地说：政委，我确实不是党员。

黄政委冷冷地看着他。

什么意思？他抬高嗓门说，你是一名老同志了，你穿着干部服装，现在是什么时候，他猛地站起身，将手放在腰间的五四式手枪上，你居然说自己不是党员？

湘九倒退一步，在炮弹炸开时一片白色的光焰中绝望地闭上眼睛。不知是在武汉军区，还是在昆明前指出了差错，他带来的介绍信信封里居然多出来一纸党员组织关系证明。他向侦察一大队黄政委说明自己不是党员，这是开介绍信的同志想当然的结果，黄政委却误解了他的意思。出征前老范的关照回响在他的耳畔：千万不能有任何怕死的表现。他觉得自己简直是百口莫辩。

你说是就是吧，他跺着脚喊出声来，本人可不是怕死！

一颗炮弹蓦然间在较近的地方爆炸，掩盖了他的吼声。黄政委愣了愣。从湘九勃发的怒气中，他感到这家伙不像一个孬种。大队部的活动木板房在剧烈地摇晃，所有的东西都在叮当乱响。一股股硫黄的气味冲进人们的鼻腔和胸膛。黄政委挥着手说：你去三分队吧，马上去那里报到！

湘九转身，抓起一支刚配发给他的微型冲锋枪。他感到自己的肢体成了一张薄薄的皮，艰难地绷在被克制着的癫狂上面。翻译魏志华拿起一顶钢盔罩在他的头上，转身请示黄政委：我带他去吧！

黄政委点点头。湘九冲到门外，又转过身，对小李说道：你先熟悉一下大队整体情况！

空中传来一阵阵嘘嘘声，魏志华带着他跳到一条沟渠里。树木在他身后倒下，他的钢盔骨碌碌滚开去，跳了几跳。他抬起头，朝魏志华看，魏志华灰头土脸地撑起身，朝他笑了，他说：翻过这道坡就好了，炮弹不会打到我们的。

从大队部所在地茨竹坝到三分队所在的猴子箐大约七八公里路，后者的海拔高。湘九从小怕爬山，而今更是狼狈不堪。他喘着气，跌跌撞撞地跑过一个个山坡，终于跳进了一条废弃的战壕。炮声远了，渐渐地变得稀疏。回首身后的茨竹坝，低矮的农舍紧闭着简陋的木门，群山沉默，陡峭的山岩不时滚落碎石。他们从战壕里爬出来，眼前是一片蛮荒的茫茫大山，层层烟雾笼罩着山腰，山峰消失在一望无际的白云和雾霭之中。

大山的雄伟和沉默的庄严使人类显得渺小，老鹰盘旋在苍穹。拱顶，峡谷，裂缝，悬崖和寂静的森林，使人产生阵阵寒意。三分队的指导员小陆惊讶地说，我们马上要出发了，进入炮火封锁区去执行抵近侦察任务。怎么在这个时候把你派来？派你来干什么啊?!

湘九苦笑着扎绑腿。他也不知道派他来干什么。小陆是上海人，娶了一位杭州妻子。因此他喊湘九老乡。魏志华把湘九莫名其妙成了党员的事告诉他，小陆恍然醒悟，他同情地对湘九说，事情总会搞清楚的，现在，咱们只能一起出发了。

小陆立过两次二等功，一次是在部队刚从浙江调防到河南的时候，抗洪抢险；另一次就在最近的一次抵近侦察中，遭遇强敌而临危不惧，胜利完成任务。山林中浓雾弥漫，侦察兵与对手“要么不见面，见面面对面”，刹那间就是短兵相接。一个基层指挥员的顽强和果断，往往能够决定一支小分队的生死存亡。

他们抵近侦察的地区有一个标志物：十八号界碑。

湘九在一棵几乎与地面平齐的歪扭的老树上坐了下来，望着界碑旁边的一颗花蕾出神。粉红色的蓓蕾之间，只开着一朵白色的苹果花。他把这朵白色的小花摘下，虔敬地放到石碑上去。殖民地时期的界碑引起他的遐想。上古人类是没有贵贱之分的，雷电和山火、毒禽与猛兽是他们共同的敌人。战争是人类文明的产物，人类文明产生了主与仆，产生了官和兵。历史进步了，人类却分裂了，有的为掠夺而死，有的为反抗而丧。湘九为他的穷兵黩武的对手感到深深的悲哀。

天色昏暗，战士们形容憔悴，他们很久没有理发了，钢盔下露出长长的乱发，不少人一脸乱糟糟的胡子。这跟湘九刮得青晃晃的脑袋与面孔形成了鲜明的对比。

雾气蒙蒙的丛林在黎明时分显得潮湿而沉闷。湘九走在陆指导员前面，五四式手枪挂在他的腰间，腰上扎的是弹带。他的身上依然挎着那支微冲，他还不会使用这种武器。“宗堆宽洪毒兵！诺松空叶！”魏志华让他复述这样的词句。“我们宽待俘虏！缴枪不杀！”——湘九打了个寒噤，他不奢望自己能够抓到俘虏，他只祈祷自己不会成为对方的俘虏。

突然，陆指导员喊了一声：张干事，不准动！

湘九一怔。

他站在那里，愕然地看着小陆和魏志华，队伍刹那间停止前进，所有人原地不动。你的脚下有一颗绊发雷，小陆镇静地对他说，你千万不要抬脚，我检查一下。

所谓的绊发雷，就是几颗 M-14 地雷，用引爆线连接在一起，一颗雷爆炸，即引起周围的地雷同时爆炸。湘九一动也不敢动，他的牙齿咯咯地抖着，如同一个处于谵妄状态中的病人。他看到小陆从原地蹲了下去，仔细寻找那根从湘九脚下铺开去的极细极细的引爆线。

大蓬大蓬的木槿花是黑色的，密匝匝的树林也是黑色的，连士兵们喷涌而出的鲜血也会变成黑色。一颗 M-14 的威力有限，如果不引起同爆的话，往往只能炸断人的双腿。湘九痴痴地想着，只要我不死，我会回到后方去，在那里写出我的回忆录。我的回忆录不会文过饰非。我会写出真相：我在发抖，我害怕。这颗地雷一响，我的全部经历、全部智慧、全部的才能和对人生的全部看法，突然就会变得不存在，甚至不需要了，以往的幻想和追求都将显得十分可笑，我怎么可能不发抖不害怕呢？

他想象泪水像两条无声的河，已经顺着他的面颊淌进肮脏而虚弱的脖颈。这是他的想象，事后，小魏和士兵们告诉他：当时你冷静得像一尊菩萨。

那条引爆线在五米处断了，陆指导员松了一口气，他说，可能是埋雷时间太久，烂断了。

他命令战士们散开。

战士们跳离了湘九身边。他们紧张地注视着他，这个昨夜匆匆赶来的作家，已经以临危不惧的表现赢得了他们的尊敬和战友之情。

陆指导员说，请你抬腿，跳开去！

湘九说了一句事后流传甚广的笑话：我的腿已经牺牲了。

在灰暗的天光下，湘九的脸苍白得闪闪发光。一秒、两秒、三秒、四秒，五秒钟过去了，他怎么也抬不起腿来，他的腿好像完全不听指挥了。汗珠儿在这清冷的早晨，从他的钢盔里大滴大滴地滴落下来，他咬着牙，弯下腰去抚摩自己的双腿。

没有人能够帮助他，没有人能够安慰他。他深深地明白这一点。能够拯救他的，只有他自己。

他抱住双腿，突然，向左侧山坡滚落下去。

他听到手表表盖被嶙峋山石撞裂的声响，这是一块瑞士产的全钢三防手表，参军前岳母送给他的。岳母以这种方式表达了她对这个女婿的认可。他感到惋惜。这种惋惜甚至减弱了周围的一切声响：爆炸或者冷枪的声响。他躺在山坡上，过了几秒钟，抬起左手，心疼地看着这块摔破的手表。

他听到陆指导员和小魏向他跑来的脚步声。陆指导员不喊他张干事也不喊他老乡了，他说，大哥，你的表现真不错！

又一次进入炮火封锁区，湘九在那里工作和战斗了八天八夜。在最前沿的某个阵地，他亲眼目睹一辆抢运伤员的救护车刚开到山下就遭到了对方的炮击。这是整个战区自然条件最恶劣的地区之一，终日浓雾弥漫。那里的侦察兵们在八个月的战斗中只见到过两天太阳。副连长袁汉东，由于长期带兵潜伏在泥水中，严重的风湿病恶化，引起中枢神经交叉感染，导致右半身瘫痪。

湘九和小魏往山上攀登，侦察大队政工干事小陈在身后掩护，对方从观察镜里发现湘九这个“大块头的军官”，几乎是刹那间，枪声大作。湘九穿着长筒雨靴，陷入了泥沼之中。袁汉东副连长拄着一根拐杖，一瘸一瘸地走出掩蔽所，指挥战士们下山接应。身上背着弹袋、手榴弹、冲锋枪和手枪的湘九，肝区疼得浑身沁出了冷汗。他对小魏说：你们快跑吧，我走不动了。你是大学生，今年才二十三岁……

不行！陈干事和小魏说：湘九你死了我们怎么向上级交代！要死，咱们一起死算了!!

他俩站在高坡上，死命把湘九从泥沼里拉出来。接应的战士赶到了，冲锋枪喷射的烈焰使湘九感到窒息。湘九跟着小魏和陈干事滚进战壕。他的嘴里、鼻里灌满了沙土，大地在恐怖中痉挛。他端起枪，管它打在甲靶或乙靶上呢！他想。嗒嗒嗒，一梭接一梭的冲锋枪子弹打了出去。

一阵阵气浪在他耳朵里雷鸣似的响着，仿佛用唾沫黏住了似的。他紧贴在炸塌的胸墙上。冲锋枪子弹打光了，他又举起五四式手枪。他打完了所有的子弹，筋疲力尽地趴在战壕上。抬头，战友们都神情古怪地看着他。

怎么了，湘九说，你们都看着我干什么?

双方停止开火好一会儿了，小魏说，我们喊你你不听，只顾自己一个劲儿地开枪!

他瞧着手里的枪，枪管火烫，他的手上全是汗水，手指痉挛着，伸不开了。他茫然地看着他的战友们，脸上浮起傻乎乎的笑容。

回眸山下，他的心微微震颤。一个在整个战区因为反复争夺而著名的高地就在眼前，在八个月的战斗中，那里的焦土有几米深。刚才跋涉过的泥沼上已经落满弹片，大口径火炮的炮弹坑有十来米宽，烧焦的灌木丛上还在升腾着袅袅的余烟。

在湘九的人生历程中，一九八五年这个春天的早晨的跋涉，无疑是他最艰险的一小时又二十分钟的跋涉，差一点使他结了伙食账，让他再也回不了老家。他想起了西子湖畔曲径通幽的林荫小道，想起了上下班时骑着自行车经过的柏油马路。

胸前火辣辣地痛，他靠在战壕里，撩开军装，看到胸口渗出殷红的血。他掏出侦察兵匕首，小心翼翼地用刀尖从绽开的皮肉中剔出一块弹片。这块弹片太小了，只有半粒黄豆大，小魏吃惊地说：你挂彩啦? 被蚊子咬了一口，湘九咬着牙，摆出一副大无畏的样子说，不值一提。

袁汉东副连长一拐一拐地走到他面前。他们无语凝噎。这个分队的连长王友文已经牺牲了，现在副连长又成了残疾人。陈干事告诉湘九，参战前的两天时间里，袁副连长收到家里四封电报：父亲因公牺牲，祖母病故，姐姐患食道癌，妻子怀孕难产。他是背着如此沉重的四个包裹踏上征程的。这四个包裹，直到他参战四个月后才被战友们发现。

湘九沉默了许久，陈干事问他在想什么，湘九说他想起了军区那位摄影记者，如果他跟我搭档来到这里，不知作何感想？

分队部设在一间废弃的木结构民房里，民房有间小小的阁楼。湘九坐在阁楼上奋笔疾书，写出几篇通讯稿。一名战士被临时安排为他的警卫员，警卫员说，首长，你写了一天了，休息一下吧。

我算哪门子首长啊，湘九笑着对他说，叫我张干事，或者老张好了，听说你的老家在大别山，我就叫你“大别山”吧？

“大别山”笑了。他的笑容跟桌子上一张照片中的婴儿的笑容很相似，照片上那三个月大的婴儿是袁汉东的孩子，笑得很天真很活泼。

“大别山”说，张干事，你的稿子写得太乱，我帮你誊写一下好吗？也给我一个学习的机会。

湘九很感动。他的稿子一向是很注意卷面清爽的，宁可撕掉重写，也不让修改太多的稿件送去麻烦编辑和排字工人。但是，战地改变了一切，他确实涂写得乱七八糟。

道路是那样的艰难，在山脚下，筋疲力尽的士兵和民工用绳子帮着云南小马拉马车，驾车人的吆喝声和驮马的嘶鸣声被山谷折射回来，形成一种频频重复的回声。厚帆布的帐篷潮湿肮脏，指战员们都患了烂裆，走路时像怀孕的母羊那样劈开双腿。夜晚，满天星斗反映出战地的寂静，夜变得朦胧而神秘。湘九给又佳写了一封信，告诉她战士们的困苦艰险，嘱咐她好好学习，听妈妈和老师的话。湘九说，有一天，爸爸回家了，那时，爸爸一定带你去西湖上坐脚踏船。

为什么要给女儿写这样一封信？湘九难以言说。他在炮火封锁区里，进来和出去，白天跟夜晚，随时都面临着死亡的威胁。

很久以后湘九才知道又佳收到这封信的情景。杨明明老师向全班小朋友读了这封信。杨老师哭了，不少同学也哭了，当时，又佳没有哭。

又佳哭泣是在下课的时候，一群男同学围着她，七嘴八舌地说她马上要变成孤儿了。她的爸爸要被敌人打死了。不知所措的又佳站在他们中间显得那样的孤立无援，连串的眼泪终于从她的脸上淌落下来了。

那天傍晚，放学回家的又佳问妈妈，什么叫做战壕？咪咪以为课本上有这个词儿。咪咪说，战壕就是一条战场上的壕沟，人们猫着腰在里面行走和开火。又佳突然抱住妈妈放声大哭，妈妈，爸爸是在战壕里啊！我再也见不到爸爸了!!

心事重重的孙女去看奶奶时，终于忍不住将爸爸参战的情形告诉了老人。又佳抱着奶奶哭泣，奶奶拍着她的小脑袋说，你是忠良之后，你不能哭。奶奶说，抗战时，奶奶一次又一次将你爷爷送上保家卫国的战场，奶奶不哭；今天，我们又把你爸爸送上了保家卫国的战场，这是我们家的传统和光荣，我们更不能哭了。

奶奶点燃了三炷香，遥祝她的儿子平安归来。这幕情景深刻地落在又佳的记忆中。后来，咪咪接到了湘九平安回到昆明的电报，她兴高采烈地带着又佳去看老人。老人翻来覆去看着那一纸电报，接着，又点燃了三炷香。又佳说，奶奶你还要祈祷啊？奶奶说，我为你爸爸的战友们祈祷，祈祷他们都能平安地回到母亲和孩子身边。

那一天梅姐去看咪咪和又佳，看到又佳正背着书包上学去。梅姐说，又佳你身上挂着什么？又佳挺起胸膛说，我爸爸胜利回到后方了，这是他的军功章！梅姐说，给我看看再走呀，又佳已经飞快地跑下楼去了。又佳的喊声惊起了楼上人家养的鸽子，她说，我要告诉所有的同学，我爸爸没有死，他活着回来了！

湘九在几次搬家后仍然舍不得扔掉那些泛黄的信笺，这些从战地寄回的信笺和照片忠实地记录了他和战友们的欢乐与悲伤。照片都是小李照的，他的作品后来大量发表在全国的报刊上，多次获奖。小李没有在侦察一大队立功，但是，回到军分区后，不仅给他记了功，还被保送去了武汉大学深造。

慢条斯理的小李给十八号界碑的守卫者和马家湾的战士们同样留下了难忘的战友

之情。他的照片像一幅幅油画，在浓重得化不开的画面上，战士们蓬头垢面衣衫褴褛伤痕累累。一位名叫庆增国的士兵在腹部中弹后爬了二十四小时才爬回宿营地。血污。泥泞。烟头。弹坑。照片上的小庆，跟战友们含泪相拥在一起。

湘九永远忘不了他和"大别山"分手的那一天。

那天黄昏他奉命撤回大队部，他对"大别山"说，你跟我一起走吧。"大别山"说，连队明天就要换防了，我明天跟他们一起走吧，今晚上还有一点稿子我得抓紧帮你誊写。第二天中午，湘九和小李开了几个罐头，又搞了一点新鲜蔬菜，买了一瓶五粮液，准备美美地吃一顿胜利大餐，慰劳他们。说好十一点钟到达的，快一点钟了，他们还没有过来。

陈干事跑进指挥所，听到参谋长对着电话大喊那座阵地：报告战况！赶快报告战况!!

电话里传来震天动地的炮声，他们的心情被这排山倒海的炮声彻底破坏。湘九觉得他的心现在完全跟那个阵地联结在一起了，仿佛从那里吊下来一根绳子，直接系在了他的心脏上，牵得他心里阵阵作痛。他也对着电话大喊："大别山！"大别山"！你在哪里？你告诉我你在哪里啊!!"

当他听说一发炮弹直接命中那间阁楼，"大别山"与分队部同归于尽时，他的腿一软，跪倒在了地上，泪流满面的湘九像个孩子那样号啕大哭，他一遍又一遍地说：为什么昨天我不硬把他带过来啊？要是他跟我过来了，他就不会死了!!

黄政委来到他们的帐篷，给湘九倒了一杯水。湘九随同三分队抵近侦察回来时，再次见到了黄政委。那时候湘九的形象十分难看，他的迷彩服撕破挂落，脸上手上都有摔伤划破的结痂，他的腿一瘸一瘸。他向黄政委敬礼。黄政委握住他的手说，老张，我跟后方联系过了，你确实还不是党员，那天，我的态度不好，我向你道歉。

湘九笑笑，一时无言可对。湘九转眼间消瘦了许多。他的大肚腩消失了，腰带收进去至少一寸，那张圆脸变得棱角分明，布满细碎的皱纹。黄政委接着往下说。他说，你现在已经符合入党的条件了，你是在这里履行组织手续呢还是回去履行？

湘九哆嗦着向小魏要了一支"大重九"，哆嗦着点上火。回去履行手续吧，我的档案在军部。他深思熟虑地回答。经历了太多的运动，他害怕那些说不清楚的"飞过海”“假党员”之类的罪名有一天会在他身上重现。

说完这句话，他愣怔怔地看着黄政委。他又想起了老范对他的告诫：千万不能给人以怕死的印象。

看到黄政委点点头，他竟然有一种如释重负般的轻松。

这是一个春天的童话。这个童话使得他在相当长的一段时间里有种似梦非梦的感觉。后来他回到后方，一个月后，在支部大会上正式履行了入党手续。老范和党小组长老刘做他的介绍人，老刘在黄昏的操场上很认真地跟他谈了一次话。老刘问他在历次运动中的表现，他摇摇头说历次运动都轮不到我表现。他说我唯一参加过的组织是“城市民兵”，一个月后就因为家庭出身问题而被除名了。

阿伟告诉他，计生办的女主任对他的入党有看法。她说，这个特招入伍的作家，参军才多久啊，去前线转了一趟，难道就能入党了？湘九出席支部大会时特意坐到了这位女主任身旁，看她举不举手。表决之前要他有个表态性的讲话，湘九腾的一下站起，回想起曾经经历过的无数酸甜苦辣，他一时难以自控。老范关照过我，要我表个态：如果大家同意我入党，我要做一个名副其实的党员，如果不同意，我要继续努力争取等等。但我不想这么说。

他的话令众人惊呆了。

湘九不看众人的脸色，只顾自己往下说。

我知道，申请人一般都是这样说的，这是惯例。但是我和一般人不同，我今年三十五岁了，连入团都没有入过，因为家庭出身问题，长期来，我表现再好也是枉然。我听说，有些同志不愿意举手通过我的申请，会后我要征求一下这些同志的意见，究竟为什么不同意。在和平年代里，我务农做工，在乡下，也算经受了艰苦环境的锻炼吧，在工厂，我从一名学徒做到企管干部，尽了自己力所能尽的一切努力；参战后，我的表现有战友们证明，我立过战功……湘九看到面红耳赤的老范在瞪着他，但是，他已经收不住嘴了。我认为我已基本符合条件了，他斩钉截铁地说，至于我的出身问题，那不是我本人可以选择，或者说可以解决的！

他的表态显然十分另类，支部大会上因此而出现了长时间的沉默。

一位首长站了起来。

这是刚从前线慰问参战部队归来的军政治部王副主任，他说，我有责任介绍一下我所了解的前线指战员对湘九的反映。他的介绍其实就是前线部队为湘九所写的请功书，不光是第一侦察大队，还有接受过湘九战地采访的其他单位。王副主任讲到湘九在炮九师、在一军炮群地、在边防各连阵地出生入死的经历。讲到后来，王副主任也动了感情，他说，是的，湘九同志入伍的时间不长，不长的时间里我们已经看到他的勇敢和忠诚，这种品格与他入伍前二十年的工农生涯无疑有关，我们总不能再考验他二十年吧?!

人们抬起头，听得出了神。

王副主任的话，令人陷入沉思。

集团军李政委亲自赶来参加支部会议了，使这个会议变得更加郑重其事。

李政委听了会议进程的汇报，表情很生动。他说，湘九同志很有个性啊，他的发言别开生面，让我们大开眼界！众人终于忍不住了，哄堂大笑。

这位儒将随即收起了笑容，诚恳地介绍说，湘九同志其实在前线时就参加了党的会议，组织上已经按照党内同志要求、对待他了，现在是根据他的请求，回后方来履行正式手续。

湘九这才知道，曾经有人写信给李政委等军领导，责问他们为什么让湘九这样的“国民党残渣余孽”参军入伍。李政委说,匿名信上还说湘九历次政治运动中“表现不好”。请问,所谓在历次政治运动中“表现好”的是些什么人?应该是那些造反派分子吧?!

王副主任和李政委的讲话不仅让湘九感触万千，人们的心里都有所触动。跟湘九同时被支部大会审议的另一位申请人老卢，是从西藏军区调回原籍的一位老同志。其实老卢的祖籍也非中原，他的祖先是犹太人。进入北宋首都的古犹太人定居中原后，同中国的汉、回等民族和睦相处，甘苦与共，互相学习，共同进步，他们的后裔早已与中国人民融为一体。老卢的发言同样别开生面，他回顾了自己从跟着家族信奉犹太教义到参军后逐步成为一个唯物主义者的艰难历程。他的双眸中闪烁着虔诚的泪光。

悠久而沉重的历史使人发蒙，然而，每个人心里都清楚：今天讨论的是两位真诚的人。

按照惯例，表决时湘九应当回避，但是谁也没有提出这个问题。坐在湘九身旁的计生办女主任将手举得很高，放下手时鼓掌也鼓得特别响。机关食堂的司务长没有举手，他凑过身对湘九解释：我还在预备期。湘九终于尴尬地笑起来。

老范虽然是湘九入党的第一介绍人，老范却并不认同他已完全符合条件。别人都向湘九表示庆贺时，他把湘九叫进了自己的办公室。他冷嘲热讽地对湘九说：尾巴翘到天上去啦？你在前线干了些什么见不得人的事情，老实向我坦白交代。

老范掌握的问题使湘九无法抵赖。证据来自陈干事的前线日记。此人喜欢事无巨细都白纸黑字记在本子上，他们共同经历的场面有时间有地点有内容，有情节和细节。

如此日记必然会出问题。陈干事胜利凯旋后，他老婆检查其行囊，读到了这本日记。这位能干的夫人出于对丈夫可能交友不慎的高度警惕性，将日记的内容一五一十地报告给了湘九的顶头上司。

其实湘九和陈干事、小李、小魏所犯的错误应该属于未遂或者主动中止。他们在麻栗坡县城进过一家录像厅，那是一个军人不该去的地方。

那天下午，他们开着一辆吉普车，进城采购清明节祭奠烈士的笔墨纸张和寄信寄稿件。战区县城因为大批军人的到来而显得很繁荣，路旁的录像厅、台球室一间挨着一间。皮肤黝黑的当地女人坐在街沿上，她们缩着脑袋，淌着清水鼻涕，嘟哝着他们听不懂的话。她们出售各种各样的东西，廉价的缅甸雪茄、跳刀、瓶酒和水果罐头。湘九怀着多日未经闹市的快乐心情与她们攀谈，逛着街市，去剃头店再剃一个光头。

一家护城河边上的小小理发室，一对父女在给人理发。老人脸色阴沉，脚上趿拉着一双破旧的军用球鞋。姑娘穿着长长的筒裙，身旁是吊在火塘上长年熏烤的陶罐，等候剃头的人们围着火塘，喝着苦中带甜的酽茶。

对不起，我们不剃军人的头。姑娘冷冷地说。

军人们惊讶，在战区，军民关系亲如一家，他们从来没有遇到过如此冷漠的接待。小李来了脾气，他站在门槛上摘下军帽，长长的一头黑发耷拉下来。为什么不剃？他恼怒地责问他们，难道怕我们不给钱?!

气氛变得奇特而难堪。姑娘不理睬他们。湘九冷静地打量屋子里的人们，从火堆边闷头抽水烟的乡民，到那个阴沉着脸的老头，都显示出一种执拗和倔犟。小魏小李们站在门口，看到湘九慢慢地走进去，走到了老头身边。

请给我一个理由，湘九说，他的声音很平静，却带有一种不容反抗的威严。

我们是侨民。老头说。

他的话音很轻。门外的人没有听清楚。他们只看到湘九微微欠下身子，向老头鞠了一躬，然后，转过身子，迅速地退出了这间小小的理发室。他们感到奇怪，七嘴八舌地询问湘九。湘九挥挥手，大踏步走到了残雪堆岸的护城河边。

他们是侨民，明白吗！湘九转身告诉他们，他们的国家正在和我们打仗。

侦察一大队的吉普车司机，一位血气方刚的年轻士兵骂了一句粗话，朝理发店方向挥舞拳头。

湘九阻止了他。这不是一个怯懦的民族。湘九叹息。他脸上漾起一层温和、宽容的苦笑，这跟他在战壕里的表现判若两人。军人要讲武德，他对战友说。所有人都沉默了，他们遥望着山城的远方，望着雄伟的大山的那一边。在千百年的岁月中，那边的百姓跟这边的百姓一样，日出而作日落而息。

他们在这种郁闷的状态中路过一家录像厅，老板站在门前招呼他们。看录像片啊，经典的好莱坞大片！小魏停住脚问：多少钱看一场？

老板说单人票二元，包一场三十元，一个半小时。湘九说我们包一场吧。

他们走进这间满是烟气、酒气、臭烘烘黑魆魆的录像室，坐到了椅子上。

可以肯定地说，他们听说过 A 片，但都从未见过。屏幕上出现的是一部因为放映多次而损坏严重的黑白片，录像带沙沙地响，响了半天才出现一个白种男人。男人驱车郊外，从别墅里接出一个洋娃娃般的女人。他们将汽车开到一条河边，下了车，然后就在草地上缱绻起来。当男人脱光女人的衣裙时，他们不约而同地惊呼出声。那时候，即便是自诩为见多识广的湘九，也猛地站了起来，心虚地往窗外打量。录像厅老板在黑暗中将窗帘拉得更严密了些。烟头在他脸上一闪一闪地闪烁着红光。

湘九觉得自己的心里很潮湿，某些已经显得陌生的欲望，像山谷的风一样灌进身体，使他喘不过气来。他哆嗦着划火柴的手，好不容易才点燃了嘴唇间叼着的烟。他不敢看周围的战友的脸，不敢看他们脸上的表情。

整个过程不会超过五分钟，男人和女人开始进入他们的世界，门外响起了杂沓的脚步声。老板走出去接待新来的观众，湘九嗓音嘶哑地喊住他。不看了，结账！老板瞪圆了眼珠子说，这账怎么结啊。

陈干事在日记中真实地记录了当时的情景。他看见湘九率先走出录像室，他们紧跟在他的身后。门厅里挤着七八个人，有老百姓也有军人。湘九从口袋里摸出三十元钱，啪的一声放在柜台上。他们飞快地上了吉普车，大家都不说话，每个人脸上都红红的，车厢里弥漫着紧张难堪的气氛，他们的呼吸也是紊乱不堪。

谁也不准提这件事，谁也不准再进这种地方了。湘九说。

众人都点头称是。

站在老范面前坦白交代时，湘九面红耳赤，他心里一遍又一遍臭骂陈干事。这是夏天，侦察一大队刚刚从前线归来，在古城举行了一场隆重的入城式。从火车站到南郊军营，一路上歌似潮花如海，他们站在敞篷车上，身子站得像仪仗队一样笔直，右手始终放在帽檐上。这场面刚过去两天。湘九轻声央求老范说：这事儿能不能到此为止了？不再提了？一部片子一小时又三十分钟，我们只看了五分钟……

老范要他写一张书面检查。湘九想就是把我剁成肉酱，我也不会写。老范终于无可奈何地放过了他，因为他的交代与陈干事的日记完全吻合。

从根本上说，这家伙还算老实，他承认，是他带头进去的，钱也是他付的。他没有把责任推到其他人身上。

幸亏湘九在前线，陈干事并不每天都跟着他，不然那一天晚上他和小魏在老乡家的遭遇，如果让陈某人记到日记里，湘九不知道还会引出什么祸或者福。

湘九担负一部分群联工作，小魏陪他去老乡家串门。屋子里阴沉沉的。在屋子中央，地上有一个凹进去的炉灶燃着火。烟熏火燎，低矮的屋顶上挂着一层油烟。老乡们穿着污迹斑斑的破棉衣，赤着脚，抽着长长的水烟筒。谁也搞不清这些老乡究竟是哪里人。他们从前肯定是中国人，龙的传人。龙是他们和我们共同的图腾。现在他们六个月住在界碑的这一边，六个月住在界碑的那一边。茨竹坝有个老头儿，他的儿子在对方的军队里指挥一支炮兵部队。我方政府照顾老百姓利益，不管哪一方的炮弹落在他们的自留地，每个弹坑补偿五十元人民币。有一天，湘九跟这个老头开玩笑说，你叫你儿子把炮弹都打到你家的地里吧，你能拿到好大一笔补偿款！老头儿被他的话吓坏了。我跟儿子没有联系，他紧张地摇晃着瘦伶伶的脑袋说，自从交战以来，我们再也没有任何联系了！

湘九进门就坐到火灶前，接过老乡递过来的水烟筒。开始他不会抽，一吸就将水吸进了喉咙，现在他已经吸得很熟练。老乡们因此而接受了他，将他当成朋友。火光映着他的脸，映着翻译魏志华的脸。湘九说，这两天坝子里没有什么情况啊？小魏用云南话将他的话重复一遍，再用邻国的话重复一遍。

窗外眉月初升，低低地压着老树枝丫。老乡们摇着头，不说话。屋子里闷闷的。湘九想自己的心事。铁马金戈中鲜血成河。我不怕。只要我母亲能在延定巷里抬起头来走路。我当了战斗功臣，谁还敢叫她弯腰曲背？他猛吸一口烟。一颗泪，在他眼眶里滚动，他说这是叫烟呛的。明天又要出发了。我会捐躯吗？他想。我家的第三代可没有一个男的了。

他将脸向着门口。景致真美。残酷的美。美得叫人毛骨悚然。两壁黑色的山峰棱角分明。禽鸟尖叫。怪异的树杈剑拔弩张。忽然，他听到了轻轻的脚步声。他将手放到腰间的手枪上去。

两个戴着帆布头盔的男人进门了。湘九和小魏同时抬起头。两个已经退不回去的男人愣住。

很难形容屋子里骤然出现的紧张气氛。火光映着他们的脸，将这四条汉子的脸孔都照得残缺不全。他们的腿都在打战，脸像石膏一样白。湘九和小魏穿着迷彩服，对方穿着黑色的便衣，但是，从他们腰间明显隆起的部位，可以想象这武器比五四式手枪更先进更有杀伤力。从他们的头盔到神情，也显示出他们的特殊身份。

这两个人不说话，他俩也不说话。房东老乡颤巍巍地站起来，语无伦次地说，老乡，都是老乡，坐……坐下来抽……抽烟吧。

湘九也站起身，小魏跟着站起，对方向后退一步，一只手伸进腰间。围坐在火灶旁的老乡们刷地向两边分开，让出一片斗兽场，好似古罗马的观众。湘九笑了，将水烟筒递过去。抽吧，他说，我们已抽过瘾了。他面前的家伙一愣，不由自主地接过水烟筒。小魏在湘九身边稍微靠后，他更绝，将一支水烟筒扔给另一个家伙。对方不得不手忙脚乱地接住。大概只有两三秒钟时间。已经够了。够让他俩退到门口。湘九和小魏是面对着对方向后退的，他俩的一只手扔出水烟筒，另一只手就握住了枪柄。

双方的上级都没有布置这晚有什么任务，双方都在犹豫。事后想来，对方的作战经验肯定比他俩丰富，尴尬的是接过了他俩递过去扔过去的水烟筒，就失去了先发制人的时机。退到门外的湘九和小魏没有立刻转身，而是拔出枪，一步一步向后退。大概退了十几米，有一个小山坡，小魏拉一把湘九，湘九跌跌撞撞地跟着他趴在了坡下。他们的手枪机头大开，湘九感到，自己的心跳得像山上的野鹿。

他们看到两条黑影窜出门，惶惶然如丧家之犬，一眨眼就不见了。

汇报和了解的任务落在魏志华身上。小魏乐呵呵地回到老乡的农舍。他打开一瓶酒，打开罐头，他说慰问团来了，带来了内地人民的关怀，带来了《十五的月亮》。他听老乡唱纳西民歌，唱火搓哇，唱热哦哦。湘九却躺在帐篷里心有余悸。二十三岁的魏志华已是老兵，脸上有一大块炮火烧炙的伤疤。湘九不是。

湘九说到底还是一名新兵。

落水洞是友邻部队指挥部所在地，八里河东山是前沿打得最激烈的地区之一。湘九觉得自己不仅仅是侦察一大队的干事，更是一名战地记者，他跑遍这些地方，广泛接触各级指战员、伤员、护士和老百姓，虽然，哪家媒体也没有聘任过他。

参战期间，湘九发出战地通讯十三篇，中央人民广播电台、《解放军报》《中国青年报》等数十家媒体多次采用了他的稿件。

他的活动和影响力不能不引起交战方的注意，对方的电台广播时，将湘九称为“残渣余孽”“忠实走卒”和“急先锋”。

侦察一大队的正面之敌是“821 特工营”，“821 特工营”和其他与我方对阵的步兵炮兵部队隶属二战区，二战区的指挥官曾下令活捉湘九。

这是一首祭诗，写在一幅白色的床单上，悬挂于一九八五年清明节的麻栗坡县城烈士陵园。

新华社播发通稿，万人传诵。

静静的，你们躺在这里

静静的，你们躺在这里，
为如梦的山野，奏一曲无声的牧歌……

梦一样缥缈的云雾和云雾一样浓重的梦，掩盖了你们苍白的面庞。
细雨洗净了全身的血迹，
硝烟散去，冷却了唇际的最后一抹微笑。

每一个躯体都是一块放下的纪念碑，
每一块墓碑都是一个不倒的躯体，
每一座坟茔都藏着一个生和死的故事，
都有一段永不消逝的青春。

一个历史的缩影被战火烧得通红，
烧不死的石碑却岿然屹立着，
仿佛还在倾听，倾听祖国的召唤！
……

诗比较长，这是摘录。湘九站在战友们的墓前，倾听人们噙泪朗读他的诗句。他想起插队的时候在集体户四面漏风的农舍里，他读郭沫若的《炉中煤》。那首诗的副标题是“眷恋祖国的情绪”。“我为我心爱的人儿，燃成了这般模样……”

那时，他们多么年轻，一本《普希金诗选》，百读不厌。“我们经受着宿命势力的重压，时刻听候祖国的召唤。”是的，我们在热水里煮过在咸水里泡过在血水里浸过，而今已步入人生盛年。秦时的明月唐时的霜，照耀着边关照耀着他们。湘九有一种切身体会，他的兴衰荣辱与国家民族的命运紧密相连。

湘九返回后方后，有一位将军来到了这座烈士陵园。这是一位身材魁伟、仪态优雅、温厚谦逊的高级将领。这位参加过第二次世界大战的老战士，缓缓地拾级而上，站在湘九书写的祭诗前，默诵良久，潸然泪下。

从此，我记住了你的名字。浩将军无数次回想往事，眼眶微潮而不能自已。我引你为我亲密的战友和同志。

烈士们已经长眠于斯，昔日的光阴如此短促，使幸存者们思绪万千。带着硝烟的山风将湘九的诗篇吹得旗帜般猎猎作响。有人拿来笔墨请他再写副挽联。“生为人杰满腔热血洒边关，死做鬼雄一身戎装镇南疆。”湘九一挥而就。这副墨汁酣畅淋漓的挽联同样烙在了浩将军的脑海中，半年后，他在军区文化工作会议上对着麦克风说：原来你就是湘九同志啊，我读过你写的诗。

湘九急忙起立，向将军敬礼。将军离座，急步走向他。湘九屏神凝息，礼毕，握住浩将军宽厚的大手。他们对视良久，一股暖流缓缓地淌遍了湘九全身。他想起了当年汪瞎儿的预言：三十三岁到三十八岁你将遇见贵人。这几年，他已经遇到过一些“贵人”了，比方说黄老，比方说老毛和老范；但是，给予他这种似乎与生俱来的亲和力与震撼感的，却是这位身经百战目光炯炯的儒将。

太史公曰：一生一死乃知交情，一贫一富乃知交态，一贵一贱交情乃见。戍边参战，给湘九引来了一位伯乐，一个人生的榜样。

后来的岁月中，浩将军礼贤下士的风格和宽广博大的胸怀，深深地影响着湘九后半辈子的生活与人生选择。人的命运是多么地不可思议，这个家喻户晓的人物，居然成为他的忘年交。

浩将军改变的不仅是湘九个人，还包括他的家人、他的后代；甚至于他父亲的历史面貌，也一步一步地有了根本性的转变。

激情与悲伤，终于随着硝烟缓缓地远去了。

湘九接到了返回后方的通知，从麻栗坡到春城，六百公里野战公路，湘九只用一天时间就将它甩在了身后。

昆明的巷陌轻寒，树影婆娑，武汉的繁华喧闹，白云黄鹤，没有让他流连忘返。列车载着他归心似箭地回到中原古城。原来想休假回家探亲的湘九，刚回到军营就躺倒了，去一五五医院检查，GTP 高达 310 单位，医生马上开出了住院通知单。

九

从开封到青岛·从青岛回杭州·从河南到山东

这一年，从夏天到秋天，湘九十分忙碌，主要的任务是参加英模报告团讲述前线英模事迹，同时要治病，争取尽快恢复健康。一篇后来获全国奖的小说《他在拂晓前死去》，也是这段时间写的，写得特别认真，一段一段地反复修改。改完后寄到《解放军文艺》。虽然跟该编辑部从未打过交道，充满自信的湘九却附了一封信说，这篇小说，作者不同意编辑作任何改动。

一五五医院迟迟不见湘九去住院，向政治部主任汇报了他的病情。那天早晨，主任走进他们办公室。湘九以为主任又来批评他早晨起得迟没出操了，面红耳赤地站起身聆听训词。主任说，你为什么不去住院？湘九换了笑脸。这病一时半会儿好不了，在这里一样能吃药治疗，他说，我注意不传染给他人就是了。

医院不能光凭 GTP 诊断他就是肝炎，但为了慎重起见，主任嘱咐老范给湘九找个单身宿舍，也不要到办公室上班了。

军官宿舍本来就紧张，湘九总跟阿伟挤在一张床上不是办法。老范借此机会去找管理处处长，处长说，首长院里还空着一幢小楼，暂时让他去住吧。

湘九一下子走进了“象牙塔”。他经过花园、回廊，走进这幢二层小楼，看到客厅里有首长专用的红线电话，卧室里摆放着宽宽的大床和写字台，楼上的卫生间还有浴缸，阳台上搭着葡萄架。他抹着虚汗，在床上摊开四肢躺了一会儿。然后下床拿起红线电话要长途台。总机称呼他张副主任：张副主任，您想跟家里通话吗？请告知地方号码。

湘九这才知道，这幢小楼原先的主人也姓张，离休前是军政治部的副主任。

电话很快接通了。咪咪在办公室发出惊呼声。又佳，你爸爸打电话来了！中午，又佳正好在妈妈那里吃饭。又佳说，爸爸，你从前线回来了，怎么还不回家呀？湘九满怀歉意地说，我有工作，暂时走不开，放暑假时你跟妈妈一起来部队吧。

首长院很安静。清晨小鸟啾啾，午间蝉声清唱。鲜花飘香，庭院深深。湘九坐在宽大的写字台前整理前线带回的材料，文思如涌。唯一不方便的是伙食问题。他的病，去食堂吃饭显然是不合适了，难道让他每天拎着菜篮子去市场买米买菜？

一位女军官适逢其时地出现了。

女军官的父亲是一位高级将领，后来的官衔大到了不便提起的程度。姑且称她为长青同志。

长青同志首先是阿伟的朋友，由阿伟介绍与湘九相识。在湘九参战归来之前，他俩的关系只能算是点头之交。湘九搬进首长院有了一部可以随时打长途的红线电话后，长青同志和他的往来变得密切起来。

原因很简单，长青的娘家在东湖边，尚未读书的孩子在姥爷、姥姥身边，长青的丈夫也在那边的驻军服役，长青每天都想跟父母跟孩子通个电话聊聊天。

一阵阵雨过后，树叶绿得透出凉意，花园里一片深深幽暗，紫藤架被风掠过，摇晃有如人影。长青同志捧着一只小小的电炉走到小楼前，轻叩门户。湘九打开门，惊喜地接过电炉说，太好了，谢谢你！长青嫣然一笑，谢什么啊，我每天都来打搅你。

在旁人眼里，这幕情景引人产生丰富的联想。“待月西厢下，迎风户半开；拂墙花影动，疑是玉人来。”政治部，尤其宣传处，不乏想象力丰富的半吊子文人。何况，野战军里女军人简直屈指可数。这样的交往如果碰到有意者，事情就会被演绎得可圈可点。

世界上总有这样一些人，以己之心度人之腹。有一位先生也可算是湘九的领导者之一，长得眉清目秀肤白面嫩。湘九跟他出过差，招待所里刚换过的床上用品，他却总要服务员当他的面再换一次。湘九的想象中，他应该是出生于大户人家书香门第，因此而素有洁癖，后来到了他的家乡，才知道那是一片大山深处的穷乡僻壤。

在湘九面前，他是居上位者，而在比他职位高的人面前，他的表现绝对是个居下位者。姑且称他为中位者。中位者跟长青在一所学校进修过，算得上半个师兄。这半个师兄经常在校门口或者走道上与师妹偶然相遇，有时送她一本纪念册，有时送她一本挂历。

长青同志反感这种“偶然相遇”，没给他太多的好脸色。中位者想了半天不得其解。他相貌英俊年轻有为，肩上的将星迟早会出现。长青跟湘九走动多了，他似乎恍然醒悟。一个参军不到一年就入了党，提了干，而且还往进了首长院的破落户的飘零子弟，居然还获得将军千金的青睐，他理所当然地感到很不平。

花园里细雨萧瑟，小楼中灯火昏黄。长青撑着一把雨伞走来，湘九为她开了门，回到书房兼卧室去写自己的文章。长青在客厅给家里打电话。她父亲面临调动，不知会调往何方。长青跟母亲说，你们年纪都大了，但愿能去南方。长青的母亲是南方人，长青在南方长大，她们希望把家安在南方。

湘九听见窗户外有窸窸窣窣的动静，他警觉地站起身。为什么不敲客厅的门而站在卧室窗外？他走到窗前，猛的一下打开窗子。夜风吹着雨丝穿窗而入，湘九气愤地对中位者说，你简直太过分了！中位者沉下脸走进来。

那时候长青还在跟她母亲通电话。湘九进入内室，中位者摆出一副领导者的架子，跟进了内室。

打完电话的长青站在门槛上跟他们寒暄。中位者说：长青同志，外面在下雨，你的皮鞋却好像没有沾湿呀？

长青惊讶地看他，又抬起脚看自己的鞋。湘九拿起桌上的钢笔一掷，脸色气得发白。他将哆嗦的手指着这个道貌岸然话中有话的人，半晌说不出话。

长青说，我来了好久了，一直在跟我母亲通话，客厅里有地毯，把鞋底吸干了吧。

湘九说，你跟这种人有什么可解释的，他想干什么干什么去！

刚从战场上下来的湘九没把他放在眼里，长青同志自然更不怕他。两个人性格不同，骨子里都有一股傲气。长青说，你怕不怕，怕的话我以后就不来打搅你了。湘九说，我怕什么，枪林弹雨都不怕，还怕唾沫将我淹死?!

为了表示感谢，长青给病中的湘九买来一只鸡。鸡在电炉上慢慢地炖着，香气弥漫一幢楼。有了这个电炉，湘九的伙食问题基本得到解决。他熬一锅粥，从副食品店买些真空包装的酱菜、咸蛋，吃得既清淡又开胃，因为在前线时过于紧张和劳累而病倒的身体慢慢地得以调理、康复。

星期天，他们和建华一起出门改善伙食，遍尝开封小吃。有一家清雅的酒楼有道名菜王八汤，他们去吃过好几回。

建华是本地人，善作向导，州桥遗址，月影胧明；潘杨湖边，风轻云淡。建华的岳母去世了，湘九按杭州人的风俗送去贴上“奠”字的绸缎被面，并为之守夜。老范说部队没有这种习惯。湘九说，我们是朋友。

老范对湘九跟长青的往来欲说还休。湘九跟中位者翻脸，使他处于两难之地。中位者跟他关系不错，跟他的顶头上司关系更好。老范对湘九说，何必呢，你何必对他较真？他的能力、水平都跟你不在一个层次上啊。湘九叹口气说，我算看透了，哪里都有这种人，这种人终有一天能成为居上位者，我却不能。

老范猜想长青与湘九是因寂寞而发生交往，因孤独而产生友情，老范对此实在是无话可说。

长青的祈祷精诚所至，她父亲果然调至南方。得知这一信息时，长青喜极而泣。这天晚上，她请湘九去帮她收拾行装，准备随父母一起调往南方。湘九帮她收拾到夜里十点半时，一位副军长偕夫人来到了长青的宿舍。

湘九正爬在高高垒起的两张椅子上，拆卸屋顶上一台吊扇，副军长推门进来，湘九差一点掉到地上。他手忙脚乱地向副军长敬礼。副军长说，我正想派两个兵来帮助收拾呢，好啊，有湘九在我就不另派人了。他说，湘九，时间不早了，早点回去休息吧。

湘九说，把这些家什打包完了我就走。

湘九把吊扇拆卸完了打好包，又将长青的书籍行李捆扎好，时间已是深夜。楼下，巡逻的士兵在月光下走动，不时传来口令声。整个宿舍区都睡着了，军营进入梦乡，也进入一种戒备状态。长青站在窗前愣了好久。她说，湘九，你出不去了！要是遇上巡逻兵对你进行一番盘问，又上楼来找我了解，惊动左邻右舍，咱俩可就真是跳进黄河也洗不清了！

湘九表现得倒是很冷静，他探出脑袋向窗外看了一会儿，说，你睡觉去吧，我在客厅沙发上坐到天亮。

过道上一盏小灯一夜点到天明。一面镜子映出长青窈窕的身影。她没有关紧卧室的门，表明她对湘九的信任。湘九蜷缩在沙发上，紧张疲乏的身体在黑暗中松弛下来。他苦恼地想，这事儿要是传出去，不仅是跳到黄河洗不清的问题，还可能影响自己在部队的前程。已经有人说过，看见长青端着一只脸盆从他的住处出来，他记不清有没有这一出了。也许有吧，澡堂一周开放一次，长青到他那里打电话时，或许用过楼上的浴室，或许在那里洗过衣裳？

十年之后湘九在岭南与长青重逢。说起那个夜晚，长青羞涩而笑。她说湘九坐在外屋沙发上抽烟，她在里屋辗转反侧。夜风将窗外的小树林吹得飒飒地响，后来淅淅沥沥地下起了小雨。说她一点不担心，那也不尽然。她不知道，要是湘九走到床边来自己该怎么办？

他们相处的时间就是那么短暂，咪咪和又佳到部队来探亲之时，长青登上了去南方的飞机的舷梯。飞机也是湘九帮她联系的，驻地有个航空运输团，请湘九去做过一场报告，湘九问团长有没有飞南方的训练计划，正好有一个。湘九送她到机场，看到战士们把许多西瓜搬上这架运输机。中原古城的西瓜很有名，团长请他们尝尝，他们谢绝了。长青的行李和西瓜放在一起，她的座位紧靠着机舱的舱壁。

螺旋桨转动时刮起一阵大风，他俩站在机尾处相对无言。长青仰脸望了望堆满机舱的西瓜，说，时间不多了，湘九你再跟我说点儿什么吧？湘九说，对不起，我影响你的清誉了。长青低下头去看着自己的塑料凉鞋，想了几秒钟说，我走了，让他们嚼舌头去吧，你可要提高警惕了。湘九呆呆地看着越转越快的螺旋桨说，无所谓的，大不了我复员回家去。长青一愣，她的肩膀猛地缩拢起来，好像吹来了一阵冷风。那可不行！她跺着脚说，我要告诉我父母，让他们给这里打电话，澄清事实真相！

湘九脸上浮起了他惯有的苦笑。这种事，往往是越描越黑。他对此欲说还休。道貌岸然的中位者身后还有更道貌岸然的居上位者，他黯然地想，遭人报复，在人生中其实是一件难以避免的事情。

我感到对不起的，还有一个人。湘九说。

谁？长青惊讶地问他。

阿伟。湘九说。那天你从武汉回来，先上我那里给你母亲打了个电话报平安，可能出首长院时让他看见了吧，他向我问起时，我却说了句不知道你回来没有。

这件事，一直搁在湘九心头。他通过阿伟认识的长青，却因为想避免误解而造成了一次误解，他们的友谊因此而有了一个阴影。他真的不知道该如何解释、消弭这个误会。

不会吧。长青说。这是她上机前对他说的最后一句话。这句话后来一直留在湘九心底。二十年后，阿伟成了从美国回来的大富翁，湘九想告诉他却怕他已经对此不感兴趣。阿伟不会计较这样的小事。这是长青的原话。湘九想但愿如此。但是，当他跟他当兵时的亲密战友、而今的大富翁交谈时，他的心里却仍然留着这一缕内疚。

湘九将穿过的军装洗净叠好，向李政委说要还给部队，李政委惊讶地说你搞什么名堂？湘九说以为自己应该能穿上一套混纺，结果还是三合一的确良。他说，我知道有人看我不顺眼，政委你就把我退回杭州去吧。

八五式军装刚发下不久，团以上军官穿混纺，熨得笔挺，穿着它在街上走着又威武又神气。湘九以为自己能定级为副团，结果连正营都挨不上。

事情的经过有点像荒诞小说。部里要求各处室讨论一下：湘九同志定什么职级比较合适？这个主意，是中位者出的，还是中位者身后的上位者自己想出来的？无从考证。

从个别人嘴里有意造出的舆论起了作用。有的处说他该定正连，有的处说他该定正营。走到极端的有两个部门，湘九所在的小单位建议给他定正团，另一个管理干部的部门建议定副连。

去掉一个最高分，去掉一个最低分，部里决定给湘九定为副营职。

看起来，这个决定既民主又集中。

李政委跟老范一样，对此显得很无奈。他批评湘九，你经受了战火的考验，立过战功，又入了党，还让你担任了集团军英模报告团的副团长，你怎么还可以为此闹情绪？

湘九愤愤地说，我参加工作二十多年了，比老范的军龄还长两年，又是作为人才被特招入伍的，定个副营回家探亲去，丢的不是我的脸，而是这支部队的脸。

他的话似乎不无道理，但事情却无可挽回。

有一天开机关干部会议，副军长忽然插话：

定什么职级我不便发表意见，但有件事我要说明一下：湘九同志帮助长青同志整理行装，帮她联系去南方时搭乘便机，都是经过我同意的。同志之间、战友之间有些私人交往，我就不明白，为什么有些同志就那么喜欢捕风捉影？那么热衷于传播不负责任的流言飞语?!

湘九不愿意猜测长青的家长是否跟副军长打了招呼。他坐在台下，脸色沉静如水。周围的人悄悄打量他，他用眼角的余光与之较量。他的眼光落到飞短流长者身上。他轻蔑地耸耸鼻子。

那人避开他的目光，他依然紧盯着不放。老范捅他一下。老范说，看什么看，得饶人处且饶人吧。

他笑笑。他说，我在看窗台上那只苍蝇。

苍蝇飞起来了，嗡嗡地响。湘九撅起嘴，向着苍蝇吹气。身旁几个人都忍不住笑出声来。老范又好气又好笑，说，你出什么洋相，别辜负了副军长的好意！

他点点头，对他的处长说，是啊，有了副军长这番话，鄙人的气也就出了一半！

二十多年过去了，当年的这位副军长，早已进入中国军队的最高层。日理万机的他，或许早已忘记了这件事，湘九却始终记得。

一句暖言三春晖，将军仗义而为，湘九想自己怎能忘记？

咪咪和又佳终于来了。阿伟弄了一辆北京吉普，跟湘九去接站。又佳向着爸爸左看右看。爸爸你真的一点没有受伤啊？她撅着嘴说，我都为你哭了好几回了。

首长院的小楼终于有了一种家的氛围。一家人去菜场买菜，去市区逛街，到了晚上，又佳跟着爸爸去学校、工厂、机关听他讲战斗故事，回来时，首长院充满孩子的欢声笑语。

老范因此而松了一口气，李政委也松了一口气。

有一天，湘九去郊区监狱给干警们作报告。监狱领导知道他病体未愈很过意不去，让女犯们组成的“新生艺术团”给他们作一场演出。

又佳在台上台下窜来窜去。她跑到化妆间，喊这个演员奶奶，喊那个演员阿姨。被喊作“奶奶”的女犯从前是个专业演员，因为受不了丈夫的长期虐待而奋起反抗，一刀结果了他的性命然后自首。这个被判了死缓的女囚听到又佳喊她“奶奶”，一把抱住孩子，竟哭得无法上台了。

狱警欲跑过去拆开她俩时，湘九拦住他们说，没关系，她不会伤害我女儿的。

监狱领导有点紧张，又很赞赏他的行为，他们说，谢谢，您使我们在人性化管理囚犯的问题上又添了一个案例。

那天的演出和报告都很成功，女囚们看到这个军官的女儿被她们抱在怀里，军官却温和地向她们微笑，一个个激动得红了眼眶。

演出结束了，监狱长对又佳说，那个“奶奶”可是个杀人犯哪，你不怕?

怕。又佳躲进爸爸的怀里说。她扑闪着她的长睫毛。不过……她会改造好的。

这孩子心善、胆大！人们如此评价又佳。湘九觉得这个评价很中肯。咪咪说，你太宠她了，女孩子心善容易上当，胆大难免闯祸。湘九不以为然说，我的女儿，心岂能不善，胆岂能不大？我的女儿，岂能小家子气！咪咪叹了口气，说，终有一天你会后悔的。

十八年后，“非典”爆发，又佳的心善和胆大令世人瞩目。作为一名刚走上岗位不久的记者，她的系列报道带给人们的思考远远超出了医学病理学的范畴。湘九那时确实也很担心，但是，他并没有后悔。

他大言不惭地对咪咪、对亲朋友好们说：他从心底里为他的坚持向人民说真话的女儿感到骄傲。

从武汉到青岛的一趟列车经过中原，野战军指战员经常乘坐。列车段带来了青岛铁路分局的邀请信，请英模报告团去一趟青岛，给整个铁路分局的干部工人作报告。

杨军长和李政委看望了湘九一家人。杨军长说，全家都去吧，到青岛做完报告，回杭州去休息几天。

又佳给外婆打电话。又佳鼓动外婆：外婆您也去青岛吧，跟我们一起去看大海！

列车段给他们安排的是软卧包厢。又佳大惑不解，来中原时坐的火车是硬座，车厢里挤满了人，上厕所都走不过去。现在却明窗净几，舒适得令人不敢相信。又佳说，原来火车跟火车也不一样啊。

湘九告诉她：不是火车跟火车不一样，而是坐硬座的人跟睡软卧包厢的人不一样。

列车停靠蓝村车站时，湘九下了车。他在站台上沉思良久。

一年前他在这里邂逅了一位副教导员，他的命运由此而发生了天翻地覆的变化。在军里，后来他见到过这位副教导员，他已经调到师机关。当湘九满怀惊喜上前欲拥抱这个“老朋友”时，副教导员却尴尬地向后退去。年轻的副教导员还在为当初将自己说成是个“文学家”而感到难堪，湘九却想着他真是一个厚道人。湘九就是不明白，就算是吹牛吧，就算是饭店门口摆粥摊，有什么关系？

湘九身上有太多的工人习气。他不了解机关。机关里的人，不可以像工厂里的人那样不拘小节。

湘九对咪咪说，这个车站改变了我的人生。

说这话时，他的语气并不很快乐，更不是得意扬扬，相反，很有一种沧桑感。

他们到了青岛。海风扑面而至，喷溅着泡沫的浪花，撞击在礁岩上，像大炮轰发，像森林呼啸。海边的幢幢别墅，如同美丽的童话，展示着殖民地时期的异国风情。他们下榻的部队招待所就在海边，当湘九在礼堂台上慷慨激昂地讲述前线战事时，咪咪和又佳走过黄昏的沙滩，遥望着海天一色。

这座城市依山傍海，风光秀丽，气候宜人。星罗棋布的山冈低丘散布于整个市区，楼宇依地形而建，红瓦屋顶错落有致，连同蜿蜒起伏的街道和葱绿的树木，构成了独特的地理景观。

铁路员工们很守纪律，认真听着湘九的报告。他们不像中原的大学生。大学生听报告时，曾经一致行动，将坐椅摇得哗哗地响。

那是在中原著名的一所大学，从党委书记介绍英模报告团成员开始，直到湘九准备发言，礼堂里一片排山倒海的哗哗声和喧闹声。湘九沉默着，带着嘲弄的表情看着这些天之骄子。过了好长一会儿，学生们终于将摇椅声慢慢地停息下来。他们茫然地看着这个军人，不明白他在期待什么。

摇啊，继续摇啊！湘九说，我知道，你们瞧不起我这个大兵，认为我没有资格来给你们讲什么课。我的战友们也都劝我不要来！他继续嘲弄地看着台下的人们。

一片沉默。有一名沉不住气的大学生站了起来。知道了你还来干什么呢？他喊。

湘九突然起立。

是的，我没有读过大学，甚至，我连中学的校门也没有跨进去过！他抬高嗓门说道，但是我写了那么多的书，我的书正在作为你们的教材！

他没有胡说，他的《墙门》列入了《大学语文课外阅读教材》。他说，我怎么会没有资格来给你们讲课呢?!

湘九记得，礼堂里寂静了很长很长时间，好像一个世纪。然后，一阵掌声像早春的第一阵雷声那样，掠过了礼堂的上空。雷声带动了更多的掌声，人们纷纷起立。有的希望能将他看得更清楚一些，有的向他致敬。

回想在大学的遭遇，再瞧瞧台下的铁路员工，一种工人阶级的认同感和自豪感油然而生。那一天，在青岛铁路分局的报告，湘九说得特别酣畅淋漓。说到动情处，他的热泪，几度夺眶而出。

那天中午，筋疲力尽的湘九躺在床上，连吃饭的力气都没有了。又佳说，爸爸，大家都说你做的报告太动人了，爸爸，你没有编故事吧？

突然有人打来电话，有位老太太在青岛火车站下了车，打听从中原过来的英模报告团。

外婆来了！又佳从床上跳起。湘九和咪咪瞠目结舌，他们想不到孩子打了个电话，老人家居然真的找到了这里！

他们跑到大厅，老人已被车站的人送到招待所。老人看着从前线归来安然无恙的女婿，第一次，露出了欣赏的笑容。湘九激动地说，好，很好，休息天我陪你们去海洋馆，去崂山！

又佳笑得合不拢嘴。

岬湾相间，沙软滩平，海岸曲折。市区的天主教堂、崂山的道观庙院、珠山的佛寺尼庵，建筑造型迥异，气氛庄严肃穆，空灵圣洁。一家人，第一次出门旅游，感受到生活原来如此色彩斑斓，生命原来可以如此美好！

从海洋博物馆看到无数珍奇的海洋生物，到攀登崂山时听爸爸讲“崂山道士”的故事，又佳聆听着海的微笑声，感受到一种博大胸怀。一个不是口含金汤匙来到人间的孩子，终于体会到了什么叫做金色的童年。

跟报告团其他成员和青岛列车段的叔叔阿姨们分手时，又佳依依不舍。她向海水浴场和前海栈桥告别，向歌德式的火车站告别。她的眼里噙着泪。她听了好多场父亲的报告，父亲和战友们的经历，在她幼小的心灵中已经留下了难以磨灭的印象。

许多熟人感到惊奇，失踪一年的湘九终于回来了，他们用一个词儿形容他：摇身一变。

杭州市的市府礼堂开了一个大会，湘九坐上主席台。文坛的恩恩怨怨他似乎全已遗忘，所有语言只有南疆的硝烟弥漫。消息传到曾经批判过他的人们那里，将信将疑的几位领导将他请到了省文联。湘九的谦恭一如既往，面对各位编辑老师，他频繁地使用一个词：汇报。汇报他的参战过程，汇报他在边疆战火中获得的感动与教益。一位领导说，我们从前看错他了。另一位领导说，不，他终于被部队改造过来了。

黄老邀他去家里聊聊。

保俶塔下的葛岭山麓。黄老坐在藤椅上，背后是茅盾先生的一幅字。黄老说，湘九，你变得聪明了许多！湘九嘿嘿地笑。后来他收敛了笑容。他叹了口气，认真地对黄老说，我不是变聪明了，更不是变得狡黠了，我只是觉得一个人之所以能够快乐，全在于不计较。

黄老说起叶副委员长，问湘九后来见过他没有。湘九将再次见到副委员长的经过讲给他听。那时，为了迎接首长莅临，军部天天排练阅兵方队，隐瞒病情的湘九也曾硬撑着站在队列里走正步。副委员长检阅部队后，湘九被带到他面前，彼时的湘九比之一年前消瘦了许多，首长握着他的手说，好啊，被硝烟熏黑了，像个军人了。

副委员长问他在部队习惯不习惯，湘九说习惯。

他的语气暴露了他的勉强。副委员长瞧瞧他身上的的确良军装，想说他什么又忍住了。

这天晚上，老范对湘九说，首长要找个年轻些的秘书，我向他推荐了你。

也许老范是在跟他开玩笑，也许只是想试探他一下。老范知道给他定的职级太低，总想给他找一条新的出路。

湘九却吓坏了，连夜去找副委员长的儿子小琦。小琦跟他同时到的这支部队，在下面当营长。湘九对小琦说：我这个人作风稀拉，自己对自己都照顾不好，怎么能给老爷子当秘书呢？

湘九说，求求你了，跟你父亲，不，跟你母亲说一下也行，我这个人不适合当秘书！

小琦对他感到很好奇，觉得这个人有自知之明，乃是可交之人。他们因此而成了好朋友。

黄老闻之，又一次开心地大笑了。黄老说，你啊你，你真是一个活宝！黄老说，不要贪得无厌，一年前你是什么处境？现在你又是什么处境？黄老推心置腹地告诉湘九：那一年，错划改正后的他去北京，见到许多熟人。黄老说，那真是“冠盖满京华，斯人独憔悴”啊！湘九，你知道吗，我却是完完全全无动于衷了！

很多人不明白，优秀的文学青年不计其数，德高望重的黄老为什么偏偏会对湘九青睐有加。

只有他俩自己清楚。湘九是老人的一颗开心果，黄老将不便与人交谈的事情，包括他的家事，都向湘九倾吐。

众安桥小学也请湘九去作一场报告。

湘九无法谢绝母校的邀请，何况是小学的班主任孔老师出面。他穿上军装，戴上军功章和作战纪念章，叮叮当当地回到了童年坐过的教室与礼堂。

操场上古树犹在，蝉声轻唱，往事并不如烟。昔日的欢笑与屈辱已随时光流逝一去不返，湘九沉溺于回忆中。

这情景跟三年后“饭桶”从大庆油田回来发起的同学会颇为相似。湘九在同学会上也恍若入梦。他想到童年时给他写过打油诗的那位官宦子弟。湘九插队时他参了军，湘九进工厂时他上了大学，现在湘九历尽千辛万苦地参了军，他早已当上了处长。童年伙伴中的每一位官宦子女，后来似乎都占据了市场经济社会中令人羡慕的工作岗位。至少，在他们这一代人当中，这些人的起点决定了他们的发展，非一般人所能企及。

相对公平的竞争或许只能在又佳这一代人身上展开，即便如此，又佳们的压力也远远超过这些人的后代。

但是，时代毕竟不同了。又佳们不会进不了初中、高中、大学了。除非自己不争气，谁也阻挡不了她们前进的步伐。

湘九对此充满信心。孔老师坐在台下，阳光照着她瘦小的身子，她也是一束阳光，曾经使湘九们在苦难中得到一点温暖。晚年的孔老师生活清苦，她的丈夫，那位曾经将胜利的旗帜插上一江山岛主峰的战斗功臣，已经过早病逝，两个儿子，一个是改制后的老国企的工人，一个开出租车。疾病缠身的孔老师坐在家门口一张破藤椅上晒太阳。她眯起眼睛对湘九说，谢谢你，四十多年了，你还记得每年来看看我。

到了她将近八十岁时，冬天，弥留之际的老人家躺在浙二医院重症监护室里，湘九一遍遍呼唤她。终于，她缓缓地睁开眼睛，辨认着他。那时候她的眼神那么温柔、那么无助，令人心碎。她张开嘴，轻轻地却是清晰地喊她的这位学生，这位曾经很不争气又曾经很给她长脸的学生。她说了生命中最后的话，这句话就是他的名字，湘九。她看着他。看了将近半分钟，她又昏迷过去，再也没有醒来。

那一刻，湘九觉得她在呼唤的不仅仅是他的名字，而是呼唤她自己的青春时代。《让我们荡起双桨》的歌声在她的耳边回荡，她的眼神中充满往昔的回忆。天堂在召唤她。她的灵魂一定会进入天堂。因为她是那样地热爱他们，热爱她的学生，她像一支蜡烛，燃烧着自己，直到灯干油尽，始终照亮她的学生们的前程。

那天从母校回来，湘九有些亢奋。他在家中教又佳唱歌，唱的是过去的老歌，“天上布满星，月牙儿亮晶晶，生产队里开大会，诉苦把冤伸……”

有人敲门。怯生生地敲。

湘九不得不打开房门。

张家小少爷是住在这里么？

湘九吓了一跳。他的第一反应，是提心吊胆地向走廊里扫视一番，似乎每一扇门背后都竖立着几只充血的耳朵。然后他才仔细打量这位看上去只有五十岁左右的男子，这位穿着花西装的不速之客。对方也在打量他，湿漉漉的眼光从他脚下扫到头顶，扫过他的肩章领章和大檐帽时露出了可以称之为惊骇的神情。他盯着湘九的脸，良久，双脚一并，来了一个九十度的鞠躬。

少爷，您不认得我了？也难怪，我们分手时您才刚满月呢！

唐副官！湘九不由自主地喊出声，赶紧又压低嗓门。唐文斌，没错，我想象中你就是这般模样！……

唐文斌进了他家，看到了被吓蒙的又佳。她的当了解放军的爸爸怎么会又变成了小少爷？她为此而惊疑不安。唐文斌摸着她的小脑袋，感慨万千。他掏出一本《中篇小说选刊》。我在广州的白天鹅宾馆看到这本杂志，我吃了一惊！这《墙门》里不就是写的鹤公和夫人的事吗？我就拿着这本杂志找到杭州来了。华侨饭店的服务员说打听您还不容易，给一个什么协会打个电话就问到了！果然，小少爷您真不简单，又写书又当起共军来了……

叫解放军，湘九赶紧纠正他，在这里不能称“共军”明白吗，也不能叫我小少爷！

唐文斌跟着湘九走进了延定巷五十四号。

他看到一个孱弱的老妪坐在窗前，晚霞照在她稀疏的白发上，她的脖颈细得好像托不住脑袋。唐文斌往墙上一靠，手里的两瓶白兰地两条三五烟落到了地上。他用尽平生之力抬起双腿，可就是一步也没法前进。低矮的平房在他眼前消失了。香港金巴利道的公寓在他面前摇晃。他张着嘴，但是无声。湘九的一声呼唤使母亲回头。母亲看到了唐文斌。夫人！唐文斌终于叫出声了，他的腿一软，跪在了门槛上。

母亲在苍茫暮色中打量他，随后她提心吊胆地问他。唐文斌真的受不了她那种探索的目光。她问：你还能认出我吗，唐副官？唐文斌放声号啕，我认不出您了，夫人，我该死，我真是该死啊！他喊。

母亲拉他起来，拉不动。她的一双手，又苍白、又虚弱、又瘦削，稀薄的阳光穿透手掌，好像一张纸。你早该来了，母亲抹去他脸上的泪水说，你让我等得都快等不住了。

她的话让唐文斌羞愧，他只能用一阵抽泣声代替了回答。湘九伸手将他从地上拉起来，让他坐下了，又给他倒一杯水。唐文斌说，小少爷当上了解放军的军官，夫人，我以为你们的生活总该比我看到的像样一些呢。

比以前好多了，母亲说。她的话只说了半句。她不想多说。他们分别得太久太久了，唐副官不会懂得，不可能理解，也不必向他解释了。母亲说，你跟鹤公分开时，他最后说的是什么话？

食民之粟，为民分忧。唐文斌不假思索地脱口而出。去台湾前，他跟我说过这句话，还写了一幅大字挂在墙上。到了台湾后，那些人逼问他，离开大陆前夕干了些什么事？他也是这句话：食民之粟，为民分忧。

他要我记住这句话，将来有机会告诉他的子女们。唐文斌站起身，向湘九鞠了个躬。小少爷，我把这句话带到了。

湘九站在窗前，他的宽厚身板挡住了天上的晚霞和天井里的无花果树。他深深地吸了一口气，喃喃地自言自语：食民之粟，为民分忧。一种既陌生又亲切的感觉流淌全身。这句话看似平常，但是，不仅隔着一道波涛汹涌的海峡，还隔着一段历史的距离，隔着一重厚实的帷幕啊。

唐文斌在延定巷五十四号吃了一餐饭。他要请母亲去酒店吃，母亲不愿去。母亲说，你当资本家了，再也吃不惯家常便饭啦？唐文斌说哪里啊，我是想让您老人家补充一点营养。母亲说我还补充什么呢，什么也无用了。唐文斌沮丧地看着她。他要给她钱，她不要。母亲说，你当时究竟怎么离开鹤公的，你真舍得离开哪？母亲又说，是啊，不离开又能怎么样呢？不离开的话，你恐怕也早就完蛋了！

这餐饭吃得太沉重。唐文斌没喝酒但是满脸通红。西装革履的他，饱含泪水，嗓音嘶哑，一遍遍检讨自己当年的害怕。湘九放下筷子说，算了，讲过了就算了！母亲叹口气说，是啊，你回洞庭湖老家去看看吧，别忘了本就好了！

离开延定巷五十四号墙门时，当年的副官又跪下来，要给夫人磕一个头，湘九一把拉起了他。他们走出墙门，风吹过来有了一种落寞的秋意。湘九抱着双臂走了几步，停住了。唐文斌说，少爷，您还有什么话要吩咐我？湘九抬头看看巷里的树，看看树枝上方暗蓝色的夜空，他说，父亲究竟向你说过他去台湾有何种使命没有？唐文斌打了一个寒战。没有。他说。少爷，您得相信我，长官他一向是守口如瓶的啊。

天空由暗蓝变成昏黑，跟他的心情一样。

湘九从杭州回到中原军营时，武汉军区已正式告别历史，部队划归济南军区。湘九见到的来自济南的第一位首长是田部长，田部长说，听说你在这里不太安心？

湘九吃不准他的意图，不吭声。

会见室里不仅坐着他俩，还有已从武汉调到济南的牟副部长和两位处长，还有湘九的顶头上司老范和王副处长。田部长沉吟片刻说，不久要召开军区文化工作会议，你们部队就请湘九同志出席吧，军区首长想见他一下。

湘九茫然地看着他们，没有一点受宠若惊的神情。在座的人都穿着笔挺的校官服，唯有他是的确良。他想，我有什么可以受宠若惊的呢？

他确实有些心若止水了。回杭州探亲期间，他去看望当年的插队兄弟孝仔。孝仔已经病入膏肓。

孝仔在一次救火时躺倒，结果被查出早已患有多种疾病，最致命的是严重的尿毒症。湘九推开星火电机厂厂长办公室的门，孝仔艰难地站起身跟他握手。湘九说，你们书记说你不肯去换血，而且还在坚持上班。你想给自己树一块纪念碑吗？！

孝仔的脸上蒙着一层灰暗的苍白。他虚弱地微笑着。纪念碑有什么意义？他说，换血，要花多少钱啊？也无非拖个一年半载。我死了，老婆带着孩子还活在这世上，我娘也活着，日子一定会很艰难……所以，我得给公家省点钱。我继续来上班，一直到死，厂里就会觉得欠了我一大份情，就会照顾她们，每个月给点补助，分房啦，孩子进幼儿园啦，都要方便一些……湘九，你说这是不是比我花上厂里十几万元钱，结果还是死去要好得多呢？

孝仔的话，让湘九心痛欲裂。

我知道，你一向对我有看法。孝仔继续往下说，你是不是觉得我太精明，太狡猾了一些，死到临头了还在计算这些？请原谅，我不能不最后计算一下……

别说了……别说了……

湘九在心里求他。他的心碎了，听着一个临终前的做儿子、丈夫、父亲的人如此本色的叙述，他的心确实碎了。湘九嘴上说，你他妈的的确太精明了，你真的是唯利是图哪。他还想说一些更加刻毒的话，以便逼迫他去住医院。可是，他心里明白，说什么话都没有用了。病情是孝仔主动写信告诉他的。孝仔要将一个真实的自己告诉一个亲近的人，以免将来给世人留下一个虚假的英雄形象。湘九把脸埋在了自己颤抖的双手中，但他止不住外涌的泪水。

湘九懒洋洋地对田部长、对牟副部长说，好的，我会去参加会议的，不过，我没有什么言可发。

湘九曾经给军区《政工研究》杂志寄去一篇调研报告，题目是“论文化工作和文化干部在军队建设中的地位与作用”。洋洋万言，引经据典，有实例，有分析，有理论，有探索，但是，没有回音。

北方的秋季很短，转眼已是冬天。列车到达济南是凌晨。湘九走出车站，看到一位高大魁梧的老军人迎上前来。这是军区政治部创作室丛主任，湘九向他敬礼，丛主任接过他的旅行包说，赶快上车吧，天气太冷，让你这个南方人受罪了。

丛主任仿佛对北方的冷空气负有责任，一脸抱歉神情，使湘九不由自主地对他产生好感。但是湘九并不因此而隐瞒自己的观点。那时的他，根本不想拍任何人的马屁了。会议的主要内容之一是讨论丛主任的一部新著。当人们出于各种角度和动机，纷纷对这本书给予超越其本身价值的评论时，湘九终于请求发言了。

通常，来自下级部队的业余作者不会对上层机关的专业作家提出批评意见，而湘九的发言却像出自那个指出皇帝的新衣服其实并不存在的孩子。

会议出现了一段时间的冷场，人们思索着，用另类的眼光看他。有几位大名鼎鼎的文化人，他们的名字对湘九如雷贯耳，但是，这一天，湘九对他们完全视而不见。他是一个小小的副营职干事，他对调到军区创作室也不感兴趣。如果他想当专业作家，完全不必跑到遥远的北方来，杭州市文联对他早就虚席以待。他当兵是为了当军官，驰骋疆场建功立业，现在他灰心得很，有什么必要说那些违心的好话、那些陈词滥调呢?

说完了对这本书的评价，湘九又说起他的调研报告，越说越不客气。他问：为什么《政工研究》对我的文章几个月不理不睬?

沉默中，坐在主席台上的军区政委浩将军突然发问：政工研究室主任来了没有？

倒霉的主任站了起来。文化干部们，包括丛主任，都幸灾乐祸地笑了。他们既觉得有趣也感到痛快。文化人天生地对政工人员有点排斥心理，湘九给文化干部打抱不平使他们不能不产生强烈的认同感。尴尬的政研室主任笑得略显茫然，他从来没遇到过这种场景，没见过这样给大区部门首长当场下不去的基层小干事。他机械地回答浩将军的指示，浩将军说，立即查找这份稿件，言之有理要照登不误。他一叠声地说：是，是。

休会时，田部长将湘九介绍给军区政治部袁副主任。这位看上去比实际年龄至少年轻十岁的将军是个不苟言笑的人，但是，对湘九却十分地具有亲和力。他们的个性或许很不相同，内在的气质却是相仿。作为政研室的分管领导，袁不仅对湘九的发难毫不反感，反而对他表示了赞赏。

这个在长春市一户工人家庭长大的将军说，不要犹豫不决了，湘九同志，你调到军区来吧。家家清泉户户垂柳，济南可是个好地方啊。

犹豫了几秒钟，袁副主任又说，你想穿的混纺军装，迟早也能穿上！

对于湘九，袁副主任是他生命历程中的第二个老范。他们的关系，当然主要是工作关系、上下级关系，但是他们建立了深厚的友情。袁副主任处事严谨，甚至可以说稍嫌过分，眼里容不得一粒沙子。作为一名分管军队宣传和文艺工作的高层领导干部，他得罪过不在少数的明星大腕。湘九亲耳听到过他对他们的严厉批评。脱离群众，玩物丧志，打麻将，抢风头，走穴，争名于朝争利于市。他说，有一位同志却不是这样：我经常下基层半夜才回来，走进静悄悄的营区，远远只看见宿舍区亮着一盏灯，一个人坐在窗前沉思不已，奋笔疾书。这个人，就是湘九同志！袁副主任动情地说，我因此而站在他的窗下浮想联翩。什么叫工作？什么叫投入？湘九同志就是榜样，他视工作和创作如生命。

士为知己者死。湘九将袁引为知己。袁担任正军职干部十年，以为自己到顶了，破天荒地休了一次假，携妻女到杭州休养旅游。这时，湘九已回到老家。湘九引他游岳飞庙，瞻仰张苍水、章太炎、秋瑾墓。湘九说，你是干大事的人，为国为民分忧的日子还在后面呢，不能就此告老还乡啊。

袁回济南不日，最高层召见谈话，果然将重担又一次放在了他的肩上。后来湘九带妻女去京，袁闻之携眷相聚。彼时，袁已是上将军衔，却握着湘九的双手曰：你对我的鼓励和帮助不敢稍忘矣。

军人的准则是服从，何况浩将军和袁副主任如此热诚相待。湘九悄然来去泉城，老范最洞悉内情。

老范的妻子小王烧一锅黄豆焖肉，湘九闻香而至。老范的两个女儿抱着锅喊：湘九叔叔又来抢我们的肉吃啦！湘九叔叔是强盗！小王说，让他吃吧，他也蛮可怜的。老范对两个女儿说，抢也抢不了几次了，你们今后会想念他的。

古城保持着一种稳定恒常的生存结构。六朝帝王留下无数纷争的辛酸和忠臣良将的遗恨。在即将离开中原古城的时候，建华陪着湘九一次次漫步于巷陌街衢。一道沉淀着世纪苦难和多舛命运的悬河蜿蜒向东，他们枕着它，做着流连忘返的梦。

闹市区挖出了古州桥，无论是石砌的桥墩还是不曾完全朽烂的木质桥面，都给人以触目惊心之感。湘九在思绪恍惚中，仿佛看到了一时落拓的青面兽杨志正在桥下叫卖他的宝刀。鼓楼广场的海报栏上，话剧《十五的月亮》的海报引人围看。此剧以湘九的报告为素材。湘九还参与了剧本的策划和在排演时担任顾问。

他来到市文联、报社，与小城名流们道别。第一楼的包子、桶子鸡和鲤鱼焙面，伴着他们的依依惜别之情。

军区首长下了指示，湘九调往军区政治部创作室，职级待定。按照惯例，纳入新编序列的部队，都要抽调一些人到上级机关，便于让指挥部门尽快熟悉下级情况。但是参谋部门、后勤部门尚未调动，湘九却第一个接到了上调命令，不免引起了一阵小小的轰动。

宣传处倾巢而出去火车站给他送行。各处的处长副处长也在办公楼前与之握手话别。

站在月台上，老范叉着腰说，到新的单位去了，也许就没有人像我这样教育你了，你要好自为之！湘九点点头，说，是的，到了那里，犯错误的机会可能会更多一些。老范笑得跺脚。他把湘九拉到一旁去，压低了嗓门说，若是能定个副团，穿上混纺的话，第一时间告诉我。

火车呜呜地开动了，与湘九同行的是干部处一位干事。想到他们曾提出给自己定为副连职，湘九懒得理睬他，躺在卧铺上想自己的心事。干事却很主动也很热情，帮他续茶水买盒饭。湘九不得不对他露出一点笑脸。终于，干事说起了替他清理档案之事。湘九说，当初为什么提出定我副连，依据是什么？干事说，按照大学生入伍的规定呀。湘九说，我不是大学生而是小学生你们懂不懂？大学生没有工作经历，从排职、从副连职开始当然是对的，我这个小学生却已经工作了二十年了！

从主任又一次亲自到站迎接。他陪湘九坐上一辆吉普车兜风。他们登千佛山俯瞰泉城，观趵突泉解放阁名胜。一城山色半城湖，湘九感受着《老残游记》，感受着李清照。

军区机关已有不少从武汉过来的干部，按照原先的隶属关系，他们将湘九也纳入了这个“山头”。湘九的宿舍紧挨着从武汉过来的报社老孔和纪检部老李的家。老孔是重庆人，老李是河南人，湘九从此饱尝川菜与水饺。

干部部门找他谈话，详尽地了解他的履历，哪一年当的企业干部，相当于什么级别，发表过多少作品，获过什么奖，等等。军区副政委向他要他的著作，他要认真地看一看。湘九说，多数不在手头，只好随便拿几本请您指正了。

副政委惊讶地说，怎么能“随便”拿几本来呢，你这位干事，也真是太不懂规矩了。

浩将军在军区招待所接见了湘九，请他共进晚餐。浩将军不抽烟，却送了两条中华烟给他。

晚饭后的谈话进入正题，气氛渐渐变得严肃而微妙。浩将军对他的家庭历史发生了兴趣，他想知道湘九的父母究竟是什么样的人，为什么将他从罗湖桥的铁丝网底下塞过来？浩将军说，你到了军区机关，可能会接触到一些重要机密，你在我的属下工作，将要认识我军不少高级将领。你明白吗？我们必须更深入地了解你。

湘九提供不出什么让他能更深了解自己家人的依据。他竭力回想母亲给他讲过的一些往事。陈赓先生早已去世了，必老也去世了。还有那位迈之先生，一九五五年被授予上将军衔，是一位从未带兵打过仗的将军。湘九说，也许我母亲带回来的那些信件还在广州吧，也许已经毁于“文化大革命”之中了，那就真的什么也说不清了。

再想想，浩将军和颜悦色地说，总有人还活着的吧，或许能够证明什么。

还能想出什么人呢？湘九说。与先父同一批被国民政府正式授予陆军少将军衔的人，包括蒋当翊等人都在台湾。对了，有一位孔司令，率部起义，后来成了伟大领袖的儿女亲家，不知他是否还在世。他胡思乱想着。

过了好一会儿，他抬起头，望着墙上军委领导们视察部队的照片出神。苍柏将军！湘九突然叫出声来。是的，这位前辈还在世！他想起母亲曾经说过父亲认识他时他还是一个二十八岁的年轻人。现在呢，现在他已是八十八岁高龄了，他还能记得大革命时期的父亲吗？

当时的湘九并不了解浩将军听他提及苍柏老人时的为难心情。老人家已经住在三〇一医院很久了，曾经心肌梗塞，虽经抢救治疗病情得以好转，却已不便打扰。再说，他的某位秘书曾因偏听偏信而对浩将军有过不公。此时让他去向老人家了解如此悠久的陈年往事，何其难矣。

湘九不知道浩将军是如何面对这个难题的。湘九想象他在冬天的某个早晨走进老人家的病房，阳光暖暖地照在他们身上，他们从轻松的话题开始，慢慢进入沉重的历史的回忆。从冬天到春天，浩将军几次见到湘九，都没有再说起过这个话题，直到春末夏初，浩将军亲自主持湘九的长篇新著《阿波罗踏着硝烟逝去》研讨会。会议结束那天晚宴，浩将军端着酒杯，突然起身提议：

让我们为湘九的母亲干杯！她在反法西斯战争时，一次次将丈夫送上抗日的战场；今天她又历经坎坷培养了这样的后代，她是一位真正的中国母亲！

举座为之一震。

参加研讨会的有从北京赶来的老武，有从杭州请来的评论家老骆和老高，还有上海等地的媒体记者，从长春过来的春风文艺出版社领导人，等等。军区相关部门的首长和同事出席了宴会，老部队也派建华出席。从主任蓦然间红了眼眶，他对不知所措的湘九说道：

今晚就给你母亲打长途电话，把首长的话一字不漏地转告给她！……

湘九将电话打到家中时，二姐、梅姐和兰姐恰好都在母亲病床前。母亲很平静地听完了他的转述，半晌不出声。几十年的辛酸，终于化成了两泓清泪默默溢出眼眶。母亲抹着昏花老眼说，请代我谢谢首长，谢谢他对我的祝福，也祝他身体健康工作顺利。

母亲将浩将军的祝福视作一个参加过二战的老兵对一位抗日将领的历史承认和尊敬，而对其更多更深的含义，她老人家或许与许多人一样，暂时还无法想象。

苍柏老人在那个冬日后的第十个月病逝。他在中国现当代史上几次转折关头所作出的重大贡献已经载入史册。湘九有理由比常人更为沉重地陷于悲伤之中。浩将军语重心长地告诉湘九：他不仅向苍柏老人，也向熟悉那段历史的其他老人打听、了解过他的父亲。老人认为虽然不能确切证明湘九父亲的身份，但是他在大革命时期投身革命，因为“异党嫌疑”而被捕入狱多年，最后于五十年代中期在一片白色恐怖中英年早逝于台北，足以说明他的立场和理念。

浩将军说，湘九同志，有了老人家这番话，我就更放心了。

那段时间湘九做了许多类似的梦。梦中的父亲总是关在囚室中被特务们严刑拷打，坐老虎凳，灌辣椒水，上电刑。奄奄一息的父亲让湘九从梦中惊叫出声，醒来后浑身冷汗，茫然地望着窗外凋零的星星，不堪回想。这些梦折磨着湘九，他的脸色因严重失眠而变得无比苍白。

不久，湘九开始写作中国远征军在印缅战区抗击日军的故事。他写了《黑太阳》《酋长营》《支那河》，写了《落日困惑》。父亲和他的士兵们的故事像一片易怒的海洋，它隐晦而又暧昧，充满深邃的魅力。父亲参演过的舞台上曾经充满了英雄主义，演出过一幕又一幕阴谋、流血、背叛、呐喊、冲锋的戏剧。

早年的历史犹如春秋战国，有了“食民之粟、为民分忧”这八个字，“确切证明”这个词反倒没有太多的意思了。

十

北京·北太平庄·颐和园·东四胡同

这一年春节，湘九没有回杭州，他被通知去北京参加一个会议。

会上讨论了几部作品，传达了几个文件，接着有人要他写一篇批判文章。批判的对象是一名老作家，发表过一些著名的报告文学。上海一家杂志还连载了他的日记，其中提到当年对湘九的批判，老作家对此不以为然。湘九没有见过这位名人，也没有读过他的日记，那时候他正在南疆参战。

湘九说我写不出批判文章。

湘九不敢擅作主张离去。他给家里写信，让咪咪带着又佳到北京过年。老虎给她们安排乘坐飞达航空的班机。那是一趟午夜航班，只有“七个半”旅客。湘九在寒风凛冽的南苑军用机场迎来了第一次乘飞机的她们。

母女俩从一架图 154 客机上踩着简陋的舷梯下来。又佳兴奋地说，乘飞机真是太爽了，他们说我只能算半个旅客，却让我占了整整一排座位；还有那么多好吃的食品，口香糖和饮料，还有纪念品!

解放军文艺出版社的老廖是《他在拂晓前死去》的责编。老朱是《黑太阳》的责编。两位热情的编辑将他们一家安排下榻于北京太平庄一家部队招待所。

窗外雪花飘舞，屋内暖气融融，临近春节，招待所食堂关门了，湘九买来面包、熏肠和牛奶，放在暖气片上烤着吃，一家人看着电视，自得其乐。

惊恐的一幕发生在颐和园。雪后初晴，湖面结冰，当湘九和咪咪耽于欣赏长廊上的画栋雕梁时，身后传来了人们的惊呼声。

不知什么时候，又佳下了湖，在冰上走动。冰碎了，她掉进湖中。

湘九飞奔过去，看到她将两只小手撑在冰面上，大半个身子已浸没于冰水中。湘九抱着女儿冲进公园的小卖部，脱下她湿透的棉袄棉裤毛线衣。当孩子终于缓过气来时，湘九将她裹在自己的棉军衣里，跑到颐和园门口。一辆出租车及时而至，车上开足了暖气。又佳在爸爸怀里颤抖着，牙齿“嗒嗒”地打战。咪咪吓得面无人色。

又佳得益于这一系列丝丝相扣的救援行动，终于有惊无险地恢复过来。。

腊月二十九，一家人被老武夫妇请至小西天志强园。老武夫妇在厨房忙碌，咪咪又佳看电视，湘九在书桌旁看报刊，看到一纸文件，内容是加强港澳工委干部队伍建设。湘九陷入沉思。

老武回到客厅兼书房来了，湘九说，我可以向你们推荐一名干部吗？

谁？老武说。你想推荐谁？

杭州市委的张副书记。湘九说，这个人很适合你们的选拔条件。

老武扑哧一声笑了。他说：因为他在你特招入伍时帮过忙？你真是有恩必报啊！

湘九被他说红了脸。这不是主要的，他辩解说，主要是他的确符合条件。他是副教授，担任过校党委副书记，从政后口碑也不错，再说他大概不是广东就是福建人吧，与港人交往，语言的沟通、亲和力等方面都没有问题。

老武看了他半天，看得他心里发毛，但是他硬撑着一脸诚挚的表情，表明他的举荐毫无私心。老武的夫人小董进来了，这位贤惠的夫人，如同当年晋察冀的老乡们接待诺尔曼·白求恩和她的父亲老董那样，为咪咪和又佳搞了整整一桌菜。

玻璃上因寒冷而凝结起的冰霜使沿街的窗户在月光下变幻着色彩。胡同口孩子们点燃了鞭炮。白天堆起的雪人在夜色中微笑。从老武家出来后，有了些醉意的湘九带着咪咪又佳漫步北京街头，不知不觉地走到了东城。面前是一片青晃晃的古老建筑，空气清新寒冷，搔痒他们的鼻子，像针一样刺痛他们的双颊。又佳打了个喷嚏，湘九说，爸爸带你去哪儿暖和一下吧。

去电影院好吗？又佳期待地看着他。

湘九摇摇头。他瞧着胡同口的路牌，脑子里翻江倒海。我们去看一位老人、一个大官吧，他是你爷爷的朋友。

我爷爷的朋友？又佳产生了兴趣。怎么可能是北京的大官呢?!

冬夜的星光映照着这条僻静的胡同，又佳看到父亲迟疑了几秒钟，然后抬手按响一座四合院门上的电铃。一个小小的窗洞打开了，一位中年人说：你们从哪里来？找谁？我们来自杭州，拜访先生。湘九平静地自报家门。他不知道该如何称呼而今已是“副国家级”待遇的当年的“中常委”，他只好用“先生”这个词儿。

湘九说，麻烦你通报一下，我是鹤公的小儿子。中年人不知鹤公何许人，他迟疑了一会儿，说：你向首长或者他的秘书预约过吗？

没有，湘九说，如果他不想见，我们这就回去。

他们站在那里等待通报的结果，又佳有些害怕，紧紧牵着父亲的手。中年人终于重新出现了。请进。他打开大门，谦恭地侧身站立于一旁。

他们进入这座院子。首先映入他们眼帘的是一间车库，曾经载着刚出生的湘九的奥斯汀或者林肯轿车自然已不知去向，现在停着一台大红旗。他们穿过一个圆洞门走进宽敞的院落，看到正房的台阶上站着一位个子高高的老人。

湘九慢慢地走过去。老人站在台阶上，他必须仰视，因此，他在中途停下了脚步。台阶上的老人意识到后，缓缓地步下台阶。湘九重新起步，走到他跟前约一米处，立正，敬了个军礼。

母亲嘱我来京时看望一下您老。

长得很像你父亲，老人说，你母亲身体还好吗？

他们被请进客厅，有人送上茶，然后就出去了。客厅里有相当长时间的沉默，主人和客人都仿佛不知从何谈起。

主人终于说道，家里有什么困难需要我帮助解决吗？湘九回答说，最困难的时候都挺过去了，现在还有什么需要帮助的呢。

主人说，你在何处服役，现在是什么职务？湘九说，济南军区，副营职。

一位夫人进来了，湘九和咪咪站起身来。夫人问她的丈夫说，从杭州来的，是你老部下的孩子吗？老人微微摇头，说，是老朋友的孩子，现在当了解放军了。咪咪对又佳说，叫奶奶。又佳叫了一声奶奶。夫人似乎感到她在这里插不上什么话，点点头说，你们聊吧，转身离开了客厅。

这确实是一场艰难的、尴尬的会见。有关鹤公去世前后的情况，老人没有更多的说法。他说起鹤公当年在国防部，与第三厅郭厅长关系不错。第三厅是作战厅。郭某人早年加入共产党，解放战争期间，不仅提供了大量军事情报给延安，而且由其主持拟订的作战计划深得蒋中正信任，却让前方的军队大吃其苦头。郭后来率一个军起义，再后来，成了解放军南京军事学院的一名教员。

郭是重庆人，不知尚在世否。老人说。湘九无语，他感到很累。当年，为了掩护自己的身份，郭曾指说另一位同僚刘某人是地下党，没想到刘果然是的，不属同一系统而已。湘九说，先父跟他们的关系也许不错，也许仅仅是同事，远没有跟您的往来密切吧？

时间在看似不着边际的闲谈中流逝。那天晚上，老人刚从人民大会堂出席国宴回来，湘九也不想让他太劳累了。湘九单刀直入地问，当年我大姐来看望您，曾向您请教一个有关大新银行的问题，您说记不清了，您后来记起来没有？

老人以深邃的目光朝他看一眼。

沉默许久，老人看着窗外说，十几年前都已记不清的事了，现在还能记起来吗？

湘九听到他的叹息声。十分轻微的叹息声。湘九默然。现在的湘九，政治上当然不会再像从前那么幼稚了。他并不怀疑老人家的人品。那么，或者有什么不便告知之处？

他无奈地想到，在这个世界上，原本就是并非所有的谜都可以解开的。

接下来还能谈什么呢？湘九沮丧地垂下头。那时候，客厅里真的安静极了。懂事的又佳也不吭声。不要以为孩子小，也曾见过一些人物了，冷脸相待或者爱莫能助，都已经能够储存在她的记忆里。很多年以后，又佳从北大研究生毕业，四处求职，偶然的机遇，被人带到过一位长期主持对台事务的高层官员家。那一晚，这位官员的眷属跟人说起白天参加了一位夫人的告别仪式。偏坐一隅的又佳突然插嘴。又佳说，我见过她的，童年时，我跟着我爸爸去过她家。

年长的官员和他那年轻的家属都感到惊讶。官员说，你爸爸怎么会跟他们熟识，你爸爸不是从我军转业的师职干部吗？

深感孟浪的又佳吐了吐舌头，不得不告诉他们：是的，我爸爸是解放军，可我爷爷不是，我爷爷是那位先生的老朋友。

又佳记得那一个冬夜的每一个细节。她的描述让这位主持对台事务的高层官员也不胜感慨。回忆老人与她爷爷的交往仿佛一个断断续续的梦。也许这是有意的，也许本来就该这样，人们的选择有时候就像驿车那样，有的人很早就上了车，中途却叫他下车去走路了，于是，后来搭上车的人反而先进了城。

这能怨谁呢，只能说是命运的安排吧？

又佳记得，湘九不想再说什么了，他站起身来告辞。老人叫夫人，湘九摆摆手阻止了他。咪咪和又佳跟着他走出客厅，看到在客厅旁边一间屋子的窗子里，夫人跟他们挥了挥手。冬夜的庭院里静得像一个梦，风吹拂枯枝呻吟。湘九又向老人敬了个礼，老人忽然握住他的手说：

我跟总政主任很熟悉，明天，我带你去见见他吧。他用期待的眼光看着这个被他称为“贤侄”的解放军军官。

不必了，湘九却摇摇头说，军区领导已经很关心我了。再说，我这个人怕见官，更怕见这么大的官。

他们乘出租车回招待所去。又佳在车上不解地问爸爸，你说你怕见官，却为什么要见这位爷爷呢？总政主任的官难道比他还大吗？

我在董阿姨家喝醉了，湘九告诉女儿。喝醉时我就不怕见官了，现在酒醒了，我又害怕去见官了！

翌日早晨，湘九被一阵电话铃声叫醒。老武说，你到我们单位来一趟，马上来！湘九不明就里地下了楼，门前已经停着一辆来接他的黑色伏尔加轿车。车子开到西单，老武在单位门口等着他。湘九说，怎么回事啊，叫我到这里来干啥？老武说，秘书长想见见你。

年轻的刘秘书长原先是青年干部局局长，再早是一位政治局委员的秘书。刘秘书长很亲切地握着湘九的手跟他寒暄，问他参军后的情况，慢慢将话题引向他昨天跟老武说的张副书记。湘九明白了，老武已将他的推荐报告给了领导，湘九谨慎地向刘秘书长介绍了张某人在思想解放开拓创新方面的能力和政绩。

我的话只是个人看法，湘九小心翼翼地说，供你们参考而已。

当然，刘秘书长笑了。湘九，参军一年多，你真是让我们该刮目相看了！

湘九后来见过不少大机关的人，这样亲切和温煦的感觉很难再有。他想这跟一个百废待兴的时代有关。这个时代从某种意义上说，也是一个打江山的时代。打江山要用人才。这个百废待兴的历史时期腐败分子的比例很低，许多满腔热情的人在努力工作。湘九常常不由自主地怀念这个时期。

这天中午，刘秘书长和老武请湘九共进午餐。就在他们的机关食堂，三菜一汤，简朴一如家人。这才像干部的娘家啊，湘九很有感触地想。

这种感受带给他的并非都是利，他由此而养成了在大机关大人物面前不畏怯的习惯。后来的岁月中，他因此而在比这小得多的机关、小得多的人物面前常常碰壁。

回到部队，湘九立即给张副书记写了一封信，暗示他有调动工作的可能。大约三个月后，张副书记才回信，说没有任何这方面的迹象。湘九大为尴尬。但是，一个星期后，张副书记的第二封信到了,有人已经找他谈了话。

湘九再次见到张某人，是在珠海，湘九去那里修改一部电视剧。张从香港过来开会，顺便跟他敞叙别情，他已成为香港新华社的一名部长。

这一趟北京之行之所以让湘九终生难忘，不仅因为又佳掉进冰湖却有惊无险，也不仅是拜会了父亲的老友和推荐了张某人，还因为他给浩将军打电话，报告了自己的难处，目前写不出批判文章，是否可以先回济南去？浩将军说，写不出就写不出吧，回部队来。

湘九如释重负，立即整装离京。行前，接到了丛主任一个电话，他的职级命令已下，定为文艺八级，正团职待遇。

湘九惊呆了。他原以为能定个副团，穿上毛料混纺军装已是天大的照顾。丛主任说，干部部门起始确实是如此上报的，浩将军批了七个字：人才难得，请复议。军区其他领导也赞成浩将军的意见：湘九在参军前算得上是企业的领导干部，入伍后参战立功，工作成绩突出，可以破格定级。

回想起参军前夜湘九跟咪咪说的话，回想天津那位女作家写的信，两口子真是感触万千。天蒙蒙亮，他们就将又佳从床上叫起，一家人到了天安门广场。

东方既白，雄壮的《义勇军进行曲》响彻广场上空。戴着红领巾的又佳行少先队队礼。湘九将右手放到帽檐上。他突然觉得军帽戴在头上很重，而自己的手臂更加沉重。他的身子站得笔直，但他的心却在飞翔，他又回到了从罗湖桥下钻过来的那一刻。他仰望着徐徐上升的旗帜，情不自禁地深深舒了一口气。他突然意识到，九泉之下的父亲，一直牵挂着的也许就是他的这一天。

春风得意马蹄疾，湘九带着妻女一路欢笑返回泉城。冰雪消融，朝霞满天，阳光照耀一座生机盎然的历史名城。老孔请他们一家吃回锅肉、酸菜鱼、糯米丸子，老李请他们一家吃黄河大鲤鱼。电话打到老部队，老范笑得合不拢嘴。老范说他去看军干部处处长，他说，你知道军区给湘九定的什么职务吗？处长说提了一级，正营吧。老范摇摇头。处长惊讶地说，难道是副团？还真让这小子如心遂愿了！老范笑而不答，将军区的命令拿给他看。

生病住院的处长一下子从床上坐起，连声说道：不可能，不可能！

十一

杭州·珠海·岭南·济南·北京

湘九的定职时间从一九八五年下半年算起，等于撤销了以前的副营职任命，他拿到补发工资九百九十元，将在野战军时每月借的八十元钱一下子全部还清。从主任亲自带着他去泉城郊外几十公里处的一个后勤被装仓库，领到了毛料混纺军装、呢子军官大衣和将校靴。在天气将要转暖的时候，湘九迫不及待地换上校官服，请假回杭州。

从主任说，请什么探亲假呢，珠海电视台不是要改编你的《他在拂晓前死去》吗？你经杭州直接去珠海就是了。

湘九体会到，在中国，既自由又体面而且最实惠的职业就是当一名体制内的专业作家。既有旱涝保收的工资福利和医疗保障，又可以到处旅行住宾馆吃大餐在各种会议上作秀。而在这些专业作家群体中，又以部队作家最为优裕。他们的级别每隔几年会往上提一下，住房等条件也比地方上好。专业创作的编制岗位原则上集中在大城市，很容易成名成家。上级对他们布置任务不多，工作环境十分宽松。再说，作家这个职业其实跟其他行当一样熟能生巧，只要你写过一两部曾经有些影响的作品，后来的日子，完全可以轻松地应付过去了。

这真是一个充分享受社会主义制度优越性的利益群体。

湘九之所以不愿意当专业作家，乃是出于从小养成的忧国忧民情结。他总想成为一名历史转型期改革大潮的参与者、实践者和探索者。他的童年、少年和青年时代的经历注定了他不可能是一名书斋中的作家。优裕的生活方式不是他追求的目标，“精忠报国”和“天将降大任于是人”是其成长的精神土壤。宋朝皇帝对柳永说：“且去浅斟低唱，何要浮名?”柳永就去写“杨柳岸晓风残月”了，成了一名纯粹的词人。湘九却不是一名纯粹的词人。

穿着校官服的理想主义者湘九走进延定巷，熟悉的和不太熟悉的街坊邻居都驻足打量他。人们说，是你吗，湘九，你真的鲤鱼跳龙门了？孩子们争先恐后地跑进墙门，将他回来的消息告诉他母亲。

老远看到了母亲。母亲扶着门框，看着他走近。母亲皱紧眉头说，你这么快就当上了团级干部？算得是中校、上校了吧?！不合适，我觉得不合适！湘九没料到母亲是这种反应，手足无措地站在了天井里。母亲说，首长重视你，破格提拔你，那是他们的一片爱才之心；你自己有几斤几两应当心里有数！母亲还说，你父亲当年打了多少仗，受了多少外伤和内伤，才穿上一身校官服，你是不是太轻飘飘了?！

湘九被母亲训得垂头丧气。天热了，他脸上沁出汗珠。母亲说，去吧，把军装脱了，去井边打水去！他脱下校官服，拿起水桶。他感到自己又成了从前的湘九。

母亲说起街道送的光荣军属匾，送到了他们的小家，养和里的邻居又不了解他家的过去。这份光荣，在母亲眼里倒是很看重。

湘九重新穿上校官服，在黄昏时分去了街道办事处。第一个看到他的是派出所山东老和。老和明显地吃了一惊。他说，你怎么当上团级干部了，这身衣服不是借来的吧？湘九笑笑说，您跟我开玩笑了，我哪敢出这样的洋相！老和沉默了一会儿，说，我们公安也快发料子制服了。

在省文联当大型丛刊编辑时，有位作者送来过一个电视剧剧本。本子没有采用，湘九却跟这位名叫咬根的作者成了朋友。咬根从插队的黑龙江回来，一直没有报上户口，更谈不上工作了，生活十分拮据。湘九去看他，他正在家门口的菜场卖鱼虾。湘九蹲在游着几条鲫鱼的塑料脚盆边跟他谈话。他说，我的一篇小说要改编为电视剧，你跟我合作吧，差旅费由剧组报销，我只拿版权转让费，稿费都归你。

咬根感动得眼泪汪汪，非要送他两条鲫鱼。湘九推让半天，约定了出发的日期。他俩先到广州，再乘大巴去珠海。

看中《他在拂晓前死去》的导演名叫金龙，原先是武汉军区话剧团的，现在到了广州军区。这个瘦高个子的导演毕业于中戏，被打成“五·一六”分子关押过，差一点精神失常。他出生于老红军家庭，身上有一种传统的率真憨厚。他将电视剧改名为“星光，在黎明前闪耀”。他认为这个剧名比较时尚。

第一次来到经济特区，珠海给湘九很不错的感觉。小城美丽整洁，凉风习习。通过剧组，湘九认识了著名演员庞学勤，他从长影厂领导的位置调到珠海出任市政协副主席，几次热情地请湘九吃饭，吃的是“打边炉”。湘九想起《古刹钟声》中的王科长，想起《战火中的青春》中的排长，童年时崇拜的明星偶像居然成了自己的朋友，真让他感慨万千。

相比喧嚣而热烈的深圳，珠海显得安逸而宁静。文化人不多，总是相聚在一起。湘九在一个多月的时间里，至少有五次跟吴海燕共进晚餐。还有一位是导演老刘。湘九看见吴海燕就想起《海霞》，而今这个美丽的“民兵连长”脸上笼罩着一层淡淡的忧伤。老刘在《大浪淘沙》中扮演的余宏奎是个最终背叛革命的角色，湘九因此而跟他“一般般”。

还有一对蔡氏兄弟正在珠海艰苦创业，他们开着一辆破旧的大红旗轿车接送湘九去聊天吃早茶。据说这辆红旗原先是朱德的座车。若干年后，蔡氏兄弟成了澳门影视娱乐界的大亨。

金龙是个老烟鬼，早晨醒来要先抽两支烟才肯下床，湘九却是不吃完早餐不抽烟。他们站在窗前聊天。浓郁的南国风情展现在他们面前。

开始讨论剧本，后来由咬根写初稿，湘九写二稿。那一段时间无疑是咬根有生以来最为享受生活乐趣的阶段，招待所的一位女服务员甚至数次邀请他黄昏时分一起漫步情人街。

湘九不无妒忌地问那位姑娘：我是老师，他是学生，我长得不比他难看，地位也不比他低，你为什么不邀请我呢？

姑娘的回答使湘九大跌眼镜。她说，正因为你有地位、有学问，长得又帅，所以我才不会跟你交朋友。她的回答颇有哲理性：我们之间不平等，不平等的人也就不可靠。

当张副书记从香港过来与湘九见面之后，湘九终于产生了与小表哥见面的想法。

表兄弟之间的重要对话已经叙述过了，湘九从小表哥那里知道了“南光公司”柯某人当年接见他的情景，知道了父亲在大革命时期的另一个名字叫做“梦魂”。小表哥接到湘九的电话时激动地问他：你需要什么东西吗？电视机？电冰箱？手表？你太太和孩子需要什么？

湘九说这一切我家里都有了，我什么也不需要。

我跟你分别三十来年第一次见面，总要送你一件见面礼的。小表哥说。

那就送我一台录像机吧，你们那里叫做录影机。湘九在金龙的教唆下回答小表哥。

小表哥关了店铺，给员工们放假三天，携太太乘快船到九州港入关。那台录像机被海关扣住了，要补交一大笔关税。湘九带着金龙和咬根赶到九州海关，第一次见到身穿军装的小表弟的表哥表嫂，满心期望他能一句话就把事情摆平、搞定了。

湘九却对此毫无办法。九州港海关办公室主任，一位漂亮的上海女郎接待了他和金龙。湘九对她讲上海话，说是剧组使用的录像机，她甜甜地微笑着，倾听着，却对补交税款毫不松口。当小表哥不得不掏出腰包付款时，湘九看到表嫂眼里掠过了一缕失望的神情。

小表哥夫妇在珠海三天，天天请他们吃饭，临走时送给金龙咬根等人一人一个红包。他们列队在码头上，目送这对香港的个体户乘船回去，心中的感受复杂难言。咬根说，我能不能偷渡过去，在你表哥店铺里打上两年工？两年后再偷渡回来，做点小生意的本钱也就有了。

湘九带回的这台录像机，是杭州城里私人拥有的第一批录像机之一。老虎捷足先登，借去用了一个星期，据说天天晚上高朋满座，看的全是港台版言情片。一星期后老虎还不愿意送还这台机子，要求买下它。咪咪和又佳表示强烈抗议，老虎不得不送回来，还附送了一套《鹿鼎记》录像带。

事实上第一次改编电视剧给湘九带来的教训很深刻。从此他视“触电”为畏途。本子被一次次修改得面目全非，拍摄时又发生意外。担任主角的一位著名演员被模拟战场的烈焰烧伤，同时受伤的还有几位配角。意料之外的开支使剧组难以为继，片子剪辑后勉强上了央视八套。湘九始终没看过这部电视剧的播映，他不敢看。他给金龙打电话说，版权费我不要了，捐给烧伤的演员吧，稿费也算了，你们多少给咬根一些劳务费就行了。

路过那座岭南名城时湘九与长青重逢。

长青邀请他去她家坐坐。一个被裹在襁褓里的婴儿的记忆似乎复活了，似曾相识的感觉令湘九举步不前。他站在大门前，瞧着行持枪礼的卫兵，耳畔响起小姐姐兰的说话声：你一天也没有在这里住过，你看什么呀。

湘九不能肯定长青家这幢小楼就是当年自己家住的小楼，但他还是很认真地参观了每个房间。他想象长青的卧室就是大姐的闺房，长青妹妹的房间则是二姐或梅姐、兰姐的卧室。他在长青父亲的书房门前伫立良久，仿佛看到那张宽大的办公桌后坐着的不是长青的父亲，而是他父亲。那时候这个大院子叫做行营，从辛亥革命以来，这里走马转蓬般的发生过无数故事。

唐文斌说过，湘九的父亲在南京、在武汉当厅长、主任时挂的仍是少将军衔，他的属下中却有一些是中将部员，这些中将部员经过父亲的办公室时踮着脚，小心翼翼，父亲的不怒自威可见一斑。

长青推开书房旁边一个小房间的门说，这间房大概住过你哥哥吧？湘九说，不，应该是唐副官的房间。

两人相视而笑。湘九的双唇微微抖动，笑出了泪花。长青为之伤感。真是不容易。她说。不知道是说湘九一家走到了今天不容易，还是她自己家不容易。她的话引来一阵长时间的沉默。他们看着窗外的兵营，听着悠远的军号声，绿树环抱的小楼里，他们沉溺于比军号更悠远的遐想之中。

怅然若失的感觉，在一场细雨到来时，将客厅、走廊和餐厅都变得黯然神伤。长青说，等我父亲下班回来，一起吃餐饭吧。

湘九却执意告辞了。他觉得一切都已是明日黄花。

一个新人的到来使一个单位产生些波澜在所难免。一位曾经以一篇描写南疆战争的小说而享誉全国的同事对湘九说，你这么像拉屎似的，东一摊、西一摊，在各地的文学刊物上接二连三发表作品？

湘九回答说，能拉出屎来就算不错了，拉出一摊后就再也拉不出什么来了，那才叫痛苦呢。

湘九的预备期早已过了，军区机关的干部都是党员，谁也想不到还有一位需要按期转正的同志。

一天，湘九遇到了干部部部长，从武汉调来的这位部长见到他便有一种老战友般的亲切。部长说，你好像有什么心事啊？湘九说，您能不能提醒一下我所在的支部，我该转正了。

部长给丛主任打电话，丛主任一拍脑袋，您不提醒，我还真把这事给忘了！

丛主任作为支书，三天后召集了支部大会。会上，一位处长向湘九开炮：湘九同志对饭堂旁边卖卤味的那位大嫂说过，饭堂的菜做得像猪食似的。

人民军队食堂做的饭菜像猪食？处长愤愤地说，你的意思，我们是一群猪？这不是污蔑我们吗？

湘九愕然。他记不起什么时候自己向那位卖猪头肉的大嫂说过这句话。既然她说自己说过，那就是说过了。但是，这句话能提到如此的高度来批判吗？

会上的气氛变得凝重，湘九无法为自己辩解。一位文化部的老同志说，湘九同志的家庭出身问题也要说说清楚！这种话，要跟他的家庭历史联系起来，再看他是否从思想上真正符合转正条件。

湘九瘫在椅子上，他不敢看丛主任，丛主任也不敢看他。丛主任的心里在叹息，所有同情他的人都在替他叹息。

时间一分一秒地过去。

一位姓谭的老同志抬起了头。老谭早年与人合作写过一部电影《三进山城》。毛泽东在他生命的最后一年，身体已经很虚弱，他调来这部片子，看到解放军入城时满街群众夹道欢迎，他老人家感时伤怀，大哭了一场。湘九与老谭平时交往不多，没想到这个谦虚厚道的人，还颇有侠义之风。

说食堂的饭菜做得像猪食似的又咋样啦？老谭说，甭说湘九是南方人，我这个北方人也认为做得就是不好吃。话是说得难听了一点，可也是一种提意见的方式。老谭站起来，端起茶杯喝了口水。湘九同志为人直率，性格豪放，我看哪，他这种有话直说的作风值得我们学习！

氛围变了，多数人脸上有了笑意，阳光照进会议室，从主任脸上的阴霾也一扫而光。然而老谭意犹未尽，他拍了拍身下的藤椅，继续说道：

做人要豁达大度，要宽人律己！我跟湘九同志交往不多，但是我觉得他本质不错！同志们都想一想吧，办公室里发的椅子有两种，一种是藤椅，发给正团以上干部坐的，一种是木椅，副团以下干部坐的；湘九来的时间也不算短了，他是正团，但是坐过一次藤椅没有？他都让给我们这些职务低一点的老同志坐了……

湘九感到一种强烈的震撼。自己的一举一动，其实都看在别人的眼里，日积月累而成为一种评价的基础。

老谭的话引起了大多数人的共鸣，“猪食”之说成为笑话。从主任简单地对湘九的家庭出身问题作了几句解释，全体党员一致通过湘九同志按期转正。

从此，湘九再也不去买猪头肉了。

他买了一辆自行车，隔三差五骑车去营门外的菜市场买菜。楼上管理处的小金给他搞来一台煤气灶，他开始自己做饭。机关每个月发五斤鸡蛋，他经常将豆腐、肉、蔬菜和鸡蛋炒在一起，这份大杂烩又有营养又好吃，成为他始终吃不厌的保留节目。结婚前，湘九随母亲不吃羊肉，婚后随妻子学会吃了。因为又佳跟奶奶一样不闻膻味，咪咪只好到济南时大快朵颐，卖羊肉的老汉把她当成回民同胞。

一九八七年春夏之交，湘九偶然看到了军区机关的一本花名册，这本册子触动了他内心深处一个久已泯灭的愿望。

花名册上的干部的学历几乎都在大专以上，唯有他的名下写着初中，其实他这个初中生也是在山头插队时自封的，他的学历根本就是小学。

他思考了几天，给解放军艺术学院文学系徐主任写了一封信，咨询是否能以高中毕业同等学力的资格参加考试。

徐主任的回信很快到来了，信上说如果你愿意参加考试，当然可以。但是我建议你不必再花那么多时间、精力拿这个文凭了。

徐主任说，我读过你的不少作品，你的水平早已超过了当代大学生水平。

干部部部长出事时，湘九跟武汉过来的两位战友在第一时间去看望了他。有人报告了军区领导，浩将军亲自找他谈了一次话。

夜深人静，月亮眨着暧昧的眼睛，一位少妇踧进了干部部部长的单身宿舍。早已盯上此事的某个部门的某人，居然在门口的楼梯台阶上坐了大半夜。天亮时，少妇悄悄打开房门，刚一露面就被逮住，干部部部长因此被隔离审查。

浩将军感到奇怪，湘九的老部队以前属于武汉军区，但是湘九没有在武汉军区机关干过一天。到了济南，也没听说他跟这位部长有过什么交往。他为什么敢冒天下之大不韪，第一时间去闯这个禁区？

就因为他为你的转正问题给老丛打过一个电话？浩将军皱紧了眉头问湘九，你就"滴水之恩以涌泉相报"了?!

他关心过我，我自然要关心他。湘九挺直了身子回答首长。还有一个原因是，我瞧不起那个盯梢的人，他干得不够光明正大。

胡说！浩将军向他瞪眼，猛拍了一下沙发扶手。两大军区合并以来，干部之间的团结问题十分敏感，干部部部长这个位置更是众目睽睽。浩将军说，他自己生活作风有问题，如何怪得别人！

湘九不服气。他说：发现他可能有作风问题，应当及时向您报告，组织应该及时找他谈话，提醒他警告他一下，这才是爱护干部的做法么！为什么要盯梢那么多天？

浩将军好像重新认识了一次湘九。他从沙发上站起来，在办公室里踱了几步。他看着窗外，院子里树木葱茏。这仅仅是你个人的想法呢，还是不少人的想法？他问湘九，声音轻得像自言自语。他回过头来看着湘九：看来不止是你一个人的想法啊。

湘九也站了起来，他不再像刚进门时那样理直气壮了。他忽然感到了将军身上的重担，从将军的叹息中，他体会到了他的苦恼。

这位部长确实不争气，湘九低下头，有些愧疚地说，这一点也是我们的共识。您放心吧，我们去看望他，只是想让他明白，战友们希望他正视自己的错误，不要出什么意外而已。

浩将军挥了挥手，他们对这个倒霉的部长说了些什么话，对其他人又是什么态度，他不会不了解。他之所以亲自找湘九而不是另外两位武汉来的干部谈话，只因为湘九算个文化人，又是他指示上调并予破格提拔的，湘九对他不会隐瞒什么。现在，他对这个部下的为人和个性有了进一步的认识。他说，你走吧，多做些正面工作，不准再胡说八道了。

湘九向他敬个礼，轻轻地掩上了门。

湘九怕跟当官者交往，命运却偏偏安排了他与浩将军这个大官相遇。他们的交往坦率而平等，这个基调一直延续下来。浩将军的官后来越做越大，他们的交往却丝毫不受影响。湘九给他提供基层的社情民意，他给湘九讲解高层的战略意图。湘九跟其他官员很难做到如此相交，尤其是转业到了地方之后，不少人喜欢觥筹交错，喜欢莺歌燕舞，喜欢形成一个个官官相护的交际圈，湘九却一点也不喜欢这种生活方式。

于是，他们说湘九“天马行空，独往独来”，说他“游离于组织之外”。

湘九不想辩解。他摇着头自言自语，他们嘴里的“组织”，究竟是什么组织啊?!

尽管军艺文学系徐主任来信劝说湘九不必再耗费时间精力去拿这张大专文凭，湘九依然报了名。他回家复习迎考，咪咪给他搞来了那几年的高考试卷，政治、语文、历史，他一道题一道题地解答。夏季提前到来了，他窝在养和里的小屋中挥汗如雨。朋友们说，你这是临时抱佛脚啊。他说，也许碰巧被我蒙准了呢?

他以为至少可以复习一个月，因此，连续做了两周试题后，决定放松一下。这天是星期天，省作协知道他回来了，邀他去绍兴参观社队企业。他到了绍兴，饭课上遇见一位来自南京的军旅作家。作家说，湘九，你不是报了名参加今年的军艺招生考试吗？后天就要开考了，你怎么还在这里晃荡?

大吃一惊的湘九放下碗筷直奔长途汽车站。到家后拿起行装就往火车站赶。咪咪说，你不拿这些试卷了？他说，还复习什么，什么也来不及了！他买了一张站台票冲进车站，跳上第一列北上的火车。他在车上补票，凌晨时分终于回到了济南。

早晨七点钟，一夜未寐的湘九洗了个冷水澡，换上一套新军装，口袋里插一支新钢笔一支圆珠笔，精神抖擞地出现在考场上。他是年龄最大的一名考生。监考的干部部干事宣布完考场纪律后，问道：各位，还有什么不明白的吗?

湘九举手。他不好意思地说，请问，考试中间我能抽支烟吗?

干事环顾四周，考场设在大礼堂的舞台上，一名考生一张课桌，台下是一排排空座位。干事说，团以上职务的考生，允许偶尔抽一支烟吧。

只有湘九一人是团以上职务的考生。

首场考试政治。湘九打开试卷就乐了。复习时他借来一批《半月谈》杂志，近年的国际风云国内政策尽在其中。有一些数据，由于是刚读过的，脑子里记忆犹新，他不假思索就填了上去。他的位置在第一排。回首看一眼后面的考生，他的信心更强了。参加军艺招生考试的大多是些文工团团员，他们的政治语文等水平怎么可能跟在野战军和军区两级政治部工作、整天跟材料打交道的他相比呢？

他合上试卷，举手向监考人报告。监考人为难地走到他跟前说，考试时间才过去一半，你这么早交卷，影响别人情绪。你抽支烟，歇会儿吧。

下午考语文，一道大题是根据提供的事件要素写一篇调研报告。这种题目简直就是专门为湘九所设的。他带了茶杯进入考场，迅速地答完题后，喝茶，悠悠地点燃一支烟，东张西望。

他在考场中的表现大致如此。

一九八七年八月的一天晚上，浩将军在军区第五招待所设宴为湘九送行。浩将军说这是家宴，陪客是他的儿子、女儿和儿媳。浩将军的儿子当过兵，退役后考上山东一所大学深造。这是一个敦厚的年轻人，言行举止温良恭俭让，他毕业以后二次入伍，仍然继承了父辈的职业。

好好学习，浩将军感慨颇多地勉励他，你终于再一次跨进学校的大门了！

我会珍惜这个机会，向首长表态的湘九同样感触万千。当年，我可是连工读学校都想上的啊。

众多为他饯行的同事中，老仇最令湘九难忘。老仇是一条黑皮肤的山东大汉，童年时当过小叫花子，参军以后却成了一名雕塑家。

湘九与他产生友情是在大雪纷飞的除夕之夜，他俩被安排在营区一起巡夜。湘九说，听说你老婆到部里哭诉，你把她的金戒指都偷出去卖了？老仇躲在暗夜中雪花飘落的门洞里，叹口气说，我搞黑陶，失败的次数实在是太多了，快过年了，雇工回家的钱都发不出咋办呢？

半夜三更，湘九把老仇带到自己宿舍，一瓶烧酒，一把花生米，两人喝得醉醺醺。老仇给湘九上课，中国的造型艺术始于陶，陶文化是华夏古代文明的一个重要渊源。其中无釉而乌黑发亮、胎薄而质地坚硬的黑陶是山东龙山文化中最著名最典型的代表，被史学家称为“原始文化中心的瑰宝”。黑陶工艺在我国已失传数千年了，老仇在山东日照乡下租了厂房，以泥火为伴，搂窑枕土，含辛茹苦，几度星霜，盼望湮没了四千年的黑陶艺术能在自己手中得以复活。

江南也有黑陶的，湘九大言不惭地说，小时候我家里买不起铝茶壶，买一个瓦茶壶烧水，那就是黑陶么！

老仇哭笑不得，拿起酒瓶灌一大口。瓦是瓦，陶是陶！他向湘九解说。他口拙，满腹的艺术感悟难以表达，抖着双手叹气。我估摸着很快就接近成功了，现在是黎明前的黑暗啊。

湘九走到书桌前，从抽屉里拿出一个信封。

这是我在这里的全部积蓄，一共两千元钱。他把信封塞进老仇的军大衣口袋里。你拿去冲破黎明前的黑暗吧！成功了你得还给我，不成功么，你也该死心了！……

老仇的双眼同火也似的红了起来，他的老脸在灯光下更是红得像一面旗帜。他没有推让，只是激动得像个土改时分到了田地的老农。我会成功的，会连利息一起还你，他结结巴巴地说，湘九，你是个上海人，可是……

我不是上海人！湘九纠正他的错误，我是杭州人。

对对，你不是上海人！但你是个南方人不错吧？他不好意思地解释，我的意思是说，你像北方人一样豪爽……

那是北方人对南方人的成见。湘九依然气呼呼地说，我到北方这几年，也没见过几个真正称得上豪爽的北方人！……

老仇为湘九饯行时，黎明前的黑暗还没有完全过去，但是湘九已经感觉到了还钱的曙光就在前面。老仇干的既是脑力劳动也是体力活，家里常年养着几只甲鱼。老仇夫人专门给他做了个王八汤，加上猪肉白菜馅水饺，湘九吃得胃口大开。老仇的岳母是个来自胶东农村的小脚老太太，她包的饺子每一个都是艺术品，有的外形是兔子，有的是猪、狗、鸡，还有老虎、熊，个个栩栩如生。湘九因此而感受到北方乡野草根文化的巨大魅力。

真正的震撼来自湘九上大学后，老仇终于到北京中国美术馆举办了他的黑陶艺术展。一种凝重的历史感使湘九在展厅中止步不前，他觉得自己被什么东西彻底打倒了。

一尊尊塑像，保持了远古人类质朴厚重、率直遒劲的风格，内涵深刻，有模仿，有吸收，更有创新，淋漓尽致地表现出黑陶艺术质与色所特有之美感。复制的古品，如《鼎》《爵》《尊》等，体现了黑陶艺术的原始根源，从质地到外观都足以乱真。演化而来的作品，如《俑》《佛》《非洲少女》之类，形态万变，各具墨玉之质，纷呈青铜之光。老仇的这一群作品，可谓上承仰韶，下启殷商，精美大观，源远流长。

利息怎么算？老仇还钱时问湘九。

湘九摆摆手。你心里有数，他说，毕业回去之后，我这辈子的抽烟喝酒全由你报销了！

老仇憨厚地大笑。不但湘九如此，后来连创作室该由公家报销的开支也常常赖上了他。创作室有一辆伏尔加轿车，轮胎坏了，丛主任说，老仇你能否表示一下？老仇接过发票，撅着嘴嘟哝道：这不是跟旧社会吃大户一样吗？

湘九毕业后回到泉城，成为老仇工作室的常客。他亲眼目睹了各位来宾的惊讶。日本人一躬到底，说是“前无古人”“仰之弥高”；美国人竖起大拇指，“万里古特”，然后就问多少美金才能出售？湘九果然从此不买烟，专抽老仇的“伸手牌”。老仇说，出版社要出他的艺术传记，可他满脑子想法就是写不出来。他说，湘九，你抽了我多少条好烟啦，你不给我写让我找谁去写？

湘九对此深感歉疚。

湘九曾经写过一点美术评论，但是，要把一个从小乞丐到雕塑大师的人的艺术历程真实全面地写出来，他深知自己的功力不够。老仇的作品早已为国家级美术馆、博物馆收藏，他的黑陶创新工艺，在文化界第一个获得了国家科技进步一等奖。巴黎罗浮宫也曾展出他的作品。二十世纪九十年代，仇氏黑陶艺术展在香港及新加坡、日本等地举行，湘九替他代请已任香港新华社领导人的张副书记前往剪彩，媒体争相报道。展拍时，一尊仰首大笑的弥勒佛起拍价港币七万元，一尊大鼎更是天价。

许多年过去了，这尊弥勒佛静静地站在湘九那架狭小的书橱中，湘九每次看到它心里便有一种隐隐的疼痛。上世纪九十年代初，湘九调离济南军区的那天夜里，老仇扛着一只纸箱来到他的宿舍。多少熟人向我开口讨要黑陶作品，唯有你从不开口，老仇放下纸箱嗔怪他说，你非得让我厚着老脸皮亲自送上门来吗？

我从不向出了大名的艺术家索要作品，湘九说，我不想叫人为难。

我知道你小子清高！老仇先从纸箱中拿出一件黑陶作品：霍去病墓前卧马。这就算我还给你的利息吧，这家伙也抵得上你多少年的利息了。

湘九抱住他，他拍着湘九的肩，风雪之夜喝烧酒吃花生米笑谈老婆告状的往事一一浮现在眼前。一名大获成功的雕塑家和一名不太成功的作家在泪水中回想往事不能自已。对不起，老仇，我写不了你的传记了。湘九的话被老仇挥挥手潇洒地打断。我的作品就是我的传记，他说，老家已在筹建我的艺术馆了。

泉城竖立着一座“风雨交警”纪念碑，这是老仇最后的作品。老仇于一九九六年七月二十二日劳累过度猝逝于工作室。他的后人继承了他的黑陶艺术创作，作品可能仍然精彩纷呈，但是，那已经不是他的创作了。

从主任送湘九上车去北京。从主任说，同志们都替你感到高兴，寒暑假别忘了回来看看大家。

不见得都高兴吧，湘九说，否则，为什么有人压下考试通知，差一点让我误了考期呢？

从主任为此而尴尬。别那么小肚鸡肠，考都考上了，还惦着这种事干啥！他说。

湘九笑笑，上了列车。他挥挥手。站台上的战友也挥挥手。从主任喊，好好睡一觉吧，天亮就到北京了！

离开学还有三四天，湘九住到了北影厂招待所，著名编导陈敦德搞了一部《血战台儿庄》后，又想搞一部中国远征军的片子。敦德邀请他同住一室，聊聊桂系往事。

同一层楼，仕女云集，雪肤花貌，金钗霓裳。原来，电视连续剧《红楼梦》剧组也住在此处。

天热，他们开着房门睡觉，某日，湘九半夜从卫生间出来，蓦然发现自己的床上躺着一位古装美女！湘九跑出门去，仔细瞧门上的房号，没错，是他跟敦德共住的房间。他回转去推推敦德，敦德迷迷糊糊地从床上坐起。湘九指指在临窗床上酣睡的“十二金钗”之一，问他怎么一回事。敦德揉着眼睛说，我们进入《聊斋志异》，遇见仙女啦？他俩的说话声终于惊醒了那位小姐，小姐睡眼惺忪地坐起身，看着他俩说，你们走错房间了。

他们在饭堂遇见了杭州市作协薛主席。老薛在改剧本《济公》。湘九将敦德介绍给他，两人一见如故。敦德和老薛都具有当今文坛中人难得的秉性，为人朴素，不计较小事，能与人友好相处。早晚，三人漫步于三环路的梧桐树下，聊人生和艺术，湘九得益匪浅。

一九八七年九月一日，湘九进入位于北京魏公村的解放军艺术学院文学美术系文学专业学习。一间宿舍四个人：济南军区军医学校的组织科长老斌，国防科工委创作室的罗勇，海南军区宣传处的阿满和湘九。

徐主任来看望新学员了，湘九向他敬礼，徐主任说，我说你不必来了，你还是来了。你来了，我却走了，不再担任这个系主任了。

徐主任高升了，担任总政文化部部长。新任的主任也是一位大名鼎鼎的老一代军旅作家。

湘九对军艺食堂的感觉很不错，生菜猪肉卷，红烧茄子，肘棒，有面食也有米饭。有个女学员小宋咬了一口馒头扔了，身为班长的湘九叫她捡起来吃下去。小宋哭了。湘九把馒头放进自己嘴里，一口一口咽下去。小宋是干部子女，父亲担任海军某舰队政治部主任。小宋说，国军的后代，管起八路军的子女来了！

其实小宋人挺好，娇气一点而已。第一个学期，他俩同桌。湘九夜里写作，白天坐在课堂上睡着了。他的鼾声太响，张老师在讲台上瞪着他，同学们哄堂大笑。小宋每次都轻轻地推醒他。终于有一天，她对再次进入梦乡的湘九说道，请你换个座位吧，我真的受不了你的鼾声了。

湘九换到了阶梯教室的最后一排，身边没有同桌。但是，这个过程很短暂。一位将军的儿媳在开学好久之后才来报到，坐到了他的身旁。那是一位小有名气的电影演员。上体育课时，湘九打太极拳练健美操，像狗熊一般笨手笨脚，女演员却身轻如燕动作优雅，犹如鹤立鸡群。

女演员听北大的钱理群教授讲鲁迅，听叶朗教授讲唐诗宋词，听吴小如先生讲古典文学，未免有一点吃力。于是，她趴在课桌上写现代诗。她把诗拿给湘九看，湘九在诗上批一句话：上课时间写情诗不合适。

女演员将诗收回去，目光如剑，杀了他一回又一回。某日中午，食堂里新来一位高鼻梁深眼窝的女军官，一个人坐在角落，瞧着湘九。

湘九赶紧放下碗筷，向她打招呼。她笑了，笑得很可爱。她自我介绍，巴哈尔古丽，音乐系学员，来自新疆军区歌舞团。

翌日，上共同课，巴哈尔古丽坐到了湘九身边，听不懂之处，要他解说一遍。到了考试时，湘九不得不举手请示老师，能否帮她这个忙？老师说，给她解说吧，小声点，别影响周围同学。周围的人都竖起了耳朵。从此，每当共同课开考时，湘九身边美女如云。

考完了，她们作鸟兽散。阿满对湘九说，现在你拿枪也打不着一个美女了。

湘九说，巴哈尔古丽你真傻啊，横竖老师不懂你写的维吾尔文俄罗斯文，你瞎考他也没有办法！巴哈尔古丽紧张地摇着头说，不行不行，对面就是中央民族学院，老师会把我的考卷送到那里去，请懂得维吾尔文俄罗斯文的老师批阅！

咪咪到学校来探亲了，刚在饭堂坐下，巴哈尔古丽将双手从后面蒙住湘九眼睛。湘九尴尬地将她介绍给妻子。古丽甜甜地微笑着，说，亲爱的嫂子，湘九大哥对我很好，教我汉文，帮我考试，我们维汉两族就像亲兄妹一样。咪咪已被她的隆鼻碧眼迷住，不由自主地说，对，对，五十六个民族亲如一家！

探亲结束时，咪咪叹口气说，湘九，你在这里不犯错误，就再也没有这么好的犯错误的环境了。

她的话使湘九的情绪很受影响。

那段时间，他们的夫妻关系出现了新的不和谐。对孩子教育的理念不同是主要原因，其他因素也不少。咪咪在攻读党校的管理专业文凭，一方面觉得湘九开始成名成家，自己却落后了，可能会越来越缺少共同语言；另一方面，在完成论文中触及了一些政治与经济体制问题，急于发表自己的看法。湘九担心她的文章因为不成熟而走进误区，还担心她忽略了照顾家庭让母亲孩子受累。总之，一个有些大男子主义，一个有些急于求成，又加分居两地，出现了“冷战”状态。

写信是解决不了问题的，他们的信件往来如国际共运中的“九评”“十评”一样。连篇累牍互相指责。咪咪觉得很委屈，辛辛苦苦在家教育孩子，湘九回家时却溺爱又佳，让她的一番苦心全白费了。湘九要她做一个贤妻良母，别再去关心什么体制问题了，咪咪说，我有我的事业、理想，为什么女人就要做男人的附庸？

他们去看老首长。浩将军到了北京，传闻将到总部担任军委领导职务。老首长热情接待咪咪，削一个新疆伊犁梨给她。老首长语重心长地对她说，你可不要跟湘九闹离婚啊，你得慎重地为自己、为孩子想一想，你上哪里再去找一个这样的丈夫？

咪咪的委屈无以复加。湘九探家时他们的矛盾再次爆发。那天晚上咪咪当着他的面骂女儿，骂着骂着又动了手，湘九在盛怒之下写了一纸离婚协议书，咪咪看都不看就签上了名。

翌日早晨，他们带着又佳一起去街道办事处，开始气冲冲地走得很快，后来越走越慢，终于停了下来。咪咪对又佳说，都是你不好，你害得我们这个家都要散了！又佳伤心地哭了。孩子说，爸爸，都是我不好，你们不要离婚了，我以后一定听妈妈的话，哪怕她错了，我也听她的好不好？心如刀割的湘九弯下腰抱住又佳，眼泪吧嗒吧嗒地掉在孩子身上。好吧，我们回家去吧，他对咪咪说，我们都冷静一些，为孩子多想想吧。

“冷战”期间的男人是孤独的，他的心很寂寞。但是，在学校他不会表现出来。因为他是“大哥”。

放寒假了，他坐上南下的列车。同车厢有位女同学小禾，与巴哈尔古丽一个班。江苏人与浙江人在北方就成了老乡。老乡见老乡两眼泪汪汪，小禾的家更是矛盾重重。湘九说，听说你要参加人民大会堂的春节联欢晚会演出，怎么就回家去了？小禾的眼泪刷地一下淌下来，止都止不住。

小禾说，我给我先生打电话，问我该参加演出呢还是回家，我说我想家，想儿子。你猜他怎么说，他问演出有多少报酬？

湘九用一种悲哀的目光看着小禾，心里有一个词不能说出来：红颜薄命。他想她真的是有点红颜薄命。小禾曾经是个走红江南的民歌演员，出生于梨园世家。小禾身上有一种温婉凄美的气质，惹人同情。在穿窗而入的阳光照耀下，小禾的身影单薄纤细。她的叙说，点点滴滴。湘九闻之久久无言。

湘九是这届学员中的老大哥，除了解放军文艺出版社的老廖，他的年纪最大，职务最高。发薪水时他的钱比一些老师还多。放学后女同学们围在校门外一家饮料店门口喝酸奶，远远地看到湘九走来,她们欢呼雀跃地喊:付钱的人来了,财神菩萨来了!

车厢里播放着江南民歌，正是小禾演唱的。湘九在风也柔柔水也柔柔的歌曲声中对小禾说，你得藏一点私房钱，不能把演出的报酬统统交出去，既为自己，也为你们孩子的将来着想。

车到她家所在的城市了，小禾揩干泪眼，细细地重新化妆一番，湘九觉得自己仿佛在看一部过去的老电影。小禾忧郁地朝他笑笑，掏出一个信封。她轻声细气地说，这里有八百多美元，是我多次出国演出积攒下来的，就请大哥你替我保管好了。

湘九束手无策地接下这个信封，有一种作茧自缚的感觉。他目送女人伤感而优雅地离去，手里的信封和心中的感受一样沉甸甸。

这笔钱，后来湘九几次想还给小禾，她却摇摇头说，在你那里放着吧。直到毕业之后，又过了两三年，小禾来到杭州演一场大戏，湘九才找到她，把这八百多美元连同存在银行里的几年利息，一起还给了她。

那时她的丈夫早已成为“前夫”，孩子跟着她。湘九说，你后来怎么把这笔钱忘了呀？她说，我后来的日子并不拮据，也就想不起来了。

在军艺的两年里，他们是同学也是朋友，别人不知道，一个寝室的同学最清楚。好友们绝不会对他们的往来说三道四。老斌、阿满跟湘九一样，对这个温文尔雅的女同学颇有同情之心。罗勇家里的矛盾比小禾更尖锐，整得他每天都焦头烂额，那时候，常常有一个小女孩或是跟在阿满身后，或是跟在湘九身后去饭堂吃饭，那是罗勇的大女儿。

事情发生在寒假期间，湘九在《浙江日报》发表了一篇散文《我跨进了大学的校门》。文中提到系主任的有一句话：《中国作家》杂志今年第三期将发表我在学期间写的中篇小说《走向天国》，这是我在我的指导老师、著名作家某某同志启发下写的。

这句表示尊敬与感激之情的话，却被人说成“湘九在回家期间写了一篇文章，攻击系主任”。当时正在酝酿评选当届全国优秀小说，系主任是评委。本系学员中，有两位作者的作品进入最后一轮评选，系主任听说这件事后，对湘九的作品没有表态。

湘九的作品曾经在数届评选中进入最后一轮，又因各种因素而名落孙山。《小说选刊》的肖主编为此而不平，找到评委会主任冯牧先生。冯牧先生很为难，他的老师都对他的作品没有态度，这事怎么办呢？

冯牧先生建议评委们再认真读一读湘九的《他在拂晓前死去》。

湘九坐在宿舍里生闷气。老斌和阿满为他愤愤不平。学员支部的书记老李进来了，老李说，他娘的，湘九你得去跟主任说清楚，评选的事咱们无所谓，可你也得把真相告诉他啊。

湘九不能不去找这位德高望重的老前辈。他跑到北京图书馆，找到那张发表自己文章的《浙江日报》，复印了一份。他走进系主任办公室，报告说：这是我在寒假时发表的一篇小文章，请您指正。

系主任默默地读完了这篇文章。他脸上的表情五味杂陈。过了好一会儿，他说，你为什么不早一点把它拿给我看？

我在文章中颂扬了您，拿给您看不免有讨好之嫌。湘九平静地回答他。现在听说您可能有误解，我才不得不拿给您看。

毫无疑问，系主任是个正直的老作家，湘九对他怀有敬仰之意。任何人都可能会有误会，湘九说清楚了也就不再去想此事了。

系主任没有在最后一轮评选时对湘九的作品表示异议。那一届全国优秀小说评选揭晓时，军艺有两名学员同时获奖。

事情没有到此结束。进谗言者受到了大多数同学的鄙视。老斌说，什么人可能在这起事件中获益？就是这个进谗言者。

那天，罗勇在走廊上遇到了此人，见他拎着一只装着烟酒的袋子出门去。罗勇说，又去请客送礼啦？那人恼羞成怒，挥舞着拳头对罗勇说，你小子欠揍。

湘九的臂上缠着黑纱。一九八八年清明节，母亲去世了，湘九沉溺于难以言说的悲痛之中。他坐在后排座位上，那人过来了，要他让座。湘九恍恍惚惚地抬起头说，为什么要我让座？

那人说，前几天我坐在这里！

周围的人都在嘲笑他，湘九在这里坐了快两个学期了，仅仅因为母丧期间离开过几天。他这不是有意挑衅吗?!

那一天讲课的是北大叶教授。那天的课讲得好，课堂秩序也好。叶教授快要结束讲课时，抬起头问后排的同学，点到了湘九，他说，湘九，对我的讲课有什么意见吗？

湘九说，没有，您讲得很好。

叶教授宣布下课。事情突然发生了，那人忽地站起身，指着湘九臂上的黑纱说：你神气什么？你是国民党小老婆生的狗崽子！你他妈的混入我党我军……

一教室的人愣住。

湘九茫然地看着他，不敢相信这真是他说出来的话。他是一名营职干部，虽然长得身高接近一米九，体重一百九十多斤，总还是攻读文学艺术的一名学员，算是一名“文化人”吧？

没有任何语言可以还击他。任何语言在这时都是苍白的、软弱无力的、多余的，湘九深刻地体会到这一点。别无选择的他默默地站起身，在同样茫然的周围同学的注视下，走到阶梯教室的最后一排去，那里靠墙放着几张折叠椅。

湘九拿起一张折叠椅，依然默默地走向他。

时间仿佛过得很慢，又仿佛极快。台上的叶教授和台下的同学们同时发出一声惊叫。他们看到湘九高高地举起折叠椅，猛地砸向那人。那人和别人不一样，当别人茫然地看着湘九的举动时，他是清醒的。既然是有意挑衅，他就早有防备。他往边上一躲，躲开了砸向他头顶的椅子。

湘九收回双臂，一抡，折叠椅重新抡向他，他的胳膊遭到重击，痛苦地叫出声。

老斌抱住湘九，使那人得以逃身。叶教授目瞪口呆地站在台上，课堂里乱成一锅粥。湘九挣脱老斌和阿满的阻拦，追出教室门外，那人已逃到走廊尽头。湘九冲进宿舍，从抽屉里拿出一柄长刀，这是长青调离中原军营时送给他的一柄不锈钢西瓜刀，刀身雪亮。

美术、舞蹈专业的同学从教室和宿舍探头出来，惊讶之极地瞧着这一幕：一个大个子学员向大楼外狂奔，一个持刀的矮个子学员在后面追，一群同学挡住他，死命将他拽回去。

正在外面开会的系主任接到报告赶回学校。马上召开会议研究处理此事。各种传闻纷至沓来。

野战军组织科科长出身的老斌深谙这件事的复杂性和严重性，他说，湘九，你带我们去浩将军那里，我们必须向高层反映！老斌一字一顿地说，这不仅仅是歪风邪气的问题啊，我们不能太被动了。

回到了北京中枢的浩将军在位于景山东街一条胡同的家里接见了他们。湘九什么话也没说，沉着脸，坐在沙发上。整个事件的过程，都由同学替他陈述。浩将军紧皱眉头，倾听着，脸色严峻。他在中间只插过一句话。他说，湘九，我每次问你在学校的情况，你都说一个字：好。没想到结果是这么个状况！当老斌说到那人长得身高马大孔武有力，如若不是湘九去拿刀，很可能惨遭殴打时，将军终于又问出一句话：

你们当时在干什么，为什么制止不了对方?!

老斌愣住了，一时无言可对。他结结巴巴地说，我们想到自己都是党员、军人，我们只好拉住他们，等等。浩将军从鼻孔里哼了一声，挥挥手说：

好了，回去写个书面材料来，我转给总政首长。

系里召开会体学员会议前，湘九接到浩将军秘书的电话，将军转告他四个字：高屋建瓴。

湘九面无表情地坐在会议桌前，听系主任语重心长的讲话。主任说，中国革命的历程是无数志士仁人共同奋斗的历程，其中就有湘九父母这样的北伐、抗战将领及其夫人，因此，恶意诋毁他的父母，尤其是在他母亲去世的悲痛时刻，确实很不对。肇事者应当向湘九同学赔礼道歉。

他又说，湘九同学也有错误，跑回寝室拿刀，虽是一时激愤所致，但性质十分严重。何况湘九还曾经说过这样一句话：我们这里，跟国民党时期的军校没法比！

湘九听到这里插话：请拿出证据来，我在什么时候、什么场合，跟什么人说过这样的话？原话是怎么讲的？在什么样的语境中讲的？

阿满举起了手。我证明。他说，湘九的原话是：跟黄埔军校无法比。那是在宿舍闲聊的时候，湘九针对某些同学称上届是“黄埔一期”，我们是“黄埔二期”时所说，黄埔军校培养的是大革命时期带兵打仗的军官，我们这里培养的只是些军队文化干部，两者不能相提并论。阿满说，我纳闷，“黄埔军校”怎么变成“国民党时期的军校”了？

会议室乱了，人们窃窃私议。湘九忘不了海军航空兵的一位创作员老李，这个平时温良恭俭让的老八路子弟，突然站起身，将笔记本往桌上一摔，说：都什么年代了，还开这样的“批判会”？我拒绝参加这个缺乏道歉诚意的会议。

穿着一身海军蓝制服的老李，晃着他那瘦瘦高高的身板走出了会议室，同样来自海军的小宋紧接着跟出去。老斌、罗勇、阿满，一个个退席。湘九热泪盈眶。他听到系办公室的秘书追到门外喊：别走呀，你们别走！

这件事，过去二十年了。湘九去北京参加全国作代会，遇到一位喜欢“包打听”的文人，才知道二十年来，这件事有了好几个不同的版本。有的说他俩是为了评奖、立功打架，还有的说可能是争风吃醋，为了某个异性。

清者自清浊者自浊，湘九早已无意辩说。

秋天到来的时候，晚上，湘九正在寝室里洗脚，门开了，班主任老师陪着一位少将军官进来。这是工作组组长，总政的沈副部长！湘九来不及揩脚落地，就站在脚盆里向少将敬礼。沈副部长走上前，把他拉到床上坐定。他说，湘九同学啊，我早就听说你了，一直想来看看你这个小老乡呢！

沈副部长是杭州市郊富阳人。他的老家跟郁达夫的老家挨得很近。

一个月后，沈副部长成了解放军艺术学院政委。

十二

北京魏公村·三里屯·学院路

湘九上学不久收到一封信，寄出的地址是本市三里屯某幢某单元，写信人名叫彭泽益。彭说，他在《团结报》上看到介绍湘九的文章，知道他到军艺深造，因此而试投此信：鄙人可以称为令尊、令堂大人的故交，未知能否拨冗一叙？

星期天，湘九找到了彭宅，一位清癯而目光有神的蔼然长者将他迎进四壁皆书的客厅兼书房落座。老先生端详着他说，像，像你爹，也像你母亲。老先生说，我对你的《黑太阳》系列作品非常不满意！令尊大人温文谦逊礼贤下士，你怎么将他描绘得像个土匪一样?!

湘九从未听说过这位长者，一时无言可对。后来他去学院路中国社会科学院宿舍，见到了二姐夫龙骧的三哥骆老，才知道彭泽益先生是位著作等身的大学者，研究近代社会史和经济史的泰斗式人物，多年担任中国社科院经济所研究员，研究生院教授、博导。

湘九说，您老是一九一六年生人，我父亲比您大十三岁，母亲比您大四岁，我父亲是军人您是学者，如何成了“故交”？

彭泽益先生点点头，陷入回忆之中。

抗战胜利那一年，彭泽益从武汉大学毕业，获文学硕士学位，留校任历史系助教。时值兵荒马乱，一会儿说接收大员快到了，一会儿说军警冲进学校来抓汉奸了，学校跟街上一样混乱，几个月薪饷无着。某夜，为生计奔波一日的彭泽益，又冷又饿地坐在街头长吁短叹时，遇到了湘九的父母。

这位白面书生，哪里人唷？父亲问他。

书生抬头看他俩，父亲穿着长衫，披着一件大衣，戴着礼帽，母亲也穿着大衣，两人皆和颜悦色。

更重要的是，父亲操着一口洞庭湖畔的乡音。

书生的眼睛湿润了，当他说出自己的家乡时，看到父亲一怔，随即笑口大开。老乡，真正的乡亲啊。我们是一个县的，只隔十几里路！父亲拉他起身，随即脱下身上的大衣，披到书生肩上。走，到舍下去畅叙一番！父亲握住他的手说，有么子难处么？我们一起想法子解决！

几十年后回忆起来，彭老先生依然热泪盈眶。一件送给他的大衣，一个热气腾腾的火锅，仿佛温暖了他半个世纪。母亲的善良和同情心使他无法忘怀，父亲对知识分子的尊重令他鼻子发酸。早在学生时代，彭泽益就先后在《今日评论》《东方杂志》《现代史学》《读书知识》《文史杂志》《中山文化季刊》等报刊上发表了《中国第一次对外战争中的群众力量》《太平天国对于东西革命思潮的影响》《张謇的思想及其事业》《梁启超与中国新闻事业》等一系列学术论文，试图用历史唯物主义的方法进行辩证分析。因此，他跟父亲上下纵横畅谈历史与现实，展望将来，一时相见恨晚。

彭老先生忘不了那晚上父亲对他说的话。父亲说，你的工作和生活问题无须担忧，一切由我来解决。你是国家未来的栋梁之材，我首先要当好你们这些人的总务处长！

彭泽益教授将一个与以往想象全然不同的父亲形象展现在湘九面前，使他倍感困惑。

然而，他又不能不相信彭教授的话，这样一位学贯中西的专家，有什么必要替他父亲粉饰？

街头相遇之后，父亲将彭泽益推荐给白崇禧，给他一个文书的职位，发一名连级军官的薪金，不用做事，坐在档案室和图书馆专门研究学问。父亲说，你要抓紧时间读书做文章，考“中央研究院”，将来做个大学问家。

两年的潜心做学问，既造就了彭泽益，也差点毁了他。他的学术成就，他的著作等身，在后来的岁月里，理应名扬天下；但是，一个国防部和华中剿总的上尉文书职位，却成了他历史的污点，以至于当湘九初次见到他时，和绝大多数圈外人一样，竟不知其为何许人矣。

白崇禧曾经对父亲质疑，你是否在有意地安插乡党？彭泽益将自己在中山大学和武汉大学授课时的讲义，著成了《太平天国革命思潮》一书初稿。父亲将稿子拿给白看，白才相信他对彭的帮助和举荐并非出于私谊。军务倥偬之余，白对这部初稿细加审阅，评价甚高，对其书中第三章《太平天国军事理论》更是倍加赞赏，因此，此书得以在一九四六年由商务印书馆出版，彼时身为抗战名将的白亲自为之作序。

一九四七年，彭泽益考入"中央研究院"，社会研究所所长陶孟和先生对其青睐有加。当傅斯年主张"中央研究院"迁往台湾时，陶坚决抵制，彭泽益紧随其留守南京，等待三野进城。一九四九年四月二十三日，南京解放，翌日，陈毅将军即带着一名警卫员来到社研所，看望陶孟和与彭泽益等人。两个月后，陈毅向中央力荐陶孟和出任中国科学院副院长。一九五二年，彭泽益随社研所到北京。次年，社研所改为经研所。

两百多万字、四卷本的《中国近代手工业史资料》，厚厚的《十九世纪后半期的中国财政与经济》；皇皇大作，字句之精练，逻辑之周密，可谓一丝不苟。湘九面对这样一位大学者，不能不肃然起敬。而这位大学者，却口口声声将他的父母尊称为"恩公""恩母"，湘九不知道在那早已逝世的父亲和风烛残年的母亲身后，究竟还藏着多少历史的秘密。

彭的儿子是位技工，儿媳是一家小工厂的出纳，彭说，今天把你们叫来，见见恩公的小儿子，我们要举杯痛饮一场！四个人出了家门，走到三里屯淮扬饭庄，老先生嘱儿媳点菜，点阳澄湖空运来的大闸蟹，喝茅台酒。彭老先生的儿子儿媳一看就是那种特别本分厚道的年轻人，他们对湘九说，老爷子常常念叨您父母，今天终于见到了您，简直太高兴了！不知我们该称呼您叔叔呢还是叫哥？

叫我湘九吧，湘九说，"恩公"不"恩公"是他们那一辈的事。

湘九没少吃他们一家的请，星期天出校门，走着走着就到了彭老先生家。书房里一老一少品茗笑谈，湘九好像成了他的研究生。彭老并不拘泥于以往的学说，他的认知在不断地与时俱进。近几年，彭老多次出国交流讲学，他的眼界很开阔。

彭老的家，往来有鸿儒，一些后来声名显赫的经济学家，那时自称晚辈。湘九饶有兴趣地听他们高谈阔论，增长了不少见识。那时，有的人还不是主流，一个个都还很谦逊。

湘九总有一个疑问：先父读过几年私塾、军校而已，能跟您这位大学问家有这么多的共同语言吗？

彭老先生说，怎么没有？他是缺乏系统学习的机会，涉猎却不少。你看过他写的字没有，那一手挥洒自如的书法，就是坐牢时练出来的。再说，你不也是小学毕业吗，如何考上了大学？你不承认，这里面也有一个重要的因素，是他留给你的基因？

军艺的后门就开在学院路上。傍晚时湘九穿过马路就到了社科院宿舍。三哥人称骆老，他的儿子名叫一禾，是位才华横溢的青年诗人。公元一千九百八十九年，一禾在长安街上陪伴他的未婚妻，诗人因为劳累、担忧和紧张，脑血管突发性大面积出血，抢救不治。湘九常常默诵他的诗：诉诸所有人的忧伤久唱 / 风吹麦地 / 风在道路上久久怀念可爱的家乡。

一禾其实是个很腼腆的青年，他总是在沉思着，在黄昏中叩问生命、思索历史，思考人生的意义。秋深了，风有些凉，有些凄楚，湘九跟他并坐在一张长沙发上，久久地凝望窗外的落叶随风飘去。一禾喃喃自语：那寥廓刺痛的蓝色长天 / 斜对着太阳 / 有一群黑白相间的物体宽敞地飞过 / 挥舞着翅膀 / 联翩地飞高。

他的去世留给亲友们无比的悲痛。谁也不敢造访年迈的三哥。那时的三哥已患严重眼疾，待到知晓唯一的儿子的死讯时，他的双眼就完全瞎了。

湘九在一个萧条的日子去八宝山为一禾送行，路上只看到一个农民赶着一辆大车，车上有一群猪。晚上，电视里播放了这个农民和这一群猪，他赶着大车是去慰劳执勤的军人。

湘九在八宝山东张西望时，五哥说时间紧，咱们抓紧举行遗体告别仪式吧。五哥是在场的唯一长辈，湘九虽然跟他是同一辈，毕竟只是远亲。

一禾的遗体告别仪式非常简单，就在一处小小的天井里。湘九仰望天空，看到的天空犹如一块灰色补丁。一群青年人将告别的诗句写在小纸条上，放在逝者的身上一起进入火化间。人们小声地啜泣。家国兴亡世事风云，湘九在五哥这位十五岁就参加红军的职业革命家、外交家身上又一次深刻感受，他的表情极其错综复杂，他紧紧地抿着嘴，浑浊的老泪在眼眶里凝然不动。

三哥的资格比五哥更老，但是他当官的日子并不长，一九五八年之后，他基本上就是一位学者了，主要头衔就是学部委员。剩余价值问题，生产和生产力问题，资本和资产问题；作为一名老布尔什维克经济学家，他跟湘九谈的总是这些理论问题。这对于一个军人、一个文学专业的学员来说，相距甚远。后来湘九转业了，从事经济管理工作，重温老人的理论，这才体会到是他给自己打下了启蒙的基础。

寂寥的日子，三哥与湘九默然相对。一九〇八年出生的三哥，一九二七年参加革命。一九四一年初，他来到新四军军部，担任新四军财经部副部长兼江淮银行行长。一九四九年接管上海后，他先后任华东局财委委员兼秘书长、财委副主任兼秘书长。面对当时通货膨胀、物价飞涨、供应短缺的严峻形势，他跟他的同事们实施了一系列措施，查封非法金融活动中枢证券大楼，收兑银元、外币，回笼货币，紧收银根，建立金库，灵活调拨，积极配合中央平抑物价的统一行动。三哥的一生气势宏大，曲折起伏。这个瘦小的老人如今坐在一张老式沙发上，总是在默默地凝想。

湘九不敢问他究竟在凝想什么。

杭州的云居山上有一座亭子，亭子里有一块石碑，记录着这位老革命家、经济学家和他的狱中战友们艰苦卓绝的斗争史迹。湘九站在亭子里，抚摩着石碑，仿佛看到一位双目失明的老人坐在轮椅里，孤独地缅怀过去的岁月。风吹起他飘零的衣裾，他的思绪中是否有他二十八岁就已告别人世的儿子？儿子在天堂里等他。儿子生前说过：没有创造过的人们将会感到空虚，而创造的人们将会感到孤独。

十三

杭州华侨饭店·南山公墓·深圳·洞庭湖故乡

那一年寒假湘九回到杭州，统战部小蔡打来电话，小蔡说：有一位来自美国的老人可能了解你父亲，想不想会见一下？

一九四六年，国民政府成立国防部，设军医处，处长为陈石君少将。陈石君后来去了美国，成为香奈尔大学教授。中国改革开放后，陈教授已八旬高龄，应邀回来讲学省亲，他是海宁陈阁老后裔，因此而来到杭州。

细雨绵绵，二姐与湘九撑伞步行至杭州华侨饭店。陈教授久久地从眼镜后面打量这对姐弟，他的神情欣慰又郁悒。他说，令尊大人确实早已离开了人世。

母亲依然不相信，她固执地说活要见人死要见尸。二姐跟湘九作出了一个后来想起来就觉得后悔的决定：请陈石君先生帮助证实这个信息。

陈教授自然同意。他离开大陆不久，就有一纸抬头为“国民代表大会秘书处”的便函翩然而至，证明父亲于一九五五年四月二十七日“因重病抢救不治于台北”。

延定巷裹着漆黑一团的混沌，人寥寥，景寥寥，光秃秃的树枝下站着母亲。她的心几近寂灭。从她的二女儿和小儿子走向华侨饭店那一刻起，她就有一种世事沧桑皆已走到尽头的感觉，那感觉是波涛汹涌的河流和崎岖坎坷的道路，是秋霜染成的回忆和白雪皑皑的苍茫大地。她疲惫之极地仰望着天空。她看不到月亮，连星星也没有一颗。

等到证明到来的那一天，她的手已经颤抖得撕不开信封。

那纸便函从她手中飘落，被夜来的露水浸淫，如同泪水湿透。

湘九将她接到养和里，每天下厨做她爱吃的红烧鲫鱼、白灼河虾。母亲躺在床上，双眼默然地看着天花板无声无息。咪咪说，姆妈你坐起来看看电视吧。母亲说，我不想看，我什么都看过了。

陈石君先生辗转寻觅，终于找到了传闻中的孩子。他们来信了。母亲仅仅有刹那的讶异，她说，怎么不是一个而是两个孩子？而且姐姐出生于抗战胜利那一年?！二姐说，姆妈您看怎么办？母亲的回答透着同情、苦涩和苍凉，她说，这也是一双苦孩子，不可让他们伤心。

母亲的身体在迅速地垮下去。她的腮帮凹陷下去，说话有气无力，后来连坐都坐不起来了。小姐姐兰从宁夏回来后，在卖鱼桥租了两间平房，当湘九假期将要结束返回学校时，兰将母亲接到了那里。兰说，女儿比儿媳侍候母亲更方便些，让我尽一点最后的心意吧。

一九八八年春天，湘九去看浩将军，闲聊时提起媒体报道的一件事：台湾海军一位高层人士说，如果因为领土和防御问题急需，大陆海军舰艇可以到太平岛补给。湘九异想天开地说，让我去一趟那个岛如何？也许，从此就打开了两支军队对话的一条通道呢。

湘九的话，自然是一种心血来潮，三天后浩将军却告诉他，国家一位领导人说，兹事体大，高层有全局性的考虑。湘九静静地恭听庁训，不禁为老首长的认真和对他的信任所深深地打动。

最让人感动的是将军的宽厚。有一天，湘九对浩将军说：我看到一个人，别人告诉我，这是当年整过您的专案组副组长。

他现在过得还好吧？将军说。

休息了，住在干休所里。湘九停顿了一会儿，说，但我不能告诉您是哪家干休所。

我问你了吗？

湘九一时张口结舌。

将军笑笑。他淡泊地、平静地说道：我明白你的意思，你怕我惦记他。没有人跟我这样说话，我谢谢你。我知道，有些人和事应该忘掉，对人对己都没有坏处。

钟市长出席全国人代会到了北京，湘九去看他，钟市长说，杭州笕桥机场大修，航班问题对经济发展大有影响，他想拜会一下军方高层领导。

湘九请示浩将军，浩将军说，我请他吃餐便饭吧。

全国人大召开期间。军队代表团驻地。浩将军请他们吃会议餐。同桌吃饭的有一位新中国成立后两次被授予上将军衔的老将军，浩将军将他介绍给钟市长：这是我们的副秘书长。钟市长点点头，坐下了。湘九轻轻捅他一下，说这可是军委副秘书长呀。

入席前，钟市长在餐厅门外见到一位少将。五十年代，钟担任某领导秘书，少将是领导的警卫员，而今，警卫员已成了某舰队航空兵司令员。他俩寒暄之间，湘九对浩将军说，请他也一起吃吧。浩将军说好啊，包厢跟大厅吃的其实完全一样。

果然一样，非常简朴，不喝酒，家常菜，大馒头，西红柿鸡蛋汤。边吃边聊，问题解决了，钟市长心情分外舒畅。钟市长对湘九说，当初让你从军，我心里其实是不太愿意的；现在看来，从军后同样能为家乡作贡献。

母亲病危的电报到达时，湘九正在钟市长下榻的房间里与他聊天。正是午休时间，两人各自躺在标准间的单人床上，有一搭没一搭地说着话。电报来了，湘九捧着电报发呆。钟市长说，赶紧去订机票，不，直接上机场去！

全国人大秘书处供应每位代表三条烟，钟市长把烟塞进他的旅行袋。他说，我估计你赶到杭州时，老人家可能已经走了，你要节哀。

湘九的心一沉，突然想起了上仓桥的汪瞎儿。汪瞎儿说，你在三十三岁到三十八岁之间还有“一木正材”，莫非竟是一口棺材？湘九即将三十八周岁了，母亲硬是撑到了命定的最后时刻！

一九八八年四月一日，湘九乘车赶往首都机场。路上车辆太多，他嫌车速太慢而心急如焚。果然，到达机场时飞往杭州的“空中客车”已经封舱。湘九只好改乘飞往上海的航班。他打电话告诉钟市长，钟说，我请人去上海机场接你，连夜赶回杭州。

飞机抵达上海已是华灯初上时分。从杭州开来的车子却在半路上抛锚了。湘九左等右等未见人接，只好乘民航班车赶赴火车站。终于抵达家中时，已是午夜。甫一敲门，咪咪就打开了房门，又佳霍地从床上坐起，放声大哭。爸爸，奶奶去世了，中午就去世了！……

湘九肝胆俱碎。

母亲没有工作单位，她一生操持家务，只做过临时工、外包工。湘九拖着沉重的脚步，跟在二姐身后走到湖滨街道办事处。街道马主任说，老人家当过居民小组长，我们应该写个悼词，但是她的经历特殊，应该属于统战对象吧。能否由区委统战部主持告别仪式？我们请示一下。二姐千恩万谢地告别街道主任，湘九昏沉沉地又跟着她回了家。

延定巷五十四号设了灵堂，前来吊唁的人络绎不绝，包括街坊邻居和子女们的同学朋友。香烟缭绕，哀乐回响，一封封唁电接踵而至。钟市长、浩将军的唁电首先来到。张副书记从香港发来一份传真，请省里有关部门代为送达。沈醉先生的唁电和那位“中常委”的唁电同时抵达。彭泽益先生的儿子来电，老先生惊悉噩耗过于悲伤，当天夜里住进了医院。

清明节前一天，二姐带着湘九又去了一趟街道，落实一下第二天上午的遗体告别仪式。马主任为难地搓着双手说，区领导开会时议了一下，觉得逝者丈夫的历史没有定论，因此，区委统战部不能派人出席和主持追悼会。

湘九傻了眼，多年的委屈化成悲愤。本来，这个要求不是逝者亲属自己提出来的，到了此时，却成了一种新的屈辱。

钟市长的秘书小沈来了，他感到不可思议。他拉起湘九说，找区里的主要领导去，我跟他说。

区里的主要领导说，这是集体讨论决定的，我个人不好改变。

夜里十点多了，湘九接到一个电话，四明山老司令员的大女儿打来的电话，问他追悼会何时举行。湘九说，自己家的人租个小厅，向遗体告别一下，你们就不要参加了。

这怎么行！老司令员的大女儿是省警察学校的副校长，敏锐地感觉到他的情绪。什么人来主持？悼词上如何评价伯母大人？这些都不是你们个人的问题！她的话干脆利落。湘九听到她叫她的丈夫：老邹，你快过来!!

老邹是省政协的处长。老邹说，开什么玩笑，送上门的统战工作都不愿做？湘九同志，明天一早，我就请示省政协领导，保证协助你们办好丧事！

湘九守在母亲灵前，又是一夜无寐。

世上总是有同情心的人多，湘九深刻体会到这一点。母亲病危时，天降大雨，咪咪给他的童年同窗阿苹打电话，阿苹当即带了一辆救护车疾驶而来。车子进不了兰姐家住的小巷子，阿苹跳下车跟医生一齐跑到她家，浑身都被雨水湿透了。母亲被抬进医院急救室抢救，阿苹跟着母亲的子女们守在门外，子女们垂泪，她也潸然泪下。

已是清明节的早晨了，唁电花圈还在继续不断地到来。两辆军车开到养和里，一位军官上了楼。他向湘九敬礼，报告说，省军区接到浩将军指示，协助湘九同志办理母亲丧事。军官问他要人还是要车。湘九说，不必了，请回电给首长，我们一家人感谢他的关怀。

到达龙驹埠殡仪馆，湘九又一阵心暖。

吊唁已经改到大厅了，因为小厅放不下一百二十个花圈。一辆面包车停下了，老邹将车上下来的一群领导和老人介绍给湘九：省政协副秘书长、祖国统一委员会主任和省黄埔军校同学会会长等等。湘九正想把主持告别会的议程表交给副秘书长时，二姐陪着一位中年男子匆匆走来。

我是市委统战部副部长，一早接到市领导电话，叫我过来主持这个仪式。男子握着他的手说，听说是钟市长昨夜从北京打来的电话。

小沈！一定是他连夜向市长作了报告。

湘九将议程表交给副部长，他抱歉地向老邹看一眼，老邹正在观看省委统战部部长献的花圈，他摆摆手，表示理解。

告别会即将开始了，一队武警官兵不期而至。湘九简直不敢相信。走近了，发现是他在钱江大桥体验生活时一支队三中队的战友们。当年的连排长们，现在已经散到各处兄弟部队，他们不约而同地整队前来，使湘九激动得一时语塞。

街道马主任拉了他一下,湘九回首,马主任说,区里的统战部部长突然来了！……要不，让他念悼词吧？

你念。湘九斩钉截铁地说，这悼词是街道党委集体讨论通过的，我们一家人很感激街道。

马主任的悼词回响在吊唁大厅：

一九五〇年七月，祝女士带着子女们回到祖国大陆……她这种勇敢的、毅然决然的选择，在海内外引起很大反响，也理所当然地受到了中国人民和中国政府的高度评价……

悼词回顾了母亲辛勤操劳的一生，回顾了她在丈夫身陷囹圄和抗战时期艰难的历程，回顾了她忍辱负重为街坊邻里服务的经历。年轻的街道主任为自己的讲话所感动，转过身去向母亲的遗像深深地三鞠躬后，声音哽咽了。他说，祝女士的一生“是追求正义的一生，是爱国的一生”，“她是中国劳动妇女的一个典范”。

湘九的热泪终于夺眶而出，他的心在沸腾的泪水中沉浮，奔跃、哭喊。

他看到二哥跪在母亲的遗体前，好像有一粒子弹打进了他的嘴里，他的哭声和着鲜血，沙哑地飘荡开去。从天津赶来的大姐，几天时间已变得像母亲一样衰老，站在那里摇摇晃晃。大哥站在姐妹们身后，茫然地注视着这一切，无声的泪珠连串地落在他那神经质般牵动的嘴唇边。二姐、梅姐跟兰姐已经哭得双腿发软，子女们搀扶着她们。

历史浓缩了，缩得人的心揪紧发痛。哀乐在响。脚下的土地是软的，好像乘着一艘船在水里慢慢地沉下去一样。人生短于三行墓志铭，但湘九觉得，母亲的人生与日月同在。鲜花丛中，母亲的身躯变得如此瘦小。湘九的眼光越过悼念的人群看到大厅外面。天空阴暗，太阳愁眉苦脸，公路旁的草木忧郁地发出沙沙的响声，一只鸟儿绝望地叫了一声飞走了。湘九回首。看到老人家稀疏的头发下面，衰老皱结的额头现出一道圣洁的光亮，不是夕阳西照，而是历史磨砺出的隽永的心灵之光。

她等着丈夫回来跟家人团聚，她等着国家统一民生幸福，等了整整三十七年。在她身患绝症之后，依然抱着能够看到这一天的信念，苦苦挣扎了十七年。为了这样一位中国母亲心中的乌托邦，她等得实在是太久太久、太累太累了！

母亲经历了漫长曲折的道路，尽了一个中国妇女所能尽的全部职责。

母亲的存在超越了党派意识。

山风在呜咽叹息。哀乐缓缓回荡，大山徐徐移动。子女们为母亲选择了位于杭州南山的墓地。墓是双穴，等待着有朝一日迎回父亲的骨柩合葬。墓前树着一块朴素的石碑。母亲来自大地，而今又回到了大地的怀抱。没有角鸣鼓响，没有旌旗飘摇，只有五千年悲壮温柔的美丽润透了这块大地的全部毛细血管。无论是青山、绿水，还是白花、红叶，都在沉思着，为一个母亲的逝去而陷入深沉的思考。

光荣和耻辱都已走进了历史的橱窗。

又过了二十二年之后，父亲的灵骨才从台北六张犁骨灰塔迁出，送到杭州。张家的后代从国内外各地赶来，在修缮一新的墓前为将军和夫人举行了隆重的合葬仪式。这一天，他们生离死别已经整整六十年。

母亲逝世一周年，湘九终于去了父亲的洞庭湖故乡。

学校安排毕业实习，可以自选方向，湘九报了南下考察经济特区。他先到珠海，拜访以前结识的朋友们。老武给他介绍一位当地的宣传部部长老陶，老陶将他带到家里吃了一顿饭。这位来自中国社科院哲学所的官员，朴素一如当年。一盘肉丝炒苦瓜，一盘西红柿炒蛋，一碗榨菜汤，几个馒头。坐在凌乱而且不曾装修过的客厅里，湘九想，这位部长在这座紧邻澳门、香风醉人的城市里肯定干不长。果然，不久他就离开了那里。

湘九是乘快轮从珠海去深圳的，连日奔波加上没吃早餐，他晕船呕吐了。那天早晨，他穿着单薄的便衣，海风吹入舷窗，他的脸色苍白。船上有两个年轻人，“好心”地端了一杯水让他漱口，漱完后他就变得迷迷糊糊了。他跟着他俩在蛇口码头下船，又跟着他俩坐上去深圳市区的巴士，直到后来清醒过来，才发现手里攥着三张汽车票都是他买的。

车上又有两个年轻人，坐到了他们身旁，玩起猜扑克的游戏。跟湘九一起从珠海过来的两位年轻人说，朋友，快，快把你身上的钱拿出来，借我们玩一下！一会儿就还给你！

湘九无力反抗，眼睁睁地看着他俩按着自己，从他口袋里掏走了钱。两千元，是他全部的差旅费。车上的旅客们，有的以为他们是一伙的，有的敢怒而不敢言。

拿到钱，他们就叫司机停车，四个人一起下了车。湘九无力地喊了两声，他们在车下哈哈大笑，司机一踩油门，湘九额上撞出一个包。

他昏沉沉地下了车，风一吹，有了一点清醒，看看站牌，离市区还有六站地。

他背着一只旅行包，踉踉跄跄地往前走。南国的春天，阳光很温暖，汗水沁出他的皮肤，心里却寒飕飕的。他想起老范。八十年代初，老范到福建出差，战友们托他买几块走私的“双狮”手表。老范刚把钱交给一个贩子，贩子把包着手表的小布包塞给他说：哎呀，工商局的人来了，快！快走吧！

老范傻乎乎地站在闹市中心的街道上，打开小包，里面是三颗大号的铁螺丝帽！

那时候的老范，一定是气昏了头。为了证明即便是在骗子满地的沿海城市也能买到真实的东西，他居然去买了一把青菜，然后带着一种堂·吉诃德式的悲壮登上北归的列车。

战友们曾经捧腹大笑，笑声逝去，留下苦涩的思考。历史走进了一个光怪陆离的新时期，中国人的物欲膨胀前所未有，人性因此而发生了颠覆性的嬗变。谁也无力改变现代社会的病态。对于老范和湘九来说，这只是一个小小的惩罚，一个警告：因为他们曾经讴歌胜利果实，歌声中洋溢着轻俏的迷醉；而前面的道路依然漫长坎坷。

一个有过五千年灿烂文明的民族，正在拖着沉重的翅膀艰难地起飞。

这天下午，湘九筋疲力尽地走到了深圳国贸大厦。他听说这里有来自杭州的公司。他进了电梯，到了高层，站在一家挂着纺织品进出口公司牌子的写字间门口，他问两位年轻人，你们是来自杭州的吗？

年轻人讶异地打量他，好像在看一位病人、一个骗子，或者，一个斯文叫花子。湘九颤抖着手，将一本工作证递过去。请给我来一杯水，可以吗？

年轻人打开济南军区发的工作证，发出了惊呼声，您就是湘九？……我们读过您的作品！他们手忙脚乱地端来一杯水，请湘九坐下。从里屋跑出来两位姑娘，她们同样很惊讶。湘九仰头喝完了一杯水，舔着依然干涩的嘴唇说：我想打个电话到香港，是否可以？

男青年中有一位办公室主任，领他走进了里屋。湘九拿起电话，先拨小表哥，电话里传来嘟——嘟——的长音，无人接听。湘九想起了表哥的姑表兄弟陈先生。一九六二年，小表哥托他带来过一小袋米、两瓶食油；内地改革开放后，陈先生经常往来于杭州香港之间。

湘九拨通了陈先生的电话。湘九喊他：关有兄，我是湘九，我到了深圳，你能马上过来一趟吗？

陈关有先生说，我明天下午过来好吗？

不行，湘九急得脸上又沁出了汗珠。他提高嗓门，你今天一定要过来，我被人打劫啦。

他放下电话，抹着脸上的汗珠。办公室主任愕然看着他，半晌才说，你被人劫走了多少钱？两千元。湘九瘫软在沙发里，有气无力地告诉他，我身上一个子儿也没有了。办公室主任耸耸肩，拉开了抽屉，啪的一声，他将两千元人民币扔到桌上。您拿去用吧，别为了这点小钱，影响您对特区的观感。

湘九吓了一跳。两千元，将近我去年一年的工资啊，怎么是小钱呢？兄弟，我不敢拿你的钱。

办公室主任笑了，他领着湘九回到外屋。他说，我们老板送礼发红包，两千元是起步价。他问他的同事们：湘九先生是来自我们家乡的名人，一时落难，这个红包该不该发呀？

应该！写字间的男男女女起哄说，发给那些贪官污吏，远不如发给这位老乡作家!!

湘九不肯收，说下午亲戚到了，他就有钱了，晚上请各位吃饭。人们这才想起，快两点钟了，他还没吃中饭。有人飞快地下楼去买来了一盒便当。

傍晚，湘九站在罗湖桥出口处，等待陈关有的到来。璀璨夺目的灯光正在亮起来，幢幢高楼的玻璃墙中，镶满彩灯的电梯直冲下来，像一丛流星奔泻而下，街上，千百盏转动的霓虹灯珠光宝气。此罗湖桥已非彼罗湖桥，母亲将一个裹在襁褓里的婴儿塞过来的铁丝网不复存在。湘九觉得自己成了一粒尘垢，在这个大千世界里浮沉。玉宇琼楼，在天边的晚霞里缥缥缈缈。他的从前的世界随着历史的脚步正在一点一点地消逝。

陈先生过来了。他不是香港的大老板，连小老板也不是，他只是一家上市公司的白领。但是他为人豪爽颇具侠义之风。他给湘九两千元钱，而请写字楼这帮杭州老乡吃一餐晚饭，却超过了三千元。

你是不幸的，也是幸运的。这位远得不能再远的老表哥对湘九说，你遇上了这帮好心的老乡，在这个时代，这样的人并不是很多了。

湘九在深圳考察了五天，每天跟着这帮老乡上下班，晚上就住在他们的集体宿舍。通过他们的介绍，他了解特区的经济运作过程，增加了不少感性知识，对当代社会与人生的感悟再次进入一种新的思考。

湘九从深圳到广州，又从广州乘火车到长沙，然后换乘小火轮，抵达湖南常德。

他在常德军分区招待所住了一晚，所长来看他，说跟县里人武部部长很熟，于是，所长给部长打了一个电话，告诉他，济南军区有位干部要回祖籍寻根。

春雨霏霏，他乘坐长途汽车在洞庭湖区跋涉。汽车几次开上渡轮。稻田葱绿，湖网交织，一片乡野风光。那天上午，县里召开常委扩大会，人武部部长说起了他的到来，县政协主席说，这是鹤公的小儿子吧？中午我们一起去接他。

湘九抵达县城已是下午一点半，他从车上下来时吃了一惊，县里来了八九位领导干部，等着他共进午餐。

县人武部食堂。人们围着一只大火锅，沸汤中滚着黄鳝泥鳅和甲鱼，都是洞庭湖的特产。饭后，他被送到县府招待所，与常德市人大一位副主任比邻而住。副主任是老县委书记。老书记对他说，你早就该回来看看了。

湘九说，我怕啊，万一把我抓起来清算呢，要我“父债子还”怎么办？

老书记哈哈大笑，说：令尊大人从小当兵离乡，在老家没田没地，既没有剥削也没有压迫过乡民，反倒是修湖堤布置和平解放，我们没什么理由抓你吧？

湘九问他，有什么人比较熟悉我父亲？

老书记略为沉吟一下，说，唐劳模就是一位！

唐劳模，曾经是妇幼皆知的著名人士，湘九从小就知道他的事迹。他是植棉能手，种的棉花一株结桃比常人多几倍十几倍。四十年来，唐劳模进京二十次，十一次受到毛泽东刘少奇朱德周恩来接见。

七十三岁的唐劳模魁伟雄壮，别人早退休了他仍担任地区棉花种植研究所所长。他在一九八九年四月的早晨耳朵里塞着一只助听器大步跨进湘九住的房间。唐劳模说，县上告诉我修缘公的幺公子来寻根，我马上放下孙子赶来看你哦！我曾经三次见过修缘公的，一九二八年，一九三七年，一九四七年。

这一刻，湘九才强烈地感受到故乡的风扑面而来。原来父亲童年时曾用名修缘，听起来像个和尚的名字。修缘三岁丧父，七岁时随母亲熊氏改嫁。一年后母亲去世。继父在一个名叫南堤拐的码头上开设一家豆腐作坊，虽家境贫寒，仍支持孩子读完了三年私塾。十岁，修缘给财主家放牛做小长工。十三岁，放牧时丢了一头牛，他跑到湘鄂交界的黄山头给湘北农民自卫军司令张某人当勤务兵。十六岁，又丢了一支勃朗宁手枪，张某人要枪毙他，他连夜逃跑，逃到长沙城里当了熊克武的兵。张某人曾投靠贺龙的部队，后又反水，最终被何键抓住，砍下了头颅高挂城头。

洞庭湖的晨风吹拂起湘九的军装，他的疑惑有所解开。他肩上扛着两杠三星，这是老范借给他的，老范说，你是一名军人，怎么能穿着一身便衣回老家去呢?！一九八八年八月一日，创作员改为文职干部，不发军装。全军的文职干部在那一天痛苦不堪，不少人泪流满面。不发军装的日子共有三年。这三年的岁月，成了那一代文职干部们心中永远的痛。

湘九想起了堂姐廷璧的丈夫黄忠汉，年前他从美国来过一趟杭州，他也是湘九老家人，跟着湘九父亲参加抗战，一直当到少将。黄忠汉说，他的父亲是一名天主教徒，在教民中颇有号召力。一九二八年春夏，贺龙周逸群成立工农革命军第四军，开辟湘鄂边革命根据地，湘九的父亲回了一趟老家，说动张某人接受贺龙的改编，送给该部一船枪支弹药，以弥补当年丢掉的那支勃朗宁手枪。黄忠汉老人的话让湘九不敢置信。他说，为了团结发动广大乡民和教民，那位后来成为革命元勋的红军将领，秘密跟他的父亲和湘九的父亲结拜成了兄弟。

打倒列强打倒列强除军阀！……

曲折蜿蜒的洞庭湖被一片白茫茫的水汽笼罩着，湖上渔舟影影绰绰。唐劳模兴致勃勃地唱起他童年的歌，带着湘九往乡下走。湖边漂浮着千年藻苔，路旁草蒿拂风。唐劳模说，一九三七年，你父亲从土牢里出来了，他站在这段湖堤上发表演讲，要修堤垸，造福桑梓，还要组织自卫团。那时候他的脸色还很苍白很不习惯太阳的光芒，一匹高头大马在他的身边嚼着湖堤上青青的草。张家祠堂和周围乡村的人都从阴暗的草屋里跑了出来，从湖上田头拥了过来，一张张灰黄呆滞的面孔瞅着他发愣。他举起一只手，说：国难当头，张某人我恢复了杀敌送死的自由，有种的跟我走！乡下人想，他到底是国民党呢还是共产党？怎么一会儿坐了土牢一会儿又骑上了高头大马?!

湘九说，等等，我母亲说他坐的是南京中央陆军监狱，怎么你们一致说他坐的是土牢呢?

土牢就是地下室，你父亲一直被关在地下室里。唐劳模说。

唐劳模叫来几位老人。他们在鹤公手下当过兵，当卫士，当警卫参谋和副官。他们都曾历尽沧桑，见到县里的干部皆垂眉敛首，畏畏缩缩。

县里领导请湘九吃饭时，招待所饭厅出现了一种奇特的景观。一桌是当地的达官贵人，一桌是升斗小民。前者红光满面，大多讲一些场面上的套话；后者的脸是泥土的颜色，艰难的岁月从上面爬过，留下无数辛酸的痕迹。过去的日子，命运注定了他们老死不相往来。今天，他们因为湘九的到来而尴尬地相聚一堂。有了醉意之后，一位老者脸色陀红地走过来，向一位领导敬酒。他说，当年，你差点一枪崩了我呢！

冒得的事，这位领导臊红了脸说，至多吓唬你一下喽！

你晓得不晓得，老者将一杯米酒倒进嘴里，说，我跟着鹤公打日本鬼子时，你还是一个细伢子呢?!

那时，我也是一个细伢子呀。不然，我就不会吓唬您老了！

老者哈哈大笑，笑着笑着笑出连串的泪。那一桌的“牛鬼蛇神”，都落下了泪。仿佛他们都醉了，满脸满身都是酒气。湘九不得不站起身来，他拍一下桌子，到此为止！他说，喝多了，你们这把老骨头，回去路上跌一跤我可赔不起！

他将老者送出门，老者打一个饱嗝，向他竖起大拇哥。是你爹的种！他醉醺醺地说，一声令下，我们统统地开路了！

湘九向许多人敬过礼，湘九也接受过许多人的敬礼，但是，那晚上的敬礼沉甸甸地落在他的记忆里。一个个摇摇晃晃的老人的身影，颤巍巍地抬起手，将四十年不曾做过的动作竭力做得那样标准。辽阔的夜空颤悠悠慢腾腾摇摆，湖上的风吹来如鬼影幢幢。湘九仿佛置身于当年的抗日战场，他在代替父亲检阅一群风烛残年的士兵。

近乡情更怯，湘九来到张家大山时，心情突然变得很复杂。这就是你的祖祖辈辈生存繁衍的地方了，这就是你的根啊。他的腿软了，几乎迈不动步。他站在村外的河堤上发现这个村已经被分成两半，几十年潮涨潮落，村庄的一半到了澧水河对面，成了澧县的辖区。年轻的村支书跑来了，上身穿着一件笔挺的中山装，下身却高高地挽起裤脚。村支书说，欢迎欢迎，欢迎鹤公的幺公子回来投资捐赠！湘九说，我是军人，靠工资生活，哪有什么钱投资捐赠啊？

村支书愣了愣。你们一家不是都在台湾吗？我还以为你当的是国军呢！他沮丧地说。

啼笑皆非的湘九走出张家祠堂，凝望着村里的池塘村舍。唐劳模遥指前方说，那一片残瓦废墟就是你爷爷教过书的私塾。

湘九站在土坡上，摘下军帽，深深地向这片残瓦废墟鞠躬。

一首古老纯朴的牧歌在他的耳边轻吟浅唱，湖中的水声也在回忆昔日的朗朗书声和马蹄声碎。村落的周围是湖风和久远的岁月镂成的沟痕。一个岁草枯荣的旧梦在重现也在消逝。湘九抬起手，把衣袖轻轻地放到了眼睛下面。不一会儿，眼泪就落到衣袖上了，泪水浸湿了衣袖也浸湿了他的整个身心。

六十岁以上的家乡人似乎都见过湘九父亲。清晨，他漫步于县城街头。不止一位老人在他跟前停步，问他：你是鹤公，也就是修缘公的幺公子吧？他们热情地问长问短，指点何处是他父亲住过的地方，哪间屋子里生下了他的二姐。

我呷过你家的面。不少老人如此对他说。

湘九不解地问唐劳模：为什么我家要请他们吃面？

唐劳模哈哈大笑。一九四七年，父亲回老家竞选国大代表，唐劳模是竞选班子成员之一。父亲要求他们盛情款待投票的乡亲，每一位选民从乡下赶到城关镇，都得让他们吃一碗面，免得饿着肚子回家。面是辣子肉丝面。唐劳模在那里挑水烧面，几日功夫吃得腰围粗了一寸。全县的人都说这位抗战将军有仁有义，因此，绝大多数乡民都投了他的票。

你说这是你父亲笼络人心的一种手段？你胡说！唐劳模愤愤然批评湘九。他的历史摆在那里，家乡人怎么会不选他?！抗战爆发，他带走一批家乡的青壮年，直接去了台儿庄！徐州会战，武汉保卫战，没有他，这地方何来许多英勇抗战的骄傲呢？你不信？你试试看：你是他的幺公子，你也打过仗到过前线的，可是，假如你要故乡人现在选你当全国人大代表，恐怕还是在做梦吧？除非你去县广播站广播一下，你给老家捐款多少多少万！

当然，人们欢迎的他更重要的原因，还是故乡的一九四九年的和平解放。

县政协主席给湘九提供了这方面的史料。

一九四九年春夏之交，中共领导下的秘密组织“湖南进步军人民主促进社”的负责人陈某以常澧专员身份来到这里，布置和平起义，拟将黄埔三期出身的吴某人推荐为县长。不日，陈某身份暴露，为防止缉捕而潜伏地下。驻常德的宋希濂中将认为吴某人是异党分子，不仅不能上任，还要逮捕他。危急关头，湘九的父亲挺身而出，他向白崇禧、宋希濂保荐，说吴某人是个好人，不是异党分子，同时做程潜先生工作，让他继续支持此事。吴某人当上县长不到一个月，就接到南下的四野第四十九军政治部主任李恩球将军指令：宣布和平解放，积极支援前线，准备移交。那是一九四九年七月三十日，一夜之间，家乡和平解放，百姓安居乐业，而父亲已不知去向。

父亲是这样一种人：只有传说，没有传记。

湘九终于看到了点点滴滴的史实，它们从别人的回忆录中闪闪烁烁地浮出水面。

唐劳模记得父亲。家乡的老人们记得父亲，怀念父亲。但是他们都没有整体概念，只有历史片断。父亲是洞庭湖的儿子，从奴隶而至将军。毫无疑问，他不愿意看到家乡的百姓陷于兵灾杀戮之中，因此，他在大势所去之际，尽力地斡旋其中，使人民得以安生，出水火而登衽席。从已知的史实看，父亲似乎是个具有浓厚民本思想的人，侠骨柔肠热爱故土。从父亲上溯，湘九的祖父曾祖父直至太公都是读书人，儒家思想浸透着他们的骨骼心灵。父亲改造了张家祠堂的孱弱，将一群子弟兵带往腥风血雨的战场，却改变不了洞庭湖故乡宅心仁厚的族风。

湘九的心中有一个疑问：母亲说过，她带着子女从广州去的香港，时间是一九四九年十月。父亲则是十一月底从成都飞到香港。洞庭湖故乡的和平解放是在七月底，从七月底到十一月底这四个月他在哪里？母亲说那几个月她经常见不到丈夫，他总是来去匆匆，风尘仆仆。

黄忠汉老人先到故乡再去的杭州，他带着一个金发碧眼的小外孙回国寻根。县城的男女老少都围着这个七八岁的孩子看稀罕，因为他说的是一口本地方言。孩子的父亲是白种人，人高马大，孩子的个头也大大超过乡下的同龄人。纽约好还是这里好？一个阿婆问他。这里好，他说，这里是我外公外婆的家乡。这个伢崽真懂事呀！阿婆抹着泪花想把他抱起来，却抱不动胖敦敦的他。

黄忠汉牵着外孙的手走上湖堤，寻找一块昔日的功德碑。当年出钱出力修建堤垸的士绅乡民，他们的姓名都刻在这块碑上，湘九父亲名列前茅。这块碑已经不知去向了，只剩下一个碑座，了无生趣地湮没在荒草丛中。

老者的痉挛干枯的手抚摸着风化残缺的碑座。眼里缓缓溢出一颗昏花老泪。孩子蹲下身，也去抚摸这冰冷的碑座。他们仿佛在凭吊一个古战场，历史盘根错节地将一老一小的影子古怪地扭曲在这段湖堤上。

一九九八年，洪水肆虐南方大地，军民们奋战于抗洪前线。国家主席手拿话筒，就站在这段堤岸上发表即席演讲，号召全国军民发扬一不怕苦二不怕死的精神，彻底战胜这场百年难遇的特大洪灾。湘九一家坐在电视机前观看现场直播。湘九对女儿说，这就是你爷爷当年带领乡亲们建起的堤垸，现在仍然屹立在洞庭湖上。已是北大三年级学生的又佳说，我爷爷看来还是做了一点好事的啊。

随时可能掀起汹涌浪潮的风已在暮色中静止。县委书记来看望湘九了。县委书记也是本地人，年龄略长于湘九，家里曾是大地主。西装革履的书记坐在沙发上对湘九说，为人民做过一点好事的人，人民总还是记得他的。湘九听之却很不自在。他想，我父亲放牛做长工忍饥挨饿时你父亲是财主羔子吃香喝辣，你说这些话什么意思？

人死无须碑文记载生平业绩，伟大和渺小、高尚与卑微往往集肉骨血身于一人，再精练的墓志铭也难以概括生者逝者的悲欢苦乐。

这段话，乃是针对有人提出为鹤公在老家树一块碑时，湘九所说。湘九还说，安丰乡白螺湾树了碑么？白螺湾是颜昌颐的家。颜昌颐是两位共和国元帅的入党介绍人，担任过南昌暴动前敌委员会委员，参与领导过上海工人三次武装起义，一九二九年八月在上海被捕，一九三〇年就义。一九三一年湘九的父亲被捕。一九三七年父亲获释回乡时看望过颜的家人。一九四七年父亲回老家竞选时再次看望他的家人，颜的弟弟时任县立中学校长。人们注意到将军在他家门前深深地弯腰鞠躬。人们想这位将军为何如此伤感？

湖风将湘九的思绪吹得锈迹斑斑，他在那里住了三天，去了祖祖辈辈生活过的村庄，去了父亲落草时的黄山头，登过荆江分洪大坝。县文联请他讲了一堂课，县电台对他进行一次采访。他参观了“狗冢堆战国墓群”，读到张氏先祖张明先所作《洞庭湖赋》。先祖的文章辞藻华丽，佳句迭出，驰骋想象，大气磅礴，湘九自愧弗如。

三天时间转眼就过去了，第四天早晨，湘九起床打开电视机，新闻节目主持人以沉重的语调播报着一条不幸的消息：前任总书记逝世了。

湘九跌坐在床上。

冷风吹拂着湘江边连绵的黑色芦苇，如泣如诉。湘九默默地收拾起行装，提前离去。他摆脱不了心中阴郁的预感，总觉得有一种难以言说的不安。县里的领导，人武部部长和政委，还有张家的故旧亲朋挤满了码头，他们看到他的表情凝固如一尊塑像。雨小了，风也弱了，他的身子像软体动物似的收缩起来。那时候湘九的形象显得很渺小很伤感。人们因此而感受到了同样的悲伤。

船动了，人们听见湖水呜咽似千百万人在一同啜泣。人们说，幺公子你跟他相识吗？湘九摇摇头说，我像所有被平反了冤假错案重获新生的人们一样，感谢他怀念他。

人们沉重地点点头。他们挥手同他道别。人们看到他站在船头，仿佛在倾听一首音韵深沉调子古老的哀歌，悲凉的歌词已经淹没于水声浪花之中了。

十四

北京·校园内外·济南·英雄山下·南京

湘九从湖南回到杭州，想休息几天，写特区考察报告，写毕业论文，但是觅不到一张安静的书桌。

窗外的延安路上，每天有很多的学生和市民走过。各种小道消息纷至沓来，有的可能是真的，有的纯属以讹传讹。比方说浩将军是某人的女婿，湘九闻之啼笑皆非。

某人是四川人，浩将军的夫人则生长于著名的沙家浜畔，两地相隔千山万水。满街传说煞有介事，湘九因此对其他问题也产生怀疑：究竟有多少是真的多少是假的?

生活中，许多故事是不能未经时间的沉淀便写之于众的，当人们渐渐老去，蓦然回首时，有些记忆可能荡然无存，踪影难觅，有些记忆则会随着时代的变迁变得更加难忘、鲜活和符合历史的真实。

虽然，军人和作家的本能驱使他作出立即返京的决定。

一路风尘，一路传闻，湘九仿佛回到了大串联的时光。他靠在摇晃的车厢坐椅上闭目养神，满耳皆是争论声。湘九已经不是当年去上海吃十个红烧狮子头的湘九了，他面无表情地倾听着、分析着。

他回到北京。长安街上交通堵塞。湘九步行到西郊魏公村，走了整整两个小时。同学们陆陆续续地都从外地回来了，有的像湘九一样沉闷有的显得很亢奋。湘九带着罗勇的女儿上饭堂去打饭，孩子跟大人一样茫然不安。

那天晚上有风，风吹来让人感到凉意。湘九骑车到了小西天老武家。老武坐在沙发上，一支接一支地抽烟，看见湘九进来，他的嘴唇动了动，但一时不知从何说起。我今天去街上了。后来他说。他的这句话在湘九听来有些突兀，他愣了几秒钟才反应过来。

但是，他不便多说什么。从他们认识那一天起，老武都是居上位者，他没有资格教诲他。

那天夜里的气氛过于沉闷，两人对坐着抽烟、喝茶，基本不说话。一小时后湘九站起身告辞，老武突然问道，老陶早已回到北京了，你们还有往来吗？

有往来，湘九说，我今天刚跟他通过电话，明天他会来学校看我。

他看着老武，期待他说出下面的话，老武却犹豫了一会儿，什么话也没说。

老陶就是特区那位部长，已经回京，调到残疾人基金会组织担任中层领导干部。基金会改成联合会时，老陶邀请湘九出席庆典。湘九在会上见到一位精神焕发的先生，竟是当年为了《墙门》要和他打官司的“老红卫兵”。老陶对湘九说，我给你俩牵个线，握握手，相逢一笑泯恩仇吧。

湘九从沙发上站起身，默默地想了一会儿，摇摇头。我不能跟他握手言欢，他认真地对老陶说道，这不是我跟他个人之间的事情。

湘九离开会场的举动据说传到了残联领导那里，领导坐在轮椅上向老陶摇头，搞得他十分狼狈。但是，老陶依然将湘九看成可交之人。君子之交淡如水，他隔三差五地来看湘九一趟，一起吃学校食堂的肘棒和馒头。

老陶供职于其中的单位，一度成为舆论十分关注的地方。湘九信任老陶，因此而对社会上某些言过其实的传闻不无抵御。老陶已担任联合会秘书长，行事一如既往的低调。他乘着一辆旧伏尔加轿车，进入湘九宿舍，一坐就是大半天。

听说从你们那里出去的人，有不少当了大官？湘九带点调侃地问他。

我对此没有多大兴趣。老陶坦诚地说，再说，我怎么能在这个时候离开这里呢，我得跟他在一起。

湘九知道他说的“他”是谁。那位坐在轮椅上的同志。湘九佩服老陶，他身上有一种传统知识分子的仗义和操守。毫无疑问，这个春天到夏天，湘九能够保持某些理性的判断，他跟老陶的友谊和信任，老陶带给他的影响，是十分重要的一个原因。

还有一个原因是湘九对某些人的反感。比方说某位青年评论家。湘九路过广场，看到他和一个来自港台的歌星懒洋洋地躺在纪念碑台阶上。几年前在北太平庄召开的一次军事文学讨论会上，这个评论家颐指气使，曾经对湘九的《黑太阳》系列作品冷嘲热讽，认为他和他的现实主义都属于“保守派”。湘九不是一个不能接受批评的人，但是他对这种连对被批评的作品都不曾认真读过一遍，为了标新立异而哗众取宠胡批乱侃者，从心底里嗤之以鼻。

湘九所在的宿舍已经成为一座“春来茶馆”。老斌的朋友，罗勇的朋友，阿满的老乡，都跑来谈天说地，有的慷慨激昂，有的语调低沉，传播着各种真假难辨的信息。有的人其实谁也不熟悉。

湘九抽着烟，看着窗外。沈政委从窗前走过，看到了皱眉蹙首的他。沈政委说，湘九你是学员，我是你的老师，你是军人，我是你的首长，你是党员，我是你的书记，你得听我的。

不服气吗，沈政委瞪着眼睛说，你不服气？

湘九忍不住笑出声来。我敢不服气吗？他说。您又是老师，又是首长书记的，您得对我负责不是？

当然，沈政委也终于忍不住笑出声来，随即又换了严肃的神情。是不是对你负责，以后你会明白的。他分外认真地告诉湘九。

那个白天，风和日丽。湘九去看浩将军。他骑着一辆旧自行车，遇到人多处就下来推行。

中午，他终于到了浩将军家。门卫早已认识他了，没有盘问就给他开了门。将军夫人在楼梯口迎接他。湘九说，大姐，首长今天中午回家吗？刚跟他通了电话，夫人说，他让我留你在家吃午饭。湘九的心顿时安定了一些。

首长家里跟往常一样平静，警卫员小高给他削了个苹果。小高削苹果的技术很高，削下的苹果皮连成一串，他的手像女孩子的手一样纤细而灵巧。湘九跟小高有一搭没一搭地聊天。湘九说，这两天首长忙得不可开交吧？小高说还好吧，该干什么还干什么。

窗外阳光灿烂，远处的白塔在一片波光盈盈中辉映着蓝天白云。湖上的手划船依然在随波逐浪，童声传来“让我们荡起双桨”的歌唱。这个白天，像所有的平常日子一样，许多人该干吗还干吗，买菜，做饭，看书，谈情说爱。门卫室换岗了，湘九听见下岗的战士在唱歌：晚风轻拂澎湖湾，白浪逐沙滩。

然而，湘九奇怪，自己总是有一种忐忑与惆怅的感觉。

楼下终于响起刹车声，将军回来了。湘九悄悄地打量着他，他脸上的表情很平静，只是少了一点往常的笑颜。

后来湘九常常想起这个中午和晚上。

他记得那么清楚。记得那天吃的主食是馄饨，小碟子里的菜是香椿炒蛋、小鲫鱼、榨菜肉丝。将军跟湘九一样爱吃肉，夫人不让他吃，夫人是医生。医生说你的脂肪够多了。

将军跟湘九喝了三盅白酒，很小的盅，严格来说，他们各自喝了三口酒而已。

那天中午，吃完饭后湘九就告辞了。他在胡同里骑车，穿过一条条萧条而紊乱的小街。后来他回到大街上。电影院仍然在放映着港台片，海报上的小白脸和美女一如既往地情意绵绵。下午的阳光已经晒得人头都晕了，许多人仍然往广场去看热闹。

回学校的路上，湘九看到一大群人围着一台三菱吉普车。湘九挤进人群去看了看，银灰色的车身，轮胎瘪了，停在人行道上，人们对车上的物件指指点点。这是一台出了车祸的吉普，人们之所以围着它，是因为它挂了一块白色的牌照。

晚上，湘九在电视上重新看到了这台吉普车。电视机是黑白的，十四寸，罗勇从家里搬来宿舍。湘九惊讶地看到他从前的朋友，那位已经几年不再来往的女作家正在解释这台车的来龙去脉。电视机太旧了，效果很差，音像画面常常中断，阿满猛地一拍，画面重新出现。门外走廊上的电话铃响了，湘九跑去接电话。一位出版社的编辑在电话中愤愤然地对女作家表示不满。

湘九放下电话，铃声又响了，居然是香港陈关有打来的。湘九说，你在哪里？陈先生说他在杭州，公司派他考察一个余杭的投资项目。湘九想了一会儿说，该干什么还干什么吧，一切都会过去的。

陈先生说，那我就放心了，放弃这个投资项目的话，太可惜了。

湘九急于回屋去看电视，可是新的电话又进来了，还是找他的。这个电话真的来自香港，张副书记打来的。后来，湘九对省里那位批判过他的部长说，人家比你聪明，把电话打到我这里，因为我是军人，身在首都。我听到的不会尽是些小道消息。

从夜里到早晨，湘九跟他的同学们经历着一种从未有过的煎熬。他们一会儿跑出校门去，骑着自行车，好像记者似的想跑到大街上去采访什么，一会儿又跑回来了，聊天，听广播，躺在床上数窗外凌晨时暗淡的星星。

他们有许多的感受、无数的见闻，或许，需要在时间的沉淀中慢慢地消化。

湘九不知道如何描绘即将毕业离开军艺的那几天，他的复杂难言的心情、所有的感受，浓的就像一杯苦涩的咖啡。夜里，他梦见红色的枫叶、绿色的树荫、黑色的背影。他告诉自己，他的大学生活已经在这个夏天结束了。然后，他默默地想，我们一定会缅怀生命里的过往，无论是年轻的、沉重的、模糊而感性的，还是沧桑的、清晰与理性的。

有一段插曲事后想来显得有些可笑。一位红得发紫的女歌星，向政委报告，她听到湘九在学校门口向一位外国记者介绍什么。沈政委说这可不是随便说说的事情。他问她有证人吗？她说她们系的小禾和小殷也在现场。沈政委问小禾小殷，她俩说那晚黑魆魆的，看不清校门外的人，但是湘九肯定不在场。小禾说我跟湘九也算是半个老乡吧，他的说话声我一听就知道。小殷说我跟他一起从济南军区来的，我还能辨不清谁是湘九？

沈政委不能不相信她们，小禾小殷虽然红得还没有发紫，也是名流了。小禾唱民歌，小殷是美声，女中音，口碑也好。再说，这段时间沈政委多次跟湘九谈过，要他协助做些稳定工作，他都说好的。沈政委想这家伙讲情讲义的，怎么会让我过不去呢。

关键的证人是文美系张副主任。他说，哪天夜里？几点钟？沈政委说七号晚上十点钟。张副主任凝神一想说，这不是前天吗？前天晚上我在他们宿舍里跟湘九下棋，一直下到十二点钟，他什么时候跑到校门外去了？

事情很快传到湘九耳里，他愣了半晌。他自觉跟这位女歌星还过得去的啊。有一回，在食堂，女歌星不排队引起好多人指责，湘九接过她的碗对同学们说，她今晚有演出任务呢，你们体谅一下！他替她打了饭菜，笑嘻嘻地跟她说，别掉泪呀，以后注意一点不就行了！

湘九确实很生气。这真的不是开玩笑的事情，弄得不好他这一辈子就灰飞烟灭了。他气冲冲地要走进食堂去指责女歌星。老斌和阿满劝住了他。老斌说，小禾小殷能不回系里去说吗，这一说就够她受的了！咱们给她留点今后见人的余地吧。

临近毕业的日子，湘九也特别忙。当初野战军李政委的儿子就在美术专业进修。小家伙每天都在街上看热闹，湘九受老领导所托，到处找他。终于找到了，天天看着他，不让他乱跑。一位东北来进修的地方学员，是个小姑娘，愁眉苦脸来找“班长大哥”，说是想回家，又怕路上不安全。湘九给她凑了盘缠，用自行车带着她，送到京郊，先到天津，再换去往关外的列车。湘九没有时间和精力去对付红得发紫的女歌星。他也想不通她为什么要这样做。也许，她想投什么机吧，也许想当官？湘九觉得很荒诞。

湘九学着她的东北腔说，你好好地唱歌就是了，整这些玩意儿干啥?!

历史的一页终于翻过去了。

大约是七年后，这位女歌星来到湘九工作的城市参加一台晚会。有人跟她说起湘九，说我们的某某副市长也是解放军艺术学院毕业生。那天下午湘九正在开会，手机响了，湘九走出会场接听。他听到她女高音悦耳的声音，她喊他老同学。湘九愣了愣。他说你怎么到这里来了，你是来“走穴”的吧？她舞动的笑声俏丽地在空中飘扬着，她说，哪里呀，我是来慰问你们的，莫非你不欢迎啊！

湘九不得不赶过去，请她和她带来的另一名女歌星吃了一餐丰盛的晚餐。席间，湘九介绍本地风光，笑容可掬。他们回忆的都是些读书时的趣闻逸事，仿佛毕业前夕的那段往事从来没有出现过一样。没有什么风浪。没有四处的散步。没有惊雷与光焰。更没有急剧跳跃的语言和炯炯的目光。许多许多的人和事，隐藏在内心的深处，那里有包不住的情感，悄无声息地隐藏在心中，令人胸脯发紧。

何必呢，湘九告诫自己，何必再让她尴尬一回？

当然，她自己要把自己陷入新的尴尬之中，那是谁也没办法的事情。袁副主任的严厉批评也救不了她。后来，一个从内地到香港又回内地走私，最后跑到了北美去的暴发户，让她担任了一场轰动全国的丑闻中的一名角色，这倒确实是让湘九所始料未及了。

一纸文凭到手，湘九立刻离开了学校。告别北京。

他回到泉城，首先去看老范。

老范说你终于回来了，不走了吧？老范扛上了大校肩章，却有些落落寡欢的模样。他的家还在中原古城，一个人孤零零的。每天傍晚，湘九跟他走出营门，走到马路对面的英雄山下去。他们往山上走，走过济南战役时阵亡的士兵的墓地，很多牺牲者躺在无名烈士墓中。四十年过去了，他们的亲属或许还在苦苦地等待着他们回家。

那段时间可能是老范一生中最落寞的日子。湘九上学前夕，他已经准备转业，杨军长帮他联系去杭州海关工作，关长是从前的开封市委书记。消息传到湘九耳朵里，湘九为之气急。他知道老范是个属于军队的人，他要走，必定是出于无奈。他找到浩将军说：政委，我们军宣传处处长是个人才，不能让他走！

浩将军说：他为什么提升不起来？

他老写批评稿，人家是报喜不报忧，他却报忧不怕喜，如何提得起来？湘九说，首长，您得主持公道。

浩将军说他要了解一下，湘九怕他忘了，请求他将老范的名字写在笔记本上。第二天军区召开军以上领导干部会议，浩将军打开笔记本就想起了湘九的汇报。

浩将军问军政委：你们宣传处的范处长听说是个人才，为什么不留住他啊？

军政委说，没有提拔指标啊，各师各部门都安排得满满的。

那就报上来请军区研究嘛。浩将军说。

老范不知道此事。他到军区参加培养军地两用人才大会，会间休息时，台上的浩将军问台下一位副军长，你们那位宣传处处长来了没有？

老范走到台上，向首长敬礼，首长打量他一番，露出了笑容。你就是范处长呀！没什么事，我跟你认识一下。

浩将军读过老范写的文章，对其中一些报道也作过相关批示，湘九的举荐使他重温旧事，加深了印象。

老范调到了军区政研室，提升为副师职研究员。他嘴上却怪湘九，不是你多嘴，我已回杭州当上海关的处长了。

当时，湘九将他的话当耳边风。

两年过去了，湘九感到老范确实有些孤单。不说别的，两个女儿大了，一个读中学，一个小学快毕业了，河南的学校条件比较差，她们的学业就时常让老范牵挂。

傍晚的英雄山山腰上，坐着一些小商小贩，引逗孩子们摸玻璃球，摸中了有奖。湘九看到老范蹲在那里摸玻璃球，一摸一个准，将小贩的脸都整白了。湘九替他感到深深的悲哀。湘九对他说，你无聊不无聊？你知道“玩物丧志”这个词儿吗！

老范摸中了一盒“将军”烟，他对那位摆摊的下岗工人说：算了吧，我也就是玩玩而已，我只拿一支烟，给这位弟兄抽。

他俩坐在石阶上。湘九嘴上的烟头在夜色中发出苦闷的红光。这是一个困惑的时期，传统的体制和观念正在裂变，是非、美丑、善恶都在寻找新的参照物。在宽大得可以跑马的机关大院里，他俩都有一种无奈的感觉，英雄无用武之地之感。这是一种类似于独行侠的孤寂感，他们似乎成了最后一代理想主义者。

老范说，我俩一起调回浙江老家去吧？

谈何容易？湘九说，两人一起调回去，只怕是异想天开。

冬去了春来，湘九为四十岁的来临而伤感。俗话说四十而不惑，湘九却感觉他的人生依然十分困惑。这时，军区文化部发生了一件事，一名干事跑到英雄山下，挂起一块白床单，床单上歪歪扭扭地写了一首诗，不无蛊惑之意。一辆辆警车呼啸而至。这条床单被迅速地送到了军区。

那天中午湘九走过部长办公室，田部长神色紧张地喊住他。他说，你去一下某人宿舍，看他在不在？在的话叫他别走开，一会儿组织上要找他谈话。

某人就是那位干事。湘九走到他宿舍，看到他坐在那里看电视。湘九把部长的话转告他。他问湘九什么事，湘九说可能跟你谈复员的事吧。这位先生居然傻呵呵地笑了，他说，不是为了复员的事找我谈话，而是我闯大祸了。

湘九愕然。后来他一直对其人其事感到讶异。他写过两部“暴露黑暗”的小说，才华平平，却寄到高层去请大人物“指正”。他为什么要这样做？湘九猜想他是想出名想昏了头。

他给文化部和创作室带来的麻烦可想而知。军区司令员在大会上把田部长叫起来“点名照相”。湘九就坐在他身旁。田在众目睽睽之下站了很长时间，湘九拉他，叫他坐下，他不敢。他的眼里噙着泪花，一脸尴尬的苦相。湘九觉得这场景实在叫人受不了。

文化部开会几天，军区领导一个个到来。那位以一部描写西南边境战事的作品而闻名全国的作家说，这小子可能有精神病吧，是否先送去医院检查一下？

一位军区领导生气地说，精神病人写得出这样的文章和诗吗，你什么意思？

气氛很压抑，没有人发言。军区政委点了湘九的名，让他谈谈看法。政委说，此人说他模仿的是你当年在麻栗坡烈士陵园写诗的方式呢，当然，内容不可同日而语。

田部长瞟一眼湘九，他的脸色青晃晃的，未经梳理的头发凌乱地披垂在额上。平时，田是一个很注意军容仪表的人，现在，他确实筋疲力尽了。

他以为湘九会乘机数落他一番。去年年底部里有一个提升副师待遇的指标，符合条件的除了湘九，还有另一个人。他把这个指标给了那人。田部长说，不能光讲工作业绩啊，他的资历比湘九高。

湘九不能不发言。

湘九首先替写过西南边境战事著名小说的那位作家辩解。他说，首长可能误解他的意思了，他说某人有精神病不是为某人减轻罪责，而是为了各位领导。这件事，从军区来讲是文化部的责任，从高层看呢，就成了军区和军区政治部的责任。如果此人真有精神病，各级部门的责任也就减轻许多。再说，他毕竟是一个人而不是一只鸡，就是一只鸡，咱们也不可能每天守着不让它走出去吧？这个责任主要应当由他个人承担。

接下来湘九替田部长辩解。

湘九说，这个干事是部长的老部下不假，是部长主张调来的也不假，但这说明得了什么呢？他调来的或领导过的同志很多，绝大部分都是好同志。至于部长本人的立场么，我举个例子吧：去年四五月份，部长两次给我打电话，要求我们听上级的话，成为模范执行纪律的军校学员。济南军区在军艺上学的有十三位同志，部长要我将他的话一一转告他们。我想，如果不是他及时打来这两次电话提醒，会不会有人犯什么错误还真不好说。湘九仰起头，特别认真地想了一会儿，叹口气说，就连我自己也很难保证啊。

他那认真的样子很让人揪心。他说这些话时慢条斯理的，一句一句，搞得人们心里潮腻腻的。会议室里一时静默。

从主任为他捏着一把汗。老谭也替他捏着一把汗。在中央委员、候补委员面前，在上将、中将们面前可不是随便可以侃的。他们观察着将军们脸上的表情，看到他们的眉头舒展了一些，心里的一块石头才落了地。事情过去多年后，从主任每次见到湘九还会向他刨根问底：

你说田部长给你打过两次电话，这事儿到底是真是假？

湘九总是哈哈一笑。问急了，他说，您不是也给我打过电话的么？

从主任老了，虽然老当益壮，也难免有点记忆力衰退。他因此而歪着脑袋，半天也想不明白：我打过这样的电话吗？也许打过？也许根本没有打过？

开完会那天中午，老范突然来找湘九。老范说，首长们从文化部开完会出来，有个人跟到一位主管首长的办公室，他说首长啊这件事决不能大事化小、小事化无，这是一起性质极其严重影响极其恶劣的事件！他还说必须追究领导的责任，个别人的辩解实不可信。老范正在首长那里汇报工作，那人走后，首长对老范说，看来让他参加专案组比较合适。

那天中午老范和湘九守候在田部长家门外的小道上，等到他出门上班，他俩仿佛偶然相遇似的跟他打招呼。湘九三言两语将老范的所见所闻告知他。田部长走进了袁副主任办公室。

那位首长征询袁和田的意见时，他俩说那人去专案组不如湘九去合适，那人不懂诗湘九懂，政委说过某人模仿的就是湘九的诗歌形式。袁副主任还说了一句语重心长的话：大事化小固然不对，小事化大也不对吧。

田部长终究是个书生，极少喝酒的他，那天晚上一个人在家喝闷酒，喝完后坐在书房里，看着桌上自己写的厚厚一叠检讨材料，突然间放声大哭。他抽噎着对妻子说，他有两个没想到：没想到他推荐某个同志提了职务，却跑到首长那里去说这些话；没想到他不推荐湘九，湘九却在上午的会议上挺身而出。

部长的妻子湘九叫她嫂子，后来嫂子把丈夫的话告诉了湘九。湘九愣了愣说，这跟提不提职务没啥关系吧，这是做人的基本道理。

一九九〇年九月，老范终于调回浙江老家了。组织上照顾他，将他与驻浙某部的一位山东籍老同志对调。老范的家属也回到了故乡旧土。

湘九在他离开济南的当天，呈上请调报告。

请调的理由是照顾家庭，弥合夫妻关系。事情当然没那么严重，但是夫妻分开久了终究不是好事。湘九觉得，他跟咪咪两口子，应当有个重新理解的过程了。湘九对单位的事也有了一点厌倦情绪。一个人犯错误，众人陪着吃药。这种事情隔三差五发生，他渴望换一种工作和环境。

送走老范，湘九回了一趟老部队所在的中原古城，调查对象则是中原的预备役部队和民兵建设。湘九在焦裕禄工作过的兰考县蹲点，漫步于泡桐树林间。对于人武部交给地方后体制上的不顺，导致国防动员滞后与不足，引起他的忧虑和思考。他征求了军队和地方各级干部的意见，写成一篇调查报告，直接呈送到国防部部长办公室。不久，他收到了回音。部长说，这篇报告材料翔实，论据充分，反映的问题十分重要，已引起高层重视。

驻豫某预备役师因此而上书军区为湘九请功。袁副主任又一次在大会上表扬了他。

袁副主任的心情很矛盾。放你走还是不放你走？他要湘九帮他拿主意。湘九哭笑不得。湘九告诉他，一位老战友曾是现任南京军区政委的老部下，给他写了一封推荐信。

南京的司令员不是从咱们军区过去的吗，袁副主任说，你直接找他不就行了？

正因为他是从济南过去的，我才怕为难他呀。湘九说。

袁副主任长长地叹了口气说，你先联系一下再说吧。

湘九到了南京，给军区政委的秘书打电话。秘书让他先在招待所住下，他请示一下首长再说。湘九省钱，住到后勤礼堂，陪强强放电影聊天，强强已担任礼堂主任，副团待遇。

没想到军区政委很快就接见了他。湘九在秘书的引导下，走进军区大院。

这里曾经是父亲工作过的地方。湘九在院子深处的一栋小楼前停留了几秒钟。他想象父亲的吉普车停在楼下，父亲走过长长的走廊。父亲的办公室的墙上挂着巨幅地图，他常常站在地图前冥思苦想。

湘九踩着父亲的足迹，走到政委办公室门前。湘九喊了声“报告”，政委说“进来”。政委是高个子，微微弯腰跟他握手。

小戴的推荐信我看了，你的一些作品我也找来翻了翻。政委说。

小戴就是老戴，中原军营的文化学校校长。

我个人很欢迎你来，还要跟司令员、跟军区其他领导商量一下。政委说，但是你想回杭州，杭州可没有专业创作室啊。

我愿意改行。湘九说。

湘九想起前一年他刚从北京毕业回到济南，丛主任私下向他透露一个信息：上级有意调他去联络部任职。湘九考虑了一会儿，心情沉重地对丛主任说，请转告首长，我个性率直，心里有话藏不住，不适合去那里工作。

丛主任说，你去了或许很快就能当上副部长，你得好好想一想。

湘九好好地想了想，历史的影子在他眼前飘摇，他感到晕眩。我很想当副部长，我做梦都梦见自己扛上了大校肩章，他抿着苍白的嘴唇对丛主任说，但我确实不能去那个部门，万一因为个性脾气而损害了国家利益，问题就太大了。

从你的简历上看，农工商学兵你都干过，政委起身说道，我们研究一下吧。

湘九快乐极了。他跑了几趟南京，认识了干部部的部长和干事，事情在缓慢地进展。南京离杭州近，他回家将信息告知咪咪，咪咪的心也安静下来。咪咪决心好好改造他，每天早晨五点钟就把他叫醒，去西湖边晨练，练气功；督促他多吃素，勤走路。

正式谈话是在一九九一年早春时节，湘九却被干部部部长搞得心灰意冷。部长说，你也知道了，报上去是任杭州军分区副司令员，党委讨论时有不同意见。你毕竟不是军事干部出身，再说分区减编，一个萝卜一个坑，也影响你今后的发展。如果你去军一级单位当个研究员，搞创作也不会有大的影响。部长犹豫了一会儿，将底透给他：首长之间有不同想法也是正常的，你要是不接受或者回济南去，我们就为难了。

别无选择的湘九在大局已定之后，才去拜访司令员。

司令员姓固，身材魁伟，说一口东北话。他还会说日语，还有一手好书法。固司令员心情复杂地看着湘九这位老部下，问他是否觉得委屈。湘九低下头说，有一点吧，不多，总算是调回家门口了，当的还是不穿军装的兵！他拿起茶几上的烟，递一支给司令，又给自己点燃一支。他耸耸肩，喷出一口烟说，我也只能顾全大局了，我不能难为首长您啊。

军装总还是要发的，军委已经在研究这个问题。固司令员的表情藏在烟雾后面。你知道顾全大局，我就放心了。来日方长，他说，你的眼光要看得远一些。

十五

杭州·西子湖畔的军营·政治部·后勤部

湘九终于回到了家，回到养和里四号。他去驻浙某部政治部报到，主任说政研室已经撤销了，你是副师职研究员，只好暂时放到秘书处，跟处长一个办公室。湘九拜会了秘书处处长。湘九说，行政上你是领导，我不会插手处里的工作。

湘九想把人武部归建的课题继续做下去。他向处长要车，先跑预备役师、团。处长给他派了一台旧菲亚特，跑起来哐啷哐啷地响。预备役师部在城郊结合部，车子旧车身小也有好处，在人群车流中挤来挤去一点不显眼。预备役师的官兵见了这个穿一件夹克衫风尘仆仆的上级机关干部，既新鲜又亲切随意，交谈时直抒己见，倒是给湘九增添不少一手材料。

最初一个阶段湘九真的不想见到故旧亲朋，他觉得自己兵不兵民不民跟人说不清楚。他的情绪其实很低落。他跟咪咪也难以沟通，两个人习惯了自顾自的生活，谁也改造不了谁了。家里地方又小，又佳睡在客厅里，快读高中的大姑娘了，来个客人连转身的余地都没有。天热，人的火气也大，两口子常常吵嘴。

有一天夜里湘九睡在阳台上，小偷爬上来偷走了他的裤子钱包。他的那块梅花表幸亏戴在手上没被偷走，第二天咪咪将他的表拿走藏进了她的办公室抽屉里。想不到的事又一次发生了，小偷进了卫生局，撬开她的抽屉终于偷走了这块表。湘九忍不住指责她，咪咪生气地说，早知如此，你还不如不调回来。

秘书处处长发现湘九下了班还不走，睡在办公室地板上，铺一张草席。处长问他为什么，他说家小，临街，太吵。处长说，是啊，部里宿舍太紧张，部首长让我征求一下你的意见，请你参加清理房产工作。

湘九不好意思再睡办公室，睡到小学同学阿尉家。阿尉娶了个近郊农村的姑娘，在那里盖了幢三层楼。湘九每天下班骑车到城河边，在河里洗个澡，然后在大排档吃碗面，再骑车到阿尉家。阿尉说，我们都当你是大干部、大作家，谁知你过的却是这种日子！童年的小伙伴摇头叹息：我对你真是看不懂，看不懂啊。

想念女儿的时候，湘九跑到学校门口等她放学出来。又佳扑进爸爸怀里，哭了。爸爸带她去吃馄饨、吃水饺。又佳回家将爸爸的情况告诉妈妈，妈妈一夜无寐。

咪咪到了政治部，要见首长。首长们正在开会。副政委说，她来干什么？副主任说，可能是来要求分房子的，听说他家只有三十来个平方米，厕所都是公用的，张研究员只好在办公室打地铺呢！副政委说，你去接待她吧，记住，千万别说我在这里！副主任说，这是为什么啊？副政委愁眉苦脸地漏了底，他说，我老婆跟湘九老家一个村、一个张家祠堂的，你明白吗？她叫我一声堂姐夫，我怎么处理这事情？

副主任胖乎乎的，江苏淮阳人，菩萨般的慈眉善目。副主任对咪咪说，我正在批评湘九同志，他太不像话！对家属怎么能耍态度呢？还跑到外面去睡，出了问题怎么向上级交代？他必须向组织向您作出深刻检查！

咪咪看着湘九。看到他身上被城河的河风和日头吹晒得黑黝黝的，脸上消瘦了许多，还有不少细碎的皱纹，头上已经有了丝丝白发。咪咪终于忍不住潸然泪下。她在这一刻突然意识到，她的丈夫、一个有事业心的男人，其实活得很艰难。她想到了一句老年人的话：平安是福，其他的都无足轻重，都是过眼烟云。

副主任用他的上海牌轿车将湘九两口子送回家去。副主任叹着气说，商品经济年代，军人的经济地位下降了，既影响社会评价也影响了他们的自身评价。军人所住的房子，不少是一九四九年出逃的达官贵人所遗留下来的，随着改革开放和落实政策，许多人回来要求收回住房。副主任负责清房和营建工作，他说，房子迟早会给你们解决的，但是，湘九同志要出来帮助做这项工作。

湘九不得不服从安排。

十亿人民九亿商，还有一亿等开张。湘九陷进了一个漩涡就拔不出来了，每天与形形色色的人打交道。一个旧官僚遗留在这里的房子，他的一名姨太太委托亲戚收回去，部队好不容易腾空了部分又来了两位姨太太。湘九让尚未搬迁的干部暂时不搬，还要把腾空的房屋收回来，按照政策支付补偿金解决问题。已经住进去的官僚眷属坚决不搬。我们都是彼此知根知底的啊，她们说，湘九先生，你不能好了疮疤忘了疼！

从前的杭州城并不大，太太小姐公子少爷们确实知根知底。她们跟湘九说起那一年，毛泽东站在天安门城楼上，中气十足地大声宣布“中华人民共和国中央人民政府成立了”，那时候母亲抱着湘九往北方走，而她们则争先恐后地跑向了南面。她们以不可思议的眼光瞧着从香港回来的张家夫人，认为她的脑子里一定是进了水。

湘九叫她们阿姨，给她们沏一杯龙井茶。湘九说，对不起，我只能按照国家政策法规办事。这房子是地方房管部门交给我们使用的代管产，该赔偿的钱存在银行里，你们如果想回来定居的话可以拿这笔钱另外买房子住。当然，钱是少了一点，可总不能按今天的房价来赔偿四十年前的一幢楼吧？

再说你们几位阿姨的意见还不一致。

太太们气得脸上搽着的白粉扑簌簌地掉下来，她们对湘九软硬兼施。湘九听到一堆如同苍蝇般乱纷纷飞来的指责，核心内容是关于他的身份问题。她们说，你说的“我们”是指你现在的归属呢还是指昔日地位？湘九说当然是现在的归属。一位太太尖叫了一声，张家小少爷，别忘了我跟你姆妈从前搓过麻将！另一位姨太太说，湘九先生你太叫人失望了，你忘了你当“狗崽子”的时光了？你要知道，你的真实身份永远是世袭的呀，莫非，你从未想过要回你家在南京的房产？！

这些话孰真孰假，湘九不得而知，也许人家只是打听到他也是所谓的“好人家出身”而已。好几次谈判不欢而散，湘九感到身上某个部分被锯断的痛苦和轻松。这是一个谁有钱谁发财谁能从银行贷到款谁就是英雄好汉的时代。这个时代很物欲很现实。湘九面对她们苦笑。他想起沈醉先生。有一天政府向沈醉宣布要发还他几幢洋楼，他连连摇手说：不要！统统不要了！那一天湘九正好去白塔寺全国政协宿舍看望他，亲眼目睹了此情此景。从台湾和美国赶来的子孙们，带着不解和不满再次离开了老人，老人却噙着泪花笑了。他的笑容中有一种大彻大悟的神韵。

固司令员来到驻浙部队视察时，接见了包括湘九在内的师以上干部。诚如斯言，文职干部重新穿上了军装，只是没有佩戴军衔。接见结束后，司令员将他单独叫到下榻的招待所，问他到职后的工作、生活情况。固司令听他介绍清房和营建工作，好像在听一个个传奇故事。司令员说，你家的房产早已改成了军区总院宿舍，你不想要回来我相信，但是你的哥哥姐姐们会怎么想呢？

湘九犹豫片刻说，他们的想法不会和我相差太远。

司令员摇摇头。你是现役军人，军队的利益就是你的利益；但是，他们不一定会这样想吧。

他们在童年时就熟悉军营，他们明白这一点：谁也不会带着房子去当兵。湘九深思熟虑地说，我的哥哥姐姐中有两位是政协委员，其余基本上也都是企事业单位的干部，我母亲从小教育他们要顾全大局。

军委首长最近还跟我说起过你的母亲，司令员动情地说了，她老人家的一生确实很令人感动。“顾全大局”，司令从沙发上站起来，幽幽地望着西子湖上空的晚霞轻声说道，是的，她的一生都在实践这四个字啊！

湘九知道他说的“军委首长”就是浩将军。湘九的心微微颤动。

他想起调离济南军区时，即将动身的前一天晚上，首长的儿子儿媳叩响了他的房门。孩子是替父亲来为他送行的。自从军艺毕业离京后，他们再也没有见过面。那天夜里湘九真的很感动。

这种感动，在固司令员向他说起他的母亲时，又一次拨动了他那脆弱的心弦。

谢谢首长，湘九由衷地对司令员说，我替九泉之下的母亲谢谢你们。

秘书处的具体事务繁杂纷纭，一件事未了另一件事接踵而至。地方上机关学校都在破墙开店，部里也动起这个脑筋。开出一家饮食店承包给人，年收入十五万元，湘九说地段这么好，我看至少能包到二十五万元。他的话得罪了原先经办此事的人，甚至可能会损害某些人的利益，他却浑然不觉。

湘九跟愿意出二十五万元一年的人签了协议。参与承包的一个人是他在船厂时的老同事。湘九参军前他已离开船厂，这么多年也没个正当职业。湘九说，二十五万元其实不高，干得好一年净利润挣个十来万不成问题，希望你们奉公守法勤劳致富，我呢，也算帮了老朋友一把。

朋友是拿来出卖的，多少年过去了，湘九在网络上看到这个流行语，他的心依然隐隐作痛。分开的时间长了，过去相知不浅的老同事已经被物欲世界同化。道不同不相为谋，他们对湘九督促其规范经营，每月及时上缴承包费虚与委蛇，却与原先的经办人交往越来越密切。到了后来，当初反对让他们承包的人反而成了酒店的座上宾，该上缴的钱一减再减，久欠不偿，湘九却成了里外不是人。

到了年底，湘九向部领导提出向社会重新招投标，公开公平竞争。那时已经破墙开出十几间商铺，利益所牵连的远不止这一家酒店。湘九遭到明枪暗箭攻击。个别领导拿一根牙签剔着牙缝说，这个人是不是太一本正经了？研究员么，还是让他搞自己的研究工作去吧。

清房，营建，租房创利，哪一件不是耗心血耗体力的事？打官司打得湘九跟律师跟区拆迁办主任都成了好朋友。辛辛苦苦干了两年，得到这么一句话，湘九真后悔不该从济南调回来，不该回到这块伤心地。区拆迁办黄主任说，你一个名气不小的作家，放下文章不写，大热天骑一辆破车四处奔波，中暑休克被路人送到市一医院，我看着都替你心寒！

湘九产生了转业的念头。

评职称也让人从心底里感到窝火。按照评审标准，获得国家级文学奖的明确是创作一级。湘九获过国家奖、国际奖，还连获三届解放军文艺奖，报到高评委却通不过。理由是他早已不在专业创作的岗位上了，要参评的话也属于一种照顾，因此要降他一级。湘九拿到创作二级的评审结果，当着干部处的人，一把撕碎扔进了字纸篓。湘九说，不符合评审条件就不参加评审么，这是干部部门决定的事与评委会何干？如果不能参评，那就连二级、三级也不能评，如果可以参评，就应该严格按照政策标准来评。降一级，这不是存心欺侮人吗?!

在各种职称泛滥的今天，此事应当一笑置之，当时却能把人气死。湘九将电话打到老领导丛主任那里，丛主任给他讲了一件事。山东一位老资格的创作员，居然只评了三级，气得他拿起材料就上北京去评理。他气呼呼地跑到火车站，一列开往北京的列车刚刚启动，他赶过去，跌了一跤，把腿骨都跌断了！

湘九心寒，从主任也心寒。这是文学界第一次评职称，某些进了这一届评委会的人好比争先恐后挤上首发公共汽车的乘客，上了车就催着售票员赶快关门，还一个劲儿训斥后面想上来的人：别挤啦别挤啦，车厢都满座啦！

国人的劣根性，在哪儿都一样。

老范在军分区，不太了解湘九的处境，湘九也不想说，通电话时双方都报喜不报忧。军区司令员参加中国军事代表团出国访问期间，他的秘书小李到杭州来了一趟。小李也是从济南过来的，老战友见面无话不谈。小李替湘九抱不平，将他转业的想法带回去，隐隐约约地透露给了首长。

司令员再次来到时，大区班子刚作了调整，司令员兼党委书记。那天晚上湘九被召到他的下榻处，军区干部部部长还有湘九所在部队的两位首长也在座。部长向司令员汇报说，早在评职称之前，湘九同志因为对我国文化事业的发展有突出贡献，已经被批准享受国务院特殊津贴了。司令员说是吗，有突出贡献的干部应该提前晋升，你们研究过没有？湘九的两位首长还没及回答，湘九已经局促不安地站起身，他说，我去隔壁房间看看李秘书。

湘九听到他们的笑声。有个老头子在笑声中说这家伙倒是蛮懂规矩的。湘九坐在李秘书房间却是心静如水。李秘书问他在想什么，湘九说我不稀罕提什么级别，我只想干点实实在在的工作。

小李将他的话转告首长。夜深人静，司令员又把他叫进自己房间。司令员说，干点实际工作好啊，但是现在没有位置。湘九说那就高职低配好了，我不计较。

有一个想法，湘九朦朦胧胧地思考过。人生其实是没有近路可走的，如果你走了近路，总会在以后的岁月里要你还回来。后来的经历证明了这个观点，他在军队被提拔得很快，他到了地方就十几年原地踏步了。

春天的一个早晨，湘九终于搬进了柳浪闻莺附近的一幢新房子，二楼，九十六平方米，三室二厅。又佳兴奋地躺在属于她自己的房间的小床上久久不想起来。咪咪忙着收拾屋子，打扫阳台。她看到一辆银灰色的吉普车开到院子门前，撞到了铁门上。咪咪惊叫了一声，跑到客厅里，却看到湘九神情黯然地坐在沙发上，好像在想什么心事。

咪咪说，你发什么呆呀！

要是我母亲还活着就好了。湘九幽幽地说，他的嗓音沙哑。他说，哪怕让她晚年在这样的房子里住上一年半载呢，我心里也会好受一些。

咪咪默然，过了几分钟，她才想起那辆撞在铁门上的吉普车，她说你快去看看吧，是不是后勤部来接你的车！

湘九下楼跑到大门口，看到一位下士愁眉苦脸地站在吉普车前，瞧着这辆上路第一天就撞瘪了一大块的车子发呆。湘九招呼他一声，他一惊，向湘九敬了个礼说，张副部长，我犯错误了。

湘九觉得这确实不是一个好兆头。但是他不想责备这个战士，他也不是故意撞的车。从战士对他的称呼上，湘九知道今天该正式宣布对自己的任命了。根据这两年他在政治部干的相关工作，他被任命为后勤部副部长，保留正师职级。从文职套改为大校军衔。

第一天上任的过程十分简短，与班子成员见面，听相关处室汇报情况。余下来的时间，湘九在修理厂陪着工人师傅修理这辆撞坏的吉普车。

修理厂在玉皇山下，是一家村办企业，村支书也是当兵出身，跟他很熟悉。湘九对司机说，把车拉到部队修理厂去修的话，事情就瞒不住了，不光是检讨问题，说不定还会给你一个处分，今后再也不能开车了。

司机抹着眼泪说，谢谢首长对我的关照。

我不是关照你，我是关照你在安徽农村可怜的父母亲！湘九揉着在车间里蹲久了发麻的双腿，突然发起火来。他们含辛茹苦地养大了你，把你送到部队来，指望你好好学点本领，学一门技术回去过上好日子，你却辜负了他们的期望！他站直身子。瞧你这副没出息的样子！哭什么哭？虚心向师傅们请教！他说，我这一百五十五斤全交给你了！我老婆孩子看着我坐你开的车出门，现在还在担惊受怕呢。

上任第一天，湘九崭新的军服上沾了不少机油和油漆，他帮着修车师傅递扳手拧螺丝帽开喷枪，将他的司机搞得一愣一愣。黄昏，车子终于完全修好了，司机说首长你从前在汽修厂当过工人吗？湘九得意地扔给他一支烟，说，我是造船厂的，你明白吗，跟造汽车也差不了多少！

军队是不能经商的，古今中外，凡是军队忙于经商，必然滋生腐败，毁我长城。

这一点在上下左右达成共识还需要一个艰难的过程。令人痛苦的是，湘九任职后勤部时，恰恰是在这个过程中间，而且是在经商之热一浪高于一浪之时。湘九的不幸在于：他总是有一种草根出身的知识分子的敏感性，往往会提前看到和提出这些不合时宜的问题。

一位姓吴的副部长，后来担任浙北某军分区司令员，再后来转业当了省里某厅的副厅长。老吴能够证明湘九的痛苦。他俩观点一致，很不赞同将原本主要服务于军队的企业，安置军属的企业，改变为与社会企业竞争的商业机器。

有一名很得宠的助理员，当上了总经理，生产销售一种儿童营养饮料，广告满天飞。几家军队企业的资金被划去支持其投资发展，而指出其潜在的巨大风险却无人理会。

郁闷的湘九只能跟老吴发牢骚。他的话越说越出格。

我军在传统上具有“生产队”自给自足的特色，但只是“自己动手、丰衣足食”而已，和军队外部没有什么关系吧？当时之所以这样做，乃是迫于形势条件下的不得已。今天呢，今天还这样做，而且越做越大，这还配称“战斗队”吗？

湘九坐在老吴的办公室里，抽着廉价的西湖牌香烟，继续大放厥词：

军队到处经商赚钱，进入商品经济的竞争性领域，甚至为争夺资源和地方发生冲突。后果是什么？就是军队的商业化、军队的地方化和军队的腐化，从而影响人民军队在全社会和国际上的形象！

这些话，难免传到其他领导人那里，湘九又成了另类。湘九明白自己在这里其实只是挂了个职务，不可能有所作为。他毕竟当过企管干部开过门市部的，对那位助理员的经济运作很容易产生怀疑。这就不仅仅是对大好形势的不满了，而是针对某个实际利益群体的一种深深得罪。

不能说这种“得罪”对他全无好处。十年后，湘九受命参与接管移交地方的部分军队企业并对其实行改制。部署安置职工方案时，工作组受到充满火药味的质询乃至肢体冲突，职工们却对这位老副部长网开一面。我们知道您当年的态度，他们对湘九说，否则不会对您另眼相看。

说起当年他对那位助理员迟早会进监狱的预言，人们更是感触万千。您离开得早了，他们说，不然的话，您和我们，也许就都不会是今天这个样子了！

这是以后，一九九八年中央作出停止军队一切经商活动的重大决策之后。而当时却远远不是这样。当时的湘九，内心充满了尖锐和复杂的矛盾与痛苦。他的“另类”的观点几乎没有任何市场。他因此而感到深深的失望。终于，冬天的一个晚上，电话铃声响了，湘九拿起电话，听到浩将军的问候。一句话，突如其来地从湘九嘴里冲出，首长，我想转业！

电话线那一端传来久久的沉默，完全不像上一次通话时那样愉快。

浩将军说，请你简单扼要地将你要转业的理由说给我听听！

湘九整理一下纷繁的思绪，抛开种种烦恼，以一种真诚的语气说道：

首长，人生犹如一本书，我这本书还不到三分之二吧，就可以看到结尾了。结尾想必是很好的，我只要熬下去，完全可能熬到当上将军……

他听到将军粗重的呼吸声，他猜想将军皱紧了眉头。

但是，这本书后面的内容呢，是不是太贫乏了？湘九一鼓作气往下说，他的手心在出汗。我想去地方改革大潮中搏一搏，干点有创造性的事业，这本书才有许多新的内容可写……

过了好久好久，首长问道：你今年多大了？

四十四岁了。湘九说。

四十四岁，正师都第三年了，首长在替他叹息，你走后，再想回来，就没那么容易了……

是的，湘九的声音小了许多，鼻腔里涌起一股酸水。离开部队，肯定还会有一些跌宕起伏，结尾也很难想象，但是，我真的很想去试一试……

湘九永远不会忘记这次通话。这次通话，首长的结束语是“书生意气”四个字。湘九觉得他对自己的所有感叹、所有褒贬，全包含在了这四个字当中。湘九知道，自己已经因为这四个字付出过无数沉重的人生代价，他还将因此而付出更多、更为沉重的人生代价。

而获得的，也许仅仅是一种新的人生体验。

南京军区司令员和新任政委来到这座省城，拜会省里几位书记时，专门介绍了湘九在部队十一年的表现和转业投身地方改革大潮的想法。

司令员很爱护你啊，新任政委对湘九说，他特意为你讲了一大段话，我听了都十分感动。

湘九黯然，脱下军装后，他或许再也遇不到像浩将军和固司令员这样了解、理解自己的首长了。

六月的一天，天气凉爽，省府大院绿树成荫，楼道上静悄悄的。办公厅的阿明拿着一只文件夹从楼上下来，看见一位尚年轻的大校军官迎面走来，走近了，却是湘九。阿明讶异地说，湘九老师，你是来找我的吗？

跟你说过几次了，不要叫我老师。湘九说，我们是朋友，我不过虚长你几岁而已。

书卷气很重的阿明不好意思地笑了，引他走进办公室。阿明还是杭大中文系的学生时，湘九已经小有名气。湘九去杭大举行讲座，学生们理所当然叫他老师。彼此的印象很好，他们后来有了一种志趣相投的交往。湘九调回家乡后，阿明也逐步当到了处长。

这个处长出身也是草根，牙牙学语时就跟着父母回了农村。阿明的父亲在一九四九年以前是个读书人，在特殊的年代里，这样的读书人很容易被套上“莫须有”的罪名。被打入另册的父亲使阿明在人到中年之前饱尝艰辛。他是长子，下面还有四个弟弟。敬老携幼，彼时的处长真正是两袖清风。

这个处长的家，在一栋筒子楼的顶层上，朝西。酷热的夏天，一个瘦弱的孩子躺在水泥地上，旁边是一桶凉水。常常因为断水，这桶水从早放到晚，不仅没有了凉意，而且发出馊味。陈关有老兄提出送湘九一台三菱空调时，湘九说，不要三菱，就买最便宜的国产货吧，单制冷的就行，但是要买两台！

多少年过去阿明仍念念不忘那个傍晚，他浑身汗水地下班回家走到顶楼，推开门，看到湘九带着两个工人在安装一台空调。凉风徐徐吹来，孩子惊讶地站起了身。身上因了安装而搞得脏兮兮的湘九，快乐地摸着孩子的头笑了。阿明，你儿子可以过一个凉爽的夏天了，他说，九月一号去上小学，保证身心两健！

湘九坐在阿明的办公室里，露出不解的神情。这里怎么只有一张办公桌？他问阿明，阿明不答。你提官儿了？是的，你当上副主任了，肯定是！湘九站起身说。

当上办公厅副主任的阿明替他感到可惜。他说湘九你不想当将军了吗？好端端地在军队干着你转什么业啊！他还说，你真的是太书生气了，湘九你简直比我还书生气！

阿明将他带到组织部部长办公室，嘱他谈完话再去他的办公室聊聊。阿明的儿子已经上学了，果然身心两健。这是一个阳光男孩，特别懂事。童年的贫困烙在他的记忆中，他身上没有那种官宦子弟的习气。诚然，随着家庭条件的不断改善，他的青少年时代充满幸福。大学毕业时他身高一米七九。他考上了英国诺丁汉大学研究生。体检时他的各项指标都是合格。再过半个月，他就要出发了。

这真是一个纯真少年。纯真得不适合留在这个物欲横流的世界上。家里装潢，他买了一箱纯净水，送去给工人。他对爸爸妈妈说，天这么热，工人叔叔们很辛苦，你们不要要求太高。他浑身汗水地跟工人们一起干活。他回到爷爷奶奶身边，洗了个澡，走到电脑桌旁，突然昏倒了。

孩子在送往医院的路上停止了呼吸。医生说这叫“心源性猝死”。这个世界留不住他，谁也没有回天之力。湘九闻讯匆匆赶去。已经成为一座大城市市委副书记的阿明抱住老朋友痛哭失声。湘九说不出任何安慰的话。在这样的痛苦面前，没有任何可以安慰的语言。

远在北京的又佳听说噩耗，半晌无言。又佳比这个弟弟大十岁。她的眼前浮起自己十七岁的时光，一个七岁的小男孩绕着桌子跑，她在后面追。天上荡漾着朵朵白云，那里没有权势，没有金钱，那里的人才是真正的书生气。湘九说，我们算什么书生，我们早已被污染了。

阿明热泪纵横地说，这是真朋友说的话。

组织部部长是省委副书记兼的，他的年纪比湘九还轻。那一年有三个正师级干部转业，这在以往少见。部长说，组织上考虑让你下地市去，起初考虑去绍兴，但是你们三人中已有一位是当地人，再叫你去就不太合适了。你想投身于改革实践，考虑让你去一个比较复杂也比较活跃的地方。

湘九听到一个信息，有人对大军区司令员的推荐不以为然。个别十年前批判过他的人，十年后还是不放心他。湘九对部队一位首长说，这就像一个人长大了，人们却说他小时候尿过床一样；往日的极左的阴影，不应该老是笼罩在我的头顶上吧？

首长将他的话转告给了省领导，组织部部长不能不批评他。人们有这样那样的认识很正常，你计较什么？以前确实考虑过让你去地委接替某个生病同志的工作，但是那位生病的同志说他恢复得不错，请求继续工作。现在将你改成去行署当副专员，这跟个别同志说这说那没有关系。

去地委担任副职跟去行署担任副职有多大区别？别人很明白。湘九却一点不知道。

湘九找来有关该地区的资料，坐在书房中仔细研读。

这个地区位于本省中部沿海、全国海岸带的中心地段。海域辽阔，港湾密集，平川肥沃，山地宽广，岛屿星罗棋布。由于气候大致上还算宜人，历史上以农林渔牧为主，可称“桔果鱼米之乡”。地区内陆地东西最宽一百七十余公里，南北最长约一百五十公里，内陆总面积九千四百余平方公里，大陆架海域面积达八万平方公里。辖四个县级市、四个县，总人口约五百三十万。

三国东吴立郡以来，州府所在地曾用名曰“赤城”，可能与土地总面积的一半为红壤有关。姑且称之为“赤城地区”。

改革开放以来，赤城地区在进入市场经济的道路上积极探索，股份合作制成为其主要经济组织形式。工业在社会总产值中已远远超过农业。主要经济指标在全国四十个沿海开放地市中属中游，在本省地市中也是中游偏上，且呈继续上升趋势。

湘九闭卷沉吟，得出一个结论：该地区正处于加速发展的关键时期。当地自然资源不多，因此历来有做生意的传统，各类集贸市场活跃，成交总额在全省名列前茅。倘能充分利用海岸带的区位优势，加紧各项基础设施建设，力争经济总量与社会事业共同持续向前发展，完全可能跻身全省乃至全国发达地区行列，建设起一座沿海工贸发达的现代化城市。

湘九摩拳擦掌，希望能去那里大干一场。他将自己定位为改革的参与者、实践者和探索者。但是，当他踌躇满志地从部长办公室出来时，在走廊上遇到了一位女处长，女处长给他浇了一桶冷水。

女处长从前在外地工作，通过强强认识。十年之前，她失恋生病，遇到一个几乎迈不过去的坎儿时，湘九帮助过她。她对湘九说，那个地方很复杂，你下去后最好别去折腾什么事，别发表你的什么见解；安安耽耽地过上两年，你就可以调回省里来了，或许还能提升一级。

湘九很郁闷，他从那一天开始写日记。他在日记本的第一页里这样写道：我无所适从。我不知道该不该听她的话。她是一位老机关，官场中的事情不知比我熟悉多少倍。但是，如果只是想安安耽耽地混上去的话，我又何必转业呢？好不容易给了我一个当地方官的机会，我怎么能不干点事业，不发表一些见解？怎么能混上两年?!

女处长的话在他心中留下了一块阴影。他穿上熨得笔挺的校官服，佩上一枚二等功、三枚三等功奖章，还有边境防御作战的纪念章等等，携着咪咪和又佳去照相馆留下最后的军旅生活纪念。西子湖畔晚风拂面，他在风中缅怀过去的时光。他想起少年时代的山头榨菜厂，他站在榨菜缸里对少华玲玲们说：我将来要当将军，还要当一名文学家。

他已经是第三年的正师职军官了，已经是老大校，只要再往上走一步，就是少将。但是他却选择了放弃。一九九四年，他已经发表和出版中短篇小说百十余篇，长篇小说七部，还有为数不少的新闻与理论文章，结集十五册，获军内外省市以上优秀作品奖三十余次。海内外对他的介绍和评论难以计数。从读军艺到现在，熟悉他的同学和战友们称其为“劳动模范”的有之，称之“工作狂”的亦有之。

然而，正当创作高峰期，他却作出了急流勇退的决定。

摄影师要他笑一笑，他笑不出来。他的眼眶潮湿，仿佛半世命运已在闪光灯亮起时定格。以后的岁月充满未定的变数。天晓得还有多少跌宕浮沉，还有多少人生的苦涩等着他去咀嚼品尝?

摄影师无奈地摁下了镜头。湘九脱下军装，看着咪咪将它折叠起来，放进包里去。军功章纪念章发出轻微的叮当声响，湘九刹那间热泪盈眶。

杭二中的高二学生又佳，每次开家长会时都要嘱咐父亲：老爸，你要穿着便衣去学校哦，不要坐小车，要走着去。今天看到父亲抚摩着他的军装和军功章，看到他的双手颤抖得那么厉害，她闭起眼睛，想起了童年时告别的火车站，那时，她抱着爸爸说：你不要离开家，离开我和妈妈，我们宁可成分不好！……

泪水涌自女儿的眼眶，涌自她的胸腔，她一步一步走到爸爸跟前。她抱住爸爸。别难过，爸爸，你还年轻……

其实，又佳看到爸爸头上已经出现了数不清的白头发。又佳踮起双脚，拔去爸爸的一根白发，另一根白发出现在她的手上。那一刻，湘九低着头，任女儿一根又一根地拔去他头上的白发，他的泪水吧嗒吧嗒地落到那套折叠得整整齐齐的军装上面，将军功章全打湿了，在照相馆的灯光下熠熠生辉。

一首军歌在湖边的军营回响。“向前向前向前，我们的队伍向太阳。”我们的队伍还在而我却不在了。湘九携妻儿路过营门而不入。他遥望着远方的天际，遥望东海，他像一匹伏枥老马，沉默着，期望引吭长嘶。然而，他真的不知道，下一站等待着他的究竟是什么。

壮年篇

ZHUANGNIAN PIAN

十六

从赤城地区到赤州市·葭沚·太平·永宁·横街

八月，强台风登陆浙东沿海地区。赤城所辖的葭沚、太平一带位于中心，遭受重创。湘九到省委组织部，请求提前到职，或许能够有所作为。后勤部派了一辆面包车，由一名处长陪同省委组织部的处长、干事，送他赴任。

到处都在修路。有些路段有了高速公路的雏形，有些还在勘察中。一路颠簸，不断堵车，他们一早出发，傍晚时才抵达赤城。

湘九走进地区招待所。给他安排的是一个普通标准间，两张单人床，一张长条桌。风尘仆仆的他先进盥洗间，洗脸时听到门外有人喊“报告”，他略感惊讶地开了门，见到一张似曾相识的面孔。

老首长好！我在中原军营见过您，那时我是军司令部管理处副处长。

老严！湘九将他拉进房间。湘九说，开玩笑了，怎么能叫我老首长呢？你当副处长时，我还是副营职干事！

你很快就调到军区去了，提了正团。老严说，怎么不是老首长老领导呀。

老严转业七八年了，现任行署机关事务管理局副局长。湘九记得他在军里时出过的洋相：浩将军下部队时，律己甚严。老严将茅台酒灌到低价酒的酒瓶中去，送到饭桌上。老严说，请首长喝一杯我们自产的白酒吧。

浩将军端起酒盅喝一口，平静地说，你们本事不小啊，都能生产茅台酒了？

说起这段往事，老严红了脸，湘九却很开心。原来，本地在同一个军干过的战友甚多。历史上著名的一江山岛和大陈岛战役，就是这支部队担任的主力。老严说，我们正在酝酿成立一个战友会，你来了就是会长了！

初来乍到，身边就聚集了一批战友，各部门都有，这个助力不可小觑。然而，湘九毕竟不是从前那个只讲义气的他了。思考了几秒钟，他便诚恳地谢绝了这个邀请。

很抱歉，请您替我向战友们解释一下，我不能当这个会长。他对老严说，我是副专员，当这个会长容易带来负面影响；再说，从在军里担任过的职务看，我也难以担此重任。

湘九看到老严有些难堪，对不起，他递上去一支烟，向他赔罪。心里却告诫自己绝不能动摇。

专员的到来驱走了他和老战友之间的尴尬。专员握着湘九的手说，欢迎你，一路走来有何感想？

交通不便是个大问题。湘九说，要加大加快基础设施投资建设，首先解决高速公路，同时要争取铁路立项，招商引资彻底改善本地经济和社会发展的基础条件。

这几句话，乃是湘九前段时间思考过的问题，一路走来，加深了他的感性认识。专员愣怔怔地看着他，看得他心里发毛，怀疑自己是否犯了“下车伊始哇啦哇啦”的错误。胖乎乎的专员笑了，湘九傻呵呵地跟着他笑。专员一拍沙发扶手，说：

太好了，真是太好了！一针见血，你的见解绝对一针见血，跟我真是一拍即合啊！湘九同志，明天，最迟后天，你就跟我一起去省城，跑铁路的前期立项去！

湘九的心热了，刹那间，他将那位女处长的告诫彻底抛在了脑后。

仅过了两个夜，湘九便随专员返回省城。他俩带着地区重点项目办公室主任小王，先去省计经委、省经济规划设计院，再找分管副省长。小王担任过三门湾边一个县的常务副县长，作风务实，湘九对他第一印象不错。他向湘九介绍三门湾，港口地势隐蔽，附近洋面开阔，既是天然避风良港，更是建设大型核电、火电与潮汐发电厂站的理想选址。湘九说，那个地方我从小熟悉，专员，我们是否将核电项目的前期打算也跟分管副省长汇报一下？

二十多年前，分管副省长的妹妹与湘九一起在宁海长街插队，那时候副省长还是一家小工厂的技术员。这些年，湘九一直按当年的习惯叫他“大哥”。他们进了副省长办公室，湘九拿起他桌上的香烟给自己点燃一支。专员和小王诧异地看他。副省长无奈地挥挥手说，这家伙从小就这般德性，说吧，你要我开什么“后门”？

专员汇报后副省长作指示，他的话说得伶牙俐齿滴水不漏。他说自己充分理解他们急于发展的决心和热情，但是这个蓝图未免太宏伟了，欲速则不达。湘九说饭确实是要一口一口吃的，然而这跟规划与前期准备并不矛盾。至少您得支持我们不将前期工作停下来吧？他说，您不能打击我们的积极性。

湘九同志言重了，专员抹着脸上的汗水向副省长道歉。他刚从部队转业，说话办事都带一股军人作风，请您别往心里去。副省长摇摇头说，我才不往心里去呢。好吧，你们可以先做前期工作，以后的事么，等将来条件成熟时再说。

副省长将他们送到门外，湘九看到他的秘书正进入卫生间，湘九对专员说，请等我一下，也进了卫生间。副省长秘书从前是老武爸爸的秘书，他俩站在小便池前聊天。秘书说，那个地区对上铁路项目有不同意见你知道吗？专员是少数派，班子里好几位成员认为精力财力都要集中到高速公路上去。副省长秘书说，你怎么刚去两天就表了态？

湘九说他是专员我是副专员，我不支持他配合他还能支持谁？秘书看他一眼，露出了不可理喻的表情。那里的撤地设市已经到了紧锣密鼓阶段，他摇摇头，说，你好自为之吧。

这天晚上，咪咪惊讶地看着推门而入的湘九，说，台风的影响完全过去啦？湘九倒了一杯水，咕噜咕噜喝下去，他抹着唇边的水珠儿说，让我分管财贸方面，分管开放型经济工作。

重点建设项目不在他分管范围，但他已陷了进去。有人说，撤销地区建制设立赤州市，谁当市长还是一个未知数，这时候专员一个劲儿抓重点项目，抓发展瓶颈和长远规划，显然与即将到来的班子调整关系密切。湘九不愿意这样想。湘九坐在家中生闷气。做任何工作都有人琢磨你的动机企图，这官场就太复杂了。

湘九是支持撤地设市的。改行署建制为一级行政实体，区域内大量的经济、政治和社会活动便能超越县一级影响力，对于国内外投资和国家、省重点建设项目的布局都将产生较大影响。同时，增强对区域经济和社会发展的调控能力，完善城市体系，可以进一步加快城乡统筹发展，机场、港口、公路、铁路、电力、市场及供水、排涝工程等基础设施都将上一个台阶，原有产业升级换代，带动一批新兴产业发展，与中心城市相适应的教育、科技、文化、卫生、体育等各项事业都会迅速发展，推动社会全面进步。

湘九也是有顾虑的。撤地设市作为一个地区行政体制的重大变革，涉及机关搬迁、机构变革、区划变更、利益格局调整。赤城的城市建设和企业发展将会因为行政中心的搬迁而受到重大影响。永宁市将变成永宁区，其利益格局也会产生重大变化，它的财政税收将不再维持原来的格局，更多的受制于地级市的调控。如果操之过急，一些干部和群众，尤其是那些不仅在经济界而且在政界都已拥有相当发言权的民营企业家们，都会竭力抵制，进而影响稳定与发展。

湘九在家里过了一夜，随即返回赤城。他知道自己只是一个副专员，大局宏观轮不到他操心。他不急于露面，先搞调研。经贸工作取决于开放型经济。葭沚港已被国务院批准为对外开放口岸，其余五个港口正在申报或已被批准为国轮外贸口岸。经济开发区和工业小区正在相继启动。地区外经贸委设在葭沚，大路在修，湘九绕小路，迂回穿插。原本几十公里的行程，湘九跑了大半天。

赤城市领导怎么搞的？到处都是“超常规、跳跃式”发展的大标语，一条路修了半年，却比老山的野战公路还难走！

湘九在车上发牢骚，他的牢骚很快就传了出去，传到赤城市的书记耳里时，已被加油添醋好几倍。赤城的书记是地委委员，后来担任赤州市委常委，湘九成了他的眼中钉。半年后赤州市人大选举市长副市长，湘九在赤城这个最大的代表团里，失票最多。

太平也是县级市，各项经济指标在地区名列前茅。湘九还没有配秘书，司机说，您去太平看看吧，去那里的路好走些。

周末，湘九不想惊动当地领导，只通知了太平市计经委分管招商引资的副主任小陈。小陈的出现印证了司机的话：太平人热情好客。小陈汇报了对台湾小额贸易，对国外劳务输出和外贸出口交货、自营企业出口情况，接着就要请他吃饭。湘九说，我不喝酒，不爱吃海鲜，四菜一汤足矣。

四菜一汤，客户跑光。小陈说，领导，你离开部队来到沿海地区进入市场经济了，作风要改一改啊！

湘九坚持四菜一汤。小陈无奈地说，是否请外贸局局长作陪。湘九答应了，他注意到该市对台小额贸易额有较大幅度下降，想问一下原因。

他们到太平宾馆晚餐，这是市府招待所，小城最豪华的所在之一。外贸局局长来了。四菜一汤，太简单了太简单了！他说，第一次请分管专员吃饭，陈主任你怎么搞的?！湘九摆摆手，请他坐下说话。湘九说，对台小额贸易跌幅很大，有什么具体原因吗?

人才。小陈说，外贸主要靠业务人才。

是的。外贸局局长颇有些尴尬地告诉他，去年走了一位总经理。

湘九来了兴趣。这位名叫阿群的总经理所经营的公司，对台贸易地区第一，全省名列前茅。外贸体制不顺，缺少激励机制是一个原因，奖惩不公使人灰心更是一个原因。小陈介绍说，阿群被招聘去了外地，一年下来，那里效益大增，当地政府奖励他市区中心一套房，年薪数十万元。

湘九说，他是党员吗?

在大兴安岭插队时入的党，小陈说，他主要是心情不畅，对钱财还是看得比较淡的。

这就好办了！湘九端起茶杯喝一口水，信心大增。过几天我跟你们一起去看看他，把他请回来吧！那里毕竟不是做对台贸易的最佳地方，只要我们将体制理顺了，谁不愿意为家乡的发展作更多贡献呢?

他们从宾馆出来，小陈陪着湘九在街上走。街上灯红酒绿，熙来攘往。摩托车一辆接一辆驶过，有本地产的，也有不少舶来品，其中有些明显是从公海的渔船上带过来的。一辆豪华铃木驶过身边，牌照上居然印着“基隆”。湘九目瞪口呆。

靠山吃山靠海吃海的当地百姓，向来依靠农产品、水产品及加工业谋生，而今给了他们发挥聪明才智的新天地。劳务输出，商品经营，全中国都有赤州人，都有太平人在修鞋子、卖眼镜，北京红桥珍珠市场就是他们搞起来的。还有收旧及利用废品，人们把苏联的火车头都运来拆解。入夜，焚烧旧电器的火光映红远处半边天空。已经形成一定生产规模的制造业有服装鞋帽、节日灯、电饭煲、工业缝纫机、摩托车等等，湘九意识到自营出口企业在这里大有可为，开放型经济很有发展前途。

他们经过一家珠光宝气的商店。“劳力士手表专卖店”。湘九再次目瞪口呆。大城市也没有这样的专卖店啊，至多在大商厦设个专柜而已。小城里有那么大的购买力吗，竟然要设一家专卖店来满足需求？如果没有几个人买，开这家店不说成本吧，一年利息要亏多少？湘九指着标价二百万元、三百万元镶满钻石的劳力士手表问小陈，这家店是什么人开的？

王会长，小陈指着一幢楼房说，他就住在这里，我带您去见见他吧。

湘九跟着小陈走进他家，对此人的第一印象是说不清道不明的不舒服。

这是一个尖嘴猴腮的年轻人，小平头，三十五六岁的样子，脸色青晃晃的，好像鸦片鬼，一双小眼睛骨碌碌地转动。他递给湘九一张名片，上面印着许多头衔，人大代表、政协委员、商会会长，令人更为吃惊的是，他还是市公安局联防大队的大队长。

湘九说，你为什么还要兼联防大队长？

王会长撇撇他的薄嘴唇。我出的钱么！将来，兼任市公安局局长也难说！

砰的一声，湘九将捧起的茶杯重重地放回了桌上。

回到招待所的湘九抽着闷烟，脸色如山雨欲来的夜空一般阴沉。沉不住气的小陈叫一声领导，说，您的思想到了地方要变，不能对私有经济另有看法么！湘九说私有经济是私有经济，这家伙是这家伙，两回事！湘九认真地对小陈说，这个人，你还是少跟他交往为好。

翌日，外经贸局局长引来了分管副市长，湘九向他提出同样的警告。湘九问小陈，公安局里有没有你认为比较可靠的同志？

小陈带来一个人，市公安局巡特警大队教导员。

湘九问教导员：他一个年轻人哪来那么多的钱，你们从不怀疑吗？

怎么能不怀疑？教导员说，我们整过他手下一家公司，想查出毒品什么的来，结果呢，我们的局长大发雷霆，差点把我撸了！你看看，他持大股的信用社都开张了，财路广开，还有那么多当官的支持他，我们更加不敢管了！

招待所的电视机屏幕上，出现了各级领导为这家信用社开张剪彩的镜头，说这是本地金融体制改革的重大突破。教导员指着剪彩人手里的小剪刀说：这可都是真金打的剪刀，剪完彩就送给他们做纪念品了。

看着那些权力远大于他的官员，湘九明白自己根本无能为力。他的整个身心被一种虚弱的感觉攫住，自信心遭到严重打击，他开始怀疑：自己从军队转业的决策是否属于人生中的一次重大失误？他所能做的事情，其实微乎其微。

赤州市政府成立后，他将小陈调到身边，担任了他所管辖的市府办第四科科长，至少，让他疏远了这位王会长。

一九九七年夏天，湘九被免职调离赤州市，他到太平市告别，特意找来教导员和一位副局长。湘九对这两位公安干部说：我走了，拜托你们一件事。最近放的电视剧《无悔追踪》你们看了没有？希望你们像剧里派出所所长半辈子盯着一个特务那样，五年、十年盯住这个“王会长”，盯住这一伙人，终有一天会真相大白的！

他知道自己的届中调离与这伙人也不无关系，他们知道张某人对他们的态度。王某人曾经甩出一句狠话：非让这位张副市长早日滚蛋不可。他们与政界的关系错综复杂，能量超过了人们可以想象的程度，几句谗言，完全可能开拓或者断送一位像湘九这个级别的官员的前程。

当地人民与这伙黑白两道勾结的特殊利益共同体，始终进行着不屈不挠的斗争。

湘九离开那里两年后，国家与省里公安部门终于以迅雷不及掩耳之势，一举粉碎了以王会长及另一个姓张的家伙为首的黑社会性质团体。此案涉及当地三位数以上的党政干部。总书记和总理也在一次全国性的会议上将其列为打击黑社会势力的典型案例。那两天，湘九的电话、手机都被打爆了，人们纷纷向他报信：老领导，您说准了，真相终于大白了！

代价总是必须付出的，湘九在不断地付出他的或轻或重的代价中，经历着他那短暂的宦海生涯。

下基层调研一个月后，湘九登台亮相。

他召开了全地区相关部门和企业领导人参加的大会，谈自己调研的结果与感受。

首先指出，在加大宏观调控力度，银根紧缩和退税滞后的情势下，要从战略高度出发，树立开放型经济的整体观念，将口岸各单位、外、侨、台，外经贸、开发区及旅游等部门与系统纳入一条线，便于协调和发挥对外开放的整体效应。要将自营出口企业和三资企业作为新的增长点加以培植。还要召开专题研究会，协调财税、银行及海关、商检、动植检等部门出台有关优惠政策。接下来，根据调研情况，谈产业结构问题、粗放型发展问题及对此如何实现根本性的转变，湘九一二三四五地谈看法。谈到自己所领导的政府工作时，湘九强调，应当高度重视转变职能，将自己从招商引资和具体项目审批等繁杂的日常事务中解脱出来，更多地致力于发展规划的研制、政策的修订、落实，法制建设的完善和新市场的开拓与规范管理等宏观调控工作。他还提到了已经返回太平市外贸战线的阿群，表扬他放弃了优裕的待遇，回到年薪不足外地六七分之一的家乡去，为开放型经济发展作新的贡献。湘九说他是在市场经济条件下有觉悟的优秀企业人才。

湘九的报告是自己起草的，这不能不引起人们惊讶。会场上很安静，只听见一片沙沙的笔记声。或许，如何消化他的见解与思路还有一个过程，散会时许多人仍沉浸于默默的思考中。湘九得到的第一句评价很简短，地区外经贸委主任对他说道：想不到，您没有一句外行话。

湘九第二次听到这句话，是从地委书记嘴里说出来的。湘九的报告事先没有经过集体讨论，或许是班子成员们忙于撤地设市中的诸多问题，或许是他还不太懂规矩与程序。报告出来了，还要见报，涉及一座即将新建的地级城市、一个地区的开放型经济格局，不能不令人捏一把汗。地委书记要去了他的讲话稿，读完后又征询外经贸系统几位老同志意见。末了，书记在办公楼走廊上喊住他，说：

你这个作家，以前搞过经济工作吗？

参军前我从事企业管理工作，湘九不无忐忑地回答，那是计划经济年代的事。转业前我在后勤部作过一些调研，也有一些经济界的朋友。

没有一句外行话，书记说，这是外经贸部门的同志也是我对你的评价。

湘九回到办公室，整个人瘫软在办公椅上。他太累了，白天调研，晚上整理材料，看这方面的书，读政策文件。秘书科科长推门进来时，他才勉强坐直了，点燃一支三五烟。

我们这里很少有人抽外烟，秘书科科长说，我去烟草局给您搞两条中华烟吧。

谢谢，湘九说，当官时有人送我好烟，把口味吊上去了，以后不当官了怎么办？一条“中华”抵得上三四条“三五”呢，我就抽这个。

市府办推荐了一位秘书，请您当面考察一下。

这个年轻人小文，一九八九年毕业于财政部直属的一所大学，现在地区物价局工作。湘九跟他的谈话很简短，问他家在何处，父母从事何种职业，他说父母都在山区务农，赤城市里连个亲戚都没有。湘九觉得很满意，这是一个简简单单清清爽爽的年轻人。

湘九忽略了这一点：一九八九年毕业的大学生，进入公务员队伍的很少，即使进入，也基本上分配去最基层，比如乡镇一级工作。没有一点过硬的关系，小文怎么可能进入地区机关？

这个背景显露出来，是在撤地设市成立大会召开期间。政府机关从赤城搬迁到葭沚，湘九担任大会副总指挥兼招商引资大会总指挥。研究邀请外商和各界知名人士出席这两个会议时，湘九推荐了张海迪。海迪不了解赤州，打电话来问他，你那里有多大啊？是个小县城吧？有没有四层以上的楼房？没有从济南到赤州的航班，海迪在她妹妹的陪同下从济南飞到北京，过了一夜，第二天才从北京飞到赤州。湘九到机场迎接她，太平市的分管市长也带着小陈等人赶到机场。他们安排了太平宾馆的一位女领班专门照料海迪，海迪的妹妹晓雪是位企业家，因此而能够抽身参加招商引资会议。

这位名人的莅临，引来省、市媒体竞相报道，各界人士都来看望她，大大地提高了这座新建城市的知名度。海迪签名签得手抽筋，湘九吩咐手下为之挡驾。结果许多人拥到他这里要求网开一面。

赤州市计经委主任有一双美丽聪慧的女儿，却是从小聋哑。父亲将她俩带到湘九面前，湘九的眼睛红了，二话不说去敲海迪的门。门一开，这对少女惊喜地奔向海迪阿姨，湘九却踉跄一下，差一点倒下去。

文秘书扶住他说，领导您太累了。

湘九第一次组织和主持这样的大型会议，几天几夜不停地工作，血压高了，浑身出虚汗。小文看在眼里疼在心里。开会前夕，从赤城到葭沚，路过永宁时，湘九特意绕道进入西部山区，去看望小文的父母。湘九自己掏钱买了烟酒礼品。他对小文父母说，请老人家放心吧，小文在我身边工作，我们是同事也是兄弟。

湘九从军队出来，在他看来，这一切都是自然且顺理成章，就像浩将军、丛主任对他，老范对他。小文心里却掀起了波澜，月光皎洁，他站在宾馆的走廊上，脸色苍白。

领导，有件事一直搁在我的心里，使我很不安，今天向您报告一下，他低下头去，飞快地说出这番话，好像害怕再过几秒钟就会后悔似的。有人关照过我，要我经常向她汇报您……您的工作和生活情况……

湘九愕然。

小文说出那人的名字，是湘九一位上级的夫人。

开始几秒钟，湘九心头一片茫然。接下来他的脸黑了，如同月亮被乌云遮住。竭力抑制住内心的愤怒，他在长廊上坐下。点燃一支烟时，他的手指在微微哆嗦。小文依然站着，目光窘迫和慌乱得叫人心碎。

秘书在等着领导发问，领导却一言不发，似乎在怀疑他说的是真话还是谎言。

小文觉得自己快要哭了。

湘九吐出一口烟，终于不动声色地说道：

好啊！这是她替丈夫操劳，对他的部属的关心么！……

小文倒退了一步。不，他紧张地说，变得更加语无伦次了。您放心，我再也不会去汇报了！人心都是肉长的，您是一个好领导……一个正派的人！

湘九笑了，笑得鼻子里涌起一腔酸水。他站起身，拍拍小文的肩。你应该继续去汇报，至少，两三个月得去汇报一次，实事求是地汇报……

为什么？小文狐疑地抬头看他，你还是不相信我吗？……

湘九从口袋里掏出两张面巾纸，揩去他脸上的泪珠。他想起自己从前走过的路，他的一生，仿佛注定永远挣脱不了别人的猜忌和怀疑。你不去汇报，就可能会有另外的人去汇报，他耳语般地告诉小文，你说是你去汇报好呢，还是另外的人去好？

湘九无意了解文秘书跟这位领导、这位领导夫人的关系。不管他们有多深的关系，只要自身光明磊落，湘九便无所畏惧。何况，湘九觉得小文是个年轻人，可塑性很强，他们已经取得了彼此的信任。

一九九五年一月召开的这个大型招商会，已经载入赤州市开放型经济的史册。在老专员等人的指导帮助下，湘九事先做了大量调研工作，多次召开筹备会议，临场发挥到位。他没有辱没使命。当年，实际利用外资三千七百万美元，数额不大，却是前十年的总和。

撤地设市后，便是召开人大代表和政协会议，选举产生赤州市第一届领导班子。

反对撤地设市的人大代表和政协委员，相对集中在永宁区，从一个经济地位排在前面的县级市变为一个区，想不通的人不在少数。市领导的人大代表资格，要放到下面选举产生。将谁放到永宁去呢，谁到这个区去担任联络与指导工作？自然只有到达赤州才半年多，相对比较超脱的湘九了。

湘九因此而显得十分孤立无援。

代表们将他当成地区决策人物之一，各种疑问与诘难接踵而至。这个代表团的会议室里，几度形成湘九舌战群儒的局面。湘九不太了解盘根错节的历史缘由，也不想纠缠这些问题。湘九说，省里的决策，国务院都批下来了，你们还争论什么呢？争取争取，“取”这个字比“争”更重要。好比树上有个桃子，你跳一跳，能够摘下来的，你不妨去跳；这棵树长得很高，你再往上跳也是枉然，你还跳什么呢?!

这番话很实际，人们渐渐安静下来。很多人心里其实很清楚，湘九并不是决策人物，跟他争论等于跟空气对话。

虽然推辞了战友会会长，战友情分总还是在的。湘九不能不充分利用这一点。永宁区代表团中也有几位在同一支部队服役过的老兵，而且都是有地位的企业家。晚上，湘九跟他们聊天，要求他们服从和顾全大局。湘九说，我们这支老部队是最顾全大局的部队。湘九从皖南事变说到三五支队北撤，说到部队在苏北时如何团结统战对象打击顽固派，又说到解放上海时，对城里不打炮，露宿街头，再说到陈毅老军长如何保护民族资产。湘九意味深长地说，各位今天当了大老板，不能忘了我们的老传统啊。

历史的回顾，有的含义深刻，有的听起来有点风马牛不相及，却也是管用的。副专员一口一个“老战友”，谁也不好再拂他的面子。

再开会时，几位老战友首先转变了态度，会场的风向就转了过来，至少，没有人再咄咄逼人地对待湘九了。

永宁的老战友们还将他在永宁代表团的发言等情况传递到了赤城代表团。

赤城的书记对他有意见，这个代表团给他的选票自然就少。湘九不知道赤城市人大的主任也跟他在同一支部队当过兵，永宁的战友们知道。地区领导班子成员看望各代表团，在宴会上一个一个向他们敬酒时，湘九没有被通知去参加。他不能不对此有所思考。他对省人大派来指导会议的一位副主任说，我做好了落选副市长的思想准备。

湘九对自己说，我到这里时间不长，落选了也没什么可丢脸的。

赤城的书记固然有很大作用，人大常委会主任也有反作用。说到底，湘九对于赤城交通问题的批评，对那种华而不实的口号的反感，许多人内心有认同感。选举期间可谓险情迭出，一位被少数代表联名推出的候选人，组织上找他谈话时却找不到他这个人了。另一位预选时的潜水者，正式选举时得票突然超过了一位女副市长候选人。

湘九的部下们在选举前对他说，您将有惊无险，人们的注意力并不在您的身上。事实证明了他们的预测。湘九的得票率位于几位当选的副市长中间，略微靠前。

散会时湘九的心却并不快乐，天上下着雨，他看到落选的那位女候选人，一个人在雨中落寞地远去。

他跑上前，追过去，将伞打到她的头顶。落选者放慢脚步，轻声向他说了句谢谢。湘九无语。他俩站在路边上，在哗哗雨声中像置身于一座孤零零的小岛。湘九想对这位乡村教师出身的女领导说几句安慰的话，想了半天也说不出一个字。

后来他独自在雨中走着，感到实在是很没有意思。他想到市政府搬迁新址后第一次党组会上，他说：春节快到了，我一个新来的领导干部竟收到数千元礼金卡，感到压力很大，不退回去，我们要犯错误的。

难堪的沉默之后，散会。湘九回到办公室听到走廊上脚步匆匆，议论声声。湘九问小文：他们在干什么？小文说：退礼金卡。

议论什么？

小文愣怔怔地看着他，半晌才说：

有人说，你在这里干不长。

湘九苦笑。他是想干长的。十年前，他还是一名副营职干部，到北京时，老武将他引荐给部里的刘秘书长。秘书长问他，他认为自己其实最适合干什么工作，湘九认真地想了想，说：将来当一座大城市的市长。

赤州不算大城市，干得好也大有作为。湘九计划在三年里将全市有一定规模的出口企业和三资企业走遍，让经济发展方式和经济指标大变样。湘九还针对山清水秀的地区，提出搞好资源保护与旅游开发规划。巍巍天台山，既是中日佛教天台宗的发祥地，又是中国道教南宗的祖庭，奇险清幽的神仙居，自然风光壮丽独特。国运隆昌，佛教重光，湘九想给后人保护好一块祖先赐予的圣地，留下自己造福一方的足迹。

湘九真的不想跟人计较什么。他向市委书记推荐赤城市一位副市长担任地级市外经贸局局长。书记说永宁和太平的外经贸工作做得也不差，再说这位同志自己表示，只要让他回到外经贸岗位，平职安排他也愿意。湘九说，我不管他原先在哪里干过、提拔他的领导是谁，只要他热爱这个工作就行！他愿意平职调动，正说明他只求有所为而不求有所位啊，这样的同志不用他，用谁？

赤城的书记大概从未想过湘九会如此推荐他的下属，倒是对他有了一点另眼相看。后来到省委党校进修，他俩进了一个班。晚上，书记与几个部下在宿舍打牌，湘九坦荡荡地走过去，说，让我也打一盘吧。

书记让他参加打一盘，几分钟后，书记说，你的牌艺太差，你走吧。

湘九很委屈地站起身，离去。几年之后东窗事发，湘九才知道他们打牌是要赢钱的，而且赌注很大。到了此时湘九才反应过来：难怪他们要赶我走了。

这位书记后来当了赤州市委常委兼秘书长、市委某部部长，然后被“双规”，进了监狱。彼时，湘九早已调离赤州，湘九的司机成了这位书记的司机。司机对领导总是有感情的，在他“双规”期间跑来跟湘九商量：书记的父母是从山东南下的老干部，八十多岁了住在医院里。司机说，老领导您能否向有关部门求个情，让他给老人打个电话，就说自己去外地了一年半载回不来，让老人们安心治病？

湘九向省纪委一位领导转述了这个请求。领导好像不认识似的上下打量他。据我们了解，你在赤州时，他可是整过你的一个重要人物吧？领导说。湘九不好意思地笑了。整我归整我，他说，这个请求归这个请求么。领导只好对他摇头。领导说，即便这个请求有点道理，也应当由家属向赤州市纪委提出，市纪委再向我们请示，而不是由你转述。

湘九居然又去找赤州市纪委一位副书记，副书记用一种莫名其妙的眼光看了他几秒钟。老市长您糊涂不糊涂？我们可能同意这个请求吗？一是万一控制不了他乘机泄露案情怎么办？二是对外界会产生什么影响？有些受到威慑准备交代的同案者会不会因此而产生侥幸心理?！市纪委副书记用一种简直是恳求的语气对他说道：老市长，你可不能再当东郭先生了。

湘九常常扳着指头计算他在任期间产生的第一：赤州市有了第一家三星级宾馆，有了第一部风景名胜区保护和发展规划，有了第一家实行 ISO2000 国际质量认证的自营出口企业，如此等等。

他对一切新生事物有着浓厚的兴趣，他主持召开了倡议和设立网上交易平台会议。习惯于传统交易的赤州商人和企业家们，第一次发现世界上有这么一个奇妙的互联网。他们点点鼠标，一条条无形的连接线便将他们的供求信息跨越大洋，与世界产生了共鸣。一些不理解湘九热衷于如此具体事务的人，亲眼看到网上平台给赤州市开放型经济带来的巨大效益后，对他有了新的了解和认识。

互联网给湘九自己也带来了难以想象的震撼。

那时候，书记、市长的办公室都没有电脑，家里更没有电脑。湘九去第一家进入网上交易平台的外贸公司视察时，在业务人员的指导下拿起了鼠标。中午，办公室静悄悄的，人们都去休息了，湘九在“Google”上搜索，鬼差神使般地，输入了父亲的姓名。

他看到一个标题：“二·二八大屠杀的证言”。

这是一位名叫欧阳可亮的教授写的，此人已于一九九二年五月病逝于日本。一九四七年台湾爆发“二·二八事件”时，欧阳先生担任《自强报》总编辑，该报“不断发表社论，抨击政府”，他因此被怀疑是异党人士而遭到逮捕。台北有一所寺庙叫作西本原寺，警备总部第二处设置于此，欧阳可亮被五花大绑地带到那里，脸上蒙着眼罩，编号为三十四号。

他叙述的种种酷刑虐待，令人毛骨悚然。

你们的大本营延安，已被我军占领了，你知道吗？

不知道，延安不是我的大本营，和我一点关系没有。

是吗？你被逮捕之后，三月十九日胡宗南的部队占领的。总之，此后你们没有任何依靠了。

类似的审讯与威逼，欧阳可亮在证言中多次提及。他被三次判处死刑。军法官问他：你和范诵尧副参谋长是什么关系？

我们同是国语礼拜堂的教徒。

你和文官长吴鼎昌是什么关系？

他儿子吴元黎是我中学同学。

证言中写道：

我后来才知道，我太太曾向上海的吴元黎告急，吴元黎再向在南京的父亲吴鼎昌求援。听说吴鼎昌便直接打电话给陈仪，要求他不要杀欧阳可亮。

这一切跟湘九的父亲又有什么关系？

一九四七年三月十七日，国民政府国防部部长白崇禧乘机去台，随员中有湘九的父亲。欧阳可亮说，湘九父亲是他大舅子张湘泽的同学，因此，他太太也向当时在南京的湘九父亲"通知我被捕的事情"。"他来到台北虽然大有帮助，但是，为了探听我的下落，他也费了相当大的功夫"。

"因为逮捕的人数众多，抓人单位又分成好几个系统，什么人被关在什么地方，何时何地已被处决，并没有详尽的资料可供查询。"

西本原寺集中营的死囚"三十四号"、欧阳可亮教授，在吴鼎昌的电话和湘九父亲的"四处奔走"下，终于在三月底"保住了这条小命"。

欧阳可亮是清末民初著名外交家欧阳庚之子，从小在启蒙老师、晚清文学大师王国维的指导下学习甲骨文。一九三九年入读辅仁大学历史系，曾参加爱国学生运动。一九四一年起任职上海东亚国文书院，上海沦陷后被日伪逮捕，蒙受牢狱之灾。日本投降后去台湾，“二·二八事件”中再次蒙难。

如果没有湘九父亲的全力营救，欧阳先生将就此诀别人世。这样，日后也就不会有他研究甲骨文的《集契集》《尧山甲骨美术第一集五十篇》等重要文献问世，东京也就没有春秋学院甲骨文研究所。日本前首相田中角荣、中曾根康弘以及前内阁总理大臣大平正芳等，都将失去这样一位令其终生难忘的先生，他们都以自己是这位德高望重的教授的学生为荣。

如果欧阳可亮死于“二·二八事件”，世上也就少了一位为中日邦交正常化积极铺路搭桥的爱国华侨。

欧阳可亮的儿子欧阳效光是一位常温超导产业专家，他的合作者是被称为“日本磁悬浮铁道之父”的京谷好泰先生。京谷先生来中国时，湘九接待了他。湘九访问日本时，京谷好泰先生以日本铁路研究会会长和日本作家协会顾问的身份宴请他，并邀《京都新闻》社长龟永先生作陪。

他们谈到欧阳效光先生时，湘九没有在意，那时，他还没有看到这篇“证言”。

湘九见到欧阳效光，是在多年之后了。这位致力于向中国和东南亚传播常温超导技术的专家，向他深深地鞠了一躬说：感谢您的父亲，他救了我们一家人。

整整一个中午，湘九坐在电脑桌前，竭力想象证言中奔走于腥风血雨中的父亲。当年，除了这位后来成了日本拓殖大学教授的欧阳可亮，父亲还营救过什么人？湘九不得而知。也许没有营救成功，也许已经死了，也许只有这一个，也许，其他的被救者至今不知是谁救了他的命？

赤州的新城正在崛起，外贸公司窗外，花园和马路上的那片自由天地，风儿夹带着孩子们的欢声笑语，隐隐约约传进办公室来。湘九想起更遥远的二十年代末期，父亲为了营救老长官徐培根的弟弟、三次被捕的“左联五烈士”之一的殷夫，同样奔走于白色恐怖之中。

湘九在穿窗而入的灿烂阳光下打着寒噤。每一个人的行为都有自己的原因。这是父亲的行为，它有其自身的独特方式，就像他的思想、他的所有的决定那样，对湘九来说既是一个深邃的谜团，又显得无比自然和亲切。

湘九的车上放着矿泉水和面包，奔走于基层。企业家们很不习惯他的工作方式，他们习惯于在餐桌上解决问题。太平有一家企业，是湘九的联系单位，老板为了感谢他对企业发展的帮助，某天夜里来到他的宿舍。老板说，我专程去了一趟杭州，在你家附近的储蓄所以你的名字开了一张二十万元的存折，希望你收下。

湘九说，你跟我有什么深仇大恨吗？你要如此害我?!

除了你我，老板说，只有天知地知。

湘九宿舍里挂着一幅字，子安兄在他去赤州履新时所书赠。“尔俸尔禄，民膏民脂，下民易虐，上天难欺。”宋太宗的《戒石铭》。湘九指着这幅字对老板说，头顶三尺有神明，你再也别到我这里来了！

老范来电话时，湘九对他说了这事。老范无限感慨。战时平时，你都是经得起考验的，老范说，介绍你入党那一天，我就很清楚，你是不会让我丢脸的。

湘九离开赤州五年后的一天，这位老板因大量逃税而被网上通缉。消息传来那天晚上，湘九对咪咪说，如果当年我收下他送的钱，今天晚上我俩还睡得着吗?

湘九说，许多人想当官、当大官，以为仕途通达便是幸福。殊不知如今的仕途环境很恶劣，多少人想拉你下水，多少陷阱在等着你呢。兢兢业业如履薄冰，才是当官者应有的心态啊。

湘九在赤州留下的“政绩工程”似乎只有一处。

湘九研究过第二次世界大战远东战场战史，知道永宁出过一位抗战名将陈安宝。有一天路过横街镇，湘九向镇上老人打听陈将军的墓地。父亲尊重知识尊重人才，营救的不是著名诗人就是大学者，湘九却崇拜为国捐躯的英雄。

几经辗转，湘九终于找到了陈将军的墓地。昔日的庄严肃穆早已逝去，而今，面向公路的山坡下杂草丛生。周边的许多新坟都用花岗石砌成，相形之下，陈将军的坟丘夹在其中显得矮小、破败和凄凉。颓圮了的供桌，残损的墓碑，淹没在荒草之中，羊群在它周围跑来跑去，令人不堪回首往事。

那天傍晚，湘九找来这个区的政协主席小叶，请他陪同去看看陈将军故宅。

湘九告诉小叶，一九三九年夏天，壮烈牺牲于南昌战役的陈将军灵柩运回家乡时，沿途数十万群众设祭，迎接抗日英雄魂归故里。一九四〇年七月七日，国民政府发布命令，追赠陈将军为陆军上将，中共中央也在延安为张自忠、陈安宝等人举行公祭，毛泽东、朱德、周恩来等人出席并为之题词。湘九无限感慨地说，这位抗日名将是家乡的骄傲，他的墓地应该是一处难得的人文景观，既是爱国主义的教育基地，也可开发成为旅游资源。

他俩走近将军故里，看到抗战初期将军捐款重建的一所学堂。晚自修的学生书声琅琅，他俩坐在校门外的台阶上一时沉默。远处是将军故宅，月影乍明，故宅在幢幢新盖的楼房下显得陈旧衰败。他们心里因此而升起一种难言的惆怅。

这天夜里，湘九跟小叶商量，重建陈将军墓地，纪念世界反法西斯战争和抗战胜利五十周年。重建不花财政一分钱，号召将军故里的群众自愿捐助，出钱出力都行。天亮了，一夜无寐的湘九与区政协主席赶到横街镇政府，征求书记、镇长意见。镇里领导大感兴趣，说，这事不用区、市领导费心，镇上一号召，各村必然踊跃响应，将军故里的老百姓爱国爱乡，一代又一代人都是从将军当年捐款重建的学校培养出来的，谁都明白“知恩图报”这四个字沉甸甸的分量。

湘九掏出五百元钱，说，我带头捐一点吧。

他们踏山勘察，选中了凤凰山顶一座废弃的哨所。哨所有个观察点，是一圈钢筋水泥筑成的圆形建筑物，正好作为墓地。湘九说，虽然是废弃的哨所，也得跟驻军商量一下。

湘九前往海军航空部某部，拜访师长政委，一说即成。部队首长说，我们只有一个要求，将烈士陵园作为军民共建项目。

将军故里的百姓果然一呼百应，短短十几天，筹集到一期募款二十余万元。湘九给二哥打电话，二哥所在的省建筑科学研究设计院有一位美院雕塑系毕业的高才生小施。小施赶到横街镇，设计和安排施工，分文不取。募款毕竟少了些，须精打细算，将军塑像采用玻璃钢，当地施工单位不赚烈士陵园钱，献工献力。

陵园即将建成之际，湘九借去北京出差之际，专程拜会了浩将军，请他题写烈士墓碑。浩将军欣然命笔。他说，陈将军为国捐躯时我还在念书，正是在烈士精神的感召下，我这个初中生走上了抗日的战场。浩将军当场挥毫，写下“抗日名将陈安宝烈士之墓”。

湘九又给老战友、前国防部部长张爱萍上将的秘书打电话，请这位书艺颇具影响力的儒将题词。张将军正生病住院，一周后，却将“陈安宝烈士陵园”的墨宝寄到了湘九手中。

湘九为烈士陵园落成撰写碑文。余子安书写。他的楷书似铁画银钩，学生们争相临摹。

一九九五年八月十五日，阳光明媚。陵园落成典礼暨纪念世界反法西斯战争和中国人民抗战胜利五十周年大会在凤凰山巅隆重召开。回想这一处“民心工程”艰难建成的过程，湘九心中的酸甜苦辣化成两行热泪湿润了眼眶。反对此项工程的人说，陈某人跟你是什么关系，你要当他的孝子贤孙？纪念抗战胜利五十周年，为什么不修八路军、新四军烈士的坟，而是修一座国民党将军的墓?！谣言一直散布到省委领导那里，说陈将军是湘九父亲的拜把子兄弟，所以他为之树碑立传不遗余力等等。某个部门设置重重障碍，不同意命名烈士陵园，不报批爱国主义教育基地。那位夫人嘱小文经常报告其行踪的同志在会上几次诘难湘九。湘九无可奈何地回答：我阅遍资料，赤州无牺牲于日寇枪炮下的八路军、新四军烈士墓地，否则我一定将其修得更大更好。

发难者毕竟不得人心。市人大常委会主任、副主任来了，市纪委书记来了，组织部部长来了，政协副主席来了，还有几位副市长、市长助理也来了；还有驻军首长，军分区首长以及数千名当地群众，在烈日下排着整齐的队伍，敬献花圈，追忆难忘的民族历史。已经离退休的老书记老专员握着湘九的手说，小张市长你干得好，花小钱办大事，凝聚民心，为祖国统一大业作贡献，为本地开辟了一处人文景观旅游胜地！

他们的支持给湘九以很大慰藉。

陵园建成之后，瞻仰、参观、旅游者络绎不绝，每年接待数万人次。清明时节，更是人山人海。春夏秋冬，晨练与晚间散步的人们在苍松翠柏间流连忘返，印证着湘九在“碑记”上所写的话：“青山不老，绿水长流，烈士英名与山河同在，与日月同辉。”

秋天，浩将军与固司令员到东南沿海视察，布置军事演习。

本来打算从海上返北，两位上将商量，从陆路经过赤州市，住一个晚上，看看湘九这个老部下。

湘九接到通知，首长们让他到赤州与南边邻市交界处会面。湘九驱车前往，同行者有军分区政委和市政府秘书长等。

他们等在公路旁，打算在车队到来时为之引路。安排中车队到此不停留。湘九说，我们尾随也行。

车队过来了，一辆军用吉普车开道，后面两辆面包车。车速较快，一下驶过他们跟前。湘九正想钻进自己带来的小车跟上去时，车队在前方百米处停了下来。

浩将军从面包车上下来了，海风山风吹拂着他花白的头发，他喊湘九。湘九一阵激动，回首跟军分区政委说：快跟我过去！

他们跑到首长跟前敬礼。首长一把拉住湘九的手，上车说吧。

湘九上了车，车队重新启动。湘九坐在浩将军身边，身后是固司令员。湘九仿佛回到了济南军区。面包车上除了秘书，都是将军，首长一个个向他介绍，金灿灿的肩章晃得他眼花。固司令员身旁坐着一位副省长。浩将军说，你们认识一下吧。副省长说，一路上听你们介绍湘九同志，我已经很熟悉他了。

进入赤州市区了，车队驶往凤凰山庄，湘九第一个下车，走到迎候的市领导队伍跟前，将他们一一介绍给首长。市委书记握着浩将军的手说，辛苦了首长辛苦了。首长说不辛苦，还是你们站在这里等我们老半天辛苦。首长对书记说，你比湘九同志还年轻啊，大有可为！书记说我们正在创建双拥模范城，请首长多多指教。浩将军哈哈大笑说我是一个老兵，可不能到处指教，军队方面有什么不足之处，你们多提意见。

晚饭之前，首长下榻的房间接通了保密专线。首长拿起电话，要通了北京中南海。湘九站起身回避，首长却摆摆手，让他坐着无妨。湘九有些紧张，他听到首长在向最高层的一位领导报告。浩将军的报告词简短利索，只说圆满完成既定任务，详情明晨即会送达政治局和书记处。湘九听到电话线那一端传来了亲切的慰问声，嘱咐浩将军注意身体，休整两天。浩将军又笑了，又说不辛苦不辛苦，然后就放下了电话。

西天一片霞光，太阳即将落山。浩将军跟湘九到了户外，坐在草地旁。青草和棕榈的气息扑鼻，夹着丹桂飘香。浩将军这才露出了疲惫之态，他靠在藤椅上，闭目养神了一会儿，然后才问湘九，转业后有些什么感受，地方上所见所闻如何？

湘九有点为难，这是闲聊，但也不能光说些家长里短，或者报纸上的套话空话。湘九归纳了一下，有两个他所想不通的问题：一是生态环境污染严重，二是基层组织建设日益“嫌贫爱富”。

湘九在各种场合多次提出过，以高投入和高能耗为特征的粗放型经济增长模式带来了资源短缺、生态环境严重污染的问题。刚到葭沚时，招待所放出来的自来水是黄褐色的，带有刺鼻的化学气味。周边尽是化工厂、药厂，焚烧废电机的火光映红半边天空。废水废气污染了人们的生存空间，这样的经济增长方式无异于杀鸡取卵。但是，有人一句话就将他顶了回去。“小平同志说，发展是硬道理!”——这句话雷霆万钧。上面考察下面的班子行不行，关键一条是经济有没有搞上去，财政收入增长幅度大不大！湘九同志，什么叫讲政治？一个时代有一个时代的政治，你明白不明白？

湘九不明白。他说海边有几个乡镇，连续几年征兵体检，验不出合格的兵源。他说，发展是硬道理，并不等于 GDP 增长就是硬道理。经济社会应当同步发展，否则将带来惨重的教训。

往下说，浩将军鼓励老部下，你一向是个喜欢学习、研究的人么，说错了也没关系。

我觉得实现经济增长并不是政府的唯一职能，甚至不是最主要的职能，政府应当充分考虑民生问题，通过民主与法治体系，对社会进行全面、公正的治理。经济上去了，老板发财了，政府的收入也大大增加了，老百姓的生存环境却在恶化；子孙后代都顾不上了，还谈什么民族复兴?!……

老首长坐直身子，两眼睁大看着这位老部下。湘九也挺直了身子，没有回避浩将军的直视，而是现出一种豁出去的神情。他说，现在提倡让先富起来的人当农村建设的带头人，当村支书，当村主任，这是一种比较偏颇的认识。先富起来的人不一定是奉公守法的人，也不一定是有思想觉悟、愿意带领广大群众共同致富的人；有些为富不仁的人掌握了基层权力后，搞宗亲治理，作恶乡里，反而使贫富差距急剧扩大，弱势群众的负担和怨气同时加重，长此以往，社会的不稳定因素必然增多。

浩将军陷入了沉思。

良久的沉默之后，将军却不再提起这两个严峻的问题。我难得来一趟，他说，有什么要求你可以提出来。他用一种理解和调侃的轻微笑声化解了沉闷的气氛，湘九也因此而渐渐恢复平静。葭沚要建一座跨海大桥，一期投资一亿八千万元，湘九说，这座桥建好，不光促进地方经济发展，也有国防建设意义，首长能不能支持一下？

哦，这倒是我能说上几句话的地方，浩将军脸上的皱纹舒展了一些，笑容也扩大了一些。总后勤部分管战备交通的副部长正好跟我一起来了，你们向他汇报一下，多少要一些，这也算是帮了你一把吧！

太感谢首长了。

湘九确实感动极了。首长当即叫来了这位副部长，晚饭后就听赤州方面的汇报。湘九连晚饭都没吃，立刻通知市里各相关部门。副部长是位中将，匆匆吃了晚饭，就走进宾馆会议室。他指着湘九的鼻子说：你真会动脑筋，雁过拔毛啊？湘九只好嘿嘿地傻笑。原来，这战备交通的补助经费要求很严格，各省的报告打给大军区，军区上报总后，然后再报国防部部长亲自审批。近两年的计划早安排完了。现在葭沚大桥插这么一杠子，增加许多工作量不说，还得从别处调剂。

湘九不承认葭沚大桥是他参与的“政绩工程”之一，虽然，他为此花了极大的精力。他为这座大桥三次跑北京，跟总后的部长、局长、处长们都打过交道。为了多批点补助经费，他又带上山区一个县的同志，申报从那里去温州方向的公路项目。等到补助经费下来时，湘九却接到了免职调离的文件。

国防部补助葭沚大桥建设项目九百万元，补助山区公路项目六百万元。

湘九觉得自己愧对老首长。葭沚大桥建设期间，不仅一再超预算，而且将桥面降低，桥洞缩小，陆路畅通了，航道却狭小了。看到媒体不无嘲讽的报道，早已免职调回省城的湘九既愤慨又无话可说。他是管财贸管招商引资的，管不着工程设计和拍板施工，他有一种愧对赤州五百三十万百姓的心情，他甚至感到悔不当初。

首长们离去时，湘九一直将他们送到与北边的邻市交界处。一路上风光变化，首长们从赏心悦目到皱眉蹙首。山坡上出现了许多坟墓，有的是葬了棺材的，有的是空穴，一座比一座豪华，石阶石狮，青山都白化了。固司令员说，经济发展了，钱都花到这上面，精神文明可得要抓一抓！

将近赤城时，公路旁出现了两座小化工厂、一座小造纸厂，刺鼻的气味往车厢里弥散开来，令人恶心欲吐。湘九赶紧去关车窗，关紧窗子后这气味依然让人捂住鼻子不敢放松。湘九看到后座上的副省长脸红了。他指着化工厂往江里排污的管道口说，怎么搞的，早就让你们把这两家厂关停了，怎么还没停掉?!

代人受过的湘九面红耳赤。

跟首长们告别时，湘九问浩将军：首长还有什么指示没有?

没啥指示。浩将军把他拉到一旁去，轻声对他说。你昨天傍晚跟我聊的事儿，是否再搞些调查研究，写封信给我？中央很重视基层建设问题，近期要开全会专题研究一下。再说，咱俩也是老同事、老战友了，经常保持联系么。

湘九点点头，立正，向他敬礼。是。他说。

车队远去了，在视野里消失了，若有所思的湘九才把手放下来。

首长们走后不久，老战友建华来到了赤州。

建华也转业了，分配到中原古城的市委宣传部工作。他陪同市委领导到南方考察取经，特意经过赤州市。

老战友见面分外高兴。那个晚上，两人喝了一点酒，彻夜长谈，湘九说起首长要他写信之事，建华说，该写，老领导么，私人通信尽可畅所欲言!

拂晓之前，凉风习习。湘九在书桌前坐下，铺开信笺。他不想告任何人的状，因此，不涉及具体的人名地名，只是围绕基层建设问题谈些自己的意见。他说，基层是执政的基础，基础若是垮了，一切便无从谈起，人心向背，决定国家和民族的命运。

湘九向老领导直抒胸臆，丝毫没有想到，这封信将会影响他的前程，从而改变他的人生道路。当他将信投入邮筒时，他的仕途，其实也就画上了句号。

半年之后，市政府一位领导偶然说漏了嘴，湘九才知道，他写给浩将军的信，受到将军的高度重视，他批上自己的看法，转呈给了最高层领导人。不知道在什么情况下，信息传递到了下面，对他这个人的看法，就产生了只可意会而难以言说的变化。

那时候，首长所说的那个重要会议已经召开过了，出台了关于加强基层组织建设的决议。湘九无疑有其一份小小的贡献。但是，他个人的命运却因此开始发生逆转。遭到个别权势人物的猜忌是很自然的事情，他被打入了新的另册。风萧水寒，无数个不眠之夜，湘九从梦中惊醒，他扪心自问，我是否过于书生意气了？纵然将栏杆拍遍，我又能改变得了什么呢?!

我不后悔，我不该后悔。他告诉自己，安慰自己。苟利国家生死以，岂因祸福避趋之。我有什么可后悔的?

十七

日本·香港·俄罗斯

一九九五年春天的一个夜晚，葭沚区副区长老胡带着区外经贸局陈局长找到湘九。他俩神情紧张焦虑，说话颠三倒四。湘九给他俩沏茶，叫他俩慢慢说。原来，陈局长兼任区进出口公司总经理，公司从日本进口了一船化学危险品，因为港口没有装卸此类危化品的工具和仓库，消防部门不准靠岸，而船已到葭沚港海面，退回日本，公司将蒙受重大损失。

湘九随他俩赶到港口。探照灯的光柱扫视海面，一艘轮船在汹涌黯淡的水面上无可奈何地漂泊。夜色深沉，港口乌黑如墨，闪着阴沉的光。水声浩荡，船上发出的声响在海空中揪心地回荡。

湘九顾不得批评指责两位属下，事到临头，唯有解决危机挽回损失再说。他跟分管消防的副市长通气，对方说既然你已在处理了，你看着办吧。

分管消防的副市长也分管环保，他对经常提出生态环境污染问题的湘九，其感觉也是只可意会而不可言传。湘九放下电话，感到说不出的无奈。他想起省里那位女处长对他的临别赠言。他的心，在呼啸的海风海浪前一阵阵抽紧。

湘九站在码头上，一个巨浪打上来，胡副区长赶紧拉着他往后退。湘九说，消防大队的领导来了没有？一名少校从远处跑来，跑到跟前向他敬礼。

湘九说，本市其他港口有专用的卸载工具和设备吗？

少校为难地说，本市各港口的条件都比不上葭沚港。这里解决不了的问题，其他地方更解决不了。

风在呼啸，浑浊澎湃的海水一望无际地为泡沫盖住。汹涌的巨浪森严可怖地向堤岸扑过来。从下午三点到此刻一直徘徊于洋面上的货船已经失去了耐心，调头欲走。湘九瞪着老胡和陈局长的脸，瞪得他们心中发毛。老胡心事重重地说，求求您，先救了进出口公司再教训我们吧！

陈局长蹲在地上，他的神情始终恍恍惚惚的。他也是湘九老部队的兵，湘九因此而很想踹他一脚。当时怎么不想到这一步？湘九说，你给我站起来，立正！你他娘的是不是想发财想疯了?!

他的吼声在海空中飘远。他叹了口气，打开手机。在省里开会时，湘九结识了邻市一位副市长，现在，他不得不将对方从梦中叫醒。

邻市称为“甬港”，是个大港，胡副区长满怀希望地看着湘九说，请甬港的市长跟港务局打个招呼，具体问题我们与港务局协商好了。

睡眼惺忪的甬港副市长被他从梦中叫醒，给了他一个电话号码。湘九赶紧拨打新的号码，接通了甬港市港务局的局长。港务局局长说，张市长？你是哪里的张市长？湘九说，赤州市的，我刚才跟你们分管市长通过电话。港务局局长疑惑地说，不至于吧，这点事还要烦劳两位市长亲自处理？

湘九将电话交给面红耳赤的老胡，老胡以央求的口气把来龙去脉说给对方听。对方终于相信了，答应立即派出技术人员和危化品装载车及安全工具。

湘九终于松了一口气。

老胡说，您休息去吧。陈局长却紧张地瞧着他，欲言又止。湘九又好气又好笑，他说，我走得了吗，我走了，谁来协调消防、海关、环保、边防这些部门？你们就别假惺惺地关怀我了！

一夜无寐。直到翌日中午完成了装卸任务，湘九才回到市区。短暂休息之后，他揉着布满血丝的红眼睛，召开了一个会议，专题研究外贸码头存在的各种问题。

以港兴市是撤地设市后经济格局调整的重要一环。葭沚港开辟了对日本和对香港两条航线，但是航次少，空载率高，成本降不下来。赤州外运公司的经理老金说，我们的主要合作方是中外运，他们级别高眼界也高，市长，您能否像今天帮助葭沚外贸那样，亲自出面帮我们谈一谈？

于是，湘九第一次走出国门，踏上了异国的土地。

八月，从飞机上鸟瞰，金色的阳光如同美酒，蓝色的大海明净如画，被葱郁繁茂的植物所覆盖的冈峦峰丘清澈悦目。湘九想不到这里的空气如此清新，街道如此整洁。他走近关西国际空港的“入国处”，看着出入境事务处的官员打开他的护照。他挺直腰板。

湘九想起一九四五年，他的父亲穿着黄呢子将军服，腰板比他挺得更直，而这名入境官的父辈，却弯下了腰，将一柄“武运长久”的指挥刀以双手举过头顶，送到父亲手里。那时候他们所看到的是父亲擦得晶光锃亮的马靴，而现在的他们，却用平视的目光审视着他。

湘九撇了撇嘴。

有什么问题吗？他说。

OK。对方摇摇头，盖下了戳。

从关西空港到神户乘的是气垫船，风平浪静，气垫船在海上飞速前进。不曾被污染的近海一片碧绿。由中外运跟日方合资成立的日新国际海运株式会社的代表在神户港迎接他们。他们一行四人，湘九，老金，还有两位女士——赤州外运公司的财务部经理和业务部经理。

他们下榻于神户市中心的绿色小山宾馆。一座十分幽雅的小宾馆。房间很小，设施却很齐全。湘九洗个脸说，先工作吧，洽谈一下再说。

日方代表一愣，鞠一个躬，抬起头说，哈伊。

他们重返港口，看到赤州外运在神户港口的一百三十四个集装箱整齐地排列在码头上，也称得上壮观了。湘九缓缓地走过这些集装箱，如同当年父亲检阅他的辎重车队。他的心里有了一点底气。赤州的外运业务，对这家公司来说，并非微不足道。

他们走进日新株式会社，会谈开始。

湘九介绍了赤州市撤地设市后开放型经济的发展规划，要求双方精诚合作，互惠互利，从目前言，降低价格可能会减少一些利润，从长远看，运输量剧增后必然大有合作前景。

无论从中外运，还是从日方股东的眼里看，一位副市长亲自跑来为企业降低成本扩大经营说项，都体现了当地政府改革开放的诚意。他们愿意探讨这方面的合作与利益空间。

晚餐由日方招待，湘九第一次吃生鱼片，第一次喝清酒。

他不习惯吃生鱼片，清酒却没问题。但是，他喝得很有分寸。初次出国，他的心里免不了有点忐忑，有些拘谨。果然，饭后，对方送来了礼品，每人一个箱包、一个小信封。

湘九拉着老金上卫生间去，问他：信封里多少钱？

五万日元，老金红着老脸说，一点零花钱，明天要去京都，还要去大阪、东京，这是打的、吃午饭的补贴。

我不要。湘九说，不要劝说我，我的脾气你应当有数。

他们回到众人中间，老金的尴尬神色引起了两位女士的注目。老金向她们摇摇头。其中的一位女士，每天要换两套名牌裙装的女士，翘起两片涂得猩红的薄嘴唇，向湘九瞥了一个白眼。

天亮时分，湘九已经独自漫步于异国街头。曾有编造故事的人说，湘九当官以后不改作家本性，晚上写作白天睡懒觉。这种话很容易让高高在上的官僚主义者相信。事实却是，湘九早已养成不管夜里睡得多晚，早晨都要准时起床的习惯。更多的时候，他比一般人起得更早，先写一点文字，然后准点上班。

湘九在神户街头、在地铁里看到蚁群般的上班族，看到许多妇女，匆匆地小跑，唯恐迟到。他拐进小巷，看到小商小贩们已在忙碌着。他感到在整个世界上，普通人的生活都一样地不容易。他打听物价，计算着发达国家人们的收入和消费水平。到一个新地方总要做一点社会调查，这是湘九跟一般旅游者的不同之处。

一九九五年一月十七日凌晨五点四十六分，日本神户发生了里氏七点二级地震，这是自一九二三年以来在日本城市发生的最为严重的一次地震，共造成数千人死亡，地震给日本造成的全部损失达数万亿日元。

湘九们到达那里时，距离大地震过去仅仅半年。

神户大地震造成断水、断电、断煤气、断交通以及蔓延不止的火灾。日本列岛南北高速公路和铁路运输大动脉被切断。阪神高速公路遭受最严重破坏的是神户线，尼崎东至月见山之间路段，高速路桥下的巨大的钢筋混凝土桥墩都被扭断，修复工程十分艰巨。神户人引以为傲的无人驾驶电车的专用道也被毁坏。地震几乎使这个日本第六大都市完全失去了城市的功能。

灾后的人们，正在进行大规模的重建，到处是工地，到处是起重机和灰浆搅拌机。湘九惊讶地发现，仅仅半年，这座美丽的港城已经恢复了生机。这座自古以来的港口城市，比任何城市都更早接受西洋文化。黄昏，在神户的街头，女士们，从妈妈到奶奶，都有一种优雅的气质。日本人爱花是出名的，这在神户也不例外。几乎每户人家都会在房屋的边角处种上各类花草，街道上也有许多不知名的花在风中摇曳。

站在世界上最大的斜拉吊桥明石大桥上，在大桥高出海面四十六米的散步道上，可以一览大阪湾及濑户内海。湘九沉思着。这是一片国土资源匮乏的土地。这里的人们充满危机感。他们只崇敬和服从强者，而不会怜悯弱者。实际上，他们更明白落后就要挨打，落后就意味着淘汰，落后就意味着被开除球籍的道理。因此，他们才会从第二次世界大战的废墟上迅速崛起。

对于我们中国人来说，这是一个咄咄逼人的邻居。湘九觉得，它就像一面镜子，其成败得失都可资中国人镜鉴。

翌日，他们去了一趟京都。

从公元七百九十四年平安京城始建于京都，历经大政奉远直至一八六八年迁都到东京为止的一千多年间，京都一直是日本的首都。京都具有浓郁的日本风情，是日本人心灵的故乡。它是日本纺织物、陶瓷器、漆器、染织物等传统工艺品的产地。同时，它又是日本花道、茶道的繁盛之地，被称为“真正的日本”。

京都确实很美，美得像一位雍容华贵的夫人。清水寺、金谷寺、银谷寺，简朴的大气，金壁辉煌的华丽。但是，湘九不是喜欢游乐之人，只是匆匆浏览罢了。他急着赶赴东京和横滨，完成谈判任务。一年之后，他结识了京都新闻社社长龟永先生，社长问他对京都的印象时，他几乎无言可对。

确实是马不停蹄，第三天，他们就到了东京。入夜，这座聚集了十分之一日本人口的国际大都市灯火璀璨，车流不息。商店大都关门打烊了，饭店和娱乐业进入营业高峰。合作方日本振华株式会社的老板孙振华先生亲自到站迎接，他接过湘九的名片时感到很惊讶。

我的印象中，您好像还是一名作家吧？他疑惑地说。真是您啊？我读过您不少作品，您影响过我的人生道路！当湘九证实了他的疑问时，孙老板握着湘九的手，激动得语无伦次了。您说该如何合作，我们就跟赤州外运如何合作！

他们到一家中华料理吃东北水饺、喝中华生啤。孙老板等人的身世令人时而感慨，时而捧腹。

孙振华先生是日中战争的产物，母亲在战后滞留中国，嫁给山东一个农民。席间，有一位来自山东的小伙子，孙振华介绍是他们村支书的儿子。童年时，孙振华受尽欺辱，这个小伙子却从来没有打骂过他。孙振华回到母亲的故国后，在母亲亲属的帮助下开公司当了老板。小伙子却在前年参加劳务输出，来到了东京成田机场打工。

国内中介公司和日本合作方勾结，对出国打工的民工极为苛刻。小伙子连饭都吃不饱。终于有一天，他逃出了工地，找了几张纸，写上几个毛笔字，冒充“来自中国的书法家”，企图卖字为生。

某一天夜晚孙老板开车路过上野公园，在桥洞里差点撞上一个睡梦中的乞丐。孙振华从车上下来，刚开口骂了一句“八嘎”，小伙子蓦然从地上爬起。仿佛梦中的幻觉竟然被证实了，他愣怔怔地看着他的童年伙伴，脸色惨白竟至无言。见鬼了，我他妈的一定是见鬼了！孙振华向后退去，同样惊骇得连车门都拉不开了。他俩就这样傻傻地站在桥洞下，站了好久好久。后来，孙振华抬起自己的手，冷不丁地打了自己一记耳光，这个回到日本事业有成的海运公司老板哑着嗓子说，我真的不是在做梦吗？我真的不是在做梦？

小伙子扑过去，哭得比童年时被人叫做“小鬼子”挨打挨骂的孙某人还凄凉。孙振华被他抱着，闻着他身上多日没洗澡的臭味，咬着嘴唇，任凭泪水哗哗地流淌。后来孙振华将他拉进自己的凌志轿车。孙振华对他说，哭什么哭，莫斯科不相信眼泪！东京更不相信眼泪!!

小伙子进了孙振华的公司，他以老板的兄弟自居。湘九亲眼看到他对公司的日本职员吆五喝六，湘九觉得自己也像是在做梦。

俺的签证很快要到期了，小伙子对湘九说，俺下月回山东去，明年再出来，继续给俺孙哥打工。

湘九感慨世界如此之大又如此之小，造化居然可以如此弄人。湘九问孙老板，倘若这村支书的儿子当初也像他人一般欺侮童年的你，你又将如何待之呢？孙振华沉吟片刻说，我会骂他一顿，奚落他一番，然后照样带回来，给他一个吃饭睡觉的地方。

因为我爹是中国人。他是我的半个同胞。孙某人斩钉截铁地说。

湘九站起身，向他们敬酒。小伙子激动地说：俺爷爷、奶奶从小跟我说，好人终有好报的，这不，在日本俺都遇上好报了！

酒后的孙老板十分兴奋，非得请他们去唱卡啦OK。湘九却之不恭，只好客随主便。幽暗的酒吧里，湘九缩在老金身后，瞧着几位浓妆艳扮的女侍，心里怦怦地跳。不料，一位满嘴伊哩哇啦日语的女侍，到跟前给他递上一杯咖啡时，惊讶地向后退了一步，突然叫道：张老师！

湘九吓得将咖啡都洒落在了自己身上。

你……你怎么会认识我？湘九惊魂不定地问她。

我是杭州人，曾在医大对面的工行储蓄所工作，常见到你来存取稿费的，姑娘拿来一块毛巾，替他揩去身上的咖啡汁。她说，我哥哥原先在浙江省作家协会工作。

姑娘白天在大学读书，晚上做酒吧女侍。姑娘说起《希望》，说起《黑太阳》，说起《他在拂晓前死去》，湘九恍若进入梦境。

离去时，孙老板去结账，令人想不到的事又发生了。酒吧老板娘不断地弯腰鞠躬，说她的雇员问她，湘九是她的老师，是中国来的作家，能否给予优待。老板娘说，我就干脆不收钱了吧，感谢你们的光顾！湘九听完翻译的话，窘迫得不知说什么好，只好也向这位慷慨的老板娘鞠了一躬。

中国船运代理公司驻东京代表小张是个温文尔雅的年轻人，在东京和横滨港的洽谈全程由他陪同。小张在北京外语学院上学时，也是湘九的忠实读者，遇见日方人员时免不了将湘九的作家头衔也介绍一下。横滨港不愧是东方著名大港，气势宏大。日本人的管理严格到了精致，水产冷冻仓库居然毫无异味。

日本的企业，在积极引进外来管理科学的基础上，对自己的文化传统进行了创造性的转化。这一点，引起湘九浓厚的兴趣。日本企业获得成功的主要原因是托福于日本企业与从业人员利益一致的体制。这对于以民营为主的赤城来说，无疑具有很可借鉴之处。回到赤城后，湘九将这个理念灌输给本地的企业家，取得了他以为很不错的效果。

湘九惊讶于日本人对作家的尊崇，东京宇野通商株式会社的老板小玉享说，他们将作家的地位等同于将军。湘九相信，至少对小玉享来说，确是如此。因为事先他知道湘九是副市长，会谈时也很平静，恰恰是在中间休息时，小张聊起了湘九的作品，小玉享顿时露出讶异神情。湘九带去了一本《北京周报》日文版杂志，上面有对他的专版介绍。他将杂志送给对方，小玉享当即兴奋地说，今晚的招待酒会要改地方，改到最好的宾馆去！

那晚的酒宴设在东京黑目雅叙园，这是一座超星级宾馆，其装饰之豪华奢侈，令湘九等人叹为观止。户外人工假山、瀑布，布满奇花异草。室内整洁得一尘不染，厕所的马桶上镶着黄金。老金问湘九感受如何，湘九说童年时听老师说资本主义国家是有钱人的天堂，自己想象中也就是天天大鱼大肉罢了，而今才真正体会到了，什么叫做穷奢极侈！

老金等人因此而被湘九折腾。一大早，湘九把他们统统叫醒，去菜场，去上野公园，看看普通人的生活状态，看看有多少流浪儿在城楼上搭棚而居，那里是如何地臭气熏天。上野的大市场里也有许多廉价品，穷人们在那里喧闹嘈杂地讨生活。市场对面却是东京文化会馆、国立艺术馆，鸽子成群，绿树成荫，真可谓高雅与粗俗同在，富贵与贫穷共存。

昨晚吃得太好了，湘九说，今天要苦一餐！一百日元一个面包。香蕉更便宜，一百日元买了四只。每人一个面包、一只香蕉当中饭。老同学肖露来看湘九时，正看到两位女士愁眉苦脸地跟着湘九啃香蕉，肖露大惑不解。他说我请你们吃顿好饭吧。湘九说，我们不是吃不起，而是要保持无产阶级的本色！

肖露从拓殖大学毕业后，进了一家大公司。别人排队十几年抽签抽不到的公屋，他一次就抽到了。湘九跟他去了位于地铁尽头的千叶，参观他的“经济适用房”，两室两厅，厨卫俱全。肖露夫人在社区小超市收银，见到湘九像见到了亲人。肖露说，今晚咱们一醉方休。湘九说，你先给我一点零花钱吧，免得我老是想起那些被我拒收了的红包。

有件事，给湘九留下了十分友好的印象。

有一天下午，他和老金在东京街头迷了路。老金曾经当过中国驻保加利亚大使馆商务处代表，保加利亚语、俄语说得滚瓜烂熟，英语也马马虎虎。但是，日本街头的警察，别说俄语，连英语也听不懂，文化程度基本上与湘九相等。走投无路之际，湘九向一位推着小车送货的老人问路。老人七十多岁了，满头白发。老金说他怎么可能听懂你的话呢？湘九说，有困难就得找劳动人民。革命导师教导我们，只要唱起《国际歌》，就能找到我们的同志么！湘九将宾馆的钥匙牌给老人看，又在名片上写了宾馆附近的建筑物名称：日中友好会馆。老人点点头，明白了，要他们跟着他走。足足走了一公里，红灯快要亮了，老人推着小车猛跑，湘九和老金也跟着他跑，他们穿过一条条大街小巷，终于气喘吁吁地跑到了目的地。

感激之至的湘九，掏出五百日元递过去，老人连连摆手，不收。湘九又拿出两盒三五牌香烟，老人还是坚决不收。湘九只好向他连连鞠躬。

老人笑了，笑得那样舒畅。突然，他老人家弯下了腰，将双手拍着膝盖，伊哩哇啦地说了一番话。湘九听懂了两个单词，一是“多木阿里阿多”，二是“运动”。老人的意思是“谢谢你们，让我有机会得到了运动”。

站在繁华喧闹的东京街头，湘九和老金面面相觑。老人已经远去了，他那佝偻的身子，推着送货小车回首挥手的形象，久久地在他们眼前晃动。一颗异国老人的善良的心，感动着他们，使他们流连忘返。他们想起了鲁迅笔下的《一件小事》。“以前的事姑且搁起，这一大把铜圆又是什么意思？奖他么？我还能裁判车夫吗？”鲁迅先生的感叹，湘九在异国街头感同身受。他的眼眶跟当年的鲁迅一样，为之微微地潮润了。

那天夜里，十二点钟了，湘九跟家里通了一个电话，听到一个好消息：又佳被北京大学国际政治系录取了！

有了肖露给的电话卡，湘九放心跟女儿煲电话粥。孩子确实不容易，考进杭二中时，在三百名新生中名列第一百五十一位，实实在在是一名最不起眼的中等生。到了高二时，开始追上去，逐渐名列前茅；高三，天天上晚自修，湘九不在家，咪咪上班回家迟，湘九托人在学校附近一家小饭店给她包餐，两三个月结算一次。吃得好才能考得好，这是湘九做家长的经验之谈，说出来令许多人不以为然。然而，又佳充分领悟了父母的一片苦心，报纸上公布当年考上北大的浙江考生，又佳排在第一位。

湘九将日本之行的感受告诉女儿，言辞中颇多赞誉。女儿闻之沉默。后来她感触万千地说了一句话，令湘九怔住。

又佳说：我爷爷跟日本人打了八年仗，没有一天屈服过，我爸爸去了日本八天，就投降了啊。

孩子的心，不知不觉中受到历史的影响，大人的教诲，潜移默化着他们的认知。当她的世界观已将成形时，大人们还以为孩子仍是幼稚的，那就是大人的愚不可及了。按照习惯上的“家庭出身”看，又佳可算是“革命军人”或“革命干部”子女了，但是，奶奶和爸爸不经意间向她说起过的爷爷的历史，早已烙在了她的心中。在她的心目中，她的爷爷无疑是一名真正的抗日英雄。

因此，对于我们东邻的这个国家，她比之父亲更有一种固执的看法。

一九九九年，又佳从北大国政系本科毕业，同年考上北大新闻传播学院硕士研究生，三年后毕业，进入北京一家财经杂志当记者。二〇〇五年，担任驻华盛顿特派记者。二〇〇七年再赴费城实习，回国后担任的工作主要是高端采访和深度报道，行踪一度遍及欧美与东南亚诸国。直到二〇〇九年年底，离开这家杂志社，二〇一〇年初，她进了一家外企打工。

然而，直到今天，她还是没有去过这个东瀛岛国。

湘九的首次日本之行，收获颇丰。最实际的成效就是：为葭沚港对日航线减少了近百分之四十的装卸仓储费用。这不是一个小数目，对于提高外运的积极性和进出口贸易及自营出口企业的发展，都增加了推动力。

对于湘九个人来说，很遗憾的是，没能在日本见到远藤千代美——十年前，他在火车上邂逅相遇的那位日本姑娘。那时，她是河南大学短期中文班的一名留学生。后来，她在报上看到湘九的文章，通过报社给他来过信。因为湘九是个军人，他们只通了两封信就中断了联系。湘九对没能见到这位异国的读者朋友感到惆怅，他太忙了，这是一个原因；还有一个原因是，他请肖露拨通了千代美小姐当年留给他的电话，却无人接听。

从日本回来不久，省里举办领导干部开放型经济培训班，赤州市参加这个培训班的有七位县处以上领导干部，湘九成了他们的领队。

半个多月在省委党校听课，听完课后赴广州出席广交会，还有半个月到香港考察培训。

担任分管市长期间，湘九多次参加广交会，掌握外商交易动向，分析市场需求，及时调整本市的工业产品结构。赤州市出席广交会的积极性令人瞩目，每次的摊位岂是供不应求所能形容。会场内外，到处可见赤州人，山区一个小县，赴会者居然可达上千之众。

山区小县生产出口的多是木制品，各种玩具、工艺装饰品，技术含量普遍不高。厂长们在别人的展台前挤来挤去，一个新产品出来了，很快便有人仿造。湘九带着县长和进出口公司的老总们一次次进出广交会展馆，讨论提高产品技术含量。晚上，总要见一些重要的外商，表明政府对企业的重视和扶持。

冯县长是湘九的老战友，如今担任一个穷县的县长，因为囊中羞涩，整天跟在他身后混饭吃。后来到了香港更是如此。别的书记、县长都有客户招待，唯独他没有。他手上戴一块开会发的电子表，湘九说，来香港一趟不容易，我借给你钱，你买块机械表回去吧。他俩走进钟表店，看中了一块六百元港币的西铁城。

他俩跟钟表店老板讨价还价，谈了好久也没谈成。湘九叹了口气，对老板说，人家在内地可是一县之长啊，他是一名清官，否则，还会为一块几百元的表跟你讨半天价么？表店老板惊讶地看着冯县长，不敢相信湘九的话。表店对面有个海报栏，贴着金超群饰演的“包青天”。老板说，你真是一位清官吗，若是真的，我再给你打百分之五的折！

走过罗湖桥时，团里最年轻的是一位区长。天气很热，他却是穿着一身名牌，西装革履，头发梳得油光光的。湘九看见他把一包钞票往兜里塞，湘九说，海关最讨厌你这副“太子党”的模样了，一会儿准会将你拦住搜查！区长对他嗤之以鼻。进关时，他真的被拦住了，几个海关关员围住他。冯县长想给他解围，走过去说，你们为什么不检查我呀？关员们鄙夷不屑地斜着眼打量穿一身皱巴巴蹩脚西装的黑不溜秋的他，挥挥手说，快走吧，你不值得让我们检查！

湘九穿着一件T恤衫，很轻松的样子。他走过去说，我是领队，我们团队的钱都放在这位年轻人身上，他管后勤。海关的人听见区长喊他市长，态度和缓了一些。检查的官员说，他身上带的钱太多，寄存在这里吧，回来时再取回去，当然，寄存费是要交的，不然，你们整个团队都得被重新检查一遍！

站在香港的入境检查的官员面前，湘九一脸无奈。他的公务护照上写着出生地香港九龙，使得年轻的入境官大为好奇。他将湘九的姓名和出生年月日输入电脑。他问湘九出生在哪家医院？湘九说宝恤医院。入境官满腹狐疑地说，档案上说你从未离开过香港，你怎么持着大陆的公务护照回来了？

湘九遥望窗外。今天的罗湖桥已不像当年的罗湖桥。他被裹在襁褓里带过去时，罗湖桥其实是跨越深圳河的一座铁路桥，如今火车早已不通了，罗湖桥成了行人桥。抬头，蓦然看到一面大英帝国的米字旗在窗外飘扬，令他感到彷徨。墙上，一幅不大的肖像映入眼帘，大英帝国女皇端庄而华贵地在看着他，看一位殖民地的游子归来。此时湘九突然有一种很别扭很不适应的感觉。

我是偷渡过去的，湘九说，在我童年的时候。

偷渡到内地？入境官的眼珠子停止了转动。你没看到“华界”的铁丝网吗？

湘九明白他的意思，在他童年的时候，只有从北岸“华界”偷渡到南岸“英界”的人，很少听说有人会从南岸偷渡到北岸去。

为什么要偷渡过去？入境官问他。

湘九笑了，他已经从一时的困惑中清醒过来，入境大厅里有这么多人，他的身后是他的部下们。临近“九七回归”已经不到两年了，他没有什么可顾虑的。困惑过去便是童心大发，湘九学着入境官的香港“国语”说道：

我看不惯殖民地的外国人，喜欢祖国内地啦！对啦，如果我不偷渡过去，怎么可能当市长呢，最多和你一样，在香港人民入境事务处盖盖图章啦！……

他的身后，冯县长扑哧地笑出声来，其他人也都笑了。他们看着错愕而窘迫的年轻入境官，忍不住哈哈大笑。终于，入境官也无奈地笑了。邀请他们的单位是新华社香港分社，他显然不想为了追究湘九当年的偷渡问题而去惹出什么新的麻烦。

他们下榻于太古城。每天上半天课，半天讨论或自由活动。

从北角码头上船，乘东方明珠号游览维多利亚港湾。登中银大厦顶层，鸟瞰港岛全景。逛铜锣湾。爬太平山。该去的地方一个也没有落下。有的是集体去的，有的自己去。表哥的表哥陈关有就住在太古城，相邻仅十几米。除了冯县长，还有赤城市纪委书记小徐跟着湘九，他俩是团里最节俭的人。陈先生送他们地铁卡，请他们吃海鲜大餐。

湘九请陈先生陪他去找小表哥。

秋雨萧瑟的夜晚，的士在通往大埔的路上跑着，窗外一片深深幽暗。小表哥炒股票伤了元气，卖了原先的房屋，从市区搬到新界。表哥的女儿在英国留学只差半年就毕业了，家里无力继续供其读书而让其回了家。湘九走进大埔一家农贸市场，看到满头白发的小表哥放下卖糯米年糕的小店卷闸门，满脸倦容地走到他们跟前。那一刻，繁华的夜香港消失了，湘九的感觉只剩下天下穷人是一家。回想起在珠海见面时的小表哥小表嫂，湘九的心中一片疮痍。

更难堪是在回程途中，陈先生的手机倏然响起，他太太在家里搞副业生产，用一台小机器压制元宝型的巧克力，不小心压碎了大拇指，被送进医院抢救。闻听不幸的刹那间，陈先生老泪纵横。湘九无言，其心凄恻。

普通人之生存不易，湘九在他久违的出生之地又一次深切地有所感受。

星期天下午，湘九走进宝恤医院。这家教会医院静悄悄的，似乎正在午睡。湘九在庭院中看到一块石碑，碑上的铭文告诉他，医院在七十年代曾经重修过。这使湘九感到很失望。眼前的的产房和床已不是他出生时的产房和床。他站在走廊上倾听，仿佛听见产房里传来清脆的刀剪碰撞声。他听见三十九岁的母亲在呻吟，在凄厉地痛苦地尖叫。他瞪大眼睛倾听着，整个身体都在颤抖。陈关有拍他一下，你怎么了？母难日，我的生日就是母亲的受难日，湘九喃喃地说。

他走出宝恤医院，久久地看着这条小街的街牌。青山道。他将它刻在心里。他没有见到新华社的张副书记，只见到了张的秘书。秘书说，你可以办一张香港居民身份证，你属于英国属土公民。我帮你办吧，以后来去就很方便了。湘九却摇摇头。他说，我胆子小，未请示过的事不敢做；再说，这张身份证对我还有多大的意义呢？我在这里没有可继承的遗产，没有房子和港币，我跑回来当瘪三吗？

街上的红男绿女从他面前走过。他坐在大新银行门前的石阶上。没有人会想到这个中年人是来自内地的一名副市长，更不会想到他跟身后的大新银行有过什么历史渊源。他坐在那里就像附近建筑工地上的一名地盘工，干活累了躲到此处歇一歇抽根烟。一名保安过来了，一名头上缠着红帕的印度兵，很滑稽地背着一支刺刀雪亮的老式步枪。他叫湘九离开。湘九茫然地看着他。

如果我的父母，如果那些入股的人，那些失去权柄的将军的夫人太太，他们的钱没有莫名其妙地消失，我就会成为这座银行的继承人。这个印度兵不但不会赶我走，还会立正，向我行持枪礼吧。他呆呆地想。

但是……没有如果。如果有这个假设的话，你就很难说会不会成为又一个董建华，或者，跟马英九也有得一拼了。马英九同样出生在一九五〇年夏季的香港。他的父亲后来也当到了国军中将。而且，他的籍贯和你一样，都在洞庭湖畔。

湘九郁闷地继续地想着。头上缠着红帕的印度兵好奇地看着他，用枪托轻轻地推他。

人生没有如果。湘九只能选择离开。湘九在这一天深深地意识到，父亲的历史是一部传奇，自己的经历也是一部传奇，命运沉浮的每一步都不由自主。

只有一点，他跟父亲是相同的：他们注定了要在历史斑斓多彩的进程中扮演一个大起大落的角色，他们不可能成为一个时代的看客。

那天晚上，香港的赤州同乡会宴请他们。宴后，一位投资葭沚大桥的同乡会副会长开着奔驰轿车送湘九回到太古城。副会长一走进湘九房间，就从皮包里掏出了一个厚厚的信封。湘九像被滚油烫了一下，急急忙忙地往后退缩。你不要害我。他慌里慌张地说。副会长瞠目结舌地看着他。

按照您的出生地，您才是正宗的香港人哪，副会长不可理喻地说，您怎么比人家保守多了？湘九明白他说的“人家”是谁。湘九苦笑着说：多年前，赫鲁晓夫对周恩来说过，他是一名矿工的儿子。你知道周恩来是怎么回答他的吗？他说，我们都背叛了自己的出身。

同乡会副会长无可奈何地坐下来，说了一句令人颇觉值得玩味的话。

作为一名想到那里投资赚钱的外商，遇到您这样的市长，我不知道，究竟是我们的幸运呢，还是不幸？

湘九耸耸肩。他无法回答这个过于微妙的问题。

副会长也耸了耸肩。耸得不如湘九自然和潇洒。他是在赤州乡下长大的，虽然来到香港十几年了，毕竟不是正宗的殖民地公民。

副会长说，这里是世界三大金融中心之一，除了纽约、伦敦，一九九五年这里每日成交九百一十亿美金，所有资本的进出完全自由。这里也是世界贸易和航运的中心。当然，这里也是洗钱者的天堂。以投资等为名规避法律监管的各地贪官们，早已看上了这块跳板，他们的太太和少爷小姐在这里走进走出，就像自由进出自己的家门。

一九九七年后英国属土公民将改为“英国海外公民”，自由进出世界各国免签的待遇继续生效十年。邓小平说这里五十年不变，马照跑舞照跳。副会长意味深长地说，树高千丈叶落归根，市长先生，您不想在位时搏一下，将来退休了回来享福吗？

不想。湘九抱起双臂说，你说的不是拼搏的搏，而是赌博的博啊，我这个人输不起。

那天晚上湘九睡得很迟，他坐在客厅里，不屈不挠地坐着，等待着团里的书记、县长们一个一个回来。夜深了，他们踮着脚，悄悄进门，看到湘九坐在明亮的灯光下，审视着他们，显然都吃了一惊。最后一个人也回来了，湘九才站起身来，他抬高嗓门说，各位休息吧，请注意，从明天开始，谁也不准单独出去了！

没有当官的再愿意跟他出国出境。他们说跟他出去，晚上唯一的节目就是打扑克。扑克在家不能打吗，非要拿到外面去打？他们说这家伙真不知道是怎么当上副市长的，分管的还是开放型经济呢，一点现代意识都没有。

后来湘九再去香港，再也没有第一次来得感慨万千。他忘不了那一天离别时，他又一次来到金巴利道。他久久地回望又经历了半个多世纪沧桑的那座老式公寓。其实他搞不清楚究竟是不是这座公寓，更不清楚哪一个窗口是他过去的家。他只是在回望着，回望他和他的家人们早已逝去的岁月。

天鹅绒的窗帘半掩着窗户，他听见窗内有人唱歌有人哭泣。唱歌的是他少女时代的二姐，哭泣的是不舍得母亲离去的大哥。二姐的歌声似乎有钢琴的伴奏，大哥的哭泣声随风飘散在维多利亚海港上空。风在呼啸，帆在远去，父亲的身影渐渐变成模糊。湘九觉得这不是幻觉，而是一种历史的沉重的回音。

赤州撤地设市后，第一个洽谈建立国际友好城市关系的是日本松山市，第二个是日本敦贺市。

松山属爱媛县，爱媛银行董事长兼松山商工会议所所长柳田三郎曾率团访问赤州市，全程由湘九接待。这位八旬老人平和沉静、睿智而友好，给湘九留下深刻印象。

敦贺市市长河濑一治像个相扑士，吨位在全日本市长中名列第一。他带着身材娇小的夫人访问赤州时，所到之处，围观者皆忍俊不禁。

一九九六年九月，秋高气爽，带着建立友好城市发展开放型经济的使命，湘九率领一个由港务、外运和自营出口企业负责人组成的访问团，再渡扶桑。

彼时，刚发生过一件事：日本十大经营“红虾”的海产品商社统一行动，采取价格联盟，规定谁也不许高于一定价格向赤州地区的厂家和外贸公司采购冻虾。产区集中的赤州市深受打击，一下子挫伤了许多冷冻厂。货物积压在冷库里，越久货越差，越久越难卖，而银行贷款要还，原料款要给渔民，若低价售给日商眼看亏损巨大。情况汇报到市政府，湘九急了眼，他赶赴产区，召集赤州主要厂家和外贸公司开会，成立同业协会。约请海关、银行、商检、工商等部门参加，分析市场、制定对策。会上作出规定：不得低于多少价格出口货物给日本，否则海关、商检不放行，银行、工商不支持。最终，日方和赤州方相互让步，取得了“双赢”。

湘九读过那本厚厚的《经济学原理》，曼昆在书中有堪称精辟的阐述：“卡特尔的每个成员都受到增加生产以得到更大总利润份额的诱惑，成员们常常就减少产量达成协议，然后又私下违背协议。”他明白，价格联盟对联盟成员相互间，对其他同等企业，对商家和消费者都没有真正的约束力，政府干预市场只能是权宜之计。但是，此时的湘九，对任何非议都不予理睬。当时中国还没有加入 WTO；再说，如何理解已有几十年历史的欧佩克（OPEC）呢？它不也是典型的“串通”起来搞价格自律？

十大经营“红虾”的日本海产品商社，也在较量中对这位外表谦和内在强硬的副市长留下了深刻印象。为了双方的继续合作，他们在霏霏细雨中等待着他的来临。

从关西空港换乘日航国内班机到达松山。下榻“地产酒家”。这是一座幽静雅致的宾馆。

松山的地理环境与赤州十分相像，却比他们想象中更美丽、繁华和整洁。城市背山靠海，郁郁葱葱。一条蜿蜒的小河穿城而过。街上灯红酒绿，商业区摩肩接踵。

按照湘九的建议，第一餐饭在一家小饭馆吃。饭馆老板浮田久视曾经访问赤州，湘九不仅会见了这位普通的松山市民，并应他请求书写了一幅字赠与。湘九一行到达他的小饭馆，进门就看到了那幅字：君子爱财取之有道。浮田久视小老板满脸红光笑颜相迎，他真的想不到，爱媛县银行和商会会在他的小饭馆为湘九一行举行欢迎酒会。

柳田三郎是一位务实的金融家和工商业组织者。所有的安排紧凑而富有实效。看录像，听介绍，参观，会谈，不仅取得了海产品商社的理解，也对港务、外运的合作前景有了进一步把握。爱媛的农产品与赤州相仿，尤其是柑橘等水果，可以相互媲美。湘九说，你们不跟赤州建立友好城市，将来后悔大大的！

松山市商工会议所秘书长三浦晃先生是一位热衷于日中友好的民间人士，送给湘九两瓶清酒，湘九舍不得喝，藏了许多年。

跟远藤千代美联系上是在大阪，托翻译打电话到东京山形市，那里仍是她娘家。这一次，终于有人接电话了。远藤千代美的娘家人说，她早已嫁到仙台去了。电话再打到仙台，她本人接的电话，中文差不多全忘光了，但一说湘九的名字，她就大喊：记得，记得！她说，十年了，您果然要到东京来看我了？好的好的，等您到了东京，我一定去东京，带着孩子去拜会您。

远藤千代美已经改夫姓为成濑，而且是两个孩子的妈妈了。

敦贺是一座只有七万多人口的小城市，但它是日本的“原子能基地”，市长兼任日本国原子能协会主席。到了夏天，这里成为旅游胜地，人口一下子增加到四五十万。敦贺市政府产业经济部部长桥本幸夫和课长中泽等人到车站迎接湘九一行，接着就参观港口、电厂和市场。敦贺有一座“昆布馆”，展示的全是海带产品。制作过程通过透明车间参观一目了然。湘九从市政建设考虑，要求考察污水处理厂。该厂的设计能力大大超过目前全市需处理污水吨位，颇具前瞻性。湘九仔细察看了污水处理过程。他看到经过多次沉淀和中和处理，将污物脱水分离后，污水变成了一条清清的河流，鱼儿在水里游来游去。湘九要属下的团员们讨论一下：赤州何时能达到这种水平。

敦贺电视台与《福井新闻》的记者采访了湘九，湘九请他们播放和刊登宣传赤州的画册。河濑一治市长请他们参观核电厂，这是很少对外开放的地方，显示了敦贺市政府和市民对与赤州建立友好城市的热情。会谈时，河濑一治市长说，想不到您最感兴趣的是我们城市的排污系统。湘九说，市长应该把环保放在第一位。河濑夫人颇感亲切地笑了，回忆起访问赤州时的情景。所有的官员都跟我们大谈 GDP，她说，只有您说要把环保放在第一位。她跟日方的翻译说了一大段话，翻译迟疑了一会儿，没有全部翻译出来。

湘九以为这位名叫野鹿照美的翻译是中国人，她的普通话说得实在是太好了，访问团中的国人谁也比不上她。湘九说：统统翻给我听，野鹿小姐，你得帮自己人。

我是本地人，在长春大学留过学而已。野鹿照美脸上浮起了红云。市长夫人说，她觉得您不像中国的市长，倒像是一位日本的市长。

湘九的脸红了，听懂此话含义的港务局局长和外运公司老总也红了脸。是的，一位市长不关注环保，一心一意只追求 GDP 指标，在外国人看来简直就是天大的笑话。另一位访问过赤州的日本官员悄悄地对野鹿照美小姐说，他也想不明白，那里的海边污染如此严重，有的官员还沾沾自喜地向他们介绍开发区又引进了多少家化工厂、药厂……人们怎么会选择这样的人来治理他们的城市？

列车在新干线上奔驰，湘九坐在车上沉思。京谷好泰在东京等他，《京都新闻》社长龟永和前首相竹下登的秘书川上彰夫也在等他，他们已经是老朋友了，湘九将如何谈此行观感？

三百七十年前，赤州的一艘渔船从三门湾出发，在海上遇大风而沉没，一个渔民漂流到了日本，留下一群后代。

湘九以共进早餐的形式接待了他们的代表山口光友。这是一位水产商，已多次到赤州寻根和贸易。湘九说，山口一族是赤州人的后裔，难怪山口百惠像赤州姑娘一样美丽贤惠，深受日中影迷欢迎！在人们的大笑声中，湘九再次阐述了实行价格自律、将双方贸易沿着健康有序规道发展的道理和前景。华文报刊《中国巨龙》跟《京都新闻》同时刊登了对湘九的采访，湘九特意提到，通过对日本有建立友好城市的意向的地区访问考察，赤州市必然将更加重视生态环境保护问题，使经济、社会获得共同进步。

一辆三菱越野车驶到东京墨田区东向岛一家招待所门前，成濑千代美抱着小儿子从车上下来，向站在二楼阳台上的湘九挥手。秋日的阳光映着她苗条的身影，湘九觉得十年过去了她依然像少女时代那样纯真朴实。她的丈夫成濑广是个大个子，手牵着大儿子，腼腆地向湘九微笑着。湘九请中船代驻东京代表小张做翻译。小张说成濑广先生是税理士，相当于中国的审计师，典型的高级白领。千代美女士则从事保险代理工作。一家四口，开了四个小时的车从仙台来到东京与之会面，着实令湘九感到过意不去。

千代美女士带来了当年的通信、照片和刊登湘九文章的报纸。湘九翻阅着这些被异国“粉丝”收藏的“文物”。十分感动。成濑广先生带着孩子出去了。在幽静的招待所里，活动的百叶窗轻轻摇晃，他体会到一种很古的感觉，沧海桑田。千代美女士说：你说过的，十年后我们会在东京见面。那时我想你一定是在开玩笑，怎么可能呢？但是你说得那么肯定，我不得不相信。所以我一直等着这一天。

湘九请他们喝咖啡。咖啡馆里有一种黄昏的静谧氛围。人生的千变万化，如梦如诗。千代美又跟他说起了中原古城，说起那里的校园和街道。千代美女士说：湘九老师，你以后不要当市长了，那样你就自由了，可以常常来日本旅游了。

她的话让湘九感慨。在一个普通的日本少妇的眼里，市长并不是一个惹人羡慕的职位，她的价值观在中国人看来简直超凡脱俗。是的，湘九想，人的自由才是最可珍贵的。这样的静谧的黄昏，东京的黄昏，秋天的黄昏，微风拂树，仿佛在亲吻着青春的最后一片落叶，湘九想这才是人们应该拥有的生活意境。

湘九对成濑广先生说，欢迎你们到中国去旅游，到杭州去旅游。我家住在西子湖畔的柳浪闻莺旁边。公园里有一块碑，碑上刻着“日中不再战”。

成濑广点点头，傻呵呵地笑。这个身高一米八五的仙台武士的后代，显然很喜欢

“日中不再战”这五个字。

湘九在不知不觉中得罪了一些人，得罪了那些打着“发展是硬道理”的旗帜不惜大量进口洋垃圾污染赤州地区生态环境的人，得罪了那些与太平市黑恶势力有牵连的人；还得罪着不了解他与浩将军通信实情，而以为他给个别领导带来了难堪的人。他们巴不得湘九早日离开赤州，并为此动了不少脑筋。

湘九却一直被蒙在鼓里。

一九九七年春天的一个晚上，湘九收到一笔稿费。《人民文学》发表了他的一个短篇小说。这是湘九在赤州工作期间所创作的唯一的一篇小说，写的是生态污染问题。这篇万把字的小说占用了他好几个星期天的休息时间，实在是厚积薄发、有感而发。

那天晚上，湘九身边的工作人员、秘书、司机、外经贸局的办公室副主任等四五个年轻人，一起起哄说，领导应将这笔稿费拿来请客！

晚饭已经吃过了，吃夜宵时间还早，湘九说我请你们洗澡吧，到新开张的浴池去蒸桑拿！

他们结伴而去，到了葭沚街上一家刚开张的浴室。正是吃晚饭的时候，浴室里只有他们这五个人，其他人，别说女人，连男人也没有一个。

春寒料峭，浴室里很暖和，他们洗得很舒服，每个人脸上都红彤彤的，出门时被冷风一吹，赶紧缩着脖子回宿舍去。

谁也想不到，黑暗中有眼睛在盯着他们。

传说有几个版本，比较起来可能接近一点事实的版本说，那天晚上“扫黄”，联防队经过这家浴室时，看到了湘九的车子。由于车牌是市领导的，联防队没敢进去检查。

其他的版本没人跟湘九说，想必传说者自己也觉得不可信。然而自己不信不等于不传，几天后就有人将自己都不相信的版本传给了省里来的一位领导。

这位省领导很年轻，对湘九也称得上器重。越器重的人，期望值越高，要求也越严格。他的气愤，让身边的工作人员害怕。阿明悄悄给湘九打电话说，究竟怎么一回事，你真的去了不该去的地方吗？

苍天作证！湘九愤怒地回答他：为什么不向我身边的工作人员了解一下？五个人一起洗了个澡，同进同出，一个外人没有！为什么不调查就听信谗言？

阿明是个十分谨慎的人，他的小心谨慎使他后来能够当上大官。他相信湘九，但是，此时却不敢替他辩诬。阿明说，你就受点委屈吧，有什么办法呢，这种事，不会去调查，不会还你一个清白的，古代叫作风闻言事，皇帝也允许的。阿明还说了一句话：即便是最公正的领导，也有不公正的时候。

既然如此，湘九也不想去见这位领导了。清者自清，浊者自浊，骨子里那种文人的清高使湘九又失去了一个机会。

他不当一回事，有人却很当一回事。

一九九七年六月五日，湘九率领一个人员众多的交易团，赴俄罗斯参展并洽谈贸易。

行前，湘九特意邀请赤州市烟草局的章局长，为外经贸系统做一场报告。

章局长是湘九童年时代的老邻居，当过兵，转业后到烟草系统工作，担任过中国烟草集团公司驻莫斯科代表。当他来到赤州履新时，听说联系的分管市长姓名，立即想起了在部队时读过的《墙门》一书。他拜会湘九，迫不及待地说：您还记得我吗？小时候我就住在您家隔壁那条小巷子里！

湘九笑了。两个人坐着说话，看着窗外下着的雨。他们的说话声湮没在淅淅沥沥的雨声中。湘九想起小娣，那位女排名将，童年时却常常被男孩子们欺负。湘九没有欺负过她，章某人也没有欺负过她。那时，章局长还是个很腼腆的小男孩。

很腼腆的小男孩已经变得见多识广。他的报告洋洋洒洒，讲了一个半小时。人们沉浸在他对俄罗斯现状的描绘中。伏尔加河上的钟声响起来了，克里姆林宫的钟声也响起来了。人们将到遥远的地方去寻梦，有的寻找历史的梦，有的寻找发财的梦。

从童年时代起，深受苏俄文学影响的湘九就对这块土地心向往之。

伏尔加河上的钟声在召唤他，涅瓦河上的战舰也在召唤他，他渴望看到莫斯科大剧院翩翩起舞的小天鹅，渴望抚摩屠格涅夫在庄园中亲手栽下的橡树。他默默地背诵普希金和马雅可夫斯基的诗句，回忆法捷耶夫和奥斯特洛夫斯基笔下的一个个人物。阴晦欲雨的俄罗斯苦难的大地对他来说是童年记忆的一部分，卫国战争中英勇献身的青年近卫军对他来说刻骨铭心。还有，苏联时期的一些作家，他们对当时的官僚作风，对人民苦涩与困惑的描绘，常常令湘九掩卷沉思，遐想联翩。

漫长的历史铸就了这块土地的伟大与辉煌，苏俄文学深深影响了他几十年的思想与生活。也许，今天的俄罗斯已经成为一个全新的国家，人们已经慢慢地习惯在另一种社会制度下生存与发展，但对湘九来说却不是这样的，他比身在其中的人们更留恋其忧郁的、充满理想主义和浪漫色彩的历史。

航程其实很痛苦。伊尔 86 飞机上的设施很差。在伊尔库茨克机场停留加油一小时，居然没有空调。湘九在机上忍受闷热如蒸桑拿的温度，忍受无数人抽烟形成的烟雾和臭气。他的周围不是“倒爷”就是“倒姐”，大包小包的行李堵塞通道。湘九被夹在两位山一样壮硕肥胖的妇人中间，当他起身去洗手间时，不得不从一位哥塞克大妈颤颤巍巍的身边硬是挤出去。

莫斯科机场的官员、警察和士兵对于他们的到来并无热情，一名女中尉盘问他二十几分钟。湘九身旁的同事对她讲英语，她只会挥着手说，“聂，聂！”夜里十点，天还没有黑下来，使他想起著名的《白夜》。湘九怔怔地瞧着女中尉帽子上的红五星。他自嘲地想，耐心地等待吧，此红星已经不是彼红星了。

交易团安排的第一个节目是瞻仰列宁墓。

这个由大理石和花岗岩、斑岩组成的陵墓位于红场的正中央，紧挨着克里姆林宫的宫墙。三名身穿灰色军服脚蹬黑色长靴的士兵，持枪守护着伟人的身躯与仿佛尚存于人世的灵魂。湘九随着瞻仰的队伍缓缓走入陵寝，肃穆和庄严的氛围立时感染了他。岁月的变幻，世间的沧桑，政局的更迭和命运的跌宕，所有这一切已与静静地躺在这里的这位伟人无关；一束柔和的红光照在他的脸上，他安详地睡着。湘九默默地弯下身子，一鞠躬，二鞠躬，三鞠躬。

湘九知道，有一些东西是浸入了他的骨髓的，已经很难改变。

列宁墓的上面，就是矗立在全世界面前的红场检阅台了。斯大林曾经站在上面一次又一次地检阅队伍，士兵们从这里走过直接走上了前线。从斯大林之后，也有一个又一个人物走上检阅台，站在正中方让全世界注视他们。在湘九眼里，某些人物是根本无法与革命导师相比的，只能说是曾经当过这个国家的“一号人物”罢了。站在这上面的最后一位“一号人物”也最后断送了列宁缔造的这个国家，列宁墓上的红星从此变得暗淡无光。

广场一角，“俄罗斯劳动者联盟”正在举行集会，多数是上年纪的老人了，举着镰刀斧头的旗帜，举着列宁斯大林画像。湘九走过去，一位老妈妈将宣传品塞到他的手里。湘九想起了高尔基笔下的《母亲》，他的鼻腔因此而微微发酸。一九九七年是这个国家很困难的一年，眼前的俄罗斯母亲好像依然跟高尔基时代那样贫穷，她们站在地铁出口处，手里拿着一两根黄瓜、两三个面包叫卖着。她们的丈夫，身上穿着肮脏破旧的老式呢子军装，胸前挂满奖章和勋章，颤巍巍地伸出手向湘九们要一支烟抽。

面对这些老人，湘九的记忆从高尔基跳到索尔仁尼琴。中间还有马雅可夫斯基、肖洛霍夫，还有帕斯捷尔纳克、阿赫玛托娃、布尔加可夫，还有茹科夫斯基、马尔夏克·卡维林等等。这些品格、成就和遭遇并不相同的作家留给人们错杂纷纭的苏联印象，他想，哪些是真实的，哪些是虚构的？

逝去的高尔基和活着的索尔仁尼琴，他们都是老人。睿智的老人像雕像一样屹立在时代坐标上。可以说，他们就是历史。

只有这些老人，依然记得俄中两国人民曾经有过的无与伦比的国际主义友谊。在圣彼得堡的胜利公园，湘九指着被摘去姓名牌的马特洛索夫的雕像，告诉同行者这就是卫国战争时的英雄“普通一兵”。三门湾外贸公司的郑总似有不信，向长椅上坐着的一对青年情侣求证。这对情侣耸耸肩说：天晓得他是谁？一位老人走过来了，湘九指着雕像说：马特洛索夫？老人连连点头，“亚，亚”！他说，紧紧地握住湘九的手。

别肯（北京）？他问湘九。

别肯那沙斯大利渣（北京是我们的首都）。湘九说。

小学三年级时，湘九学过一个学期的俄语，这些零零碎碎的单词，在这个夏季的俄罗斯突然复活了，从记忆的深处汹涌地凸现出来。湘九称老人“特瓦里希”，称姑娘“捷乌斯卡”。“特瓦里希”是同志，只有老人们才会记得这个词儿了。湘九在胜利公园一个湖泊旁找到卓娅的雕像，他向卓娅鞠躬，身旁的老人潸然泪下。当本民族的年轻人已经遗忘时，一位外国人却虔诚地向他们的英雄深深地弯下了腰，如何不使

“特瓦里希”们感触万千呢？

作为一名老兵，湘九深为感慨俄罗斯人民的军事爱国主义传统。他参观莫斯科胜利广场，其宏大的气势令他惊叹。他看到三岁孩童在母亲的微笑注视下爬到坦克和大炮上去，他想，这终究还是一个不可战胜的民族。

从莫斯科到圣彼得堡，列车在茂密的森林和广漠无垠的大地上穿行，窗外不时出现过简陋而温馨的木屋别墅。此行的目的地是圣彼得堡，芬兰湾旁边有一个大展览馆，赤州参展的出口样品已经到达。交易团下榻车尔尼雪夫斯基广场胜利宾馆，湘九打开窗子，首先看到的是这位文学家巨大的雕像。

胜利公园成为湘九们每天晚上的散步之处。湖里有人游泳，更多的是在湖畔沐日光浴，老人们静静地坐在椅子上看书。夜里十二点，天才完全黑了，一小时后，太阳又从云层里钻了出来。警察拦住他们检查护照，没带在身边就得给钱。这些警察挎着冲锋枪在公园里荡来荡去，有的站在树荫下跟放荡的女人调情。这是一个困惑的特殊时期，新的信念尚待建立，忙于工作的都是些上了年纪的人，年轻人游手好闲，到处可见“流莺”。

一位名叫瓦列里的出租车司机是苏联红军排长，三十三岁，六月十四日上午，送湘九和两位同伴到达距圣彼得堡三十公里的普希金城。他们瞻仰了皇村中学校园里的普希金铜像、诗人与好友经常光顾的咖啡馆以及紧挨着皇村中学的金碧辉煌的叶卡捷琳娜宫。瓦列里说，他的父亲是一名退休的海军上校，住在波罗的海边的一座城市里，那座城市现在属于一个完全独立的共和国了。瓦列里退役后离开了那里，他说，因为历史的原因，那里的人对俄罗斯人不友好。瓦列里现在和岳母、妻子、两岁的女儿住在一起，因为生活费用的昂贵，他觉得自己是个“只能勉强维持生计的穷人”。他神情悒郁地对湘九说，我们一家人都怀念从前的日子。

瓦列里带给湘九一种沉重的惆怅。卫国战争中，他们牺牲了两千六百万兄弟姐妹，当年的圣彼得堡叫做列宁格勒，被德军围困九百零九天，一次又一次遭受炮火轰击，无数楼房成为废墟。然而，他们很快地重建了家园。圣彼得堡的地铁建在一百多米深的地下，它的头上是涅瓦河。第一次从地铁出来，灿烂阳光扑面，使湘九想起尼·奥斯特洛夫斯基对他的祖国的形容：一个青春、美丽、健康、活泼、不可战胜的苏维埃共和国。奥斯特洛夫斯基曾经说过：“做这样的祖国的儿子是多么幸福啊！”

这个“祖国”已经不复存在了，苏联已经变成若干个独立的国家。太阳躲进云层去了，城市变得阴郁，灰蒙蒙的。街边的老楼冷漠地站着，被打碎了玻璃的窗户上蒙着的塑料布哗哗作响。湘九想对瓦列里说几句安慰的话，却不知从何说起。

那天晚上，湘九站在涅瓦河大桥上，置身于城堡与“阿芙乐尔号”巡洋舰的中间，浮想联翩。涅瓦河的汩汩流水荡漾开去，与城外那茫茫无际的黑土地和芦苇沼泽、那无尽的森林、那雄伟的山峦连成一片，使人的胸口隐隐作痛。从“阿芙乐尔号”巡洋舰发出惊天动地的第一声炮响起，已经八十年了。曾经改变了世界历史进程的人民现在却被历史重新改变。面对沉重的风云变幻和世事沧桑，湘九抽着烟，无言可对。

六月十四日是湘九生日，一位老战友姜钺于前一天上午从布加勒斯特赶来与湘九共度他的四十七岁生日。姜钺转业在郑州担任一家杂志的美编时，加入了远赴东欧的淘金热队伍。出国时他只带了两大包 T 恤衫，半路上卖掉身上穿的皮夹克以充旅资。现在姜钺已是布加勒斯特华人商会的副会长，经营进出口贸易。湘九感到惊喜，也感到不安。姜钺从罗马尼亚出境时，考虑到外汇管制，将数千元美金藏在袜子里，却被警察搜出，没收了。

芬兰湾边的展馆里，湘九陪同姜钺一个一个展位参观。本次的展览名为“国际家庭日用品博览会”，展品很丰富，最俏的商品却是赤州的注塑机、箱包、太阳镜之类。

永宁产的注塑机确实很有特色，机械小巧玲珑，原料放进模具后，稍作预热，叮当一声，一只漂亮的可乐瓶就下来了。俄罗斯和东欧商人大感兴趣，展会刚开始，样品就被人订走了。

赤城产的箱包价廉物美。厂长小陈一到圣彼得堡，就跟着湘九去涅瓦大街的百货公司看那里的箱包，比较之下，利润空间不小。小陈说，市长您跟店里人说，我的箱包请他们代理销售好不好？湘九说，你自己不能说吗？小陈说，我只会说赤城话，连中国的普通话也说不来的，我怎么对他们说啊。

无奈之下，湘九叫一位营业员，一位俄罗斯大妈“捷乌斯卡”。湘九使用肢体语言，拿起一个店里销售的箱包，将标价降下一半，问她们感不感兴趣。“捷乌斯卡”

明白了他的意思，对湘九标的价格很感兴趣，兴冲冲去请示经理了。

就是这个连普通话也说不来的陈厂长，回到赤城之后，立即发了几车皮箱包到圣彼得堡。半年之后，他的老婆也去了俄罗斯，又过半年，连小姨子都到了那里，不仅赤城的箱包厂，连海宁等外地的箱包厂，也开始替他发货。不过，到了此时，湘九就再也联系不上他了。

由于护照上写着他的生日，这一天，湘九走进胜利宾馆餐厅时，烛光摇曳，桌上摆着一只大蛋糕。胜利宾馆的老总是华人，名叫朱耘。湘九向朱耘表示衷心的感谢，一位金发碧眼的俄罗斯小姐向他送上了鲜花。

同事、战友、部属。炸薯条、红肠、面包。伏特加、啤酒。湘九醉了。人在旅途，情义无价。

芬兰湾的波罗的海是灰色的，开阔的水面上涟漪闪耀，海鸥在水天一色处飞翔。在湘九担任副专员、副市长的三年时间里，有一半的时间他内外贸全管，因为分管内贸的副市长患心脏病长期住在北京的医院里，几次动手术。但是，总的来说湘九主管的还是开放型经济这一块，他与外经贸系统的下属们建立了很深的感情。这晚的啤酒由宾馆免费供应。市外经贸局局长老朱带着各县外经贸局局长一个个轮着向他敬酒。

喝多了的湘九突然失态，眼泪夺眶而出。他哽咽着说，谢谢，谢谢你们对我的理解和支持，赤州的开放型经济，今后全靠你们了！

他的话令人惊讶，而他却浑然不知自己说了些什么。也许他有了某种预感，但是他说不清楚。阴影在看不见的地方跟踪着他，笼罩着他。阴影既在别人手里，也在他的心里。

姜钺在细雨中离去。他匆匆从布加勒斯特赶来，又匆匆赶回布加勒斯特，只是为了表达一个中国老兵对战友的情谊。展馆已开始撤展了，各摊位降价处理样品。那天下午骤降寒流，天空刹那间变得灰蒙蒙的，如同进入深秋。街上行人纷纷抱紧双臂，跑进商店、地铁，或是换上秋衣、冬装。

寒风在屋外呼啸，湘九在室内布置总结。这次参展成果不小，开拓了新的市场，增加了对俄贸易的感性认识，实践了对俄贸易的操作方式，包括需求、货运、结汇等等，湘九说，关键是取得了赤州市对俄贸易零的突破！

一九九七年六月二十一日上午二点三十分，湘九一行乘俄航班机回到北京。

不知什么原因，他下机后就迫不及待地打开了手机。电话打到家里。咪咪在家。

咪咪告诉他一个消息：在他访俄期间，赤州市向省里打了一个报告，免去湘九担任的市委委员、市政府党组成员、副市长职务，已经批下。

湘九惊呆。

他站在首都机场的停机坪上，茫然地看着一架架飞机起降。他觉得自己变成了三十年前的诺罗敦·西哈努克亲王，在从莫斯科飞往北京的途中，突遭废黜。

很难形容他以及他周围人的感受。这个免职令突如其来，不像以往对有关干部任命的惯例和程序。以致几年之后，有位老态龙钟的人物坐在台上说北京没有提前跟他打招呼，就派来了他的接班人时，湘九在台下不由自主地笑出了声。

湘九在杭州只过了一夜，第二天便赶回赤州，他走进市府大楼，看到办公室里已坐着接任的孙某。孙某原是邻市的副市长，他们分管同一摊工作，乃是老相识了。湘九想邻市是计划单列市，孙某是正厅级干部，他怎么会来当赤州市的副市长？或许，下一步是当市长的吧。

四个月后，孙某果然当了市长。但是他当市长仅十八天，就彻底失去了自由。紧接着，邻市的市委书记，一位中央候补委员，也被押进了监狱。一桩贪污受贿大案震惊全国。湘九陷入深深的沉思之中，他好像恍然大悟了，又似乎还是不明白。案子在四个月前必然已经有数，为什么还要让他离开邻市，来赤州担任副市长、市长？

有关仕途险恶的一番议论，第一次，就是湘九对孙某所说的。他向湘九请教赤州的从政环境，湘九说周围布满陷阱。湘九告诫他跟老板们打交道要慎之又慎，千万别在不知不觉中被人拉下了水。事后，湘九觉得自己实在是迂腐而可笑，孙某早在几年前就下了水，如何还听得进你那些自以为是的告诫呢？

这是一个苦夏。未装空调的宿舍里闷热潮湿。湘九光着膀子坐在惨淡的日光灯下，灯光把他的影子拉得很长很孱弱。他奉命给赤州市人大常委会写一份辞呈，因为他是第一次赤州市人民代表大会选举出来的副市长，必须经过这个程序才能辞去这个职务。现在的他很无奈很渺小，完全是一个弱者，在他对自己的下一个岗位一无所知的情形下，他却必须表现出完全自愿的姿态，请求人大常委们在届中免去他担任的职务。

这是一纸言辞恳切而又十分无奈的辞呈，据说市人大主任阅读时几度废书打座竟至无言。这位在湘九任副专员时担任专员的老主任叹着气对秘书说，请告诉湘九同志，我会在人大常委会上宣读这封辞职信。还要告诉他，我们不会忘记他对赤州的贡献，对赤州人民的一片深情。老人提到了湘九刚到任时，跟着他去省城以及他去北京跑重点项目的情景，老人动情地说，葭沚大桥通车那一天，铁路铺轨那一天，三门湾建造核电站那一天，我们一定要把湘九同志请回来，让他看到自己的汗水没有白流，他的心血没有白费啊！

他说，否则，我们就太对不起湘九同志了。

一九九七年七月一日，香港回归祖国这一天，朱局长等一批湘九的部属非要送老领导回省城去等待新的安排。傍晚，湘九突感不适，头疼欲裂，到了赤城医院，护士量血压时吓一跳，高压到了二百，低压到了一百四十。医生说您必须住院治疗。医生还说，您怎么还抽烟呢，而且还从不服降压药！面色发红呼吸沉重的湘九说，住院就免了吧，我已经不是赤州市的干部了，再留在这里享受公费医疗不合适。我明天就戒烟，终生服药好吗？他请医生开了一些药，上了回家的车。

这不是正式离别赤州，正式离别时要开个欢送会，吃餐饭，然后派个组织部副部长或市政府的秘书长之类，将他送到省城。湘九心里明白，那只是一种程序，谈不上什么人情友谊。湘九将部下们的送行看作真正的送行，他的内心因此而充满感激和惆怅。他在车上痴痴地望着渐渐远去的城市，望着山川河流。夜来了，挟着凉爽的微风，高陡的岸上有些黄色的灯火在闪烁，一些熟人在桥上向他挥手。他放下车窗，探出身子去向他们挥手告别，嘶哑地喊了声“再见”。

一滴水，落到他的手上，他看看天空，天上没有下雨。

这是他的眼泪。不知不觉中，他的热泪已夺眶而出。

轻轻的，我走了，正如我轻轻的来。我挥一挥衣袖，不带走一片云彩。

车里的收音机在唱。这是湘九的真实写照。轻轻地，我走了，我没有带走一片云彩，我两袖清风地离去。

除了几件替换衣服，湘九确实什么也没有带走，他几乎没有行李。他的行李都在他的心里，他带走的是人们沉甸甸的心意。

车到萧山已经接近午夜了，部下们说香港回归祖国的仪式即将开始，进入杭州再找住处就会错过观看现场直播。之江度假村的老总与湘九熟悉，湘九说我们就在这里住一晚吧。他们下榻于斯，匆匆进入房间打开电视机。雄壮的国歌声立时响彻屋里屋外，香港回归仪式大厅里的人们全体起立。他们也立正了，看着仪仗兵将国旗在百年沧桑的殖民地上空缓缓升起。

湘九又一次热泪盈眶。男儿轻易不落泪，只缘未到伤心处。湘九看着自己出生的故土回归祖国，湘九想到自己莫名其妙地离开了呕心沥血为之奉献的新土地，一喜一悲，他的病情开始加重。太阳重新升起后人们将他送到家里，他躺在客厅的长沙发上，人们围了一圈，犹如生前友好进了濒危者的病房。

这是湘九出生以来史无前例的一场大病，他在床上整整躺了一个月。发烧，说胡话，血压高，心脏不堪重负。老部下老同事老朋友，旧的回去了新的过来，人们束手无策。有一位曾经的副县长打来电话，这个张副县长所在的县被人称为“仙人居住的地方”，当县里几位领导出了经济问题时，湘九在一次会议结束时喊住他。你跟他们有没有牵连？湘九严肃地问他。他摇摇头，没有。湘九敏锐地感觉到，他的回答中有一些底气不足。湘九语重心长地对他说，如果有问题，一定要争取主动，赶紧去说清楚啊。

张副县长深受触动，第二天主动去纪委交代：收受了两万元“礼金”，一直放在办公室。他被“双规”了，他的妻子打电话给湘九，泣不成声。湘九为他们叹息。湘九说，你放心吧，既然是主动交代，处理自然不会太重，该说的公道话，我会说的。

张副县长管外贸也管文教，从前是一名教师。他的副县长被撤了，去县中当校长。他不怪湘九，反而感激他提醒自己，从而获得了宽宥。他回忆起去年，湘九收到该县一名特困生求助的来信，湘九将信转给他，附上一个月的工资请他转交给这名特困生。湘九说，这点钱解决不了什么问题，县里要研究政策，要搞一笔扶助贫困生的慈善基金，帮助贫寒学子求学，给他们一条出路。

张副县长现在成了张校长。张校长说，老领导您怎么一声不吭就离开了我们？您离开了，我才知道，我心里一直在后悔，后悔当初听您的话太少，我多么想再听听您的话啊。

湘九不是一个恋栈的人，一纸副市长免职令绝不会令他受到如此沉重的打击。但是，他的志向和追求被亵渎了，他因此而感到深深失望。他等待过几十年，等待“天将降大任于是人”的这一天，可以报效国家实现他的人生抱负。这种等待的心情像夜晚的飞蛾一样，盲目而痛苦地在他心里颤动，从童年、少年、青年一直颤动到中年。当他终于有了一个舞台，并且经过三年的了解熟悉了这个舞台准备大干一番事业时，这个舞台却很快变成了一片白雪皑皑的旷野，卷着雪花的狂风一下子将他吹得晕头转向，在他耳边发出冷漠的啸声，使他失去了目标方向。他在旷野中孤零零地挪动着，前面好像有一堵墙矗立在那里，挡住他的前路。昔日的理想变成了暗淡的灯火在很远很远的地方闪烁并黯淡下去……这幕情景，既是病中虚幻的意象，也是他心灵真实的感受。

湘九在病中唯一找过的人，是省里一位分管意识形态工作的领导人。

湘九听说有人提议将他安排去省作协工作。湘九给这位省领导打了一个电话。湘九说，如果让我去那里上班，我当初又何必从部队转业呢?

人们可以在私下对其不屑，却无法当面回答这个问题。他犯了什么错误?抑或是不懂经济工作?因为他写过那么多的书，所以只能去那里工作?这听起来更像一个笑话。每一个干部都曾有过各自的专业，大学里尚未开办过一个纯粹的“领导系”。刚直不阿、敢于直言、坚持真理是知识分子的品质，至少从理论上说，也应当是一名领导干部的基本素质；总不能对他说，你怎么一点也不懂官场的潜规则吧?

人生中，有的伤害在指甲、在头发，失去了可以重生。湘九被打落的是牙齿，永远留下了一个伤口无法弥补。

十八

从湖墅南路到浙赣铁路沿线·绍兴之行·北京

九月底的一个早晨，湘九来到杭州湖墅南路一幢陈旧的小楼前，小楼的地势低于马路路面，一半荫蔽在几株大树的树丛中。湖墅南路就是过去的长征路。这幢小楼对面有个小招待所，从前是建筑科学研究所，二哥从天津调回杭州时，上班就在这里。现在二哥的单位搬到新建的建科大院去了，过去的基本建设局改成了总公司，依然设在这幢小楼里。

湘九长长地叹了一口气，没想到省里还有办公条件如此简陋的一家厅局级单位。从前的他，曾经无数次骑着自行车路过这里，沿着长征路去船厂上班或下班回家。那时候做梦也不会想到，有一天他会在这里停下脚步，或许，就此度过工作中的最后一段历程。

进门后他在楼梯边遇到一位年轻人，那人已经走过去了，蓦然回首，重新打量他。首长！湘九愕然止步。那人立正，向他敬了个军礼。你是……湘九疑惑地问他。我叫王小虎，一九八五年在云南边境见过您。湘九紧紧握住了他的手，说：你是一师的吧？

王小虎是一师的战士，当过班长。退役后进了基建总公司下属的供销公司当业务员。供销公司在计划经济年代有过辉煌业绩，现在却资不抵债，正在为申请破产还是被人兼并争论不休。王小虎神情黯淡地对湘九说，他已经将近一年没有领到过工资了，今天来看看老同事们，顺便“混一餐饭吃”。

王小虎的叙述将湘九的心情搞得更糟糕。他上了三楼，走进党委书记兼总经理老余的办公室。个子矮小的老余坐在一张至少已有二十年历史的旧办公桌后面，看到他进来就站起了身。老余说：欢迎你来帮我分挑些担子，供销公司等几家准备歇业破产的公司就归你分管吧，还有行业上的产业结构调整工作。

湘九永远也忘不了，他来到这个新岗位的第一天是如何度过的。刚走进自己办公室，一群下岗职工就来敲门了，王小虎畏畏缩缩地跟在最后面。办公室太小，这些人有的坐下了，有的站着，围着他七嘴八舌地诉苦。大病初愈的湘九疲惫不堪地靠在椅背上，嗓音沙哑地说：一个个说，请你们一个个说好吗？让我听得明白一些。

我们十个月没领到工资了！我们活不下去了！！

我们要去你家吃饭！……

湘九啼笑皆非。他觉得自己的人生就像童年时在弄堂里滚铁环，滚过来滚过去从终点又回到了起点。他有一种熟悉的亲切的感觉，好像回到了运河边的造船厂。那个嗓门洪亮的老职工很像当年的阿才师傅，那个愁眉不展的大嫂很像他的徒弟忆平。应该的应该的，湘九笑嘻嘻地对他们说，应该到我家去吃饭，谁叫我这么倒霉来当你们的领导呢。可是，我老婆不高兴做饭。怎么办呢？她又不是你们的领导。

职工们不得不跟着他笑出声来。有几位职工来自材料厂，他们已经认出他就是当年与材料厂一墙之隔的造船厂里的那位小张师傅。年长的老师傅甚至记得湘九做学徒、当锻工时的模样。张总，他们说，你的工人阶级脾气没变啊！好吧，我们就宽限你几天！

仿佛一瞬间，他们与湘九拉近了距离。

那天晚上，湘九很迟才回到家，接待了三批上访群众，他唇焦口干筋疲力尽。咪咪做好了丰盛的晚餐，有他爱吃的霉干菜焐肉、尖椒炒素鸡、西红柿炒蛋，他却一点胃口没有。他和衣躺在床上，满脑子乱哄哄的，眼前不断浮现出工人们惶惑、乞求、希冀的面容。后来他从床上起来，进了书房，一边审阅带回来的企业资料，一边冥思苦想。

他们确实太困难了！一共四家流通公司，三家资不抵债，一家受担保牵连。第一次参加党委会，湘九坦陈实况。对年富力强的职工我可以说大道理，但对离退休老同志我能说些什么呢？当务之急，先将他们安置好！

这是他经过调研后提出的意见。他实在想不通，这些公司如何会办成这般模样？名为总公司，实际上仍是行政管理机构，上上下下基本不按市场规则行事。这些公司的老总有没有问题？湘九选择群众反映最强烈的个别人，婉转地提出来。他不得不再一次面对官场的潜规则，谁知道坐在党委会议室的这些人，哪一位是哪一个老总的后台？

没有人承担责任。只是希望他“尽力而为”。纪委书记说，群众反映最强烈的那个人，我们请示上级吧，上级同意立案我们就立案。湘九知道群众反映强烈的何止是一个人，但是，他只能点到为止。

他坐在办公室一张旧桌子前，每天对着文件发愁。别人看“红头文件”，他看“黑头文件”——上任第一个月，他收到法院传票十七张，除了三张是应收款，是他们起诉的官司外，其余十四张都是当被告，被人催讨欠款。

湘九从来没有活得如此之惨。他当过供销科长、厂长助理、副厂长，也当过后勤部副部长和副市长，但那是计划经济或宏观管理。而今，他被卷入了一个个令人抓狂的微观经济的漩涡中。他去建材房产公司时，看到法院的执行车停在大门口，老总阿兔躲在隔壁的丝绸市场里。三家资不抵债的歇业公司，都已让房产公司托管，阿兔经理神情紧张地从一家绸缎店走出来，拉住他说，躲一躲吧，张总您也躲一躲。

躲是躲不过去的，湘九跟阿兔商量，给他讲危机公关。他们一起去法院，去银行，谈调解，谈免息、谈债转股。他们四处奔波，讨债还债，还债讨债。房产公司缺少融资能力，在城郊结合部东一块西一块地搞了一些小项目。

一年多跑下来了，湘九的腰围细了，人也晒黑了。终于，填补了一九九五年以来的亏损，安置、分流了三家流通公司的职工，还债一千多万元，创税利三百余万元，使得留下来的职工重新有了一个生存和发展的空间。

春节快要到了，这是湘九调回杭州的第一个春节。一位领导班子成员敲他的门，摸出一个薄薄的信封给他。湘九马上就意识到什么，他问，谁给的？那位同事笑着说，绍兴送来的，一点小心意而已。湘九心慌意乱地捏一捏信封，说，送点土特产也就算了，这个不太合适吧。同事愣了愣，说，那怎么办，难道你想将它退回去吗？

人家账都轧平了。他说，你叫人家又怎么办呢?!

快下班了，湘九坐在窗前发呆，他发现自己愈来愈容易伤感，一点都快活不起来。信封里不过八百元钱，但是沉甸甸地压迫着他的心怀。他想起刚到赤州那一年，也是春节，他在某个党组会上提出将购物卡退回去，他因此而成为不受欢迎的人。历史的经验告诉他，如果他不收下这笔钱，就会再一次成为众矢之的。到这个新单位不过才三个多月，得罪的很可能不是少数人，上级不会因此而表扬他，只会说他搞不好班子的团结。

电话铃声响起，他拿起听筒。老战友建华在遥远的中原向他问候新春。窗外天色已暗，飘起了雪花，刺眼的雪光泛在窗子上亮晶晶的，改变了空气的颜色。建华调到纪委去了。湘九说，正好向你咨询一下，这笔钱该怎样处理？建华在电话里叹息，叹息他依然是那样的书生气。建华说，吃掉吧，请同事们吃掉了，什么事也就完了。

这个春节过得很不踏实，心里老是惦记着：用什么方式把这笔钱吃掉？请哪些人吃掉？初一上午，电话铃声又响起了，却是浩将军从北京打来的。老首长说，你的身体如何，全家都好吧？湘九说，我戒烟了，身体已经完全康复，谢谢首长关心，我们全家向您拜年。首长说，戒烟好啊，前几天我老家来了几位父母官，抽烟，抽得我的客厅里烟味一个星期都散不去，我只好写了幅字贴在客厅墙上，“请勿抽烟”。湘九尴尬地笑，没想到首长又说了一句心软的话：那你写作时怎么办呢，不抽烟会不会写不下去？

我不写了。湘九报告老首长，这个单位机关不像机关，企业不像企业，开展工作很困难。我也没有时间和精力再创作了，等我退休后再说吧。

湘九听到首长的叹息声，他怀着同样沉重的心情感受老领导对他的惋惜和批评。转业时浩将军对他说过“书生意气”四个字，这四个字似乎囊括了他的全部优点和缺点。湘九无奈地说，首长，有点书生气也好啊，有点书生气的人，至少不会太腐败么。

在一个被边缘化的单位里，湘九作为一名被边缘化的干部，竭力地保留着他的“做人的道理”。过完春节上班第一天，湘九对办公室主任说，请你陪我去一趟绍兴吧，行业上有些工作要跟那里打个招呼。那里搞了一个大型建材项目，国家有关部门认为是重复建设项目，且未批先建，分管副省长批示，让湘九与地方政府协调处理。

湘九见到了当地的经委主任、行业管理办公室主任等，他们大叹苦经，地方当局要对 GDP 负责，因此，对宏观调控的政策颇有微词。

那天的招待十分丰盛，雕刻华丽的门廊，方格子嵌板的房门，装着饰花的、精心设计的玻璃窗、水晶吊灯，大酒店包厢里宾主同庆新春。湘九知道送钱的是行管办主任老屠，湘九说屠主任你太客气了。老屠似乎已经听说湘九当时的为难，一个劲儿说，哪里哪里，一点点小意思而已，不成敬意。

宴请快要结束时，湘九起身上洗手间，他拐到收账台前，问今天这餐饭要多少钱，账台上小姐说九百八十元，湘九付了款。

宴请结束了，老屠匆匆从账台跑回包厢。张总，您太不够意思了！他的话让举座一愣。老屠说，你们下来检查、协调工作，招待你们是我们的应尽之职，怎么能让您付钱呢？

湘九在一片指责声中红着脸解释。他说，我无功受禄于心不安，今天这餐饭仍算是你们请的，我只是把不该拿的钱送回来罢了。这件事，他瞟一眼同去的办公室主任说，到此为止，谁也不准回去反馈给其他人，明白吗？

办公室主任好像不认识似的看着他，半晌才点点头。

几年过去了，老屠出了经济问题，失去了自由。有一天，当年总公司的一位下属专程拜访湘九，说她和同事去劳改农场探监，老屠特别提到了他。老屠说，他在狱中看到报纸，报道湘九又开始创作，出了一本新书。老屠请求湘九送他一本书，请她下次探监时给他带去。老屠说，这是他在狱中最迫切的一个愿望。

湘九瞧着这位言辞恳切的老部下，一时无言。

捎话的人拿着书走了，湘九依然沉浸在无边的思绪中。老屠工作几十年，阅人无数，跟省里不少厅局长、处长打过交道，他跟湘九却仅仅是见过两三次面而已。老屠被判的刑期不算太长，转眼也快出来了。在服刑的上千个日日夜夜中，他为什么特别地难忘对湘九的短暂记忆？为什么他的最迫切的愿望竟是读到他的一本新书？这本书是湘九离开文坛十年后，厚积薄发，呕心沥血写出的一部长篇小说，展现了改革时代人们的命运以及金钱、权力、亲情、品格在这样一个特殊的时代碰撞、交融以至于撕裂的历程。这个时代多少的震骇与伤感，最终化成了一组组悲天悯人的词句，寄托着湘九的情感与忧虑。

或许，正是监狱中的远离浮华与尘嚣，使得老屠能够如梦醒之人，体会到一介书生的忧患意识？

写作这本书，始于二〇〇二年，其时湘九在省作协兼了一个副主席。杭州市作协的老薛说，你有八年没出过作品了吧，你怎么还好意思兼这个职？湘九听之难堪，当晚就铺开稿纸。写了一个标题。他习惯地摸烟。戒烟五年了，口袋里哪还有烟呢？湘九仰天长叹，跑到街上买了一盒“利群”。对不起老首长了，对不起各位关心我的朋友，他坐在灯下猛抽一口烟，自言自语。我娘生我的哥哥姐姐们时不抽烟，生我时却抽起了烟。我在娘胎里就受到尼古丁的熏陶，不抽烟实在是写不出好文章啊！

他以一年时间写出这本五十万字的长篇小说，拿到样书首先寄给浩将军。老首长在夏天的北戴河以半个月时间读完此书，打来电话说，这是他近年来读到的最好的一本书。首长又说，我从字里行间闻到一股浓烈的烟草味，你又破戒了对吗？

湘九唯有讷讷。

一位姓苏的老局长病逝了，湘九赶到病房。老局长患肝腹水，遗体肥胖而沉重。遗体下的床单上，有一摊浓浓的污迹。湘九对人事处的两位干部说，你们一个捧头一个捧脚。他自己伸出双手，插在遗体腰部，抱起遗体放到担架上去。他们把担架车推到太平间，湘九又伸出双手，将遗体抱到平台上放妥。苏局长的遗孀流着泪，握住湘九的双手说，没见过您这样的领导。

走出医院后，湘九对人事处两位干部说，为什么我要这样给人做孝子，你们不明白对吗？一个字，穷。懂吗，单位穷，谈不上多少抚恤，遗属们见了我这样做，心里才会气顺一些！

单位穷跟你有什么关系？又不是你造成的。当领导的都像你那样做，还要护工与子女干啥？一位下属不满意地嘀咕，你打过仗，见过的死人多了，别人怕都怕煞了！

人事处副处长老盛是转业军人，在湘九属下当过干休所副政委。老盛无限感慨地说，这不是有没有打过仗的问题，说到底，还是湘九老总对老同志有感情啊。

湘九却闻言怔住。他对苏局长有感情吗？似乎谈不上。苏局长去世前，他去看过他两次，谈谈现在的生活，聊聊过去的战争岁月。苏局长是浙南游击队的老兵，湘九恰巧知道一些浙南游击队的历史。他们聊得很热络。苏局长老两口都有文化有涵养，一派儒雅风格。湘九对他们印象不错。

如此而已。

有些做人的基本要求是从小养成的，比方说对真善美的追求，比方说尊老爱幼、以人为本，是母亲身教言传，是老师耳提面命的结果。

街上飘着雪花，银色的、暗暗的雪花，迎着一夜未熄的街灯在斜斜地飘落。做一点好事，湘九便有一天的好心情。雪停了，街灯熄灭了，阳光出来。闪烁的阳光在办公室的窗子上跳舞，小鸟跳上挂满白雪的树枝。湘九已经完全接受了命运的安排。那一年是一九九八年，他已经四十八岁，“在上位而不骄，在下位而不忧，故乾乾因其时而惕，虽危而不咎也”。是的，他只要俯仰无愧，还有什么可烦恼的呢？

尴尬的事情却总是难免。

供销公司的经理龙某终于被“双规”了。

省纪委的人已经到了总公司，就在湘九隔壁的房间坐着。湘九找龙某谈话，给他最后一个机会。湘九和颜悦色地对他说，有问题你就对我说吧，说了就是你主动交代的，我会向有关部门证明。作为分管领导，我真心希望你能抓住这最后的机会，咱们以诚相待。

一位伟人说过，“扫帚不到，灰尘照例不会自己跑掉”，湘九觉得这确实是一条真理。龙某人强作镇静地看着他。这是湘九上任后第一次正式找他谈话，湘九不希望这也是最后一次找他谈话。龙某人却体会不到湘九的良苦用心。他西装革履，头发梳得油光锃亮，说话时露出被烟草熏黑的牙齿。这是一个体格健壮身材保养得很好的中年人，湘九自愧弗如。

我认识您的夫人，这是龙某人说的第一句话，我教过她跳交谊舞，我们都叫她“咪咪”。

湘九傻愣在那里。

他没有被激怒。他为自己能够保持镇静，保持从容、宽宥的心态而感到高兴。是的，咪咪是学过跳舞的，大概在八年前，他还在济南时，这说明得了什么呢？湘九不动声色地看着龙某人，看得他渐渐地低下头去。我听说你是舞池里的王子，湘九慢条斯理地告诉他，但是你却再也不能去跳舞了，除非你把所有的犯罪行为彻底交代清楚。

有时候，仅仅是有时候，如今已变得像无锡大阿福般慈眉善目的湘九，还是有那么一点点威严的。那时候，他的双眸似寥廓的苍穹萧瑟寂寞，又似犀利的弓箭蓄势待发。人们往往在这时候才会想起他的人生背景：他是两代军人出身。每临大事有静气，这是母亲，也是老首长赠给他的话，这股静气蕴涵着扬眉剑出鞘的铮铮声响。那一刻，龙某人有了些微的眩晕，他的思想仿佛跌入了一个无底深渊，在那里疯狂地打起转来。

很可惜的是，当代的经济犯罪分子，往往都以为自己是世界上最聪明的人，他们总是不见棺材不掉泪的。龙某人摸出一支烟。虽然，他的手抖得那么厉害，将打火机打了好几下也没点燃烟，但他还是抱着侥幸的心理说道：

您去问一下尊夫人吧，她应该知道，我是一个规规矩矩的人。

你只是教她跳过几次舞而已，她怎么知道你有没有犯过法？

她的同事中有好几位都认识我，请您看在她们脸上……

湘九笑了，嘲讽的笑，笑得没声音，有力量。谁也救不了你了，只有你自己才能拯救自己！湘九站起身来，脸上堆起了一层富有表现力的皱纹，他咬着嘴唇，抬起手腕看表。老实交代吧，过了这个村，就没这个店了。

我可不是当年的老渠，他不无自嘲地想，你更不可能与当年的我同日而语。

确实如此，谁也救不了龙某人了，而他自己却也没有把握住这最后的机会。省纪委一位处长推门而入，向他宣布了“双规”决定。当面色苍白双腿哆嗦的龙某人被带出去时，又一个戏剧性的场景出现了。这位处长转过身来，握住了湘九的手。他说：

湘九同志，我女儿是又佳的同学，从小学到中学，她俩都在一起，我常听女儿说起你们一家人……

实在不是寒暄的好时机，湘九只好拍拍他的手背说，方便时再聚吧。湘九站在门前，目送他们离去。他的心情错综复杂。一个是老婆的熟人，一个是女儿的“伯父”，本来都是普普通通的人，在同一个和谐社会中可以聊聊天，可以喝喝茶交交朋友的人，却不得不扮演了截然对立的两种角色。这就是人生吗？真善美总是与假恶丑矛盾地交织在一起的人生？

那天晚上又佳在家，她从北大回来，去了省电视台实习。一只夜莺在楼下的树上唱歌，一对蟋蟀在树下谈情。又佳数落妈妈，妈妈你交的都是些什么朋友啊，净给我们丢脸！咪咪气急败坏地说，我跟他根本不是什么朋友，我有个同事跟他认识，她带我去跳过两次舞而已！湘九挥挥手说，算啦算啦，我只是提醒你们，今日之社会真的太复杂了，为人处世都要更谨慎一些。

中央全会通过的决议指出，要切实加快工业改组改造和结构优化升级。综合运用经济、法律和必要的行政手段，依法关闭产品质量低劣、浪费资源、污染严重、不具备安全生产条件的厂矿；淘汰落后设备、技术和工艺，压缩部分行业过剩生产能力。……通过主动退出和积极调整，提高资源配置效益。

这真是一件苦得不能再苦的苦差事。

一座座厂矿办起来，有的是百户千家入了股的，有的是当地有权有势的人当的大股东，你关他的厂矿拆他的设备断他的财路他岂能善罢甘休？还有的是老国企，历史负担重，与新企业、新经济组织的竞争本来就不公平，不在一条起跑线上，没有能力改造设备、更新技术，你将它关停并转它就会向当地政府要饭吃，就会告状上访甚至卧轨阻断交通。稳定是压倒一切的任务，你怎么办？

分管副省长对湘九说：你要创造性地开展工作，在夹缝中闯出一条路来！

湘九心中涌起一股舍我其谁的悲壮之气。没有人愿意干的事才会轮到他干，这是他早已看得很清楚的现实。他想，干得好也算是一桩事业、一种贡献吧。基建行业结构调整领导小组成立了，由湘九牵头。只说大行业中的一个分支水泥厂吧，全省就有四百多家，要在两三年内关停并转二百家机立窑水泥企业，简直如同天方夜谭。

湘九在浙赣铁路沿线奔走。

省内的水泥生产企业基本上都布置在铁路沿线，这跟交通运输有关，更和矿山的分布有关，本省的石灰石矿大都在浙赣线以西。湘九北面跑到与安徽江苏交界之地，南面跑到与江西福建交界之壤。最后，他选中了一个县级市，拉开全省基建行业产业结构调整的序幕。

这是一座既缺乏石灰石资源也缺少煤炭资源的小城，却因为当年备战备荒，处于“小三线”的地域，建起了几十家大大小小的水泥厂。事先，湘九已跟当地政府领导多次协商，双方对产业结构调整的认识基本达成了一致意见。因为原料都得从外地，甚至邻省运来，成本太高，无法在市场上竞争，再加上能源紧张，消耗太大，财政收入年年下降，从外地调来的市长同志愁眉苦脸地对湘九说，我在这里，什么事情都很难干成啊。

湘九坦率地告诉市长和分管副市长，迟拆不如早拆，因为分管副省长给他的拆窑补贴实在少得可怜，带头拆的自然补贴给得多些，滞后的一分钱不给，还要通知各级银行不得再贷，今后的技改项目也成问题。他带着手下几位工作人员，起草了一个《结构调整实施意见》，核心就是在市场机制条件下进行调整，调整的方式，则由单纯的政府导向向发挥市场作用方向转变，而调控的手段是多管齐下。

这个脸色铁青的当兵出身的结构调整领导小组组长和他的斩钉截铁的解说令那些分管县、市长心里发慌，若是拖不下去仍然要被动地拆窑，真的一分钱也拿不到的话，同僚骂，群众闹，谁他娘的受得了啊！

那天晚上，蒙蒙细雨在窗外淅淅沥沥地下着，天地之间显得阴暗潮湿。小城的市长陪着湘九坐在招待所里，看到分管副市长、矿建局局长进来时他的嘴唇动了动，却好像连说话的力气也没有了。市长的脸色很憔悴，他刚从山区一座水库抢险归来，那座水库塌方了。

矿建局局长是湘九在中原军营的老战友，他附耳向市长小声报告什么。

老战友，有什么情况不要瞒着我呀！湘九对他说。

局长红了脸，他想说什么一时难以启齿。市长犹豫了几秒钟，倾听窗外传来遥远而嘈杂的声响。不瞒您了，他咬着没有血色的嘴唇对湘九说，我们的工作没有做好，一些水泥厂的老板和职工找上门来了！

湘九站起身，走向门外。市长拉住他的手，他的手冰凉冰凉的，眼睛里闪烁着一种惭愧而又坚决的光亮。您不能去！他说，这是我们的工作。

湘九却坚持走下楼去。雨下大了，雨水泼打着市府招待所门前的树木花草，招待所小楼在哗哗的雨声中显得孤立无援。迎面走来一位高大魁梧的军人。他向湘九敬礼。湘九认不出他了，听他自我介绍才知道，竟是自己在宁海山头插队时的小伙伴，他替吕劲代课时的学生。他现在是我市人武部的政委。市长介绍说。

我怕您这里出什么事，人武部政委说，我可以带些民兵、预备役人员来维持秩序……

没这个必要，湘九说，这是做群众工作的好机会么！结构调整是一项重大决策，是对国家和人民的长远利益负责。市长，他转身对市长说道，您请他们派几位代表来跟我对话吧……

那天晚上来了四百多人，市长副市长跟职工们对话到凌晨。找到湘九门上的有民企老板也有国企厂长，人武部这位老乡政委一直守在他门外。湘九说，市场环境和游戏规则对经济结构调整的影响越来越大，这与过去封闭半封闭条件下进行的结构调整当然应该有明显的不同。省里支持你们把小水泥拆掉的同时上低消耗高产出的回转窑，谁主动谁得益。你们还闹什么呢？赶紧回去做好职工的安抚工作吧，否则到时候熟练的技工们都往主动进行技术改造的企业去了，你们后悔也来不及了！

夜深了，房间里烟雾弥漫，湘九打开所有窗户，烟雾凝滞在潮湿沉闷的空气中经久不散。电话铃声骤然响起来，竟是老范打来的。湘九这才想到，老范就是本地人。湘九，我们在任何时候、任何岗位上都要有群众观念！你要体恤民情，不能将眼睛只盯着上面呀！你把小水泥厂的机立窑都拆了，工人们将如何生存?！……

老范的话，分量重得使湘九被压得喘不过气来。如今的老范，已经与从前大不相同，虽然仍是一名军分区政委，正师职大校军官，却已成为被媒体竞相报道宣传的全军模范领导干部，而且还有进一步看好的趋势。湘九听已经担任总政首长的袁副主任说过，老范可能被树为全国领导干部廉政建设的典型。不久前，湘九还给老范打过电话，替老首长问过他本人的想法。湘九替他分析说，当典型有利有弊，利是还有往上走一步当将军的可能，完成一个山里孩子最伟大的人生梦想；弊是你上了这棵树就再也下不来了，你得没完没了地经受各方面的调查，你得永远保持一种榜样的姿态。

这可是很累的事。湘九说。

当时，老范沉默了半晌。

我经得起调查的。沉默半晌之后他如此回答湘九。

湘九明白了。他把老范的回答转告给了袁副主任。湘九仿佛看到一个活着的孔繁森在音乐声中向他走来，背景是红日与高山大海。

历史走进二十一世纪后的某一天，湘九和咪咪走过解放路一个宣传橱窗，看到一张宣传画。画面上有三个人，雷锋、张海迪、老范，代表了三个不同时期的模范人物形象。咪咪沉默了一会儿说，两个是你的好朋友。湘九点点头。雷锋去世太早了一点，如果还活着的话，也会跟我交朋友的。湘九牛皮哄哄说完这句话，两口子都笑了。咪咪的眼眶里笑出泪花，太阳在她的泪珠上闪烁着晶莹的光亮。

他们知道，能够说出这样的话，多么地不容易。

这是后话，而在那个沉闷的雨夜，湘九却什么话也说不出来。老范是他的战友、兄长，人生道路上的一位引路人。老范的正直和对弱势群众的同情，正是他俩友谊的基础。但是，正像阿明所说的，即使是最公正的领导，也有不公正的时候那样，老范今天给了他很不公正的压力。

湘九有一肚子话，想对老朋友老领导说。他想告诉他，中西部地区的发展跟东南沿海地区不能相比，这里的产业结构调整应当而且必须走在前面。他还想对他说，眼前利益和长远利益比较，孰轻孰重，老范你得好好地想一想。我们正是为了最广大群众的根本利益而处在艰难奋斗的一个过程之中！这句话已经到了湘九的嘴边。但是，他说不出来。跟老范讲明白这些道理，可能需要请他去上一个学期的现代经济与社会发展课程。

湘九对还没离去的两位企业老总说，你们走吧，有什么想法，明天把机立窑拆了再说。

上访者走出门去，老范却在电话里发火了。你说什么？湘九，你叫我等你明天把机立窑都拆光再说？……

湘九傻了眼，赶紧说不是不是，我这是在跟别人说话。老范却接受不了了，开始粗声大气地训他。湘九仿佛见到这位老领导气得发抖的样子，仿佛见到门外有人正在竖起耳朵倾听的表情。湘九说：

老领导，请你认真学习一下中央全会公报吧！……

同样的通话后来也曾发生，是在家里。湘九又要拆浙中某地几座顶风而上的新建机立窑。那里不是老范的老家，却是他担任市委常委、军分区政委的所在地。当时，咪咪听到他跟老范这样说话，脸都吓白了，她夺下他手里的电话，对老范说：范政委，您别急，有话好好说，湘九这两天心里烦……

他烦什么？他这是不顾工人群众的死活……

老范砰的一声摔下了电话。湘九一抖，身上有一种被割裂的疼痛。

天晴了，太阳从苍苍的山巅后面露出来，一架臂吊凌空而起。高高的烟囱倾斜了，摇摇晃晃地倒塌下来。头戴安全帽的湘九站在塔吊前，手里挥动小红旗。他的身前身后，有人鼓掌，有人落泪。

从一九九八年至一九九九年，湘九带着由八个部门派出的人员组成的工作组，拆毁了省内一百四十七座高耗低产严重污染生态环境的水泥机立窑。

几乎每拆一座窑，都会陷入"人民战争"的汪洋大海之中。湘九好像一个被包围在天罗地网中的人，同事、亲戚、朋友，凡是能搭上话的人，都成了找他做思想工作的说客。他捂住耳朵，不听电话铃声，听到门铃响了，他也不敢去开门。咪咪踮着脚，无声无响地走到门边，透过猫眼往外瞧，看到一张张熟悉的面孔、陌生的面孔，手里都拎着礼品。咪咪屏神凝息地任凭门铃声一遍又一遍地响，硬着心肠不开门。又佳回家后，听到有人揿门铃，打开第一道门，外面还有一道铁制的纱门，又佳隔着这道纱门对来访者说：对不起，我爸爸不在家，他临走时吩咐过，我们不能接待拎着礼品上门的客人……

国家有关部门派来了两位年轻的特派员，他们目睹了湘九和部下们艰苦工作的过程。星期天，湘九把他俩请到家里，让咪咪做了几个菜，招待一下。特派员说，张总您给我们的感觉，好像不是在干这桩最苦的差使，您干得还挺有滋有味似的。湘九苦涩地笑。舞台虽小，总还算是个舞台么，有戏演就行！他说。他不清楚自己演得好坏，只知道自己对这个角色，已经是全身心地投入了。

两位特派员相对一笑，似乎对他有了一种新的认识。

北京召开行业结构调整会议，湘九忐忑不安地前往，他想自己毕竟是个新手，怎么能跟其他省的同行比呢？他下了飞机，不但见到了两位特派员，后面还跟着办公厅主任和行业管理司司长。跟湘九同去的部下说，主任和司长亲自跑来机场迎接咱们？这可是从未有过的事情！湘九赶紧跟他们握手，连声说不好意思不好意思。办公厅主任笑了，说：乔副局长等在招待所呢，会前要跟您聊聊，你们省干得真是不错啊！湘九站在机场出口处，愣了好一会儿。

完全出乎湘九的意料，他们对传统产业进行清理整顿和结构调整的力度和进度，竟是走在了全国各省、市的前面。从增量和存量两个角度同时推进的调整，特别是他们制订的方案与实施意见，引起了国家有关部门和国务院分管领导的重视。乔副局长是个中等个子的南方人，却在北方工作了几十年，他的青年时代献给了大西北的矿山和车间，南北结合，养成他仔细、认真、沉稳和果敢的风格。一见面，湘九就向他汇报。他一面听湘九汇报，一面匆匆浏览湘九带去的材料，愈听愈看，愈兴奋。乔副局长对湘九说，本来打算中午陪你吃饭的，现在我就不陪了，我得赶紧去向局长汇报！

湘九忘不了那天下午的汇报。一屋子部级、司局级干部，还有相关的报社总编。起初，湘九有些拘谨，渐渐地，随着各位领导的提问，他就放开说了。当然，他没有忘记强调这一点：本省的情况还是与兄弟省市，尤其是中西部地区有所不同的，本省改革开放的步子迈得较早，市场经济意识较强，民资丰厚，顺应结构调整的基础相对较好。一方面这是实际情况；另一方面，他怕给兄弟省市造成太大的压力，并非只是谦逊。他的意图，让大多数与会者心领神会，因此，主持汇报会的国家局局长微笑着，说道：

将你的这番心意放到明天的大会上去说吧，他们会感谢你的！

湘九面红耳赤，人们哄堂大笑。

国家局局长说：

湘九同志，你对本行业很熟悉啊，是这个行业的出身吗？

乔副局长替他回答。他说：

湘九是军队转业干部，转业时间不长。

众人都有些惊讶。国家局局长感慨地说：难怪你真敢干啊，原来是初生牛犊不怕虎！

这句话还真是说对了。后来几天开会，各省的主任、厅局长都是老家伙，聊起各自的难处，湘九才知道哪一行都是水深莫测，像他这样跳下去就游泳的，真可谓胆大包天。他想想都感到后怕。

但是，事情做到了这一步，已经由不得他。领导们当场决定，对他们的结构调整方案和实施意见，有关新闻媒体要大力宣传报道，要在会上作专题介绍，他们提供的经验和行之有效的做法，要用作国家制定相关政策的参考。乔副局长后来当了国务院国有重点大型企业监事会主席，若干年后，他对《解放军报》一位记者提起湘九，他说：我听了几个省的汇报，大同小异，谈困难多，落实措施少。湘九的发言却是有理论有实践有政策有办法，听他有板有眼地讲如何创造性地开展工作时，我认定他是一位工业经济方面的专家，后来才知道，他不仅是军转干部，还是一位作家……

湘九通过大量调查，主持了本省建材工业“十五”规划和二〇一〇年远景规划编制工作。新安江边某市的分管副市长小程找到他，吞吞吐吐地汇报，想引进总部位于安徽的海螺集团，建设一座现代化的大型水泥生产企业。当然，他们也深知这事必将引起的风险：海螺在杭州想搞一个粉磨站都受到了本地数十家企业的联合抵制，联名抗议的信件接二连三地送到省长案头，开工几度受阻，身穿迷彩服的人布满现场呢。

压力越大，湘九的意志越坚定。湘九对新安江的四套班子领导说，从长远看，拆除了小窑小矿山的建材市场必然要以现代化大型企业产品去占领它，如果我们不采取主动，才会被彻底地赶出本省市场哪！我支持你们。湘九旗帜鲜明地说，只要符合国家政策和本省的长远利益，眼下不被人理解的风险，我承担了。

湘九和程副市长惺惺相惜。当天下午，湘九就给天津水泥设计院打电话，请他们立即来人搞设计方案。天津院是国家级大院，第二天就派出由一名副院长带队的设计组赶往浙江。程副市长是个实干家，天天开着车跑批文，三个月跑坏了四只轮胎。他们心里都很清楚，他们每天都在得罪着一批既得利益者。湘九满怀歉意地对程副市长说：我已经无所谓了，仕途已经走到头了，你却来日方长啊，千万要注意，不能步我的后尘！

程副市长说步您的后尘也没办法，当官一任造福一方，我别无选择。程副市长后来当了政协主席，时年仅四十六岁。现代化的大型建材企业在新安江畔、在富春江边、在浙赣铁路沿线一座座建立起来了，水泥厂减少了一半，产量却翻了不止一番。粉尘扑面的车间消失了，全封闭式自动化流水线造就了生态平衡。终于有一天，老范来看湘九了。老领导嘿嘿地笑着，笑得湘九心里发慌。湘九说，老范你别这样看我，我害怕，我又有什么犯错误的把柄落在你手里啦？老范终于收起笑容，叹了一口气。

老范很认真地对湘九说，当初我没你看得长远，现在看来，是我误会你了。

刹那间，两位老战友都红了眼眶。

庆功宴上各级官员济济一堂，却没了湘九和程副市长的位置，他俩跑到新安江边一家小饭店去喝酒。程副市长捧起酒杯，泪水滴落杯中如江面涌起波浪，他说：平生得一知己足矣，我认识您，此生已无遗憾。

湘九跟不少农民企业家成了朋友。杭嘉湖平原上一家建材企业的老总姓卫，从前经常摇着船到杭州收集垃圾做肥料，自称“垃圾老卫”。湘九拆他的土窑，帮他引进外资，帮他联系设计，安装设备，技术改造，成为本省第一家利用余热发电并网成功的企业。老卫获得了联合国开发署、联合国工业发展组织和农业部共同执行的“中国乡镇企业节能与温室气体减排”国际合作项目，得到了全球环境基金资助以及国家开发银行的大力支持。

昔日的“垃圾”西装革履，面对一群记者侃侃而谈。我们的做法完全符合《京都议定书》的要求。湘九为之喷饭。什么叫《京都议定书》？日本的首都不是叫东京吗?！两个月前，老卫还这样问他。

浩将军特意在北京家中接见了湘九。浩将军说到那封他在赤州当副市长时写给老首长的信。你的信写得很好，振聋发聩，但是我考虑不够周全，没想到，地方上如此复杂。湘九的心疼痛地痉挛一下，无语凝噎。他好像一个闯荡世界的游子，回到老家，见到了长辈，欲说还休。

又佳即将从北大毕业了，浩将军关心她的毕业去向。湘九很辛酸。一名北大国政系的高才生，报考杭州海关一个文秘职位，笔试名列前茅，居然会在面试之后落了榜！又佳的体格形貌、谈吐交流，无论如何不应该是这样的结果啊。湘九也不是没有托过人。他带着女儿去拜会过一位副关长、一位缉私分局副局长。也就是拜见而已。别人怎么做的，他不知道，也不想知道，他做不出。得知落榜的消息，又佳三天时间瘦了一圈，回程时，竟至昏倒在了火车的盥洗间里！

浩将军说，又佳，你想不想参军？部队需要名校毕业的高才生。深受打击的又佳已视体制潜规则为畏途。她说，自己要选择比较自由的职业。浩伯伯，您看看我爸爸，就知道活在体制内有多累了！她怕老爷子不高兴，又开玩笑说：如果我参军，我爷爷当到中将，我爸爸当到大校，我却只能当个上尉，我们家岂不是一代不如一代了？

浩将军对湘九的评价是刚直不阿，脾气不好。他问湘九后来有没有再跟人打过架。湘九不无尴尬地说，不打了，成熟多了。老首长闻之大笑。那天晚饭，浩将军留他们父女俩在家中吃。饭后，又佳要跟浩伯伯合影。又佳说，伯伯，您换上上将的军装吧，照得更神气一点！首长乐呵呵地答应了，走到卧室去将便衣换了，换上军装出来。又佳依偎在老将军身边，镜头一闪，留下了永远的纪念。湘九情不自禁对女儿说，你要记住，没有浩伯伯对我们一家的关心帮助，就没有我们的今天。这话不对，将军却收了笑容，认真地对他说，是人民对你们一家的帮助，是你母亲对你们的教育，加上你们自己的努力，你们才有了今天。

海纳百川有容乃大，壁立千仞无欲则刚。将军的气度深深地感染着他们。他们从老人身上看到古往今来忠臣良将的博大胸怀。老首长拍着又佳的肩说，希望寄托在你们身上。他的话很平常，又佳在学校听无数位老师说过无数遍，却从未感到如此沉甸甸地语重心长。北海的白塔在夜幕中影影绰绰，街灯泛着淡紫色的光，将军送他们出来，又佳的神情显得庄重肃穆。她沉思着，好像一下子长大了许多。

又佳确实长大了，考上了研究生。毕业后她走上社会。后来，当伊拉克上空的硝烟还未消散，一场 SARS 风暴已骤降人间，又佳义无反顾地走向了疫区走向禁区，客观公正地向世人报导灾情。为争取人民大众的知情权，为体现对个体生命的热爱与尊重，湘九一家人不仅经受了灾情，还接受了来自各种层面的沉重压力的考验，个中滋味难与人说。彼时，浩将军又到了杭州，特意将又佳从北京召回，了解一线民情，给以亲人般的慰问。当湘九说起又佳也有考虑不够周全之处时，将军却将大手一挥，言语铿锵而斩钉截铁地说道：

对又佳，对她这样的年轻人，不能求全责备！

世界反法西斯战争和中国人民抗战胜利六十周年到来之际，浩将军赠给又佳一块字匾。浩将军说，又佳结婚了，我不送其他礼物，送她几个字，挂在新房里作个纪念。

红檀木做成的匾上，雕刻着大气磅礴遒劲有力的四个金色大字：忠良传家。

以浩将军的身份地位，轻易不会给人如此题词。湘九全家抚之感慨万千。九泉之下的父母亲大人，你们可以瞑目了，功过是非，自有历史公论！二姐、梅姐、兰姐，大哥和二哥，在匾下为父母上供。香烟袅袅，挥之不去的万千恩怨情仇，伴随着逝去的忠魂飘荡于天地之间。湘九猛地跪下，咚咚咚，给父母亲叩三个响头，起身时已泪飞如雨。

又佳的丈夫，四川古蔺人，在乌蒙山区，红军长征四渡之赤水河畔长大的人，一个文弱书生。他摘下眼镜，揉揉湿润的眼眶，怯生生地对又佳说，这块匾挂在我们家里，我的地位就大不如你了，你不会因此而欺侮我吧？

这是调侃，因为文弱书生只是这个女婿的外表，他的骨子里却有一股从大山里走出的刚强和坚韧。他担任常务副主编、执行主编的那一家媒体，在中国的改革和民主化进程中，以其敏锐的触角和深沉独到的见解，令世人注目。此前此后，从指出一个“银广厦陷阱”，到揭开一道“基金黑幕”，又爆出一位“庄家吕梁”的真相，再提出一个“谁的鲁能”问题，如此等等。这个瘦弱白皙的年轻人，与他的同事们一起经受了一次又一次威逼利诱的严峻考验。人们真的很难想象，在如此一个瘦瘦高高的书卷气浓郁的年轻人身上，如何会有这样顽强的意志和生命力。有人因此对湘九说，天下像父亲的儿子很多，如此像岳父的女婿，确实是太少见了。

这个女婿久久地瞧着浩伯伯的题词，然后，认认真真地对湘九说道：

爸爸，将来我和又佳有了孩子，会把外公外婆和你们的故事讲给他们听的，您放心吧，“忠良传家”这块匾，在我们家能够继承下去。

冬天的街道上人迹稀少，湘九从饭庄出来，将一只手搭在一位身材矮小的朋友肩上。他太兴奋了，喝了些葡萄酒，有些失态。湘九忘了朋友的身份：部长，中央委员。后来湘九想起这个夜晚，常常为此而感到后悔。人在任何时候都不该忘了各自的身份，居下位者不能在上位者面前忘乎所以。

朋友是罗勇介绍的，是他的贵州老乡。朋友从贫困的大山里走出来，在北京外交学院读书时名列前茅，毕业后从驻外使馆的三秘干起，一直干到大使。一位从长征路上走过来的将军外交家看中了他，他成为将军家的乘龙快婿。朋友成为部长后仍保留着平民习气，湘九和罗勇请他吃饭，他总是乘坐夏利出租车往返。有一次，湘九狠狠心请他到北京饭店聚一聚，他来了，却说，我们吃自助餐吧，省点开销。

三人边吃边聊，慢慢地变得推心置腹。朋友说，我现在还是常务副部长，干部问题不便轻易表态，以后有机会了可以考虑将你调来。罗勇说，湘九农工兵学商加党政都干过了，一定能够胜任你们那里的工作。湘九不无希冀又不无尴尬地说，我就是外语不行，干不了你们部里的业务工作。朋友认真地思考一会儿说，我们那里有个联络中心，正局级事业单位，还有一家以美元注册的公司，你若是去当中心主任兼公司老总，外语没太大关系。

湘九很想调到北京去，改变一下在某些人手下总是免不了受气的命运。再说又佳从北大毕业后很可能留京工作，将来结婚买房等都是不可轻视的负担。自己若能调到首都一个好单位，这些问题便能迎刃而解了。还有就是，他总还想找个合适的舞台，体现新的人生价值。这世上，找个好领导比找个好老婆还要困难百倍，如果有这样的朋友做上司，夫复何求？

罗勇的夫人忘不了在她和罗勇谈恋爱的日子里，湘九和阿满对他们的帮助。他俩带着罗勇前妻生的女儿，每天去食堂排队打饭的情景，总是浮现在她的眼前。为了帮现在的湘九一把，罗勇夫人跟部长夫人好得像亲姐妹似的。开始，只是在湘九去京公干时，他、罗勇和部长在一起聚餐喝茶，后来就扩展到了夫人。再后来，湘九将又佳，将浩将军的秘书小牟都带去了。

部长是个谦虚谨慎的人，毕竟从山里娃做到高官，经历了太多的人生锤炼。他当上正部长了，却有好长一段时间不再提起湘九调动的事。那时候湘九才知道，部里原先有两个常务副部长。两个人中只有一个能当上部长。湘九感到事情不那么简单了。罗勇给他出了个主意，写封信给老首长，汇报一下他想调到这个单位去的想法，请首长批转给部长。部长在部里提出来时，有了老将军阁下来信这个由头，就会好办一些。

一切都进行得很顺利。二〇〇〇年春节前夕，湘九接到省府大院里一位战友的电话，告诉他一个好消息：中央某部的干部局来人考察他了。湘九连声说谢谢，激动得几夜睡不着觉。这个春节，是他多年来过得最放心最快乐的春节。饱经宦海浮沉的他，不断地告诫自己，调到北京之后，要吸取从前的所有经验教训了，要踏踏实实地干，战战兢兢如履薄冰地干，只许干好不准干坏。冬天去洗澡如果澡堂有桑拿，一定要事先请示汇报；遇到送卡送礼之类，自己不能收，别人收了只当没看见；有人妒忌有人找麻烦的话，他也要坚决地做到打不还手骂不还嘴。一句话，他不能给部长丢脸，不能给老首长丢脸！他的感觉，如同当年特招入伍，只等提着行李去火车站了。

这种感觉实在是蛮有理由的，因为此前不久他去过一趟北京。部长特意将他的情况告知了一位分管副部长。副部长在位于西城区的万寿寺宾馆请他吃饭。那天中午，湘九西装革履，特意将头发焗得乌黑墨亮，显得很年轻似的去接受副部长当面考察。副部长跟他同年，是北大国政系的博士。副部长知道他的学历是小学毕业，后来上过两年大专，倒也没有为难他，没有跟他说英文德文或者日文，只是问他一些经济管理方面的问题。此类问题湘九已是轻车熟路，从宏观到微观，说得副部长连连点头。他们聊得那么愉快，以至于分手时湘九表示感谢，副部长却握着他的手说，别那么客气，我们很快就是同事了。

湘九觉得自己在调京之前，应该把想做和该做的事情尽量都做了。几家歇业的公司里，有几位下岗的年轻人，家在外地，湘九常把他们叫来家里吃饭，还送点衣物之类。这当然解决不了根本问题，湘九在心里常替他们担忧。

春天的一个晚上，湘九焖了一高压锅红烧猪爪，给这些年轻人打牙祭。年轻人说起前段时间那场雷声大雨点小的“整风”，纷纷为湘九、为自己打抱不平。那场“整风”中，群众对干部和干部与干部之间，背靠背提意见。“拉拢下岗职工”是湘九的主要罪状之一。拉拢我们有什么用？我们无钱无势，“三讲”时连进会场给领导打分的资格都没有！小叶愤愤然说。湘九不得不向他们解释：工作组已经说了，这算不了什么错误，如果我们的领导干部都把心思放在“拉拢下岗职工”上面，还要搞什么“三讲”呢？

湘九还有一条罪状，检讨了三次都没有过关。湘九对几位中年女员工说，很快要改制了，行政性公司统统改成企业，行业管理职能要移交到经贸委去。言犹未尽的湘九不该添上一句语重心长的话：你们都不是小白菜的年龄了，而是霉干菜了，如果不一心一意把本企业搞好，再到外面去找工作就麻烦了。

有一个女员工把湘九的话汇报上去，后来就成了一条罪状。湘九对此检讨说，我是工人阶级出身，自以为跟女职工开开玩笑，是跟群众打成一片的表现。整他的人说，你这是在表扬自己，根本没有意识到自己的严重错误。湘九又检讨说，我不该把她们说成霉干菜，应该说她们还保持着小白菜的青春形象。对方更严肃地批评他，你的态度极不端正，你是有意侮辱我们的女干部女职工，你这样怎么配做领导干部！

湘九终于忍无可忍，他不肯再写检查，靠在沙发上闭目养神。工作组组长是位老同志，苦口婆心地向他交底：班子成员的检查材料都由省领导亲自过目，湘九的材料是组织部部长看的。部长是位女同志，在他做检查的这条错误下用铅笔画了一条杠。工作组组长说，你知道其他人都在检查什么问题吗？有的是住房问题，有的牵涉经济方面，而你呢，仅是说过一句“霉干菜”而已！说到这里，组长自己也忍不住笑出声来了，别人都在交代检查，你总不能袖手旁观吧？他说，你更深刻地就这句话狠挖思想根源，不就行了?!

湘九觉得这简直像是一场戏，轰轰烈烈地走过场。湘九在会场上痛心疾首地说，我的玩笑话破坏了领导干部的形象，给组织在群众中带来了不良影响！哄的一声，会场里发出一片笑声，鼓掌鼓得最响的正是一群“霉干菜”。湘九就这样稀里糊涂地过了关。

自然，更容易过关的是某些看上去问题比他严重得多的人。有人借口天太热，老同志就不要来了，将那些比较传统，喜欢讲点真话的人们排除在了门外，又将一些公司已经歇业不上班的人请到会场，给他们打钩。其实，那天的会场设在一家星级宾馆，空调开得凉爽宜人。对老同志来说，本来应该是一个消暑纳凉的好去处呢。

聚餐时说起这些事，下岗职工们又好气又好笑。回忆起三年前拥进办公室向他要饭吃，有人欷歔有人叹息。一个故事流传甚广。一位中年下岗职工，揣了一把刀闯进他的办公室。湘九说，好啊，你把我杀了吧，我当这个鸟官也当厌倦了，你杀了我，我也算是以公殉职，我女儿能拿抚恤金读完大学了！这位仁兄愣了半天，颓然坐下说，我从未见过你这样的厅级领导，我服了你。湘九说，我知道你可怜，也知道你有惰性，拿救济金补助金，你是拿得最多的。湘九说，我再帮你申请一笔补助，你去街上摆个修自行车的摊子好不好？那仁兄说，警察、城管把我抓去怎么办呢？湘九站起身说，我去把你保出来行不？抓一次保你一次。

那人不得不走了，湘九将刀送还给他。以后别再吓唬人了，湘九拍着他的肩说，我在前线当过侦察兵，你吓不了我。

咪咪是最后一个听说这故事的人。咪咪心有余悸地说，这人现在干什么，还会不会杀上门来了？湘九说，放心吧，他在社区当上保安了，不会再杀我了。众人都大笑起来，笑得鼻腔里酸溜溜的。

小叶从南京一所大学毕业，招到实业公司不到三年，实业公司就成了歇业公司。那天晚上，咪咪对他说，听说你连衣服都洗不干净，你将我家的洗衣机拿到集体宿舍去用吧。小叶扭扭捏捏地不好意思接受。湘九说，你要拿就赶紧拿走，说不定明天早晨一觉睡醒，她就改变主意了！小叶猛地蹿出门去，跑到街上去找运输工具。不一会儿，他就气喘吁吁地跑了回来。二十几分钟时间，他居然从柳浪闻莺跑到了湖滨，叫来了一辆三轮车。

为了这些年轻人的生计和前途，湘九四处托人。赤州老书记的秘书进了省政府，分管一个名叫浙江与静冈友好交流的事务局。秘书说，老市长，我给您三个去日本静冈做研修生的名额，您挑选有培养前途的青工去吧。研修生是个好听的称谓，其实就是学徒工，要吃得起苦。秘书说，好在从我这里出去不收中介费，三年苦下来，估计能攒下二三十万元人民币。

小叶、小王只会说几句“日语”。“撕啦撕拉的”“八嘎哑鲁”和“咪西咪西”，全是从电影上看来的。他们向湘九引荐供销公司另一位下岗职工老俞。老俞学过几年日语，当过导游。小叶、小王说，老俞不去日本的话我们不敢去。但是，老俞已经四十六岁了，日方的要求却是三十五岁以下。第一次将名单报过去，静冈事务局回电话说，这个人学成归国，恐怕就要退休了。

老俞说他永远忘不了那个傍晚，天上飘起了雪花，纷纷扬扬地飘落在寒风刺骨的街头。老俞愁眉苦脸地坐在湘九身边的车座上。他们从浙江事务局出来，心情很沉重。老俞出国的希望看来十分渺茫。红灯亮了，车子停在十字街头。老俞指着车前一位挥着小旗子协助警察维持交通秩序的老人，对湘九说：领导，如果您帮不了我的忙，我就只好跟他一样，去挣这三百元一月的苦力钱了。

湘九的心，因这话而猛地收缩起来。那位老人站在风雪中，大半个身子都湿透了，一张凹陷的脸，愁苦的神情，那双冻僵的手很不灵活地挥动着旗子。湘九回首再看老俞，老俞怕冷似的缩拢了身子。湘九知道，老俞的老婆是个评上过劳模的纺织女工，如今也已下岗，女儿还在读中学。车厢里其实很暖和，开着空调，湘九却跟老俞一样微微哆嗦。相比车外的老人和身旁的老俞，湘九想，我凭什么可以每天坐着小车上下班呢？凭什么还认为是理所当然?!

湘九着力改变老俞和小叶、小王的命运。他请浙江事务局给静冈方面发了一份函，将老俞的工作经历和表现告诉对方：老俞是个“老黄牛”式的人物，一贯勤奋努力，自学成才。日方请他翻译一份资料，终于破格认可了他的申请资格。

指责他“拉拢下岗职工”的人，严肃批评湘九夫妇“收了几个干儿子”。湘九连辩驳的兴趣都没有。恰恰是这种人，群众意见最大的人，事后得到提拔重用。湘九曾经认为，每提拔一次这样的人，无疑都是对正派人的一次沉重打击，现在他却已经麻木了。

每一个朝代都有李莲英式的人物。接近大人物的机会多了，“小李子”们便更加有了用武之地。只要你还存一点君子之心，小人的谗言就会一直伴随你。因被妒而被告被参乃至被诬，湘九逐渐视作常态。郁闷时想一想父母受过的委屈和苦难，他便觉得这一切又算得了什么啊。

湘九夫妇为老俞他们准备了几箱食品：霉干菜，榨菜，腊肉和咸鱼水鲞，好像当年送知青去边疆插队。为了在东洋人面前显得体面一些，湘九还送给小叶一件风衣，送老俞一件西便装。为慎重起见，湘九要求他们的家属签字画押，保证他们按期归国，不滞留国外。小王的家在东阳，湘九借着去金华出差的机会驱车前往。小王的老婆已经怀孕了，坐在高高的风火墙下晒太阳。她抖瑟瑟地翘起兰花指签了字，又摁上猩红的手印。湘九转过脸去，不忍看这伤感的一幕。他想起了一个多世纪前沿海农民“卖猪崽”，漂洋过海去旧金山做苦工的画面。

小叶陪着老父亲从兰溪赶到金华。他的老父亲拉着湘九的手，竟是热泪盈眶。湘九说，您老先别感谢我，您千辛万苦将儿子培养到大学毕业，结果却成了下岗职工，作为领导我愧对你们。再说到日本是去当民工，忍辱负重地做苦力做上三年才能有一点点原始积累啊！小叶的父亲说，我明白，但是我仍然深深感激您，若不是儿子告诉我，您不喜欢老派的规矩，我进门就给您跪下了！湘九拿出小叶的“卖身契”给他看，感觉自己就像黄世仁，正在逼着杨白劳摁手印。

湘九吃惊于这位老人家的坚决。小叶的父亲不但一笔一画地签了字，还带来了自己的私章，先盖章，又摁手印，脸上的表情无比复杂而生动。小叶的爷爷土改时定了个富农成分，老人家抹着昏花老泪对他说，那时候我们做梦也不敢想象啊，这孩子还会有出国的一天！

他们通过政府安排去静冈一家化工厂学技术，待遇自然比那个山东民工去修成田机场好得多。小叶抓紧一般人分不清“研修生”和“研究生”有什么区别的时机，赶快相亲，找到了一位幼儿园女教师。小叶身高一米七三戴一副白框眼镜，文质彬彬的模样，再加本科毕业，即将出国，具有极大的欺骗性。幼儿园女教师及其家人都以为拣了个宝，还未成婚，小叶就搬到她家去住了。

老俞更是受益匪浅。一年后回来探亲，还清旧债，全家脱贫。三年如期而归，日本的工友担保，将他高中毕业的女儿送去东京读预科，后来又考上了静冈大学。这个懂事的孩子，年年拿奖学金，业余在超市打工，已无须父母供养。

又佳研究生即将毕业时，这三个人凑了一笔外币，送到湘九家中。湘九又炖了一锅红烧猪爪。酒足饭饱之后，湘九瞪起眼睛，命令他们将钱收回去。湘九说，我的女儿有志气，先参加工作，有了钱才会考虑出国深造。你们瞎忙乎啥，辛辛苦苦地挣来了几个血汗钱，就要陷领导于不义吗？

海峡对岸的两姐弟终于带着丈夫妻子和女儿来到了大陆。二姐、兰姐和湘九去机场迎接。等了好久，这个弟弟出来了，他戴着一顶黑色的太阳帽，上面用白漆写着回乡认亲、祖籍湖南的字样。他的身高超过湘九，体重却远不及他，黝黑的皮肤，头发花白，看上去似乎比湘九还年纪大许多。他推着一辆轮椅，轮椅上坐着他那从小患小儿麻痹症的妻子。他的姐姐瘦小而白皙，说话细声细气，倒像个大家闺秀出身的贤妻良母。

湘九给天津的大姐出了机票钱，请她回来聚一聚。母亲逝世了，她是老大，不管有没有验过DNA，既然来认亲了，总是要欢聚一堂。海峡对岸的姐夫是个已患不治之症的老兵，河南鲁山县人，去台不久就复员了，后来考入淡江大学中文系，又获国立师大硕士学位，此后当讲师、副教授、教授，专攻墨子学说，著述等身。到杭州第二天，他们就去了南山公墓。张家的人，老老小小二十几个，跪在母亲坟前祭奠。教授宣读他在台湾写就的祭文，文采飞扬声情并茂，只是包括湘九在内，多数人都不大听得懂他那用中原口音朗读的四言一句的古文。

这位姐夫，显然是一个铁杆的“蓝营”。从大陆回去不久，他就去世了。湘九和哥哥姐姐们送的花圈，跟马英九、宋楚瑜送的花圈摆在一起。

按照大哥藏在棉袄里躲过浩劫的父母照片，湘九请画家画了一幅油画。画面上父亲身穿国民革命军中将军服，胸佩勋标，母亲身着红色旗袍，腕上戴一只青色的玉镯，满怀期望而又神情郁悒地看着他们。海峡对岸过来的人，虔敬地瞧着这幅油画，泪眼婆娑。他们比之大陆的兄弟姐妹，更不了解已随时光流逝一去不返的张家历史。二姐将母亲临终前的话告诉他们，母亲说他们也很不容易，能够平安地活到今天就是大幸了。他们听之更加伤感，向母亲的遗像连连鞠躬。

他们视湘九的人生经历为传奇。这一点湘九已深有体会。此前此后，不止一位从前的官宦子女从海外来到大陆，怀着十分好奇的心态，拜会过湘九。湘九从起始的不习惯到逐渐习惯，他觉得他们说话用词都跟曹治、跟长青、跟这里的高干子女们一模一样。原一兵团副司令蒋当翊将军的女儿六十多岁了，看上去却不到五十岁的模样。啊，你真是张伯伯的小儿子吗？她拍着白皙柔软的双手说，我们都听说你成了将领呢，我们感到简直不可思议！湘九告诉她，我没有当上将军，而是以大校军衔退役。

大校就跟美国的准将一个级别了，蒋家姐姐说，汤伯伯、胡伯伯家的孩子都说起过你。

湘九迟疑了几秒钟，猜想中，汤伯伯就是汤恩伯，胡伯伯大概也就是胡宗南了。他的猜测没有错。但是，跟他们的对话中，有些词还是需要相互沟通的。比方说“解放”这个词，对方就很不习惯，他们称作“民国三十八年撤退”或“一九四九年撤退”。湘九说，他们的子女都在干什么？我听说好多伯伯的后代都成了演艺圈中的明星对吗，比方说秦汉，比方说叶倩文、刘若英。

刘若英的祖父刘咏尧，湖南醴陵人，跟湘九父亲先后在中央军校、国防部同事，彼时担任军职人事司中将司长。回想少年时母亲跟他说起的这些人事，再看看来访的世交后人，湘九真是觉得沉浸于一个非常遥远的梦境中。但是，湘九感到骄傲，他没有去混迹演艺圈，而是继承父辈建功立业。那些人眼里最不可思议的事情他做到了。因此，虽然他的钱财、名气、“粉丝”远远没有他们多，但他的成就感并不逊于他们。

听说汤伯伯有个女儿在上海，张伯伯也有个孩子在大陆，你知道吗？

此“张伯伯”非湘九的父亲，而是大名鼎鼎的七十四师师长张灵甫。湘九苦笑着摇摇头，他怎么可能知道这些人的下落？怎么可能跟他们有过往来呢？他只知道，孟良崮一役，张灵甫饮弹而亡。这是他在电影中看到过的。他参军时的老部队，也参加了那场战役。

半个世纪海峡分隔带来的伤痛，噬咬着姐弟们的心灵。他们的外表都很光鲜，湘九穿着西装打着领带，她们穿着台湾产的休闲装，戴着耳环项链。但是在这个寒凝大地发春华的冬末春初，光鲜的外表掩盖不了心灵的创伤，掩盖不了曾经有过的那样无助而漫长的青少年岁月。他们一样地挨过饿，一样地穿着单薄的破衣烂衫度过寒冷的冬季。他们同样被有钱有势人家的小孩嘲弄打骂。他们都没有爸爸。

他们从小所受的教育，都将对方说成洪水猛兽，电影上的自己人都高喊着革命的口号，都将对方描绘成一群穷凶极恶的反动派。他们说起二十世纪五十年代的一个词——土改，互相惊讶于对方对这个词儿的熟悉。原来，海峡两岸同时搞起了那么一场改变中国地主与农民命运的运动。他们不想谈政治，不想谈两岸开放后的变迁，那是他们都已耳熟能详了的。他们只是谈论着本来应该是无忧无虑充满亲情的童年时代。

然而，那是什么样的童年啊。滚烫的泪水不断地流下了他们的面颊，而在这沸腾的泪水中间，煮着的是他们的心。

大姐，母亲不在了，我能为您做点什么吗?

海峡对岸来的小姐姐问大姐。

标准的国语。咽喉梗塞。大姐其实比想象中更显苍老了。虽然，她长得比母亲胖，但这是虚肿而不是健壮。大姐在北方生活了大半辈子，一直在国有企业做财务工作，一直住在白天也要点灯的筒子楼里。小姐姐说，您把那间小屋卖了，添点钱买间二居室吧，那样你就能有自家的卫生间了，那样，你也不必在公用走廊上洗菜做饭了。

她拿出一万美元。这是她教书多年的积蓄，本来打算用来孝敬海峡这一边的母亲的。她不知道她的生母在哪里，是否还活在这个世界上。她把湘九们的母亲当成自己的母亲。这个来自海峡对岸的姐姐，是个很节俭的教授夫人，第二次再来大陆时，她的先生已溘然长逝，女儿因此而中断学业提前参加了工作。湘九陪她们上街时，她们说大陆的东西比台湾便宜多了，却连一双凉鞋也舍不得买。

大姐的眼泪扑簌簌地落到这个放着一万美元的小小信封上。这个一九四九年以前上过黑名单的红色小姐，五十年代初已经回到内地又去香港将大弟弟动员回来的进步青年，没想到到了人生暮年，却要靠她内心尚未承认的来自海峡对岸的这个妹妹帮她改善生存条件。她的犹豫和啜泣很叫人难过。退休之后，看病吃药的钱，厂子里每隔三个月才能给她报销一次，而她却骄傲地说，因为财务科几个人是她的徒弟，人家给她优先照顾呢。

大姐的思想在抵抗，有一个声音在脑子里提醒她：不，你不能接受这笔钱，说不定，这个来自台北南门国中的女教师童年时参加过童子军成年后参加过什么党呢？但是，大姐的手却紧紧地攥着这个信封，怎么也送不回去了。

实际上，这一万美元，直到大姐去世也没有动用过一分。她依然住在那幢暗无天日的筒子楼里。她找了许多房子，发现房价每个月都在上涨，很快地，这点钱只能到远郊、到鸟不拉屎的地方去买二居室了。到了湘九知道这情况，赶到天津去时，她已病入膏肓。湘九只好将她送进医院，而不再考虑买什么二居室了。

后来，料理完大姐丧事的第二天早晨，二姐和湘九招来大姐夫与外甥、外甥女，将这笔钱分成三份，一份给大姐夫，占百分之五十，另外两份给孩子，各占百分之二十五。湘九对大姐夫说，从法律和亲情上说，你都是第一继承人，不知道这样分配你是否满意？大姐夫迟疑一会儿，却说，对分配方案我没有意见，但这笔财产不能说是张家的吧，而应该是我们的夫妻共同财产。

湘九明白他的意思：还轮不到你这个小舅子指手画脚。湘九的脾气一下子上来了，问他：房子都归了你了，你们还有什么夫妻共同财产？湘九将大姐治病吃药花的钱，一笔一笔算给他听。湘九说，就算这些钱都是你支付的吧，她是你老婆，你应该不应该拿出来？剩下这笔钱，是台湾妹妹给她的买房补贴，既然没有买房，就应该还给人家。现在人家委托我全权处理，我就有这个分配权。没有张家，哪来这笔钱，哪有大姐最后的一点安慰和依靠呢?!

大姐的人生，如同那一代中国知识分子的一个缩影。他们追求阳光和温暖，却常常被放逐在古老的结晶岩构成的山峦中。天地一片苍凉和萧瑟，一块块老年斑记叙着艰难历程中的泥泞血污。曾经狂热地闪烁理想光焰的眼神在不断地打击和重压下，蒙上了一层重重叠叠的白翳。

安息吧，我的大姐。湘九站在津郊殡仪馆空荡荡的告别厅里，对瘦小枯萎的大姐的遗体轻声地说。他在祈祷，祈祷死去的英灵也祈祷下一代的人生。他望着窗外。在一个充满无边无际的诱惑的新世界里，他说，让我们祈祷这一片永恒的清明吧。

来自纽约的九十三岁的蒋将军夫人的电话，没有影响湘九和哥哥姐姐们的情感，他们对来自海峡对岸的这对姐弟，给予一样的亲情一样的关切。又过了若干年，二〇〇五年四月二十七日，二姐和二姐夫跟着一个从泰国出发的旅游团，到了台北。这一天是父亲去世五十周年。六张犁骨灰塔沐浴在一片绿色的宁静中，草地鲜亮纯净，一排排墓碑如整齐的仪仗队。晚辈们请出了父亲的灵骨，献上花篮。香烟缭绕，他们抚摩着半个世纪前的伤口，重温历史的旧梦。

大姐生前曾提出一个要求，要他们把父亲的灵骨迎回大陆，与母亲合葬在一起。

当时，这个要求遭到了湘九的否决。湘九说，兹事体大须从长计议。迎回父亲骨殖是一件隆重的大事，应当由儿子亲自去那里护灵回家，而他目前还去不了。湘九心里还有一个顾虑未便与人说，不管怎么说，那里的两姐弟年年清明去六张犁祭奠，父亲的灵骨同样成了他们的一种精神寄托；怎么可以我们想带走就带走了呢。

这个心愿的完成是在二〇一〇年六月五日，那一天，一座新坟出现在杭州南山公墓。在两岸亲友的多次协商安排下，六张犁陵园管理处的负责人飞越海峡，将张将军的灵骨亲自护送到了钱塘江边。从北京赶回的又佳捧着爷爷的骨灰坛缓缓地步上石阶，已经担任美国某大学终身教授的乐乐捧着外公外婆的遗像紧随其后，他们的每一步都走得那么沉重那么小心，好像唯恐惊扰了一个沉睡多年沉思多年的梦境。“一百年家国天下历尽劫难海峡岂阻夫妻情，六十载骨肉分离矢志相守天堂终圆重聚梦”，这是墓碑上湘九的撰联。历尽人世间苦难的两位老人，终于在距离笕桥机场半城之遥的苍松翠柏之间团圆了。

从海外过来的那些原高级将领的子女们感觉到湘九跟报道中、跟印象里那个传奇人物有所不同。他不像是一个经历过金戈铁马磨砺的军人，也不像一个埋首书斋一心做学问的作家，更不像是一个在商海中浮沉的生意人。他好像一个饱经世事沧桑的老人，有一种悲天悯人的超脱感。他点燃一支烟，把表情隐藏在烟雾后面，倾听他们大致相同的故事。碑残日暮，一缕白云，像轻纱一样，被梦中的微风徐徐吹送着，把他送到了两军对垒的旧战场。他悲伤地凝望着曾经白骨累累的国土。历史已经走入了一个呼吁建设和谐社会的时代，新月的寒光闪耀着跳动着织出一个奇特的新世界。他叹息着，同时又向往着。

国事、家事、人间事，乡情、亲情、骨肉情，这些事仿佛总是错综复杂地缠着他，他的脸上因此而总是浮起一种似梦非梦的、残缺的、温柔的苦笑。

十九

欧洲·济南至淄博·宁波

一九九八年十一月在北京汇报结构调整工作，结束时湘九没有直接回杭州，而是去了欧洲。他到西班牙出席“欧盟合作洽谈大会”。组团单位是中国国际贸易促进会。

这趟出国，湘九的差旅费由杭嘉湖地区某市政府承担，同行的分管副市长对他说，到巴黎的谈判全靠你了。巴黎一家跨国集团维加公司，曾经多次到浙江考察洽谈，打算兼并、收购建材企业，但不知为什么，在该市已经基本谈妥的项目，却半途而废了。

汉莎航空公司的飞机降落在法兰克福机场时，已经飞行了十几个小时，在那里不出港转机去慕尼黑，再转机去巴塞罗那，差不多二十小时在空中和机场度过，湘九的脚都肿了。

凌晨才入住酒店，早上又要赶赴巴伦西亚。黄副市长向带队的中国贸促会联络部黄部长提出，浙江三人第二天上午去那里汇合。巴塞罗那有在该市的投资商。黄部长同意了。

投资商是个年轻人，名叫阿杰，浙江青田籍华侨。阿杰开着车陪他们游览奥运会会址、圣家族教堂和地中海海滨。晚上八点钟，西班牙人的盛宴刚刚开始，海滨一家接一家的食肆排档中，总有上万人摩肩接踵地同时开吃。面对粼粼水波樯帆相接，阿杰频频举杯，向他们讨价还价。因为他投资的不是基建项目，湘九只是饶有兴味地旁听着。

等到从巴伦西亚会议结束抵达马德里时，再见阿杰，湘九已胸有成竹。他向阿杰提出了组织西班牙石材商向中国出口高档石材的建议。浙江石材协会挂靠在湘九所在单位，浙江的市场，他愿意为他们打开大门。阿杰为之动心。

阿杰是个能干的商人，一年后湘九被邀请去参观他在上海设立的办事处，样品间里已摆满各种色彩斑斓的进口大理石、花岗石板材。从浙江着手，他的网点向长江三角洲扩展，生意兴隆财源茂盛。阿杰拉着湘九的手说，我原以为国内的消费达不到这个水平，您说对了，这里是越贵的东西越有人买呢。

欧盟合作洽谈大会由欧洲十五国共同发起，约有三四千名客商参加。湘九帮助黄副市长和该市矿建局姚局长招商引资，如数家珍般向外商介绍浙江基建行业与市场前景，无论投资办厂或代理产品，都有外商表示了浓厚兴趣。

夜宿巴伦西亚郊外小镇。这是惯例，组团方可以省钱。地中海的风光无限美丽，可惜在夜晚难以欣赏。同行者耐不住寂寞，乘出租车去几十公里外的俱乐部参观游乐。他们来到一座灯火辉煌的山顶，一层又一层由古堡改建的现代销金窟令人留连忘返。这时候，湘九就成了真正的乡下人。他既没带护照，又没系领带，被拒之门外。湘九的心中却暗暗高兴，他不会玩“卡西诺”，连轮盘赌都看不懂；他兜里也没有多少美元或比塞塔；当然，更重要的是，他不想“犯错误”。

他独自乘出租车返回住处。黑魆魆的山谷，灰白色的朦朦胧胧的公路。一只野兔穿过公路，消失了。司机紧急刹车，战战兢兢地倒车，开回去近百米。他的话湘九听不懂，却明白意思。NO，NO。湘九连连摇手说，你不必害怕，不要忏悔，这个可爱的小动物没有被你压死。高大魁梧的司机松了一口气，抹着脸上的冷汗，在胸前划了一个十字。

这个大块头司机给湘九留下了深刻的印象。一如那位给湘九指路的东京老人。人生中总是有一些令我们感动的小事，触及脆弱的心灵。他的惊惶显示出他内心的善良，显示出文明与教养。

湘九因此而浮想联翩。为什么和平与发展是世界的主题？因为人类希望如此。人类中只有极少数的战争狂，可怕的是，他们却常常能够主宰世界。

马德里郊外有佛朗哥的墓地。这个大独裁者，栖身于一个宏伟壮观的墓穴中。墓也是一座教堂，全部用花岗岩筑成，顶端竖着一个巨大的十字架。星期日，神父在做弥撒，朗朗的布道声在金碧辉煌的山洞中发出浑厚深长的回音。但是湘九的心中很郁闷，他的脑海中无法拂去佛朗哥专制统治下那一段西班牙历史，这座堪称巧夺天工的教堂陵墓也就成了那段血腥历史的积淀和载体。

相比这样的沉重，湘九更愿意接近平民生活。从佛朗哥墓地出来，他们去马德里的跳蚤市场。湘九见到一位老画家索维亚。他用一个小铲子作画，画的是城堡、小街、古老的西班牙风情。湘九买了一幅索维亚老人的画，八十八美元。湘九还价时，老人说不，因为这是艺术品。老人在日本举办过六次画展，却一次也没有去过中国。湘九跟他合影，答应回国后将照片寄给他。

寄给索维亚的照片迄今仍静静地躺在湘九的书桌抽屉里，它被马德里邮局给退了回来。湘九常常看着那幅隽永的画面想起这位异国街头的画家，他搬迁了吗？是否还活在这个熙来攘往的人世间？

他们在塞哥维亚古镇的干狄尤酒店吃了一份烤乳猪。这是一家古色古香的具有三百年历史的名店。当阿杰说起前一天卡洛斯国王来过这里时，同行者发出了惊叹声，而湘九却沉浸在自己的想象中，想象堂·吉诃德在这里遇到了肥胖的厨娘，将她当成了一位贵妇人。

他们的下一个目的地是巴黎，而团组要去葡萄牙。团长同意他们离团三天，三天后回法兰克福汇合。姚局长跟湘九商量，市里开支的是随团费用，巴黎之行不在预算中。湘九给一位国内的朋友打电话，朋友介绍了在巴黎的老乡，老乡会接待他们。从马德里到巴黎，单程机票要五百美元一张。太贵了，我们认为太贵了！黄副市长是浙大的在职研究生，连比带画，售票处美丽的西班牙女郎听懂了他的杭嘉湖英语。湘九想起在国内报刊上读过的游记类文章，知道国外有“红眼航班”，还有双程票比单程票便宜的说法。湘九折回去说，我们要买双程票，买红眼航班！

歪打正着，来回双程票竟只要二百美元！看不懂，三个人都说看不懂，兴奋之情溢于言表。从马德里到巴黎，乘机一小时四十分钟。从机场上空鸟瞰，巴黎像一幅油画，清爽得令人惊讶。两辆奔驰轿车在机场迎接他们。热情相迎的两位温州老乡上面穿西装下面裤脚高挽，他们以为是司机打工仔。上车后递过名片一看，都是巴黎华人商会的副会长。

巴黎市中心。一家老旧的旅舍。狭窄的楼梯，改建的电梯勉强能挤下两个人。旅馆由一对父女管理，女儿是老板兼接待和财务，父亲是仆欧。窗外是同样狭窄的街道。湘九有一种莫名的感动。巴黎保留着巴尔扎克笔下的景致，巴黎是一位活得很久很久的老人，在讲述着很久很久以前的故事。

巴黎包容一切，包容皇帝、总统，包容妓女和革命者。世界上各种肤色、各个民族的人在这里汇集。从第三区到第十区，到处都有温州人，而且多数来自一个叫作丽岙的小镇，他们在巴黎开的箱包店服装店，店铺相连达三百多家。

埃菲尔铁塔，夏洛宫，罗浮宫，凯旋门，巴黎圣母院。这些都在电影里、电视上、书籍中看到过无数遍了。湘九心不在焉地游览，考虑的问题始终围绕着维加公司的态度。为什么连接待他们的兴趣都没有了？症结究竟在何处呢？

黄副市长接待过维加公司的代表，他们带来的翻译兼顾问是一位华人刘女士。电话接通了，刘女士很惊讶他们的到来。她迟疑了一会儿，答应晚上过来聊聊。

这是一个精干的女人，名片上印着她的头衔：巴黎大学副教授、博士。刘博士对他们住在这样朴素的家庭旅馆感到吃惊。湘九笑笑，告诉她这是温州朋友个人接待。两个房间每天共五百元人民币，比国内还便宜，早晨还有一个鸡蛋、一杯咖啡，面包随便吃。湘九的介绍使她产生良好的第一印象。她见到过很多来到欧洲的国内官员，没有一个人住这样的小旅馆。

刘女士说，看来，你们是真心想干点实事的人啊。

夜晚的雪松上凝聚着残月的寒光，闪烁着一个奇特的多元世界。湘九听到海外游子对国内现状的不满，体会到恨铁不成钢的故乡情怀。他们取得了对方的信任，对方将维加公司高层的不信任告诉他们。原来，远在维加公司到来之前，曾经有一位香港投资商来到江浙一带。这位港商看中了七八家建材企业，经过谈判后跟其中几家分别签订了兼并收购协议，并支付了从几十万到上百万美元的前期费用。然而，这位港商从那以后就不见了踪影，再也没有来过内地。按理，协议超过了期限不再履行，应该告知港方，把钱退回去。但是，这几家企业都没有这样做。他们以为拣到了宝。有的还将这笔钱挂在账上，有的东挪西用早已不知去向，然后纷纷寻找新的战略投资者。

作为跨国集团的维加公司，已经付出大量人力精力财力。他们对该市的两三家企业进行了考察和洽谈，不仅与企业接触，还拜会了地方政府，得到了政府对相关政策的承诺。他们按照国际惯例，委托上海的一家审计公司对这些企业进行审计。接受跨国集团委托的审计公司很有职业精神，审计出这个重大问题后，拒绝任何送礼说情，将实情反馈给了维加公司。

一个女儿嫁两家！维加公司理所当然地感到愤怒。在他们看来，数十万上百万美元不是什么大钱，关键是这些企业包括地方政府毫无诚信可言。这就是他们去中国时，受到企业和政府的热情接待，而当黄副市长与湘九一行来到巴黎时，却受到冷遇的原因。

黄副市长无奈地看着湘九，他说，你别瞪我，我也不清楚这个情况。黄副市长比湘九年轻十岁，回国不久就当上了这个地级市的正市长。姚局长躲到角落里去了，一个是他的顶头上司，一个是行业主管部门领导，他怕两个人都把火发到他的身上，他感到巨大的压力和冤屈。湘九捏紧了拳头，他的目光从窗口望出去望到一派异国风光，夜深人静的共和国广场空旷寂寥，一阵阵从塞纳河上空吹来的冷风润进他的肺叶深处发出低吼。他回头看着刘博士，他的目光清澈诚恳。湘九说，刘博士请您转告维加公司高层，我们是专程前来赔礼道歉的，欢迎他们再去中国考察。

他们在巴黎等了两天，刘博士每天晚上都过来，给两头传话。维加公司的管理层将黄副市长和湘九的话转告给了董事长，那是一位七十多岁的老人，正在非洲的生产基地视察。老人说他接受他们的道歉，但是他一时赶不回来，请他们先回去，维加公司将再赴中国。

毛泽东说过关键的问题是教育农民，湘九对黄副市长和姚局长说，我加上一句，还要教育你们这些教育农民的政府官员！那些企业家都是农民出身，一旦抓到了钱就再也不肯松手，也不想想会不会有一天搬起石头砸了自己的脚！湘九恨铁不成钢地说：你们不能总是停留在原始积累阶段的思维定式上，诚信是企业乃至社会生存发展的根本，否则你们永远不可能做大做强！

这段话，是在他们回到法兰克福，并从那里到达特利尔时，站在马克思的故居门前所说。清晨，这座诞生过人类思想巨匠的小城还在沉睡之中，葡萄园散发出亲切而芬芳的香气，一群中国游客肆无忌惮的高声谈笑惊扰了小城的居民，他们纷纷打开临街的窗户，惊愕地探出脑袋观看。团里有几个来自山东青岛地区的官员和老板，其中一个剃着光头的大款，是一家房地产公司的老板。其人出言不逊，污言秽语高声攻击马克思恩格斯的人品及其学说。湘九的火气又上来了，他找到了他们的领队：一位县长。湘九说，你们对这里不感兴趣，可以不来参观瞻仰，为什么要破坏我们的情绪，丢中国人的脸?!

县长被他训得灰头灰脑，却不敢去阻止放肆的房地产老板。湘九目眦欲裂地说，你不阻止他，我回去就向青岛市纪委举报你！黄副市长和中国贸促会的翻译拉住他，同时批评那几个人，总算没让他们打起架来。

湘九一天都闷闷不乐。

他想哭。播下的是龙种，收获的是跳蚤，他为经典作家、为导师、为这个似是而非的世界而感到深深的悲哀。他站在马克思的故居门前，想象青年马克思从布尔乔亚温暖的寓所里走出来，用他硕大的脑袋撞击知识之门。当贵族和暴发户在巴黎、伦敦，在布鲁塞尔和海德堡乘着装饰华丽的马车四处游荡时，他看到失业工人的妻儿在寒风中瑟瑟发抖地向行人乞讨。湘九仰望着故居楼上古典而朴素的窗户。他似乎看到一位伟人还在灯下奋笔疾书，一行行不朽的语句散发出真理的光芒，他创立了人类历史上第一个完整的社会政治理论体系。

人们惊叹湘九的虔诚，他们看到湘九护照上写着“出生地香港”的字样，他们说，你哪像出生在殖民地的人啊？如果你年纪再大一些，我们一定会以为你出生在莫斯科或者延安呢。湘九不理睬这种揶揄，他说，为什么资本主义的故乡要把马克思故居保存得如此完好？他们深深地为他感到骄傲。即便不把他当成领袖，人们也不敢惊动一位智者和伟人的思考。他请他们看看留言簿，那上面，世界上各个民族的文字汇集，如同百舸争流，行驶在一个思想的汹涌潮流中。

欧洲之行，使湘九得到了又一次精神的洗礼。他站在巴黎的协和广场上，跟黄副市长和姚局长说起雨果的《九三年》，仿佛看到穿着“东尼卡”的姑娘们抬着自由神像走过，红旗上绣着“自由、平等、博爱”，耳畔回响着雄壮的《马赛曲》。历史的腥风血雨从他们面前飘过，罗伯斯庇尔、圣茹斯特和库通在格列夫广场被送上断头台。

巴黎公社社员墙上，被风化剥蚀的弹孔讲述着街垒中抛洒热血的工人们的故事。

湘九深深地体会到，世界在变化，人们的角色在转换，阅历在增长，观察时代与人生的角度也在变化，但是有一点是不能改变的，那就是信仰和做人的基本准则。

一个人，失去了信仰和做人的基本准则，纵然是华屋美食轻裘暖貂，纵然是香车宝马随从如云，又能有多少存在的意义？

二○○○年春天，湘九回到了阔别多年的泉城，再次出席一个全国性的工业结构调整会议。

那天夜里，由于飞机晚点，湘九和随行的计划处处长助理小黄抵达济南机场已近深夜。济南军区的老战友在机场迎候，将他们送到宾馆已是凌晨一点钟了。

临睡前两个人坐在床上聊天，湘九问他从前是否来过山东？小黄迟疑一会儿说，领导，我想请假去一趟淄博，这件事关系到我儿子的前途和命运！湘九怀疑地看他一眼，说，你儿子今年六岁还是七岁，谈得上前途和命运吗？小黄叹了一口气，领导你不了解我的家庭情况，我心里很苦哇。

你的家庭情况再好不过了！湘九数落他。你老婆能干得不得了，到处做生意，做的还是建材生意。机关里对你时有反映，说你帮老婆拉生意什么的。湘九从床上起来，喝一口水说，你的入党问题，评高工问题，皆因此而大费周折。

这两个问题都已得到解决，湘九的态度起了重要作用。湘九说，小黄的工作表现不错，调回机关前在直属企业担任副职，回来后却成了处长助理，他也没有什么怨言。至于帮老婆拉生意什么的，要有证据，不能风闻言事。

湘九并不认为小黄有多么优秀，他不够大方，与周围人的关系处得不是很好，但是湘九认为工作第一，在结构调整的艰难过程中，他是鞍前马后尽了力的。跟湘九持相同看法的其他领导干部也有，行业管理职能移交给经贸委时，经贸委分管领导就跟他打过招呼，将小黄要到了行管办。

济南的早春很冷，尤其在凌晨时分。湘九看到小黄的眼里汪着两洼泪。原来，他老婆跟他是大学同学，因为谈恋爱而受影响，毕业分配一个到山东一个回浙江。女的被分配到淄博张店区一家建材厂，地处偏僻小镇举目无亲。她在厂里只干了一个多月，南下来找小黄。辞职后的女大学生不做生意，只靠小黄的工资能维持多久？何况很快又有了孩子。湘九在寒夜里倾听这个孔雀东南飞的故事，内心的同情终于忍不住又一次泛滥。

孩子马上要上小学了，没有户口去何处上学？小黄说，他带来两万元钱，打算去淄博交罚款，孩子有出生证，却没有当地计生委核发的准生证。如果同意交一笔罚款给上户口的话，按照杭州市的新政策，孩子可以将户口迁到父亲所在地，那样的话，他就能在杭州上学了。

凌晨三点，小黄睡着了，湘九却睡不着。他为这个小孩的“前途和命运”担忧。这是一个搁置已经六七年的问题，解决起来恐怕不容易。他想起了自己的小外甥华华，他的心不由自主地揪紧，一个国家和社会在历史进程中的曲折，往往让孩子们承受苦果，这是最令人难以接受的。

天蒙蒙亮了，一夜无寐的湘九推醒小黄。今天还是报到日，明天大会才正式开始，湘九对他说，走吧，我们马上去淄博，争取一天时间解决问题！

小黄激动得语无伦次。领导，如果只交一万元就能解决问题的话，还有一万元我就朝贡给您了！你小子侮辱我不是？我不去了。湘九坐回床上去。我该死！小黄朝自己脸上掐一掌，我是以小人之心度君子之腹！他请罪。

他俩赶到长途汽车站，坐上第一趟去淄博的班车。湘九拿出电话本，给战友们打电话，第一个是军艺的同学老斌，然后是老李老孔。老斌说，他老婆有个表哥在博山，表嫂是淄博市公安局户籍科的内勤。湘九请老斌两口子把小黄的情况告诉这位内勤，他们打算首先找她。

有了第一站就会有第二站，湘九的心安定下来。他打个哈欠，闭上眼睛。窗外，一团团阴惨惨的早春的乌云，在天空中沉重地、徐徐地移动，公路两旁堆着残雪。湘九坐在靠窗的位置上，小黄坐在他身旁，挨着车厢通道。汽车一站站停过去，开了一个多小时了。

小黄用胳膊肘捅他，将他捅醒了。

他睁开眼睛，看到小黄惊惶的神情。他讶异地想问他干什么，小黄却使劲儿眨眼睛。小黄侧过身来，让他看见了他身上的一道裂口。这是一条惨不忍睹的裂口，不是撕破而是用刀子划破的，今天早晨，小黄穿上了一件新休闲服，一道整整齐齐的裂口足有尺把长，将他右侧的衣衫全划破了。

湘九朝挤在走道上的四个歹徒怒目相向。

这是四个壮汉，有两个的脸上还带着丑陋的疤痕。他们的脸是凶猛的，额上爆有粗大的青筋。他们的身上散发出劣质烟草臭烘烘的气味，他们将手插在鼓鼓囊囊的衣袋中。毫无疑问，衣袋里装着锋利的匕首或其他凶器。他们也看着湘九，慢慢地，在湘九凌厉的双眸盯视下，有两人低下头去了。

湘九将手摸一下小黄挨着他的左侧衣袋，摸到像砖头一样方方正正的信封。钱放在这一边，他的神情镇静下来。

他掏出手机，大声呼叫。淄博市公安局吗，请转刑侦支队老李……老李，请到车站接我们！对，他站起身，大声问司机：师傅，前方是哪一站？……

四个歹徒跑到车门前去了。停车！他们对司机说，我们在这里下车！

司机赶紧刹车，车子朝前一冲，停了下来。车门开了，四个歹徒争先恐后地跳下车去。湘九站直了，作出追赶的样子，小黄死死地拉住他。司机赶紧踩下油门。车上的旅客仿佛一下打开了话匣子，议论纷纷。

同志，你是公安局的呀……

这四个家伙经常在这条线上作案……

你们可要为民除害呀！

……

湘九苦笑着，什么也不想说了。山东，出梁山好汉的地方，一百单八将，急公好义替天行道，而今却世风日下人心不古。刚才，如果他发一声喊，这些人会不会群起而上，跟四个歹徒作殊死搏斗？会不会跟他一起伸张正义惩恶扬善？回答是否定的。他不是没在山东工作过生活过的人，他也算得上是了解这里的人了。

淄博市局设在搏山，他们在那里下了车，打听许久，十点钟左右到了目的地。进了户籍科，老斌老婆的表嫂却没在上班，而是请假去乡下了。看望她对象生病的母亲去了。小黄感到奇怪，这个表嫂应该有四五十岁了吧，怎么还在找对象呢？湘九说，你不懂少说话，这里的人习惯将爱人称作对象。

他们站在户籍科门外的走廊上，好像两个上访的市民。他们的愁眉不展的样子，惹人同情却被所有人视而不见。湘九想必须打开新的缺口。湘九决定找户籍科科长谈一谈。他派小黄去找科长，小黄对科长说，我们是从浙江来的，我们厅长是你们省厅领导的老战友。

小黄没有完全胡说八道，老斌来电话说，正在联系山东省公安厅的老战友，老战友中有一位是省厅领导。湘九穿着西装打着领带，外面罩一件蓝色风衣。他胖乎乎地打着官腔，进门先握住科长的手。科长是个女同志，被湘九的热情谦虚和诚恳打动。湘九说，我是向山东的同志来作检讨的，由于我的官僚主义，没有及时发现和纠正下属的错误。小黄同志在没有办好准生证的情况下生了一个儿子，虽然是独生子女，没有违反计划生育法，但是程序不到位，应当接受处罚，我们先解决问题，回去再处分他吧。

科长给内勤打电话，内勤说她的对象的表妹夫是打来电话了，来人真是济南军区的老同志，师职干部。科长说，您真让我们感动呀，为了下级的孩子，一个厅局级的领导，不远千里亲自跑来作检讨，不过么，事情还得按程序、按规矩办。

按程序，必须先取得计生部门的认可，然后再找户籍管理部门。

湘九请她介绍一下张店分局的领导，科长说，我给您查一下派出所的人，你们直接去那里吧。湘九看着墙上的值勤名单，牢牢记住了科长的姓名，然后才告辞出来。

饥肠辘辘的湘九和小黄终于找到位于张店区的这个派出所时，派出所的干警们已经吃过午饭，正在休息。湘九打听管户籍的民警，有人指着一位正在看着一本旧《当代》杂志的姑娘说，找她吧。

湘九笑了，他看到了成功的希望。姑娘手里拿着的杂志上，有他五年前写的一部中篇小说。湘九走近她，她抬起头来，合上杂志。湘九说，你对这篇小说有什么看法？

一个猎物顺理成章地落入了猎人设下的陷阱。湘九拿出一张名片，跟杂志上的作者对上了号。年轻的女民警似乎坠入了梦境，脸上浮起文学女青年对作家的崇拜神情。这是一个相对偏僻的地方，若是在繁华的大城市，恐怕很难找到如此淳朴的姑娘了。湘九的所作所为极像一个骗子。他跟她谈了半小时的文学，然后才引出来此的目的。如梦初醒的女民警说，我帮您联系厂人事处和镇计生委吧，如果他们同意开证明的话，我请示一下所长，争取给这个孩子报上户口。

小黄的爱人在厂里时有一个宿舍的舍友，这位舍友陪湘九和小黄吃了一餐迟来的中饭。舍友介绍厂里和镇上的情况。厂办和人事处的干部都是后来的，不清楚当年的情况，而这个镇的计划生育工作在市里、省里名列前茅。突然冒出一个孩子，势必增添一个生育指标，这件事会让镇里很为难。

事实证明了舍友的分析。一个下午，他俩耗在镇政府。小黄那件被刀子划破的新衣服起了很好的作用，镇政府工作人员听他们讲述一路过来的遭遇，沉浸在一个惊心动魄的传奇故事之中。小黄被几位大姐围着，两片衣襟挂在身上，转过来转过去像一个舞台上的傀儡。人们传来传去，最后传到镇长书记那里，说是带来的罚款都被强盗抢走了，抢走的也不是两万元而是五万元了。厂办和人事处的人希望小黄爱人早点迁走，而母亲的迁走决定于孩子的报上户口和迁走，因此，他们帮着向镇上求情。分管计生委的镇长来了，湘九跟他商量一个变通的办法：能否不占什么生育指标，只对已经出生的孩子给予认可呢。

派出所同意吗？镇长说。

没问题，湘九说，我们拜访了市局户籍科，他们不管计划生育，只要你们认可这个孩子的出生，他们就给上户口。

人心都是肉做的，程序没到位，不等于这孩子的存在不合法，当然，如果追溯起来，孩子父母的婚姻登记必定也有瑕疵，否则不可能带出孩子的准生证问题。但是，谁也不想追究这个问题，再给孩子的父母难堪了。他们毕竟是一夫一妻，一个独生子女，他们没有在事实上违背国家大法。

象征性地罚点款吧。镇长终于松了口。

应该的，应该的。湘九说，罚五千元还是两千元？

镇长皱紧了眉头，看他像看一只老狐狸。湘九赶紧递上一支烟，又伸出手去，一把将小黄拽过来。小黄的衣襟已经裂到了底，在镇长面前飘荡着。这件百世吉牌子的新休闲服好像舞台上的一件道具，在这个寒冷的小镇黄昏既引人发笑又赚人眼泪。没有人知道这小子的老婆长袖善舞在南方赚了多少钱，人们的想象中，那女人在流浪，在苦难中背着孩子四处讨生活。小黄愁眉苦脸地对镇长说，大哥，我认罚，您说罚多少我都认了，我回去后再把罚款寄来行吗？

个子矮胖的小黄戴一副白框眼镜，很斯文很可怜的形象，他的名片上印着处长助理，高级工程师，他很像一个日本人，一个一九四五年八月十五日之后的日本人。山东人民还是很善良的，抚养过不少日本产的战争孤儿，现在，他们的善良终于又一次很无奈地被发掘出来了。算了吧，就当你被劫走的钱已交了罚款，镇长挥挥手说，你写一张深刻的检查交给计生委。

小黄早就写好了这张“深刻的检查”，毕恭毕敬地交给计生委的大姐。湘九说，无论如何，两千元钱是要交的，不算罚款吧，算是我们的一点心意，给计生委买个门帘挂上，冷风呼呼地吹进来，大姐们的办公条件太艰苦了。

手机铃声响了，湘九跟镇长说声“不好意思”，打开手机。老斌在济南说，找到了一位在省厅当副厅长的战友。请告诉厅长，事情已经解决了。这里的镇领导非常通情达理！是的，不麻烦了！谢谢。湘九收起手机，回首，镇长已走到门口，将计生委的财务大姐叫了回来。

没想到这事儿还惊动省厅领导了！镇长说，咱就把好事做到底算了！这两千元也别收了。

湘九真的被感动了，他打开自己的包，拿出两条烟，一定要镇长收下，又请所有在场的人去街上吃晚饭。镇长不得不收下了烟，分给几位男同事，却不肯去吃饭。湘九扔下一千元钱，你们自己去吃吧，他说。他拉着小黄，千恩万谢地逃离了镇政府。

派出所的人都下班离去了，唯有户籍科那位女民警还在等着他们。湘九将一张手写的盖着计生委公章的认可证明交给她，她当即打开电脑，将孩子的姓名输了进去。湘九说，我回去后一定寄书给你。姑娘说，张老师，您得签上大名，不能寄本杂志来糊弄我，要寄您的新著啊。

晚上七点半，张店区，某条街上一家名叫上海饭店的酒店里，湘九和小黄宴请小黄老婆的舍友、厂办和厂人事处的经办人、女民警。一共只有三个男人，湘九要了两瓶五粮液，一瓶打开，另一瓶塞进厂办主任的公文包。湘九大声对小黄说，不要小气，要点最好的菜！这里的菜价他看了，比杭州便宜得多，撑死了吃也吃不到一千元钱。湘九端起酒盅说，我在山东工作过五六年，今天才算真正领会到了山东人民的善良和仗义啊，我替孩子谢谢你们！

那天深夜，他们回到会议所在的济南舜耕山庄。风尘仆仆的他们兴奋得毫无睡意。小黄脱下了那件撕破割裂的百世吉，小心翼翼地将装着钱的信封藏起来。回首看到湘九嘲弄的神情，他的脸红了。领导，我知道您特别廉洁自爱，这钱就不朝贡给您了吧？他斟词酌句地问湘九。要不，我买件新的风衣送给您好不好？你说吧，二百元或三四百元的都行……

湘九一脚踢过去，小黄逃进了浴室，哗哗的水声传来，如一泓温泉，洗涤湘九疲倦的身心。二〇〇〇年春天，湘九快满五十岁了。五十岁的他，早已被官场边缘化的他，还在怀着走向一个新岗位的企望，想做一番新的事业。临走前，他总想为老单位的下属们再尽一点力，也许，这是他力所能及的最后的一件善事了。

赠人玫瑰手有余香，母亲从小教导他，好人自有好报。爱默生说，人们总以为只有公开的行动才能传送各自的美德和缺点，却不了解美德和缺点每时每刻都在透着自己的气息。

这个春天湘九去宁波，召开一个相关企业的座谈会。刚住进招待所，就接到赤州一家水泥企业老板的电话，邀请他出席粉磨站工程落成典礼。湘九说声对不起，没空，把电话“啪”的一声搁下了。

这家小小粉磨站的老板神通广大，居然拿到了某国家银行的一大笔无息贷款。这笔钱远远超过了建设一座粉磨站的实际需要。

叙述这件事的过程峰回路转错综复杂，堪称一篇当代官场现形记。湘九曾经质疑过他们的可行性方案，质疑过他们的配套资金来源，等等，省计经委分管领导也同样质疑。但是，他们都失败了。小老板的要求获得了高层的支持，计经委那位领导在愤怒地、痛苦地签字之后，被调到了某个设计院。

电话铃声顽固地、持续不停地响着，湘九不得不再次拿起电话，他没好气地对着话筒说道：跟你说了没空么，还打什么电话！

张总，我和我们公司的总经理助理就在楼下了，小老板在手机里恳求他。您不见我，总得接见一下她吧。

湘九的心中产生了强烈的好奇。他已经知道，这个小老板之所以有如此大的能量，全在于他所聘请的这位“总经理助理”。总助的哥哥是一位大官，大到了提一下姓名，全中国乃至全世界都知道的程度。省里某个部委的领导曾经推心置腹地教导湘九：首长在老家只有这么一个小妹妹，多少年来伺候孝敬家中的老人，替首长分忧解难你知道吗？她下岗几年了，县里的干部也太糊涂，居然没向省里报告……现在她应聘去帮人家打工，自己找的国家银行，你们怎么还要挑剔什么程序、规划、资金走向之类呢？湘九同志啊，你也当了这么多年的干部了，莫非将最根本的东西都忘记了?!

湘九被他的话噎得哑口无言。

明明知道，“教导”他的人偷换了概念，湘九却只能在内心叹息。面上的规则是一回事，潜规则又是一回事。当潜规则的力量明显大于规则时，坚持原则的人就只能成了唐·吉诃德。什么是“最根本的东西”？湘九有湘九的理解，他们有他们的理解，从最根本上就背道而驰。

招待所的房间窗口，正对着宁波市中心的三江口。江面上在涨潮，湘九的心中，也如潮水般一波推着一波。他打开房门，看到一位中等个子的女士。女士温文尔雅地伸出一只手说：您好，湘九同志，谢谢您对我们的关照。

湘九不知道用什么表情接待她合适，他的脸绷得紧紧的，想放松也放松不了。他将一杯开水递给女士，女士从沙发上站了起来。看来，她似乎还不是那种自以为很了不起的角色，湘九觉得不妨直言相对。

我对你们没有什么关照，当然，也不想刁难你们，湘九说，我只是按政策规定和我的权限办事。

女士的脸红了。她迟疑了一会儿。重新开口说话时，她的声音微微颤抖。

我们挺钦佩您的，女士的脸上，没有作秀的样子，她的话听上去很诚恳。您是个坦诚的人，告诉我们该去何处，该办理哪些手续，办齐了这些手续才能去找您。这样做反而使我们心里踏实。

湘九闭上了眼睛，他仿佛看到了被调离计经委的那位领导。你的话用在那位领导身上更合适。他说，我希望你们不要因为遇到过一些阻力就感到不满。那些坚持符合规定和程序才能签字的人，其实才是这个国家维持公平和正义的楷模，不信你去问一下你的大哥，他不是经常教育、告诫我们要向这样的人学习吗？

女士的脸更红了，她低下了头，避开湘九那双咄咄逼人的眼睛。您说得很对，她轻轻地回答，窘迫得有些手足无措。我们真的很感谢，没有任何不满的想法。

湘九长长地吐了一口气，他终于把该说的话都说了出来。他猜想，她的大哥其实很可能对这件事毫不知情，许多的关口，自会有一些人主动替他们出谋划策，因此而一路绿灯。湘九并不后悔自己曾经对他们亮过红灯，今天见了面，他依然要告诫他们。国家资金紧缺，他认真地说，不管有用没用，他在尽自己最后的职责。你们也要考虑还贷能力，能少贷就少贷些，专款专用。投产后要及时还贷。

湘九没有去参加粉磨站工程落成典礼。女士送给他一个礼品盒子，这是落成典礼的纪念品，请您一定笑纳，礼轻情义重。她以那样一种恳求的神情看着他，使他实在无法推辞。

老战友建华不久后来到江南公干，在湘九家里看到了这件礼品：一个小小的做工精致的镜框，里面镶着一幅金箔画，画面上是一艘帆船，乘风破浪。当湘九将这幅画的来历讲给他听时，他觉得自己仿佛在读着一部令人感慨万千的长篇小说。真的是他的妹妹？老战友作为一名基层纪委书记，瞪大了眼珠子，似乎不敢相信。

湘九神情复杂地给予肯定的回答。建华迟疑一下，说：这幅画就送给我吧，这故事真是太有意思了。

湘九将这幅画送给了老战友，前因后果嘱他不要外传。但是，后来湘九还是将这个故事、那些曲折的情节与细节写进了他搁笔十年后出版的第一部长篇小说之中。这是他所经历的当代政治、经济生活中颇能说明世情人情的一段插曲，他回避不了，也不想再回避了。

二十

杭州凤栖花园·北京友谊宾馆·运通大厦和京滨饭店

一拨又一拨的调查组来到老范所在的单位，找他的上级、同僚和部属们谈话，老范想躲开去却常常躲不开。他不抽烟，不喝酒，遇到不得不应酬的场合时，虚与委蛇如坐针毡。他对湘九说，有时候，真的让我反应不过来啊。他们是来调查我的，我怎么可以出面陪他们吃饭呢？

湘九说，因为调查不出你什么问题，那就撮一顿呗。

一个活生生的模范典型，终于在一系列的调查后产生了。老范走进了北京人民大会堂，坐在主席台上讲述自己“干净、干事”的故事。他的语录被人整理出来，连篇累牍地刊登在报纸上。

对人对事要旗帜鲜明，敢于批评，敢于表态。你把一个同志的错误指出来，使他不致酿成大错，是比送他什么都重要的关心。你得罪一个该得罪的人，就会有许多群众真心支持你，被得罪的人时间长了也会理解你。即使有人记恨你，你也无须担心，无私者无畏！

车的好坏不是身份、水平的标志。坐车是一回事，坐在车上想什么做什么又是一回事。焦裕禄坐在一张旧藤椅上，整天想着工作，想着人民，你能看轻他那张藤椅吗？

人活着为什么？当官为什么？为钱吗？有多少人因为不择手段追求金钱而闹得身败名裂。为名吗？沽名钓誉只会毁掉一个人。为吃好住好吗？一个人一日三餐，夜眠七尺，更好更大也没有必要！

……

记者们总是喜欢豪言壮语，而了解老范性格的人却对此感到很疑惑。湘九说，老范当了这么多年的领导干部，“熟读唐诗三百首，不会作诗也会吟”，怎么不可能出现这些光芒四射的精辟语录呢？湘九说，我就是那个经常被他指出错误的同志。确实如此，使我不致酿成大错，是比送我什么都重要的关心么！

跟他有关的问题是，老范被提拔到省城来当官了，要当将军了，湘九的家，也不能再赖在军营里了。

最后一次实物分房时，总公司给湘九分了一套房。一百零七平方米，位于朝晖新村，面临一条车流如潮的大马路。单位买的房源楼层有高有低，湘九作为无房户，张榜公布时名列第一。湘九想，自己是转业军官，任现职时间长，工龄更是从十四岁下乡算起，总得让自己先选楼层吧。结果却是，另一位领导把好楼层的钥匙先拿走了，然后才由一把手通知湘九：只剩下一套二层的房子了，给你。

湘九对住二层深恶痛绝，因为上面楼层的管道一旦堵塞，污水粪便首先溢出二层卫生间。二层还不如一层，一层的管道可以直接进入化粪池。不想在这种事情上与人计较的湘九，唯一的办法，只能自己去换房了。

湘九看中了刀茅巷一个名叫凤栖花园的楼盘，那里离岳母家很近，走过去五分钟路程，对面是红十字会医院。湘九对岳母说，您年纪大了，咪咪也五十岁了，近一些照顾您方便。岳母说那要补贴多少钱啊？湘九说将近二十万吧。岳母不干了。她说，我的身体还硬朗得很，用不着你们时常来照料。

事实很快否定了老人的话，搬到刀茅巷后，给她送米送油就方便多了，咪咪更是随叫随到。几年后，老人一场大病，湘九在第一时间将她送进了浙二医院，老人再也不提起心疼这笔钱的话了。

这天，湘九去看一位在规划局工作的朋友，说起换房之事。朋友也是当兵出身，听了他的话颇有同感。老范是你的哥们，很可能到了省城后分管纪检工作，部队要清理住房，你转业多年了还住在那里不是给他出了个大难题吗？朋友说，我不认识老范，但我了解你，这样吧，我带你去见开发商，请他给你一点优惠。

风高月黑，天寒地冻，湘九心里却热乎乎的。开发商接过他的名片说，张老师，您能看中我们的房子，具有广告效应啊。打一点折，完全应该的。具体能打多大的折，他却不好表态了。朋友急了，直截了当地说，别看湘九当过不大不小的官，写过不少书，他的家庭负担不轻：母亲重病了十几年过世，大哥瘫痪了坐在轮椅上。朋友说，湘九将朝晖新村那套住房换给你们，再贴一些增加面积的钱，你看如何？

开发商沉吟着，湘九心里怦怦地跳。他很尴尬，只能厚着脸皮等待人家表态。开发商和朋友都在抽烟，湘九感到这个年轻的房地产老板审视的目光透过烟雾，很沉重地穿透了他的心。开发商终于从沙发上站起来了，拍拍他的肩。开发商说，您拿不出全部现金，要将朝晖新村的房子拿来置换，这可是给我出了个难题！我将那套房子卖给谁呢？湘九一时语塞，过了几秒钟，他才无力地说，那么，我先把它卖了，再来找你？

开发商笑了，又拍一下他的肩。这样做的话，我对这位朋友怎么交代？他指着规划局的朋友说，我不怕得罪你张老师，却怕得罪他呀！好吧，好在朝晖新村的房子也是新房，我替你处置吧，等价交换，只收你增加面积的钱，今天就付订金。

订金要一万元，湘九身上从来没带过两千元以上的现款。朋友却潇洒地拉开了皮包拉链，啪的一声，将一万元现金放到了茶几上。我先你替垫上！他的举动让湘九惊讶。湘九说，我们还没看房呢。开发商说，你看中的那幢楼不行，层高只有二米八，我给你层高二米九的那幢楼，十一楼的小高层，让你住三楼吧，你还有啥不放心的？

规划局的朋友平时跟湘九很少交往，办完这事就走了，一两年也难得再见一次面。湘九做梦似的又跑了几趟，也见不到开发商的尊容了，只跟售楼部的小姐打交道。具体怎么计算的，湘九一直搞不明白，总之是贴上了十几万元钱，置换到一套连公摊面积在内共一百四十三平方米建筑面积的三楼住房。

湘九希望在自己调动之前完成这套新房的装修。他把装修业务交给了本单位几位下岗职工合办的装潢公司。钱一分没少算。搬进之后才发现，客厅里的电视机能看三十几个台，卧室只能看十个台；主卧室和书房的门关不上；洗脸盆刚蓄满水就落到地上了，抽油烟机的管子在顶棚上面空转。

最倒霉的是，卫生间抽水马桶上装的劣质软管爆裂，满溢的自来水经过楼板裂口冲到二楼、一楼。那天下午，湘九在开会，接到物管处的电话告急，会议走不开，湘九只好给二楼的住户打电话，一叠声地赔礼道歉。二楼住的是省委统战部一位领导，自然很有涵养。他急急忙忙地赶回家去。家中的狼藉让他目瞪口呆。新装修的屋顶上，卸下一个灯泡泻下一泓清水，客厅里的真皮沙皮都被泡软了。

湘九开完会才回家，他的腿软了，哭都哭不出来。他叫来装修的人，想骂，看着他们蔫了的模样，又骂不出口。他无力地挥挥手说，我这里就算了，先去帮二楼修缮吧。他请二楼住户去宾馆暂住几天，二楼的部长说，算了，你也不是故意的，我们去儿子家住上半个月吧。

半个月后，湘九跟咪咪拿着一个信封，走进油漆气味浓重的二楼部长家。他俩对刚搬回来的邻居说，这是我们的一点赔偿费，实在不好意思。邻居老两口愣了愣，推辞道：既然已经修好了，钱我们就不收了，下次可不能再发生这样的事了。

可不敢再有下次了，湘九对咪咪说，我吓都吓死了。幸亏碰上宽宏大量的这老两口，否则，真不知道该如何收场！

湘九对别人的嘲笑和责怪一概以苦笑应之。湘九对咪咪说，我们单位的下岗职工，我不将这笔业务交给他们做，我于心何忍呢？给别人做砸了和给我家做砸了，你将利害比较一下孰轻孰重?！咪咪说，如果下次还有装修的机会，你还会交给他们做吗？湘九说当然。这就好比我的牙齿掉了，只能请国华去镶假牙，否则就会伤了老朋友的心。

湘九将位于柳浪闻莺军营的住房交回部队时，恳请有关人员不要声张此事。原因是湘九所在的总公司和下属单位还有不少军转干部，他们中有些人也还住在军营。湘九知道，他们没有把宿舍交回部队各有各的难处。湘九不想将自己树成一个榜样，更不愿意因此而给这些人造成一种压力。

我对得起你吧，湘九拍着老范肩上金光闪耀的将星说，不给朋友出难题添麻烦。

老范却耸耸肩，说没关系，我遇到的麻烦和难题多了，不在乎再多你一个。

后来回想当初，有个问题萦绕他的心头：为什么明知自己即将调京工作，还要为住房四处奔走，还要费那么多财力精力装修？

希望和失望交织的感觉始终在他心灵深处回荡。汪瞎儿对他说过，四十三岁至四十八岁是他仕途的高峰。当时他对这句话并不在意，但不等于没有留在他的记忆中。四十八岁早已过去了，他已经习惯低谷。命运怎么可能推迟到现在再一次垂青于他？

他又不是姜太公，八十岁还能遇见文王。

一个人的生命中有一次奇迹足矣，他的奇迹早已在参军那一年发生过了。他不敢相信奇迹会再度发生，所以他一边做着调京的准备，一边却继续安排着在杭州的生活。

春天，屋子外面已沐浴在温暖的阳光里，而尚未搬迁的南山路军官宿舍那个房间却是那么冷。每天晚上，他总是在等着电话铃声响起，能够听到来自北京的声音。在那宿命力量的重压之下，我们正带着焦急的心情，倾听着祖国的召唤。他回想起少年时代读过的普希金诗句，觉得实在是太贴切了。虽然，祖国没有召唤他，召唤他的只是一位部长。

等待的过程显得分外沉闷和冗长，况且还无处可打听。他无数次拿起电话，将手指在按键上摁下几个号码，但接下来便犹豫了，叹口气放下话筒。他越来越担忧。按理，考察的人早已来过了，带走的是不错的结论，他还有什么可怀疑的呢？但他就是感到忐忑，觉得不安。

因为他很清楚，这是他此生中最后一次调整命运的机遇了。

清理杂物时咪咪问湘九，这是你做的乐器吗？笛子不像笛子箫不像箫，毛竹管上嵌了一片照相底片？湘九拿过来说，是我做的，十五岁那年做的，吹起来像黑管一样好听。他将簧片抵在舌下，吹出一段《北国之春》。咪咪听出乐声中的感伤，发现他真的开始老了。他的眯细的眼睛里装着那么多人生沧桑，乐声颤颤地揪着人心。窗前有山，老树青藤垂挂下来，幽静得令人缅怀往昔。咪咪说，我真的不想搬迁，这里多好，风景区，每天都可以爬山。

她的话后面还有话，湘九装作不知道。她想说，调动的事不成功也无所谓，我们就在杭州安安稳稳过日子，退休后爬爬山，逛逛公园，这也是一种美好的生活。

她说不出口。她知道自己不能打击湘九的积极性。窗外的风景是一片孤寂。孤寂在青藤绿叶上一点点滴落，如同英雄暮年的落寞，她看着湘九感到说不出的惆怅。谁叫她嫁给了这么一个总是不甘心的人呢，她的命运也就不由自主了。

傍晚，袅袅炊烟升入潮湿的空中，湘九吹奏的乐曲更显得忧郁伤感了。他在窗前也不知站了多少时候，只觉得在这春日黄昏的寂静里，仿佛一切都该有个了结了。单位改成企业已经定下，许多远未到法定退休年龄的干部员工都选择了提前退休，可以享受公务员的退休待遇。留下的人都在不安地猜测，谁将担任新的领导？企业的前景如何？一切都像未知，大家都很迷惘。他不能再等待下去。

二〇〇〇年五一节，湘九携妻北上。

一位朋友替他们安排下榻之处，住进友谊宾馆，朋友说万一部长副部长来看望你们，住在小旅馆不合适。友谊宾馆离军艺很近，湘九路过母校门前，别有一番滋味在心头。

进了房间，湘九就给部长家打电话。部长夫人接的电话，说部长出差去了。湘九还想说点什么，夫人已将电话挂了。湘九心头一沉，异样的感觉充斥全身。夫人不是不认识他，为什么连寒暄的话也没有一句？湘九不认为夫人是个自恃身份而高高在上的女人，那么，她也有难以言说的原因了？

又佳来了，带来几位同学，湘九请他们吃饭，同学们在宾馆的卫生间洗澡，个个兴高采烈。他们走了，房间里的白天和夜晚又变得漫长而寂寞。湘九等着罗勇的到来。他坐在阳台上，想着一些漫无边际的事。花园里有一些梧桐树，混乱的枝桠上爆出的一些嫩叶在风中抖动。罗勇终于来了，却说，一切应该都很顺利的呀，怎么突然沉寂了？

原来罗勇也许久没见到部长了。他打过电话，都是秘书接的，秘书说首长最近很忙，实在抽不出时间。二〇〇〇年春天有许多大事：申奥，国民党在台湾下台，全球网络遭遇二〇〇〇年问题，日本森喜朗接替因病无法视事的小渊惠三出任首相，还有江泽民与南非总统塔博·姆贝基签署《比勒陀利亚宣言》之类。这大概都是很让部长操劳的事情。

湘九揣测了众多的原因，然后又一一排除。他甚至想到了自己的家庭出身和社会关系，在这个重要部门，会不会还保留着某些门槛，不能让他这样的人进入？

这天下午他和咪咪专程为这个问题去拜访龙骧的五哥。五哥热情地接待他们。五哥说，你那位部长朋友的老岳母就住在我家楼上啊，我常常见到他们来看望老人。五哥深思熟虑地说，你的想法可以理解，但是不可能。你在浩将军身边多年，那个门槛难道会比他们低吗？五哥安慰他说，湘九你多虑了，不会是这方面的原因。再说，我也是你的重要社会关系之一对吗，如果有这方面的顾虑，他们会来听听我的意见。

湘九终于下了决心，直接把电话打到干部局的副局长家里。前一年那位分管副部长在万寿寺宾馆请他吃饭时，这位副局长在座。副局长接了电话，听到他的声音似乎有些惊讶，有些尴尬，电话里出现了长时间的沉默。湘九努力使自己的声音显得平静，他说，您就直说吧，我调动的事是不是办不成了？副局长又迟疑了一会儿，说，目前是这样的，具体情况，我就不便多说了。

湘九放下电话，坐在沙发上一动不动。咪咪说，我们回家吧，明天就回杭州去。湘九说，是的，该回去了，你去买机票。咪咪下楼去买机票了，回来时看到湘九在看电视，他的双眼直直地盯着电视屏幕，屏幕上，部长正陪着国家领导人接见某国一批党政要员。

春末夏初，和风拂面，湘九和妻子离开了北京友谊宾馆。

这是京城难得的一个好天气，没有沙尘暴的袭击，天空高而清澈。湘九走到台阶下，站在一位老战友开来送行的小车旁，回头仰望他们住了几天的那个房间窗口。紫红色天鹅绒的窗帘垂挂着，服务员已经将房间打扫干净，等待新的客人入住。

人生有许多驿站，这个驿站停留的时间很短暂却让他后半辈子都忘不了了。

这个驿站承载过他的最后一个梦想，好像有一件珍贵的艺术品在这里打碎了。

上车吧。咪咪对他说。

他默默地上了车，车子驶往首都机场。他瞧着三环路上的街景。太阳照耀在京城的上空，微风吹拂着行道树的叶子。新建的大饭店门前有雕像、喷水池，一片厚绒似的草坪。这座世界瞩目的大都市那样平静，那样忙碌，好像从来没有发生过什么风波。没有人会想到，这个透过车窗凝望街景的男人为什么那样忧郁，没有任何人关心，人人都在忙着自己的事情。

其实他没有等待太久，四个月后就知道了事情的真相。夏日的某一天，部长跟随某位领导人拜访了浩将军。那是在北戴河海滨，窗外一片絮语般的涨潮声。部长说，将军阁下，很抱歉，我曾经想调一位您的老部下到部里工作，没能调成。浩将军端起茶杯喝了口水，微笑着问他，有什么不同意见吗？

浩将军一下子把话题点到了核心，部长如释重负。部里研究调人时，有人提出湘九是“行伍出身，经济工作经验比较欠缺”。部长以为这是考察时省里对湘九的评语，当时就不便再说什么了。后来一查，根本没有这句话，但已时过境迁。

他算什么行伍出身哟？浩将军扳着手指说，茶水都晃到了沙发上。他特招入伍前是一名企管干部，转业前在后勤部，还当过分管财贸的副专员副市长。将军站起身来踱两步，立定。三十多岁了才当的兵，说他行伍出身不是过于抬举他了吗？

他俩的对话必然引起在座的那位领导人的注意。这位领导人是谁，后来对此说过什么话？湘九不得而知。浩将军不会告诉他，部长更不会对他说。湘九只是注意到，这年年底，这个部的领导班子作了调整，来杭考察过他的某个人也调整了岗位；然而，这一切已经跟他毫不相干。

命运的安排，造化弄人，这是湘九对自己的嘲弄和安慰。后来，部长的职务继续上升，电视上经常可以看到他随着最高领导人出访。浩将军说，你的工作调动惊动了多大的大人物啊，虽然结果还是那样，也够你写一章耐人寻味的回忆录了。

后来的岁月中，他始终记得这一天，记得这个早晨。

首都机场快要到了，手机铃声蓦地响起。

湘九打开手机，传来单位原“一把手”老余的声音。

老张吗，省委组织部找我谈过话了，我们改成集团公司了，新的领导班子已经确定……

小车停下了，湘九依然坐在车上。他感到震惊，改制和新班子已组成的事实像潮水一样冲击了他。某位新人的出现更增添了他的惶惑与难以言说的想象空间。原先共事的几位领导，有的退休有的调走，现在调进的是已经在资本市场大显身手的人。

湘九与省里各部门厅局领导干部很少交往，不等于一点议论听不到。他童年时代的老同学“大头”，这些年来，一直在跟着庄家炒股做期货生意，国华也是。从他们那里，湘九了解到本省资本市场存在的一些黑幕。他知道，这是一个泥沙俱下贤与不肖一起翻滚的历史过程。组建集团公司后，定位是省级国有资产经营机构。湘九对此不能不感到战战兢兢如履薄冰。倘若不知不觉中亦步亦趋地走入某个陷阱，前半生岂能尽如人意？但求无愧我心的一切感觉和事实都将毁于一旦。

这是二十一世纪到来的第一个春天，在中国，暴富者的作案对象已经从对生活资料的占有转向了对生产资料的占有，开始从财物的积累向资本的积累转化。他们将国企改制所涉及的利益调整看作最后一次财富分配机会，其敛财方式和手段也更具隐蔽性、曲折性和貌似合法性，自然，也更具对国家、民族、社会稳定与发展的危险性与破坏性了。湘九知道，某些国企经营者当前只有一个努力目标：将国资资源优化配置为私有。

当湘九听完电话，将手机盖重新合上时，他的双腿如灌了铅一般沉重。他从电话中听到一个人的名字。这个人，恰恰是“大头”和国华多次向他提起过的。他们将其称为“本省资本市场上呼风唤雨的一条龙”。据说，这条“龙”的能量颇大，有关部门曾经数度将他请去“喝茶”，结果却总是不了了之。

现在，这条“龙”、这位“龙董”，将成为他的顶头上司。

湘九缓缓地推开车门，站在首都机场的石阶下，良久，才转过身来，跟送行的朋友们说了声再见。

再见了，北京。

再见了，我的最后一个梦想。

这是一趟从国外回来，经过北京飞往杭州的国际航班，高背椅，闭路电视，座位比较宽敞。机舱内很安静，没有人大声说话，很少有人来回走动。绝大部分人都在看书看报。湘九前面有个女人在看一份证券类的报纸。这是一个打扮很时髦的女人，画眉毛，涂口红。不知道什么原因，湘九有一种似曾相识的感觉，好像在哪儿见过似的。他凝神默想，又一次想起了“大头”。

他想起来了。那是冬天，天上飘着鹅毛大雪，他站在杭州国际大厦的台阶上，旁边就是期货公司。广场上和街道上，一辆辆汽车缓慢地移动。他听到有人喊他的名字。他惊讶地抬头张望。不远处的马路边上，一辆进口越野车放下了车窗，“大头”

探出那颗圆滚滚的脑袋在向他招手。湘九高兴地向老同学跑去。

跃过湘九冲到他前面的是一个穿黑色呢裙子的女人。湘九看见了她的脸和身材。她的身材很苗条，即使在寒冷的冬天也穿得那么俏。如果不是她跑得那样快，湘九很可能看不清她的脸，因为她的发式有点怪。一头长长的披肩发遮盖了她的半个脸庞，她的样子使人想起朱德庸笔下的《涩女郎》。她是从期货公司跑出来的，一边跑一边跟“大头”亲昵地打招呼。当湘九犹豫不决地在积雪的人行道上停下脚步时，这个女郎已经飞快地拉开车门，坐在了“大头”身边。

湘九记得他向“大头”挤挤眼睛，“大头”也向他挤挤眼睛。

你也上来吧。“大头”说。

不了，湘九说，我有车，一会儿就到。

几天后湘九遇到了国华，说起这位“涩女郎”。国华哈哈大笑。那是“龙董”的情妇，国华说，“大头”对她不会感兴趣的！

我看她的动作和神情，好像很有那么点意思啊！

那是因为“大头”最近炒期货发了财，国华撇一撇嘴，说，要是他大亏一笔呢，他变成穷人了，你再去看看，“大头”还会不会被她放在眼里！

坐在飞机上，湘九瞧着前面的女人。不是因为画眉毛涂口红，而是因为遮盖了半个脸庞的披肩发，很像那个女人，使他产生似曾相识之感。这样的女人，即将成为他的顶头上司的情妇，使他的心情变得更加沉重起来。

机窗外，层层叠叠的云在飘荡，湘九的心也在跟着飘荡。

他去了北京不到四天时间。四天前，他似乎将要攀上人生的高峰了，四天后他重新跌入低谷。他不知道，下飞机后他该如何去面对新的旅途。

二〇〇〇年五月九日。上午九点半。湘九终于见到了这条“龙”。

天气已经很热，大家都穿着短袖衬衫或者T恤衫，唯独他穿着一身笔挺的名牌西装，脸上沁出汗珠。这是一个皮肤黝黑的中年男子，戴着眼镜。湘九想起人们对他的介绍：虽然他出身农家，他的皮肤却不是干农活晒黑的，而是从高尔夫球场得来的收获。当着组织部领导的面，他的表态谦虚谨慎：要向老同志学习，当一个好班长。

组织部的人走了，他召集他们继续开会。他说，从今天开始，一切要按市场经济规律办事。要引进一批人才，设立投资部和进出口部。要收购一家上市公司。对于现在的直属企事业单位，他面无表情地说：必须解体、兼并，把资产统统剥离出来，将员工统统分离出去。

这件事涉及许多老职工的切身利益，湘九说，需要慎重研究。

湘九看到，他的眼镜后面露出了居上位者不容挑战的神情。他的语调突然变得冰冷。

企业不是慈善机构。他沉下脸说。

湘九向已经成了第二把手的老余看，老余的腮帮抖动了一下，垂下眼帘。

同样的话，后来不止一次从这位董事长嘴里说出来。有一次他甚至对湘九说：我看你不应该在企业干，你去慈善总会更合适一些！那时候，反唇相讥的话已经到了喉咙口，湘九硬是咽了回去。湘九跟老余讨论过这个问题。老余在这个单位干了这么多年，不可能对老职工们没有一点感情。老余说，但是，我们有什么办法呢？他是“一把手”，上面听他的，他说我们是改革的绊脚石，也许，我们就真的成了绊脚石?!

如果说他是一条龙，“涩女郎”就成了一只凤。湘九在见到龙的第二天就见到了这只“凤”。“凤”带着两个跟班，嘻嘻哈哈地走进这个单位。她的高跟鞋笃笃地踩着楼板，一边的眉毛迅速地拧起来。有人听到她说，这个地方怎么这样寒酸呀！湘九说，为什么，为什么说她“一边的眉毛”？告诉他的人笑了。我只能看到她的半张脸，他说，不就是一边的眉毛吗。

老余忧心忡忡地跟湘九说，这个女人，这两个跟班，就是董事长要引进的第一批“人才”。他将他们的能力水平说得非常之高。这个女人要当投资部经理，还要兼投资公司的常务副总，而投资公司的董事长兼总经理则由他本人兼任。老余说，问题还不仅仅是如此啊。问题是按规定人事处要去女人所在单位考察，人事处去了那家单位，却发现这个女人调进去才一个月呢；而且，这一个月里，这女人在这家单位一天班也没上过！

一个月之前她在哪里工作？湘九问老余。

期货公司。老余苦着脸说。

那就再去找期货公司的领导了解一下么。湘九说。

期货公司的领导就是董事长，你明白不明白？老余像绕口令一样地告诉他。一个月前他兼着那里的董事长，一个月后他成了这里的董事长，还要兼投资公司的董事长和总经理！那女人是他推荐的，我们再去向他考察，你觉得有意思吗?!

还有两个人呢?

一样，都是他搞期货公司时的班底。

时间不过半个月，湘九的苦恼超过了老余。老余说他真的很有顾虑，他已经在考虑提前退休的问题了，虽然他离正常退休至少还有六七年。湘九不愿如是想。中午休息的时候，湘九的面前摊开着一本书：清人纪晓岚的《阅微草堂笔记》。其中有一则阎王爷在冥府中斥责“禄蠹”的故事。某官员，一生未做坏事，所到之处，仅饮人一杯清水而已，自认清廉而无愧于心，要求赏其来生仍去做官。阎王闻之讥笑曰：不贪不占，就能算好官吗？如此，塑一尊木偶放在官府，连井水也不喝一杯，岂不更好?

书生意气的湘九，不愿做饱食终日无所事事只求俸禄不少的禄蠹。何况，种种迹象已经显露，不仅是用人问题，而且有一个完全利用国有资产和国有资源打造，却难以被国有资产经营机构所监督的平台——投资公司，即将成立。这个平台拒绝原总公司的任何人参与。老余跟湘九说，集团的大多数干部员工，都有“一朝天子一朝臣”的失落感。

湘九坐在董事长对面，婉转地将这个反映告诉他。对方的脸色冷静而沉郁，将钢笔在桌上笃笃地敲着，斜着眼睛看他。谁在议论这种事情？他问湘九。他抬高嗓门，眼睛从玻璃镜片后面凸了出来。谁，你告诉我是谁?!

湘九说，这就不要追究了吧。你就当我说的好了。我也觉得这样不合适。

有什么不合适的？他从办公桌后面站了起来，你给我说清楚！

几乎倾所有资源去建设这个平台，湘九沉住气，以平静的语调回答他。却交给大家都不了解的社会上一批人去操作，你说这合适吗?

一条龙仿佛进入了乌云中。他拍了一下桌子，桌上的东西都跳了一跳。这是因为你们这些人没有本事！他咆哮道，如果你们有本事的话，何必要请我来呢?!

湘九听见自己的心在怦然狂跳。参加工作，尤其是大小担任一点职务以来，他从没有遇见过这样的上司。我们请过你了吗？这个问号已经到了嘴边，他努力地压下去，压得很辛苦很痛苦。他不再说话。他没有话可说了。

董事长给他安排工作，叫他去寻找、租赁办公楼，作为过渡，下一步要将下属的设计院产权转让，将那栋楼拿过来。湘九在初夏的斑驳阳光下奔波。他看了一处又一处房子，跟业主们讨价还价。最后落实的是位于运河附近的运通大厦。那是配有电梯的八层写字楼，他们租下一层。接下去就是装修，买办公家具。湘九抹着脸上的汗水，站在八楼窗前遥望运河，运河两岸高楼林立，当年的田园景色一去不复返。湘九回想起过去的岁月，他曾经沿着这条运河去船厂上班，他乘着自己参与制造的登陆艇在河上试航。那时候他至少还有年轻的资本，还有梦想；那时候，年轻的他，其实什么也不怕。

现在，他还有当年的梦想、精神与毅力吗？

二〇〇〇年六月十二日。晚上八点钟。

晚饭后，湘九出去散步一会儿，回家打开日记本。每天都在忙碌，心里却充满疑虑。不仅是两家材料厂，还有建材房产公司，龙某人都认为是包袱，坚决地要甩掉。大惊失色的湘九说，建材房产公司不是包袱，它能够承受三家歇业公司的债务和人员负担，也能够顺利地转制。龙拿出了一份协议书，他跟某家银行签订了收购那座平台的协议。与会的人都很吃惊。说起来还在讨论意向的事情，他却已经办掉了！龙某人说，这家公司主要就是做房地产的，以后的土地和资金都必须向它倾斜，不甩掉一些包袱怎么行！

阿兔经理敲门。进来后愁眉苦脸地坐在湘九的书房抽烟。我不能等到建材房产公司歇业后被人赶走，我还是主动要求调走吧。阿兔说。湘九眯着眼，虚虚地看着他。事情不会那么简单，湘九说。将一家好端端的房产公司关掉，另起炉灶搞一家，原来这家公司熟悉业务的骨干一个也不调过去，他到底想搞什么名堂？

湘九看着阿兔经理，看他苦苦地思索。那个平台肯定有问题！阿兔跳起来说。湘九笑了。经济社会中的人是经济人，他用赞赏的眼光看着阿兔说，看问题自然要从经济利益出发。如果没有某人、某些人的利益追求存在，这件事无论如何也解释不通啊！

话只能说到这里，湘九将阿兔经理送出门去。他握着他的手，安慰他说，放心吧，我不会赞成这个方案的，老余也不会赞成。建材房产公司有资产、有业务，怎么能说“包袱”就成了包袱，说“甩掉”就甩掉了呢！

阿兔走了。湘九看着他的背影出神。他知道阿兔的担心，担心他顶不住。事实上，忧心忡忡的阿兔不久后终于调离，老余的提前退休请求也获得了批准。湘九觉得自己像一名孤独的士兵，抱着他的老式步枪站在战壕里。他的坚守阵地的信念无人理解和支援。

将近九点钟，电话铃声打断他的思索。

电话来自国务院某局，一位姓牛的司长如释重负地说，终于找到你了，找到了一位在家的负责同志！

一家位于浙江省中部山区县城的水泥厂在改制过程中出了问题，数百名员工登车前往北京。他们站的站蹲的蹲，在庄严肃穆的中南海门前群情激奋。牛司长说，他打了一个又一个电话，找不到省里相关部门的领导。正是吃晚饭的时候，牛司长在电话中苦笑，他说杭州的饭局看来比北京还多啊，快九点了也没有一位回到家的！湘九跟着他苦笑。湘九说，您找到我也无济于事呀，我单位已经没有行业管理职能了，我凭什么去找当地的政府呢。

事态严重，牛司长说，您就从首都的稳定大局出发勉为其难吧。事情已经惊动国务院领导，明天，你们必须将上访群众带回去！

湘九给老余打电话，问到这家水泥厂厂长家的电话。接电话的是厂长家属，家属问他跟厂长什么关系。湘九突然有一种不祥之感，他迟疑了两秒钟。他说，我跟你丈夫有些工作上的往来。对方说，你们有多长时间没往来了？伊出了这么大的事情侬也勿晓得啊？湘九说，出什么事了？对方哭出声来，伊坐牢了，她说，都是你们这些狐朋狗友害的！

电话砰的一声放下了，湘九看着窗外的夜色发怔。联想上访的群众，势必与贪官污吏在改制过程中的巧取豪夺有关。湘九继续打电话。他找管辖那个县的市的计经委主任，手机终于接通了，传来歌舞厅中震耳欲聋的声响。湘九扯着脖子声嘶力竭地喊，对方哼哼啊啊说听不清。湘九说你把那个县县委书记的手机号码告诉我！这句话他倒是听清了，很快将书记的号码找了出来。

县委书记姓谢，谢书记正在卡拉OK。湘九被他气得要死，他傲慢地对湘九说，你一个省城里企业的副总，怎么管起我们的事情来了？他说，这些下岗工人喜欢无理取闹，他们到北京是抱着免费旅游的目的去的。他很不耐烦地对湘九说，如果我派人去将他们领回来，不是正好让他们得逞了吗?!

湘九又气又急，他的嗓门进一步提高。我通知你，明天上午十点钟前，你们县委、县政府必须来人见我。我乘中午的飞机赴京！

没有人能够理解他的心情，夜深了，他仍然坐在窗前。他为下岗工人们悲哀，为自己悲哀，为国家悲哀，也为这些尸位素餐的官员悲哀，为他们的家属子女悲哀。湘九对咪咪说，你看着吧，这位盛气凌人的县委书记，迟早有一天也会落到与那位水泥厂厂长同样的下场！

他的预言在八年后被媒体报道所证实：已经成为地级市副市长的谢书记，因受贿百万而被省检察院刑拘。谢的案发时间几乎与湘九的顶头上司龙某人同步。当然，谢跟龙比，着实是小巫见大巫了。

也许，谢当时是喝糊涂了；也许，早晨醒来他就打听到了湘九究竟是何许人。二〇〇〇年六月十三日上午十点钟，该县的信访局局长会同计经委、工业局领导，走进了湘九的办公室。

湘九与他们协商各自的工作，制订应急预案。谢书记是谢书记，他手下的人不等于他，湘九没有表现出一点情绪。开完会湘九立即赶往机场。新安江的程副市长在机场等他。还有杭嘉湖平原那家建材企业的老卫。他们听说湘九去北京，都想借他的关系跑一下相关部委。

湘九在结构调整中支持他们升级改造。虽然不再管这一摊了，人脉等资源还在。湘九还有一件事要争取国家局的支持，某国的援华绿色环保计划中有一个“沸腾炉”项目，湘九一直想争取落户到本省。

二〇〇〇年六月十四日，极其忙碌的一天。其实从前一天晚上开始，湘九就没有停顿过。牛司长说，您喝口水吧，您的嘴上都起了燎泡！湘九抹一下嘴唇，手上出现一抹血丝。湘九对下岗职工的代表说，腐败的厂长抓起来了，说明上级了解你们的情况，问题总是要在当地解决的，在北京闹也闹不出结果！代表们比他更憔悴，脸色苍白，直直地注视着他。他们不是谢书记嘴里的“刁民”，他们其实很善良，他们嗫嚅着，道理我们都懂，我们也是走投无路啊。

当县里的干部作了回去解决问题的承诺后，牛司长长长地吁出一口气。他对湘九说，辛苦您了，我幸亏找到了您！湘九说，以后您再也不要找我了，我不是政府官员，这次已经越位了！牛司长瞪圆了眼珠子看他半晌，摇着头说，是乱套了，真乱套了。

湘九带着程副市长去某部下属的投资公司，商谈合作。带着老卫去国家开发银行，申请低息贷款。下午，乔副局长接见他，听取“沸腾炉”项目引进情况汇报。北京一家研究院是项目评审单位，倾向于将项目放到北方某厂。湘九说，老领导，研究院是您的属下，我让您为难了！但是他们在北方那家企业有股份啊，这又是运动员又当裁判员的，不公平。

乔副局长被茶水呛了一口，他说：你确定？

湘九点点头。为引进这个无偿援助的项目，他花了太多心血，摸清楚了各竞争方的背景。虽然后来这个项目一再被推迟，但那是国际形势变化所致，谁也没办法。

因为了解乔副局长，湘九才敢冒如此之大不韪。果然，乔副局长说，你放心吧，我叫他们回避。我个人向你表个态：不会受他们、受任何部门利益的影响！

深受感动的湘九，紧紧地握住老领导的手。

天已经黑了，他告辞出门，这才想起连中饭都忘了吃。他到了宾馆。哈尔滨市政府驻北京办事处招待所，又叫京滨饭店。这里距离他们办事的部委和国家开发银行都不远，隔壁就是解放军报报社。报社的文化部主任老曾多次将他安排在此下榻。

湘九在宾馆大堂看到老曾，看到浩将军的秘书小牟，还看到了当年的黄毛丫头小娣。她手上提着一个大蛋糕盒子。

祝你生日快乐！他们说。

湘九恍惚了一会儿。是的，今天是他的生日，五十岁生日。

半个世纪，一晃眼就过去了。

又佳赶到时，看到他们坐在京滨饭店一楼的“小白桦”餐厅。那是一座幽静的俄式小餐厅。桌上点着蜡烛。服务员送来啤酒、红肠、乡下浓汤和黑面包。又佳跟爸爸的朋友们一起唱起《祝你生日快乐》。烛光、淡淡的烟雾和回忆的眼神仿佛组成一个非现实世界。半个世纪以前，一个婴儿在殖民地出生，然后被裹在襁褓里从铁丝网下面塞过来。半个世纪以来，这个婴儿经历了多少风雨曲折，成长为一条汉子。人们瞧着他带有伤疤的脸，他的疲惫的面容，人们的眼神跟他一起变得迷离，变得朦胧了。

湘九的手机在响，响得不合时宜。他抱歉地向朋友们致意，打开手机。

电话是阿兔经理打来的，湘九倾听着他的诉说，不由自主地皱紧了眉头。

那家公司还没有收购到位，“涩女郎”等人已经成为集团的中层干部。白天开了一个会，散会时“涩女郎”叫住阿兔。她做他的工作，叫他一切都听龙的，龙不会亏待他。女人说的话赤裸裸。她说，省级国企的改制是“最后的晚餐”你知道吗？过了这个村就没这个店了！只要国有资产名义上还在保值增值，我们做的一切便合理合法。改制了，我们持了大股，把生产资料掌握在了自己手中，利润就会源源不断地产生出来。如果抓不住这个机会，这么多年你在国有企业就是白干了，你明白吗?!

五十岁的生日晚餐在平静中结束，湘九在朋友和孩子面前竭力抑制着内心的错杂纷纭。他回到房间，拉开窗帘，京城的璀璨夜景展现在他的眼前。他回想着这女人赤裸裸的话，心头那种可怕的沉重感觉难以形容。赴京前，他在办公楼的楼道上看到几个陌生人，那模样，明显不像白领。湘九问老余，说是龙某人从社会上招来的“朋友”，专门帮集团公司去“讨债”的。湘九立时想起了当年在赤州、在太平市见到过的王会长，一个正厅级的国企领导，其所作所为却与龙某人何其相似？

五十岁，摆在湘九面前的是两条路：或妥协，屈服，甚至做他们的帮凶；或反对，揭露，与掠夺国有资产的行为作斗争。

如果不像老余那样申请提前退休，就没有第三条路可走。

京滨饭店对面，就是国家开发银行大楼。霓虹灯在闪耀，哨兵的枪刺闪烁光亮。湘九仿佛看见银行地下的金库，山一样堆砌的黄金白银晃得他眼花。这是无数志士仁人、无数劳动者、无数纳税人，一代又一代，用生命用血汗换来的财富，国家的财富，人民的财富。湘九想，我怎么可能助纣为虐，帮助大盗、雅盗们将其占为已有呢?

如果我睁一只眼闭一只眼呢，湘九弱弱地问一声自己，或许，就能相安无事了?

何况，汪瞎儿说过，到了这个年龄，我也该享清福了。

但是，那就不是我了。他的脸上出现了一种嘲笑的表情，既嘲笑他人，嘲笑汪瞎儿，也嘲笑自己。在这个不眠之夜，他再一次地拷问自己：那样的人，还是我湘九吗？还是我父母的儿子吗？还是那个种过地、打过铁、扛过枪、握过笔、流过血流过汗的张某人吗?!

回答是否定的。他告诉自己：那么，我只有一条路可走了。

于是，他打开了所有的窗户，迎着来自北海上空的夜风，大气长呼。他攥紧了拳头，向夜空中挥动着。他知道，这是一个极其艰难的选择，前面的凶险丝毫不亚于当年奔赴战场。

牺牲于战场，他还能获得一个烈士的称号。而在这里，稍不留神，他完全可能被彻底打倒，不仅遍体鳞伤，还会被泼满污泥浊水。

但是他别无选择。

二〇〇〇年六月十四日是湘九的五十岁生日。

半个世纪过去了，对于他，新的苦难却刚刚开始。

（本书完）